LES TUEURS DIABOLIQUES

Pierre Bellemare est né en 1929.
Dès l'âge de dix-huit ans, son beau-frère Pierre Hiegel lui ayant communiqué la passion de la radio, il travaille comme assistant à des programmes destinés à R.T.L.
Désirant bien maîtriser la technique, il se consacre ensuite à l'enregistrement et à la prise de son, puis à la mise en ondes.
C'est Jacques Antoine qui lui donne sa chance en 1955 avec l'émission *Vous êtes formidables.*
Parallèlement, André Gillois lui confie l'émission *Télé-Match.*
A partir de ce moment, les émissions vont se succéder, tant à la radio qu'à la télévision.
Pierre Bellemare ayant le souci d'apparaître dans des genres différents, rappelons pour mémoire :
Dans le domaine des jeux : *La tête et les jambes, Pas une seconde à perdre, Déjeuner Show, Le Sisco, Le Tricolore, Pièces à conviction, Les Paris de TF 1, La Grande Corbeille.*
Dans le domaine journalistique : *10 millions d'auditeurs* à R.T.L.; *Il y a sûrement quelque chose à faire* sur Europe 1; *Vous pouvez compter sur nous* sur TF 1 et Europe 1.
Les variétés avec : *Pleins feux,* sur la première chaîne.
Interviews avec : *Témoins,* sur la deuxième chaîne.
Les émissions où il est conteur, et c'est peut-être le genre qu'il préfère : *C'est arrivé un jour,* puis *Suspens* sur TF 1; sur Europe 1 *Les Dossiers extraordinaires, Les Dossiers d'Interpol, Histoires vraies, Dossiers secrets, Au nom de l'amour,* et *Les Assassins sont parmi nous.*
Est paru en juin 1988, un ouvrage intitulé *Par tous les moyens* regroupant des histoires de sauvetage extraites des dossiers d'Europ Assistance.

Paru dans Le Livre de Poche

Pierre Bellemare présente :

C'EST ARRIVÉ UN JOUR, t. 1, 2, 3.

SUSPENS, t. 1, 2, 3, 4.

Pierre Bellemare et Jacques Antoine :

LES DOSSIERS EXTRAORDINAIRES, t. 1 et 2.

LES NOUVEAUX DOSSIERS EXTRAORDINAIRES DE PIERRE BELLEMARE, t. 1 et 2.

LES AVENTURIERS.

LES AVENTURIERS (*nouvelle série*).

LES DOSSIERS D'INTERPOL, t. 1, 2, 3, 4, 5.

HISTOIRES VRAIES, t. 1, 2, 3, 4, 5.

QUAND LES FEMMES TUENT, t. 1 et 2.

DOSSIERS SECRETS, t. 1 et 2.

LES ASSASSINS SONT PARMI NOUS, t. 1 et 2.

Pierre Bellemare et Jean-François Nahmias :

LES GRANDS CRIMES DE L'HISTOIRE, t. 1 et 2.

PIERRE BELLEMARE
JEAN-FRANÇOIS NAHMIAS

Les Tueurs diaboliques

ÉDITION°1

LE CHEMIN DE LA MECQUE

MASSOUAH, 21 avril 1951. Une caravane traverse lentement ce port de la mer Rouge, sur la côte de l'Erythrée, à l'est de l'Afrique. La caravane réunit trois femmes, un homme et dix-huit enfants, plus deux chameaux lourdement chargés. C'est un spectacle quotidien, dans cette ville de pêcheurs qui constitue l'une des étapes sur le chemin de La Mecque.

En tête du cortège, un homme d'une cinquantaine d'années, assez corpulent, vêtu du boubou et coiffé de la chéchia, caractéristiques de l'Afrique occidentale, accoste les passants en demandant d'une voix humble :

– La charité au nom d'Allah...

Mahmoud Housseni, originaire du Nigeria, chef de son village et le plus gros propriétaire de sa région, a entrepris, en effet, un pèlerinage à La Mecque. Tout bon musulman doit le faire une fois dans sa vie, et Mahmoud Housseni, suivi de ses trois femmes et de ses dix-huit enfants, a traversé l'Afrique à pied, en direction de l'Arabie et de la cité sainte. En route, selon les préceptes du Coran, il ne doit vivre que de mendicité. Voilà pourquoi il tend humblement la main aux passants. Et les pauvres gens donnent leur obole à ce pèlerin manifestement infiniment plus riche qu'eux, parce que c'est au nom d'Allah.

De l'argent, pourtant, il y en a dans les sacs de cuir dont les deux chameaux sont chargés, de l'argent et d'autres richesses, en particulier des peaux de chèvre de grande qualité. Mais tout cela ne doit servir qu'en cas d'absolue nécessité. Comme pour le recrutement d'un guide...

Silma Moussalem marche aux côtés du riche Nigérian. Silma Moussalem, étudiant à Khartoum, au Soudan, accepte de temps en temps de convoyer des pèlerins jusqu'à La Mecque. Il est originaire d'une tribu nomade. Il connaît bien le pays, et c'est pour lui le seul moyen d'avoir de quoi poursuivre ses études.

Silma Moussalem forme un curieux contraste avec son client. C'est un jeune homme de vingt-cinq ans environ, aux traits fins, avec ce profil aristocratique qu'ont souvent les habitants du désert. Mahmoud Housseni et lui n'ont échangé que peu de paroles depuis Khartoum. Un pèlerin parle peu; de toute manière, ils n'avaient pas grand-chose à se dire.

Mais, justement, le guide vient d'adresser quelques mots au Nigérian. Il lui demande de rester là avec ses femmes et ses enfants. Il va aller au port chercher un propriétaire de *dhow* – ces bateaux de pêcheurs à voile triangulaire – qui accepte de les prendre à son bord. Car il s'agit maintenant de traverser la mer Rouge pour se rendre en Arabie...

Les négociations durent peu et, un quart d'heure plus tard, Silma Moussalem revient vers le groupe de pèlerins. A ses côtés, un petit homme squelettique à la barbe blanche, rongé de sel et de soleil. Le guide fait les présentations.

– Omar Allasi veut bien vous prendre sur son bateau pour dix livres anglaises.

Le pêcheur s'incline devant le riche pèlerin nigérian avec un sourire qui découvre une mâchoire édentée.

– Dix livres seulement... Mon bateau est sûr.

Dix livres, c'est effectivement une somme modique... D'un geste, Mahmoud Housseni ordonne à un de ses fils de prendre la somme dans un sac de cuir et, quelques minutes plus tard, tout le monde se retrouve sur le bateau à voile, qui lève l'ancre. Le port de Massouah disparaît rapidement...

Mahmoud Housseni, ses trois femmes et ses dix-huit enfants, épuisés par le voyage, s'allongent sur le pont. La partie la plus fatigante du pèlerinage est terminée. Maintenant, ils n'ont plus qu'à se laisser porter sur le bateau qui va les débarquer dans un port proche de La Mecque. Ils ne font attention à rien d'autre.

Ce n'est pas le cas du guide, Silma Moussalem, qui s'est assis près du pêcheur à son gouvernail. Ils parlent dans la langue du pays, que les autres ne comprennent pas.

– Dis-moi, où est ton équipage?

Omar Allasi hoche la tête et découvre les quelques dents jaunies qui lui restent.

– Il n'y en a pas. Mais ce n'est pas la peine. Nous n'allons pas loin...

Le jeune guide se lève d'un bond.

– Nous t'avons payé pour aller à La Mecque. Tu dois nous y conduire!

– Ne t'agite pas et ne crie pas, sinon ils vont s'apercevoir de quelque chose. Ecoute-moi...

Intrigué, Silma Moussalem se rassied. Son compagnon parle d'une voix étrangement persuasive.

– Ils sont riches, n'est-ce pas? Je suis sûr qu'il y a beaucoup d'argent dans ces sacs et aussi des peaux de chèvre. Les pèlerins du Nigeria ont toujours de magnifiques peaux de chèvre...

Silma Moussalem ne répond pas. Omar Allasi le regarde bien en face.

– Tu as vu comme je suis maigre? Je suis pauvre, je suis mal fait. Et toi aussi, tu es maigre. Je suis sûr que quand tu n'as pas de caravane à conduire, tu ne manges pas à ta faim... Maintenant, regarde-les. Tu vois comme ils sont gras. Tu vois ce gros homme avec ses trois femmes?...

Silma Moussalem ne répond toujours pas. Il écoute. Il sent qu'il a tort, mais il ne peut s'empêcher d'écouter le pêcheur qui, à voix basse, lui expose son plan.

– Avant ce soir, nous arriverons devant une petite île, l'île de Ladhu. Nous les ferons descendre en leur disant qu'il faut y passer la nuit. Et, dès qu'ils auront débarqué, nous lèverons l'ancre... avec leurs bagages!

Silma Moussalem réagit.

– Mais personne ne les retrouvera. Ils vont mourir de soif!

Son compagnon ne cesse pas de sourire.

– Non. Cela n'arrivera pas, je te l'assure...

La côte est déjà loin. Le vent tend la voile triangulaire. Silma Moussalem pose une dernière question.

– Mais pourquoi cette île plutôt qu'une autre?

– Tu verras bien... Alors, que décides-tu?

Silma Moussalem regarde la famille de pèlerins, ces gens qui respirent la santé... Il regarde plus longuement encore le gros tas que font les sacs de cuir empilés les uns sur les autres. Il pense à sa vie précaire à Khartoum, lui qui est obligé de courir de temps en temps sur le chemin de La Mecque pour avoir de quoi poursuivre ses études. Il dit d'une voix sourde :

– C'est d'accord... On partage.

Omar Allasi acquiesce d'un clin d'œil. Ils sont désormais complices...

Il est près de sept heures du soir et le soleil descend rapidement, quand le pêcheur fait un signe à son compagnon. Il lui désigne une petite île à tribord. C'est là... Silma Moussalem se lève et va trouver ses clients. En quelques mots, il leur explique que le bateau ne peut pas naviguer de nuit et qu'il va falloir accoster. Mahmoud Housseni doit trouver la chose normale, puisqu'il ne fait aucune objection.

L'île de Ladhu est située au milieu d'un archipel. Elle se distingue par ses petites dimensions : elle doit avoir un kilomètre de long, pas plus. Vu du bateau, c'est un endroit agréable : une splendide plage de sable blanc; pas d'arbres cependant, seulement quelques maigres arbustes. Au coucher du soleil, comme en ce moment, l'endroit est supportable, mais pendant la journée l'absence d'ombre doit le rendre intenable.

Mahmoud Housseni descend du bateau, suivi de ses trois femmes et de ses dix-huit enfants... Omar Allasi fait alors faire demi-tour à sa barque et gagne rapidement le large... Des cris s'élèvent aussitôt du rivage. Les cris de colère de Mahmoud Housseni :

– Revenez, fils de chiens! Revenez!...

Poussée par le vent, l'embarcation prend de la vitesse. Les cris diminuent, les imprécations ont laissé place aux supplications. Maintenant, Mahmoud Housseni implore, au milieu des larmes de ses femmes et de ses plus jeunes enfants :

– Au nom d'Allah miséricordieux, revenez!

Quelques minutes plus tard, le son des voix s'est évanoui et le soleil disparaît dans les flots. Le bateau passe alors tout près d'une autre île de l'archipel, plus grande que l'île de Ladhu, mais avec la même magnifique plage de sable blanc. Et Silma Moussalem pousse un cri d'horreur :

– Là... Regarde!

A la barre, Omar Allasi a un haussement d'épaules qui secoue son corps chétif.

– Et alors? Je t'avais bien dit qu'ils ne mourraient pas de soif. Tu ferais mieux de défaire les sacs, qu'on voie ce qu'il y a dedans...

Silma Moussalem ne l'entend pas. Il se sent pris brusquement d'un épouvantable mal de mer...

Quelques minutes plus tard, il se relève. Ils sont devant une autre île, mais le spectacle est toujours le même. Des centaines, des milliers, des dizaines de milliers de crabes sortent des flots en même temps et s'avancent, carapace contre carapace, à l'assaut de la plage. Des crabes transparents, énormes, de trente centimètres de diamètre, aux pinces monstrueuses...

A la barre, Omar Allasi, le vieux pêcheur au corps décharné, explique tranquillement la situation :

– Les crabes sortent de l'eau avec le coucher du soleil. Quand l'île est assez petite, comme l'île de Ladhu, ils la recouvrent tout entière. Ils restent toute la nuit. Ils dévorent tout ce qui vit. Ils ne laissent que les os et encore, ils ont les pinces solides. Dans une semaine, il ne restera même plus leurs vêtements. Les gens croiront qu'ils ont été victimes d'un naufrage et nous, nous serons loin...

Silma Moussalem ne répond pas. Il n'en a pas la force. Et puis, trop tard à présent...

Le lendemain, 22 avril 1951, un petit bateau à voile triangulaire semblable à celui d'Omar Allasi ramène d'Arabie des pèlerins de retour de La Mecque... Depuis quelque temps, le patron a remarqué une avarie au gouvernail. Il décide d'accoster quelques heures pour réparer. Or, il se trouve précisément au milieu d'un archipel d'îles aux magnifiques plages de sable blanc. Pourquoi choisit-il de jeter l'ancre devant l'île de Ladhu et pas une autre ? Par hasard, tout simplement...

Les passagers et les hommes d'équipage descendent, et c'est alors qu'ils remarquent un curieux tas sur le sable... Ils s'approchent. Ce sont des vêtements. Ils les retournent : à l'intérieur, il y a des os humains affreusement broyés...

Mais ils n'ont pas le temps de se remettre de leur horrible découverte. Provenant de l'intérieur de l'île, des cris leur parviennent. Ou plutôt des sanglots, des gémissements sourds.

Quelques hommes s'avancent prudemment. Leur marche, qui ne dure pas plus de quelques minutes, est jalonnée des mêmes horribles tas de vêtements, et enfin ils découvrent un spectacle inimaginable : trois femmes et trois enfants en bas âge sont juchés sur l'unique rocher de l'île. Les femmes tiennent chacune un enfant dans leurs bras. Elles sont debout, presque en équilibre, et se serrent l'une contre l'autre pour ne pas tomber.

Les hommes les font descendre et les interrogent. Mais elles ne peuvent prononcer que des syllabes inarticulées. Ce sont des Noires d'Afrique, et visiblement elles ne comprennent pas la langue de l'Erythrée...

Ce n'est que le lendemain que l'une des trois veuves de Mahmoud Housseni parle, par l'intermédiaire d'un interprète, devant le chef de la police de Massouah.

Elle commence par raconter la trahison du guide et du patron pêcheur. Elle donne une description précise de Silma Moussalem et d'Omar Allasi. Elle raconte leur désespoir quand ils ont compris qu'ils étaient abandonnés sur l'île, et puis elle se met à trembler. Sa voix se charge de terreur, et le chef de la police de Massouah a du mal à garder son sang-froid en entendant la suite.

– Au début nous n'avons pas compris. On aurait dit que le sable bougeait... L'un de mes fils s'est avancé. Il a été tout de suite entouré par les crabes. Il n'a pas pu se dégager...

La femme se tait. Elle laisse passer la vision d'horreur qui la traverse. Elle reprend...

– Nous avons couru devant nous. Mais l'île était toute petite. De l'autre côté, nous avons trouvé une autre plage, avec des crabes qui arrivaient. Alors nous sommes retournés au centre. Il y avait un rocher, un seul... Mahmoud nous y a fait monter, nous, les trois femmes. Il nous a mis dans les bras les trois plus jeunes enfants et les autres ont attendu en bas avec lui...

La veuve Housseni fixe le policier d'un regard halluciné.

– Les crabes sont arrivés tout de suite... Ils leur ont lancé des pierres. Mais cela ne servait à rien. Alors ils se sont mis en prière...

L'extraordinaire coïncidence qui a fait accoster deux jours de suite un bateau à l'île de Ladhu et permis de sauver les six survivants a été fatale aux meurtriers. Grâce aux descriptions de la femme, Silma Moussalem et Omar Allasi ont été immédiatement arrêtés. Persuadés que leurs victimes ne seraient jamais retrouvées, ils n'avaient pas encore quitté Massouah et se trouvaient tout simplement sur le port...

La justice de l'Erythrée ne s'embarrasse pas, à cette époque, de fioritures. Dès le lendemain, les deux criminels sont traînés devant le tribunal. Les trois veuves viennent faire leur atroce récit et les accusent formellement. Silma Moussalem et Omar

Allasi les écoutent, la tête basse. Ils ne se font aucune illusion sur le sort qui les attend. Ils savent qu'ils sont perdus.

Pourtant, quand le chef religieux qui préside le tribunal lit la sentence, ils poussent tous les deux en même temps un cri d'effroi, tandis qu'un frisson passe dans l'assistance.

– Silma Moussalem et Omar Allasi sont condamnés à subir la même mort que leurs victimes. Avant le coucher du soleil, ils seront conduits à l'île de Ladhu. Afin qu'ils ne puissent pas monter sur le rocher, étant donné que leurs victimes n'ont pu y prendre place, ils auront les mains attachées dans le dos par des menottes. Si au matin les condamnés sont encore en vie, Allah aura parlé et ils seront libres...

Cette justice, inspirée par la loi du talion, n'était pourtant pas applicable. En 1951, l'Erythrée est un Etat autonome mais placé par l'O.N.U. sous la tutelle des Anglais. L'autorité britannique a son mot à dire, même en matière de justice. Et quand le gouverneur de Sa Majesté prend connaissance de l'arrêt du tribunal de Massouah, il manque d'avaler son thé de travers. Il convoque aussitôt le religieux qui a rendu la sentence et lui fait part de son incrédulité.

– Vous ne les avez tout de même pas condamnés à être dévorés par les crabes?

– C'est la loi du Prophète. C'est ainsi qu'ils avaient fait périr leurs victimes.

– La loi du talion n'existe plus.

– C'est notre loi.

Le gouverneur met fin à l'entretien.

– Et moi, je vous ordonne d'appliquer la loi de Sa Majesté. Ces deux gentlemen seront pendus par le cou jusqu'à ce que mort s'ensuive. Vous serez responsable de l'exécution...

Le religieux se retire sans mot dire. Le soir même, il annonce aux condamnés leur pendaison pour le lendemain.

Le lendemain, Silma Moussalem et Omar Allasi sont extraits de leur cellule, les mains liées derrière le dos. Mais leurs gardes ne les conduisent pas sur la place principale de Massouah, où ont lieu d'ordinaire les exécutions capitales : ils les entraînent vers le port et les font monter dans une vedette à moteur qui démarre aussitôt...

Le chef du tribunal a pris place lui aussi... Les deux criminels, terrifiés, se rendent compte que le bateau prend la direction de l'île de Ladhu, où il arrive peu avant le coucher du soleil. Là, sur le sable de la plage, deux potences sont dressées, et Silma Moussalem et Omar Allasi découvrent avec horreur que les cordes sont trop longues; elles descendent à hauteur de poitrine d'un homme debout...

Le temps de les installer fermement attachés et la vedette s'en va dans un bruit de moteur. Personne ne peut entendre dans ce vacarme un grouillement discret en provenance de la plage : l'arrivée des crabes...

La loi du Prophète avait été respectée. Elle avait même accordé une ultime faveur aux condamnés : les deux potences étaient tournées vers La Mecque.

LA CONSEILLÈRE EN ACCIDENTS

UNE luxueuse maison de La Celle-Saint-Cloud, banlieue résidentielle de la région parisienne. L'habitation de Jacques et Louise Bertin manifeste tous les signes extérieurs de la réussite sociale et même de l'opulence : c'est une grande bâtisse dans le style normand, entourée d'une immense pelouse ornée de massifs de roses, ce qui, à proximité de Paris, est un luxe rare.

En ce matin d'avril 1959, Jacques et Louise Bertin prennent leur petit déjeuner. Jacques Bertin, soixante ans, cheveux gris, physique distingué, est avocat. Louise, de dix ans sa cadette, est une blonde massive aux allures énergiques. Devant elle, sur la table, à côté du café et des croissants, une dizaine de journaux de province auxquels elle est abonnée. Louise Bertin déchire résolument la première bande : son travail commence... Car c'est elle qui, depuis plusieurs années, fait vivre le ménage. L'activité d'avocat que Jacques Bertin exerce nonchalamment et épisodiquement, sert de couverture légale à celle de sa femme dont la profession est, il faut le dire, très particulière...

Louise Bertin a déplié *L'Eclair de Clermont-Ferrand* et, négligeant les informations générales, s'est reportée directement à la page des faits divers. Elle fait une lecture rapide, ponctuée d'observations à mi-voix :

– Accident d'auto : deux morts... Encore un mort... Aucun intérêt... Un crime... Pas d'intérêt non plus...

Le visage plutôt chevalin de Louise Bertin s'immobilise soudain dans une expression de vive excitation :

– Ecoute, Jacques, c'est extraordinaire !...

Jacques Bertin trempe son croissant dans son café :

– Vas-y, raconte...

Louise Bertin, qui est un peu myope mais qui, par coquetterie, ne porte pas de lunettes, approche *L'Eclair de Clermont-Ferrand* de son visage :

– « Un véritable miracle !... Hier à Clermont-Ferrand, sur le pont de la Liberté, qui enjambe la voie de chemin de fer, une passante, Mme Léonie Wallon, a été renversée par une voiture. Sous le choc, la malheureuse est passée par-dessus le parapet. Mais par extraordinaire, un train de marchandises chargé de sable passait au même moment sur la voie. Léonie Wallon est tombée sur un tas de sable, qui a amorti sa chute. Elle est actuellement en observation à l'hôpital, mais ne souffre que de quelques contusions. C'est un véritable miracle... » Alors, qu'est-ce que tu en penses ?

M. Bertin approuve de la tête tout en mastiquant son croissant.

– Je pense que tu vas devoir partir pour Clermont-Ferrand. C'est tout à fait ce qu'il te faut...

Oui, c'est tout à fait ce qu'il faut à Louise Bertin... C'est dans des cas comme celui de cette Léonie Wallon que sa profession peut s'exercer. Une profession aussi originale que lucrative ; tellement originale qu'elle n'a pas de nom... Comment pourrait-elle s'appeler?... Conseillère en accidents, peut-être...

19 avril 1959. Au 37, avenue Gambetta, à Clermont-Ferrand, une femme blonde, à la charpente robuste, au visage un peu chevalin, vêtue d'une blouse d'infirmière, sonne plusieurs coups décidés à la porte d'un appartement. Une femme de trente-cinq ans environ vient lui ouvrir. C'est une petite brune maigrelette dont le visage trahit une certaine inquiétude.

– Madame Léonie Wallon?

– Oui, mais pour mon accident j'ai déjà vu les docteurs. Ils m'ont dit que je n'avais rien.

Louise Bertin sourit de toutes ses grandes dents :

– Je ne suis pas docteur, je suis infirmière, et ce que j'ai à vous dire à propos de votre accident vous intéressera sûrement...

Léonie Wallon semble de plus en plus inquiète. Elle se retourne et appelle derrière elle :

– Eugène, viens voir...

Eugène Wallon, mari de Léonie, ressemble physiquement à sa femme. C'est un petit homme, presque un gringalet et visiblement tout aussi peu assuré qu'elle. Il regarde cette infirmière qui le dépasse d'une bonne tête.

– Vous désirez, madame?

Louise Bertin sourit toujours.

– Votre intérêt, simplement votre intérêt. Laissez-moi vous parler, vous ne le regretterez pas...

A la fois dépassé et subjugué, le couple fait entrer cette étrange visiteuse, et ce qui suit est plus étrange encore.

Assise sans façon à la table de la salle à manger, Louise Bertin entame le dialogue :

– Qu'avez-vous eu exactement, madame Wallon?

– Les docteurs ont dit : des ecchymoses à la hanche. Mais pourquoi?

Louise Bertin ne répond pas. Elle marque un petit temps de silence.

– Supposez que vous ayez eu quelque chose de beaucoup plus grave, que vous soycz devenue aveugle, par exemple... La Sécurité sociale vous verserait une somme considérable.

– Mais je ne comprends pas...

– Laissez-moi parler, madame Wallon... Dans un accident comme le vôtre, des complications peuvent survenir des jours, voire des semaines après. J'en reviens à la Sécurité sociale : savez-vous combien elle verserait pour une cécité définitive?... De 10 à 15 millions!

Léonie Wallon étouffe un petit cri... 10 à 15 millions, c'est une somme très importante en 1959. Pour avoir l'équivalent en centimes actuels, il faudrait multiplier par six... C'est Eugène Wallon qui réagit le premier. Il le fait sur un ton franchement hostile.

– Grâce à Dieu, Léonie n'est pas aveugle, et je ne vois pas ce que vous venez faire dans tout cela!

Louise Bertin ne se départ pas de son calme.

– Je suis là pour vous conseiller... J'ai mon diplôme d'infirmière et je connais tous les symptômes pour tromper les docteurs. Vous voulez des références?... Tenez, rien que l'année dernière, j'ai fait un aveugle à Lille, une paralytique à Montbrisson et un sourd à Cancale. A eux trois, ils ont touché plus de 40 millions!

La voix de Mme Bertin se fait encore plus persuasive.

– En échange de cette fortune, mes prétentions

sont modestes : simplement le tiers. Mettons que vous touchiez 12 millions, vous m'en remettriez 4.

Un long silence suit cette phrase... Cette fois, les Wallon ont compris l'incroyable proposition de leur visiteuse. Comme précédemment, c'est le mari qui prend le premier la parole.

– Evidemment, 8 millions pour nous...

Ce début d'acceptation d'Eugène déclenche une vive réaction de sa femme.

– Moi, je ne suis pas d'accord! On n'a pas le droit de faire ces choses-là. Ce n'est pas bien, et puis cela porte malheur.

Louise Bertin sourit en laissant discuter le couple... Elle a l'habitude et elle sait que, dans ces cas-là, la décision finale est toujours la même... Au bout de quelques minutes, Léonie Wallon finit par pousser un profond soupir.

– Bien. J'accepte pour Eugène. Dites-moi ce que je dois faire.

Mme Bertin parle avec empressement, comme un commerçant qui fait l'article.

– Evidemment, le mieux payé, c'est la cécité. Mais cela demande certaines dispositions. Faire plusieurs centaines de mètres par jour dans la rue en frappant le bord du trottoir avec une canne blanche, se cogner volontairement aux réverbères, ne pas avoir de réaction quand les médecins vous mettent un projecteur dans les yeux, ce n'est pas à la portée de tout le monde.

Léonie Wallon a un petit frisson.

– Vous avez raison, aveugle c'est trop difficile. Je crois que sourde serait mieux...

Louise Bertin a toujours son ton de professionnelle chevronnée.

– En apparence seulement, chère madame... La surdité, c'est un autre problème. C'est une question de vigilance. A tout instant, il faut se répéter : « Je suis sourde. Je suis sourde. » Sinon, on finit par se trahir. Sursauter quand on vous appelle dans la rue, aller ouvrir machinalement quand on sonne à la porte, c'est plus vite arrivé qu'on ne le pense. Je ne parle pas, évidemment, des bruits assourdissants qu'on vous envoie dans le casque à l'examen médical. Cela demande un entraînement long et assez pénible...

La description du calvaire des faux sourds semble avoir vivement impressionné Mme Wallon.

– Non! Pas cela non plus. Je ne pourrai jamais.

– Eh bien, prenons la paralysie... Une petite hémiplégie et vous voilà en fauteuil roulant. Il suffit de rester assise et de vous laisser véhiculer. C'est tout!

Mais Léonie Wallon a un mouvement de recul.

– Non, je ne pourrais pas! Je n'arrêterais pas de penser à tous ces pauvres gens qui sont vraiment paralysés. J'aurais trop honte.

Pour la première fois, Louise Bertin a une expression de contrariété.

– On ne peut pas dire que vous soyez quelqu'un de commode! Alors, il ne nous reste plus que la dépression. C'est moins bien payé, notez : 4 millions environ; mais c'est le plus facile à imiter.

Mme Wallon a une voix craintive.

– Et qu'est-ce qu'il faut que je fasse?

– Rien. Je vous donne des pilules amaigrissantes, et vous restez quinze jours sans rien faire dans une chambre aux volets fermés. Ensuite, à la clinique, vous serez tellement abrutie de médicaments que vous n'aurez plus de souci à vous faire.

Léonie Wallon jette un regard sur sa silhouette menue.

– Des pilules amaigrissantes? Mais je pèse 45 kilos!

– Justement. Le résultat sera encore plus spectaculaire. Je ne vois rien d'autre à vous proposer. Il faut vous décider.

M. Wallon intervient.

– Madame a raison, Léonie. Il faut te décider. Ce n'est qu'un mauvais moment à passer. Pense à tout l'argent qu'on aura...

Léonie Wallon regarde alternativement son mari et l'infirmière, et comme on se jette à l'eau, elle accepte...

Louise Bertin reste quelques jours dans l'appartement de Clermont-Ferrand pour s'assurer que son « traitement » produit bien les effets escomptés... Elle se rend vite compte qu'il n'y a aucun problème de ce côté-là; les résultats dépassent même les prévisions. En maigrissant, la frêle Léonie devient un squelette vivant, et l'inaction jointe à ses débats de conscience à propos de l'escroquerie est réellement en train de provoquer un début de dépression... Aussi, au bout d'une semaine seulement, Eugène Wallon n'a aucun mal à faire interner sa femme d'urgence.

Mme Bertin rentre dans la luxueuse maison de La Celle-Saint-Cloud... Encore une affaire qui s'est bien terminée! Après la visite de la Sécurité sociale, elle recevra sa part. Car, comme les autres, les Wallon ne seront pas assez fous pour tout mettre dans leur poche. Courir le risque d'être dénoncés et de tout perdre serait bien trop grave. Ils paieront eux aussi...

26 mai 1959. Un mois a passé. C'est l'heure du petit déjeuner chez les Bertin. M. Bertin mange ses

croissants, tandis que Louise cherche dans la presse locale un nouveau miraculé d'un accident de la route ou du travail... On sonne. La bonne va ouvrir et revient en compagnie d'un homme en imperméable qui se présente de lui-même.

– Commissaire Guerand... J'ai quelques questions à vous poser, madame Bertin...

Jacques Bertin intervient vivement. C'est l'avocat qui parle. Il a envisagé toutes sortes de recours juridiques au cas où Louise aurait des ennuis.

– Que reproche-t-on à ma femme, s'il vous plaît ?

Mais la réponse du policier est la seule qu'il n'aurait jamais pu prévoir.

– Elle est soupçonnée de meurtre, monsieur Bertin.

Et c'est alors qu'un quatrième personnage entre dans la pièce : Eugène Wallon en grand deuil, qui pointe un doigt accusateur vers Louise.

– C'est elle, monsieur le Commissaire ! C'est elle qui a tué ma pauvre femme !

Louise Bertin a un haut-le-corps... Le commissaire Guerand parle sans élever la voix.

– En rentrant de clinique, Léonie Wallon s'est donné la mort. Elle a laissé un mot disant que son geste était causé par le remords... C'est alors que M. Wallon est venu nous trouver et nous a expliqué votre rôle dans cette affaire : l'escroquerie à l'assurance sociale, les pilules amaigrissantes, etc. Le drame, c'est que vous avez trop bien réussi, madame Bertin. Vous avez réellement provoqué une dépression chez la malheureuse Mme Wallon, et elle en est morte.

Louise Bertin a repris tout son sang-froid. Elle affiche une mine scandalisée.

– Je ne comprends pas un mot de cette histoire !

Quel rapport pourrais-je avoir avec ce monsieur?

– Le numéro de téléphone, madame... Le numéro de téléphone qu'avait en sa possession M. Wallon pour payer la conseillère, c'est le vôtre.

M. Bertin entre à son tour dans la bataille.

– Ce numéro est inventé comme le reste. Cet homme est égaré par le chagrin et il dit n'importe quoi. C'est évident.

Le commissaire Guerand hoche la tête.

– Je l'ai pensé, moi aussi. Seulement votre femme a commis une erreur. Pour se vanter, ou donner des références, elle a parlé de trois personnes dont elle s'était occupée auparavant. M. Wallon a bonne mémoire, il s'agit d'un aveugle à Lille, d'une paralytique à Montbrisson et d'un sourd à Cancale. Or, nous avons vérifié, ces cas existent bel et bien.

M. Bertin ne s'avoue pas vaincu.

– Qu'est-ce que cela prouve? M. Wallon a lu cela dans le journal.

– Oui, mais nous avons fait aussi une enquête sur place. Et les résultats sont surprenants. L'aveugle voit, la paralytique marche et le sourd entend, sans qu'à ma connaissance aucun des trois soit passé par Lourdes... Comment expliquez-vous cela, madame Bertin?

Louise Bertin semble avoir brusquement dix ans de plus. Elle se tourne, l'air accablé, vers Eugène Wallon.

– Je ne comprends pas. Normalement, ces pilules amaigrissantes étaient sans danger...

Passant en jugement six mois plus tard, en compagnie de son mari, Louise Bertin a été condamnée à dix ans de prison pour homicide involontaire et escroquerie. Jacques Bertin étant condamné à deux ans avec sursis pour complicité.

Louise Bertin s'est suicidée peu après dans sa cellule. Comme pour Léonie Wallon, les médecins ont conclu à une brusque dépression. Une vraie.

TROP AFFREUX POUR ÊTRE VRAI

18 NOVEMBRE 1962. Il fait une splendide nuit de pleine lune sur la mer des Caraïbes et le temps est très doux, comme il arrive souvent en cette période de l'année.

La *Daisy-Belle*, un magnifique yacht de 12 mètres, glisse doucement sur les flots. Stan Lewis, son propriétaire et capitaine, est à la barre...

Stan Lewis est un beau gaillard de quarante ans un peu passés, athlétique et bronzé. Il a été dans sa jeunesse champion de natation et, incontestablement, il lui en reste quelque chose. Remarié depuis cinq ans avec Leslie, une ravissante blonde, Stan Lewis a tout, en apparence, pour être heureux. Il vient d'acheter ce somptueux yacht avec lequel il compte gagner beaucoup d'argent en organisant des croisières, comme c'est le cas en ce moment. En effet, outre sa femme Leslie, qui lui sert de cuisinière, cinq personnes sont à bord du yacht : la famille Gordon, composée du père, de la mère et des trois enfants qui, moyennant finances, effectuent la traversée Miami-Bahamas aller et retour...

A y réfléchir, il existe pourtant un point noir dans la vie de Stan Lewis : c'est précisément son bateau. En achetant ce yacht, il a vu trop grand.

Les traites mensuelles sont énormes, et il sait bien que dans peu de temps il ne pourra plus y faire face. C'est d'autant plus grave que, pour lui, il n'y a que l'argent qui compte...

Stan Lewis sort de sa poche un couteau de plongeur... En fait, il existe un moyen d'éviter la ruine : les assurances. Le bateau est assuré très cher et sa femme Leslie est assurée sur la vie plus cher encore...

Bien entendu, ce n'est pas aussi simple que cela. Si Leslie disparaissait en mer avec le bateau, lui-même étant miraculeusement indemne, il y aurait une enquête...

Stan Lewis descend sur la pointe des pieds vers les cabines. Il a trouvé la solution : il suffit de voir grand. Si Leslie et le bateau ne disparaissaient pas seuls, mais avec toute une famille, les Gordon, par exemple, qui, alors, oserait imaginer la vérité? Qui oserait croire qu'il aurait tué un père, une mère, une petite fille et deux petits garçons, uniquement pour camoufler le meurtre de sa femme et la destruction de son bateau? L'horreur même de son crime va le protéger, le rendre insoupçonnable; une chose pareille, c'est trop affreux pour être vrai!...

Stan Lewis a tout mis au point avec minutie. Il va poignarder un par un les passagers du *Daisy-Belle :* sa femme d'abord, puis M. et Mme Gordon et enfin les enfants. Ensuite, il allumera le détonateur de la dynamite qu'il a placée dans les machines et il s'enfuira sur l'unique canot de sauvetage. A l'endroit où ils se trouvent, il y a 200 mètres de fond. On ne retrouvera jamais rien de la *Daisy-Belle* et de ses occupants...

Froidement, impitoyablement, Stan Lewis commence son carnage... Leslie, qui dormait, n'a pas poussé un cri; les Gordon, eux, se sont réveillés mais, profitant de l'effet de surprise, il les a assassinés sans véritable résistance. Même chose pour les deux plus jeunes fils Gordon... Reste Carrol, la fille aînée, onze ans. Sa cabine est vide. Lewis a beau fouiller, personne. Il reste un moment indécis avec son poignard sanglant à la main... A-t-elle entendu les cris et s'est-elle cachée? De toute manière, il n'a pas de temps à perdre. Il se dirige rapidement vers la soute pour brancher le détonateur. Dans peu de temps le yacht explosera, et la petite Carrol servira, elle aussi, de repas aux requins.

La machine infernale est allumée. Stan Lewis a cinq minutes pour s'enfuir. Il met à la mer le canot dont il avait déjà détaché les amarres et s'éloigne rapidement.

Peu après, il y a une lueur et un grondement sourd. La *Daisy-Belle* se brise en deux; les parties avant et arrière remontent lentement l'une vers l'autre et s'engloutissent toutes les deux en même temps.

Stan Lewis se laisse aller au fond du canot de sauvetage. Il a volontairement emporté très peu de provisions avec lui : juste de l'eau et quelques biscuits. S'il venait à être secouru rapidement, il faut en effet qu'on soit sûr qu'il a abandonné le navire en catastrophe. Tant pis s'il court un risque. Cela aussi, c'est nécessaire pour rester insoupçonnable. Après avoir commis six meurtres, Stan Lewis doit mettre maintenant sa vie en jeu et, si tout va bien, la fortune est au bout...

22 novembre 1962. Quatre jours se sont écoulés depuis le carnage de la *Daisy-Belle*. Stan Lewis est dans un hôpital de Miami. La veille, un bateau de pêche l'a recueilli alors qu'il dérivait en plein océan Atlantique. Il n'avait plus une goutte d'eau et il était dans un état d'épuisement total.

C'est avec beaucoup de ménagements que l'inspecteur Silvester vient le trouver pour l'interrogatoire d'usage.

Stan Lewis est tout pâle, malgré son bronzage. Deux flacons de perfusion sont suspendus de part et d'autre du lit. Mais c'est surtout son visage qui est impressionnant. Il a cet air hagard des rescapés des grandes tragédies... L'inspecteur Silvester est un jeune homme; c'est sa première enquête vraiment sérieuse... Il n'est visiblement pas à son aise.

– Etes-vous en état de me répondre, monsieur?

Stan Lewis a une grimace.

– Oui. Il faut que je parle. Je ne sais pas si je vais m'en sortir. Alors, il faut que vous sachiez ce qui s'est passé.

Il y a un long silence pendant lequel le naufragé rassemble ses forces, et il commence son récit.

– Cela s'est passé la nuit du 18 novembre. J'étais monté dans la cabine de pilotage pour faire le point et c'est alors que le feu a éclaté.

– Où cela?

– Dans les cuisines, vraisemblablement. Tout ce que je peux dire, c'est qu'il s'est propagé à une vitesse terrible. J'ai voulu descendre vers les cabines, mais c'était impossible... il y avait un véritable rideau de flammes...

– Vous n'avez pas essayé de lancer un appel radio?

– J'allais le faire quand il y a eu une explosion... Les chaudières... Le bateau s'est cassé en deux. Il s'est mis à s'enfoncer. J'ai seulement eu le temps de me jeter dans le canot.

Le policier hoche la tête d'un air compatissant.

– D'après vous, il ne peut pas y avoir d'autres survivants?

– Non. A moins d'un miracle.

L'inspecteur Silvester se lève et salue son interlocuteur.

– Je vous remercie, monsieur, et je tiens à vous exprimer ma sympathie pour votre épouse.

Stan Lewis a un sourire triste.

– Pour mon épouse et pour cette pauvre famille. C'est plus fort que moi, je me sens tellement coupable...

24 novembre 1962. Stan Lewis, qui a quitté l'hôpital, est retourné dans la coquette villa qu'il habite à Miami... On sonne à sa porte. Stan Lewis est quelque peu surpris de revoir l'inspecteur Silvester, d'autant que, contrairement à la fois précédente, il est souriant.

– Je suis heureux de vous annoncer une bonne nouvelle, monsieur Lewis. Et même une nouvelle miraculeuse !

– Miraculeuse ?

– Il y a un rescapé. Ou plutôt une rescapée. Un yacht a recueilli la petite Carrol Gordon. Elle a réussi à se sauver sur un canot de liège !

Stan Lewis accuse le coup... Il n'y avait qu'un seul canot de sauvetage, celui dont il s'est lui-même servi. Il restait effectivement deux canots en liège, des embarcations pour enfants, destinés à barboter près de la côte. Comment aurait-il pu imaginer que Carrol ait pu se sauver à l'aide d'un jouet pareil ? Il demande d'un air détaché :

– Et on a pu interroger la petite ?

– Non. Elle était dans le coma quand on l'a recueillie. Elle n'a toujours pas repris connaissance.

Les traits burinés de l'ancien capitaine de la *Daisy-Belle* se détendent un peu. Le policier enchaîne.

– Mais rassurez-vous ! Les médecins sont sûrs de

la sauver. Elle sera remise bientôt; ce n'est qu'une question de jours.

Stan Lewis garde une parfaite maîtrise de soi. Il raccompagne l'inspecteur Silvester avec cordialité.

– Vous ne pouvez pas savoir comme je suis heureux, inspecteur, vraiment très heureux!...

Dès qu'il a refermé la porte, Stan Lewis se dirige vers son bureau. Il en retire un revolver et vérifie le chargeur... Ce n'est pas un homme comme lui qui va être pris au dépourvu par ce coup du sort. Il était pratiquement impossible qu'une des victimes échappe au carnage. Et pourtant, il avait quand même prévu le cas. Il a un plan, qu'il a nommé lui-même « le plan B ».

Stan Lewis, revolver en poche, monte dans sa voiture et démarre sur les chapeaux de roue...

26 novembre 1962... L'inspecteur Silvester fonce, au volant de sa voiture, dans les rues de Miami. Il se reproche amèrement sa crédulité, due à son manque d'expérience. Comment a-t-il pu éprouver de la sympathie, de la compassion même, pour Stan Lewis? Celui qu'il prenait pour la victime d'un drame de la mer est en fait un des criminels les plus odieux qu'on ait jamais connus!...

L'inspecteur Silvester sort juste de l'hôpital, où il vient d'entendre Carrol Gordon. Visiblement en état de choc, la petite fille a fait d'une voix neutre, presque désincarnée, un atroce, un inimaginable récit.

– Je me suis réveillée la nuit parce que j'avais entendu papa et maman crier. J'ai pensé que j'avais fait un mauvais rêve, mais je me suis quand même levée. J'ai vu M. Lewis qui entrait dans la chambre de mes petits frères. Il avait dans la main un couteau tout rouge. Je me suis cachée et il ne m'a pas vue. Alors, je suis montée sur le pont. Il y avait un petit canot en liège, je l'ai jeté dans l'eau et j'ai sauté dedans...

L'inspecteur arrête sa voiture dans un crissement de pneus. Il sonne à la porte du pavillon de Lewis... Pas de réponse. Il brise un carreau et entre par la fenêtre.

L'inspecteur Silvester ne met pas longtemps à comprendre l'absence du maître de maison. Une lettre est posée bien en évidence sur la table de la salle à manger. Sur l'enveloppe est écrit en caractères majuscules : « A L'INSPECTEUR SILVESTER ».

L'inspecteur décachette et lit :

Monsieur l'Inspecteur,

Je suis un criminel. Je n'ai pas hésité à tuer non seulement ma femme, mais une famille entière pour une question d'assurance. Maintenant, mon geste m'apparaît dans toute son horreur et je ne peux plus le supporter. J'ai décidé de mettre fin à mes jours. Vous retrouverez mon corps parmi les accidentés de la route.

L'inspecteur Silvester n'a pas longtemps à chercher. A la morgue de Miami, le corps de Stan Lewis est là qui l'attend; ou du moins ce qu'il en reste. L'accident a été horrible. La grosse voiture du capitaine de la *Daisy-Belle* a percuté un arbre et a pris feu. Il n'en reste qu'une carcasse et du conducteur qu'un squelette calciné. Toutefois, les papiers d'identité dans la boîte à gants sont bien ceux de Stan Lewis.

L'enquête se poursuit quelque temps encore, mais, si rien ne prouve de façon formelle que le squelette soit bien celui de Stan Lewis, tout porte à le croire et l'affaire est classée. L'action de justice est éteinte par la mort du coupable supposé...

9 avril 1971 : neuf ans ont passé... L'inspecteur Silvester arrive, au volant de sa voiture, devant une maison du sud de la Floride... En neuf ans, l'inspecteur Silvester a bien changé physiquement et moralement. Il n'a plus ce regard un peu candide, ce comportement un peu timide qui était le sien au début de sa carrière. Sa bouche a pris un pli amer, ses yeux un regard dur. C'est à l'affaire Lewis qu'il doit sa métamorphose. Son remords d'avoir laissé échapper le criminel l'a rendu, pour ainsi dire, enragé. Ses méthodes particulièrement brutales pour interroger les suspects lui ont valu, depuis, plusieurs avertissements de la part de ses chefs...

L'inspecteur arrête sa voiture... Il se trouve au cœur des marais. Malgré la civilisation, ce coin de la Floride est resté un endroit à part où les bêtes sauvages sont encore chez elles. D'ailleurs, la bâtisse qui se trouve en face de lui est un élevage de crocodiles. « Jeremiah Wilson, éleveur de crocodiles », proclame la pancarte à côté de la barrière.

L'inspecteur Silvester aperçoit celui qu'il cherchait. Le propriétaire des lieux se balance sur un rocking-chair en dessous de la colonnade du bâtiment principal. Non, malgré les années, l'homme n'a pas changé. Il s'est légèrement empâté, mais si peu. Il a décoloré ses cheveux bruns et s'est laissé pousser la barbe, c'est tout... L'inspecteur Silvester avance sans se presser. Est-ce que l'autre va le reconnaître lui aussi? Il est prêt à parier que oui...

Le policier ne s'était pas trompé. L'homme vient de l'apercevoir. Il fait un geste. Silvester est plus rapide que lui. Il sort son revolver.

– Pas de bêtise, Lewis! Six meurtres, cela suffit comme cela, tu ne trouves pas?

L'homme proteste pour la forme, mais le cœur n'y est pas.

– Vous vous trompez, je suis Jeremiah Wilson...

L'inspecteur ne prend même pas la peine de répondre. Il continue à se rapprocher de lui, le revolver pointé.

– Six morts... Ta femme, M. et Mme Gordon et leurs deux jeunes fils, plus ce clochard que tu as tué et que tu as fait brûler dans ta voiture pour faire croire à ton suicide!

L'homme ne répond pas.

– Tu n'es pas bavard! Comme tu veux... Maintenant, je vais te dire ce qui t'a perdu. C'est à la fois ta vanité et le hasard.

Depuis son rocking-chair, l'homme jette au policier un regard aigu, mais garde le silence.

– Ta vanité, c'était qu'on sache que tu étais un grand criminel et que tu avais été plus fort que la police. Tu as écrit une lettre détaillée, à ouvrir après ta mort, où tu racontais le meurtre de la *Daisy-Belle* et celui du clochard que tu as pris en auto-stop le jour où la petite Carrol a été retrouvée.

« Voilà pour ta vanité. Mais il reste le hasard. Comment avons-nous eu ce papier, puisque tu l'avais enfermé dans le coffre de ta banque?

Stan Lewis a un brusque mouvement. L'inspecteur Silvester le vise de son revolver.

– Vas-y! Donne-moi le plaisir de te descendre!... Tu ne veux pas? Tu préfères te tenir tranquille? Tant pis... Eh bien, je vais te dire ce qui s'est passé. Hier des cambrioleurs ont dévalisé les coffres de ta banque. Ils ont emporté tout ce qui avait une valeur pour eux : l'or, les bijoux, les billets et ils ont laissé le reste. Ta lettre était bien en évidence par terre. Allez, lève-toi! Mains en l'air et pas de blague!

Lentement, Stan Lewis quitte son rocking-chair. Il s'approche du policier, mais il fait un brusque crochet et parvient à s'enfuir dans l'allée qui borde la maison...

L'inspecteur Silvester n'a pas le temps d'esquisser un geste. Il voit le meurtrier s'arrêter devant une pièce d'eau fangeuse et plonger résolument.

Il y a un instant de silence et puis un remous, tandis qu'une large tache rouge monte à la surface en même temps qu'apparaissent les dos, les gueules et les queues des crocodiles qui se disputent ce repas inattendu.

L'inspecteur se détourne. Cette fois, c'est bien fini. Stan Lewis n'a pas triché, son suicide est véritable. Pourquoi a-t-il choisi cette mort, la plus horrible de toutes? Peut-être parce qu'il estimait qu'il la méritait... Qui sait?

HAINE CONJUGALE

C'EST en 1957 que Gerald Bushner a épousé Cecilia. Lui avait juste dépassé la cinquantaine, et elle un peu plus de quarante ans. Gerald Bushner n'était pas le summum de la séduction avec ses tempes déjà grisonnantes et sa silhouette un peu empâtée. Mais il était riche : P.D.G. d'une importante usine textile de Dallas, il avait largement de quoi assurer la prospérité d'un ménage.

Cecilia, de son côté, ne manquait pas de charme : une magnifique chevelure blonde et surtout un air de grande douceur. Mais le voile s'est déchiré très vite. Une fois installée dans le mariage, Cecilia s'est montrée telle qu'elle était vraiment : mesquine, intéressée, acariâtre...

A la fin de la première année, elle a voulu faire chambre à part; peu après, elle a refusé tout rapport avec Gerald. En fait, elle passait son temps à dépenser l'argent de poche considérable qu'il lui donnait et surtout à rendre visite à sa sœur, à Houston...

Sa belle-sœur Edith, Gerald ne l'a jamais aimée. Il a tout de suite senti en elle une ennemie. Et, avec le temps, Cecilia a pris l'habitude de passer de plus en plus de temps chez Edith. Cela a commencé par les week-ends, puis des absences d'une semaine ou plus. Alors, en 1959, Gerald Bushner a eu recours à la solution qu'adoptent beaucoup de maris délaissés : il a pris une maîtresse...

Margaret Howes n'était pas physiquement très différente de Cecilia : blonde comme elle, même âge, même silhouette, même air de douceur. Mais chez elle, il correspondait à la réalité. Elle est vite apparue à Gerald comme la compagne idéale.

Voilà où nous en sommes au début de l'année 1961, quand Gerald Bushner se décide à franchir le pas. Réunissant tout son courage, il ose, un soir, demander le divorce à sa femme...

Cecilia accueille sa déclaration sans un mot, le considère calmement derrière ses lunettes en forme de papillon et annonce enfin :

– Je ne divorcerai pas.

Gerald est bien décidé à mettre les choses au point.

– Ecoute, tu ne m'aimes pas, je ne t'aime plus. Nous n'avons rien à faire ensemble.

– Je ne divorcerai pas...

– Cecilia, j'ai une maîtresse depuis deux ans et je veux l'épouser.

Cecilia Bushner reçoit cette révélation sans feinte colère. Elle a au contraire un sourire léger en répétant pour la seconde fois :

– Je ne divorcerai pas...

Gerald lance son dernier argument. Celui qu'il croit imparable.

– Question argent, ne t'inquiète pas. Je te verserai une pension plus importante que ce que je te donne pour tes dépenses.

Cecilia semble ne pas avoir entendu.

– Je ne divorcerai jamais. Tu m'entends? Jamais!

Alors Gerald explose :

– Mais enfin, pourquoi refuses-tu de divorcer?

Et Cecilia a cette réponse stupéfiante :

– Parce que tu me le demandes...

Gerald Bushner considère celle qu'il croyait connaître depuis quatre ans de mariage. Elle a un vilain rictus au coin des lèvres. Et soudain il fait cette constatation qui le bouleverse : « Elle me hait. Ma femme me hait ! »

Pourtant, il ne se doute pas à quel point... Personne ne pourrait s'imaginer jusqu'où va aller la haine de Cecilia Bushner envers son mari...

7 avril 1961. Gerald Bushner rentre chez lui après son travail. Il est 8 heures du soir. Il constate tout de suite que Cecilia n'est pas à la maison. Sur la raison de son absence, il n'a pas le moindre doute : elle est encore allée chez sa sœur Edith. Pourtant, jusqu'ici, elle l'a toujours prévenu... Décidément, elle en prend de plus en plus à son aise.

Mais l'instant de mauvaise humeur passé, Gerald se met à sourire : eh bien, tant mieux, au contraire ! Ils pourront passer quelques jours tranquilles, Margaret et lui. Il l'appelle immédiatement au téléphone, et, comme nous sommes vendredi, il l'invite en week-end...

Le week-end en amoureux est charmant. Et c'est d'autant plus merveilleux que le lundi Cecilia ne rentre pas... Pas plus d'ailleurs que la semaine suivante... Quinze jours passent, puis un mois... Gerald Bushner ne s'inquiète nullement. Au contraire, il se prend à devenir optimiste. Cecilia reste chez sa sœur, c'est bon signe. Elle a sans doute enfin compris... Elle va revenir pour lui annoncer qu'elle accepte le divorce...

Pourtant ce n'est pas Cecilia qui sonne à sa porte le 5 mai 1961. C'est un jeune homme qu'il n'a jamais vu. Il a l'air fermé. Gerald, qui s'apprêtait à partir pour son bureau, est particulièrement contrarié.

– Vous désirez, monsieur?

Le jeune homme sort un insigne de sa poche.

– Lieutenant de police Erwin Spencer. Juste une ou deux questions à vous poser, monsieur Bushner... Quand avez-vous vu votre femme pour la dernière fois?

– Eh bien, il y a un mois environ... Elle est allée chez sa sœur Edith, à Houston. C'est elle que vous devriez interroger.

Le jeune lieutenant a un sourire désagréable.

– Je doute qu'elle nous apprenne quelque chose. C'est précisément elle qui nous a alertés. Elle est sans nouvelle de sa sœur depuis près d'un mois...

Gerald Bushner est tellement surpris qu'il ne trouve rien à dire. Aussi est-ce le lieutenant Spencer qui continue :

– Excusez-moi d'insister, monsieur Bushner, mais si votre femme a pris la décision de partir, elle a bien dû emporter quelques vêtements... Pourriez-vous me conduire jusqu'à sa chambre?

Quelques instants plus tard, le lieutenant parcourt du regard la somptueuse garde-robe de Cecilia... Pas un cintre n'est vide. Il ne manque rien. Dans un des tiroirs de la commode se trouve un sac à main. Le policier l'ouvre et commente :

– Mme Bushner n'a même pas pris son sac et pourtant il y a dedans ses papiers d'identité et ses clefs de voiture.

Gerald Bushner, abasourdi, ne peut que dire :

– C'est curieux...

Le même sourire désagréable revient sur les lèvres du lieutenant.

– C'est exactement ce que je pense, monsieur Bushner : c'est curieux...

Cette fois, Gerald Bushner s'énerve. C'est un

P.-D.G. habitué à commander; sa patience envers les gens est limitée. Et il trouve de plus en plus déplaisant ce jeune policier qui se permet de lui poser des questions dans la chambre de sa femme.

– Ecoutez, je suis pressé ce matin. Si vous voulez un entretien, prenons rendez-vous.

Le lieutenant Erwin Spencer ne se trouble pas. Il continue, avec une parfaite politesse.

– Juste une dernière question et je vous laisse : vous entendez-vous bien avec votre femme ?

Gerald Bushner, que l'exaspération commence à gagner, lui lance :

– Mais bien entendu ! Qu'est-ce que vous croyez ?

Et il claque la porte sur ses talons... La disparition de Cecilia l'inquiète, bien sûr, mais pas outre mesure. Elle a fait une fugue. C'est surprenant de sa part, mais la police va la retrouver; elle est là pour cela... En tout cas, il compte bien tirer parti de la situation. Sa femme a abandonné le domicile conjugal : il a maintenant de bonnes raisons d'obtenir son divorce, qu'elle le veuille ou non...

Pourtant, si Gerald Bushner connaissait les pensées du lieutenant Spencer, qui vient de le quitter, il serait beaucoup moins tranquille.

« Le mari ment », pense le lieutenant... Car Edith, la sœur, lui a tout dit : le ménage est au plus mal; Gerald Bushner a une maîtresse depuis deux ans; il a été hors de lui quand Cecilia a refusé le divorce. Et elle a même ajouté, d'un ton angoissé :

– J'ai peur, lieutenant. Cet homme-là est capable de tout ! Ma sœur m'a dit récemment : « Je crains pour ma vie... »

La nouvelle de la disparition de la femme du P.-D.G. paraît dans la presse locale. Et le lieutenant

Erwin Spencer a l'heureuse surprise de voir un témoin se présenter spontanément dans son bureau. C'est un voisin de Gerald Bushner. Ce qu'il dit ne manque pas d'intérêt.

– Le 7 avril, j'ai vu partir en voiture M. Bushner et sa femme. Cela m'a frappé parce que d'habitude on ne les voyait jamais ensemble...

Cette fois, tout concorde. C'est bien Gerald Bushner qui a tué sa femme. Il l'a emmenée ce jour-là pour une promenade sans retour. Le lieutenant retourne l'interroger. En entrant chez lui, il a le même air de froideur polie.

– Monsieur Bushner, êtes-vous sorti en voiture avec votre femme le 7 avril dernier?

Gerald Bushner hausse les épaules :

– Mais non, voyons. Elle était déjà partie...

Le policier n'élève pas la voix.

– L'ennuyeux, voyez-vous, c'est que quelqu'un vous a aperçus.

Gerald pâlit soudain... Il comprend. Le week-end avec Margaret! De loin, elles ont à peu près le même aspect. Cette fois, il doit tout dire, il n'a plus le choix.

– Je suis bien sorti ce jour-là. Mais ce n'était pas ma femme qui était à mes côtés. C'était... ma maîtresse... Margaret Howes.

Le lieutenant Spencer retrouve son sourire déplaisant, avec un rien de triomphant, cette fois.

– Je croyais que tout allait bien avec votre femme...

Gerald Bushner se sent complètement pris au piège.

– Je vous ai dit cela parce que j'étais énervé, parce que, pour moi, cela n'avait pas d'importance. Mais non, cela n'allait pas. Je voulais divorcer et Cecilia refusait. En tout cas, pour la sortie du 7 avril, Miss Howes vous confirmera qu'elle était bien à mes côtés.

Le sourire du policier devient méprisant.

– Je ne doute pas qu'elle fasse cela pour vous, monsieur Bushner!

Et effectivement, Margaret Howes a beau jurer devant le lieutenant qu'elle était avec Gerald Bushner le jour fatidique, il ne la croit pas. Au contraire, il fait arrêter le suspect, qui se retrouve bientôt inculpé de meurtre...

Si Gerard Bushner acceptait de plaider coupable, il n'aurait peut-être qu'une peine légère. C'est, en tout cas, ce que lui dit son avocat.

– Plaidez coupable. Au Texas, les jurés sont indulgents pour les crimes passionnels. Je vous garantis dix ans au maximum.

Mais Gerald refuse, et, devant le tribunal, la défense doit soutenir une thèse à laquelle elle ne croit pas. Tout serait en fait, affirme sans conviction l'avocat, une épouvantable vengeance de Cecilia Bushner agissant par haine de son mari. Elle aurait choisi de disparaître à jamais, de vivre dans la clandestinité le restant de ses jours, dans l'unique but que Gerald soit condamné pour meurtre.

Face à cette histoire rocambolesque, la déposition du lieutenant Spencer est autrement convaincante. Pourquoi Gerald Bushner, s'il est innocent, a-t-il menti en prétendant s'entendre avec sa femme? Et ce voyage avec sa femme juste le jour de sa disparition? Tout concorde : l'attitude de l'accusé, les faits, le mobile...

A l'issue d'une délibération rapide, Gerald Bushner est condamé à vingt ans de prison : cette relative indulgence étant due au fait que le corps de la victime n'a pas été retrouvé et qu'il reste malgré tout un doute.

Les portes de la prison de Dallas se referment donc sur l'assassin Gerald Bushner...

Et le temps passe. Bushner ne cesse de clamer son innocence, mais personne ne le croit. Pour ses compagnons de détention, il est « le type qui a bousillé sa femme ». L'aumônier de la prison le harcèle dans un but qu'il estime charitable :

– Voyons, mon fils, dites-moi où vous avez dissimulé le corps de votre femme. Pour le repos de son âme, il faut qu'elle soit inhumée en terre chrétienne. Et cette révélation vous vaudra certainement une remise de peine...

Gerald ne peut que répéter d'une voix blême :

– Je n'ai pas tué ma femme.

Et le prêtre s'en va en soupirant...

A la longue, il se produit un flottement dans l'esprit de Gerald Bushner. Il ne peut avoir raison contre tout le monde. Puisque tout le monde le croit, tout le monde le dit, il a peut-être tué Cecilia... Peut-être... sans doute même. Il ne se souvient plus comment, mais il l'a tuée...

Heureusement pour lui, il y a Margaret Howes qui, elle, sait son innocence. Elle vient le voir tous les jours au parloir. C'est elle qui l'empêche de sombrer dans la folie.

– Voyons, Gerald, tu ne peux pas avoir tué ta femme. Nous étions ensemble ce jour-là en week-end.

– Alors je l'ai tuée la veille ou l'avant-veille.

– Non, la veille, elle était encore là...

Et Margaret lui parle des recherches qu'elle fait mener inlassablement par des détectives privés pour retrouver Cecilia. Elles n'ont pas encore abouti, mais un jour, ils la retrouveront, c'est certain...

Pourtant, aucun élément nouveau ne survient, et c'est seulement le 15 novembre 1974, après treize ans et demi de prison, que Gerald Bushner obtient sa liberté sur parole... Margaret Howes l'attend en voiture à la sortie.

Gerald flotte dans le costume qu'il avait lors de son arrestation. Il est devenu un vieillard : ses cheveux sont tout blancs, son visage et ses mains sont creusés de rides profondes. Mais, plus que physiquement, c'est moralement qu'il semble atteint. Il se laisse emmener sans réaction apparente. Il semble indifférent à tout ce qui l'entoure.

D'une voix qu'elle veut dynamique, Margaret Howes expose le plan qu'elle a médité depuis longtemps.

– Nous allons aller habiter Houston. J'ai loué un appartement.

Gerald Bushner ne répond pas... Il reste prostré sur le siège de l'automobile.

– Notre appartement se trouve juste en face de chez Edith... Jusqu'ici Cecilia n'est pas encore allée chez elle. Mais je suis sûre qu'un jour, tôt ou tard, elle y viendra. Elle était trop liée à sa sœur. Nous prendrons toutes les précautions. Cela durera peut-être un an, cinq ans, mais nous la reverrons...

Pour toute réponse, Gerald hoche la tête. Il n'ose pas répliquer que cela ne sert à rien puisqu'il a tué sa femme. Margaret a l'air contrarié chaque fois qu'il lui dit cela, et il ne veut pas la peiner.

Margaret, de son côté, ne dit mot de l'angoisse qui la ronge depuis des années : Cecilia a fort bien pu mourir entre-temps, de maladie ou d'accident... Et dans ce cas, tout serait définitivement perdu. Mais elle refuse cette pensée. Quelque chose lui dit que la femme de Gerald est vivante...

Et à Houston, l'attente commence... Dans l'appartement qu'ils habitent, en face de la villa d'Edith, Gerald et Margaret se relaient derrière les rideaux pour faire le guet, ne sortant que le soir, se faisant livrer tout ce qu'ils peuvent à domicile.

Mais Edith ne reçoit pas sa sœur. Chaque fois qu'une voiture s'arrête, c'est le même désespoir déçu. Au bout de quatre ans, Margaret finit par désespérer. Gerald, lui, ne manifeste aucune réaction particulière. C'est un vieil homme. Il guette le retour de sa femme pour faire plaisir à Margaret, mais il est visible qu'il ne comprend plus bien ce que tout cela veut dire...

Et pourtant, le 4 mai 1978, alors que Margaret est à la cuisine, elle entend un cri de son compagnon :

– Cecilia !

Margaret se précipite... Gerald a les yeux exorbités. Il parle avec précipitation. Il semble que toute sa présence d'esprit lui soit revenue d'un coup.

– Cecilia, c'est elle ! Elle vient de sortir d'un taxi et elle est entrée chez Edith. Elle s'est fait teindre les cheveux en blanc, elle a grossi, elle porte des lunettes de soleil, mais je ne peux pas me tromper. C'est elle !

Gerald et Margaret ont beaucoup de mal à convaincre la police, mais ils y parviennent et, une heure plus tard, ils font irruption chez Edith, en compagnie d'un représentant de l'ordre...

En voyant son mari, Cecilia pousse un cri. Elle devient très pâle. Elle essaie d'abord de nier son identité, mais elle se rend vite compte que c'est impossible. Alors elle lance d'une voix de défi :

– Oui, c'est moi. Et alors ? Qu'est-ce que vous pouvez me reprocher ?

Et elle répond avec aplomb à toutes les questions du policier :

– Pourquoi avez-vous quitté votre domicile ?

– J'ai eu une dépression. J'ai fait une crise d'amnésie. Je ne me souviens plus...

– Pourquoi ne vous êtes-vous pas manifestée en apprenant que votre mari avait été condamné pour vous avoir tuée ?

– Je ne le savais pas.

– C'était dans tous les journaux.

– Je ne lis jamais les journaux.

– Votre sœur savait que vous n'étiez pas morte !

– Non. C'était la première fois que je venais chez elle...

Cecilia Bushner avait, hélas ! raison. Sur le plan légal, on ne pouvait strictement rien lui reprocher. Il a été impossible de prouver qu'elle avait machiné sa disparition, avec la complicité de sa sœur Edith, pour faire condamner son mari...

Gerald a demandé et obtenu le divorce. Et, devant le tribunal, Cecilia a eu une dernière audace. Elle a osé réclamer une pension. Devant tant de cynisme, le juge a explosé :

– Vous mériteriez treize ans et demi de prison, la peine qu'a accomplie votre victime ! Vous êtes une criminelle. Vous n'aurez pas un centime !

Cecilia est morte un an plus tard, de maladie. Gerald et Margaret Bushner l'ont appris par hasard dans un faire-part de journal.

LA COMTESSE SANGLANTE

Remontons un peu plus de trois siècles. Nous sommes en avril 1684, au Châtelet, qui est alors un des bâtiments les plus sinistres de Paris : à la fois tribunal criminel, prison et siège de la police. Le lieutenant-général Gabriel Nicolas de La Reynie dirige la police parisienne depuis déjà fort longtemps. Lorsqu'il a pris ses fonctions, Paris était un véritable coupe-gorge, mais il a obtenu de remarquables résultats, notamment en développant l'éclairage public.

Pourtant, en arrivant au Châtelet ce jour-là, le lieutenant de La Reynie est de fort méchante humeur. Il sort de Versailles où le roi lui a fait de sévères remontrances. Et il y a de quoi : depuis quelque temps, une trentaine de disparitions de jeunes gens se sont produites à Paris, dont beaucoup dans le quartier du Châtelet. Les efforts de la police ont été jusqu'à présent sans résultat. Le roi lui a conseillé d'agir au plus vite, sinon...

– Vous m'avez demandé, monsieur le Lieutenant-Général ?

– Oui, Lecoq. Asseyez-vous.

Le sergent Lecoq est un des plus anciens et des plus remarquables policiers de La Reynie. Il a environ le même âge que lui : la soixantaine. Ce n'est pas Lecoq qui s'est occupé de cette affaire, sinon elle serait peut-être déjà résolue...

– Que savez-vous au juste des récentes disparitions, Lecoq ?

– Pas grand-chose, monsieur le Lieutenant-Général. Il s'agit de jeunes gens, je crois.

– Oui, mais ce n'est pas tout. Ils présentaient la particularité d'être bien faits de leur personne. De beaux garçons, si vous voulez.

– Ah ! Une affaire de mœurs !

– Ce n'est pas certain... Toujours est-il que des rumeurs circulent. Des rumeurs qu'on colporte jusqu'à Versailles. Pour les uns, ce sont des juifs qui enlèvent de jeunes chrétiens afin de les immoler par haine du Christ. Pour d'autres, il s'agirait d'une mystérieuse princesse qui prend des bains de sang dans l'espoir de guérir d'un mal inexorable. Inutile de vous dire, Lecoq, que je ne crois ni à l'une ni à l'autre de ces versions.

Le sergent Lecoq a écouté avec la plus grande attention.

– A part leur beauté, les victimes avaient-elles un autre point commun ? Une bourse bien remplie, par exemple ?

– Non. Et c'est justement là le plus surprenant. Certains étaient fort modestes : des étudiants et même des mendiants. Ils n'ont pas été tués pour leur argent, c'est un fait certain.

Le sergent Lecoq fronce les sourcils.

– Je vous demande pardon, monsieur le Lieutenant-Général, mais vous venez de dire qu'ils ont été tués. En est-on absolument sûr ?

– Non, effectivement. Ils ont disparu, sans qu'on ait pu signaler la moindre agression, retrouver la moindre tache de sang. En fait, si j'ai dit « tués », c'est que je ne vois pas d'autre hypothèse. Pourquoi garderait-on prisonniers trente jeunes hommes entre seize et vingt ans? Vous voyez une réponse?

– Non. Mais tout est si déconcertant dans cette affaire...

Gabriel Nicolas de La Reynie regarde son subordonné droit dans les yeux.

– Désormais, c'est vous le responsable. Et je veux pouvoir annoncer au roi des résultats au plus tôt. Vous avez compris?

– Oui, monsieur le Lieutenant-Général.

– Eh bien, je vous fais confiance. Bonne chance, Lecoq...

Jean-Baptiste Léveillé, seize ans, porte bien son nom de famille, à moins que ce ne soit un surnom qu'il ait gagné lui-même. Comment savoir? Personne ne connaît son état civil.

Tout ce que l'on peut dire, c'est qu'il est parisien. Cela s'entend tout de suite à son accent, et personne ne connaît mieux que lui les moindres recoins de la grande ville.

Jean-Baptiste Léveillé a été arrêté une première fois à treize ans, alors qu'il chapardait à la devanture d'un marchand d'habits. Il était trop jeune alors pour être envoyé aux galères. Mais pas la seconde fois, lorsqu'il s'est retrouvé au Châtelet après avoir détroussé un bourgeois. C'est en prison que le sergent Lecoq l'a remarqué. Il avait besoin d'un auxiliaire dégourdi. Il lui a mis le marché en main : ou les galères ou la police. Jean-Baptiste a choisi la police...

Le sergent Lecoq le soupçonne bien de jouer de temps en temps le double jeu, notamment avec ses anciens compagnons voleurs; mais quand il s'agit d'assassins, Léveillé est sans pitié : son flair de jeune chien de chasse, ses yeux et ses oreilles qui traînent partout font merveille...

Le sergent Lecoq adresse un sourire amical à Jean-Baptiste Léveillé qu'il a fait venir dans son bureau. Oui, il sera parfait pour la mission. Avec sa frimousse de seize ans, ses cheveux noirs bouclés, son sourire éclatant et insolent à la fois, il a tout pour jouer le rôle d'appât.

– J'ai du travail pour toi, Jean-Baptiste.

L'adolescent lui lance un coup d'œil impertinent.

– J'espère que c'est honnête, au moins !

Par « honnête », Léveillé veut dire qu'il ne s'agit pas de dénoncer de pauvres bougres de voleurs ou de mendiants.

– Rassure-toi, Jean-Baptiste, c'est tout ce qu'il y a d'honnête. Mais c'est dangereux...

– Ah ! Ça me plaît ! Et qu'est-ce qu'il faudra faire pour votre service ?

– Porter de beaux habits...

– Chic !

– Aller dans les cabarets...

– Chic !

– Boire et manger avec l'argent que je te donnerai.

– Chic ! Des missions comme ça, j'en veux tous les jours !

– Et si une personne t'aborde, la suivre...

Jean-Baptiste a un air entendu.

– Si je comprends bien, c'est moi qui fais la chèvre.

– On ne te perdra pas de vue, ne t'inquiète pas.

– Je ne m'inquiète pas. Alors, ces beaux habits ?

Le sergent Lecoq ne répond pas. Il va ouvrir la porte de son bureau et fait entrer le tailleur qui attendait dans l'antichambre...

Le cabaret du *Chien Debout* est un bouge assez

malfamé, situé non loin de la place de Grève. Jean-Baptiste Léveillé y entre quelques heures plus tard en titubant. Il lance d'une voix sonore :

– Holà, patron! Servez-moi ce que vous avez de meilleur!

Il sort de sa poche une bourse bien remplie et la fait ostensiblement tinter.

– Pour payer, c'est pas ce qui manque. J'ai de bons louis, en bon or!

Jean-Baptiste remarque quelques regards furtifs qui s'échangent à des tables occupées par des hommes aux mines douteuses. Son entrée n'est pas passée inaperçue... Une servante bien en chair vient le prendre par le bras...

– Par ici, beau jeune homme... C'est la première fois qu'on vous voit, dites-moi?

Elle fait déguerpir quelques individus patibulaires afin de l'installer seul à une table... Jean-Baptiste Léveillé réplique d'une voix forte :

– J'arrive de province. Je ne connais personne à Paris.

Et il s'assied, très sûr de lui. A l'autre bout de la salle, le sergent Lecoq est méconnaissable, avec son visage grimé et ses haillons; il est entouré de trois de ses hommes déguisés, eux aussi, en mendiants. Il s'inquiète quelque peu. Jean-Baptiste n'en fait-il pas trop? S'il se fait attaquer par l'un ou l'autre des malfaiteurs qui l'entourent, il sera obligé d'intervenir et tout sera compromis.

La soirée s'avance... Jean-Baptiste Léveillé mange et boit comme quatre : jambons, cailles, poulets, gigot, arrosés de force pichets de vin. Le sergent fait de temps en temps la grimace, l'animal en profite! Mais dans le fond, il ne peut lui en vouloir. La seule chose à espérer est que ce ne soit pas le repas du condamné...

Le sergent Lecoq redouble brusquement d'attention. La servante de tout à l'heure s'approche de Jean-Baptiste et lui murmure quelque chose à l'oreille. Aussitôt, celui-ci prend sa bourse, sort quelques pièces et se lève sans même achever son plat. Lecoq se lève à son tour, suivi de ses hommes, et se retrouve sur la place de Grève.

Malgré les efforts du lieutenant-général de La Reynie, les zones d'ombre l'emportent largement sur les endroits éclairés, et Jean-Baptiste Léveillé est dans l'obscurité. Il est en train de parler avec la personne qui l'a attiré dehors. Mais qui est-ce?

Le sergent Lecoq s'approche, en boitant, le dos voûté, une épaule plus basse que l'autre. Quand il arrive à leur hauteur, il tend la main :

– La charité, mes bons seigneurs...

La personne qui parlait avec Léveillé répond d'une voix sèche :

– Va-t'en!

Le policier a du mal à garder la pose tant sa surprise est grande. Léveillé est en compagnie d'une vieille femme. Autant qu'il a pu voir, elle est habillée tout en noir avec recherche. On n'est pas plus élégant à Versailles. L'affaire des trente disparus – s'il s'agit bien de cela – est en train de prendre des allures extraordinairement mystérieuses...

La vieille et Léveillé se mettent en marche. Après un trajet assez court, ils entrent sous un porche de la rue Courtalon, non loin de la rue Saint-Denis... Lecoq ne peut, pour l'instant, en savoir plus. Il doit se contenter de rester à distance avec ses hommes. Et pourtant, s'il avait pu entendre le dialogue qui vient de s'échanger, sa surprise serait encore plus grande.

– Je viens vous voir de la part de ma maîtresse, la comtesse Jabirowska. Ma maîtresse est une comtesse polonaise. La malheureuse! Elle est jeune et belle, mais elle est victime d'un mal étrange.

– Un mal étrange?

– Oui. Une fièvre maligne s'empare d'elle certains soirs. Une fièvre que seul peut apaiser un jeune amoureux...

La vieille femme frappe à une porte basse... Elle s'ouvre et Jean-Baptiste reste interdit. Une ombre vient vers lui. C'est une femme d'une beauté à couper le souffle : grande, blonde, admirablement faite. Elle est vêtue – si l'on peut dire – d'un déshabillé sur lequel elle a jeté une cape. Elle le détaille longuement avec un sourire, lui tend la main et prononce avec un accent envoûtant :

– Viens...

Jean-Baptiste Léveillé s'était toujours demandé à quoi ressemblait le paradis. Eh bien, maintenant, il sait : cela doit être très proche de ce qui est en train de lui arriver cette nuit. Après les gigots et les pichets de vin, c'est à une autre sorte de festin qu'il est à présent convié; dans son esprit chaviré, il assimile le sergent Lecoq à Dieu le Père.

La porte s'est refermée. La comtesse Jabirowska le conduit dans une grande pièce mal éclairée. Pour tout mobilier, un lit. Elle lui fait signe de s'asseoir.

– Attends-moi un instant...

Et elle disparaît dans un bruissement de soie par une porte au fond.

Brusquement, Jean-Baptiste quitte son nuage. Il ne s'appelle pas Léveillé pour rien. Il ressent une désagréable sensation... Il est peut-être en train de lui arriver ce qui est arrivé aux trente autres. Il ne voit pas pourquoi ni comment la comtesse Jabirowska ferait disparaître ses amants, mais il vaut mieux être prudent.

Jean-Baptiste se lève... Il a retrouvé ses instincts

de chien de chasse, son flair. Et, justement, il sent une petite odeur suspecte. Elle vient de ce mur couvert d'une tapisserie représentant une scène mythologique. D'un geste, il la soulève... Il y a une niche derrière... Jean-Baptiste manque de se trouver mal : sur les rayons sont alignées une trentaine de têtes embaumées. Des têtes de jeunes gens, des bruns, des blonds; leur seul point commun est qu'ils ont dû être très beaux quand ils étaient en vie...

Jean-Baptiste Léveillé se précipite sur la porte par laquelle il était entré. Elle est fermée à clef... La vieille sans doute. Il se met à crier au secours. C'est à ce moment que l'autre porte s'ouvre...

Quatre colosses barbus entrent dans la pièce, armés chacun d'un couteau de boucher. La comtesse Jabirowska, ou celle qui se prétend telle, les suit avec un sourire cruel.

Le jeune homme redouble ses cris. Non, ce n'était pas le paradis, c'était l'enfer! L'enfer où il va aller tout droit, car, avec tout ce qu'il a accumulé au cours de sa brève existence, il ne se fait pas d'illusion...

Il y a un vacarme épouvantable, des coups sourds emplissent la pièce. Les quatre assassins s'immobilisent. La comtesse pousse un cri :

– La police! C'était un piège!

Ils s'enfuient tous les cinq à toutes jambes, mais le sergent Lecoq et ses hommes sont déjà là...

La comtesse Jabirowska est interrogée le lendemain, dans la prison du Châtelet, par le lieutenant-général de La Reynie en personne. Elle a été conduite dans la salle des tortures. Elle est assise sur un tabouret. A côté d'elle se tient le bourreau, les bras croisés sur la poitrine. La jeune femme est toute pâle. Les méthodes de La Reynie pour faire parler les coupables et même les innocents sont bien connues dans le royaume.

– Je vais tout vous dire...

Et la confession qu'elle fait est plus extraordinaire encore, s'il est possible, que ses crimes.

– Ces têtes, on me les avait demandées. Un Allemand... Un savant dont je ne connais pas le nom. Il en avait besoin pour faire des expériences sur le cerveau. Mais il voulait uniquement des cerveaux de jeunes gens en bonne santé. Il me les payait d'avance dix louis chacune...

Le lieutenant-général Gabriel Nicolas de La Reynie, qui a instruit, entre autres, la fameuse affaire des poisons, a déjà entendu pas mal de choses ahurissantes dans sa vie, mais celle-là dépasse tout.

– Ainsi donc, vous faisiez commerce de têtes humaines !

– Oui...

– Et les corps, qu'en avez-vous fait ?

– Je les ai vendus aussi, à des étudiants en médecine...

Inutile de dire que l'affaire fait sensation à Versailles. Les crimes de cette créature démoniaque et superbe sont l'objet de toutes les conversations et excitent au plus haut point la curiosité...

C'est d'ailleurs ce qui a sauvé la vie de celle qui se faisait appeler comtesse Jabirowska. Quelques jours plus tard, un mystérieux et certainement haut personnage masqué est venu à la prison du Châtelet. Il a demandé à rencontrer seul à seul le lieutenant-général, et ce dernier lui a remis sans difficulté la prisonnière.

On a revu la belle comtesse le soir même, dans une soirée un peu particulière, que donnait Monsieur, frère du roi, pour quelques intimes, dans un pavillon de chasse. Au petit matin, la comtesse

Jabirowska s'est retrouvée seule dans sa chambre au rez-de-chaussée avec la fenêtre ouverte... Elle n'a eu qu'à l'enjamber pour s'enfuir. On ne l'a jamais revue...

Le secret de la rue Courtalon nous est connu par les Mémoires du sergent Lecoq... Le plus étonnant est que la rue existe toujours; une rue minuscule dans le quartier du Châtelet. Mais combien de Parisiens songent à ce qui s'y est passé il y a trois siècles, lorsqu'ils la traversent, en se pressant pour attraper le R.E.R.?

COUCHÉ, FULGOR!

Le Knopp Circus est installé pour une unique représentation sur la place principale de la petite ville de Meppen, en Allemagne du Nord, ce 17 septembre 1978.

Les clowns, les jongleurs, les équilibristes se succèdent, et enfin arrive le numéro du dompteur... Le dompteur est Gunther Knopp, le directeur du cirque lui-même, et son numéro dépasse de beaucoup celui des autres artistes. C'est un professionnel renommé; il travaille avec de très belles bêtes : cinq tigres du Bengale magnifiques, et, particularité de son numéro, il a dans la cage une assistante qui n'est autre que sa femme.

M. Loyal annonce, au milieu d'un roulement d'orchestre :

– Et maintenant, voici ceux que vous attendez tous : Gunther et Ursula Knopp!

Le dompteur et sa partenaire font leur entrée, tandis que les tigres arrivent à la queue leu leu, par le sabot... Gunther Knopp doit avoir quarante ans environ. Il est ce qu'il est convenu d'appeler « bel homme ». Si l'on était méchant, on dirait bellâtre. Il est d'une stature élancée, il porte une moustache brune soigneusement frisée. Ses cheveux sont coiffés avec de savantes ondulations; il sourit, et ses dents éclatantes sont peut-être artificielles...

Ursula Knopp attire, elle aussi, le regard, dans sa robe à paillettes. Elle est visiblement beaucoup plus jeune que son mari. Sa beauté à elle a quelque chose de plus naturel, de plus vrai. C'est une belle blonde bien faite, au sourire sain.

Sagement, les cinq tigres du Bengale ont pris leur place sur leur tabouret qui leur est réservé, et le spectacle commence...

Pendant toute la première partie, Gunther opère seul et Ursula reste sans bouger dans un coin de la cage. A plusieurs reprises, on remarque que les bêtes semblent nerveuses... C'est sans doute le temps : il fait chaud. Le dompteur doit claquer son fouet avec bruit sur le sol pour les faire tenir tranquilles. Dans le public, un frisson commence à passer; sans vouloir se l'avouer, beaucoup voudraient que le numéro soit déjà terminé...

C'est maintenant à Ursula d'entrer en action. Elle se saisit d'un cerceau tendu d'une mince feuille de papier rouge; elle se place face à l'une des bêtes et brandit son accessoire au-dessus de sa tête. C'est un exercice classique : sur l'ordre du dompteur, le tigre va sauter à travers le cerceau et déchirer le papier.

C'est alors que l'incident se produit... Le tigre qui se trouve en face de celui qui doit sauter, c'est-à-dire dans le dos d'Ursula, manifeste tout à coup des signes d'agressivité. Il découvre ses babines et se met à gronder d'une manière menaçante.

Immédiatement, Gunther Knopp se dirige vers lui et lève son fouet.

La suite se passe en quelques instants... Le dompteur fait un faux mouvement. Le manche de son fouet lui échappe et celui-ci tombe à terre.

Instantanément, voyant son dompteur désarmé, le fauve se tasse sur lui-même, prêt à bondir. Gunther, qui n'a pas le temps de ramasser son fouet, crie au tigre d'une voix terrible :

– Couché, Fulgor!

Dans la cage, il y a deux réactions simultanées : la jeune femme se retourne en poussant un cri d'horreur et la bête saute en avant, griffes sorties, gueule ouverte, sur Ursula.

Au milieu des hurlements du public, la dompteuse et le tigre roulent dans la sciure. Gunther Knopp, qui a repris son fouet, frappe de toutes ses forces la bête, mais celle-ci semble insensible. Elle s'acharne sur sa victime...

Ce n'est qu'au bout d'un temps qui semble interminable, une minute, peut-être plus, qu'elle consent enfin à laisser sa proie et à gagner, sans se presser, un coin de la cage, le museau barbouillé de sang... Le dompteur, aidé par le personnel du cirque, fait sortir le plus vite possible les bêtes de la cage, et deux médecins qui étaient dans le public se précipitent sur la jeune femme inanimée.

A leur suite, un homme plutôt bedonnant d'une soixantaine d'années pénètre dans la cage. Georg Hartmann, commissaire à Meppen, était venu assister à la représentation en compagnie de ses petits-fils. Il entend un des médecins penchés sur la victime déclarer :

– C'est mauvais... La carotide est tranchée. Je ne pense pas qu'elle s'en sorte. Elle a perdu trop de sang...

Quelques minutes plus tard, une ambulance vient emporter Ursula Knopp, toujours inconsciente. Gunther Knopp suit la civière. Il a perdu son physique avantageux. Ce n'est plus qu'un homme hagard, aux cheveux défaits, qui répète, comme une mécanique :

– C'est affreux! Je ne comprends pas...

Le commissaire Hartmann les regarde s'éloigner rapidement... Il enquêtera demain. Cela peut attendre. Pour l'instant, le plus urgent est d'aller s'occuper de ses petits-fils, qu'il a laissés seuls et qui sont en train de pleurer sur les gradins. De toute façon, il ne s'agit que d'un accident...

Le lendemain matin, à son bureau, le premier geste du commissaire Hartmann est de décrocher son téléphone pour appeler l'hôpital. L'infirmière qui lui répond lui confirme, hélas! ce qu'il craignait.

– Mme Knopp est morte cette nuit...

Georg Hartmann se rend sans plus attendre au Knopp Circus. Gunther Knopp, qui vient juste de rentrer de l'hôpital, est effondré dans sa roulotte. Il semble avoir vieilli de dix ans. Le commissaire, qui reste imprégné de la tragédie de la soirée précédente, est ému lui aussi. Il l'interroge avec douceur.

– Je comprends votre douleur, monsieur Knopp. J'ai juste quelques questions à vous poser pour les formalités administratives. La victime était bien votre épouse, n'est-ce pas?

Le dompteur a un soupir.

– Non. Nous n'étions pas mariés. Elle s'appelait en réalité Koenig, Ursula Koenig... Nous nous sommes connus il y a deux ans. Elle est venue me trouver après une représentation. Elle m'a dit : « Je viens de quitter ma famille. Je veux vivre la vie d'un cirque. J'aime les bêtes. Pouvez-vous me proposer quelque chose? »

Gunther Knopp a brusquement le regard lointain. Il revit ses souvenirs.

– Il y a longtemps que je voulais faire mon numéro avec une partenaire. Un couple dans une cage au milieu des tigres, c'était mon rêve. C'est ce que j'ai proposé à Ursula et elle a accepté. La première fois qu'elle est entrée avec les bêtes, elle a eu peur, mais pas trop. J'ai senti qu'elle réussirait. Je lui ai dit que le principal était de ne pas montrer sa crainte, sinon les bêtes le sentent et elles attaquent. Je n'ai mis qu'un an pour former Ursula. Elle était très douée.

Sa voix se brise brusquement :

– C'était... une grande dompteuse, une véritable artiste.

Le commissaire Hartmann s'éclaircit la voix :

– Excusez-moi, monsieur Knopp, mais je dois revenir sur l'accident d'hier soir. Cette bête semblait manifestement dangereuse.

Le dompteur, directeur du cirque, acquiesce d'un mouvement de tête.

– Fulgor?... Oui, vous avez raison. Je ne l'ai jamais aimé. Tous les tigres sont dangereux, mais lui, il est vicieux. Je n'ai jamais été tout à fait tranquille avec lui.

– Pourtant vous avez donné de nombreuses représentations avec Fulgor. Que s'est-il passé hier, d'après vous?

– C'était l'orage. Les fauves sont très sensibles à l'orage. Et puis j'ai fait tomber mon fouet... Je ne me le pardonnerai jamais.

Le dompteur s'est pris la tête dans les mains. Le commissaire respecte un instant de silence avant de poser la question suivante.

– Pourquoi a-t-il attaqué votre assistante et pas vous?

– Parce que c'est moi le dompteur. Les bêtes me craignent davantage. Et puis Ursula lui tournait le dos, alors qu'à ce moment-là je lui faisais face.

– Pourtant, vous l'avez appelé. Des gradins, je l'ai entendu, vous avez crié : « Couché, Fulgor! » Pourquoi n'a-t-il pas obéi?

Le malheureux Gunther Knopp répond d'une voix brisée :

– Vous savez, les bêtes, je les connais bien. Elles sont comme les hommes, elles ont quelquefois un instant de folie meurtrière. Si Fulgor devait passer en jugement, peut-être serait-il reconnu irresponsable...

Le commissaire Hartmann se lève, s'incline courtoisement, adresse à son interlocuteur quelques mots de condoléances et s'en va. Pour lui, l'enquête est terminée. Il s'agit d'un tragique accident dont a été victime une jeune femme pleine de vie, à cause de la folie d'un fauve.

C'est deux jours plus tard que Georg Hartmann reçoit une visite. Un homme d'une trentaine d'années, vêtu de noir, aux cheveux ébouriffés, aux yeux rouges. Il parle d'une voix hésitante. Il a l'air très abattu.

– Puis-je vous dire un mot, commissaire? J'ai appris que vous faites une enquête sur la mort d'Ursula. Je suis Siegfried Koenig, son mari.

Le commissaire marque un mouvement de surprise. Il ignorait qu'Ursula était mariée. Pourquoi le dompteur ne le lui a-t-il pas dit?... Le mari s'est assis et commence à parler.

– Ursula m'a quitté il y a deux ans, pour une bêtise, après une dispute... Un coup de tête, quoi. Elle a rencontré un cirque, elle est partie avec Knopp et elle est devenue sa maîtresse.

Siegfried Koenig marque un temps et il reprend.

– Depuis deux ans je n'ai cessé de lui écrire. Je suivais les déplacements du cirque en lisant les journaux, et je lui adressais mes lettres dans les villes où elle se trouvait. Je lui parlais des enfants. Car nous avons trois enfants... Pendant deux ans je n'ai pas eu de réponse.

Le jeune homme fouille dans sa poche et en sort une lettre froissée.

– Et puis, la semaine dernière, elle m'a enfin écrit. Tenez, lisez, monsieur le Commissaire.

Le commissaire Hartmann déplie le feuillet.

Mon cher Siegfried,

Je ne t'ai pas oublié. Je pense toujours à toi et aux enfants. J'ai envie de vous revoir. Je crois que j'ai fait une erreur. Gunther est un être grossier et vaniteux. Je le découvre chaque jour davantage. Nous serons à Meppen le 17 septembre. Pourrais-tu me rejoindre?

Siegfried Koenig secoue la tête avec tristesse.

– Je n'étais pas chez moi quand la lettre est arrivée. Quand je suis rentré, je me suis précipité à Meppen. Cela a été pour apprendre la mort d'Ursula.

Le jeune homme se redresse tout à coup et frappe sur le bureau du commissaire :

– Il l'a tuée, j'en suis sûr! Il l'a tuée parce qu'elle ne voulait plus de lui! Parce qu'elle voulait revenir avec moi. Il faut que vous fassiez quelque chose!

Le commissaire Georg Hartmann ne répond pas. Il se contente d'un peu compromettant : « Nous verrons cela... »

Et il le reconduit dans le couloir avec ménagements.

Dès qu'il est sorti, et qu'il se retrouve seul dans son bureau, le commissaire Hartmann réfléchit. Il y a quelque chose qui le chiffonne quand il se replonge dans ses souvenirs de la soirée tragique. Le dompteur a tout fait, semble-t-il, pour tenir tête au fauve. Et pourtant, quand il a crié : « Couché, Fulgor! » le tigre non seulement n'a pas obéi, mais il a attaqué, un peu comme si... oui, comme si, au lieu d'être une interdiction, c'était un ordre! Et, en même temps, il s'en souvient parfaitement, la jeune femme s'est retournée en poussant un cri d'horreur...

Maintenant il en est certain, c'est en entendant ce « Couché, Fulgor! » que la jeune femme s'est sentie perdue. Et brusquement, il apparaît au commissaire Hartmann que derrière ce qui semble un tragique et banal accident se cache une horrible réalité...

Du coup, Georg Hartmann consigne le Knopp Circus à Meppen et reprend toute l'enquête à zéro. Il passe deux jours entiers à questionner le personnel du cirque, sans grand résultat. On lui confirme la liaison de Gunther et Ursula, liaison ouverte, officielle; ils partageaient la même roulotte et personne n'est au courant d'une mésentente récente entre eux...

Le commissaire va conclure à la thèse de l'accident, mais l'interrogatoire du garçon de cage, celui qui s'occupe de la nourriture et des soins aux fauves, lui réserve une surprise. Le policier lui demande, comme aux autres, s'il a remarqué quelque chose lors de la soirée tragique. L'homme a l'air étonné de sa question.

– Comment se pourrait-il, monsieur le Commissaire, puisqu'il n'y a que deux jours que je suis ici? J'ai remplacé l'autre, celui que le patron a renvoyé...

Immédiatement, le commissaire Hartmann se rend dans la roulotte du patron du cirque.

– Pourquoi avez-vous renvoyé le garçon de cage?

Gunther Knopp répond avec une certaine irritation :

– Parce qu'il n'avait pas nourri les bêtes avant la

représentation. Elles avaient faim. Il est en partie responsable de l'accident.

La réponse est plausible. Le commissaire demande pourtant :

– Je voudrais connaître son nom et l'endroit où je peux le trouver.

Le dompteur directeur du cirque répond, avec de plus en plus de mauvaise grâce :

– Comme vous voudrez. Il s'appelle Otto Steiner, un petit jeune qui ne vaut pas grand-chose. Quant à savoir où il est, il ne m'a pas fait ses confidences... Enfin, il est de Berlin, je suppose qu'il est retourné là-bas.

Quand il s'adresse aux autorités policières de Berlin pour leur demander de retrouver un certain Otto Steiner, jeune garçon de cage dans un cirque, au sujet d'une affaire qui théoriquement n'est qu'un accident, le commissaire Hartmann rencontre chez ses collègues un scepticisme poli. Mais, en quelque quarante ans de carrière, il a acquis des amitiés, et, tout en étant conscients de perdre leur temps, les policiers de Berlin acceptent de rechercher le jeune homme.

Il faut deux mois pour retrouver Otto Steiner et lui remettre sa convocation lui enjoignant de se présenter au bureau du commissaire Hartmann à Meppen.

Quand il le voit dans son bureau, le commissaire sait qu'il s'agit du dernier acte. Des réponses que va lui faire ce garçon dépend la conclusion de son enquête.

Otto Steiner doit avoir vingt ans à peu près. C'est un jeune homme longiligne et maigrichon qui a poussé trop vite. Il se passe sans arrêt la langue sur les lèvres. Dès que le commissaire l'invite à parler, il lance un flot de mots précipités.

– Ce n'est pas ma faute, monsieur le Commissaire! Je n'ai rien fait, je vous le jure! J'avais donné à manger aux bêtes ce soir-là, comme tous les jours...

Le commissaire Georg Hartmann l'interrompt d'un geste.

– Ce n'est pas cela qui m'intéresse. Je veux que vous me disiez ce que vous avez vu le soir de l'accident.

Le jeune homme hausse les épaules :

– Rien du tout. Je ne voyais jamais rien pendant les représentations, je sortais les fauves de leur cage. Je les conduisais à travers les sabots et j'attendais dans les coulisses pour les ramener à la fin du spectacle. Ce soir-là, je n'ai rien vu. Je me suis précipité sous le chapiteau quand j'ai entendu le public crier, mais c'était déjà trop tard : Rex était en train de dévorer Mme Ursula.

Le commissaire rectifie :

– Rex? Non, c'est Fulgor qui a attaqué Ursula Koenig.

Le jeune homme répond avec véhémence :

– Ah! pas du tout! C'est Rex, Fulgor est tout ce qu'il y a de calme et de gentil, tandis que Rex c'est un vicieux. J'avais toujours peur quand je m'approchais de sa cage.

Le commissaire Hartmann reste un long moment silencieux, oubliant son interlocuteur qui le considère avec des yeux inquiets...

Le souvenir du spectacle tragique lui revient avec netteté : le dompteur criant au fauve : « Couché, Fulgor! » et, l'instant d'après, la double réaction d'Ursula et du tigre; la jeune femme poussant un cri d'horreur et la bête se jetant sur elle...

Gunther Knopp est bien un assassin. Le tigre qui s'apprêtait à bondir, ce n'était pas Fulgor, c'était Rex. Les bêtes connaissent leur nom. Quand le tigre a entendu le dompteur hurler le nom d'un autre, il a dû se sentir comme libre d'attaquer. Et la jeune femme, qui savait que ce n'était pas Fulgor qui était derrière elle, a compris en même temps que Gunther venait de lâcher le fauve sur elle.

Le commissaire Hartmann sort de ses souvenirs. Il s'adresse au jeune homme :

– A part Gunther Knopp et vous, qui pouvait reconnaître Rex et Fulgor ?

Otto Steiner a un sourire triste.

– Personne, si ce n'est la pauvre Ursula. Physiquement, Rex et Fulgor se ressemblent beaucoup, mais moi je ne les aurais jamais confondus.

Le commissaire Georg Hartmann n'a plus qu'à conclure.

– Si vous voulez signer votre témoignage, monsieur Steiner... Je pense que vous aurez à le répéter au procès.

Le garçon de cage a répété son témoignage au procès de Gunther Knopp, accusé d'avoir sciemment causé la mort de sa maîtresse Ursula Koenig. Et c'est son témoignage qui a entraîné la condamnation du dompteur à quinze ans de prison pour meurtre.

Quant aux bêtes, elles ont été vendues au zoo de Berlin : cinq magnifiques tigres du Bengale, dont deux se ressemblaient comme des frères, Rex et Fulgor.

LE VOYAGE
AU BOUT DE L'HORREUR

22 MARS 1953. Francis Ross, dix-neuf ans, son paquetage sur l'épaule, débarque à la gare de Stream Valley, dans l'Etat de New York. C'est un grand garçon blond aux yeux bleus, l'air un peu enfantin, le sourire aux lèvres. Il paraît moins que son âge. Il sifflote en remontant le quai. Il ne viendrait à personne l'idée de se demander à quoi il pense en ce moment. A rien de spécial, bien sûr. Il est limpide, transparent...

En le voyant, à l'autre bout du quai, une jeune fille se met à courir dans sa direction. C'est Linn Clarke, seize ans. Elle n'est ni gracieuse ni jolie. Elle est trop grande, ses grosses nattes brunes soulignent le côté anguleux de son visage et elle porte des lunettes aux verres d'une épaisseur énorme...

Les deux jeunes gens se retrouvent avec effusion et partent au bras l'un de l'autre. Cela fait un an qu'ils se connaissent. Francis Ross, militaire récemment engagé, est venu passer sa semaine de permission avec Linn. Où irait-il, sinon? Ses parents sont divorcés et perpétuellement en voyage. Il ne reçoit des nouvelles d'eux que de temps en temps...

Les parents de Linn Clarke, eux aussi, sont divorcés. Comme ni l'un ni l'autre n'a voulu s'en charger, le comté de Stream Valley a désigné des tuteurs pour s'occuper d'elle. C'est chez eux qu'elle vit. Des gens gentils avec lesquels elle s'entend bien.

Bref, ils n'ont pas eu tous deux beaucoup de chance en démarrant dans l'existence, mais ils s'en sont bien sortis et l'avenir semble leur sourire...

Après avoir fait quelques pas, le jeune homme demande à sa compagne :

– Linn, veux-tu m'épouser?

La jeune fille ne pousse pas des cris de joie, elle ne marque pas de désapprobation non plus. Elle répond simplement :

– Ce n'est pas possible, Francis, je n'ai que seize ans.

Le jeune militaire plisse le front. Visiblement, il n'avait pas prévu cette difficulté. Mais, après quelques instants de réflexion, il trouve la réponse.

– Il doit bien y avoir un Etat de ce pays où c'est possible. J'irai à la bibliothèque demain matin. Je me renseignerai...

Après avoir raccompagné Linn jusque chez elle, salué ses tuteurs, qui le connaissent et qui l'aiment bien, Francis Ross s'en va à son hôtel. Le lendemain matin à 11 heures, il retrouve Linn.

– J'ai été à la bibliothèque. J'ai trouvé! Au Minnesota, on peut se marier sans formalités à partir de seize ans. Alors on y va?

Linn répond en le regardant derrière ses grosses lunettes :

– On y va.

Pourtant, comme elle a toujours eu le sens des choses pratiques, elle ajoute :

– Mais nous n'avons pas d'argent.

Francis hausse les épaules.

– Nous ferons de l'auto-stop...

Et ils se dirigent à pied vers l'entrée de l'autoroute.

Pendant leur trajet, personne ne fait attention à eux. Et d'ailleurs, pour quelle raison? C'est un couple comme un autre. Ils sont jeunes, mais ce ne sont plus des enfants. Francis est plutôt joli garçon, Linn est plutôt laide. Ils rient de temps en temps, parfois un peu niaisement. Bref, ils sont comme tout le monde...

Sagement assis sur une borne kilométrique, à l'entrée de l'autoroute de Chicago, Francis Ross tend le pouce droit. A ses côtés, Linn fait le même geste. Aux Etats-Unis, l'auto-stop est beaucoup plus vite entré dans les mœurs que chez nous. Au bout de quelques minutes, une voiture s'arrête. Le conducteur n'est guère plus âgé qu'eux. Il doit avoir vingt ans.

– Vous allez où?

– Dans le Minnesota.

– Ce n'est pas la porte à côté. Je m'arrête à 30 kilomètres d'ici. Mais montez, ce sera toujours cela de gagné pour vous.

Tous deux s'installent à l'avant, à côté du conducteur. Comme il l'avait dit, au bout de 30 kilomètres, celui-ci leur annonce qu'il va quitter l'autoroute pour se rendre à sa destination. C'est alors que Francis Ross sort un revolver de sa poche.

– C'est ça! Quitte l'autoroute. Et dès qu'on sera sortis, tu nous laisseras la voiture.

Le conducteur obéit. Il prend une petite route. Et, croyant sans doute que son agresseur ne fait plus attention, il a une mauvaise réaction. Il se jette sur lui. Francis Ross se dégage et tire... Une seule balle dans la tempe à bout portant. Avec beaucoup de sang-froid, il arrête la voiture en glissant son pied sur le frein tout en contrôlant le volant... Ils sont au milieu d'un bois. Il n'y a aucun véhicule en vue. Francis se tourne vers sa compagne...

– Aide-moi à le débarquer.

La jeune fille, qui n'a pas poussé un cri, prend les pieds du cadavre, tandis que le garçon le soutient par les bras. Ils font quelques pas vers des fourrés assez denses. Francis Ross explique :

– Tu comprends? Sans quoi il aurait fallu trouver une autre voiture.

Linn hoche la tête. Elle n'émet aucune objection. Elle ne lui demande pas où il a trouvé ce revolver... Une fois le cadavre dissimulé, ils remontent dans la voiture. Francis prend le volant. C'est quand ils ont regagné l'autoroute que Linn Clark s'inquiète pour la première fois.

– Comment allons-nous faire le plein puisque nous n'avons pas d'argent?

Francis Ross se tourne vers elle et lui sourit. Il a toujours ce visage un peu poupin de garçon sans histoire :

– Je me débrouillerai.

Linn ne lui demande pas de quelle manière il compte se débrouiller, après ce meurtre qu'il vient de commettre de sang-froid sous ses yeux. Elle retire ses lunettes aux verres énormes, elle masse quelques instants ses yeux de myope et elle s'endort tranquillement...

Elle se réveille quand la voiture s'arrête. Ils sont sur une route isolée. Il fait nuit. En face d'eux, un drugstore en pleine campagne, plutôt minable avec son enseigne au néon à laquelle manquent plusieurs lettres. Francis lui dit gentiment :

– Attends-moi dans la voiture, je reviens tout de suite...

Il entre dans le magasin vide de clients. Le

patron, un gros homme, lui adresse un sourire machinal. Francis n'élève pas la voix :

– La caisse, vite!

Le patron le regarde stupéfait... Il n'a visiblement pas l'air de le prendre au sérieux. Ce petit blond, l'air insignifiant avec ses cheveux blonds coupés court : c'est un gosse! Son revolver, c'est un jouet de gosse. Il se baisse vers son comptoir...

Deux balles claquent coup sur coup. En pleine tête toutes les deux... A l'armée, Francis Ross est un des meilleurs tireurs de son unité.

Il s'approche de la caisse... il est interrompu par des cris. Une femme d'un certain âge fait irruption... La femme du patron, sans doute. Elle roule des yeux horrifiés, allant du cadavre de son mari au jeune assassin. Francis Ross vise comme à l'entraînement. Cette fois, une seule balle suffit. La patronne tombe à son tour, sur le corps de son mari. Alors, il prend l'argent de la caisse et s'en va...

Quand il rentre dans la voiture, Linn Clarke l'interroge.

– Tu as de l'argent?

Le jeune homme compte les billets un à un.

– Vingt-cinq dollars. Ce n'est pas lourd...

Linn questionne :

– Tu es sûr de trouver le chemin?

Et, après la réponse affirmative de son compagnon, elle se tait. Elle a pourtant entendu les trois coups de feu et sans doute aussi les hurlements de la femme. Mais elle regarde la route en silence. La vitre de la voiture reflète son visage anguleux, ses grosses tresses brunes, ses épaisses lunettes, son visage d'adolescente sans grâce, sans intérêt, sans mystère. Et pourtant, depuis quelques heures, elle est la complice d'un assassin qui vient d'accomplir froidement trois meurtres...

La voiture arrive à Chicago. Elle contourne la ville sans s'y arrêter. Le jour se lève... Francis et Linn prennent leur petit déjeuner, dans une gargote de la banlieue. Ils parlent de choses banales, pas même de leur mariage, comme s'ils vivaient ensemble depuis des années. Comme si ce jour était un jour comme les autres...

Linn conclut, en terminant son thé :

– Vingt-cinq dollars moins trois pour le petit déjeuner, cela ne fera pas assez pour l'essence.

Francis Ross a les traits un peu tirés, les yeux cernés. C'est normal, il a conduit toute la journée et toute la nuit, mais il a toujours son air juvénile. Il hausse les épaules.

– Bah, je me débrouillerai...

« Se débrouiller », Linn Clarke le sait à présent, cela veut dire qu'il va tuer de nouveau. Pourtant elle ne fait aucun commentaire. Sans doute doit-elle trouver cela naturel...

Côte à côte, ils regagnent la voiture dont ils ont assassiné le propriétaire il n'y a pas vingt-quatre heures. Qui s'en douterait en voyant passer ce couple gentillet? Qui se douterait que ce voyage qu'ils ont entrepris sur un coup de tête pour se marier est un voyage de mort et qu'il n'a pas atteint encore le bout de l'horreur?...

Deux heures ont passé. Francis Ross et Linn Clarke sont sur une petite route de campagne lorsque le compteur d'essence arrive à zéro... Ils aperçoivent alors une station-service. Elle est du genre vétuste : une baraque en préfabriqué et une pompe unique... Francis Ross stoppe et sort vivement. Avant même que le pompiste ait pu venir à leur rencontre, il est à l'intérieur du bâtiment.

Et c'est exactement la scène du drugstore qui

recommence. Linn Clarke entend des exclamations d'homme, puis deux coups de feu. Ensuite, il y a un silence, puis des cris de femme et de nouveau deux coups de feu. Et le silence revient, définitivement cette fois... Francis ne sort pas immédiatement de la station-service. Il doit être en train de chercher la caisse...

Pendant ce temps, Linn ne reste pas inactive. Avec le sens pratique qui la caractérise, elle a ouvert le réservoir et a commencé à faire le plein. Il est presque achevé quand son compagnon revient en brandissant des billets. Il y a, en tout et pour tout, quarante dollars... Le couple remonte en voiture. Ils sourient tous les deux. Et c'est alors, seulement, que Linn Clarke pose une question :

– Cela ne t'ennuie pas d'avoir tué tous ces gens?

Le garçon ne marque pas une seconde d'hésitation :

– Bien sûr que non. Je ne les connaissais pas; pourquoi veux-tu que j'éprouve du chagrin?

La jeune fille doit être satisfaite de sa réponse, car elle n'insiste pas.

4 heures de l'après-midi... Ils arrivent enfin à Minneapolis, la grande ville du Minnesota. Francis a lu que, pour se marier, ils doivent se présenter devant un juge de paix. Ils en trouvent un sans mal en consultant l'annuaire...

L'homme, qui doit avoir une soixantaine d'années, les accueille sans surprise. Il a l'habitude de ces couples de jeunes gens qui ont fui leurs parents et qui demandent à se marier. Peut-être, au fond de lui-même, désapprouve-t-il cette situation, mais la loi est la loi, et il est là pour l'appliquer. Il leur demande simplement leurs papiers...

Quand il les a en main, il adresse un sourire à la jeune fille.

– Je vois que vous avez juste seize ans, c'est parfait... J'ai une petite affaire à terminer. Pouvez-vous revenir dans une demi-heure pour le mariage ?

Les deux jeunes gens acceptent. En attendant, ils vont se promener tranquillement dans les rues de Minneapolis. Et, le délai écoulé, ils reviennent chez le juge.

Mais celui-ci n'est pas seul. A côté de lui, il y a un homme d'une quarantaine d'années qui s'adresse à eux sans sévérité excessive.

– Je suis officier de police, les amoureux... Linn, tes tuteurs sont morts d'inquiétude. Bien sûr que tu as le droit de te marier ici, mais tu n'avais pas le droit de t'enfuir de chez toi. Quant à toi, Francis, ta permission se termine dans deux jours. Il faut rentrer, toi aussi, si tu ne veux pas être porté déserteur.

Et il conclut, sur un ton bonhomme :

– Allez, les enfants, on rentre à la maison...

Car, c'est extraordinaire, mais c'est ainsi : ils sont arrêtés uniquement parce que les tuteurs de Linn ont lancé un avis de recherche. La police n'a pas le moindre soupçon en ce qui concerne les cinq meurtres qui se sont produits dans les dernières vingt-quatre heures.

Comment, en effet, pourrait-elle suspecter Francis Ross et Linn Clarke ? Personne ne les a vus, à part les clients de la gargote où ils ont pris leur petit déjeuner, et il n'est pas certain qu'ils se souviennent d'eux. Francis, après ses deux derniers meurtres, a jeté son revolver dans une rivière et ils ont abandonné la voiture à Minneapolis en prenant soin d'effacer leurs empreintes...

Pourtant, c'est alors que se produit le coup de théâtre. Le policier, avec sa bonhomie paternelle, a profondément choqué Francis. Il les a appelés :

« les enfants ». Il les a pris pour des enfants, et cela il ne peut pas le supporter. Il va lui montrer qu'il est un homme.

– J'ai des aveux à faire... J'ai tué cinq personnes.

Le policier et le juge se regardent, regardent le jeune homme... Ils n'y croient pas, bien sûr. C'est un mythomane. Linn, comme à son habitude, ne marque aucune réaction particulière.

Mais Francis Ross continue à parler. Il cite des détails qui ne peuvent être connus que de l'assassin : les lieux, les heures. Alors, le policier et le juge commencent à essayer d'admettre cette vérité inimaginable : ce jeune homme qu'ils ont devant eux, ce blondinet insignifiant est un monstre...

Dans tous les Etats-Unis, pourtant habitués aux crimes spectaculaires, le cas de Francis Ross et de Linn Clarke a soulevé une intense émotion. Leurs photos, reproduites dans tous les journaux, ont provoqué partout la même réaction : « Ce n'est pas possible. Ce ne sont pas eux qui ont fait cela! »

Les plus grands psychiatres des Etats-Unis les ont examinés. Et ils sont arrivés à cette conclusion formelle : ils étaient parfaitement normaux. Leur enfance malheureuse ne pouvait pas être prise en compte. Des fils et des filles de divorcés, il y en a des millions en Amérique...

Alors, pourquoi Francis Ross a-t-il tué de sang-froid cinq personnes, tandis que sa compagne assistait sans émotion à la tuerie? A cette question, l'un et l'autre n'ont fourni que des réponses dérisoirement banales :

– Pour aller plus vite. On était pressés...

– Il fallait de l'argent à cause de l'essence...

Et Francis Ross a répété ce qu'il avait répondu à la question de Linn : :

– Ces gens, je ne les connaissais pas...

Oui, c'était peut-être là l'explication. Linn et Francis étaient peut-être les représentants extrêmes d'une société déshumanisée, dans laquelle ceux qu'on ne connaît pas comptent si peu qu'on peut les tuer sans le moindre remords...

Francis Ross a été condamné à la prison à vie; son jeune âge lui a évité la peine de mort. Linn Clarke a été acquittée. Un verdict qui ne signifiait pas grand-chose. La vérité de ce voyage au bout de l'horreur était ailleurs.

COURSE CONTRE LA MORT

IL fait une chaleur de fournaise. Le ciel est gris et bas, l'humidité intolérable. Quatre hommes avancent dans la forêt équatoriale. La végétation n'est pas trop dense, leur progression est relativement rapide. En tête Guido Venturi, l'Italien, aux côtés du guide Waka. Ils marchent tous les deux prudemment, le fusil à la main, faisant attention à l'endroit où ils posent leurs pieds et surveillant les branches. Il faut se méfier à tout instant des serpents venimeux qu'il suffit de déranger dans leur assoupissement pour qu'ils attaquent avec une précision mortelle.

Quelques dizaines de mètres derrière, leurs deux compagnons ne semblent pas faire preuve de la même vigilance. John Simpson, l'Anglais, et Karl-Gustav Fridjörn, le Suédois, sont des scientifiques. Et depuis plusieurs heures, ils ont entamé une discussion comme s'ils se trouvaient dans un quelconque colloque international et non sur les pentes du mont Carstensz, l'une des régions les plus mal connues de Nouvelle-Guinée.

L'Anglais Simpson, longiligne, 1,90 mètre, se penche vers son interlocuteur qu'il domine d'une bonne tête :

– Je vous assure que les Mambas ne sont pas

anthropophages. Les rapports des Hollandais qui sont allés sur le mont Carstensz sont formels...

Karl-Gustav Fridjörn, trente ans, cheveux blonds, carrure athlétique, proteste énergiquement :

– Pas du tout. Ce ne sont pas les Mambas qu'ont rencontrés les Hollandais, mais les Malandas. Les Mambas, eux, sont bel et bien anthropophages.

L'Anglais a un haussement d'épaules pour énoncer ce qui lui semble une évidence :

– Les Mambas et les Malandas sont la même peuplade, voyons ! Il s'agit d'une déformation du même nom papou...

Malheureusement, cette passionnante controverse va devoir s'arrêter plus tôt que prévu. C'est à cet instant précis de l'après-midi du 21 octobre 1970 que se termine l'itinéraire de l'expédition scientifique patronnée par l'U.N.E.S.C.O. afin d'étudier les mœurs des Papous de Nouvelle-Guinée occidentale.

Un coup de feu arrache les deux scientifiques à leur discussion. Guido Venturi, l'Italien, vient de pousser un cri. Un cri vite couvert par des dizaines d'autres aux accents gutturaux... Avant même de s'être rendu compte de quoi que ce soit, Karl-Gustav Fridjörn et John Simpson sont entourés par des guerriers papous hurlant. Leurs fusils leur sont enlevés violemment. Les pieds et les mains liés, ils sont attachés à un bâton et emmenés comme du gibier. John Simpson tourne la tête dans la direction du Suédois.

– Nous allons savoir qui de nous deux a raison sur la question de l'anthropophagie. Mais du train où vont les choses, je crains que ce ne soit vous...

Après deux heures de trajet, les Mambas arrivent à leur village. Toute la population est là pour accueillir les guerriers. Les femmes, les enfants et les vieillards poussent des cris stridents.

Les trois Européens et leur guide Waka sont jetés à terre sans ménagements. Aucun d'eux ne parle. Guido, l'Italien, récite ses prières, les yeux mi-clos. Karl-Gustav Fridjörn et John Simpson serrent les dents. Waka est saisi de tremblements convulsifs. Car aucun d'eux ne peut plus se faire d'illusion sur le sort qui les attend. Ils sont sur une vaste place, devant une palissade longue d'une vingtaine de mètres, dont chaque pieu est surmonté d'une tête humaine.

Les guerriers se sont assis en cercle autour des quatre prisonniers, silencieux, leurs sagaies à la main. Un homme s'avance au milieu d'eux. Il est enduit des pieds à la tête de peintures aux dessins compliqués. Il porte sur le visage une sorte de masque en cuir orné de plumes d'oiseau-lyre. John Simpson s'adresse au Suédois :

– Les Mambas ne font pas exception à la règle. L'oiseau-lyre est réservé au sorcier...

Le Suédois réplique :

– La peinture bleue sur le front est également très caractéristique...

Et il continue à parler avec son collègue et ami. Il parle par bravade, mais aussi pour ne pas penser. Car il sait parfaitement, comme les autres, de quelle manière horrible il va être mis à mort. Les Papous mangent leurs victimes vivantes. Ils les maintiennent en vie à l'aide de garrots pendant plusieurs heures, parfois une journée, et ils les dévorent membre par membre.

Le sorcier fait un geste. Instantanément, quatre guerriers s'emparent des prisonniers. Karl-Gustav Fridjörn adresse un sourire à ses compagnons et ferme les yeux... Mais le Papou qui le tient ne lui fait aucun mal. Le sorcier s'est mis à parler. Le

Suédois connaît plusieurs dialectes. Il ne comprend pas le mamba, mais il peut saisir un mot qui revient dans le discours du sorcier : « chasse »...

L'homme au masque d'oiseau-lyre s'est tu... Waka, le guide, pousse des cris où se mêlent le rire et les larmes. Quand enfin il reprend le contrôle de lui-même, il traduit d'une manière précipitée :

– La tradition chez les Mambas est de laisser partir les prisonniers. Ils nous accordent une heure d'avance avant de nous donner la chasse. Si au bout de deux jours nous ne sommes pas pris, nous aurons la vie sauve...

Waka ne précise pas ce qui se passera dans le cas contraire, mais à quoi bon? Instantanément, l'attitude des trois Européens a changé. Il reste un espoir, même s'il est infime. Ils vont pouvoir fuir. Aucun d'eux ne se dit qu'il s'agit en fait d'un jeu cruel. Ils n'ont pas une seule chance d'échapper à plusieurs centaines de guerriers qui connaissent parfaitement le terrain. Ils ne seront qu'un gibier sans défense.

Karl-Gustav Fridjörn se force à respirer calmement. Surtout reprendre son souffle, réprimer les battements désordonnés de son cœur... Il est tiré de sa concentration par John Simpson qui, lui, a retrouvé tout son flegme et qui demande courtoisement :

– Vous étiez bon sur 10 000 mètres à l'Université?

Le Suédois sourit... Le courage admirable de son compagnon lui redonne le moral. S'il part avec lui, il se sent une chance supplémentaire de triompher. Il réplique :

– Je vous parie que je suis meilleur que vous! Je vous lance un défi sur quarante-huit heures.

D'un geste précis, les Papous viennent de couper les liens des prisonniers. Les quatre hommes se massent les poignets et se dégourdissent les jambes. Le sorcier leur laisse quelques minutes pour se préparer. Puis il s'approche d'un guerrier, lui prend sa sagaie et la fiche dans le sol en poussant un cri rauque. Les quatre hommes n'ont pas besoin de comprendre le mamba pour saisir la signification de cet ordre. Ils ont déjà disparu...

A la sortie du village, l'Italien et Waka partent par la gauche : Simpson et Fridjörn continuent droit devant eux... Karl-Gustav fonce à perdre haleine, comme un fou. Mais il se force à ralentir. Il doit mesurer ses efforts s'il ne veut pas être rapidement asphyxié dans cette atmosphère étouffante. C'est ce qu'avait déjà compris John Simpson qui le rejoint en foulées régulières, les coudes au corps et la tête bien droite, comme s'il faisait un footing d'entraînement dans les allées de Hyde Park. Il lui crie :

– C'est une course de fond, mon cher, pas un 100 mètres...

La forêt équatoriale n'est pas très dense à cet endroit, et c'est une chance pour les deux hommes. En continuant à aller droit devant, ils sont certains de ne pas revenir sur leurs pas et de mettre le maximum de distance entre eux et leurs poursuivants...

Le soleil est sur le point de se coucher, quand les deux fuyards s'arrêtent d'un même mouvement... Derrière eux, à une distance qui leur semble tragiquement proche, une clameur vient de s'élever. L'heure s'est écoulée. Les guerriers papous se sont lancés à leur poursuite... Sans réfléchir, l'Anglais et le Suédois se remettent à courir comme des fous. Cette fois, John Simpson a oublié ses foulées régulières. Il fuit, tout comme Karl-Gustav, pour ne plus entendre ce cri sauvage qui les glace d'horreur.

La clameur cesse... Sans doute, après avoir lancé leurs formules rituelles, les guerriers préfèrent-ils se taire pour ne pas indiquer leur position. Les deux hommes ralentissent l'allure. Ce silence est plus inquiétant que le vacarme qui précédait, mais qu'importe... Tout est préférable aux cris de cauchemar qu'ils ont entendus.

L'Anglais s'arrête brusquement. Il montre un arbre du doigt :

– Là... Regardez!

Il bondit et arrache du tronc une flèche papoue :

– La pointe est encore bonne. Elle peut servir.

Tout en se remettant à courir, Karl-Gustav objecte :

– Je doute qu'elle puisse faire grand-chose contre leurs sagaies.

John s'efforce de sourire :

– Si nous sommes rattrapés, ce n'est pas contre les Papous que je compte l'utiliser...

Depuis quelque temps déjà, le Suédois avait la sensation d'un bruit bizarre, mais maintenant il en a la certitude : ce roulement continu, c'est un bruit d'eau. Ils doivent être tout près d'un fleuve : leur seule chance de salut. En passant de l'autre côté de la rive, ils ont une possibilité de couper leur piste. L'Anglais lui aussi a compris. Les deux hommes forcent l'allure.

Un quart d'heure plus tard, ils atteignent la rive. Le fleuve est là, avec ses eaux boueuses à la couleur jaunâtre. Il s'étale, majestueux. L'autre rive est à plusieurs centaines de mètres. Par moments, le courant semble très vif. On devine même des tourbillons. Karl-Gustav s'efforce de faire une réflexion optimiste :

– Au moins, il n'y a pas de crocodiles...

Mais pour une fois, son compagnon ne manifeste

pas son flegme habituel. Il secoue la tête avec une mine sinistre :

– Allez-y seul. Je me défends à la course, mais je suis trop mauvais nageur. Je vais continuer le long de la rive.

Le Suédois n'insiste pas. Ce n'est pas le moment des paroles inutiles. Il serre la main de l'Anglais, et tous deux se souhaitent bonne chance. John a un sourire d'excuse.

– Me permettez-vous de garder la flèche? Je crains d'en avoir plus besoin que vous.

Karl-Gustav fait oui de la tête et plonge dans les eaux boueuses. Il fait déjà presque nuit...

Le courant est violent. Le Suédois lutte pour ne pas se laisser entraîner. Au bout d'une heure d'efforts, il n'est toujours pas parvenu sur la rive d'en face. Il manque même à plusieurs reprises d'être aspiré par les tourbillons et il fait à présent nuit noire...

Karl-Gustav lutte aussi contre le désespoir. Avant, il était soutenu par le moral merveilleux de son compagnon. Maintenant, il est seul, perdu dans une nature implacable, avec, à ses trousses, des centaines de guerriers impitoyables.

Le Suédois sent brusquement la résistance de l'eau faiblir; le courant est moins fort. En quelques minutes seulement, il peut aborder l'autre rive. Et là, son épuisement est tel que, malgré le danger, il se laisse glisser à terre et s'endort...

Quand il se réveille, le soleil est déjà haut dans le ciel. Les oiseaux et les singes font un bruit assourdissant... Il doit être 11 heures du matin. Le sorcier les a lâchés la veille, vers 5 heures du soir. Il ne s'est donc écoulé que dix-huit heures depuis le début de sa fuite. Il en reste trente.

Karl-Gustav décide de suivre le cours d'eau jusqu'à son embouchure. Il connaît, bien sûr, la géographie de la Nouvelle-Guinée. Il sait qu'il est sur le fleuve Mamberamo. Seulement, il sait aussi qu'il est dans une région particulièrement déserte. Il y a une bourgade de pêcheurs près de l'embouchure, mais c'est à environ 100 kilomètres. Aura-t-il la force d'arriver jusque-là? Pour l'instant, c'est secondaire : la seule chose qui compte, ce sont les trente heures qui viennent...

Le Suédois, qui s'apprêtait à descendre le fleuve, s'arrête net. Là-bas, en amont, des pirogues. Les Mambas ont dû retrouver ses traces et ils s'apprêtent à passer sur l'autre rive. Karl-Gustav réfléchit rapidement : ils sont à 500 mètres environ. S'enfoncer dans les terres, ce serait de la folie. Il serait rejoint en quelques heures. Son dernier espoir de salut, c'est le fleuve lui-même...

A quelque distance de la rive, il y a une sorte d'île formée par des troncs d'arbres morts autour desquels les lianes se sont accumulées. S'il pouvait s'y cacher, il aurait une chance d'échapper à ses poursuivants.

Le Suédois se met à l'eau, alors qu'un peu plus loin les pirogues traversent le fleuve. Il nage sous l'eau aussi profondément qu'il peut, remontant pour respirer le moins souvent possible... Mais Karl-Gustav est un excellent nageur. Il parvient dans l'île flottante, s'installe au centre, s'agrippe à un tronc et attend.

Il n'a pas longtemps à attendre... Une demi-heure plus tard, il entend des appels non loin de lui. Les Papous, après avoir cherché sur l'autre rive, commencent à explorer le fleuve. Deux pirogues s'approchent; il les distingue entre les lianes. Il plonge et ne ressort qu'à bout de souffle. C'est pour apercevoir une des pirogues tout près. Il plonge de nouveau...

Lorsqu'il fait surface pour la deuxième fois, il

pousse un énorme soupir. Ils s'en vont. Ils ne l'ont pas vu! Les pirogues se maintiennent difficilement à cet endroit du fleuve, à cause des remous. C'est sans doute pourquoi les Papous n'ont pas trop insisté...

Mais presque aussitôt la joie du Suédois disparaît... Les embarcations se sont amarrées sur la rive, à l'endroit où lui-même avait passé la nuit. Ses poursuivants n'ont pas l'air de vouloir bouger. On dirait au contraire qu'ils établissent quelque chose comme un camp de base pour lancer des recherches dans plusieurs directions. Pas question, en tout cas, de sortir de sa cachette. Karl-Gustav serre les dents, s'accroche à son tronc d'arbre et attend encore...

Il attend jusqu'à la nuit. Il est brûlant de fièvre. L'eau du fleuve n'est pas froide, mais l'humidité le transperce. Il n'a qu'une pensée : tenir; il compte les heures dans un effrayant compte à rebours... L'obscurité venue, il monte sur un des troncs. Est-ce qu'il pourrait se risquer jusqu'à la rive? Est-ce que les Papous sont partis?

Non, ils sont toujours au même endroit. Ils ont allumé un feu et bivouaquent près de leurs pirogues... Les heures passent dans le noir. Au petit matin, Karl-Gustav Fridjörn, la mort dans l'âme et le corps brisé, est obligé de se replonger dans l'eau. Il a encore douze heures à tenir, mais il sait qu'il ne pourra pas. Tout plutôt que ce supplice, même la mort chez les Papous!

Et c'est alors que le miracle se produit... Le Suédois craint un instant que sa faiblesse lui cause des hallucinations; mais non, il ne se trompe pas : avec l'aube les Papous s'en vont. Là-bas, il les voit monter dans leurs pirogues et retraverser le fleuve en direction de leur village. Karl-Gustav attend un peu et puis se décide. Pas question d'attendre davantage : il doit regagner la rive.

L'effort est terrible. Ses bras et ses jambes engourdis refusent presque de lui obéir. Mais enfin, à force d'énergie, en réunissant tout ce qui lui reste de rage de vivre, il y parvient. Karl-Gustav Fridjörn s'écroule... Quelle heure est-il? 9 heures du matin peut-être. Il manquc huit heures pour qu'il soit sauvé... Il sombre dans l'inconscience...

Quand il revient à lui, il est dans le village papou, seul, dans une case fermée. Le cauchemar qu'il vient de vivre lui revient d'un seul coup. Son esprit se remet à fonctionner à toute allure. Il n'est pas attaché, c'est bon signe, mais, dans l'état de faiblesse où il était, les Papous ont peut-être jugé que ce n'était pas nécessaire. De toute manière, il est bel et bien prisonnier.

La porte s'ouvre. Deux guerriers s'encadrent sur le seuil. A quelle heure a-t-il été découvert? Tout le problème est là. Si c'est après 5 heures du soir, il est sauvé, si c'est avant... Les Papous lui apportent des fruits dans un panier d'osier et du lait dans une écuelle. Ils les déposent à ses pieds, font un salut et se retirent... Une offrande au vainqueur de l'épreuve ou bien la nourriture destinée à engraisser la victime? Le Suédois ne se pose pas longtemps la question; l'instant d'après, c'est Waka, le guide, qui entre à son tour. Il sourit de toutes ses dents.

– Nous avons réussi tous les deux. Ils t'ont retrouvé seulement au matin du troisième jour. Le chef m'a dit que maintenant nous étions considérés comme des divinités bienfaisantes.

En vacillant, Karl-Gustav sort de la case. Il a une grimace : la luminosité lui fait mal. A sa vue, les habitants du village s'inclinent avec de grandes marques de respect. Il se dirige vers la place d'où ils étaient partis pour leur fuite éperdue. Mais le guide l'arrête par le bras :

– Non. Ne va pas par là ! Il ne faut pas voir.

Karl-Gustav Fridjörn a un cri :

– John !

– Oui, l'Italien et l'Anglais sont morts... Je peux te dire pour l'Anglais. Je sais qu'il était ton ami. Le chef m'a raconté. Ils ne l'ont pas pris vivant. Il a réussi à se percer le cœur avec une flèche au moment où ils l'ont rejoint...

Karl-Gustav et son guide, désormais considérés par la tribu comme des personnages sacrés, ont eu toutes les peines du monde à recouvrer leur liberté.

Ils ont dû attendre trois mois pour fausser compagnie aux Papous. Ils sont partis une nuit et ils ont encore dû marcher quinze jours entiers, presque sans provisions, pour regagner la civilisation...

Aujourd'hui, Karl-Gustav Fridjörn enseigne l'ethnologie à la faculté des lettres de Stockholm. Il a juré qu'il ne ferait plus que des études théoriques et qu'il ne remettrait jamais les pieds sur le terrain. Il y a des dangers qu'on ne peut risquer qu'une fois dans sa vie.

LA PHOTOGRAPHE

Pearl Brooker est ravie de se trouver dans ce restaurant chic de Manhattan. Elle sourit en regardant son compagnon de table... Pearl Brooker a un très joli regard et un très joli sourire. Elle a dix-huit ans en cette année 1947. Depuis quelque temps, ses parents l'ennuient, ses études l'ennuient. Elle a envie de vivre une grande aventure...

Or, c'est justement ce qui est en train de se produire. Un homme l'a abordée tout à l'heure dans la rue, et elle a accepté de le suivre au restaurant. Il doit avoir la trentaine. Il est très brun. Il ressemble à George Raft, son héros de cinéma préféré. Il a quelque chose d'un peu dur parfois quand il s'exprime, mais Pearl sent qu'avec lui elle va vivre une aventure passionnante, excitante, mouvementée peut-être...

Le compagnon de Pearl s'appelle Allen Larue... La jeune fille a tout de suite été fascinée par ce nom. Un nom français, c'est rare à New York. Cela évoque Paris, des images lointaines, exotiques...

Allen Larue parle et ce qu'il dit est plus passionnant encore. Il révèle à Pearl sa profession : il est détective privé. Pearl Brooker bat des mains.

– C'est merveilleux! Je suis sûre que vous vous occupez d'affaires très dangereuses.

Allen Larue reste un instant silencieux, la tête baissée.

– Vous ne croyez pas si bien dire, Pearl. Je suis en ce moment sur une affaire... délicate. J'agis pour le compte d'une compagnie d'assurances. Il s'agit de bijoux, de diamants...

Le mot magique produit son effet sur Pearl Brooker. Elle trouve que, décidément, son compagnon de rencontre ressemble de plus en plus à George Raft.

– La compagnie en question soupçonne une jeune femme de transporter des diamants volés d'une manière particulièrement audacieuse : elle les porte cousus dans la doublure de son manteau.

Pearl est excitée au plus haut point.

– Vous l'avez vue, vous connaissez son nom?

– Oui, je l'ai vue. Une brune assez typée, tout à fait le style de l'aventurière. Elle se fait appeler Wilma Rocco, mais ce n'est certainement pas son nom. Elle est très habile, diaboliquement habile. Pourtant, je suis sur le point de la coincer. Je vais apporter à la compagnie la preuve de sa culpabilité. Je vais la photographier au moment où elle transporte les bijoux.

Pearl Brooker plisse le front avec un air d'incompréhension.

– Mais si les diamants sont cousus dans sa doublure, comment les verrait-on sur la photo?

Allen Larue s'attendait à cette question. Il met l'index sur ses lèvres et prononce d'un air mystérieux.

– Rayons X...

La jeune femme n'a pas entièrement compris.

Alors, le détective explique avec une évidente autosatisfaction.

– J'ai à ma disposition un appareil permettant de photographier à travers tous les tissus. Les diamants seront parfaitement visibles et elle ne s'apercevra de rien. Malgré toute son habileté, cette fois, elle est perdue.

Pearl Brooker est subjuguée. Elle garde un moment le silence et elle finit par demander d'une voix timide :

– Est-ce que je pourrais être avec vous au moment où vous prendrez cette photo ?... Vous comprenez, des choses pareilles, on n'en voit qu'au cinéma. Alors, dans la réalité, ce doit être fantastique !

Allen Larue a l'air tout à fait gêné... Il se racle plusieurs fois la gorge avant de reprendre la parole.

– Si j'osais, j'irais même plus loin. Comme je vous l'ai dit, cette jeune femme est très forte. Je crois même que, malgré toutes mes précautions, elle m'a repéré. Alors, vous pourriez peut-être prendre cette photo à ma place...

La jeune fille saute sur son siège et frappe dans ses mains comme une collégienne. Indifférente à ses voisins de table qui se retournent vers elle, elle s'écrie :

– Oh oui ! Allons-y tout de suite !

Allen Larue la calme d'un geste.

– Non. Tout de suite ce n'est pas possible. D'abord je n'ai pas l'appareil avec moi et il faut d'abord que vous voyiez Wilma Rocco. Mais je dois vous prévenir, Pearl, c'est peut-être dangereux.

– Je n'ai pas peur, je vous assure.

– Eh bien, d'accord. Nous allons l'attendre à la sortie du building où elle travaille...

Dans la voiture d'Allen, Pearl a l'impression de vivre un rêve, ou plutôt d'être elle-même la vedette d'un grand film : la charmante et irremplaçable compagne du héros... Pearl se voit déjà, après une suite d'aventures palpitantes, en robe blanche avec Allen sur les marches de l'église, tandis que s'inscrit en grosses lettres le mot FIN.

Allen Larue vient de garer sa voiture avec dextérité. La jeune femme descend. Il lui montre un imposant gratte-ciel.

– C'est là... La mairie de New York...

Pearl Brooker n'en revient pas.

– Elle travaille à la mairie de New York!

– Oui, et comme simple dactylo... Vous vous rendez compte à quel point elle est forte? C'est une couverture géniale quand on gagne des millions!

En pénétrant dans le hall de marbre de l'immeuble, Pearl Brooker est subjuguée. L'aventure devient plus passionnante de minute en minute.

Après un quart d'heure d'attente, à 17 heures précises, les dix ascenseurs déversent tous en même temps des flots d'hommes et de femmes. Caché derrière une vaste plante verte, Allen Larue scrute la cohue. A ses côtés, Pearl avale sa salive et tremble un peu. Soudain, Allen pointe le doigt.

– Là, c'est elle! Avec le sac à main rouge...

Très émue, Pearl Brooker regarde la personne en question. C'est une femme brune de quarante ans environ. Elle porte des vêtements modestes : un manteau de laine grise, un chapeau bon marché, un sac en cuir rouge de mauvaise qualité. Mais sous ses allures insignifiantes, son physique ne trompe pas. Elle est brune, grande, elle marche très droite, d'un pas rapide. Ses traits ont quelque chose de hardi et de dur. Pas de doute, c'est une aventurière, quelqu'un capable de tout... Pearl, fascinée, voit passer près d'elle et disparaître ce manteau de mauvaise coupe qui contient des millions de dollars...

Elle se retourne vers son compagnon.

– Je l'ai bien observée. Maintenant je suis sûre de la reconnaître entre mille.

Allen Larue a un sourire.

– Je dois partir. Il ne faut pas qu'on nous voie ensemble ici. Voulez-vous demain midi au même restaurant? Je vous apporterai l'appareil.

Et Allen Larue s'en va. Il rentre chez lui... Le trajet est long. Il habite un petit appartement de banlieue. Une fois arrivé, il lance d'un ton enjoué :

– Bonjour, chérie!

Personne ne lui répond. Pourtant sa femme est là. Elle a laissé son manteau, un manteau de laine grise, et son sac en cuir rouge bon marché sur la table de la salle à manger. Elle est sans doute à la cuisine. Il appelle :

– Wilma...

Effectivement, Wilma est à la cuisine.

– Eh bien, chérie, pourquoi ne réponds-tu pas?

Mais Wilma le repousse. Elle a une expression de dureté qu'accentue sa chevelure très brune.

– Je t'ai déjà dit de ne plus m'appeler chérie. C'est fini entre nous. Tu n'as pas encore compris?

A son tour le visage d'Allen se durcit.

– Et moi, je ne veux pas. Jamais je n'accepterai de divorcer.

Wilma hausse les épaules.

– Ne me force pas à mettre mes menaces à exécution. Ou tu divorces sans faire d'histoire, ou je raconte tout à mon avocat. Choisis!

Allen fait la grimace. Il traînera donc toujours son passé derrière lui... Oui, il est Allen Rocco, condamné à quinze ans de prison pour hold-up et évadé de la prison de New York. Au début de son mariage, il a tout avoué à Wilma. Il était fou d'elle. Il l'est toujours d'ailleurs. Seulement, Wilma ne l'aime plus. Elle veut divorcer et elle le menace de tout dire...

Allen Rocco s'entend demander :

– C'est ton dernier mot ?

Wilma ne daigne pas répondre... Allen revient dans le living-room. Maintenant tout est joué. Son scénario sera exécuté comme prévu...

Le lendemain, à l'heure dite, il est au restaurant. Pearl Brooker l'attendait déjà. Sans dire un mot, Allen entraîne la jeune fille à une table et sort un carton à chaussures. Au centre du couvercle, un petit trou a été percé, d'où dépasse une ficelle.

Allen parle à voix basse :

– L'appareil à rayons X est dedans. Il ne faut surtout pas le sortir du carton; vous vous feriez remarquer. Elle a peut-être des complices qui la suivent à distance pour la protéger. Vous n'aurez qu'à cadrer en tenant la boîte bien horizontale. Ensuite, tirez la ficelle et la photo se fera toute seule.

Pearl n'en peut plus d'admiration. L'idée du carton à chaussures est géniale. Bien sûr, elle a un petit peu peur, mais c'est tellement agréable d'avoir peur !

Allen ajoute, avec un sourire :

– Ne vous inquiétez pas. Je vous suivrai à une centaine de mètres. Quand tout sera fini, que diriez-vous de passer la soirée ensemble ?...

Dans la voiture d'Allen, qui la conduit à la mairie de New York, Pearl serre nerveusement sur ses genoux sa boîte à chaussures. Elle est grisée. Elle est au cinéma, mais de l'autre côté de la caméra, elle est en train de vivre et d'interpréter le premier rôle féminin aux côtés du héros.

Par prudence, Allen Rocco, alias Larue, a garé sa voiture à quelque distance du building. Ils font ensemble les 200 ou 300 mètres qui les en séparent. En chemin, le jeune homme presse le bras de sa compagne et lui murmure des mots d'encouragement.

Mais Pearl Brooker n'en a plus besoin, elle est maintenant tout à sa mission et elle ira jusqu'au bout. Quand Allen la laisse devant l'entrée de la mairie, en lui disant qu'il la suivra à distance, Pearl ne l'écoute même plus. Elle a les yeux fixés sur les ascenseurs d'où va bientôt surgir Wilma, la redoutable aventurière.

A 17 heures précises, comme la veille, les dix ascenseurs libèrent simultanément les employés.

Pearl Brooker observe avec intensité les arrivants; elle ne se cache pas puisque l'autre ne la connaît pas. Elle craint un instant qu'elle ne lui échappe au milieu de toute cette foule... Mais non, la voilà! C'est bien elle, avec son manteau gris banal, son manteau aux millions de dollars, et son sac en cuir rouge à la main.

Pearl emboîte le pas à la jeune femme. Elle s'éloigne rapidement; sans doute se méfie-t-elle. Pas question, en tout cas, de prendre la photo dans ces conditions. En marchant ce n'est pas possible, elle serait floue, et puis il y a sans cesse des gens qui passent entre elles. Malgré toute la puissance des rayons X, Pearl ne pense pas qu'ils pourraient traverser plusieurs corps.

Pearl Brooker continue sa filature à travers les rues encombrées de New York. Elle ne pense pas au danger. Peut-être y a-t-il des complices qui sont là pour protéger l'aventurière aux diamants, mais cela lui est égal. Elle n'a qu'une idée, qu'une hantise : ne pas être à la hauteur de la situation, revenir bredouille auprès d'Allen...

La femme brune vient de s'arrêter à un arrêt d'autobus. Pearl Brooker ne peut pas s'empêcher d'admirer son astuce. Evidemment, pour ne pas se faire remarquer, rien de tel que les transports en commun. C'est anonyme, beaucoup plus sûr qu'une voiture particulière. Pourtant, sans le savoir, Wilma vient de commettre une erreur. Pearl se glisse derrière elle... Cette fois elle est à sa merci.

Pearl Brooker tient le carton à chaussures fermement devant elle, elle se recule d'un pas... Normalement, l'appareil photo devrait prendre tout le dos de la femme. Elle bloque sa respiration, prend la ficelle entre l'index et le pouce de la main droite et tire d'un coup sec...

Il y a quelques secondes qui semblent des éternités. Pearl se sent défaillir, elle ne comprend pas... Que signifie ce bruit assourdissant? Que veulent dire ces cris qu'elle entend autour d'elle? Elle ouvre les yeux, qu'elle avait fermés instinctivement au moment de prendre la photo, et elle pousse un cri à son tour...

La femme brune est étendue devant elle, la tête dans le caniveau. Son manteau n'est plus gris, il est tout rouge, déchiqueté; un flot de sang se répand sur le trottoir. Pearl Brooker se sent bousculée, une main l'agrippe. Elle a peur, une peur panique; elle veut s'enfuir, mais elle ne peut pas; elle est entourée de gens qui vocifèrent :

– C'est elle! Arrêtez-la!

C'est avec ce sentiment de soulagement qu'elle voit s'approcher un policeman. Celui-ci sort son arme, la braque vers elle. Mais elle va s'expliquer, il va comprendre. Pearl lui tend le carton à chaussures, le policier recule. Alors elle se met à parler d'une voix précipitée :

– J'ai pris une photo, c'est tout! Une photo aux rayons X. Je n'ai fait que tirer sur la ficelle.

Un autre policier vient de surgir. Avec des gestes précautionneux, il prend la boîte à chaussures et en soulève le couvercle. Et Pearl Brooker découvre une vision d'horreur. Ce n'est pas un appareil photo qu'il y a à l'intérieur, c'est une carabine sans crosse à deux canons sciés; un mécanisme relie la ficelle à la détente. D'après l'étendue de la blessure mortelle, l'arme devait être bourrée de chevrotines.

Pearl entend la sirène hurlante d'une voiture de police. Elle tente désespérément de se faire entendre :

– Mais j'ai fait cela pour Allen Larue, le détective! Il m'avait demandé de prendre une photo. D'ailleurs, il est là, il me suivait à 100 mètres...

Et elle se mit à crier, tandis qu'on l'emmène, après lui avoir passé les menottes :

– Allen! Allen!...

Au poste, le lieutenant Spencer, de la police de New York, se fait répéter plusieurs fois le récit de Pearl Brooker.

– Donc vous dites qu'un homme que vous ne connaissez pas vous a demandé de prendre une photo de Mme Rocco et vous a remis à cet effet un carton à chaussures censé contenir un appareil à rayons X.

Pearl murmure d'une voix blanche :

– Oui, c'est cela. C'est à cause des diamants, il était détective.

Le lieutenant Spencer prend le sac en cuir rouge qui se trouvait sur son bureau et en extrait une photo. Il la montre à la jeune fille :

– Reconnaissez-vous cet homme?

Pearl Brooker a l'impression que le monde chavire brusquement.

– Mais c'est lui!... Alors, ils se connaissaient?

Le policier, malgré lui, a un sourire apitoyé. Il est maintenant tout à fait convaincu de la sincérité de Pearl Brooker. On n'invente pas une histoire pareille. C'est une fille romantique, et sans cervelle qui a été le jouet d'une incroyable machination. Il dit, comme on s'adresserait à une enfant :

– Oui, ils se connaissaient. Allen Rocco était le mari de la victime...

Dans sa prison, Pearl Brooker a appris comme tout le monde le dénouement de l'affaire. Allen Rocco, fiché à tous les services de police, a été rapidement découvert. Au moment où les policiers venaient pour l'arrêter, il n'a pas voulu se rendre, il a fait feu et il a été abattu.

C'est donc Pearl Brooker seule qui a comparu devant le tribunal de New York pour le meurtre de Wilma Rocco. Mais les juges et les jurés se sont vite rendu compte qu'ils n'avaient pas affaire à une meurtrière, ni même à une exécutante; tout au plus à un instrument. On ne pouvait, dans le fond, lui reprocher que sa bêtise.

Pearl Brooker a été acquittée. Une fin heureuse pour son premier et dernier film où elle avait joué un bien mauvais rôle.

LE RAVIN DE LA TRUYÈRE

DEPUIS la route qui longe la Truyère, le village de Puysac semble tout près. Il dresse ses quelques maisons sur un escarpement rocheux à un kilomètre à peine à vol d'oiseau. Mais pour s'y rendre, c'est autre chose. Il faut prendre un mauvais chemin qui serpente, monte et redescend; il y a deux heures de marche au moins. Mais à part le facteur, qui aurait l'idée de se rendre à Puysac? C'est un village qui se meurt en cette année 1946, et les cinq familles qui l'habitent encore doivent se déplacer pour les achats indispensables.

La ferme Duchet est la plus importante de la commune de Puysac : une cinquantaine d'hectares où poussent des céréales pauvres et où paissent des moutons entre les cailloux. Quant aux propriétaires, ils sont tout aussi rustiques que leur ferme : Henri Duchet, le père, cinquante-cinq ans, maigre, flottant dans son pantalon de velours, la peau ridée par l'air et le soleil plus que par l'âge; Marie-Pierre, la mère, la cinquantaine, petite, insignifiante, toujours habillée comme une servante; Germaine, la fille unique, vingt-cinq ans, un grand cheval sans aucune grâce, mais qui n'a pas son pareil pour les travaux quotidiens. Il n'y a que René qui ne soit pas comme les autres. Il faut dire qu'il n'est pas de la famille. C'est le mari de Germaine, le gendre. Il n'est même pas de Puysac, il est de Saint-Albin, à 15 kilomètres de là... Autant dirc quc c'est un étranger.

René est un garçon soigné avec ses cheveux en brosse et son visage bien rasé. Il a toujours à cœur d'avoir une chemise propre et il lit le journal : deux caractéristiques qui semblent franchement incompréhensibles aux Duchet parents et fille.

Non, on n'apprécie guère René à la ferme. Et d'autant moins que, ce 7 juin 1946, à la suite d'une remarque du père Duchet sur son peu d'ardeur à l'ouvrage, René a décidé de faire la grève des bras croisés. Il a été s'enfermer dans la bergerie et il n'en bouge plus.

Aussi, à la ferme, c'est un véritable conseil de famille qui se tient. Le père Duchet tape du poing sur la table.

– C'est un bon à rien! Il ne gagne pas son pain...

Marie-Pierre Duchet regarde sévèrement sa fille.

– Tu aurais dû te rendre compte qu'il t'a épousée à cause de la ferme. Il s'est dit qu'un jour ce serait lui le maître et que, forte comme tu es, il n'aurait qu'à te regarder travailler.

Germaine ne défend pas son mari, bien au contraire.

– Pour sûr que c'est un propre à rien! Je passe mon temps à lui répéter que c'est un propre à rien.

Le père Duchet prononce alors sans élever la voix :

– Les bouches inutiles, il faut s'en débarrasser.

Il se fait un grand silence dans la salle commune de la ferme. Germaine demande simplement :

– Tu as une idée de la manière?

Le père Duchet répond de la façon la plus naturelle, comme s'il s'agissait de tuer le cochon :

– Tu es la plus costaud de nous trois. C'est à toi de faire l'ouvrage. Tu vas prendre la pelle et tu iras le voir comme si tu voulais faire un arrangement avec lui. Tu l'assommeras dès qu'il aura le dos tourné. Après je t'aiderai à le transporter au ravin de la Truyère, là d'où ce que les morts ne remontent pas.

Germaine Duchet ne répond rien. Elle quitte la ferme, va prendre la pelle dans la cour et se dirige vers la bergerie en appelant :

– René ! Viens donc voir...

Et la nuit venue, Germaine tenant les bras, le père Duchet tenant les jambes, le corps de René est jeté dans le ravin de la Truyère, « là d'où ce que les morts ne remontent pas »...

A Puysac, la disparition de René n'étonne personne. Est-ce qu'il s'est enfui, comme le prétendent sa femme et ses beaux-parents, ou bien s'agit-il d'un départ beaucoup plus définitif ? Allez savoir ? Deux ou trois personnes murmurent entre elles :

– Ce serait peut-être plutôt sous terre qu'il faudrait le chercher...

Mais les réactions s'arrêtent là. Pas question en particulier de dire quoi que ce soit aux gendarmes, lorsqu'ils arrivent à Puysac pour leur enquête. Quand on est cinq familles à vivre ensemble toute l'année au milieu d'un village quasi abandonné, on ne va quand même pas se dénoncer les uns les autres.

L'enquête ne donne rien. Pourquoi ne pas croire les Duchet lorsqu'ils affirment que René est parti parce qu'il ne s'entendait plus avec Germaine ? Le brigadier conclut en s'en allant :

– Je suis sûr qu'un jour ou l'autre il vous donnera de ses nouvelles...

15 décembre 1946. Le père Duchet va ramasser du bois près de la Truyère. Il fait particulièrement froid depuis plusieurs semaines et il n'y a plus rien à mettre dans la cheminée... Le soir, il n'est toujours pas rentré. Inquiètes, Marie-Pierre et Germaine partent à sa rencontre. Elles appellent sans recevoir de réponse. Soudain, Germaine pousse un cri : là dans la lumière de la lampe à pétrole, une forme sombre recroquevillée sur la neige. Henri Duchet est mort depuis plusieurs heures déjà. Il a la tête couverte de sang gelé. Autour de lui, son fagot éparpillé. Il a dû glisser sur une plaque de glace et se fracturer le crâne sur une pierre.

Marie-Pierre se signe devant le corps de son mari et dit d'une voix apeurée :

– On ne dirait pas qu'il s'est fait ça en tombant!

Germaine, elle, ne dit rien. Elle éprouve un malaise indéfinissable...

6 avril 1947. Germaine Duchet, qui rentre avec ses moutons, est surprise de ne pas voir, comme à l'accoutumée, sa mère devant la cheminée, en train de préparer le repas. Le feu n'est pas allumé, alors qu'à cette heure-là, d'habitude, la soupe est déjà fumante. Prise d'un terrible pressentiment, Germaine explore les environs...

Ce qu'elle craignait est arrivé : Marie-Pierre est là, dans la mare aux canards, la tête dans l'eau. Elle est morte. Elle a eu un malaise, elle est tombée et elle s'est noyée. A moins... A moins que quelqu'un l'ait poussée et lui ait maintenu la tête sous l'eau... Germaine a un sursaut. Elle veut chasser la pensée affreuse qui lui vient. Ce n'est pas possible! On ne remonte pas du ravin de la Truyère... Depuis qu'elle est enfant, elle a entendu des histoires terribles à propos des guerres de Religion, des bandits de grand chemin. Tout récemment, à la Libération, elle sait bien que les maquisards ont fait disparaître plusieurs dizaines d'Allemands et de collaborateurs dans le ravin de la Truyère. On murmure même que des gens en ont profité pour régler des comptes qui n'avaient rien à voir avec la Résistance.

Pourquoi, seul parmi ces assassinés de toutes les époques, René remonterait-il? Il était mort quand elle l'a jeté. Elle en est sûre. Un coup pareil aurait tué un bœuf!

Pourtant, en allant au village demander de l'aide, Germaine Duchet n'a qu'une pensée : ne plus être seule à la ferme, sinon elle sent qu'elle va devenir folle...

11 mai 1950. Il est 7 heures du soir. Germaine Duchet et Charles Hebert ont une discussion tendue dans la grande salle de la ferme. Germaine a l'air particulièrement nerveuse.

– Gilbert n'est pas rentré. Je suis sûre qu'il lui est arrivé malheur!

Charles Hebert se verse un verre de vin.

– Allons donc! Il se sera attardé aux billes avec les gamins, comme tous les dimanches.

– J'ai peur, je te dis!

Charles Hebert ne répond pas et Germaine pousse un soupir. Ce n'est pas de gaieté de cœur qu'elle s'est résolue à se mettre en ménage avec Charles, le fils de ses voisins, tout de suite après la mort de sa mère.

Mais il n'y a guère le choix des garçons à Puysac et, pour rien au monde, elle ne serait restée seule.

Quelques mois plus tard, elle a même décidé d'engager Gilbert Mesnil, un berger de vingt ans, pour s'occuper des moutons. Gilbert est un attardé qui a l'âge mental d'un enfant de sept ans. C'est pourquoi il passe tous ses dimanches à jouer aux billes avec les gamins du village voisin.

Germaine saisit le bras de son compagnon :

– Charles, il faut faire quelque chose.

Cette fois, Charles Hebert l'envoie promener d'une bourrade.

– Laisse-moi tranquille avec tes histoires. Et d'abord, le René, t'avais qu'à pas le jeter dans le ravin!...

C'est quinze jours plus tard, le 26 mai 1950, que des campeurs découvrent le cadavre de Gilbert Mesnil flottant sur les eaux de la Truyère. Il porte une plaie au sommet du crâne. Bien sûr, il a pu se faire cette blessure en roulant contre les rochers après être tombé à l'eau; mais est-ce absolument certain? D'autre part, que venait-il faire au bord de la Truyère? Il n'y allait jamais. Il ne savait pas nager et, comme beaucoup de simples d'esprit, il avait peur de l'eau.

C'est ce que Germaine Duchet explique aux gendarmes, venus enquêter à la ferme. Le brigadier conclut :

– D'après moi, il s'est donné la mort. Il n'était pas bien normal, ce garçon... Dites donc, madame Duchet, vous n'avez pas peur pour vous-même?

Germaine Duchet grimace un sourire avec ses dents chevalines :

– Moi, peur! Pourquoi?

– Eh bien, la disparition de votre mari, l'accident de votre père et de votre mère, et maintenant votre berger. Il y a un sort sur cette ferme! Moi, à votre place, je serais pas tranquille...

Germaine Duchet est trop remuée pour pouvoir répondre. Pour dire quelque chose, Charles Hebert lance d'un ton bougon :

– Nous, on ne croit pas aux sorts...

1er août 1950. Un peu plus de deux mois se sont écoulés depuis la mort de Gilbert Mesnil. Il fait une chaleur torride. Une forme titubante s'avance dans les rues désertes de Puysac, s'accrochant aux murs délabrés des maisons en ruine. Enfin, elle frappe à une porte. Un homme vient ouvrir : c'est Louis Brouillac, le maire de Puysac. Il reconnaît Germaine Duchet. Ellc a lc visage décomposé. Elle est grisâtre. Elle parvient à articuler :

– Un docteur!... On nous a empoisonnés... Charles est en train de mourir...

Secourus, Germaine et Charles sont transportés à l'hôpital le plus proche, celui de Mende... Si Germaine Duchet est dans un état relativement satisfaisant, Charles Hebert reste plusieurs jours entre la vie et la mort. Quoi qu'il en soit, pour tous les deux les symptômes sont les mêmes : empoisonnement à l'arsenic.

Mais qui a pu faire cela? Charles et Germaine, qui, comme les autres habitants de Puysac, vivent pratiquement en circuit fermé, n'avaient vu personne depuis des semaines...

Sur son lit d'hôpital, la fille Duchet précise au brigadier les circonstances de l'empoisonnement :

– C'est tout de suite après qu'on eut pris le repas de midi.

– Qu'est-ce que vous aviez mangé à déjeuner?

– Des tomates, une soupe aux légumes. Même que c'était la première fois de l'année qu'on mangeait nos légumes...

Retournés sur place à la ferme, les gendarmes n'ont aucune difficulté à découvrir la machination criminelle. La ferme Duchet est alimentée par deux canalisations d'eau. La première, conduisant au bâtiment lui-même, est destinée à la consommation et aux besoins domestiques. La seconde, qui circule à travers champs, est destinée à l'arrosage.

C'est dans le réservoir de distribution de cette dernière que les gendarmes découvrent un sac d'arséniate de plomb...

Oui, un plan particulièrement habile. Il permettait, en quelque sorte, de tuer à retardement. Pendant plusieurs semaines, les occupants de la ferme arrosent leurs légumes avec une eau saturée d'arsenic, mais ils ne sont empoisonnés que lorsqu'ils mangent leur récolte...

Le brigadier apporte ses conclusions à Germaine Duchet, toujours sur son lit d'hôpital.

– Madame Duchet, il s'agit de quelqu'un qui vous en veut à mort et qui est prêt à tout. Une telle préméditation n'est pas courante... Voyez-vous de qui il peut s'agir?

Germaine est devenue livide. Elle est incapable de répondre. Le brigadier insiste.

– Vous n'avez rien à craindre. Nous sommes là pour vous protéger.

La fermière tremble comme une feuille. Elle murmure :

– Contre lui, vous ne pouvez rien!

Comme le brigadier affiche un air d'incompréhension, Germaine Duchet ajoute :

– Je préfère tout vous dire. J'ai trop peur... C'est René, mon mari!

Et elle raconte tout...

Arrêtée, Germaine Duchet se retrouve quinze jours plus tard devant le ravin de la Truyère... Elle risque à présent la peine de mort, mais elle ne regrette rien. Tout plutôt que de vivre avec cette peur au ventre en compagnie de ce spectre qui rôdait autour d'elle...

Une centaine d'habitants de la région sont aux côtés de Germaine. Car ce qui va se passer est un spectacle à ne pas manquer : sur ordre du juge d'instruction, les pompiers vont descendre pour la première fois dans le ravin de la Truyère. Deux échelles de corde sont lancées. Plusieurs hommes s'enfoncent les uns derrière les autres... Germaine Duchet connaît d'avance le résultat : ils ne trouveront rien. René n'est pas mort. Il est quelque part dans les environs, peut-être tout près. Elle a presque hâte de se retrouver en sécurité dans sa prison...

Deux heures s'écoulent... Les pompiers remontent enfin avec un sac de toile. Ils le déposent devant Germaine, l'ouvrent. René est là ou, du moins, ce qu'il en reste : un misérable squelette au crâne brisé par le terrible coup de pelle. On reconnaît le pantalon bleu et la chemise blanche qu'il avait le jour du meurtre...

René n'était pas remonté du ravin de la Truyère. Pendant quatre ans Germaine Duchet avait eu peur pour rien, et elle venait d'avouer pour rien... Germaine, qui demande dans un souffle :

– Mais alors, qui?

« Qui? » C'est la question que ne cessent de se poser les gendarmes les jours suivants. La mort du père, celles de la mère Duchet et du berger Gilbert Mesnil n'étaient des crimes que dans l'esprit troublé de Germaine. Mais l'empoisonnement à l'arsenic ne peut pas être de l'imagination. Le sac d'arséniate de plomb n'est pas venu tout seul dans le réservoir. Quelqu'un a tenté de tuer Germaine Duchet et son compagnon Charles Hebert. Alors, encore une fois, qui, dans cette campagne perdue où chacun vit replié sur lui-même?...

La réponse, c'est un enfant qui l'apporte une semaine plus tard... Le petit Pascal se présente en compagnie de son père à la gendarmerie. L'enfant a l'air très intimidé. Son père l'encourage à parler.

– Allez. Répète ce que tu m'as dit. C'est important.

Oui, c'est important. C'est la clef du mystère.

– C'était en jouant aux billes avec Gilbert. Il m'a dit : « Mes patrons sont des méchants. La maîtresse a tué son mari. Je l'ai entendue dire à M. Charles. Alors je leur ai joué un tour... »

Le brigadier questionne :

– Il t'a dit quel tour?

– Non. Je le lui ai demandé. Il m'a répondu seulement : « Un bon tour. » Mais en partant, il m'a dit : « J'aurais pas dû... » C'est ce jour-là qu'il s'est jeté à l'eau.

Oui, « jeté à l'eau »... Maintenant les choses étaient parfaitement claires. Un berger simple d'esprit surprend un aveu de meurtre. Par punition, il jette de l'arsenic dans le réservoir d'eau d'arrosage. Mais, inquiet de son geste et se sentant coupable, il va se noyer. C'était tout...

A son procès, Germaine Duchet a été condamnée à vingt ans de prison pour le meurtre de son mari... Dans un sens, si elle avait eu si peur et avoué, c'est bien parce que René était sorti du ravin de la Truyère : sous la forme du remords.

LE MARCHAND DE SAVON

LE 16 novembre 1913, Anna Firsova, logeuse rue Letchourov à Saint-Pétersbourg, se présente au poste de police de son quartier. Le lieutenant Boris Iarochenko, qui la reçoit, n'est pas surpris de sa visite. Mme Firsova tient un meublé assez sordide, fréquenté par des personnages pas toujours recommandables. Elle est déjà venue plusieurs fois pour signaler des locataires qu'elle suspectait d'être des repris de justice ou des révolutionnaires.

Mais cette fois, Anna Firsova a l'air vraiment inquiet :

– C'est l'occupant de la chambre 11. Il l'a louée il y a deux mois en disant être allemand et s'appeler Müller, mais je crois qu'il est russe... Eh bien, cela fait quatre jours qu'il n'est pas sorti, et je suis sûre qu'il est chez lui. J'ai plusieurs fois essayé d'ouvrir, la clef est à l'intérieur.

Accompagné de deux de ses hommes, le lieutenant Boris Iarochenko se rend rue Letchourov. Effectivement, la porte du 11 est fermée de l'intérieur. Il n'y a d'autre solution que de l'enfoncer... Tout de suite en entrant, les hommes sont pris à la gorge par une odeur écœurante et c'est un spectacle atroce qu'ils ont sous les yeux : sur le lit sordide, est allongé un homme sans tête fortement charpenté, vêtu d'un complet-veston. Quelques instants plus tard, un des policiers découvre un crâne calciné dans le poêle. A part cela, aucun indice : pas le moindre papier, pas d'objet personnel, pas d'autres vêtements que ceux que porte le mort. Visiblement, l'assassin a soigneusement vidé la pièce avant de disparaître. Il est sorti par la fenêtre en s'aidant de la gouttière, ce qui explique que la clef ait pu rester à l'intérieur.

Le lieutenant Iarochenko sait qu'il se trouve devant une enquête difficile. A tout hasard, il regarde le veston de la victime. Peut-être le criminel a-t-il oublié de retirer la marque du tailleur. Ce serait trop beau, mais ce sont des choses qui arrivent.

Et effectivement, c'est ce qui arrive. Le lieutenant Boris Iarochenko lit sur la poche intérieure : « Nikitine, tailleur, Saint-Pétersbourg ». Le temps de trouver l'adresse et il est chez l'artisan. M. Nikitine est un petit vieux au regard vif. A la vue de la veste que lui montre le lieutenant, il réagit immédiatement :

– Mais parfaitement, j'ai fait ce costume il y a deux mois environ. Permettez-moi de consulter mes registres...

Pendant que le tailleur s'affaire, le lieutenant Boris Iarochenko fait un vœu pour que l'homme n'ait pas donné le nom de Müller, qui est vraisemblablement faux... Mais non, encore une fois, la chance sourit au policier. M. Nikitine revient avec son registre :

– Voici, lieutenant. Il s'agit de Vladimir Yakov, marchand de savon à Saint-Pétersbourg...

Le lieutenant quitte la boutique très satisfait. En quelques heures, son enquête a progressé à pas de géant. Il va maintenant essayer d'en savoir plus sur ce Yakov, en espérant que la personnalité de la victime l'aidera à découvrir l'assassin.

Et, pour la troisième fois, la chance est du côté du lieutenant. Vladimir Yakov, trente ans, est fiché à la police. Il a déjà été arrêté et condamné pour affaire de mœurs avec des jeunes gens, ainsi que pour escroquerie. Dans son dossier figure sa photo mais malheureusement pas ses empreintes digitales. Car à l'époque où le dossier a été constitué, cette pratique n'existait pas encore...

Le lendemain, le lieutenant Iarochenko a le rapport du médecin légiste qui concorde avec ses propres découvertes. La victime a une trentaine d'années, elle ne présente pas de signe particulier, à part une petite cicatrice à la cuisse gauche... Le lieutenant a fait venir dans son bureau Valentina Yakov, la mère du marchand de savon. La vieille dame, vêtue de noir, est effondrée sur une chaise. Elle se tamponne les yeux avec son mouchoir. Le policier voudrait lui éviter la terrible épreuve d'aller reconnaître ce corps sans tête à la morgue. D'ailleurs, comment pourrait-elle l'identifier?

Il lui demande :

– Est-ce qu'à votre connaissance votre fils a un signe particulier?

Mme Yakov n'a pas d'hésitation :

– Oui, une cicatrice à la cuisse gauche. Il s'est fait cela tout petit...

Cette fois, le doute n'est malheureusement plus permis. Le lieutenant Iarochenko a quelques mots de compassion pour la pauvre femme. Il aurait des questions à lui poser, mais il les remet à plus tard. Il a déjà réussi le plus difficile et, si la chance persiste, le reste devrait se résoudre assez rapidement...

Le lieutenant Iarochenko n'a pourtant pas la moindre idée de ce qui va suivre. Jusqu'ici, il a été favorisé par la chance, du moins en apparence; à partir de maintenant, il va aller de surprise en surprise... La première est la visite, le lendemain même, de Mikhaïl Golovine.

Mikhaïl Golovine est un petit homme d'allure discrète, pour ne pas dire insignifiante. Si le lieutenant l'a reçu dans son bureau, c'est qu'il a manifesté le désir de lui parler au sujet de l'affaire Yakov.

– Lieutenant, commence-t-il d'une petite voix, je suis venu vous demander s'il serait possible d'avoir une attestation officielle que la victime est bien Vladimir Yakov.

Boris Iarochenko a un mouvement d'étonnement :

– J'en ai la certitude. Pourquoi me demandez-vous cela?

Mikhaïl Golovine continue de sa petite voix polie :

– Je représente la compagnie d'assurances « L'Aigle »... Voyez-vous, cette attestation nous est tout à fait indispensable pour faire le versement. Il s'agit d'une très forte somme.

Le lieutenant Iarochenko a l'impression désagréable qu'une lézarde vient d'apparaître dans l'édifice de son enquête qu'il croyait pourtant solide.

– Une très forte somme?

– Oui. M. Yakov avait souscrit, il y a trois mois, une assurance-vie de 250 000 roubles, doublée en cas de mort violente, ce qui fait 500 000 roubles. La bénéficiaire est sa mère, Valentina Yakov.

Cette fois, tout se brouille dans l'esprit du lieutenant. Est-ce que la réalité pourrait être bien plus compliquée et bien plus terrible qu'il ne le croyait d'abord? Est-ce que la victime n'est pas celle qu'il supposait? Cette chance qu'il croyait avoir eue : la marque du tailleur oubliée sur le veston, le nom sur le registre du commerçant, tout cela n'était peut-être qu'une piste soigneusement préparée pour l'induire en erreur. Dans ce cas, Vladimir Yakov n'est plus une malheureuse victime mais un odieux assassin... Après tout, cela pourrait expliquer pourquoi le meurtrier a pris soin de décapiter le cadavre et de faire brûler la tête...

Mais Mme Yakov a bien parlé d'une cicatrice à la cuisse gauche... Une autre idée plus affreuse encore vient au lieutenant Iarochenko. Non, elle n'aurait pas fait cela pour 500 000 roubles ! Cette pauvre mère qui pleurait son fils, elle ne l'aurait pas tué ! Ce serait trop monstrueux !... Mais il est vrai que les monstres, cela existe...

Pour l'instant, en tout cas, le lieutenant ne peut rien dire au représentant de la compagnie d'assurances, si ce n'est que l'enquête continue.

Elle continue en effet, ou plutôt elle repart de zéro. Boris Iarochenko avait quelques questions à poser à Valentina Yakov, eh bien, il va le faire tout de suite !... La vieille dame habite une maisonnette des environs de Saint-Pétersbourg. De loin, le lieutenant l'aperçoit assise sur le pas de sa porte. Et, sans trop savoir pourquoi, il s'avance en se dissimulant derrière une haie. Dès qu'il est assez près, il jette un coup d'œil, et il a un pincement au cœur : la maman éplorée sourit. Oui, elle sourit d'un air ravi... C'est alors qu'elle l'aperçoit. Elle a un haut-le-corps et sort son mouchoir. Lorsque Boris arrive à ses côtés, elle est en larmes. Elle s'adresse à lui d'une voix mourante :

– Avez-vous trouvé l'assassin, lieutenant ?

Le lieutenant répond d'une voix plus dure qu'il ne l'aurait voulu :

– Non, pas encore ! Parlez-moi des relations de votre fils.

Valentina Yakov s'exprime avec difficulté.

– Vladimir était un garçon secret. Il ne me disait pas grand-chose. Je savais qu'il allait souvent dans un sauna finlandais près de chez lui et qu'il s'y était fait des amis...

Le lieutenant Iarochenko ne parvient pas à obtenir davantage de la vieille dame, et il la quitte avec un réel soulagement. Son enquête a maintenant changé du tout au tout. Valentina Yakov est un monstre qui a tué ou plus vraisemblablement fait tuer son fils afin de toucher la prime d'assurance-vie. Il faut maintenant qu'il découvre qui s'est chargé de l'horrible besogne : car il ne peut pas supposer que Mme Yakov l'ait fait elle-même. La monstruosité a quand même des limites...

Le propriétaire du sauna finlandais semble très contrarié en voyant les policiers débarquer chez lui.

– Je tiens un établissement honorable. Je n'ai que la meilleure clientèle.

Le lieutenant jette un coup d'œil à l'établissement plutôt misérable. Il est loin d'être persuadé de ce que lui a dit le patron, mais ce n'est pas cela qui l'intéresse.

– Parlez-moi de Vladimir Yakov. Vous le connaissiez ?

Le directeur du sauna a un sourire d'excuse :

– C'était un de mes clients, mais je ne peux pas vous en dire beaucoup plus... M. Brodski pourra peut-être, lui. Ils venaient souvent ensemble. D'ailleurs il doit être là en ce moment.

Quelques minutes plus tard, le lieutenant Iarochenko s'adresse à ce Brodski. C'est un homme d'une trentaine d'années, fortement charpenté.

– Oui, je me souviens parfaitement. Nous nous étions rencontrés ici même, il y a trois mois environ. Nous avons lié amitié, jusqu'au jour où je me suis fâché. A la sortie du bain de vapeur, Yakov m'a regardé avec un air étrange. Il m'a dit : « C'est curieux, de corps, nous sommes exactement pareils. Si on nous coupait la tête, on ne nous reconnaîtrait plus. »

Brodski continue d'une voix gênée :

– J'ai pensé que... Yakov avait des intentions déplacées, d'autant qu'il avait un peu le genre... Alors je lui ai dit de ne plus m'adresser la parole, et je ne pense pas qu'il soit revenu ici...

Le directeur du sauna semble catastrophé par l'évocation de cette scène de mœurs dans son établissement :

– Je vous assure, lieutenant, que c'est la première fois que j'entends parler de choses pareilles...

Boris Iarochenko le fait taire avec agacement. Tout est remis en question une nouvelle fois. Dans ce cas, ce n'est pas Yakov qui serait la victime d'un meurtrier à la solde de sa mère. C'est lui l'assassin, l'assassin monstrueux, qui a, pendant des mois, cherché une victime dont le corps serait semblable au sien...

A un détail près cependant : la cicatrice à la cuisse gauche. Une telle coïncidence n'est pas imaginable. Alors, qui est le mort sans tête de la rue Letchourov? S'agit-il de Yakov ou de sa victime? Le lieutenant Iarochenko cherche encore la réponse lorsque, quelques jours plus tard, il reçoit la visite d'une certaine Olga Larionova. C'est une femme d'une cinquantaine d'années, assez exubérante.

– Je suis inquiète, lieutenant. Il s'agit de mon neveu, Ivan Larionov. Le pauvre garçon est orphelin. Je suis veuve et je suis sa seule famille. Il faut vous dire que j'habite Moscou. Ivan a toujours été trop confiant avec les étrangers.

Le lieutenant Iarochenko essaie de mettre de l'ordre dans ce flot de paroles :

– Voyons, quel âge a votre neveu ?

– Vingt-huit ans, lieutenant.

– Quand l'avez-vous vu pour la dernière fois ?

– Il y a trois mois. Il est parti pour Saint-Pétersbourg, et puis plus rien... Je suis terriblement inquiète, lieutenant ! D'autant qu'il y a cette lettre...

– De quelle lettre s'agit-il, madame ?

La visiteuse extrait de son sac à main une enveloppe recouverte de timbres :

– Je l'ai reçue juste le jour de mon départ de Moscou. Elle vient de Paris. Avec quel argent y a-t-il été ?

Sans répondre, Boris Iarochenko lit la missive :

Ma chère tante,

Je suis à Paris pour toucher l'héritage que, comme vous le savez, mon père a déposé, ici, à la banque. Afin que je puisse entrer en sa possession, pouvez-vous m'envoyer un extrait d'état civil et une copie conforme du testament de mon père ?

Votre neveu affectionné. Ivan.

Le lieutenant Iarochenko est songeur.

– Vous reconnaissez l'écriture de votre neveu ?

Olga Larionova répond avec précipitation :

– Il y a peut-être une ressemblance. Mais il ne m'a jamais dit : « Votre neveu affectionné »... Et puis pourquoi écrire : « Comme vous le savez ? » Bien sûr que je sais que mon frère est mort à Paris...

Le lieutenant ne voit plus qu'une question à poser :

– Est-ce que vous savez si votre neveu avait une cicatrice à la cuisse gauche ?

Mme Larionova n'hésite pas :

– Oui. Il s'est fait cela en grimpant dans un arbre quand il avait sept ans.

Boris Iarochenko pousse un soupir.

– Je suis navré, madame. Je crains fort que votre neveu ne soit plus de ce monde...

Le visage d'Olga Larionova est devenu livide. Elle parle d'une voix étranglée :

– Il faut arrêter l'assassin !

Boris Iarochenko réplique d'un ton ferme :

– Oui. Et vous allez m'aider. Envoyez les papiers à l'adresse qu'on vous donne à Paris. Je m'occupe du reste...

Le lieutenant Iarochenko va immédiatement trouver ses chefs. Au ministère de la Police, on comprend l'importance de cette affaire criminelle. Les autorités russes se mettent en rapport avec les autorités françaises, qui acceptent de collaborer. Le lieutenant Iarochenko est envoyé à Paris pour suivre le déroulement de l'enquête...

Olga Larionova a écrit, comme le lieutenant le lui avait demandé, à la poste restante. C'est donc devant le bureau central de la rue du Louvre que Boris Iarochenko fait le guet en compagnie de ses collègues parisiens. Sur lui, il a une photo de Vladimir Yakov...

L'attente dure trois jours... Et enfin le marchand de savon de Saint-Pétersbourg paraît. Afin qu'il n'y ait aucun doute possible, Boris Iarochenko attend qu'il ait été au guichet et qu'il ait pris la lettre pour le faire arrêter.

L'homme proteste vigoureusement :

– Je suis Ivan Larionov. Que me voulez-vous ?

Mais quand il voit sa photo, que le lieutenant tient à la main, il comprend qu'il a perdu la partie.

Et, quelques minutes plus tard, au commissariat de la rue du Louvre, Vladimir Yakov fait le récit de son assassinat :

– J'avais besoin d'argent. J'ai eu l'idée de tuer quelqu'un et de le faire passer pour moi après avoir pris une assurance-vie que ma mère aurait touchée. J'ai essayé une première fois avec un jeune homme que j'avais rencontré au sauna, mais il s'est méfié. C'est alors que j'ai rencontré Ivan Larionov dans un café. J'ai tout de suite vu qu'il était naïf et surtout que, physiquement, nous étions bâtis de la même manière.

Vladimir Yakov marque un temps d'arrêt lorsqu'il doit évoquer le crime lui-même.

– C'était un soir. Je lui avais fait boire de la vodka dans ma chambre. En une heure, il a été ivre mort; il n'avait pas l'habitude. Alors, je l'ai égorgé et puis...

Le criminel s'interrompt une nouvelle fois. Il reprend :

– J'ai habillé Larionov avec l'un de mes costumes. J'avais pris soin de voir s'il n'avait pas de signe particulier et j'ai découvert une cicatrice sur la cuisse gauche. En quittant la chambre, j'ai été voir ma mère pour lui dire ce détail; comme cela, il n'y aurait aucun doute pour m'identifier...

Dans l'esprit de Boris Iarochenko, tout devient enfin clair. Mme Yakov était complice de son fils. Voilà pourquoi il l'a surprise en train de sourire; un sourire dû aux 500 000 roubles que ce meurtre allait leur rapporter...

Vladimir Yakov termine sa confession :

– Ivan Larionov m'avait parlé de l'héritage qui l'attendait à Paris. J'ai voulu faire coup double et le toucher aussi. J'ai eu tort. J'aurais dû me contenter de la prime d'assurance...

Le lieutenant Iarochenko prend congé de ses

collègues. La suite regarde la justice française. Lui, il n'a plus qu'à rentrer à Saint-Pétersbourg pour arrêter Mme Yakov mère.

Quand le lieutenant s'est acquitté de sa mission, une semaine plus tard, il avait, en outre, une mauvaise nouvelle à annoncer à Valentina Yakov : son fils s'était suicidé la nuit même de son arrestation en avalant le dernier échantillon de sa marchandise, une ampoule de cyanure qu'il avait dissimulée dans un morceau de savon.

UN CRIME QUI NE SE REFUSE PAS

Le lieutenant Clarck, de la police de Sidney, en Australie, est satisfait : voilà une enquête qui n'a pas duré longtemps! Il y a trois jours, le 6 février 1980, un meurtre a été commis dans son quartier. Une femme de cinquante-cinq ans, Peggy Marshall, femme du banquier Nick Marshall, a été retrouvée étouffée avec son oreiller dans son luxueux pavillon du 1136 Queens Road.

C'est en rentrant chez lui vers minuit que Nick Marshall a découvert le crime. Il a même rencontré l'assassin. Comme il pénétrait dans le jardin du pavillon, un homme l'a bousculé et s'est enfui en courant. Lorsque M. Marshall est arrivé dans la chambre de sa femme, il était trop tard. Elle était morte. Les bijoux qui se trouvaient dans un coffret sur sa table de nuit avaient disparu.

Il n'a pas fallu plus de trois jours pour arrêter l'assassin. Il vient d'être dénoncé par le receleur à qui il essayait de vendre les bijoux. La police n'a eu qu'à le cueillir...

Francis Barber, qui arrive dans le bureau du lieutenant Clarck, menottes aux poignets, est un jeune homme de vingt-cinq ans environ, à la tignasse rousse flamboyante. Devant le policier, il a un ricanement méprisant :

– C'est le revendeur qui m'a dénoncé, hein?

Le lieutenant Clarck hausse les épaules :

– Il faut le comprendre. Il ne tenait pas à être mêlé à une affaire de meurtre.

L'attitude de Francis Barber change brusquement. Il perd son expression insolente :

– Quel meurtre? Qu'est-ce que c'est que cette histoire?

Le lieutenant Clarck réplique avec quelque impatience :

– Le meurtre de Peggy Marshall, évidemment...

Du coup, le visage du rouquin devient livide :

– Mais ce n'est pas vrai. Je ne l'ai pas tuée!

Le policier considère l'homme d'un air narquois.

– Bien sûr, bien sûr... C'est elle qui s'est suicidée en s'étouffant avec son oreiller pendant que vous étiez en train de voler ses bijoux... Pas d'enfantillage, Barber! C'est vous qui aviez les bijoux et, tout à l'heure, le mari de la victime va venir pour vous reconnaître. Le mieux est d'avouer...

Francis Barber bondit sur son siège.

– Mais je n'ai pas tué, je vous le jure! Ecoutez... Je vais vous dire ce qui s'est passé. Je savais que les Marshall étaient riches, et j'avais préparé mon coup. Je pensais que ce jour-là le pavillon était vide. Mais quand je suis entré, j'ai trouvé la femme dans son lit. Elle dormait. Le coffret à bijoux était sur sa table de nuit. J'ai réussi à le prendre sans la réveiller... A ce moment, j'ai entendu une voiture qui s'arrêtait dehors. C'était le mari qui rentrait... Alors je suis parti en courant. Je l'ai bousculé dans le jardin... Je vous jure que cela s'est passé comme cela, lieutenant!

Le lieutenant Clarck ne répond même pas. Un de

ses hommes vient de lui annoncer que M. Marshall était arrivé. Il le fait aussitôt entrer dans son bureau. Dès qu'il aperçoit Francis Barber, le banquier a une exclamation :

– C'est lui! J'en suis sûr! Ces cheveux roux... Je ne peux pas me tromper.

Le lieutenant se tourne vers Francis Barber :

– Alors? Vous niez toujours?

Le jeune homme s'agite frénétiquement :

– Moi aussi je reconnais M. Marshall. C'est moi qui l'ai bousculé dans le jardin en m'enfuyant. Je n'ai jamais dit le contraire. Je n'ai jamais nié être le voleur. Mais ce n'est pas moi qui ai tué sa femme. Je le jure devant Dieu!...

Francis Barber jure son innocence avec la même conviction devant ses juges, en novembre 1980. Voleur, oui, assassin, jamais! Mais les charges contre lui sont accablantes. Il y a les bijoux et il y a le témoignage de Nick Marshall qui vient de le reconnaître formellement à la barre.

L'avocat de Francis, d'ailleurs, parle des faits le moins possible. Il met en avant l'enfance malheureuse de son client. Son père a abandonné le foyer lorsqu'il était tout jeune. C'est sa mère qui l'a élevé dans des conditions difficiles. De plus, alors qu'il était enfant, Francis a fait une chute et a subi un grave traumatisme crânien... Pour toutes ces raisons, il mérite l'indulgence des juges...

Et c'est effectivement ce qui se produit. Francis Barber est reconnu coupable mais il bénéficie de circonstances atténuantes en raison de son passé. En conséquence, il est condamné à quinze ans de prison ferme.

Avant d'être emmené par les gardes, Francis Barber a un dernier cri :

– Je suis innocent! Je n'ai pas tué Mme Marshall!

Dans la salle, une femme d'une cinquantaine d'années, prématurément vieillie, se tourne vers son voisin :

– Si le petit dit cela, c'est que c'est vrai... Quand c'est grave, il ne ment jamais. Je le prouverai, moi, qu'il est innocent!

Et Kate Barber, la mère de Francis, quitte le palais de justice de Sidney d'une démarche qui ne tremble pas. La condamnation de son fils ne l'a pas abattue. Au contraire, elle se sent une force dont elle ne se serait pas crue capable. Elle sait exactement ce qu'elle va faire...

Un peu tremblante, son sac à main posé sur ses genoux, Kate Barber est assise, quelques jours plus tard, dans la salle d'attente du célèbre détective privé George Higgins... Dans son sac, elle a 1 000 dollars. C'est le prix qu'elle a pu obtenir de la broche en rubis qui lui venait de sa mère. La seule chose de valeur qu'elle ait jamais possédée et dont elle avait juré de ne pas se séparer.

Récemment, elle a lu dans les journaux que George Higgins avait résolu magistralement une affaire d'héritage. C'est en lui qu'elle a placé tous ses espoirs.

Quelques minutes plus tard, elle explique son cas, tout intimidée, dans l'imposant bureau ultramoderne du détective.

– Je connais mon Francis. Il a commencé à voler vers dix-sept ans parce qu'il ne trouvait pas de travail... Il faut dire que, moi, je n'avais guère de quoi le nourrir. Je ne trouvais pas toujours suffisamment de ménages à faire... C'est vrai qu'il a été arrêté plusieurs fois et qu'il a fait un peu de prison, mais ce n'est pas un assassin...

Kate Barber fouille dans son sac et tend la liasse de 1 000 dollars.

– Je vous en supplie, monsieur le Détective,

trouvez le coupable ! C'est tout ce que j'ai, mais, si ce n'est pas assez, je travaillerai jusqu'à la fin de ma vie pour vous payer...

George Higgins a un geste pour repousser les billets :

– Gardez votre argent, madame Barber. Il vous est plus utile qu'à moi. Je travaillerai pour vous gratuitement. Le cas de votre fils m'intéresse. J'ai lu les comptes rendus dans les journaux et je trouve effectivement que son attitude n'est pas celle d'un coupable.

Il coupe court aux effusions de Kate Barber.

– Ne me remerciez pas, madame Barber. C'est intéressé, dans un sens. Si je réussis, pensez à la publicité que cela me fera...

Et il ajoute :

– Voyez-vous, je sais même par où commencer. Je me suis toujours demandé pourquoi la police n'avait pas enquêté sur le mari. Eh bien, moi je vais le faire...

Rarement le travail de George Higgins aura été aussi rapide et aussi productif. En moins d'une semaine, il a appris sur Nick Marshall des choses qui sont loin d'être dépourvues d'intérêt. D'abord, ce n'est pas de lui que vient sa fortune, c'est de sa femme. Peggy Marshall, qu'il a épousée en 1948, était la fille unique de richissimes fermiers. C'est en faisant des placements avec l'argent de ses beaux-parents que Nick s'est lancé dans la banque. Mais ce n'est pas tout. En filant Nick Marshall, le détective découvre qu'il a une maîtresse, une certaine Olivia Bedford, vingt-huit ans, son ancienne secrétaire, qu'il a installée dans un luxueux appartement de Sidney...

C'est ce travail qu'aurait dû faire la police. Et George Higgins le dit franchement au lieutenant Clarck. Higgins est lui-même un ancien policier et il a gardé de bons rapports avec beaucoup de ses ex-collègues.

– Une jeune maîtresse, une femme vieillissante dont il ne peut divorcer sous peine de tout perdre : cela fait un excellent mobile, vous ne trouvez pas, lieutenant ?

Le lieutenant Clarck a écouté avec beaucoup d'intérêt les révélations du détective. Il éprouve le besoin de se justifier :

– J'avoue que je n'ai pas fait enquêter sur le mari. La culpabilité de Barber me semblait tellement évidente. Je n'aurais pas imaginé une chose aussi diabolique...

George Higgins approuve de la tête :

– Oui, un chef-d'œuvre de sang-froid. Après avoir été bousculé par Barber, Nick Marshall se précipite chez lui et trouve sa femme encore endormie. Sur la table de nuit, les bijoux ont disparu. Alors, il a une idée fulgurante : il faut saisir cette occasion unique; il prend l'oreiller et étouffe Peggy. Le coupable ne pourra être que le voleur, que la femme aura surpris en se réveillant. Un crime pareil, cela ne se refuse pas !

– Evidemment... Mais l'autre version est tout aussi plausible. Francis Barber peut fort bien être l'assassin.

– Vous avez parfaitement raison. Moi-même je ne suis pas certain que Nick Marshall ait tué sa femme. Mais je pense avoir un moyen de connaître la vérité. Seulement, je pourrais avoir besoin de votre neutralité bienveillante et éventuellement de votre aide, car le moyen en question n'est pas très... orthodoxe...

Quelque temps plus tard, après avoir exposé son plan, George Higgins s'en va, assuré d'avoir l'appui de la police. Son enquête, d'un genre un peu spécial, va commencer... Le jour même, il appelle le banquier chez lui :

– Bonjour, monsieur Marshall... Excusez-moi de ne pas dire mon nom mais j'ai une affaire à vous proposer.

Higgins sent que son interlocuteur va raccrocher. Il enchaîne :

– Je vous appelle à propos de Miss Bedford...

Il y a un silence au bout du fil...

– J'exerce la profession de voleur, monsieur Marshall, et j'ai été tout à l'heure cambrioler chez Olivia Bedford. Je n'ai pas trouvé de bijoux, ni d'argent, mais quelque chose de beaucoup plus intéressant...

Marshall l'interrompt sèchement :

– C'est une mauvaise plaisanterie. Je ne connais pas de Miss Bedford.

Le détective poursuit imperturbablement :

– Si, si, vous la connaissez. Mais vous ne saviez sans doute pas qu'elle tenait son journal intime... Je l'ai sous les yeux. Elle raconte tout sur votre liaison. Elle était votre secrétaire et vous l'avez séduite. Mais ce qui est le plus intéressant, c'est ce que je lis à la date du 7 février 1980, le lendemain du meurtre de votre femme. Olivia Bedford a écrit : « Nick m'a avoué qu'il avait tué Peggy. C'est terrible!... » Vous savez ce qui serait encore plus terrible, monsieur Marshall? Ce serait que la police reçoive ce document...

Il y a de nouveau un silence dans l'écouteur... Quelle va être la réaction du banquier? C'est l'instant de vérité.

La réaction de Nick Marshall tient en un seul mot :

– Combien?

George Higgins avait préparé sa réponse :

– 20 000 dollars demain, à 18 heures, dans le cimetière Nord de Sidney, troisième allée.

Et il raccroche. Il n'a plus maintenant qu'à appeler le lieutenant Clarck pour lui faire part du résultat de sa manœuvre, et lui demander des forces de police pour arrêter Marshall lorsqu'il se présentera avec la rançon.

Le lieutenant lui donne son accord, mais il se fait préciser un détail.

– Je ne comprends pas pourquoi Marshall n'a pas d'abord vérifié auprès de Miss Bedford cette histoire de journal intime...

Higgins réplique sur un ton de satisfaction :

– Je savais que Miss Bedford était en ce moment en voyage à l'autre bout du monde, en Angleterre. Il est impossible de la joindre. Comme vous le voyez, lieutenant, il était coincé...

Le lendemain, à 18 heures, cachés derrière les tombes du cimetière Nord de Sidney, le lieutenant Clarck et ses hommes voient arriver Nick Marshall, une serviette sous le bras. L'homme est aussitôt cerné et arrêté. La serviette contient 20 000 dollars en petites coupures. Le lieutenant lance au banquier :

– Il va falloir que nous ayons une conversation, monsieur Marshall !

Nick Marshall, d'abord figé par la surprise, retrouve vite sa combativité.

– Et alors ? Cet argent est à moi. Je ne l'ai pas volé. J'ai le droit de me promener avec 20 000 dollars sur moi.

– En petites coupures ?... Dans un cimetière ?

– Parfaitement. Citez-moi la loi qui interdit de se promener avec 20 000 dollars en petites coupures dans un cimetière ?

– Nous avons nos informations, monsieur Marshall. Nous savons parfaitement que vous vouliez racheter le journal intime de votre maîtresse, Olivia Bedford, où figurent vos aveux pour le meurtre de votre femme.

– Quel journal intime ? Montrez-le-moi !

Le policier sent que sa position est délicate.

– Il faudra quand même me donner une explication, monsieur Marshall.

– Eh bien, soit... Je suis effectivement victime d'un chantage concernant Miss Bedford, qui est bien ma maîtresse. Un homme dans ma situation ne peut se permettre de laisser circuler certains bruits. Mais la mort de ma femme n'a rien à voir dans tout cela. C'est une calomnie indigne !

Le lieutenant Clarck n'insiste pas. Nick Marshall a raison : il n'y a aucune preuve réelle contre lui et il n'est pas n'importe qui. Le garder en prison c'est prendre un gros risque. Mais le policier est désormais certain de sa culpabilité. Il refuse de le libérer. Il attendra toute la durée du délai de garde à vue en espérant qu'il se produira, d'ici là, un fait nouveau...

Et le fait nouveau se produit effectivement le lendemain sous la forme de l'avion Londres-Sidney. Olivia Bedford rentre ce jour-là d'Angleterre. Immédiatement renseigné par la police de l'aéroport, le lieutenant Clarck la fait arrêter et conduire dans son bureau pour la confronter avec Marshall.

Dès que la jeune femme se trouve en présence de son amant, elle a une réaction de panique :

– Ce n'est pas vrai ! Je ne suis pas sa complice ! Il a agi seul, je vous le jure !

Nick Marshall devient très pâle. Il sait qu'il a perdu la partie. Il lance à la jeune femme :

– Pourquoi avoir tenu un journal intime, espèce d'idiote ?

Olivia Bedford tourne vers lui un regard surpris :

– Quel journal ? Je ne sais pas de quoi tu veux parler...

Le banquier a une grimace à l'adresse du policier :

– Chapeau ! C'était très fort. Pas très régulier mais très fort !...

Le juge d'instruction a décidé de libérer Francis Barber sur-le-champ. Bien sûr, sa culpabilité en ce qui concerne le cambriolage aurait justifié une détention plus longue, mais étant donné l'épreuve qu'il venait de subir, le magistrat l'a fait bénéficier d'une liberté sous condition.

Le banquier et sa maîtresse ont été jugés en juin 1981. Olivia Bedford a été acquittée, et Nick Marshall condamné à la prison à vie. Quant à Francis Barber, il a trouvé un emploi : il est maintenant garçon de courses chez George Higgins, détective privé.

UN TRÈS, TRÈS VIEUX MORT...

Ce soir d'octobre 1920, l'hôtel particulier de Lord Spencer, à Londres, brille de tous ses feux. La gentry est présente au grand complet. Car les réceptions de Lord Spencer sont à ne pas manquer. Elles ont la réputation méritée d'être à la fois somptueuses et complètement folles. Et ce soir-là, Lord Spencer s'est surpassé. Tous les records dans le luxe et l'imagination sont battus.

Par les soins du maître de maison, l'hôtel particulier a été transformé en désert. Oui, en désert. Il n'y a plus aucun meuble et les parquets, les dallages, les escaliers sont recouverts d'une épaisse couche de sable. Le service est assuré par de jeunes Noirs vêtus d'un pagne. Et il y a même, errant de pièce en pièce, un authentique chameau qui promène ses deux bosses d'un air passablement désorienté.

Il faut dire que cette soirée n'est pas vraiment comme les autres. Lord Spencer fait ses adieux pour de longs mois à la société londonienne... Lord Spencer est sans conteste un personnage. Il a la cinquantaine, mais on lui donnerait un peu plus, sans doute à cause des excès de toutes sortes dont il est coutumier. Il est relativement gras, un peu bouffi, mais tient à se donner une mine éclatante en usant généreusement de la pommade et du fond de teint. En dehors de cela, c'est un homme d'une élégance raffinée. Ses costumes de soirée sont coupés par les meilleurs tailleurs, et il arbore toujours au revers de son veston une orchidée blanche.

A ses côtés, faisant avec lui les honneurs de la maison, il y a George Bertran. Lui aussi est une figure de la vie londonienne. La bonne société est folle de ses cheveux noirs au flou artistique, de son regard bleu candide et de sa fine moustache, sans parler de son grain de beauté à la pommette droite qui est l'un des éléments essentiels de son charme. Bref, George Bertran a tout du dandy fin de siècle, ce qui, en 1920, semble à tout le monde merveilleusement suranné.

Comme Lord Spencer, il est d'une élégance irréprochable, à la différence que ses costumes à lui sont extrêmement moulants, et qu'au lieu de porter une orchidée blanche à son revers, il arbore en toute occasion une orchidée rose.

Cela fait des années que Lord Spencer et George Bertran reçoivent ensemble, et cette soirée est leur dernière dans la capitale anglaise. Demain matin, ils prendront le bateau pour l'Afrique, qu'ils vont découvrir tous deux, depuis l'Egypte jusqu'à l'Afrique du Sud, où George Bertran possède une mine d'or qu'il n'a encore jamais visitée.

Oui, une soirée très réussie. Sur le sable, au milieu des palmiers, les conversations vont bon train. Les mauvaises langues ne se gênent pas pour affirmer que le lord et son compagnon partent en voyage de noces. Lord Spencer, sa coupe de champagne à la main, s'efforce de rassurer les sensibilités délicates.

– Mes chers amis, d'aucuns ont prétendu que je

n'aimais pas les femmes. C'est très exagéré. Je vous assure que je les tolère...

La fête se termine fort tard. Et le soleil est déjà haut quand l'un des domestiques va prendre le chameau par son licou pour le reconduire au zoo.

Lord Spencer et George Bertran, eux, sont déjà partis. Ils vont beaucoup manquer à la gentry londonienne. Pourtant, celle-ci n'a pas fini de parler d'eux...

Les semaines passent... Depuis l'Afrique, Lord Spencer envoie régulièrement des lettres à ses nombreux amis. Sa correspondance est enthousiaste. Ils sont arrivés, George Bertran et lui, à Alexandrie. Ils ont visité l'Egypte et ils ont descendu le Nil jusqu'au Soudan. Ensuite, ils ont continué leur traversée de l'Afrique en chaise à porteurs. Bref, l'atmosphère est idyllique sur tous les plans...

Décembre 1920. Lord Spencer décrit longuement son ravissement devant l'Afrique du Sud. La mine d'or de son ami George Bertran est une révélation. Les pépites sont grosses comme le poing, et les Noirs qui les extraient, nus sous le soleil, sont beaux comme des dieux. Il ne se lasse pas de les contempler...

Enfin, il faut tout de même rentrer. Début 1921, Lord Spencer annonce à regret à ses amis londonniens qu'ils ont repris le chemin du retour. C'est de nouveau la traversée en chaise à porteurs. Mais en arrivant sur le Nil, ils décident, son compagnon et lui, de faire un petit détour. Au lieu de continuer par bateau, ils vont faire un crochet par le désert de Nubie. Certes la contrée n'est pas sûre, mais ce sera tellement excitant!...

Et puis, au mois de mars 1921, les amis de Lord

Spencer reçoivent une carte-lettre dont les mots ont été tracés hâtivement.

« George a disparu dans le désert. Il a été impossible de le retrouver. Je rentre. »

Quand Lord Spencer débarque, un mois plus tard, dans le port de Southampton, il y a beaucoup de monde pour l'accueillir et le soutenir. Il a bien changé ! Malgré son hâle, il semble désemparé et, chose inouïe, pour la première fois de sa vie, le revers de son veston est vierge.

Pressé de questions, il se borne à répondre en secouant la tête.

– Je ne porterai plus jamais d'orchidée... Plus jamais !

Et il s'enferme dans son hôtel particulier de Londres. Finies les réceptions folles. Lord Spencer n'est plus qu'un homme accablé par le destin...

Pourtant les choses ne peuvent pas tout à fait en rester là. A Scotland Yard, Douglas Robertson examine attentivement les éléments du dossier. A trente ans, ce jeune lieutenant est plein de promesses et il a une qualité qui, bien que courante chez les Britanniques, est développée chez lui au plus haut point : le tact. Aussi est-ce lui qu'on a chargé de cette enquête délicate.

Après avoir pris rendez-vous avec les formes d'usage, il se rend chez Lord Spencer. Celui-ci le reçoit, prostré dans un fauteuil. Les volets sont à moitié tirés et il règne dans le salon une pénombre lugubre.

Le jeune policier parle d'un ton respectueux.

– Voyez-vous, milord, nous pensons qu'il reste un espoir de retrouver George Bertran vivant. Il a peut-être été enlevé par une tribu nomade. Aussi, toutes les précisions que vous pourrez nous donner sur sa disparition nous seraient précieuses.

Mais Lord Spencer pousse un soupir accablé.

– Hélas! je ne sais pratiquement rien. Nous étions en plein désert. Il devait être 6 heures du soir. Je dois vous confesser que George et moi, après le thé, nous nous étions disputés. Oh! une chose sans importance. Mais George était – comment dirais-je? – très romantique. Il n'a pas supporté mes reproches. Il est parti comme cela, dans le désert. Bien sûr, j'ai pensé que c'était un caprice. Mais la nuit est tombée sans qu'il revienne. Nous avons dû attendre le lendemain, mes boys et moi, pour partir à sa recherche. Nous n'avons rien pu faire... Tout cela est de ma faute. Je ne me le pardonnerai jamais.

Douglas Robertson demande avec ménagements à son interlocuteur quelques précisions géographiques, que celui-ci est incapable de lui fournir... La géographie n'a jamais été son fort. Ils étaient dans le désert, c'est tout ce qu'il peut dire... Douglas Robertson remercie et prend congé. Il sait qu'il n'a rien à attendre de plus.

Le jeune lieutenant continue donc son enquête. Comme chaque fois qu'il entreprend quelque chose, il le fait sérieusement. Avec l'assentiment de ses chefs, il décide de se rendre sur place, ni plus ni moins. Il va d'abord en Afrique du Sud et, à son tour, visite la mine d'or. Le directeur lui confirme que son patron, George Bertran, y a séjourné quinze jours, en compagnie de Lord Spencer. Ensuite, ils sont partis vers le nord pour rentrer en Angleterre. Le directeur apprend en outre à l'enquêteur de Scotland Yard que la mine représente une véritable fortune. C'est une des plus importantes d'Afrique du Sud.

Douglas Robertson remonte à son tour vers le nord. A trois mois de distance, il refait le chemin des deux Anglais. Quand il rencontre un village, il montre aux habitants la photo qu'il a emportée sur lui : celle de George Bertran, avec ses cheveux sombres au flou artistique, sa fine moustache, et, sur la pommette droite, son grain de beauté.

Et à chaque fois, les indigènes hochent la tête, en faisant un signe de la main dans la même direction : vers le nord; il est parti vers le nord...

Douglas Robertson suit ainsi sa trace jusque sur le Nil. Mais quand il arrive au désert, la piste s'arrête. Les nomades qu'il rencontre ne reconnaissent pas la photo. George Bertran a bel et bien disparu dans le désert de Nubie...

Rentré dans son bureau de Scotland Yard, Douglas Robertson classe le dossier. Les années passent... Il gravit progressivement les échelons. Il devient l'un des chefs de la police criminelle britannique et il oublie peu à peu le lord excentrique et son jeune compagnon... Mais dix ans plus tard, en mars 1931, exactement, la loi britannique l'oblige à rouvrir le dossier. Selon la législation, en effet, passé un délai de dix ans, un disparu est officiellement présumé mort, ce qui a pour conséquence qu'on peut désormais ouvrir le testament de George Bertran.

Le document est très bref, mais il produit l'effet d'une bombe : « Je lègue tous mes biens, y compris ma mine d'or, à mon très cher Lord Spencer. »

Quand elle connaît les dernières volontés du disparu, la gentry londonienne se met à jaser. Tout le monde sait que Lord Spencer mène un train de vie follement dispendieux et qu'il a progressivement dilapidé les biens de sa famille. Mais maintenant, avec la mine d'or de George Bertran, le voilà devenu un des hommes les plus riches d'Angleterre. De là à penser que...

C'est évidemment ce que pense aussi Douglas Robertson. Cette fois, il ne se rend pas chez Lord

Spencer. Il le convoque dans son bureau. Le vieil aristocrate a l'air bouleversé.

– Ce cher George, si j'avais pu m'attendre!...

– Parce que vous n'étiez pas au courant du testament en votre faveur?

– Absolument pas. L'autre jour, en l'apprenant, je me suis trouvé mal...

Le policier de Scotland Yard revient sur les circonstances de la disparition. Mais il se rend rapidement compte qu'il perd son temps. Lord Spencer lui dit ce qu'il veut bien lui dire. Tout cela s'est passé en plein désert, sans témoin, ou en présence d'indigènes qu'il a pu facilement acheter. Il n'y a aucune preuve contre lui, il n'y a même aucune preuve qu'il y ait eu crime...

Douglas Robertson met ses meilleurs hommes sur l'affaire. Il lance un ordre d'enquête d'une durée illimitée. Pourtant, cela ne donne aucun résultat. Les témoignages sont encore plus vagues que la première fois. Et, de toute façon, la trace de George Bertran s'arrête dans le désert de Nubie. A partir de là, il n'y a plus rien...

Avec le temps, Douglas Robertson finit par se dire qu'il n'est pas impossible qu'il s'agisse réellement d'une disparition. Et, une seconde fois, il oublie l'affaire...

La guerre arrive. Lord Spencer, malgré sa nouvelle fortune, ne reprend pas sa vie mondaine d'avant le drame. Au contraire, il vit de plus en plus en reclus dans son hôtel particulier de Londres. Il finit par mourir, dans la solitude, en 1948. Seuls quelques nostalgiques se souvenaient encore de ses folles extravagances de jadis...

Eté 1950. Douglas Robertson, qui occupe maintenant un des postes les plus élevés de Scotland Yard et qui n'est plus loin de la retraite, est en vacances en Egypte. C'est la première fois qu'il y retourne depuis l'affaire Spencer-Bertran, il y a près de trente ans. Mais il y a longtemps qu'il n'y pense plus...

Quand il arrive au Caire, il va, bien sûr, visiter le fameux musée d'antiquités. Tout un après-midi, il s'y promène. Il aime la fraîcheur des salles plongées dans une demi-obscurité, alors que la canicule sévit à l'extérieur et, comme beaucoup d'Anglais, il a toujours eu un penchant marqué pour l'ancienne Egypte...

Les momies, surtout, le fascinent. Il y en a sur des salles et des salles, alignées le long de chaque mur. Douglas ne peut s'empêcher d'observer plus particulèrement celles qui ne portent plus de masque et dont les traits apparaissent, miraculeusement conservés depuis des millénaires. Certaines sont sans une ride; on croirait qu'elles viennent de s'endormir et qu'elles vont se réveiller.

Tiens, par exemple, ce jeune homme recouvert de bandelettes... Douglas Robertson se penche pour lire la petite plaque de cuivre sur le sarcophage : « Prêtre d'Isis – Environ 2000 av. J.-C. » Ne dirait-on pas un contemporain? Ses traits sont si modernes qu'on l'imaginerait très bien en costume du XXe siècle...

Le policier de Scotland Yard porte subitement les mains à son cou... L'air lui manque. Il sent la salle tourner sous ses pieds et il s'appuie contre le mur pour ne pas tomber.

Les gens commencent à s'attrouper autour de lui. Mais il les repousse. Surmontant sa répulsion, il s'approche de nouveau de la momie... On ne voit pas les cheveux noirs bouclés qui sont dissimulés sous les bandelettes, la fine moustache a été rasée, mais la forme du nez et de la bouche sont les mêmes et surtout, sur la pommette droite, il y a un grain de beauté... Le fameux grain de beauté qui faisait, dans les années 1920, le charme de George Bertran...

Douglas Robertson, comme un fou, se précipite dans le bureau du directeur du musée. Mis au courant de l'horrible éventualité, celui-ci va dans ses archives et en sort un dossier poussiéreux. Il en donne connaissance à son interlocuteur.

– La momie nous a été offerte en 1934 par un égyptologue très connu. D'après les ornements rituels il s'agit d'un prêtre d'Isis de la XIe dynastie...

Douglas Robertson ne tient plus en place.

– La provenance ! Dites-moi la provenance de la momie !

Le directeur se racle un peu la gorge.

– D'après mes documents, l'égyptologue l'aurait achetée à une tribu nomade. Il s'agissait sans doute de pilleurs de tombes. Bien sûr ce n'est pas entièrement légal, mais, que voulez-vous... Dans le cas présent, c'était dans le désert de Nubie...

Après quelques mots de remerciements, Douglas quitte le bureau. Il se rend au siège central de la police égyptienne et il adresse un télégramme, court et précis : « Prière d'envoyer d'urgence radiographie dentaire de George Bertran, disparu dans le désert de Nubie en mars 1921. »

Deux jours plus tard, dans un des laboratoires du musée du Caire, un spécialiste compare la formule dentaire du disparu avec celle de la momie. Quand il se redresse, après avoir terminé son examen, il est tout pâle.

– Il n'y a aucun doute possible, il s'agit de la même personne.

La semaine suivante, Douglas Robertson est à Londres, dans l'hôtel particulier qu'habite maintenant le fils de Lord Spencer. Au début, ce dernier est sceptique, mais au fur et à mesure que le policier de Scotland Yard parle, il sent l'horreur le gagner.

– Votre père ne vous a jamais rien dit ? Il ne vous a jamais laissé comprendre à demi-mot quelque chose ?

– Attendez... Dans ses papiers, j'ai trouvé une lettre « à ne pas ouvrir avant 1960 »... Je crois que c'est peut-être le moment de la lire.

Le fils de Lord Spencer va vers un coffre-fort. Il sort la lettre, la décachette en tremblant, la parcourt à toute vitesse et la tend sans mot dire au policier. Il est blanc comme un linge.

Douglas Robertson la prend des mains du jeune lord et lit... C'est une des confessions les plus extraordinaires qu'ait faites un criminel :

Moi, Lord Spencer, vingt-deuxième du nom, avoue avoir assassiné, le huit mars 1921, George Bertran. Depuis un an déjà, George m'avait dit avoir fait son testament en ma faveur. C'est à ce moment que j'ai décidé de le tuer. C'est moi qui eus l'idée du voyage en Afrique et qui ai réglé les moindres détails. Le pauvre George n'y a vu que du feu. Dans le désert de Nubie, je l'ai abattu d'un coup de revolver. La veille, j'avais renvoyé nos boys. Ensuite, j'ai attendu le passage d'une caravane. Je savais que les nomades nubiens s'intéressaient aux corps pour les embaumer afin de les vendre aux amateurs de momies. J'ai vendu le corps de George à la première caravane qui est passée...

Comme le coupable était mort, l'affaire n'a pas eu de suite sur le plan judiciaire. Mais son fils n'a pu supporter le déshonneur. Il a renoncé à ses droits sur cette mine d'or maudite et, par autorisation spéciale du roi, il a obtenu la permission d'abandonner son titre.

Lord Spencer, vingt-troisième du nom, s'appelle désormais Mister Smith.

LA FENÊTRE DU SIXIÈME ÉTAGE

24 MARS 1958. Une animation bruyante règne dans la via Nizza, une petite rue de Gênes, en Italie. Des gens se sont attroupés au bord d'un trottoir et parlent tous en même temps. Au bout de quelques minutes, une voiture de police arrive, sirène hurlante.

Plusieurs carabiniers en descendent, portant une civière. Un policier en civil, l'inspecteur Turini, leur emboîte le pas. Il contemple le triste spectacle qu'il a sous les yeux...

Là, sur le pavé, une jeune fille est allongée sur le dos. Elle est morte. Elle vient de se jeter du sixième étage. Mais elle n'est pas dans l'horrible état qu'on pourrait imaginer. Son corps et son visage ont été miraculeusement préservés. C'est une jeune fille blonde d'une vingtaine d'années. Elle est bien faite, jolie, son visage est tourné vers le ciel, les yeux bleus grands ouverts.

L'inspecteur se penche sur elle... Elle est vêtue, curieusement, comme une petite fille. Elle porte un corsage blanc boutonné jusqu'au cou, une jupe grise, des socquettes rouges et de grosses chaussures. Entre les doigts crispés de sa main droite, elle tient un billet. L'inspecteur le prend, le lit...

La lettre est adressée à un certain Vittorio.

« Mon Vittorio, je n'en peux plus. Maman l'a voulu ainsi. Je t'écris de la chambre de Fiametta. Je vais la rejoindre. Je te donne mes dernières pensées. Ta Grazia. »

L'inspecteur hoche la tête. Il était venu pour savoir s'il s'agissait bien d'un suicide. Il est fixé. Pourtant, il a l'impression curieuse qu'il ne s'agit pas d'un suicide tout à fait comme les autres...

Trois jours ont passé. L'inspecteur Turini s'est renseigné sur l'identité de la morte et sur sa famille. La victime s'appelait Grazia de Marchi. Elle avait dix-neuf ans. Elle vivait avec sa mère, Cora de Marchi, et sa jeune sœur Antonella.

Mais ce qui est troublant c'est que sa sœur aînée, Fiametta de Marchi, s'était suicidée six ans auparavant, en se jetant de la même fenêtre. Elle avait dix-neuf ans elle aussi...

L'inspecteur Turini a obtenu de ses supérieurs l'autorisation de mener une enquête rapide. Normalement, un suicide ne regarde pas la police. Mais les morts de ces deux sœurs au même âge ne lui plaisent pas. Il a en particulier quelques questions à poser à la mère que la désespérée mettait en cause dans son billet d'adieu... « Maman l'a voulu ainsi » : qu'a-t-elle voulu dire?

L'inspecteur Turini sonne à l'appartement du sixième étage où a eu lieu le drame. Une femme de quarante-cinq ans environ lui ouvre. En le voyant, elle a le geste instinctif de s'arranger les cheveux... Elle est restée coquette, pense l'inspecteur.

– Cora de Marchi?

La femme répond d'une voix aimable. Elle le conduit dans une salle à manger minuscule. L'inspecteur remarque qu'elle ne porte pas le deuil. C'est d'autant plus étonnant que sa fille a été enterrée la veille. Elle le regarde d'un air interrogateur en attendant qu'il veuille bien parler.

– Il ne s'agit pas d'une enquête, madame, mais juste de quelques questions... Nous agissons ainsi chaque fois qu'il y a eu un suicide.

Mme de Marchi ne semble pas choquée. Elle semble prête au contraire à répondre aux questions. A ses côtés, Antonella, quatorze ans, la dernière de ses filles, se tient adossée au mur, silencieuse.

– Vous n'êtes pas mariée?

– Non. Mes filles ont eu trois pères différents. Mais aucun d'eux n'a voulu m'épouser ni reconnaître son enfant. La vie n'a pas été tendre avec moi, inspecteur...

L'inspecteur Turini passe au sujet qui l'intéresse.

– J'ai appris que votre fille aînée, Fiametta, s'était suicidée elle aussi en se jetant de la même fenêtre le 19 novembre 1952.

La mère hausse les épaules, comme si cet événement appartenait pour elle à un passé très ancien.

– Oui...

– Elle avait dix-neuf ans, comme Grazia...

Cette fois, Cora de Marchi marque une certaine impatience.

– Oui, et alors?

– D'après vous, madame, quelles raisons l'ont conduite à ce geste?

Une seconde fois, Mme de Marchi hausse les épaules.

– Fiametta n'a jamais eu la tête très solide. C'étaient tous ces garçons qui la rendaient folle... Elle avait des moments de cafard...

– Et c'est pour cette raison qu'elle a mis fin à ses jours?

Cette fois, Cora de Marchi n'est pas loin de se fâcher.

– Puisque je vous le dis!

L'inspecteur Turini a un geste apaisant.

– Bien... Et en ce qui concerne Grazia?

La mère s'est animée. Elle répond avec la même vivacité.

– C'est la même chose, pardi! Elle a été déçue par son amoureux et c'est pour ça qu'elle a fait une bêtise...

L'inspecteur tente une objection :

– Mais dans son billet, elle ne mettait pas son amoureux en cause. Au contraire, elle a écrit : « Maman l'a voulu. »

Cora de Marchi se lève d'un bond et se dirige vers la porte. L'inspecteur sent qu'il doit en faire autant. Son interlocutrice se met à parler d'une manière précipitée.

– Grazia était une chienne! Elle avait le diable dans le sang. Elle n'a pas hésité à faire du mal à sa mère, même par-delà la mort!

Sa voix s'adoucit brusquement... Elle passe le bras sur les épaules de sa dernière fille.

– Ce n'est pas comme Antonella... Vous ne savez pas ce qu'elle me donne de satisfactions! Elle travaille si bien en classe. Et elle n'a que quatorze ans...

L'inspecteur regarde l'adolescente, à laquelle il n'avait pas prêté attention jusqu'à présent. Elle le regarde, elle aussi, de ses grands yeux noisette... Non, elle ne le regarde pas, elle le fixe, et il y a dans son insistance quelque chose de suppliant, de pathétique.

Brusquement, l'inspecteur Turini a cette pensée apparemment absurde : elle a quatorze ans, et si je ne découvre pas la vérité, dans cinq ans, elle mourra. Elle se jettera à dix-neuf ans de la même fenêtre que ses deux sœurs.

Ce n'est qu'une impression, bien entendu. Mais

jamais, au cours de sa carrière, l'inspecteur n'en avait ressenti avec une telle intensité. Dans ce pauvre appartement du sixième étage de la via Nizza, deux drames se sont déjà produits et un troisième se prépare. Il le sent...

Deux jours plus tard, l'inspecteur Turini est dans un garage du centre de Gênes. En face de lui, un jeune homme de vingt ans. Il a l'air intimidé de se trouver devant un policier. C'est Vittorio Clementi, l'amoureux de Grazia de Marchi, celui à qui était destiné le billet... Il essuie ses mains pleines de cambouis sur sa tenue de mécanicien. Il s'éclaircit la voix et parle avec une émotion qu'il a du mal à dissimuler.

– J'avais rencontré Grazia au bal l'année dernière. Je voulais l'épouser et elle était d'accord...

L'inspecteur Turini lui parle gentiment, paternellement.

– Pourquoi est-ce que vous ne l'avez pas fait?

Vittorio renifle bruyamment. Visiblement, ces souvenirs trop récents lui font mal.

– C'est sa mère... C'est elle qui a tout fait... Elle ne voulait pas qu'on se voie. Elle voulait que Grazia ne voie personne. Elle l'enfermait à la maison et, quand elle sortait, elle l'habillait comme une petite fille.

L'inspecteur se souvient de la jupe plissée, des socquettes et des grosses chaussures dont était vêtue la morte... Il laisse son interlocuteur continuer.

– Il y a trois semaines, Grazia s'est enfuie de chez elle. Elle est venue se réfugier à la maison. J'habite avec mes parents... Elle m'a dit qu'elle n'en pouvait plus, qu'elle allait finir par faire la même chose que Fiametta... Sa mère est arrivée un quart d'heure plus tard. Elle a fait un scandale terrible. Elle a giflé Grazia, elle m'a giflé. Elle a dit à mes parents que jamais elle ne consentirait au mariage, et elle est repartie avec Grazia... C'est la dernière fois que je l'ai vue. Après, sa mère l'a enfermée. Je l'ai juste aperçue quatre ou cinq fois...

Le jeune homme se mouche bruyamment...

– A sa fenêtre...

L'inspecteur Turini quitte le garage... La réalité monstrueuse qui se cache derrière ces deux suicides commence à se dessiner. Peu à peu, il entrevoit la personnalité de la mère et le drame qui s'est joué à six ans d'intervalle dans le petit appartement du sixième étage.

C'est justement vers le pauvre immeuble de la via Nizza qu'il revient. Il veut interroger les voisins. Car il ne peut pas se contenter d'un seul témoignage. Il doit avoir confirmation de ce qu'il pressent.

C'est la concierge qui se montre la plus bavarde.

– La petite Fiametta, je l'ai bien connue. J'étais devenue pour ainsi dire sa confidente. Combien de fois elle est venue pleurer dans ma loge! Elle était bien jolie, plus jolie encore que Grazia. Mais sa mère ne pouvait pas supporter qu'elle ait des amoureux. Dès qu'il y avait un garçon qui tournait autour d'elle, elle la suivait et elle faisait une scène au garçon... Alors le garçon avait peur des histoires et s'en allait... Combien elle en a perdu des amoureux, la pauvre Fiametta!

La concierge baisse la voix.

– Si vous voulez mon avis, je crois que la mère de Marchi était jalouse... C'est pour cela que la petite Fiametta s'est tuée. Les derniers jours, elle était désespérée...

– Et Grazia?

– J'ai compris que c'était la même chose qui

recommençait. J'étais moins liée avec elle qu'avec Fiametta; elle ne me faisait pas ses confidences, mais je voyais bien que la petite était malheureuse...

L'inspecteur Turini a un sursaut de révolte. Il voit enfin se dessiner devant lui le portrait monstrueux de cette mère qui a poussé, par jalousie, ses filles au suicide. Il demande :

– Pourquoi n'êtes-vous pas venue nous trouver? Vous pouviez tout empêcher.

La concierge pousse un soupir.

– J'y ai souvent pensé. Mais entre nous, si j'étais venue vous voir, vous ne m'auriez même pas écoutée... Qu'est-ce qu'on pouvait lui reprocher à la de Marchi? Elle ne battait pas ses filles. Ses voisins n'ont même jamais entendu un bruit de dispute, alors...

Alors, en quittant la concierge, l'inspecteur a une image devant lui : deux grands yeux noisette suppliants et un visage d'adolescente apeurée. Antonella de Marchi a quatorze ans, et s'il ne fait rien, elle mourra dans cinq ans... Sa mère est une effroyable machine à tuer ses filles dès qu'elles arrivent à l'âge de femme. Elle y parvient d'une manière insidieuse, à force d'humiliations, en les habillant d'une façon ridicule comme des petites filles, en surveillant leur vie amoureuse et en étouffant impitoyablement dans l'œuf toutes leurs aventures...

L'inspecteur Turini sait qu'il y a un témoin capital qu'il n'a pas encore interrogé : c'est Antonella de Marchi elle-même. Il a prévenu ses supérieurs des résultats de son enquête, et c'est avec leur accord qu'il continue son action. Car il est maintenant évident que le suicide des deux filles de Marchi s'apparente à une affaire criminelle...

Afin d'être le plus discret possible, l'inspecteur

Turini a décidé d'interroger l'adolescente à son école. La directrice a été prévenue et l'entrevue a lieu, en sa présence, dans le parloir. Ainsi la mère n'en aura pas connaissance.

L'inspecteur retrouve avec une certaine émotion la jeune fille qui lui avait lancé ce regard pathétique dans l'appartement du sixième étage. Antonella est devant lui, avec ses nattes sagement tressées, ses grands yeux noisette. Il tient à la mettre en confiance.

– Je suis un ami... Quand je t'ai vue la dernière fois, j'ai eu l'impression que tu avais des choses à me dire. Est-ce que je me trompe?

Antonella de Marchi hésite un instant, puis elle lance d'un seul trait :

– J'ai peur!

– Je comprends... Raconte-moi ce qui s'est passé avec Fiametta.

L'enfant passe sa main sur son front... Elle est toute pâle.

– C'était il y a longtemps... J'étais petite. Quand Fiametta a eu quinze ans, maman a changé avec elle. Elle ne lui donnait plus de quoi s'habiller, à peine de quoi manger. A table, elle l'attrapait tout le temps. C'était toujours elle qui avait tort et toujours Grazia et moi qui avions raison. Elle nous disait que Fiametta était une paresseuse, qu'elle ne pensait qu'aux garçons... Moi je ne comprenais pas. Je me disais que Fiametta avait dû devenir méchante.

Antonella s'arrête un instant... L'inspecteur contemple ce petit visage étrangement grave.

– On ne m'a pas dit que Fiametta s'était suicidée, on m'a dit qu'elle avait eu un accident... A l'enterrement, j'avais du chagrin, mais j'ai été surprise de voir que maman ne pleurait pas. Quand nous sommes rentrées à la maison, elle nous a dit : « Maintenant, nous sommes débarrassées. C'était une fainéante qui ne pensait qu'aux garçons. »

L'inspecteur et la directrice de l'école se taisent... Ils écoutent ce récit terrible, dit sans éclats, sans pleurs, d'une petite voix. Antonella continue :

– Grazia avait treize ans à la mort de Fiametta et moi huit... Pendant deux ans, nous avons passé des moments merveilleux. Maman était très gentille avec nous. On n'était pas riches mais elle nous achetait une robe chaque fois que c'était possible : elle faisait tout ce que nous voulions. Elle nous appelait « mes deux petites chéries ». Et puis, deux ans après, quand Grazia a eu quinze ans, tout a recommencé...

L'enfant s'est mise à trembler.

– Maman a commencé à détester Grazia. Elle ne lui a plus rien donné pour s'habiller. Elle devait garder ses robes de petite fille. A table, elle ne lui donnait plus à manger. Elle disait qu'elle n'avait pas à nourrir une fainéante. Maintenant, c'était moi qui avais raison et jamais elle. Quand elle sortait le soir, maman sortait après elle et elles revenaient tard ensemble. A chaque fois, je voyais bien que Grazia avait pleuré... Un jour Grazia a dit : « Je sais ce qui me reste à faire... Je vais faire comme Fiametta ». Et maman a répondu : « Fais-le vite! »

Brusquement, Antonella de Marchi éclate en sanglots.

– En ce moment maman est gentille avec moi. Mais je sais pourquoi. C'est parce que je ne suis pas encore une femme. L'année prochaine, quand j'aurai quinze ans, tout va recommencer...

Saisie d'une brusque impulsion, elle se jette dans les bras de l'inspecteur Turini.

– Je ne veux pas mourir comme Fiametta et Grazia ! Je ne veux pas me jeter par la fenêtre ! Sauvez-moi !...

Dès que l'inspecteur Turini dépose les conclusions de son enquête, le juge d'instruction décide l'inculpation de Cora de Marchi pour mauvais traitements à enfants ainsi que son incarcération immédiate en attendant le jugement...

Le procès de Cora de Marchi s'ouvre à Gênes en mars 1959, un an après le suicide de sa seconde fille... Quand elle paraît au tribunal, elle semble avoir vieilli de vingt ans. Elle n'a plus rien de la femme mûre qui essayait encore d'être coquette... Elle qui n'avait pris le deuil d'aucune de ses filles est vêtue de noir des pieds à la tête. Elle semble enfin avoir pris conscience de la gravité des faits qu'on lui reproche. Elle est comme accablée.

Pourtant, tout change quand Antonella vient à la barre. Antonella de Marchi a quinze ans. Pendant l'incarcération de sa mère, elle est devenue une femme. Elle est vêtue d'une robe qui la met en valeur, elle a du charme... Les juges voient passer alors une lueur dans le regard de sa mère. Il n'y a aucun doute possible sur sa signification : c'est de la haine, une haine mortelle...

Et puis, l'accusée retombe dans son apathie. Elle est amorphe quand l'expert psychiatrique vient à la barre.

– L'accusée présente une jalousie maladive poussée jusqu'à son paroxysme. Peu avant la puberté de sa fille aînée, elle a subi, à la suite d'une tumeur, l'ablation des ovaires. Elle a certainement très mal supporté ce qu'elle a considéré comme une mutilation. Et quand ses filles sont parvenues à l'âge de femme, elle ne l'a pas admis. Elle a voulu détruire ces rivales qui possédaient ce qu'elle n'avait plus : la faculté de procréer...

Et le psychiatre conclut :

– Sans être irresponsable, l'accusée présente une personnalité psychotique de nature à atténuer sa responsabilité...

Les plaidoiries des avocats de la défense, mettant en avant le désordre mental, tombent dans le silence pesant. Peu après, les jurés reviennent pour rendre leur verdict : Cora de Marchi est reconnue coupable et condamnée à six ans de prison...

A l'énoncé du verdict, l'inspecteur Turini s'est tourné vers Antonella, assise non loin de lui. Il s'est mis à sourire : dans six ans, elle en aura vingt et un. Elle ne se jettera pas par la fenêtre à dix-neuf ans, comme ses sœurs. Elle est sauvée !

CONDAMNATION POUR BONNE CONDUITE

– J'AI perdu la tête, monsieur le Président... Mais j'étais si malheureuse...

La jeune femme de vingt-quatre ans qui vient de prononcer ces mots dans un allemand hésitant, devant la cour d'assises de Düsseldorf, est d'une beauté très méditerranéenne, avec ses yeux en amande et ses longs cheveux noirs. Et, effectivement, Sidika Aydin vient des bords de la Méditerranée. Elle fait partie de l'importante colonie turque de Düsseldorf.

La salle est presque vide... L'histoire criminelle de Sidika Aydin est si banale que les journaux ne lui ont consacré que quelques lignes dans la rubrique spécialisée. « Une ressortissante turque abat l'un de ses compatriotes. Il s'agit d'un crime passionnel... » Le drame de toute une vie tient en si peu de mots et à si peu de chose...

C'est il y a deux ans que Sidika Aydin, ouvrière dans la chimie, a fait la connaissance de Yakub Makal, serveur dans un restaurant turc. Yakub était beau garçon, sûr de lui et même un peu brutal. Sidika savait qu'il ne comptait plus ses succès féminins, mais cela ne l'a pas empêchée d'être folle de lui.

Et elle a réussi à faire sa conquête. A son tour, le beau Yakub Makal est tombé amoureux et, un jour, il a parlé mariage. Cet enthousiasme n'a malheureusement duré qu'un mois. Tout aussi brutalement qu'il s'était enflammé, Yakub a signifié sa rupture à la jeune femme.

– Je n'ai plus besoin de toi. J'ai trouvé mieux : une Allemande...

Sidika a tout essayé : les larmes, la tendresse, la menace... Rien n'y a fait. Avec un air méprisant, Yakub lui envoyait au visage le nom de son Allemande, la traitant de paysanne, de moins que rien.

Une seconde scène a eu lieu quelques jours plus tard au restaurant où travaillait Yakub Makal, dans la salle vide, avant l'ouverture. Le jeune homme s'est montré plus odieux encore. Il l'a giflée à toute volée et a tenté de la jeter dehors.

Sidika Aydin s'est brusquement souvenue du tiroir-caisse et du revolver qui s'y trouvait en permanence. Elle a bondi, s'est emparée de l'arme, a crié :

– N'approche pas!

Yakub s'est approché quand même en ricanant; alors elle a tiré, les yeux fermés, en agrippant la crosse à deux mains. Quand elle a regardé, Yakub Makal était étendu par terre, mort, une balle en plein front...

Les débats se poursuivent dans l'indifférence générale. L'avocat de la défense, Me Peter Funck, souligne avec habileté l'attitude odieuse de la victime, l'absence de préméditation. Il plaide la légitime défense et réclame l'acquittement...

Les jurés ne vont pas aussi loin, mais ils reviennent tout de même avec un verdict d'indulgence : Sidika Aydin est condamnée à six ans de prison...

Cela se passait en novembre 1972... Mais c'est quatre ans plus tard, en novembre 1976, que tout commence véritablement, lorsque Me Peter Funck pénètre dans le bureau de Léopold Vogler, directeur des services d'immigration de la province de Düsseldorf. Peter Funck n'a pas oublié le procès de Sidika Aydin, où il avait été commis d'office et qui était sa première cause. Or, le cas de Sidika Aydin vient de prendre une tournure à peine croyable...

Le jeune avocat prend place en face de Léopold Vogler et sort plusieurs feuillets d'un volumineux dossier. Il les tend au fonctionnaire.

– Voici le décret de mise en liberté de ma cliente Sidika Aydin, qui doit avoir lieu le 1er décembre. Elle a été condamnée à six ans de prison et elle est libérée aux deux tiers de sa peine pour bonne conduite. Je suppose que vous allez prendre une décision d'expulsion.

Léopold Vogler hausse les épaules.

– Bien entendu. Après avoir purgé leur peine, les étrangers sont renvoyés dans leur pays. C'est automatique.

Peter Funck regarde son interlocuteur bien dans les yeux :

– Connaissez-vous la loi turque, monsieur Vogler ?

Le fonctionnaire de l'immigration a un geste d'indifférence :

– Evidemment non. C'est le cadet de mes soucis.

Sans relever la mauvaise humeur de son vis-à-vis, le jeune avocat sort d'autres documents de son dossier :

– Vous avez tort, monsieur Vogler. La loi turque possède une particularité à peu près unique en matière pénale : elle ne reconnaît pas les sanctions infligées à ses ressortissants par un tribunal étranger. Ce qui veut dire que, dès que Sidika Aydin posera le pied sur le sol de son pays, elle sera immédiatement arrêtée pour être rejugée.

Léopold Vogler ne se départ pas de son irritation :

– Bon, elle sera rejugée et puis après?

Peter Funck étale sur la table une pile de coupures de presse.

– Je vais vous dire ce qui va se passer... J'ai étudié la jurisprudence turque. Je pense avoir eu connaissance de tous les cas semblables jugés au cours des dix dernières années. Quand il s'agit d'un crime passionnel commis par une femme, les juges turcs sont impitoyables. Toutes les accusées ont été condamnées à mort et pendues.

Le jeune avocat continue en détachant les syllabes :

– Si vous renvoyez Sidika Aydin chez elle, vous la condamnez à mort, monsieur Vogler!

Cette fois, le fonctionnaire de l'immigration change de visage. Il réfléchit longuement.

– Je comprends votre émotion, mais que puis-je faire?

– Je demande le droit d'asile pour Sidika Aydin.

– Vous savez parfaitement que c'est impossible. L'asile est réservé aux cas politiques, et votre cliente est une criminelle de droit commun.

L'avocat ne l'ignore pas, mais il poursuit avec la même chaleur :

– Enfin cette femme a été jugée selon nos lois. Elle a purgé sa peine. On n'a pas le droit de l'envoyer à la mort!

Léopold Vogler semble à présent très contrarié. Il s'est levé de son siège.

– Malheureusement la loi est formelle. L'expulsion est obligatoire; je n'ai même pas à intervenir.

– Mais la loi n'avait pas prévu un pareil cas, monsieur Vogler. Il faut faire une exception. C'est une question de simple justice!

Le fonctionnaire de l'immigration est de plus en plus mal à l'aise.

– Je vais en parler en haut lieu...

L'avocat se lève pour prendre congé :

– Nous sommes le 21 novembre et la libération aura lieu le 1er décembre...

Léopold Vogler l'assure qu'il fera diligence. Peter Funck le remercie, mais il est décidé à mener de front la seconde partie de son action. Afin de faire pression sur les autorités, il révèle toute l'affaire à la grande presse. Immédiatement ce cas dramatique et hors du commun fait les gros titres des journaux. La photo de la jeune femme aux yeux en amande et aux longs cheveux noirs s'étale en première page. Pour l'opinion publique unanime, il faut sauver Sidika. Et le temps presse...

C'est le 28 novembre 1976 que les autorités font connaître leur réponse par la bouche de Léopold Vogler : par une mesure de clémence exceptionnelle, Sidika Aydin aura l'autorisation de rester en Allemagne à sa sortie de prison...

Cette décision est accueillie avec soulagement par le public. Peter Funck est complimenté de toutes parts. De l'avis général, un brillant avenir s'ouvre devant le jeune avocat qui a su faire preuve de tant d'acharnement pour sauver la vie de sa cliente.

Peter Funck court à la prison de Düsseldorf. Il veut être le premier à annoncer la bonne nouvelle à Sidika, Sidika qui va pouvoir, à vingt-huit ans, commencer une nouvelle vie...

Quand il pénètre dans la cellule, il la trouve blottie contre un mur. Il annonce d'une voix triomphante :

– Nous avons gagné! Vous n'irez pas en Turquie!

Mais à sa stupeur, la jeune femme éclate en sanglots. Elle lui dit d'une voix implorante :

– Sauvez-moi! Je ne veux pas sortir! Je veux rester en prison!

L'avocat pense qu'elle a mal compris.

– Mais non, vous ne risquez plus rien! C'est une décision officielle. On ne vous renverra pas dans votre pays. Vous vivrez ici, chez nous, en Allemagne...

Sidika Aydin continue à trembler.

– Je ne veux pas sortir. Sinon je vais mourir!

Elle tire de sa blouse grise de prisonnière un papier froissé où sont crayonnées quelques phrases.

– On a glissé cela sous ma porte. C'est du turc... Je vais vous traduire.

Elle lit d'une voix blanche :

« Chienne maudite! Tu as tué un des nôtres et tu as osé étaler ta photo dans les journaux! Tu mérites la mort. Dès que tu sortiras, tu seras abattue comme la chienne que tu es! »

Le jeune avocat écoute d'un air accablé. Il comprend trop tard son erreur. Tout est de sa faute! Il a révélé l'affaire à la presse pour faire pression sur les autorités, sans penser que ces articles seraient considérés par la communauté turque comme une provocation. Sidika, la meurtrière de son fiancé, échappe à la pendaison en Turquie, mais elle n'échappera pas à la vengeance de ses compatriotes. Maintenant, à Düsseldorf et dans toute l'Allemagne, il y a des dizaines de justiciers prêts à l'abattre!

Peter Funck avance d'une voix mal assurée :

– Je demanderai la protection de la police...

La jeune femme secoue la tête avec désespoir.

– La police ne pourra pas me protéger partout ni toujours. Ils me tueront !

Elle se jette à ses pieds.

– Ne me laissez pas sortir !

Bouleversé, le jeune avocat va aussitôt dans le bureau du directeur de l'établissement, Karl Groschen, qui écoute avec surprise cette sombre histoire de tueurs :

– Maître, il n'y a aucune raison que Sidika Aydin reste en prison. Elle sera libérée aux deux tiers de sa peine comme il est normal pour bonne conduite.

– Vous n'avez donc pas compris que si elle franchit la porte de cette prison, elle est perdue. Vous ne pouvez pas l'envoyer à la mort !

– Voyons, c'est du roman policier... Nous sommes dans un pays civilisé.

L'avocat tente désespérément de convaincre son interlocuteur :

– C'est vous qui avez signé la libération anticipée. Revenez sur votre décision.

Karl Groschen semble ne pas avoir compris :

– Je ne vois pas pourquoi. La prisonnière sortira comme prévu le 1er décembre.

– Mais la libération pour bonne conduite est une faveur, une récompense. Or, dans ce cas, c'est une condamnation à mort. Vous la condamnez à mort pour bonne conduite, c'est monstrueux !

Le directeur de la prison répond une dernière fois d'un air buté :

– Sidika Aydin sortira le 1er décembre, c'est-à-dire dans trois jours. D'ailleurs, une nouvelle occupante est prévue pour sa cellule.

Une seconde fois, Peter Funck va trouver la

presse pour lui demander son aide. Il s'est heurté de nouveau à la rigidité des règlements administratifs. Il faut tout faire pour que Sidika Aydin ne sorte pas de prison le 1er décembre et il faut agir vite, car nous sommes le 28 novembre...

Mais l'actualité est changeante et exigeante. Ce 28 novembre 1976, elle est particulièrement chargée. Bien sûr, les journaux parlent de la jeune condamnée turque, mais pas en première page; il n'y a pas assez de place... La seconde menace contre la vie de Sidika Aydin passe cette fois presque inaperçue du grand public. Aussi, quand le jeune avocat vient trouver les autorités pour plaider son dossier, il ne reçoit pas du tout le même accueil.

– Le directeur de la prison de Düsseldorf est seul maître de sa décision. Nous n'avons aucun moyen d'intervenir. Que dirait-on si le pouvoir se mêlait des affaires de justice?

Les jours passent : 29, 30 novembre... Le 1er décembre, Peter Funck a épuisé toutes ses possibilités.

Quand il arrive dans la cellule de Sidika, il a une idée, une idée folle, la dernière...

– Sidika, il ne vous reste plus qu'une chance : il faut que vous fassiez quelque chose qui vous empêche de sortir de prison. Tout à l'heure, jetez-vous sur votre gardien, frappez-le avec le premier objet que vous trouverez sous la main...

Mais la jeune femme relève la tête d'un air triste. Elle a un sourire résigné :

– Non, je vous remercie, maître. Vous avez fait beaucoup pour moi. Maintenant c'est trop tard... Dans notre pays, nous sommes fatalistes. Je souhaite que la volonté de Dieu s'accomplisse.

Et l'avocat a beau argumenter, essayer de la convaincre avec toutes les ressources de son talent.

Sidika Aydin ne l'écoute plus... Quelques minutes plus tard, quand le gardien vient la chercher pour la levée d'écrou, Sidika le suit sans protester, la tête baissée, comme on marche au supplice...

Pendant plusieurs semaines, Me Funck a tenu à assurer, en même temps que les deux policiers chargés de cette mission, une garde personnelle auprès de Sidika Aydin. Mais la jeune femme n'était plus que l'ombre d'elle-même. La peur de chaque instant en avait fait une bête traquée. Par moments même, elle avouait avoir hâte d'en finir...

Extrait de la *Gazette de Düsseldorf* du 5 janvier 1978, entrefilet dans la page des faits divers :

« Hier soir, on a retrouvé le corps d'une ressortissante turque dans une rue de Düsseldorf. La jeune femme, nommée Sidika Aydin, condamnée pour meurtre, avait fait parler d'elle il y a un peu plus d'un an lorsqu'il avait été question de sa possible extradition. Grâce à la vigoureuse intervention de son avocat, Me Peter Funck, elle avait reçu la permission de rester en Allemagne. La police retient l'hypothèse d'une vengeance. »

Ainsi se termine l'histoire de Sidika Aydin, punie selon la justice de son pays, après que la justice allemande l'eut condamnée pour bonne conduite.

LES CAPUCINS DU DIABLE

10 JUIN 1960. C'est le soir. Giorgio Canetto, riche fermier de Mazarini, un bourg de Sicile, termine de dîner en compagnie de sa femme et de son jeune fils, quand on frappe à la porte avec insistance. C'est le fils qui se lève de table pour aller ouvrir. Mais, après avoir regardé par la fenêtre quel est ce visiteur nocturne, il revient tout surpris trouver son père :

– Papa, c'est un capucin!

Très intrigué à son tour, Giorgio Canetto va ouvrir. Que peut bien lui vouloir un capucin à la tombée de la nuit?

Effectivement, l'homme qui se tient sur le seuil est vêtu d'une robe de bure, son capuchon pointu est enfoncé jusqu'aux yeux. Malgré cela, Giorgio le reconnaît : c'est le père Vincenzo, le supérieur du monastère qui se trouve non loin de Mazarini.

Le père ôte son capuchon. Son visage aux cheveux blancs exprime la gravité.

– Monsieur Canetto, je suis venu pour une mission... délicate. Je vais vous demander de l'argent... beaucoup d'argent : 2 millions de lires.

C'est tellement énorme que, après être resté un moment bouche bée, Giorgio Canetto éclate de rire.

– Eh bien vous, alors... Vous avez une drôle de manière de faire la quête!

Le visage du religieux s'assombrit encore :

– Ce n'est pas pour nous, c'est pour... l'honorable société. Ils sont venus trouver Antonio Bronzini, notre jardinier. Ils lui ont dit que nous devions leur servir d'intermédiaire auprès des habitants de la région, que sinon le couvent brûlerait et que nous mourrions tous. Au début je n'y ai pas cru, mais, trois mois plus tard, le père Beppino a été blessé d'un coup de carabine. Alors, nous ne pouvons qu'obéir. Nous avons reçu l'ordre d'aller vous trouver et de vous réclamer cette somme.

Giorgio Canetto réagit vivement :

– Tout cela ne me regarde pas. Vous n'avez qu'à prévenir les carabiniers.

Le capucin secoue la tête d'un air accablé :

– Vous savez très bien que ce n'est pas possible dans ce cas-là...

Oui, Giorgio Canetto le sait. Quand il s'agit de la Maffia, dont on n'ose même pas prononcer le nom et qu'on appelle à mots couverts : l'honorable société, prévenir les carabiniers, c'est signer son arrêt de mort.

Le fermier décide de mettre fin à l'entretien.

– Je regrette, Padre. Je n'ai jamais cédé au chantage. Et puis, ce n'est pas si grave que cela. On essaie sans doute de vous faire peur. Faites comme moi : ne vous laissez pas faire et vous verrez, tout ira bien.

Le religieux sent qu'il ne sert à rien d'insister. Il pousse un soupir, rabat son capuchon et s'en va...

Le père Vincenzo avance le dos courbé dans la nuit, comme écrasé par un poids invisible. Tout ce qu'il a dit est malheureusement l'exacte vérité. Il y a une semaine, Antonio Bronzini est venu le trouver. Antonio, trente ans, est un brave garçon totalement illettré. Le monastère l'a recueilli quand il a perdu ses parents pendant la guerre. Il est devenu le jardinier de la communauté. Il s'acquitte d'ailleurs fort bien de sa tâche. Il est toujours célibataire et habite seul une maisonnette à proximité. Le père Vincenzo l'aime bien. Il le considère un peu comme son enfant. Aussi, il a été bouleversé quand il a entendu le récit d'Antonio. Le pauvre garçon était livide.

– Padre, hier deux messieurs sont venus. Ils m'ont dit qu'ils étaient de l'honorable société. Ils m'ont dit : « Antonio, tu vas aller trouver le père Vincenzo. A partir de maintenant, les moines du couvent de Mazarini collecteront des fonds pour nous. Ils te remettront l'argent et nous viendrons le prendre. Si les capucins refusent, nous ferons brûler le monastère et nous te tuerons... »

Le père Vincenzo se souvient de sa première réaction. Il était abasourdi, il ne voulait pas y croire. C'était une mauvaise plaisanterie qu'on avait faite à ce garçon un peu simple. Il a essayé de réconforter Antonio de son mieux, mais trois jours après a eu lieu le drame.

Le père Beppino, qui se rendait à la prière, a été blessé d'un coup de feu dans le dos. Blessure superficielle alors que, placé comme il était, le tireur aurait pu facilement l'abattre. De toute évidence, c'était un avertissement, mais quel avertissement !

D'ailleurs, Antonio Bronzini l'a confirmé le lendemain matin.

– Les messieurs sont revenus. Ils m'ont dit : « Nous avons seulement blessé le père Beppino, mais la prochaine fois nous tuerons. » Et ils m'ont dit le nom de la première personne sur la liste :

Giorgio Canetto, et la somme : 2 millions de lires.

Tels sont les événements dramatiques qui viennent d'agiter le monastère. Par un coup d'audace stupéfiant, la Maffia a décidé de transformer une confrérie de capucins en racketteurs...

Quand le père Vincenzo, de retour au monastère, annonce à Antonio Bronzini qu'il rentre les mains vides, le désespoir du pauvre garçon est déchirant. Il sanglote, il supplie.

– Mais Padre, ils vont me tuer! Ils ont des revolvers et des grands couteaux. Retournez voir le signor Canetto. Au nom de la Vierge miséricordieuse, Padre!...

Giorgio Canetto n'a pas pris la visite du moine au sérieux. Le lendemain, il la raconte à tout le village. Il ironise sur la façon bien à eux qu'ont les capucins de Mazarini de faire la quête... Mais les gens du village, eux, ne sourient pas. Dès qu'il est question de la Maffia, ils savent qu'il n'y a pas lieu de plaisanter et qu'il risque de se passer des choses graves.

Le soir même, le père Vincenzo revient trouver Giorgio Canetto. Cette fois-ci, Canetto ne lui ouvre même pas. Il se contente de lui lancer par la fenêtre :

– Je vous ai déjà dit non. Vous n'avez pas compris?

Le moine insiste :

– Ils vont tuer Antonio! Ils vont vous tuer!

Mais le riche fermier n'est pas de ceux qui discutent. Il cherche une réplique définitive et finit par crier au capucin :

– Allez au diable!

Le père Vincenzo rabat son capuchon et dit d'une voix sourde :

– Dieu ait ton âme, Giorgio Canetto...

C'est le lendemain, à 7 heures du soir, que des journaliers agricoles rentrant des champs font la découverte. Au bord du chemin de terre qui mène à ses vignes, Giorgio Canetto est allongé, les yeux ouverts. Il a deux balles dans la poitrine... C'est un véritable coup de tonnerre à Mazarini. Cette fois, tout le monde a compris. Les visages et les bouches se ferment. Pas question, évidemment, de prévenir les carabiniers. Giorgio Canetto est mort d'un « accident de chasse ».

Ses obsèques sont suivies par la population silencieuse. Les gens osent à peine se regarder. Le meurtrier est peut-être parmi eux... Mazarini s'est installé dans la peur, et c'est pour longtemps...

Le lendemain de l'enterrement, tout le monde voit passer le capucin, capuchon rabattu sur les yeux. Il prend le chemin de la maison Canetto. Nul n'ignore le message dont il est porteur. La mort du mari ne change rien. Il va maintenant rançonner la veuve.

C'est effectivement ce qu'annonce, bouleversé, le père Vincenzo à Carmela Canetto.

– Ils sont revenus voir Antonio hier. Ils ont dit que, si vous ne payez pas les 2 millions de lires, la prochaine victime serait votre fils...

Carmela le savait. Elle avait déjà préparé la somme, roulée dans un torchon. Elle remet sans un mot le paquet au capucin... Mazarini vient de verser la première rançon. La machine est en route...

18 juin 1960. A la tombée de la nuit, une ombre habillée de bure traverse les rues du village. Elle s'arrête devant une imposante maison. C'est celle de Bartolo Cordi, le pharmacien, la seconde fortune de la région après les Canetto.

Le père Vincenzo frappe à la porte, entre... Le pharmacien est seul dans sa grande maison. Il est veuf depuis plusieurs années. Le moine vient directement au but.

– Vous savez pourquoi je viens, Cordi...

Oui, Bartolo Cordi le sait. Et il ne prend pas la chose à la légère. Son visage terreux, la sueur qui lui coule sur le front en témoignent. Seulement, il a un gros défaut, il est avare. Le père Vincenzo continue :

– Ils ont fixé la somme à 2 millions de lires.

Le chiffre arrache au pharmacien un rictus douloureux. Il s'écrie :

– Je ne les ai pas! Je paierais si je les avais, mais je ne les ai pas!

Le capucin est consterné par sa réaction. Il tente de le raisonner.

– Voyons, je suis sûr que vous avez 2 millions. Ne résistez pas. Ils sont capables de tout. Pensez au malheureux Giorgio Canetto.

– Je ne les ai pas. Dites-le-leur...

– Je leur dirai. Je vais prier pour vous, mon fils...

La nuit suivante, le 19 juin, tout Mazarini est réveillé par une vive lueur. C'est la pharmacie qui brûle... Le temps pour les pompiers d'intervenir, il est déjà trop tard. L'incendie, d'une violence extrême, a dû être allumé avec des bidons d'essence. Au petit matin, il ne reste que des ruines fumantes.

Et le jour même, à la tombée de la nuit, à l'heure désormais habituelle, on voit revenir l'ombre à la robe et au capuchon de bure. Elle va chez le pharmacien Cordi. La Maffia vient exiger son dû. Comme pour Giorgio Canetto, le châtiment ne change rien. Il faut quand même payer.

C'est un homme anéanti que trouve le capucin.

– Je suis ruiné, Padre. Mais je veux conserver la vie...

Il tend un rouleau entouré de papier.

– J'avais caché de l'or. Voici l'équivalent de 2 millions de lires. J'aurais dû vous écouter hier. Maintenant, je suis perdu.

L'incendie de la pharmacie Cordi fait, à Mazarini, l'effet d'une bombe. Dans le village, c'est la terreur, la panique... Mazarini n'a plus qu'une idée fixe, une hantise : quand reviendra le capucin et chez qui ira-t-il? Car, bien entendu, il est moins que jamais question de prévenir les carabiniers...

Et les capucins reviennent. Deux, trois fois par semaine, toujours à la tombée de la nuit. Ce n'est plus seulement le père Vincenzo qui se charge des missions, d'autres de ses moines servent aussi d'intermédiaires à la Maffia...

Au coucher du soleil, tout Mazarini retient son souffle. Les habitants ont repris l'expression qu'avait trouvée, en manière de boutade, l'infortuné Giorgio Canetto. Ils appellent cela : « la quête »...

Semaine après semaine, l'ombre de bure frappe à toutes les portes, aux riches comme aux pauvres. Car personne n'est épargné, tous les habitants sont rançonnés. La Maffia est d'ailleurs parfaitement au courant des moyens de chacun. Les habitants sont imposés en proportion de leur fortune. Aux plus démunis, il n'est demandé que quelques milliers de lires.

Mazarini s'enfonce chaque jour un peu plus dans son cauchemar. La vie quotidienne est conditionnée par « la quête », tout tourne autour d'elle. La nuit, hommes, femmes et enfants voient en rêve des silhouettes sombres au capuchon enfoncé jusqu'aux yeux. Les bons pères, si paisibles, si aimés dans tout le pays, sont devenus les capucins du diable...

8 août 1960. Un des moines sort d'une maison modeste avec quelques billets de 10 000 lires à la main et l'homme qui vient d'être rançonné réfléchit en silence. C'est Bernardo Stoppia, le garde champêtre. Il est en train de prendre une grande décision. Il en a assez. Ses compatriotes sont trop lâches pour se défendre, eh bien, il le fera pour eux ! Il est jeune, il est célibataire, c'est à lui d'agir. Il va mener l'enquête tout seul. Il sait ce qu'il risque, mais il est bon tireur et décidé à vendre chèrement sa peau. Bernardo Stoppia passe une partie de la nuit à méditer, et le matin son plan est au point.

Comme tous les habitants de Mazarini, il sait que les capucins ne voient pas directement les gens de la Maffia. Ceux-ci contactent le jardinier du monastère, Antonio Bronzini. C'est à lui que les capucins remettent l'argent, et c'est chez lui que les maffiosi viennent le prendre. Le garde champêtre va donc suivre Antonio Bronzini, et ainsi il remontera jusqu'à la Maffia.

Les horaires d'Antonio Bronzini sont sans surprise. Tous les matins, à 6 heures, il quitte sa petite maison pour se rendre au monastère et il en revient à 7 heures du soir. Le chemin ne fait pas 300 mètres. A part cela, le jardinier fréquente peu le monde; il ne va pratiquement jamais au village. C'est un garçon plutôt simple, pour qui son potager est le seul univers...

Le 9 août au soir, Bernardo Stoppia attend devant le monastère. A 7 heures, il voit Antonio Bronzini sortir et rentrer chez lui. En face de sa maison, il y a une bâtisse en ruine, un poste d'observation idéal. Stoppia s'installe à une fenêtre, le fusil posé devant lui... La nuit vient. Il s'attend à tout instant à voir des ombres surgir. Mais rien ne se passe. Au matin, il rentre bredouille.

Pendant quinze jours encore, Bernardo Stoppia ne quitte pas le jardinier, mais sans aucun résultat. La Maffia se serait-elle méfiée? Pourtant, la quête continue comme par le passé. Chaque soir ou presque, un capucin vient rançonner quelqu'un de Mazarini. En attendant, c'est bien Antonio qui a les sommes. Qu'attend la Maffia pour venir les récupérer?...

24 août 1960. Comme tous les soirs, le garde champêtre Stoppia suit Antonio Bronzini. Mais, cette fois, il se passe quelque chose. Le jardinier, qui marchait quelques mètres devant, fait brusquement demi-tour. Bernardo Stoppia n'a pas le temps de se cacher. Bronzini l'apostrophe :

– Je sais que tu me suis. Je t'ai déjà vu les autres jours. Pars et ne reviens plus. Sinon, ils vont te tuer et moi avec.

Le garde champêtre ne se laisse pas impressionner.

– Qui ça « ils »? Je n'ai vu personne.

Antonio Bronzini se met à faire de grands gestes.

– Ils sont partout, tu ne peux pas comprendre. Pars, je te dis, sinon tu es un homme mort...

Cette fois, le garde champêtre ne réplique pas, il s'éloigne. Il sait ce qui lui reste à faire... C'est arrivé à cinq cents mètres de la gendarmerie de Mazarini qu'il comprend son erreur... Il aurait dû courir! Il bondit en avant, et c'est au moment précis où il arrive chez les carabiniers qu'éclate une détonation. Il ressent un choc violent dans le dos et s'écroule...

Bernardo Stoppia reprend conscience dans la gendarmerie. Il est allongé par terre. Un médecin et le lieutenant des carabiniers sont penchés sur lui. Le lieutenant lui parle doucement.

– Votre blessure n'est pas grave. Vous allez vous en sortir. N'ayez pas peur, nous vous protégerons de la Maffia. Jusqu'ici nous n'avons pas pu agir parce que personne n'avait porté plainte, mais maintenant tout va changer.

Le garde champêtre se sent faible. Il rassemble toutes ses forces. Il sait qu'il doit tout dire tout de suite. Sinon, il risque d'être trop tard.

– Il n'y a pas de Maffia... C'est Antonio Bronzini qui a tout fait, tout inventé... Tout à l'heure, il a compris que j'avais deviné et il m'a suivi... C'est lui qui a tiré sur moi, comme il a tué Canetto et incendié la pharmacie. Arrêtez-le !

Epuisé par l'effort qu'il vient de fournir, Bernardo Stoppia retombe dans l'inconscience...

En se précipitant chez le jardinier du monastère, les carabiniers n'en reviennent pas. Antonio Bronzini, ce garçon illettré capable d'inventer une telle machination, capable de mystifier tout un monastère et tout un village pendant des mois ! Cet homme, d'apparence inoffensive, capable de tuer froidement !

Mais quand ils arrivent chez lui, ils doivent bien se rendre à l'évidence : la maison est vide. Bronzini est parti précipitamment en emportant quelques affaires. Il ne reste plus qu'à avertir les autres gendarmeries de Sicile en les prévenant que l'homme est dangereux...

Pourtant, encore une fois, la police avait sous-estimé Antonio Bronzini. Elle n'avait pas cru que cet homme fruste, qui n'avait jamais quitté son village, puisse aller plus loin que les limites de l'île. Mais c'est en Italie du Nord, à Bergame, qu'on l'a arrêté. Il voulait acheter une maison. Le notaire, surpris de voir ce paysan illettré avec 15 millions de lires en billets, avait alerté la police...

Arrêté, Antonio Bronzini a avoué être l'auteur de la machination. Il a simplement dit aux policiers :

– Demain je vous expliquerai tout...

Le lendemain, on l'a retrouvé pendu aux barreaux de sa cellule. On n'a jamais su comment ni pourquoi lui était venue l'idée d'une des plus extraordinaires affaires criminelles de Sicile – ce qui n'est pas peu dire.

L'ASSASSINÉ PERPÉTUEL

26 MAI 1933, 16 h 10. Les pompiers de la caserne de Clamart ont été prévenus cinq minutes plus tôt qu'il y avait le feu dans un pavillon, au 136 avenue du Bois-de-Boulogne.

Les pompiers pénètrent dans le jardin du pavillon sinistré. L'incendie n'a pas l'air très grave : le feu n'a pris que dans une seule pièce, au premier étage. Pourtant, il faut faire vite, car des cris s'en échappent. Quelqu'un semble prisonnier à l'intérieur.

Les pompiers grimpent quatre à quatre les escaliers, arrivent devant la pièce en question. La porte est fermée à clef. Ils la démolissent en quelques coups de hache... Il était temps!... La pièce, une chambre de dimensions modestes, est envahie par une fumée suffocante. Sur le plancher, un vieil homme inanimé. Il a les cheveux, les sourcils et tout le visage brûlés. Il est vêtu d'un pantalon et d'une chemisette brûlés eux aussi.

Il faut l'emmener à l'air libre et pratiquer la respiration artificielle pendant dix bonnes minutes pour qu'il reprenne ses esprits. L'homme bredouille quelque chose comme :

– C'est eux...

Et il retombe dans l'inconscience. Tandis qu'on

l'emmène à l'hôpital, les pompiers examinent les lieux du sinistre. Le feu a pris sous le lit avec une rapidité anormale. Si l'on y ajoute la porte fermée à clef, cela fait beaucoup d'éléments troublants...

Le surlendemain, le commissaire Joseph Dupré, de Clamart, est à l'hôpital au chevet du rescapé. L'homme s'appelle Raoul Chenier. Il a soixante-neuf ans, il est veuf et retraité des Postes. Il habite le pavillon en compagnie de son fils Paul, contremaître chez Renault, et de sa belle-fille Isabelle.

Le commissaire Dupré a déjà interrogé Paul et Isabelle Chenier sur les circonstances du drame. Lorsque a éclaté l'incendie, ils étaient au cinéma, comme tous les samedis après-midi. Pour eux, pas de doute, il s'agit d'un accident. Raoul Chenier a mis le feu en fumant dans son lit. Il ne devait pas trop savoir ce qu'il faisait : depuis la mort de sa femme, il abuse largement de la bouteille.

Pour l'instant, en tout cas, Raoul Chenier semble parfaitement lucide.

– C'est un meurtre, monsieur le Commissaire! Sauvez-moi! Ils veulent me tuer...

Le commissaire Dupré considère le retraité... Il est pitoyable avec son corps chétif, sa tête recouverte de bandages et ses mains agitées de tremblements. Il n'y a qu'un an que Joseph Dupré a été nommé commissaire. Il n'a pas encore vraiment l'habitude des affaires sordides, et il lui déplaît d'imaginer ce pauvre homme voué à une mort atroce par son fils et sa belle-fille.

– Il ne faut pas avoir ces idées-là, monsieur Chenier. Vous avez mis le feu vous-même sans vous en rendre compte.

– Non! Ils ont voulu me faire griller comme un cochon, je vous dis! J'ai été réveillé par les flammes. J'ai voulu sortir, mais la porte était fermée à clef. C'est une preuve.

– Vous l'avez sans doute fermée vous-même sans vous en apercevoir. D'abord, pourquoi votre fils et votre belle-fille auraient-ils fait une chose pareille ?

Raoul Chenier a un ricanement sinistre.

– Pour hériter, pardi ! Et pour se retrouver seuls à la maison. Vous, vous êtes jeune ! Vous ne savez pas ce qu'on nous fait subir à nous les vieux !

Après quelques mots de réconfort, le policier quitte Raoul Chenier avec une légère sensation de malaise. Il ne va pas donner suite à l'affaire. Comment inculper deux personnes sans preuves ? Toutefois, il est évident que si un fait nouveau survenait il reprendrait l'enquête...

2 septembre 1933. Le commissaire Dupré est de nouveau dans le pavillon des Chenier, mais l'événement qui vient de se produire n'est pas exactement celui auquel il s'attendait : Raoul Chenier vient de tenter de se pendre. Isabelle Chenier explique au policier les circonstances du drame, tandis que les pompiers et un médecin s'empressent autour du blessé... Isabelle Chenier est une petite blonde au physique assez désagréable.

– C'est presque un miracle, monsieur le Commissaire. J'ai entendu un cri dans le garage et je me suis précipitée. Mon beau-père avait voulu se prendre au tuyau de la chaufferie. Heureusement, la corde avait cassé et il était par terre sans connaissance.

Le commissaire Dupré avise Paul Chenier, un grand gaillard brun à la carrure de colosse.

– D'après vous, pourquoi votre père aurait-il fait cela ?

– Je ne sais pas. C'est peut-être à force de trop boire...

Le commissaire ne répond rien... Bien sûr, dans la plupart des cas, les suicides n'ont pas de raison valable. Mais, en ce qui concerne Raoul Chenier, ce geste désespéré paraît encore plus invraisemblable. Voilà un homme qui affirmait il y a quelques mois avoir été victime d'une tentative de meurtre, qui implorait le secours de la police, et qui maintenant veut mettre fin à ses jours. C'est absurde !

Le médecin, qui pratiquait la réanimation, quitte le chevet du pendu. Raoul Chenier, visiblement hors de danger, reprend des couleurs, mais il reste inconscient. Le médecin fait un signe au policier pour lui faire comprendre qu'il veut lui parler à part. Dès qu'ils sont suffisamment éloignés, il s'adresse à lui à voix basse.

– Il y a un problème, commissaire... Cet homme est dans un coma éthylique. Je pourrai vous dire la dose exacte après les résultats de la prise de sang, mais il est vraisemblable que c'est considérable.

Le commissaire Dupré éprouve un choc. Voilà qui change tout.

– Est-ce qu'il avait assez de conscience pour se pendre ?

– Je ne sais pas. C'est peut-être précisément l'ingestion d'alcool qui a déterminé l'idée suicidaire. Mais avec une dose pareille, je me demande s'il a pu avoir le sens de l'équilibre nécessaire...

– En fait, vous pensez plutôt qu'il était inconscient et qu'on l'a pendu.

– Je ne pense rien, monsieur le commissaire. Tout ce que je pourrai vous donner, c'est le taux précis d'alcoolémie. Après, ce n'est plus de ma compétence...

Le taux précis d'alcoolémie, le commissaire Dupré le connaît le lendemain : 3 grammes, une dose énorme. Oui, il pourrait fort bien s'agir d'une tentative de meurtre ayant échoué de justesse. C'est d'ailleurs l'avis du rescapé, qui n'a conservé de sa mésaventure qu'une trace bleuâtre autour du cou. A l'hôpital, le dialogue avec le commissaire est le même que quelques mois auparavant.

– Ils ont voulu me tuer. Vous me croyez, maintenant?

– On n'arrête pas les gens sans preuves, monsieur Chenier.

Le petit homme est plus pâle et plus tremblant que jamais. Il a les yeux injectés de sang.

– Alors, vous aurez ma mort sur la conscience. Car ils recommenceront. Et ce coup-ci sera le bon!

Le commissaire ne répond pas et s'en va, encore plus troublé que la première fois. Pourtant, les éléments ne sont toujours pas suffisants pour justifier une inculpation. Il doit en rester là...

15 février 1934. Le commissaire Dupré a été appelé d'urgence au pavillon des Chenier. Les infirmiers viennent tout juste de quitter la chambre de Raoul Chenier en l'emportant sur un brancard. C'est une véritable boucherie : le malheureux a la tête en bouillie. On se demande par quel miracle il respire encore.

Le drame a eu lieu dans sa chambre. La vue de la pièce soulève le cœur : il y a du sang partout, même au plafond. Sur le plancher, un lourd marteau avec des cheveux collés.

Paul et Isabelle Chenier viennent d'arriver. Comme la première fois, le drame s'est déroulé un samedi, et ils étaient au cinéma au moment où il a eu lieu. Ils ont découvert l'abominable spectacle en rentrant et ils ont aussitôt prévenu la police. Enfin, c'est ce qu'ils prétendent.

Le commissaire Dupré leur montre le marteau baignant dans une mare de sang :

– Et cette fois, c'est une tentative de suicide?

Le couple ne peut que balbutier :

– Qui a fait cela?

– Qui a fait cela? Les mêmes que ceux qui ont mis le feu à sa chambre et qui l'ont soûlé avant de le pendre!... Je vais vous demander de m'accompagner...

Pendant les jours qui suivent, Paul et Isabelle Chenier nient farouchement avoir tenté d'assassiner leur père et beau-père. De son côté, celui-ci lutte contre la mort. A la suite d'une trépanation extrêmement délicate, les médecins finissent par le déclarer hors de danger. Il y a décidément chez ce vieil homme chétif une vitalité extraordinaire.

Et c'est alors que le médecin – le même que lors de la pendaison – vient déposer ses conclusions à propos des coups de marteau. A la demande du commissaire, il a examiné attentivement la victime et les traces de sang laissées dans la chambre. En entrant dans le bureau du policer, il semble particulièrement excité.

– J'ai des informations qui vont vous surprendre, monsieur le Commissaire...

Le commissaire Dupré prend un air intéressé. Pourtant, il ne s'attend absolument pas à ce qui va suivre.

– La victime a été frappée sur le sommet du crâne de haut en bas. Elle a reçu exactement dix-sept coups de marteau. Mais ce n'est évidemment pas cela qui est étonnant. Ce qui l'est davantage, c'est que l'homme a été frappé debout et sans bouger...

– Comment!

– Je suis affirmatif. Le plafond est taché de sang, ce qui n'est possible que si la victime était debout. Dans ce cas, en effet, le sang gicle vers le haut. Et comme le plafond n'est taché qu'à un seul endroit, la victime était immobile.

– Vous dites bien qu'il a reçu dix-sept coups de marteau sur la tête, debout et sans bouger?

– Exactement.

Le commissaire essaie d'imaginer la scène... L'homme ou la femme aurait pu évidemment le maintenir pendant que l'autre frappait. Mais dans ce cas, ils auraient été littéralement recouverts de sang. Or – et c'est un point qui l'a toujours troublé – on n'a pas retrouvé la moindre trace de sang sur Paul et Isabelle Chenier. Le policier prononce lentement :

– Mais alors?

– Alors, l'hypothèse la plus vraisemblable, c'est que Raoul Chenier s'est frappé lui-même.

Le commissaire Dupré en reste bouche bée.

– Il a pu faire cela?... C'est une chose possible?

Le médecin répond d'une voix grave :

– Dans certains cas d'aliénation mentale, la résistance à la douleur dépasse tout ce qu'on peut imaginer...

Joseph Dupré n'a plus qu'à faire libérer le fils et la belle-fille. Ainsi donc, depuis le début, tout n'était qu'une mise en scène imaginée par un fou poursuivant une invraisemblable vengeance. C'est Raoul Chenier qui a mis le feu dans sa chambre; c'est lui qui s'est pendu après avoir absorbé une dose massive d'alcool... C'est lui qui s'est frappé d'une manière inhumaine.

Mais le commissaire Dupré n'a pas l'occasion d'avoir un entretien avec le retraité pour en savoir plus. Celui-ci, guéri de ses blessures, vient d'être interné dans un asile psychiatrique...

9 mars 1935. Le commissaire Dupré reçoit un coup de téléphone de l'hôpital de Clamart.

– Je suis l'interne de service, monsieur le Commissaire. Je dois porter à votre connaissance une tentative de meurtre. On vient de m'amener un certain Raoul Chenier. L'empoisonnement à l'arsenic ne fait aucun doute. Il a prononcé quelques mots, accusant son fils et sa belle-fille. Actuellement, il est inconscient. Je ne pense pas pouvoir le sauver...

Le commissaire Dupré ne se déplace pas lui-même. Il envoie un de ses hommes, qui arrive juste pour apprendre le décès de Raoul Chenier. Celui-ci était sorti depuis peu de l'asile et il n'était visiblement pas guéri. Tout de suite ou presque en rentrant chez lui, il a recommencé et, cette fois, il a été victime de son jeu dangereux. Le policier classe l'affaire sans même interroger Paul et Isabelle Chenier. Ce coup-ci, c'est bien le dernier acte de cette pénible affaire.

Pourtant, dès le lendemain 10 mars, le commissaire Dupré reçoit une visite. Il s'agit d'une certaine Mme Normand, marchande de couleurs à Clamart. Elle a précisé qu'elle avait une déclaration à faire en rapport avec la mort de Raoul Chenier. Le policier l'accueille sans plaisir. De toute évidence, elle ne peut que lui faire perdre son temps... La marchande a l'air bien ennuyée.

– Ce que je vais vous dire ne m'amuse pas, monsieur le Commissaire. Mais d'un autre côté, je ne peux pas non plus vous le cacher.

– Je vous écoute...

– Eh bien, voilà... Il y a trois jours, le fils Chenier est venu m'acheter de la mort-aux-rats. J'ai été surprise, car c'était la première fois. Et quand j'ai appris que le vieux Raoul avait été empoisonné...

En se rendant chez le fils et la belle-fille Chenier, le policier a un sentiment très désagréable. Tout aurait été sans doute plus satisfaisant sans ce témoignage de dernière heure, mais il faut bien faire son devoir.

Paul et Isabelle Chenier semblent surpris de sa

visite. Ils le sont bien plus lorsqu'il leur dit doucement :

– Pourquoi avoir fait cela?

Paul Chenier tente de nier, mais au bout d'un bref interrogatoire sa femme éclate en sanglots.

– Il faut nous comprendre, monsieur le Commissaire. Nous n'en pouvions plus. Vous ne pouvez pas savoir ce qu'il nous a fait subir, ce vieux fou! Quand l'hôpital nous l'a rendu, sous prétexte qu'il était guéri après sa désintoxication, nous n'avons pas pu... Il était méchant. Vous n'imaginez pas à quel point! Son idée fixe était de nous mettre en prison pour meurtre. Je n'ai jamais compris pourquoi il s'était mis à nous haïr, mon mari et moi...

Paul Chenier se décide à parler à son tour. Il pousse un soupir accablé.

– Ce n'était pas de sa faute. Il n'était plus normal. Et il nous a rendus fous nous aussi.

Le commissaire lui pose la main sur l'épaule.

– Pourquoi n'avez-vous pas attendu? Votre père était au bout du rouleau. Il vous aurait suffi d'un peu de patience.

Paul Chenier ne répond pas. Il quitte le pavillon en compagnie de sa femme. Et, tandis qu'ils montent tous deux dans la voiture de police, Isabelle Chenier murmure :

– Il a fini par gagner...

LES YEUX DE FEU

IL est 8 heures du matin, ce 4 juin 1970, et, comme tous les jours à pareille heure, Giovanni Malfante prend sa douche. Giovanni Malfante, trente ans, médecin à Bolzano, dans le nord de l'Italie, est particulièrement de bonne humeur. Il ouvre les robinets. Le contact de l'eau fraîche lui procure une intense satisfaction. Il s'exclame, tout en se savonnant vigoureusement :

– Il n'y a rien à dire... Une bonne douche froide, cela vous réveille un homme!

C'est alors que Giovanni Malfante a une curieuse sensation. Il met quelques instants avant de découvrir de quoi il s'agit... Mais le doute n'est pas possible : cela sent le brûlé. Sa femme est allée conduire la petite à l'école. Ce doit être Cynthia Nichols, la nurse écossaise, qui a oublié quelque chose sur le feu.

Giovanni Malfante ferme les robinets et passe son peignoir. Cela devait arriver... Ce n'est pas une affaire, la petite Cynthia! Elle n'est jamais à ce qu'elle fait. Elle a toujours l'air bizarre, absent... Giovanni Malfante ouvre la porte de la salle de bain et la referme, épouvanté. Une flamme vient de lui sauter au visage, lui a brûlé les cheveux et les sourcils. Tout le couloir est en feu. Il se met à hurler :

– Au secours! Cynthia, faites quelque chose!

Il continue quelque temps. Mais c'est sans doute inutile. Cynthia est déjà allée chercher de l'aide. Epuisé, il se tait. La seule chose à faire est d'attendre les pompiers, car il n'a malheureusement aucun moyen de fuir : la salle de bain n'a pas de fenêtre...

Bientôt, Giovanni Malfante se met à tousser. Ses yeux le piquent. Il découvre avec horreur qu'une fumée âcre est en train de se glisser sous la porte. Il ne doit pas rester là, sinon il va mourir asphyxié. Il n'a pas le choix. Il faut faire vite!

Giovanni Malfante ouvre les robinets en grand et se met sous la douche avec son peignoir. Il prend une serviette et s'en recouvre le visage.

Lorsqu'il est complètement trempé, il va à la porte, bloque sa respiration, ouvre et se rue devant lui en fermant les yeux...

En quelques secondes, il est au bout du couloir. Il dévale l'escalier et s'affale au rez-de-chaussée. Il a une sensation atroce de brûlure, tandis que monte dans ses narines une odeur écœurante de chair grillée, sa propre chair...

C'est à ce moment qu'il lève les yeux, et il reste pétrifié : Cynthia Nichols est là, en haut des marches, à l'extrémité du couloir en feu, et elle le regarde, immobile, les yeux grands ouverts et fixes... Il avait toujours trouvé à cette fille de vingt ans quelque chose d'étrange, mais jamais elle ne lui était apparue aussi inquiétante, avec sa chevelure rousse et ses yeux verts. Ses yeux surtout! On dirait qu'ils lancent des flammes. Giovanni Malfante s'évanouit...

On frappe à la porte de la petite chambre où s'est réfugiée Cynthia Nichols, dans un hôtel de dernière catégorie de Bolzano. C'est le patron de l'établissement, un gros homme à la chemise ouverte sur un gilet de corps sale.

– Alors, quand est-ce que vous allez partir? Ça fait déjà deux jours que vous êtes ici.

La jeune Ecossaise parle d'une voix douce, mais trop douce justement, comme désincarnée :

– Je n'ai pas l'argent du retour. Les Malfante m'ont renvoyée sans me payer. J'ai écrit à mes parents. Ils vont m'adresser un mandat.

L'hôtelier réplique d'un ton bourru :

– Il faut leur dire merci, aux Malfante. Moi, à leur place, j'aurais porté plainte. Et c'est pas chez moi que vous seriez, c'est en prison!

– Mais je n'ai rien fait...

– En tout cas, mandat ou pas mandat, demain, je ne veux plus vous voir ici. Je ne veux pas de sorcière chez moi!

– Mais comment vais-je faire?

– Ça, c'est pas mes oignons!...

Trois petits coups discrets sont frappés à la porte restée ouverte. Un homme d'une quarantaine d'années, bien mis, au visage avenant, toussote sur le seuil.

– Vous êtes bien Miss Cynthia Nichols?

La jeune fille répond par un oui surpris.

– J'aimerais m'entretenir avec vous, mademoiselle. J'ai une proposition à vous faire... Voudriez-vous nous laisser, monsieur?

L'hôtelier se retire en regardant avec curiosité ce visiteur distingué. Dès qu'il est parti, l'homme se présente :

– Je m'appelle Pietro Pannini. J'ai été très choqué des réactions des habitants du quartier. Tout le monde vous accuse d'être une sorcière. C'est absurde et c'est révoltant. C'est pourquoi je veux faire quelque chose pour vous...

Cynthia ne répond pas. Elle fixe en silence son interlocuteur avec ses grands yeux verts.

– Voilà, mademoiselle. Je vis seul avec mon vieux père, qui est impotent et ma bonne m'a quitté. Alors, si vous êtes d'accord, je vous engage tout de suite.

Cynthia Nichols a une sorte de sourire.

– Mais vous n'avez pas peur?

– Non, je n'ai pas peur. Et je me moque bien de ce que les gens diront. Alors, c'est oui?

La jeune Ecossaise va vers sa petite valise et, pour toute réponse, commence à empiler ses affaires...

13 juin 1970. Il y a une semaine que Cynthia Nichols a été engagée comme bonne et garde-malade dans la luxueuse villa des Pannini... Car les Pannini ne sont pas n'importe qui, à Bolzano. M. Pannini père, Domenico Pannini, possède les plus importantes exploitations de la région. Son âge et une paralysie consécutive à une attaque le contraignent à une semi-activité. Mais il tient à gérer encore personnellement ses affaires, secondé par son fils.

Et justement, Domenico Pannini, qui n'a jamais été de caractère commode, est en train de dire sa façon de penser à propos de la jeune Ecossaise que Pietro a engagée la semaine précédente.

– Elle ne me plaît pas, cette fille. C'est encore une de tes idées. Tu as toujours eu des idées idiotes!

A quarante ans passés, Pietro Pannini est resté un petit garçon devant son père.

– Mais papa, je ne comprends pas. Elle présente

bien, elle est bien élevée et elle fait bien son travail.

Domenico Pannini s'agite sur son fauteuil roulant. Malgré ses cheveux blancs et les traces évidentes de sa maladie, il y a une singulière vitalité en lui.

– « Bien. Bien... » Tu ne sais dire que cela. Tout est toujours bien avec toi. Moi, je sais juger les gens du premier coup d'œil. Cette fille est dangereuse, c'est aussi évident que deux et deux font quatre !

– Enfin, papa, tu ne vas pas croire à ces histoires de sorcière aux yeux de feu !

– Je n'y croyais pas avant de l'avoir vue; mais maintenant, j'y crois. Tu vas me faire le plaisir de la renvoyer.

Pour une fois, Pietro ose tenir tête à son père.

– Je suis désolé, je la garde. Je ne peux pas jeter cette pauvre fille à la rue sans un sou !

Domenico Pannini décide de ne pas insister.

– Comme tu voudras. Mais surveille-la bien...

6 août 1970... Pietro Pannini est dans le jardin de sa maison. Il n'est pas seul. Tout le quartier est là, tenu à l'écart par un cordon de policiers, tandis que les pompiers de Bolzano, avec tous les moyens dont ils disposent, tentent d'éteindre un feu d'une rare violence qui est en train de ravager la chambre du vieux Domenico. Pietro travaillait dans son bureau du rez-de-chaussée, lorsque, vers 4 heures de l'après-midi, il a senti une forte odeur de brûlé. Il a couru au premier. C'était déjà trop tard. Le couloir qui donnait accès à la chambre de son père était en flammes. Il était impossible d'approcher. Il n'a pu que prévenir les pompiers. Mais le pire est que Domenico Pannini était en train de faire la sieste et que, paralysé des deux jambes, il n'a évidemment pu fuir...

Il est 4 heures et demie. Les tonnes d'eau que déversent les lances d'incendie arrosent des colonnes de fumée noirâtre. Livide, Pietro Pannini contemple le terrible spectacle en compagnie du commissaire du quartier, Dante Alberti, qui est accouru aussitôt.

– Dites-moi la vérité, commissaire, vous pensez que ce puisse être un geste... criminel?

Dante Alberti vient juste d'être nommé à Bolzano. C'est d'ailleurs son premier poste en tant que commissaire. C'est un jeune homme d'une trentaine d'années, à l'allure sportive, au visage ouvert.

– J'en suis sûr, monsieur Pannini. Vous avez vu la couleur de la fumée? C'est de l'essence... Au fait, je ne vois pas votre bonne écossaise.

Pietro Pannini est hagard.

– C'est vrai, elle n'est pas là... Maintenant, je comprends! J'ai voulu me croire plus intelligent que tout le monde... Mon Dieu, tout est de ma faute!

Et il répète à plusieurs reprises :

– Tout est de ma faute!...

Les pompiers sont enfin venus à bout des flammes. Munis de masques à gaz, ils escaladent la façade par la grande échelle et redescendent peu après avec un paquet informe : le corps carbonisé de Domenico Pannini recouvert d'une couverture.

Le commissaire Dante Alberti se retourne brusquement. Dans la foule, derrière lui, des cris sauvages viennent d'éclater. Il bouscule tout le monde et arrive à l'origine du tumulte... Cynthia Nichols est là. Elle s'est immobilisée et regarde la maison fumante, les bras le long du corps. Ses yeux verts fixent le désastre et ils expriment l'émerveillement. Oui, il n'y a pas d'autre mot : l'émerveillement... Des cris fusent autour d'elle :

– Sorcière ! Sorcière !

– A mort la sorcière !

Plusieurs poings se dressent. Le commissaire Alberti prend la jeune fille par le bras et l'entraîne rapidement vers sa voiture.

– Allez, venez avec moi. Nous avons beaucoup de choses à nous dire !

Cynthia Nichols semble s'arracher avec regret à la contemplation des volutes de fumée et le suit sans mot dire.

Une fois qu'ils sont tous les deux dans son bureau, le commissaire Alberti commence par l'observer avec attention... Oui, elle a bien quelque chose d'inquiétant avec ses cheveux roux et ses yeux verts. Il n'a pas besoin de l'interroger, elle parle d'elle-même.

– Je n'ai rien fait ! Ce n'est pas moi qui agis...

– Vous voulez dire que vous n'avez pas conscience de ce que vous faites ?

Cynthia Nichols s'exprime de sa voix étrange, trop douce, désincarnée :

– Ce sont mes yeux. Je regarde, je désire et le feu vient...

– C'est ainsi que vous avez mis le feu à la salle de bain de M. Malfante et à la chambre de M. Pannini ?

– Ce n'est pas moi, monsieur, ce sont mes yeux...

– Mais vous n'étiez pas là tout à l'heure, quand la maison de M. Pannini a brûlé. Où étiez-vous ?

– Quelle importance ?

Dante Alberti, sans trop savoir pourquoi, a envie d'en savoir plus à ce sujet. Cette jeune fille, visiblement déséquilibrée, qui s'accuse aussi facilement, le met mal à l'aise. Il sent quelque chose de grave.

– Mademoiselle, essayez de vous souvenir de ce que vous avez fait cet après-midi. C'est très important... Détendez-vous.

Docilement, Cynthia Nichols se laisse aller sur sa chaise, et un petit morceau de carton tombe de sa main droite qu'elle avait tenue crispée jusque-là. Le commissaire se baisse et ramasse l'objet.

– Un billet de cinéma! Vous avez été au cinéma tout à l'heure... Quel film avez-vous vu?

– *La Forêt en marche.* C'est un film d'épouvante... J'adore les films d'épouvante.

– Alors, ce n'est pas vous qui avez mis le feu, puisque vous étiez au cinéma.

– Quelle importance, puisque ce sont mes yeux?

– Bien sûr, ce sont vos yeux... Mais dites-moi, qui vous a conseillé d'aller au cinéma cet après-midi?

La réponse vient, tout naturellement, de la même voix irréelle.

– Mais c'est M. Pietro...

L'après-midi du 6 août 1970 n'est pas encore terminé. Le commissaire Dante Alberti a quitté son bureau et se retrouve chez Pietro Pannini, plus précisément dans la chambre de son père. L'odeur âcre est presque intolérable. Sous le lit calciné, on voit les restes tordus de deux bidons d'essence... Pietro Pannini semble toujours sous le coup d'une violente émotion. Ses mains tremblent légèrement.

– Alors, cette pauvre fille a avoué, commissaire?

– Elle a avoué.

– Je suis sûr qu'elle n'est pas responsable.

Dante Alberti répond tout en examinant les murs noircis.

– Elle n'est certainement pas responsable... Elle se prend pour une sorcière, mais c'est une pyromane. C'est elle qui a mis le feu chez les Malfante.

– Et chez moi!... Dire que je n'y croyais pas!

– Non, pas chez vous, monsieur Pannini... Chez vous, ce n'est pas elle.

– Comment! Vous venez de me dire qu'elle a avoué...

– Oui, elle a avoué, mais cela ne signifie rien : elle est dans un état complet de confusion mentale. L'important, c'est qu'elle n'était pas là au moment où l'incendie a éclaté chez vous. Elle était au cinéma où vous l'aviez envoyée pour rester seul avec votre père.

Le visage élégant de Pietro Pannini se contracte dans une grimace.

– Qu'est-ce que vous voulez dire?

– Je veux dire, monsieur Pannini, que vous avez tué votre père... Il y a des années que vous attendez de profiter de sa fortune. Alors, quand vous entendez cette rumeur à propos de la malheureuse Cynthia Nichols, vous avez une idée diabolique. Vous engagez chez vous cette pyromane et mythomane. Et vous savez parfaitement que ce sera elle qu'on accusera. Peut-être même s'accusera-t-elle toute seule. Ce qui a d'ailleurs été le cas...

Pietro Pannini est verdâtre.

– C'est monstrueux! C'est délirant!

Le commissaire Alberti promène la main sur l'un des murs calcinés.

– Vous voyez ce que c'est que cela? C'est un crochet de tableau. Il y en a deux autres dans la pièce, mais les tableaux ne sont plus là. Croyez-vous que Cynthia Nichols aurait décroché des tableaux avant de mettre le feu?

Le commissaire se plante devant Pietro Pannini.

– Mais vous, vous n'auriez pas laissé brûler des œuvres d'art et de prix... Au fait, c'était quoi ces tableaux, monsieur Pannini?

Il y a un long silence. Puis la réponse arrive, d'une voix étranglée :

– Des vues de Venise par Canaletto. Je ne pouvais tout de même pas...

Pietro Pannini, que son amour pour la peinture avait perdu, a été condamné à la prison à vie. Quant à Cynthia Nichols, après quelques mois dans un asile psychiatrique, elle est retournée dans son Ecosse natale. On n'a plus jamais entendu parler d'elle. Cynthia, qui avait voulu s'offrir un séjour en Italie, a retrouvé son équilibre dans les brumes de l'Ecosse. Après tout, ce n'était peut-être qu'une question de climat...

LES PLANTES CARNIVORES

10 AOUT 1958. Dans le cimetière central de Buenos Aires a lieu un enterrement qui a attiré beaucoup de monde. Car le défunt n'est pas n'importe qui : il s'agit de Francisco Carmona, multimilliardaire et mécène à la générosité inépuisable.

Francisco Carmona, arraché prématurément à l'affection des siens à l'âge de quarante ans, a donné beaucoup d'argent pour la construction des écoles. Aussi est-ce le ministre de l'Education en personne qui prononce l'éloge funèbre... Au premier rang, au milieu des personnalités, sa veuve, Asuncion Carmona, trente-cinq ans, drapée dans ses voiles noirs.

C'est vers elle que convergent les regards.

Personne ne fait attention, en revanche, à un homme de petite taille, plutôt rondouillard, perdu dans le cortège. Le commissaire Ramon Barrios se trouve non loin de Pablo Lopez, le secrétaire du mécène disparu; c'est lui qui l'a appelé la veille et lui a demandé de venir à l'enterrement.

– Je suis sûr que c'est un meurtre, monsieur le Commissaire. Je ne peux pas le prouver, mais c'est un meurtre. Venez à l'enterrement, il y a toutes les chances que l'assassin soit là...

Machinalement, par conscience professionnelle,

le commissaire Barrios détaille les gens qui l'entourent. Mais que peut-il bien chercher dans ce cortège? Les journaux l'ont bien dit : Francisco Carmona est mort de leucémie. Si le médecin avait eu le moindre doute, il n'aurait pas signé le permis d'inhumer.

Dans le fond, Ramon Barrios sait pourquoi il est là. Après vingt ans de métier, il est un simple commissaire, et il ne voit guère pour lui de perspective d'avenir. A moins... à moins qu'il ne réussisse un coup d'éclat. Et arrêter le meurtrier de Francisco Carmona, alors même que personne ne soupçonne qu'il y a eu meurtre, ce serait un coup d'éclat comme il y en a peu.

Le ministre de l'Education termine son discours par une envolée pathétique. Le commissaire Barrios a pris sa décision. Pablo Lopez lui a dit qu'il lui procurerait un prétexte pour l'introduire chez les Carmona. Il va accepter...

Le surlendemain 12 août, le commissaire se présente devant la luxueuse hacienda de Francisco Carmona, aux environs de Buenos Aires. Pablo Lopez est là sur les marches qui l'attend; sans préambule inutile, il le fait entrer. Le commissaire arrive dans une grande pièce du rez-de-chaussée où trône un bureau Louis XVI au milieu de rayonnages remplis de livres rares. Pablo Lopez annonce :

– Le bureau de Francisco Carmona...

Le commissaire Barrios se sent intimidé malgré lui. L'endroit a quelque chose d'impressionnant et même d'écrasant. C'est la première fois qu'il pénètre dans l'intimité d'un milliardaire. Il demande en parcourant la pièce des yeux :

– C'est donc ici qu'il travaillait?

A sa surprise, Pablo Lopez a un petit rire :

– Non, monsieur le Commissaire, Francisco Carmona ne mettait pratiquement jamais les pieds ici. Francisco ne travaillait pas. C'est moi qui occupais ce bureau.

Et Pablo Lopez explique au commissaire comment se passaient réellement les choses.

– Nous nous sommes connus à l'école. A la fin de nos études, Francisco m'a demandé d'être son secrétaire, c'est-à-dire de travailler à sa placc, dc gérer sa fortune. C'est ce que j'ai fait. Je n'ai jamais eu à m'en plaindre et, je pense, lui non plus...

Le secrétaire du milliardaire baisse le ton.

– J'étais celui qui connaissait le mieux Francisco, mieux que sa femme certainement. C'est cela qui me permet de vous dire qu'il y a quelque chose de mystérieux dans sa mort. Lui-même en avait la certitude, je l'ai deviné à certaines expressions qui lui échappaient... Il se sentait menacé.

– Il avait des ennemis?

– Quand on est riche, et même quand on est mécène, on a toujours des ennemis... Cela dit, monsieur le Commissaire, je voudrais vous montrer ce qui motive officiellement votre venue ici.

Il lui désigne un bureau Louis XVI à cylindre, plus petit que le bureau principal, et reprend en haussant la voix :

– M. Carmona laissait là en permanence des bijoux et des liasses de billets. Ce matin, j'ai constaté qu'ils avaient disparu. Pourtant, c'est moi qui ai la clef du meuble, et je n'ai vu aucune trace d'effraction. Je suppose donc que l'auteur du vol est un familier de la maison qui a dû se fabriquer une fausse clef.

Pablo Lopez cligne d'un œil et lui désigne du doigt sa poche intérieure. C'est lui-même, évidemment, qui a retiré les bijoux et l'argent du meuble pour faire croire au vol et, s'il ne le dit pas à haute voix, c'est qu'il craint qu'on écoute aux portes. Le commissaire enchaîne :

– Bien, dans ce cas, pourrais-je voir Mme Carmona? Je voudrais lui demander l'autorisation d'interroger les domestiques.

Précédé par le secrétaire, le commissaire pénètre quelques instants plus tard dans une vaste pièce au premier étage. Au fond s'ouvre une porte donnant sur une sorte de laboratoire, et Asuncion Carmona paraît, vêtue d'une blouse blanche d'infirmière. Le commissaire Barrios ne peut cacher sa surprise. Mme Carmona lui tend la main.

– Je comprends votre réaction, monsieur le Commissaire, vous ne vous attendiez pas à trouver ici un laboratoire... Lorsque j'ai épousé Francisco, je venais de passer mon doctorat en médecine. Après mon mariage, il n'était plus question d'exercer. Mais, au bout d'un an, je me suis sentie mal à l'aise dans cette vie oisive. Alors j'ai demandé à Francisco de m'installer un laboratoire ici même et il a accepté.

Asuncion Carmona fait un geste en direction de la porte ouverte.

– J'ai là les appareils de radiographie les plus perfectionnés, un matériel d'analyse ultramoderne. Depuis dix ans, je me consacre à la recherche. Je me suis spécialisée dans la lutte contre le cancer...

Le commissaire Ramon Barrios a un regard admiratif vers Mme Carmona. C'est incontestablement une femme de classe. Elle s'est exprimée avec simplicité, sans jouer les veuves inconsolables. La recherche médicale est sa passion et l'aidera sans doute à surmonter l'épreuve qu'elle traverse. Il demande d'une voix polie :

– Madame, me permettez-vous d'interroger les domestiques?

Asuncion Carmona le gratifie d'un sourire.

– Bien sûr. Ce vol dont m'a parlé Pablo est peu de chose, mais faites votre métier... Si vous permettez, je retourne à mes recherches. J'ai besoin de m'occuper l'esprit.

Mme Carmona se dirige vers le laboratoire, mais le commissaire se permet encore une question.

– Madame, votre mari est mort de leucémie. Est-ce que vous l'avez soigné ?

Une expression sombre passe sur le visage de la jeune veuve :

– Non. C'est trop pénible de traiter quelqu'un qui vous est proche. Lorsque j'ai su la nature de son mal, je n'ai pas voulu intervenir. Nous avons fait appel aux spécialistes du monde entier, mais la maladie a évolué inexorablement.

Cette fois, le commissaire Ramon Barrios prend congé. Il quitte l'appartement de Mme Carmona au premier étage et suit Pablo Lopez, qui redescend au rez-de-chaussée.

– Maintenant, nous allons dans la pièce à côté du bureau de Francisco. Car vous n'avez pas vu le plus extraordinaire.

Il ouvre une porte, et le commissaire ne peut pas s'empêcher de pousser un cri de surprise... Ils sont dans une pièce immense qui est à mi-chemin entre le zoo et le jardin d'hiver. Tout le long des murs, des plantes exotiques se mêlent entre elles. Elles ont des formes bizarres et vaguement inquiétantes. Au centre, dans des cages, des singes et des oiseaux multicolores sont enfermés ensemble, semblant faire bon ménage. Ils emplissent la pièce d'un bruit assourdissant. A côté des cages, un divan en rotin constitue l'unique mobilier.

Pablo Lopez parle en haussant la voix pour couvrir les cris des animaux.

– C'est dans cette pièce que Francisco passait

pratiquement toutes ses journées. Il restait sur le divan, il lisait ou dessinait des heures entières. Je me demande comment il pouvait faire au milieu de ce vacarme et de cette odeur de ménagerie.

Il désigne les murs recouverts de feuillages.

– Et cela, vous savez ce que c'est? Des plantes carnivores, uniquement des plantes carnivores. Une fois par jour, on amène un bocal rempli de mouches vivantes et on les lâche. Le soir, il n'y en a plus une seule. Francisco passait son temps à les voir se faire dévorer les unes après les autres.

Le commissaire Barrios se sent mal à l'aise. La personnalité du milliardaire disparu lui apparaît brusquement sous un autre jour, et, sans qu'il puisse l'expliquer rationnellement, l'hypothèse du crime lui semble infiniment plus vraisemblable qu'auparavant. Il demande, avec la même impression de malaise :

– Vous veniez souvent ici?

– Seulement en cas d'extrême urgence. D'ailleurs il n'y admettait personne, à part le jardinier, qui s'occupe aussi des bêtes.

– Et sa femme?

– Jamais elle n'y serait entrée. Elle déteste ces plantes et ces bestioles, et je dois dire que je la comprends...

Le commissaire Ramon Barrios jette un regard circulaire sur cet endroit invivable, dans lequel un des hommes les plus riches du monde avait choisi de passer la moitié de son existence. Décidément la nature humaine lui réservera toujours des surprises. La réalité n'est jamais celle qu'on imaginait. Alors, dans ces conditions, pourquoi une mort naturelle aux yeux de tout le monde ne serait-elle pas effectivement un crime?...

Le domestique qui sert de jardinier et de gardien de ménagerie vient justement d'entrer dans la pièce. C'est un petit homme basané. Il a un mégot au coin des lèvres. Il regarde les bêtes et les plantes dont il est chargé sans affection particulière. Le commissaire lui en fait la remarque... L'homme a un ricanement.

– Oh non, ils ne m'intéressent pas ces fichus animaux et ces fichues plantes! Je m'en occupe parce quc je suis payé pour, mais je les verrais disparaître avec plaisir. D'autant que maintenant, c'est Madame qui est la patronne et cela ne va pas traîner...

Le commissaire est déjà au courant des sentiments d'Asuncion Carmona pour cet environnement très particulier. Aussi, il continue :

– Tout cela devait coûter une fortune...

L'homme jette, sans l'éteindre, son mégot dans la cage aux singes.

– Vous pouvez le dire, surtout au début.

– Comment cela?

– Quand Monsieur a installé cette pièce, les plantes crevaient les unes après les autres. Elles ne duraient pas plus de quinze jours. On a dû en faire venir des centaines d'Amazonie pour les remplacer. Pourtant, c'est solide, ces cochonneries-là. Pareil pour les singes et les oiseaux, ils crevaient comme les plantes. Ils ne voulaient plus toucher à leur nourriture, ils mouraient quasiment de faim... Là encore, il a fallu en acheter d'autres par caisses entières.

– Vous me dites que tout cela s'est passé au début. Pourquoi? Ce n'est plus la même chose, à présent?

– Non. Cela fait déjà un certain temps. Tenez, c'est depuis que Monsieur est tombé malade...

Le commissaire ne l'écoute plus. Il quitte la pièce, remonte l'escalier et entre sans frapper dans les appartements d'Asuncion Carmona...

Celle-ci, surprise, sort de son laboratoire. Le commissaire Barrios lui dit d'une voix autoritaire :

– Ne refermez pas la porte, j'aimerais visiter...

Mme Carmona referme pourtant. Elle défait sa blouse d'infirmière et s'assied sur un fauteuil. Elle allume une cigarette...

– Ne vous donnez pas cette peine, commissaire. Je vais tout vous raconter.

Et elle se met à parler.

– Quand vous êtes venu, je n'ai pas cru à cette histoire de vol dans le bureau de mon mari. J'ai tout de suite pensé que c'était un prétexte, mais j'avoue que j'avais espéré que vous ne trouveriez pas...

Elle a un soupir.

– Quand j'ai épousé Francisco, j'ai pensé être la plus heureuse des femmes. Je l'ai pensé deux ans. Et puis, j'en ai eu assez de cette vie inutile, j'ai eu envie de faire quelque chose...

Asuncion Carmona marque un temps. Debout, immobile, le commissaire l'observe en silence.

– C'est alors que j'ai demandé mon laboratoire à Francisco. Il n'a pas discuté, il m'a offert ce qu'il y avait de plus cher, des appareils que beaucoup d'hôpitaux d'Argentine ne possèdent pas. Mais j'ai bien senti qu'au fond de lui il n'avait pas accepté... Dans son esprit, je devais être à lui, rien qu'à lui. J'étais comme le reste, une de ses possessions, une chose... C'est un peu plus tard qu'il s'est fait installer sa pièce juste au-dessous de mon laboratoire et qu'il a pris l'habitude de s'y enfermer toute la journée...

Le commissaire répète à mi-voix :

– Juste au-dessous de votre laboratoire...

– J'ai tout de suite détesté ses animaux et ses plantes, surtout les plantes, ses horribles plantes carnivores. Je crois que c'est à cause d'elles que tout est arrivé. C'était comme une insulte, une provocation. J'ai décidé de me venger.

Asuncion Carmona se tait. Visiblement, elle hésite à poursuivre. Le commissaire Ramon Barrios lui vient en aide.

– Les rayons X...

– Oui, une exposition prolongée aux rayons X détermine des lésions mortelles des cellules et, dans mon laboratoire, j'avais les appareils les plus puissants... J'ai remplacé une partie du plancher par une mince cloison de bois et j'ai dirigé l'appareil vers le bas. Mais uniquement vers les plantes et les bêtes. Elles crevaient les unes après les autres. Francisco était furieux. Il devinait que j'y étais pour quelque chose, mais il ne trouvait pas. Il devait penser sans doute à un poison que j'aurais versé dans les aliments et la terre des plantes. Il n'a jamais songé à inspecter le laboratoire, d'ailleurs, il n'avait pas le droit d'entrer. Toujours est-il qu'à partir de cet instant il est devenu odieux avec moi...

La veuve Carmona s'est pris la tête entre les mains.

– Et puis, un jour, j'ai tourné l'appareil vers le divan où il était toute la journée. Le soir, il s'est plaint d'être fatigué. J'ai recommencé le lendemain et les autres jours. Il a fallu six mois...

A l'issue de son procès, Asuncion Carmona, reconnue coupable du meurtre de son mari, a été condamnée à vingt-cinq ans de travaux forcés...

Au bagne, elle a demandé à faire partie du service médical, et elle s'est dépensée sans compter pour les autres détenus. Son dévouement, son courage ont été cités en exemple par l'administration pénitenciaire.

En fait, Asuncion Carmona avait enfin retrouvé

sa vraie vocation : soigner, sauver ses semblables. C'est ce qu'elle aurait dû toujours faire... Dommage que, tout de suite après son doctorat, elle ait eu la fâcheuse idée d'épouser un milliardaire qui avait une passion morbide pour les plantes carnivores.

UN MARIAGE MORTEL

HELGA SCHNEIDER vient d'avoir dix-sept ans. Elle habite un hameau de cinquante habitants, à une quarantaine de kilomètres de Francfort. Ses parents sont cultivateurs.

Helga Schneider est grande, blonde, avec un gentil sourire un peu naïf. Et Helga s'ennuie. Elle est fille unique, elle a terminé ses études et elle reste à la ferme pour aider ses parents. Et ce n'est pas la présence de ses cinq chats, de son teckel et de son hamster qui parvient à la distraire.

Quand on a dix-sept ans et qu'on vit seule dans une campagne perdue, les causes d'un tel ennui ne sont pas bien difficiles à deviner. Helga aimerait une autre compagnie que celle des animaux domestiques qui peuplent sa chambre. Tous les soirs, elle feuillette le quotidien local. Pas pour les informations. Elle ne lit qu'une seule rubrique : les annonces matrimoniales. Et ce défilé de jeunes gens « bien sous tous rapports » la fait rêver...

C'est au début d'avril 1972 qu'elle franchit le pas. Elle répond à une annonce : « Jeune homme, vingt et un ans, cadre bancaire, habitant Francfort, désire rencontrer jeune fille vue mariage. » A vrai dire, cette annonce n'a rien de particulier par rapport aux autres, mais il fallait bien qu'Helga se décide...

Et trois jours plus tard, elle reçoit sa réponse. Le jeune homme s'appelle Rolf Freitag et lui donne un rendez-vous à Francfort. Helga Schneider s'y rend tout émue. Physiquement, Rolf Freitag la surprend un peu : il est brun, avec de grands yeux, plus petit qu'elle et un peu efféminé. Mais dès qu'il parle, elle est sous le charme. Il a l'assurance des gens de la ville, il sait s'exprimer. Il lui conte la brillante carrière qui s'ouvre à lui dans la banque. En plus, il est élégant et sa voiture de sport, même si elle n'est pas du plus récent modèle, l'éblouit.

Rolf et Helga se rencontrent plusieurs fois à Francfort. La jeune fille est de plus en plus séduite et, quand elle lui propose de le présenter à ses parents, il ne dit pas non...

La rencontre se passe mal. Au cours du dîner dans la ferme familiale, Rolf tente d'éblouir ses hôtes, mais il n'obtient pas le même succès qu'avec la jeune fille. A toutes ses tirades sur son brillant avenir, le père d'Helga ne répond que par des grognements.

Quand le jeune homme est parti, M. Schneider s'adresse à sa fille :

– Helga, ce garçon ne m'inspire pas confiance. Je t'interdis de le revoir.

C'est évidemment le meilleur moyen pour la jeter dans ses bras. Ils continuent à correspondre secrètement. Deux mois passent... Au milieu du mois d'août 1972, Helga demande à son père l'autorisation d'aller au cinéma à Francfort. Comme elle ne lui a jamais reparlé de Rolf, M. Schneider pense qu'elle l'a oublié et il accepte...

Le soir, Helga n'est pas rentrée. M. et Mme Schneider ne s'inquiètent pas tout de suite.

C'est quand ils s'aperçoivent que l'argent qu'ils gardaient dans l'amoire à linge a disparu qu'ils comprennent. Ils courent prévenir la police...

Le commissaire Brunn a du mal à comprendre l'inquiétude de M. Schneider.

– Nous allons, bien sûr, entreprendre des recherches, puisque votre fille est mineure. Mais c'est une simple fugue, nous en avons l'habitude...

Le père d'Helga secoue la tête, l'air sombre.

– Non, monsieur le Commissaire. Ce garçon, Rolf Freitag, ne me plaît pas. J'ai eu peur pour Helga dès que je l'ai vu...

Le commissaire a un geste apaisant.

– Bien. Nous allons nous renseigner sur lui. Nous vous donnerons des nouvelles très vite, monsieur Schneider...

Et le commissaire Brunn entame cette enquête sans appréhension particulière. Une fugue d'amoureux, c'est, en quelque sorte, la routine de sa profession. Un père inquiet qui trouve des allures suspectes au galant de sa fille, c'est également un schéma classique...

Le commissaire se renseigne donc sur ce Rolf Freitag. Et il reçoit rapidement des nouvelles. Elles proviennent du commissariat central de Francfort.

– Oui, commissaire, cet individu est recherché. Il a émis il y a deux jours des chèques sans provision, ou plus exactement des chèques falsifiés qu'il avait établis dans la banque où il était employé. Il a acheté des articles de voyage et une voiture neuve : un coupé Fiat rouge...

Cette fois, le commissaire Brunn prend la chose au sérieux. L'amoureux d'Helga Schneider est effectivement un malfaiteur. Il avait préparé son coup : l'établissement de faux chèques prouve la préméditation. Mais le plus inquiétant est que Freitag sait fort bien qu'il ne pourra plus jamais retourner à sa banque. Il n'a donc pas l'intention de revenir de sitôt, peut-être compte-t-il même aller loin, comme le prouverait l'achat d'une voiture...

Le commissaire Brunn lance un avis de recherche par Interpol concernant Rolf Freitag et Helga Schneider, tandis qu'il continue son enquête à l'intérieur de l'Allemagne. Il ne se passe rien pendant une semaine, jusqu'à ce qu'il reçoive un appel d'un de ses collègues de la police française.

– Rolf Freitag est à Paris... Tout au moins il y était il y a deux jours. Il a vendu dans un garage sa Fiat rouge immatriculée à Francfort.

Le commissaire Brunn réfléchit : s'il a vendu sa voiture, c'est qu'il compte rester en France. Il annonce à son collègue :

– Je vais me renseigner s'il a de la famille ou des amis dans votre pays... Tenez-moi au courant si vous avez du nouveau.

Avant de raccrocher, le policier français a quelques mots encourageants :

– Sa photo et celle de la jeune fille ont paru dans plusieurs journaux. Nous aurons sans doute des témoignages...

Le commissaire Brunn se renseigne sur les relations du jeune homme. Aucune attache particulière ne semble le retenir en France. Alors, pourquoi voulait-il s'y rendre? Une idée d'Helga, sans doute : c'est peut-être là qu'elle avait envie de passer ce qui correspond à leur voyage de noces. A moins qu'il ne s'agisse d'une étape dans un voyage plus lointain. Le commissaire téléphone la nouvelle à M. Schneider, en essayant de le rassurer de son mieux. Mais le père ne se départ pas de son pessimisme.

– Vous me parlez de Rolf, mais Helga, est-ce qu'on l'a vue? Qui me dit qu'elle est avec lui, qu'elle est... vivante?

Le commissaire Brunn a encore quelques paroles apaisantes, mais il ne peut répondre à la question. C'est vrai que seul Rolf a été vu à Paris, c'est même assez inquiétant...

Quelque temps passe encore, sans apporter de fait nouveau. Enfin, il y a un autre appel de la police française. C'est un commissaire de la P.J.

– La diffusion de la photo dans les journaux a donné des résultats. Un témoin s'est présenté spontanément. C'est un agent d'assurances... Rolf Freitag est venu chez lui pour souscrire une assurance-vie au nom de sa femme pour cinquante mille francs, le double en cas de mort accidentelle. C'était le 30 août, le lendemain de la vente de la voiture...

Cette fois, la situation devient franchement alarmante. Mais le commissaire Brunn ne perd pas son sang-froid. Il tient à se faire préciser un détail :

– Vous avez bien dit que le contrat est à son nom de femme mariée, pas à son nom de jeune fille?

– Absolument.

– Commissaire, Helga Schneider a dix-sept ans. Selon la loi française, peut-elle se marier sans le consentement de ses parents?

– Non. C'est tout à fait impossible.

– Donc ce contrat ne sert à rien...

– Apparemment.

Après avoir remercié son correspondant, le commissaire Brunn appelle en toute hâte un spécialiste du droit international.

– Maître, existe-t-il un pays d'Europe où les mineurs peuvent se marier sans le consentement de leurs parents?...

L'homme de loi consulte ses documents.

– Oui, en Grande-Bretagne, ou, plus précisément, en Ecosse... C'est possible à partir de seize ans sans aucune formalité. Pour les étrangers, il faut seulement qu'ils aient séjourné deux semaines...

Deux semaines!... Nous sommes le 15 septembre. Rolf Freitag a souscrit la police d'assurance le 30 août. Le couple a dû prendre le premier train pour Dieppe et traverser la Manche... Un jour, pour monter en Ecosse : ils sont donc sur place depuis le 1er septembre, et ils peuvent précisément se marier à partir d'aujourd'hui! Il n'y a pas une seconde à perdre. Tant qu'Helga Schneider gardait son nom de jeune fille, elle ne risquait rien. Mais à partir du moment où elle devient Helga Freitag, elle est en danger de mort imminente... M. Schneider avait raison : Rolf Freitag est sans doute capable de tout. Ce mauvais sujet sans envergure est, en fait, un assassin monstrueux...

Le commissaire Brunn décroche de nouveau son téléphone. Cette fois, c'est avec ses collègues écossais qu'il se met en rapport... Une fantastique course poursuite est engagée entre lui et le jeune couple. Il doit empêcher à tout prix ce mariage mortel...

Le commissaire Brunn explique la situation à son homologue écossais, le lieutenant Mac Bird. Celui-ci en comprend immédiatement l'urgence.

– Je me renseigne auprès de toutes les mairies d'Ecosse. Je donne des instructions pour empêcher le mariage et retenir le couple s'il se présente. Je vous tiens au courant...

Il était midi quand le commissaire Brunn a appelé. L'après-midi s'écoule sans élément nouveau. Faire le tour de toutes les mairies du pays prend évidemment du temps... Enfin, à six heures et demie du soir, le téléphone sonne. C'est le lieutenant Mac Bird. Il est grave.

– Mauvaise nouvelle, commissaire : ils se sont mariés tout à l'heure à la mairie de Haymarket, un quartier d'Edimbourg. J'ai fait établir des patrouilles dans le secteur. Je pars moi-même sur les lieux. Je ferai tout ce qui est en mon pouvoir...

Et, tandis que le commissaire Brunn se trouve face au pénible devoir de mettre M. Schneider au courant des derniers événements, le lieutenant Mac Bird fonce vers la mairie de Haymarket. Il vient de recevoir par radio les photos des jeunes gens. Avec ces documents, il espère pouvoir obtenir un renseignement décisif.

A la mairie, les employés lui confirment que la cérémonie a eu lieu à midi environ. Ils sont affirmatifs en voyant les photos : pas de doute, ce sont eux.

Le lieutenant réfléchit intensément... A la place du couple, où serait-il allé en sortant de la mairie? Il était midi : s'ils avaient été déjeuner? Il y a justement un petit restaurant à côté du bâtiment public. Il est d'aspect plutôt misérable, mais le garçon et la fille ne devaient justement pas avoir beaucoup d'argent.

La serveuse réagit immédiatement quand elle voit les photos.

– Bien sûr, je me souviens d'eux : ils sont venus déjeuner... Les pauvres, vous parlez d'un repas de noces!

Le lieutenant a un sursaut.

– Vous saviez qu'ils venaient de se marier? Vous leur avez donc parlé?

– Oui. Avec la jeune fille... Je suis d'origine allemande par mon père. Ils me faisaient pitié : ils ont commandé ce qu'il y avait de moins cher : du bouillon, deux steaks et une bouteille de Coca-Cola pour deux... Quand la bouteille a été finie, la jeune femme y a planté une rose qu'elle tenait à la main. Je lui ai demandé pourquoi elle faisait cela. Elle m'a répondu : « C'est parce que c'est notre mariage. » Alors je lui ai dit : « C'est un peu triste comme repas de noces. » Mais la jeune femme m'a souri. Elle m'a dit qu'ils étaient heureux tous les deux et qu'ils étaient venus exprès d'Allemagne pour se marier. Après nous avons encore discuté quelques minutes...

Le commissaire demande d'une voix précipitée, qui effraie un peu la serveuse :

– Qu'est-ce qu'ils vous ont dit?

– Eh bien... je leur ai demandé ce qu'ils allaient faire de leur journée. La jeune femme m'a répondu : « Nous allons retourner à l'hôtel. Et, ce soir, nous irons nous promener sur le Siège du roi Arthur. Ce doit être merveilleux au clair de lune! »

Le lieutenant Mac Bird quitte comme un fou le restaurant. Il bondit sur le radio-téléphone de sa voiture.

– Appel à toutes les patrouilles! Rendez-vous immédiatement au Siège du roi Arthur. Si vous apercevez Rolf Freitag, neutralisez-le. Au besoin, tirez en l'air...

Et lui-même démarre sur les chapeaux de roues... La nuit tombe. La lune apparaît au-dessus des toits d'Edimbourg...

Le Siège du roi Arthur!... Rien ne pouvait être plus inquiétant. L'assassin a bien préparé son coup. Le Siège du roi Arthur est un volcan éteint à une dizaine de kilomètres d'Edimbourg. Il a été transformé en lieu de promenade pour les habitants de la capitale écossaise. On y a aménagé des escaliers, des sentiers et des ronds-points d'où on découvre un panorama magnifique : au premier plan un entassement, un chaos de roches nues et, au loin, toute la ville.

Dans la journée, l'endroit ne présente aucun danger, mais la nuit, si on ne connaît pas bien les lieux, il révèle des pièges mortels. Depuis qu'il est en poste à Edimbourg, le lieutenant Mac Bird a déjà eu connaissance de trois accidents survenus à des imprudents qui avaient voulu s'y promener la nuit. Tous ont été fatals...

Sirène hurlante, sa voiture fonce dans les rues... Il faut dix minutes pour se rendre sur les lieux. Mais si Rolf Freitag n'a pas perdu de temps, il sera trop tard...

Le lieutenant et ses hommes sont arrivés. Ils laissent leur véhicule et se mettent à courir. Le paysage du volcan dénudé sous la pleine lune a un aspect sinistre...

Au loin, il semble au lieutenant Mac Bird apercevoir une forme... Il accélère sa course. On dirait un homme qui fait des gestes. Il crie des choses qu'il n'entend pas...

Le lieutenant s'arrête net... Bien qu'il soit hors d'haleine, il a l'impression que son cœur vient de s'arrêter d'un seul coup dans sa poitrine. Il comprend l'allemand. Et l'homme, là-bas, est en train de crier :

– Au secours! Venez vite! Ma femme s'est tuée...

Trop tard! C'est trop tard! Le commissaire Brunn et le lieutenant Mac Bird ont perdu leur course contre la montre... Les policiers vont à l'endroit que leur indique le jeune Allemand. Il n'y a malheureusement aucun espoir. Helga est morte. La malheureuse a fait une chute de plus de dix mètres sur des rochers acérés. Son corps déchiqueté sera ramené le lendemain matin par les pompiers...

Quant à Mac Bird, il arrête aussitôt Rolf Freitag. Non pour le meurtre de sa femme, car rien ne peut être prouvé pour l'instant, mais au nom du mandat international lancé contre lui pour falsification de chèques...

Pourtant, le lieutenant ne s'avoue pas vaincu. Il n'a pu sauver la jeune femme, mais il aura son assassin. La loi écossaise autorise à garder pendant cent dix jours un étranger suspecté de meurtre. Il a cent dix jours pour obtenir les aveux de Rolf Freitag, et il fera tout pour y parvenir. D'ailleurs, la police allemande est d'accord pour attendre ce délai avant de formuler sa demande d'extradition.

Le jeune homme de petite taille, au visage efféminé, fait front sans faiblir devant la police. Malgré toutes les attaques du lieutenant, il est d'un calme total.

– Une assurance-vie sur la tête de ma femme? Et alors? Est-ce que la loi interdit de prendre des assurances-vie?...

« Je vous dis qu'il s'agit d'un accident, lieutenant. Si vous pensez qu'il s'agit d'un meurtre, c'est à vous d'en faire la preuve...

Rolf Freitag a raison. Les policiers n'ont que des présomptions, des présomptions très graves, mais pas la moindre preuve. S'il s'agit d'un crime, il est, hélas! parfait...

Le délai de cent dix jours écoulé, la justice écossaise a rendu un non-lieu en faveur de Rolf Freitag. Du même coup, cette décision officialisait l'accident et mettait la compagnie d'assurances dans l'obligation de verser les cent mille francs.

Rolf Freitag a été extradé en Allemagne et a

comparu devant la cour de Francfort pour falsification de chèques. Il a été condamné à cinq ans de prison, le maximum. Mais tout le monde, dans la salle d'audiences, avait la certitude que ce n'était pas pour cela qu'il avait été jugé.

DEUX PETITS RATS

UNE fourgonnette Cadillac noire remonte lentement l'allée de gravier de la villa Elisa, située sur le flanc d'une colline, non loin de Los Angeles. Nous sommes le 4 juillet 1962. Le temps est splendide et même chaud...

Le gros véhicule avance doucement au milieu des fleurs et des arbres luxuriants du parc, il passe devant une piscine aux formes courbes et carrelée de rose. Il s'arrête devant le perron. Trois personnes : un homme et deux enfants, attendent immobiles, tous trois vêtus de noir.

Des personnages casquettés et gantés sortent du véhicule et pénètrent dans la villa. Ils reviennent un peu plus tard, tenant chacun la poignée d'un cercueil. Oui, c'est bien d'un enterrement qu'il s'agit. Celle qu'on emporte vers sa dernière demeure s'appelait Elisa, comme la villa. C'était la femme de Kenneth Benson, agent d'assurances de Los Angeles, multimillionnaire en dollars, et la mère de deux petits garçons qui sont là, John, six ans, et Spencer, quatre ans...

Elisa Benson, dont la chevelure blonde et les yeux bleus faisaient l'admiration de tout Los Angeles, vient de mourir à l'âge de vingt-huit ans, des suites d'une leucémie. Le malheur est entré dans la villa de rêve qui portait son nom et n'en sortira plus...

1974 : douze ans ont passé. Kenneth Benson est toujours aussi riche. Il habite toujours la villa Elisa. Mais quelque chose semble s'être brisé en lui. En douze ans, il a prodigieusement vieilli.

Kenneth Benson ne s'est pas remarié. C'est l'image même du veuf inconsolable. Il vit dans le souvenir, le culte de la morte. La photo de sa femme est présente dans toutes les pièces de la villa Elisa, qui est devenue un sanctuaire, une chapelle...

Les enfants, eux aussi, ont changé. John a maintenant dix-huit ans et Spencer seize. Mais c'est sur le plan moral que leur transformation a été la plus profonde.

Après la mort d'Elisa, c'est leur père qui s'est chargé seul de leur éducation. Et il a reporté sur eux toute la passion qu'il vouait à sa femme. Dire qu'ils ont été gâtés est trop peu : Kenneth Benson s'est toujours empressé de satisfaire le moindre de leurs désirs. L'un d'eux voulait-il un jouet qu'il avait vu chez un de ses petits camarades milliardaires? Il l'avait aussitôt. L'autre se plaignait-il qu'un domestique avait été méchant avec lui? Ce dernier était renvoyé sur-le-champ. Dès qu'ils ont été en âge, ils ont eu leurs motos et plus tard leurs voitures, au pluriel, bien entendu...

Et pourtant, depuis quelques mois, M. Benson se fait du souci au sujet de ses enfants. Cela fait la deuxième voiture que John met en pièces; la seconde fois, il a même blessé un passant...

Spencer, malgré ses seize ans, n'est pas en reste. Il a été conduit plusieurs fois au poste pour coups et blessures. Les deux frères délaissent de plus en plus leurs études. Ils font la tournée des boîtes de Los Angeles, accumulant les scandales.

Heureusement pour eux, chaque fois qu'il y a un incident, Kenneth Benson peut tout arranger avec son argent. C'est d'ailleurs l'argument qu'utilisent ses fils lorsque leur père leur adresse de timides reproches :

– Qu'est-ce que ça peut faire, papa, puisque tu as du fric? À notre âge, il faut bien qu'on s'amuse...

Jusque-là, M. Benson n'a pas insisté. Ce qu'il veut, c'est le bonheur de ses fils, un bonheur qu'il n'a pu donner à Elisa, trop tôt disparue... Mais, ce 6 mars, c'est différent. Il est neuf heures du soir et les deux garçons n'ont pas paru à la maison de toute la journée... Soudain, il y a un bruit de sirène à l'extérieur. Une voiture de police s'arrête devant la villa dans un crissement de pneus. Spencer et John en sortent encadrés par deux policemen. L'un d'eux, un lieutenant, s'adresse au milliardaire :

– On vous ramène vos fils, monsieur Benson. Parce que c'est vous, on veut bien passer l'éponge, mais c'est la dernière fois.

Tandis que Spencer et John pénètrent dans la villa avec un sourire provocateur, Kenneth Benson interroge, anxieux :

– Mon Dieu! Qu'ont-ils fait?

– Ils ont volé une bicyclette...

– Mais pourquoi?

Le policier le regarde bien dans les yeux.

– Il faudra le leur demander, monsieur Benson. Mais un conseil, reprenez en main vos deux gars avant qu'il ne soit trop tard...

Dès que les policiers sont partis, M. Benson interroge ses fils.

– Pourquoi avez-vous fait cela? Une bicyclette, mais vous pouviez en acheter autant que vous vouliez!

Spencer répond avec un petit rire désagréable.

– Tu n'as rien compris, papa! On voulait voler pour le plaisir; pour voir quel effet cela faisait. C'est vrai, pourquoi il n'y aurait que les pauvres qui pourraient voler et pas nous?

La main de Kenneth Benson, partie dans un réflexe, gifle Spencer brutalement. Celui-ci, abasourdi par la première réaction violente de son père, reste immobile, puis il quitte la pièce en courant, suivi par son frère. Quelques instants plus tard, on entend le rugissement des grosses motos.

Resté seul, M. Benson se prend la tête dans les mains. Tout lui apparaît en même temps... C'est de sa faute. Ses fils, il ne les a pas élevés avec amour, il les a pourris. Il en a fait des monstres, des graines d'assassin. Si leur mère avait été là, tout aurait été différent, mais il y a douze ans qu'Elisa n'est plus là...

Et, instantanément, M. Benson prend sa décision. C'est un homme d'action. Dès qu'un problème surgit devant lui, il l'affronte. C'est une mère qui a manqué à l'éducation de John et de Spencer, eh bien, il va se remarier. Et le plus tôt sera le mieux!

Le lendemain, en homme d'affaires pratique, il s'adresse à une agence matrimoniale. Il décrit ses désirs avec précision. Le physique de sa future femme importe peu. Tout ce qui compte, c'est qu'elle ait de l'autorité et un sens aigu de la morale et de la famille...

Quand Kenneth Benson a entrepris quelque chose, il ne traîne pas. Une semaine plus tard, il a choisi. L'élue est une certaine Dorothy Smith. C'est une femme de quarante-cinq ans, très brune, sèche, longue comme une trique, au visage anguleux. Mais Kenneth ne s'en préoccupe pas. Il met tout de suite les choses au point. Il ne sera jamais question de sentiments ni de relations conjugales entre eux. Tout ce qu'il lui demande, c'est d'élever ses enfants et d'empêcher qu'ils deviennent des assassins.

Dorothy Smith comprend parfaitement.

– Vous pouvez compter sur moi. Je vous réclame seulement la responsabilité de l'argent du ménage.

Le milliardaire est d'accord. Le mariage peut avoir lieu. Il est célébré, sans aucune cérémonie, en juin 1974. Et à partir de ce moment, tout change en effet... Dorothy Benson règne sur la villa Elisa en souverain absolu. Toutes les dépenses passent par elle. Les domestiques doivent lui rendre des comptes quotidiens. Et, bien entendu, elle n'accorde plus un sou d'argent de poche à John et à Spencer. Elle leur confisque leurs voitures et leurs motos. Elle surveille leurs études. S'ils n'ont pas des notes suffisantes, ils seront chassés de la villa. Ils n'auront qu'à s'installer ailleurs et à travailler comme tout le monde...

Au début, John et Spencer essaient bien de résister. Mais ils doivent rapidement avouer qu'ils ont affaire à plus fort qu'eux. Chaque fois qu'ils protestent, Dorothy les toise de son regard sec et conclut invariablement :

– C'est comme cela parce que je l'ai décidé. Si vous n'êtes pas contents, vous n'avez qu'à vous en aller...

Elle est d'ailleurs d'une parfaite justice. Les deux frères sont traités avec la même sévérité. Elle ne fait pas de jaloux.

John et Spencer savent qu'il n'y a rien à faire. Fini la belle vie, les boîtes de luxe, les voitures qu'on pouvait mettre en pièces avec la certitude d'en avoir une autre le lendemain. La rage au cœur, en haïssant leur belle-mère, ils se remettent à leurs études.

Kenneth, de son côté, est ravi. Son estime pour sa femme s'accroît de jour en jour. Dorothy fait exactement ce qu'il attendait d'elle. Elle remplit parfaitement son contrat. Ses fils ne seront pas des assassins...

Deux ans passent et c'est le drame. Kenneth Benson, prématurément vieilli par son chagrin, meurt brutalement d'une crise cardiaque...

Une semaine plus tard, le notaire des Benson ouvre le testament du défunt. John et Spencer éprouvent un chagrin sincère : ils aimaient vraiment leur père. Mais en cet instant, ils ne pensent plus qu'à l'héritage, aux millions, à la belle vie qui va reprendre encore plus sensationnelle qu'avant!... Ah, elle a fini de les embêter, la vieille mégère!

Le notaire lit, d'une voix solennelle :

– « Je lègue à John et Spencer la part obligatoire prévue par la loi, soit 300 000 dollars chacun. Ils ne pourront toucher cette somme qu'à la mort de mon épouse Dorothy, que j'institue légataire universelle. La villa Elisa restera propriété indivise de mes deux fils et de ma femme. »

Les deux garçons manquent d'étouffer... Déshérités, ils sont déshérités. 300 000 dollars chacun alors qu'elle va toucher des millions!... A leurs côtés, Dorothy, bien droite sur sa chaise, sourit légèrement.

Elle savait, la vipère, elle savait tout! John et Spencer la regardent et, dans leurs yeux, se lit une haine homicide... Pourtant, ils doivent cohabiter tous les trois, car ni Dorothy ni eux ne veulent renoncer à la villa...

Deux ans passent encore. Nous sommes en mars 1979. La vie est presque insupportable à la villa

Elisa entre ces êtres, dont deux haïssent le troisième jusqu'à la limite de leurs forces. Et c'est alors que se produit le second coup de théâtre : Dorothy Benson est foudroyée par une crise cardiaque. A l'hôpital, elle est sauvée de justesse. En la raccompagnant à la villa pour sa convalescence, le médecin de famille dit aux deux jeunes gens :

– Surtout, qu'elle se repose. Elle risque une nouvelle crise qui pourrait être fatale.

« Une nouvelle crise qui pourrait être fatale... » Les deux frères n'ont pas besoin d'échanger un mot ni même un seul regard pour se comprendre. Cette petite phrase vient de sceller le destin de Dorothy...

Un mois plus tard, le 24 avril 1979, le médecin de famille des Benson reçoit un coup de téléphone angoissé. C'est John qui parle.

– Docteur, il faut que vous veniez immédiatement ! Ma belle-mère a eu un malaise dans sa baignoire. Je crois que c'est grave.

Le médecin se rend en catastrophe à la villa Elisa. Il se précipite dans la salle de bain. Au premier coup d'œil, il sait que sa malade est morte. Dorothy Benson est assise dans sa baignoire, la tête en arrière, les yeux révulsés, la bouche ouverte. Après un rapide examen, le docteur diagnostique une crise cardiaque et délivre le permis d'inhumer. Pourquoi aurait-il le moindre soupçon ? Cette issue fatale était, hélas ! prévisible...

Dès qu'il est parti, John et Spencer laissent éclater leur joie. Le docteur est tombé dans le panneau. Le crime a été parfait. Bien sûr, ils n'auront jamais la fortune de leur père, Dorothy avait une fille d'un premier mariage et c'est elle qui héritera. Mais il leur reste 300 000 dollars chacun et la villa.

Ah, ils l'ont bien eue, la vieille ! Elle n'était pas si

terrible que cela. Il suffisait d'oser. Maintenant, ils ont gagné; c'était eux les plus forts!

Peu après, John et Spencer Benson se retrouvent dans le même bureau solennel du notaire de famille. A leurs côtés est assise la fille de Dorothy. C'est elle qui va empocher la fortune des Benson. Ils ne peuvent s'empêcher de lui décocher de temps à autre des regards mauvais. Mais dans le fond, ils sont bien décidés à se contenter de ce qu'ils ont.

C'est sans émotion qu'ils voient le notaire ouvrir la lettre cachetée contenant le testament de leur belle-mère. Cette fois-ci, ils n'auront pas de surprise.

Le notaire commence la lecture de sa voix professionnelle :

– « Moi, Dorothy Benson, déclare comme légataire universel Spencer Benson, mon cher beau-fils... »

Dans l'étude du notaire, il y a un silence de mort. Puis un cri et un bruit de chaise renversée. C'est la fille de Dorothy qui s'enfuit en pleurant. Les deux frères restent seuls en face de l'homme de loi. Ils tournent la tête l'un vers l'autre et se regardent longuement. A la fin, John grince entre ses dents :

– Viens! On s'expliquera dehors.

Dans la voiture qui les ramène vers la villa Elisa, John explose enfin :

– Espèce de salaud, tu m'as bien eu! Tu as bien manœuvré avec la vieille!

Spencer est pâle comme un mort.

– Je ne comprends rien, John! Je n'ai rien fait, je te le jure!

– Alors, pourquoi t'a-t-elle choisi et pas moi?

Le cadet se prend la tête entre les mains.

– Je ne sais pas... Je ne vois pas... Ecoute, John,

tu dois me croire. Rappelle-toi, elle a toujours été aussi mauvaise avec moi qu'avec toi.

John réfléchit à son tour. Il y a de nouveau un long silence. A la fin, il se redresse vers son frère et le fixe intensément :

– D'accord, tu as raison. La vieille devait être toquée quand elle a fait ce testament. Mais puisque c'est comme cela...

Il se tait un instant et termine en détachant les syllabes :

– On partage.

Partager?... Spencer voit devant lui les millions, tous les millions. Sa réponse est un cri immédiat, le cri du cœur :

– Non! Jamais!

Les deux frères se séparent... Spencer s'installe à Los Angeles. En guise de compensation, il laisse la villa à son frère. Il passe son temps chez les hommes d'affaires pour son héritage.

Seul dans la somptueuse villa Elisa, John tourne en rond. Il parcourt rageusement le jardin exotique, il hante les pièces ornées des photos de sa mère... 300 000 dollars et la villa devraient lui suffire. C'est beaucoup, c'est bien assez pour mener la grande vie...

Mais il ne peut pas! Il y a quelque chose qui le tiraille, qui le dévore et qui l'empêche d'accepter la situation. La trahison de Spencer, évidente depuis qu'il a refusé de partager, lui est intolérable. Mais il ne comprend toujours pas; de quelle manière s'y est-il pris, et quand? Jusqu'au bout Dorothy a semblé détester son frère autant que lui.

Dans le fond, ce qui est le plus insupportable, c'est la manière dont il a été joué. Spencer, qui partageait tout avec lui, qui a été son complice de bout en bout, Spencer, pendant tout ce temps, menait le double jeu. Il complotait avec Dorothy pour le dépouiller...

John Benson a renvoyé tous les domestiques. Il est seul dans l'immense villa, à ruminer sa blessure. Les jours passent, sa rage s'accroît. Tous, ils l'ont tous trahi : son père d'abord, Dorothy et Spencer ensuite... L'ignoble Spencer! Il n'aurait qu'un mot à dire, un seul, pour qu'il ne touche pas un *cent* de ses millions de dollars...

Une semaine après l'ouverture du testament de Dorothy Benson, le 9 mai 1979, John Benson arrête sa voiture devant le poste de police le plus proche de la villa Elisa, le policier qui le reçoit est le même lieutenant qui l'avait arrêté quelques années plus tôt avec Spencer, pour le vol de la bicyclette.

– Lieutenant, je dois soulager ma conscience. Mon frère est un assassin. Il a noyé sa belle-mère pour toucher l'héritage...

Après un légitime moment de stupeur, le lieutenant demande des détails. Ils sont plausibles. Spencher Benson est appréhendé le jour même à Los Angeles et conduit devant lui. Le policier ne s'embarrasse pas de préambule :

– Vous avez assassiné Dorothy Benson. Vous l'avez noyée dans sa baignoire. Allez, avouez!

Le nouveau millionnaire en dollars tente de le prendre de haut.

– Vous savez à qui vous parlez, lieutenant?

Mais le lieutenant est calme.

– Ne vous fatiguez pas. Je sais tout. Votre frère a craché le morceau.

A cette nouvelle, le jeune homme s'effondre. Et comme le policier lui signifie son arrestation, il a un brusque sursaut.

– Et John? Vous l'avez arrêté aussi, j'espère? Car on s'y est mis à deux pour tuer la vieille...

John Benson, appréhendé à son tour, est interrogé sans relâche par les policiers de Los Angeles. Il se défend de toutes ses forces.

– C'est Spencer qui a tout fait. Il héritait et pas moi. Moi, j'étais contre.

C'est après soixante-douze heures qu'il avoue enfin. Il semble soulagé. Il réclame une cigarette. Il a un sourire bizarre; un sourire qui se transforme peu à peu en un rire incontrôlable qui dure plusieurs minutes. Il parvient enfin à articuler, entre deux hoquets :

– C'est trop drôle! Le testament de la vieille... Je viens de comprendre... J'ai compris pourquoi elle a tout donné à Spencer et rien à moi... Elle savait...

Il s'arrête un instant pour reprendre son souffle :

– Elle savait que nous allions la tuer et elle a trouvé le seul moyen pour nous diviser. En donnant tout à Spencer et rien à moi, elle m'obligeait à le soupçonner de m'avoir trahi. A la longue, je devais finir par craquer, par tout vous révéler pour qu'il ne touche pas l'héritage. Nous étions perdus tous les deux, faits comme des rats. Un joli testament! Une jolie souricière pour deux petits rats!

Les jurés de Los Angeles n'ont pas fait de différence entre les frères Benson. Jugés également coupables, John et Spencer ont été condamnés à la prison à vie.

LA MORT EN QUATRE ÉPISODES

Le 27 octobre 1964, Friedrich Kempf, commissaire de police à Innsbruck, en Autriche, reçoit un appel téléphonique.

– Commissaire, c'est l'agent Muller qui vous appelle. Il y a un particulier qui vient de faire une découverte sur les bords de l'Inn. Un tronc de femme dans un sac en plastique. Je dis qu'on ne touche à rien et qu'on vous attende ?

– C'est cela, ne touchez à rien, j'arrive.

Après avoir raccroché, le commissaire Kempf enfile son manteau sans trop se presser. Il ne fait pas chaud, ces derniers temps. Le commissaire Kempf est contrarié. Il sait par expérience que ces affaires de cadavres dépecés sont particulièrement longues et délicates. Il en a déjà eu une à traiter au cours de sa carrière et cela n'a pas été simple. Une carrière bien remplie, d'ailleurs : à cinquante-cinq ans, il passe pour un des policiers les plus habiles de la ville et même de la province. A ses côtés, son adjoint, Otto Schutz, est au contraire tout excité. C'est sa première grande affaire criminelle.

Le commissaire Kempf s'en rend compte et lui répond par avance, avant qu'il n'ait ouvert la bouche.

– Ne vous emballez pas trop, Schutz. C'est un

sacré travail en perspective, et beaucoup plus long que vous ne l'imaginez...

Trois jours plus tard, le médecin légiste vient faire son rapport au commissaire Kempf. L'enquête sur les bords de l'Inn n'a rien donné. Le commissaire et son adjoint étaient attendus par l'agent de police, ainsi que par le malheureux pêcheur auteur de la découverte.

Dans un sac en plastique rouge, il y avait effectivement le tronc et les bras d'une femme. Après un bref coup d'œil, le commissaire Kempf a donné l'ordre d'envoyer le tout à l'Institut médico-légal. Inutile d'entreprendre quoi que ce soit avant l'avis des spécialistes.

Maintenant que le spécialiste est là, en face de lui dans son bureau, l'enquête va pouvoir réellement commencer. Le médecin, un homme d'un certain âge, semble assez animé. Dans ce genre d'affaire, son rôle est capital et il en est tout à fait conscient.

– Je suis en mesure de faire plusieurs constatations dont certaines, vous le verrez, commissaire, ne manquent pas d'intérêt. D'abord, je suis hors d'état de vous dire la cause de la mort, le tronc et les bras ne portent aucune blessure, aucune ecchymose. C'est sans doute à la tête qu'a été porté le coup fatal, quoique ce ne soit pas absolument certain. Mais j'y reviendrai tout à l'heure...

Le commissaire Kempf, un peu impatienté, interrompt l'exposé :

– Bien... Parlez-nous de la victime.

Le médecin consulte ses notes.

– Une femme d'environ quarante-cinq ans, apparemment en bonne santé, aucune mutilation, aucune trace d'intervention chirurgicale. Les restes ont séjourné à peu près un mois dans l'eau. Mais si vous le voulez bien, je voudrais en venir à deux remarques qui pourront vous intéresser. Premièrement, cette femme a été décapitée vivante, la présence de sang dans les poumons ne laisse aucun doute à ce sujet.

Otto Schutz a bondi. Mais le commissaire retient son adjoint par le bras.

– Ne vous excitez pas trop, Schutz. N'allez pas imaginer un crime rituel ou quelque chose comme cela. C'est sûrement beaucoup plus bête. L'assassin a dû assommer sa victime et croire qu'elle était morte, alors qu'elle ne l'était pas... Ensuite, docteur ?

– Eh bien, je dirais volontiers qu'il s'agit là de l'œuvre d'un professionnel. Le corps a été découpé avec une grande sûreté de main, comme par un chirurgien...

Mais, malgré ces précisions, l'enquête ne démarre pas. Deux jours plus tard, elle en est toujours au point initial. L'exploration de l'Inn par dragage et hommes-grenouilles n'a rien donné. Le reste du corps est introuvable. En revanche, la presse a publié la nouvelle, ce qui provoque un afflux d'informations. Les témoignages ne manquent pas. Il y en aurait même trop.

Le commissaire Kempf est assailli de coups de téléphone. Il y a là l'habituel cortège des dénonciations anonymes, des corbeaux en tout genre, mais aussi des pistes plus sérieuses, des disparitions réelles, qu'il faut examiner minutieusement. C'est un travail pénible, routinier et décevant. Otto Schutz commence à revenir de son emballement du début.

– Vous voyez, lui dit le commissaire Kempf, ce genre d'affaire, c'est un peu un pavé dans la mare. Elle fait remonter à la surface un tas de choses qui n'ont aucun rapport avec le crime lui-même. Mais il faut quand même tout étudier, c'est cela qui est long. Et vous allez voir, ce n'est que le début.

Effectivement, ce n'est que le début. Le commissaire et son adjoint doivent suivre une cinquantaine de pistes de femmes disparues dans Innsbruck et sa région. A chaque fois, leurs efforts sont vains. A chaque fois, ils tombent sur une banale affaire sentimentale. La femme est bien vivante, mais avec quelqu'un d'autre que son mari. Pendant plusieurs semaines, c'est un rôle déplaisant qu'ils doivent jouer. Il leur faut, par la force des choses, pénétrer dans la vie privée des gens. Leur intervention provoque des drames conjugaux et tout cela pour rien.

C'est seulement un mois après la découverte qu'un élément nouveau permet enfin de faire avancer l'enquête. Il se produit sous la forme d'un coup de téléphone en provenance d'Italie.

– Commissaire Kempf, ici la police de Cortina d'Ampezzo. Je pense que nous avons une information qui vous concerne. Nous avons retrouvé deux jambes de femme dans le lac de Mizzurina. D'après les constatations du médecin légiste, il s'agit d'un sujet d'environ quarante-cinq ans. Nous avons évidemment fait le rapprochement avec votre affaire. Mais il faudrait que votre expert vienne s'assurer que c'est bien la même personne.

Le commissaire remercie chaleureusement son collègue italien et, le jour même, il envoie sur les lieux le médecin légiste.

Vingt-quatre heures plus tard, celui-ci est de retour.

– Pas de doute, commissaire, c'est bien la même personne. La date d'immersion est à peu près semblable. Toutefois, je reviens sur ce que je vous ai dit la première fois. Ce n'est pas forcément un travail de professionnel...

Après son départ, Otto Schutz, l'adjoint du commissaire, pousse un gros soupir. Il a définitivement perdu son excitation du début :

– Je me demande si la solution se trouve bien à Innsbruck. Après tout, si c'était une Italienne, si le meurtre s'était passé là-bas, à Cortina d'Ampezzo !

Le commissaire Kempf hoche la tête négativement :

– Je viens de le penser moi aussi, Schutz. Mais je ne le crois pas. Logiquement, le meurtrier s'est débarrassé tout de suite du plus encombrant, c'est-à-dire le tronc et les bras. Donc, c'est ici, chez nous, que se trouve la clef du problème. Ne vous découragez pas, je vous avais dit que ce serait difficile...

Et l'enquête reprend, toujours aussi vaine. Chaque fois que le commissaire et son adjoint croient approcher de la vérité, ils tombent sur une sordide histoire d'adultère. Et, à mesure que le temps passe, les fausses pistes elles-mêmes finissent par se faire plus rares. Deux mois après le début de l'affaire, il n'y en a plus aucune. Les dénonciations anonymes elles-mêmes ont cessé. C'est le vide total.

C'est alors qu'encore une fois un coup de téléphone apporte un fait nouveau.

– Commissaire, annonce la standardiste, je vous passe un appel de Suisse.

La voix s'exprime dans un allemand parfait.

– Bonjour, commissaire, ici la police de Zurich. C'est à propos de votre affaire. Il faut croire que l'assassin a la manie des voyages. Figurez-vous que nous venons de retirer une tête de femme du lac Wallen et que nous avons tout lieu de penser que c'est celle de votre victime. Nous attendons votre expert. Je vous souhaite bonne chance, commissaire. On ne peut pas dire que vous ayez une enquête facile...

Et c'est de nouveau le départ du médecin légiste, suivi vingt-quatre heures plus tard d'un nouveau rapport.

– Cette fois, le puzzle est complet, commissaire. Aucun doute possible, c'est bien notre victime. A Zurich, les spécialistes sont en train d'établir un portrait-robot. Mais, étant donné l'altération des traits, je doute du résultat...

Le commissaire Kempf soupire avec accablement. Rarement il s'est trouvé en face d'un cas aussi compliqué. Quel est donc cet assassin qui disperse les restes de sa victime dans trois pays différents ? Bien sûr, il a sous-estimé les communications des polices entre elles. Mais les résultats sont là, c'est-à-dire nuls. A Innsbruck, il ne reste plus une seule piste à suivre. Et d'ailleurs, même s'il n'y croit pas, le commissaire ne peut exclure que la victime soit italienne ou suisse. Dans ce cas, tous ses efforts seraient par définition inutiles...

De fait, l'automne puis l'hiver 1964 passent sans rien apporter de nouveau. Le commissaire Friedrich Kempf et son adjoint Otto Schutz ne pensent plus que par moments à la mystérieuse victime de l'Inn et des deux lacs étrangers.

Pourtant, le 26 avril 1965, le commissaire reçoit la visite d'une jeune femme. Une visite qui le replonge brusquement six mois en arrière, au début de l'enquête.

– Commissaire, commence la visiteuse, je m'appelle Maria Stresman... Je suis inquiète à propos de ma mère.

– Elle a disparu ?

– Non, pas vraiment. Enfin, je n'ai plus de

nouvelles d'elle depuis un peu plus de six mois. Elle est partie pour les Etats-Unis avec son mari, Walter Kremmer. Il faut que je vous parle de lui, commissaire. Ma mère l'a épousé il y a deux ans, après son divorce. Il m'a toujours fait peur. C'est un être dissimulé, secret; mais on sent qu'au fond de lui-même il est violent.

– Vous le pensez capable d'un acte... monstrueux?

La jeune femme ferme un instant les yeux. Elle prend une longue inspiration.

– Je le crois capable de tout.

– Quand avez-vous eu pour la dernière fois de leurs nouvelles?

– A vrai dire, je n'en ai eu aucune. Mais cela ne m'a pas étonnée. Ma mère n'a jamais aimé écrire. Non, ce qui m'inquiète, c'est qu'elle ne se soit pas manifestée pour le 15 avril. C'est mon anniversaire, mes vingt-cinq ans. Et cela, jamais elle ne l'aurait oublié.

Le commissaire s'éclaircit la voix.

– Ecoutez, mademoiselle... Je pense, en ce moment, à une affaire récente : la découverte d'une femme assassinée dans des circonstances... dramatiques. Un portrait-robot a même été publié dans la presse...

La jeune fille a un sourire triste.

– Inutile de prendre tant de précautions, commissaire. Moi aussi, c'est à cela que je pense. Mais il m'est difficile de vous répondre, le portrait était si imprécis... Tenez, je vous ai apporté une photo de ma mère, vous pourrez comparer...

Le commissaire Kempf et son adjoint se penchent sur le cliché : une femme d'environ quarante-cinq ans... Effectivement, ce pourrait être elle. Le commissaire ajoute le document au dossier.

– Et, à part vous, à qui votre mère aurait-elle pu donner des nouvelles?

– Je ne vois pas, je suis sa fille unique. Mais son mari, lui, a certainement écrit à sa mère, Lotte Kremmer. Elle habite Innsbruck.

Le jour même, le commissaire Kempf, qui a abandonné sur-le-champ toutes ses autres affaires, rend visite à la mère de Walter Kremmer. Elle habite un assez grand pavillon dans les faubourgs immédiats d'Innsbruck. Quand il sonne à la porte, accompagné de son adjoint, il est accueilli par une charmante vieille dame.

– Commissaire Kempf, madame. Ma visite n'a rien d'officiel; je voudrais seulement vous poser une ou deux questions.

Mme Kremmer les fait entrer et leur propose aimablement une tasse de thé. C'est autour d'une petite table ronde recouverte d'un napperon brodé que le commissaire expose le but de sa visite.

– Vous connaissez sans doute Maria Stresman? Elle est venue me voir. Elle est inquiète au sujet de sa mère. Elle n'a pas reçu de ses nouvelles depuis son départ pour les Etats-Unis avec votre fils. Alors, si vous-même en aviez, nous pourrions la rassurer.

La vieille dame a l'air un peu surpris.

– Je ne comprends pas, monsieur le Commissaire. Walter m'écrit très régulièrement. J'ai reçu sa dernière lettre il y a une semaine à peine. Ils se plaisent beaucoup là-bas et ses affaires marchent très bien. C'est un garçon très travailleur, vous savez.

– Et vous parle-t-il de sa femme?

– Bien sûr, elle va très bien, et elle me met toujours un petit mot en bas de la lettre... Mais vous pensez qu'il a pu lui arriver quelque chose?

Le commissaire secoue la tête.

– Pour l'instant, je ne pense rien. J'essaie simplement de rassurer Mlle Stresman. Vous n'auriez pas une de ces lettres, par hasard?

La vieille dame semble désolée.

– Je ne crois pas, malheureusement. Mais, si vous le voulez, monsieur le Commissaire, je vous préviendrai quand je recevrai la suivante.

Le commissaire Kempf repose sa tasse de thé sur sa soucoupe, remercie la vieille dame et s'en va. Une fois dehors, son regard croise celui de son adjoint.

– Vous croyez, vous, qu'une mère qui n'a pas vu son fils depuis six mois ne garde pas ses lettres? Pas même la dernière?... Schutz, vous allez surveiller la vieille dame. Moi, je vais me renseigner du côté des Etats-Unis.

Deux jours plus tard, le commissaire et son adjoint sont fixés. Friedrich Kempf a appris qu'aucun Walter Kremmer ne figure sur les listes d'immigration; quant à Otto Schutz, il informe son patron que la vieille dame de soixante-dix ans passés achète tous les jours cinq cents grammes de viande chez le boucher.

Le commissaire et son adjoint reprennent le chemin du pavillon de Lotte Kremmer. Mais, cette fois, c'est d'une tout autre visite qu'il s'agit. Le commissaire a en poche un mandat de perquisition, et il a disposé une dizaine de policiers aux abords de la maison.

La vieille dame les accueille avec la même amabilité que la première fois, mais son sourire se fige devant l'expression du commissaire. Elle a compris. Elle se dresse devant les deux intrus.

– Que me voulez-vous? Je vous ai tout expliqué la dernière fois, je n'ai plus rien à vous dire!

Le commissaire Kempf lui parle aussi doucement que possible :

– Nous savons que votre fils est chez vous, madame Kremmer. J'ai un mandat de perquisition.

La vieille dame secoue la tête obstinément.

– Ce n'est pas vrai !

– Eh bien, nous ne demandons qu'à vérifier. Nous allons commencer, par exemple, par le premier étage.

Tandis que le commissaire et son adjoint montent l'escalier, Mme Kremmer essaie désespérément de les retenir. Elle s'agrippe à eux, elle se met en travers de leur passage.

– N'allez pas là-haut, il n'y a rien d'intéressant... Des vieilleries, monsieur le Commissaire.

Progressivement, elle s'est mise à crier.

– Monsieur le Commissaire, c'est inutile ! Monsieur le Commissaire, Walter n'est pas là ! Monsieur le Commissaire...

Brusquement le commissaire comprend : elle est en train de donner l'alerte à son fils. Pour la première fois, il la regarde sans douceur.

– Inutile d'essayer de le prévenir. Il y a des policiers tout autour de la maison, il ne s'échappera pas.

Du coup, l'attitude de la vieille dame se métamorphose. Elle s'effondre, elle parle d'une voix brisée.

– Alors, vous pouvez y aller... Que sa volonté s'accomplisse !...

Subitement inquiet, le commissaire Kempf sort son revolver. Il sent que quelque chose va se passer, quelque chose de très grave. Il se précipite dans le couloir, il ouvre d'un coup de pied les trois premières portes. Personne à l'intérieur. A la quatrième, il marque un temps d'arrêt. C'est la dernière. Le commissaire enlève le cran de sûreté de son revolver et il ouvre...

Pendant combien de temps reste-t-il ainsi pétrifié, tandis que derrière lui, pleurant doucement, la vieille dame récite des prières?... Il ne pourra jamais le dire.

Walter Kremmer est allongé sur son lit, mort. Il a autour des bras et des jambes de curieux objets brillants. Friedrich Kempf, dominant son horreur, s'approche du corps : ce sont quatre boîtes de conserve dont les fonds ont été retirés. Chacune d'elles est reliée à des fils qui se rejoignent dans une prise de courant en bas du mur. Le commissaire arrache les fils, mais il sait que c'est trop tard.

Une chaise électrique! Walter Kremmer avait occupé sa réclusion à se confectionner une chaise électrique pour échapper, le moment venu, aux policiers, avec la complicité de sa mère.

Ce meurtrier, qui avait dissimulé les restes de sa femme dans trois pays différents, s'était réservé pour lui-même une fin encore plus spectaculaire.

Pourquoi et comment avait-il tué sa femme? Ni le commissaire Kempf ni personne d'autre ne l'a jamais su. Pas plus qu'on n'a su le rôle exact de la mère; elle est morte, un mois plus tard, sans avoir rien dit.

LE MEURTRE QUOTIDIEN

A CINQUANTE ans un peu passés, William Farrell peut dire qu'il a réussi : entré comme petit employé dans une grande banque américaine, il a maintenant une belle situation de plusieurs dizaines de milliers de dollars par an comme directeur d'une succursale à New York.

William se sent jeune. C'est vrai que, par rapport à ses amis de son âge, il est particulièrement bien conservé. Il est grand, toujours aussi élancé qu'à trente ans, et ses tempes grisonnantes lui donnent peut-être un charme supplémentaire. Mais de tout cela, il n'avait pas nettement conscience, jusqu'à il y a un an, jusqu'à sa rencontre avec Cynthia.

Il a fait sa connaissance chez des amis... Cynthia avait trente-cinq ans, mais à aucun moment il n'a senti la différence d'âge. Tout de suite, il a reçu un choc, éprouvé une fascination. Il est tombé immédiatement amoureux d'elle, jusqu'à la folie...

William Farrell gare rapidement sa voiture dans le garage de sa maison de la banlieue de New York. Il est 7 heures du soir, ce 20 septembre 1976. Il introduit sa clef dans la serrure. Il entre un peu comme un voleur. Pourtant, il est chez lui. Mais William Farrell n'a pas la conscience tranquille.

L'obscurité et le silence qui règnent dans le pavillon le rassurent rapidement. Bien sûr, Marjorie, sa femme, n'est pas encore rentrée, elle est à son bridge. Elle ne sera pas là avant un quart d'heure. Il a donc tout son temps.

Dans sa poche, sa main droite serre nerveusement un tout petit objet lisse. Ce n'est pas le moment de reculer, de se poser des questions. Il a pris sa décision depuis longtemps déjà, il a tout mis au point, alors il faut agir.

Rapidement, il monte l'escalier. Il entre dans la chambre de sa femme. Cela fait dix ans déjà qu'ils font chambre à part. Pendant leurs vingt premières années de mariage, c'était autre chose. Oui, il a réellement aimé Marjorie pendant vingt ans. Mais c'est si loin...

En quelques gestes, William Farrell a ouvert le tiroir de la table de nuit et y a pris ce qu'il cherchait : un flacon de vitamines en comprimés. A l'intérieur, il y a soixante pastilles, c'est écrit sur l'étiquette; soixante petites pastilles roses, d'un rose tendre, exactement la couleur du vernis à ongles de Cynthia. Une véritable chance! Il n'a eu qu'à modeler la petite boule de strychnine aux dimensions d'un comprimé et à la recouvrir du vernis.

William Farrell la fait rouler quelques instants entre son pouce et son index. L'illusion est parfaite. Maintenant il ouvre le flacon, il retire un comprimé de vitamines et il y dépose à la place celui qu'il tenait entre les doigts. Lui-même ne pourrait plus le distinguer des autres s'il ne le voyait encore, là où il est tombé : juste au milieu, juste sur le dessus. Alors il rebouche le flacon et se met à l'agiter frénétiquement dans sa main droite. Pendant quelques instants, il y a dans la pièce un bruit de grelots et, presque immédiatement après, au rez-de-chaussée, un autre bruit : celui de la clef dans la porte, et puis la voix de Marjorie :

– Chéri, tu es là?

William remet précipitamment le flacon en place et descend accueillir sa femme. Il a un petit frisson d'horreur en l'embrassant mais il est trop tard désormais. La machine est en place : Marjorie prend deux comprimés chaque jour à son petit déjeuner; il y en a soixante dans le flacon. Il vient de déclencher une terrible loterie. Marjorie a entre un jour et un mois à vivre. Nous sommes le 20 septembre, elle mourra entre le 21 septembre et le 20 octobre. Mais quand?...

21 septembre, William Farrell se dirige, à bord de sa voiture, vers le centre de New York. Comme tous les matins, il se rend à son bureau. Il regarde sa montre : 8 heures et demie. Dans un quart d'heure, Marjorie va se réveiller; elle va descendre à la cuisine préparer son petit déjeuner, remonter, s'installer confortablement dans son lit, bien calée contre ses oreillers, dans sa robe de chambre à fleurs qu'il ne peut pas supporter, et prendre deux comprimés de vitamines avec son verre de jus d'orange.

En partant, tout à l'heure, il a poussé la porte de sa chambre. Elle dormait; avec ses bigoudis encore une fois!... William Farrel se met à espérer que ce soit pour tout de suite. Puisqu'il a pris sa décision, autant qu'on en finisse. Jamais il n'aurait dû secouer le flacon. Elle aurait pris tout naturellement le comprimé du dessus et tout serait terminé dans quelques minutes. Seulement, maintenant, il est trop tard. Même lui ne saurait plus distinguer la pastille mortelle. Il faut attendre. Peut-être un quart d'heure, peut-être un mois...

En prenant place dans son bureau, William Farrell est incapable de jeter ne serait-ce qu'un coup d'œil aux dossiers que sa secrétaire lui a préparés. Il a les yeux fixés sur la pendulette en face de lui et qui marque 9 h 05. Dans dix minutes il pourra appeler... Il regarde la grande aiguille dorée avec tant d'intensité qu'il parvient à la voir s'abaisser insensiblement vers le quart... Encore un cadeau de Marjorie, cette pendulette, pour il ne sait plus quel anniversaire de mariage. Décidément, il la trouve affreuse. La pauvre Marjorie n'a jamais eu de goût.

9 h 15. William Farrell décroche son téléphone. Et il se rend compte alors d'une chose incroyable : il ne sait plus son propre numéro. Combien de fois appelle-t-il chez lui ? Quelques fois par an, quand il doit prévenir Marjorie qu'il ramène du monde à dîner. C'est elle, au contraire, qui lui téléphone tous les jours pour des riens : pour dire qu'il n'y a pas de courrier, pour lui dire bonjour.

William Farrell a retrouvé son numéro en tête de son agenda. Quand il lâche son doigt après avoir formé le dernier chiffre, il retient son souffle... La sonnerie retentit... Une première... Une seconde. Et la voix de sa femme.

– Allô, j'écoute.

– C'est William.

La voix de Marjorie se fait tout à coup inquiète.

– Il est arrivé quelque chose ?

– Non, je voulais simplement te prévenir que je rentrerai un peu tard ce soir.

Marjorie a quelques mots de déception, mais elle reprend d'une voix enjouée :

– Cela ne fait rien, chéri. Cela me fait si plaisir de t'entendre en me réveillant. C'est tellement inattendu ! Tu devrais le faire plus souvent.

William a un instant de surprise, mais il se reprend vite :

– D'accord, je t'appellerai tous les matins, c'est promis.

Toute la journée, William Farrell essaie de s'intéresser à son travail. Mais, tandis qu'il étudie les comptes, les bilans, les statistiques, deux chiffres reviennent sans cesse dans son esprit, qui n'ont rien à voir avec tous ceux qu'il a sous les yeux : 58, 29; 58 comprimés dans le flacon, 29 jours à vivre au maximum pour Marjorie...

Le soir, c'est avec une sorte de frénésie qu'il se précipite chez sa maîtresse Cynthia. Il a besoin d'elle. Il n'y a qu'à ses côtés qu'il puisse oublier son acte, car c'est bien pour elle qu'il l'a fait; c'est pour l'avoir à lui, recommencer une nouvelle vie, retrouver une nouvelle jeunesse.

Mais voilà : Cynthia n'est pas au courant. Il n'a rien osé lui dire. Ce soir-là, comme chaque soir, elle l'acueille en amoureuse. William aimerait se confier, se confesser, mais il a peur de son jugement. Il a peur, s'il lui avoue son acte, qu'elle le prenne en horreur, qu'elle le rejette. Alors, il se tait et, sur le coup de 9 heures du soir, il rentre chez lui.

En pénétrant dans le living-room, il a un choc. Marjorie est là qui lui sourit, qui lui tend les bras. Elle a revêtu une robe neuve et changé son maquillage. Elle est... presque jolie. Contrairement à son habitude, elle ne lui fait pas de reproches sur son arrivée tardive, suivis de ses inévitables conseils de santé : « Tu devrais te ménager, tu vas te tuer au travail », etc.

Non, elle le prend par le bras et l'entraîne vers la cuisine.

– Regarde, je t'ai préparé des choses que tu aimes.

William, qui n'a pas encore retiré son imperméable, la suit mécaniquement et parvient à dire :

– Pourquoi aujourd'hui?

Marjorie répond d'un ton enjoué et espiègle :

– Mais pour te remercier de m'avoir appelée ce matin, chéri. Il y avait si longtemps! Cela m'a fait tellement plaisir... N'oublie pas, tu m'as promis de m'appeler tous les matins...

Malgré les sourires engageants de sa femme, William Farrell arrive à peine à toucher aux plats. Il ressent quelque chose d'inexprimable, fait à la fois de pitié et d'horreur. Parce qu'il l'a appelée au téléphone ce matin, Marjorie s'est brusquement remise à vivre. Depuis des années, il ne faisait pour ainsi dire plus attention à elle. Elle n'était plus pour lui qu'une somme de conventions, d'habitudes, de préjugés. Et voilà que, soudainement, il a en face de lui un être vivant qui déborde d'attentions pour lui...

Mais William se crispe... C'est fait, c'est trop tard, il faut aller jusqu'au bout. Avant même d'avoir terminé le repas, il quitte la table et monte se coucher, malgré les protestations désolées de sa femme.

Pendant trois jours, c'est le même scénario insupportable qui se reproduit. Chaque matin, William Farrell attend derrière son bureau que les aiguilles dorées de la pendulette marquent 9 h 15. Puis c'est le coup de téléphone, les deux premières sonneries et Marjorie qui décroche à la troisième. Elle est de plus en plus ravie de cette nouvelle habitude; elle babille, elle est gaie, elle devient même tendre...

Chaque fois, en raccrochant le téléphone, William se dit que c'est inhumain, et il décide, dès qu'il sera rentré chez lui, de prendre le flacon de vitamines et de le jeter. Car il peut encore tout arrêter, il peut encore sauver Marjorie... Mais chaque soir, après être passé chez Cynthia, sa résolution revient, plus forte que jamais : il faut aller jusqu'au bout!

Le cinquième jour, celui des neuvième et dixième comprimés, pose pour la première fois à William un problème imprévu. C'est un samedi, jour où il va travailler comme d'habitude, de même que le dimanche, tandis que Marjorie passe le week-end dans leur maison de Lockport, au nord de l'Etat de New York, près des chutes du Niagara. Mais cette fois, Marjorie insiste pour qu'il vienne avec elle... William résiste autant qu'il peut, mais il finit par céder. Refuser trop longtemps pourrait paraître suspect. Il part donc avec sa femme, après avoir pris soin, bien entendu, de chercher le flacon dans sa table de nuit et de le mettre dans sa poche. Car le comble serait que Marjorie meure à ses côtés!...

Lundi 27 septembre 1976. William Farrell est dans son bureau, devant sa pendulette aux aiguilles dorées qui marque 9 h 10. Il essaie de chasser de son esprit les souvenirs du week-end qui vient de s'écouler, mais ce n'est pas possible.

Jamais Marjorie n'a été aussi gentille avec lui. Elle a voulu qu'ils refassent la promenade qu'ils accomplissaient autrefois, dans les premiers temps de leur mariage, près des chutes du Niagara. Elle a voulu qu'il la prenne par la main. Elle lui a rappelé des moments qu'il avait oubliés...

Plus troublé, plus ému qu'il ne l'aurait voulu, William a senti sa résolution faiblir. Allait-il renoncer? Tout était encore possible. Et pourtant non! En arrivant le dimanche soir, il a replacé le flacon dans la table de nuit de Marjorie. Marjorie qui doit être en ce moment en train d'attendre son appel du matin, auquel elle s'est si vite habituée. A moins que...

William Farrell jette un coup d'œil à la pendulette. 9 h 20, déjà! Fébrilement, il décroche son téléphone. Il compose le numéro. La première sonnerie retentit, la deuxième... C'est maintenant que Marjorie va décrocher... Mais la troisième sonnerie s'écoule à son tour, et puis une autre, une autre... A la fin de la dixième sonnerie, William Farrell sort comme un fou de son bureau. Il devrait attendre, ne pas bouger. N'est-ce pas ce qu'il a voulu?...

Mais, tandis qu'il rentre à toute allure chez lui au volant de sa voiture, il comprend brutalement qu'il s'était trompé... Il ne devait pas tuer Marjorie, plus maintenant... Si elle était morte le premier jour, à la première pilule, si elle n'avait pas répondu au premier coup de téléphone, il n'y aurait pas eu de problème, tout se serait passé comme il l'avait prévu. Mais voilà : à cause de cette incertitude quotidienne, par la force des choses, il a dû l'appeler; un dialogue s'est établi entre eux, le premier depuis des années, et, au fil des jours, inconsciemment, William a fini par ne plus souhaiter la mort de sa femme. Au fond de lui-même, mais sans s'en rendre compte, il voulait désormais qu'elle vive comme elle était, avec ses ridicules, ses défauts, son mauvais goût, son affection encombrante, mais qu'elle vive! Et il vient de la tuer!

En arrivant chez lui, William Farrell a quand même un faible espoir. Peut-être était-elle dans une autre pièce quand il l'a appelée; à la cuisine par exemple, en train de préparer son petit déjeuner...

Mais il n'y a personne dans la cuisine, où il jette un coup d'œil avant de grimper quatre à quatre l'escalier. Marjorie est étendue sur son lit. Le verre de jus d'orange est vide, à côté du flacon de vitamines roses. Marjorie est crispée sur le téléphone. Sans doute dans un dernier geste a-t-elle voulu appeler...

C'est sur le téléphone que se précipite Farrell pour appeler le docteur Parker, leur médecin de famille. Ensuite, il essaie de ranimer sa femme avec des moyens dérisoires : en lui appliquant des compresses sur le visage, en lui faisant des massages. Pas un instant il ne songe à l'absurdité de sa conduite. C'est lui-même qui, la veille au soir, a replacé le flacon dans la table de nuit. C'est lui qui l'a tuée. C'est un crime prémédité et même, peut-on dire, répété chaque jour, puisque chaque jour il aurait pu la sauver, c'est un meurtre quotidien! Mais maintenant qu'elle est en train de mourir, qu'elle est peut-être déjà morte, il a tout oublié.

Le docteur Parker vient d'arriver. Sans phrases inutiles, il se précipite au chevet de Marjorie. Mais après quelques secondes d'examen, il hoche la tête. C'est fini.

William s'effondre en larmes. Aux questions du docteur, qui lui demande si Marjorie avait l'habitude de prendre des somnifères ou des drogues, il ne peut que secouer la tête sans répondre.

Le docteur Parker pousse un gros soupir. Il connaît depuis vingt ans les Farrell et il est devenu leur ami, mais il doit bien faire son devoir. Il tape doucement sur l'épaule de William.

– Je suis désolé, mais je ne peux pas signer le certificat de décès. C'est un empoisonnement. Il va certainement y avoir une enquête.

Totalement effondré, William Farrell ne réagit pas au mot d'« enquête ». Il ne réagit pas davantage quand une semaine plus tard l'enquête commence. L'autopsie de Marjorie Farrell a révélé une dose mortelle de strychnine. Le mari est, bien sûr, le principal suspect, mais comment savoir la vérité? Aux questions des enquêteurs, William répond à peine ou répond à côté. Apparemment, il ne s'est pas remis du choc de la mort de sa femme.

En fait, il s'est réfugié dans une sorte de brouillard, d'état crépusculaire, qui lui permet d'échapper à ses souvenirs et à son intolérable remords.

Aux policiers, il tient des discours incohérents, par exemple ses explications sur la raison de sa présence au chevet de Marjorie à une heure aussi inhabituelle.

Il lui serait facile de dire que c'est elle qui l'a appelée au secours en ressentant le premier malaise. Mais non, il dit au contraire que c'est lui qui a téléphoné et que c'est parce qu'elle n'a pas répondu qu'il s'est inquiété.

– Vous comprenez, j'avais l'habitude de l'appeler tous les matins à 9 h 15. Elle décrochait toujours à la troisième sonnerie...

Sentant qu'ils ne pourront rien obtenir de lui, les policiers continuent leur enquête par d'autres moyens. Ils font suivre William Farrell pendant des jours et des jours, ils écoutent ses conversations téléphoniques; peut-être vont-ils découvrir une maîtresse cachée? Mais non, la vie de William est parfaitement nette et limpide. Il rentre tous les soirs à la même heure de son bureau, directement chez lui où il s'enferme. Les seuls coups de fil qu'il reçoit sont ceux de ses amis qui tentent de le réconforter, mais sans y parvenir. William leur parle de Marjorie entre deux sanglots. C'est l'image même du veuf inconsolable.

Et William Farrell ne joue pas la comédie. Après avoir tué sa femme, il n'a pas songé un instant à revoir celle pour qui il avait commis son crime. Tout son passé, son insupportable passé s'est effacé d'un seul coup. Il n'est pas vraiment devenu amnésique; il sait qu'il y a, quelque part au fond de son esprit, quelque chose qu'il faut éviter de réveiller. Cynthia en fait partie. Comme le reste, elle a disparu de son esprit, à l'instant même où Marjorie est morte...

C'est un véritable travail de fourmi qui a permis aux policiers new-yorkais d'établir la culpabilité de William Farrell. Ils ont vérifié les registres de tous les pharmaciens de Lockport et de la région où les Farrell avaient leur maison de campagne.

Le nom de William Farrell ne figurait pas parmi les acheteurs de strychnine durant la période précédant le meurtre. Mais les policiers se sont montrés particulièrement méthodiques et patients. Ils ont eu l'idée d'interroger une à une toutes les personnes mentionnées sur les registres.

C'est ainsi qu'un voisin des Farrell leur a juré ses grands dieux qu'il n'avait jamais acheté de strychnine. C'est donc son nom que Farrell avait donné à la place du sien...

Confronté avec Farrell, l'employé de pharmacie l'a reconnu sans peine. William est resté silencieux un long moment. Il s'est pris la tête dans les mains en ayant l'air de fouiller très loin dans ses souvenirs. Et puis il a déclaré, avec une sorte d'indifférence, comme s'il s'agissait de quelqu'un d'autre :

– Oui, c'est moi. Bien sûr, c'est moi qui l'ai tuée...

William Farrell n'a pas été jugé. Il est mort dans sa prison, trois mois après son arrestation, d'une crise cardiaque.

L'OSCAR DU CRIME

LE gros projecteur de cinéma tourne avec bruit. Sa manivelle en main, seul dans la cabine, l'opérateur Howard Bradley semble perdu dans ses pensées. Il ne prête aucune attention à la bande sonore criarde du western qu'il est en train de projeter pour les spectateurs du cinéma *King Palace* à Denver.

Howard Bradley réfléchit... Il a réussi à faire disparaître cette sensation d'étouffement qui lui serrait la gorge. Il est tout à fait lucide, à présent...

Nous sommes le 9 décembre 1945. Howard Bradley vient de fêter ses vingt-cinq ans. Il y a deux mois qu'il est rentré du Pacifique, où il se battait depuis 1942... Quelle joie quand il a retrouvé l'Amérique, Denver, et surtout Jennifer, sa femme! Jennifer, qui l'avait tant soutenu, à l'autre bout du monde, par ses lettres régulières...

Leurs retrouvailles ont été merveilleuses. C'est quinze jours après que le voile s'est déchiré, d'une manière idiote, comme toujours dans ces cas-là...

Howard Bradley fait la deuxième séance du *King Palace*, de 10 heures du soir à minuit. Il y a quinze jours, la pellicule s'est rompue pendant la projection. Il a fallu annuler la séance. Il est rentré chez lui à 11 heures au lieu de minuit et demi...

Howard revoit encore la voiture de Greg Wilson garée devant son pavillon. Greg Wilson est son collègue et son meilleur ami. C'est lui qui fait la séance précédente au *King Palace*, entre 8 heures et 10 heures. Ils ont été mobilisés ensemble, mais Greg est rentré un an avant lui à cause d'une blessure. Un an qui lui a suffi pour lui prendre Jennifer...

Caché à proximité de chez lui, Howard Bradley a attendu pour voir si c'était bien vrai, espérant encore s'être trompé... C'était bien vrai. A minuit, Greg Wilson est sorti; Jennifer, sur le pas de la porte, lui a envoyé un baiser de la main...

Le vacarme d'un combat entre cow-boys et Indiens emplit la cabine de projection. Les cris de guerre et les coups de feu sont assourdissants.

Howard Bradley sourit... Lui, il ne tirera pas un seul coup de feu. Depuis une semaine, il met au point le double meurtre de Jennifer et de Greg Wilson, et il a maintenant résolu tous les problèmes. Il n'y avait qu'une chose qui l'ennuyait au début : la chaise électrique sur laquelle ne manquerait pas de l'envoyer le jury...

Mais à présent, il ne craint plus rien. Il n'y aura pas de chaise électrique ni même de prison, puisque son crime sera parfait. Il aura lieu demain...

10 décembre 1945. Il est près de 22 heures. Howard Bradley gare sa voiture devant le *King Palace*. Comme tous les jours de la semaine, il va relayer son collègue Greg Wilson qui vient d'achever la projection de la première séance.

Pour accéder à la cabine de projection, on ne passe pas par le cinéma, mais par un escalier extérieur donnant sur une cour déserte. C'est un détail qui compte beaucoup dans le plan d'Howard Bradley.

Quand il pénètre dans la cabine, Greg Wilson lui lance un sourire cordial et un chaleureux :

– Salut, vieux!

Howard se force à sourire et à serrer la main tendue. Il aurait envie d'étrangler le traître... Mais pas encore. Le moment n'est pas venu. Il prend un air contrarié.

– Dis donc, vieux, j'aimerais te demander un service... J'ai une petite course à faire au drugstore. J'en aurai peut-être pour une heure. Tu ne pourrais pas commencer la projection pour moi?

Un instant, une ombre passe sur le visage de Greg Wilson. Howard l'a remarquée avec une intense satisfaction... Evidemment que Greg est furieux puisqu'il avait rendez-vous avec sa femme! Mais vu la situation, il serait étonnant qu'il refuse.

Effectivement, son collègue lui répond d'une voix qu'il veut parfaitement dégagée :

– C'est bien normal, penses-tu...

Mais Howard Bradley n'a pas terminé. Il a une autre requête à adresser à son camarade :

– Tu ne pourrais pas me prêter ta voiture? La mienne tombe tout le temps en panne. C'est pour te retarder le moins possible, tu comprends?

Greg Wilson comprend parfaitement. Si Howard revient à 11 heures, il lui restera encore près d'une heure avec Jennifer. Il lui tend les clefs et les papiers. Howard Bradley lui lance :

– Merci, vieux. Tu es un véritable ami!

Il sort... La cour sur laquelle donne l'escalier extérieur est déserte. Il fait très froid, ce 10 décembre. Il peut donc, sans paraître suspect, relever le col de son manteau et enfoncer son chapeau sur les yeux. S'il y a des témoins, ils jureront avoir aperçu Wilson puisque c'est son heure normale de sortie et qu'il va monter dans sa voiture...

Il y a une demi-heure de trajet pour aller jusqu'au pavillon où Howard Bradley habite avec Jennifer, dans un quartier périphérique de Denver. Il y parvient sans encombre et gare ostensiblement la voiture devant la maison... Il sonne. Jennifer vient ouvrir.

Sa stupeur, l'expression qu'elle a en le voyant, alors qu'elle attendait Greg, valent le coup d'œil! Howard sait que sa femme ne manque pas de sang-froid, mais elle met tout de même un bon moment avant de pouvoir prononcer une parole. Finalement, elle finit par bafouiller :

– Qu'est-ce qu'il se passe? Il t'est arrivé quelque chose?

Howard Bradley savoure la détresse de sa femme. Il demande d'une voix douce :

– Tu ne m'attendais pas, chérie?

Jennifer transpire sous son maquillage.

– Non... Enfin, tu devrais être à ton travail...

Howard aimerait faire durer ce jeu cruel, mais il n'en a pas le temps. Il doit respecter son horaire. Il tire brusquement un revolver de sa poche et s'écrie d'une voix terrible :

– Je sais tout! Tu mériterais que je te tue!

Jennifer n'a même pas la force de crier. Elle fixe l'arme, les yeux écarquillés de terreur. Howard continue, selon son scénario, qui est parfaitement au point.

– Je veux bien te faire grâce, mais à une seule condition...

Jennifer se jette à ses genoux.

– Oui! Je ferai tout ce que tu voudras!

– Tu vas rompre immédiatement avec Greg. Et je veux que tu le fasses par écrit. Tu vas lui envoyer une lettre. Prends du papier et un stylo...

Jennifer s'exécute en tremblant.

– Bien, maintenant, écris : « Greg, je n'aime qu'Howard à qui je vais avouer notre liaison. Tout est fini entre nous. Je ne veux plus te voir et n'essaie pas de me faire changer d'avis. » A présent, signe...

Dès que sa femme a obéi, Howard Bradley se jette sur elle... Elle est trop surprise pour se défendre. Quelques instants plus tard, elle est allongée sur le plancher de la salle à manger, morte étranglée...

Le revolver dont Howard s'était servi était tout simplement le sien. Il n'a plus maintenant qu'à le remettre à sa place dans sa table de nuit. Il n'en a plus besoin.

Howard Bradley retourne dans la salle à manger. Le billet écrit par Jennifer est sur le plancher, non loin d'elle. Il peut s'en aller...

En une demi-heure, il a refait le trajet jusqu'au cinéma. Il gare la voiture de Greg, monte par l'escalier extérieur. Il est 11 heures. Il n'y a personne dans les rues par ce temps glacial. Il est certain qu'on ne l'a pas vu...

Il pénètre dans la cabine de projection... Greg Wilson est occupé à manœuvrer son appareil.

– C'est toi?

Howard ne répond pas... C'est maintenant la partie la plus délicate de son plan. Elle demande un sang-froid peu commun et beaucoup d'adresse.

De son manteau, il sort un bas rempli de sable. Une arme destinée à assommer sans tuer et sans faire couler le sang. Car il est indispensable qu'il rende son rival seulement inconscient... Il se glisse derrière lui, lève son bras droit et frappe.

Greg s'écroule comme une masse. Au même instant, avec la main gauche, Howard prend la manivelle du projecteur. S'il y a la moindre saute d'image les spectateurs s'en rendront compte et la police pourra comprendre la vérité...

Mais il pousse un soupir de soulagement. Il a parfaitement contrôlé la projection du film. Le public n'a rien remarqué.

Avec un sang-froid total, il continue à faire les gestes de son métier. A ses pieds, Greg Wilson, inconscient, respire toujours. Tout se passe à merveille.

Le film est terminé... Calmement, Howard Bradley range ses bobines. Certains soirs, les jours de changement de programme, il les emporte avec lui dans une malle, pour les rendre le lendemain au distributeur. Ce n'est pas le cas ce soir, mais les témoins – s'il y en a – y penseront-ils? De toute manière, il ne paraît pas suspect en descendant une lourde malle et en la chargeant dans sa voiture...

Quelques minutes plus tard, elle est dans le coffre arrière. Le trajet jusqu'à la Platte, la rivière qui arrose Denver, n'est pas très long. Il s'est mis à neiger... Howard arrête son véhicule. Le pont et les quais sont déserts, on y voit juste à quelques mètres. Il extrait Greg de la malle et le fait basculer par-dessus le parapet. Il y a un plouf sinistre... Avec le temps qu'il fait, Wilson n'a aucune chance de s'en sortir. Il sera frappé d'hydrocution au simple contact de l'eau...

Abandonnant sa voiture, Howard Bradley repart d'un pas pressé... Le cinéma est à cinq minutes à pied, et il ne doit pas perdre de temps. Dans sa poche, il serre les clefs de contact et les papiers de la voiture de Greg.

Tout se passe à merveille... Personne ne le voit

monter dans la voiture de son collègue. Quelques minutes après, il la gare derrière la sienne, laisse les clefs sur le tableau de bord, les papiers dans la boîte à gants et remonte dans son propre véhicule, en direction de chez lui... Maintenant, c'est la scène du dernier acte : le coup de téléphone horrifié à la police, le désespoir du mari qui découvre à la fois que sa femme est morte et qu'elle le trompait...

Le lendemain 11 décembre, le lieutenant Wade commence son enquête sur deux morts violentes qui viennent d'avoir lieu. La première est le meurtre de Jennifer Bradley, retrouvée étranglée chez elle, avec à ses côtés un billet de rupture adressé à un certain Greg.

La seconde est la mort de Greg Wilson, repêché quelques heures plus tard dans la Platte, la rivière de Denver. Greg Wilson, le collègue et ami du mari de la victime. Il est encore difficile de préciser s'il s'agit d'un crime ou d'un suicide. C'est l'autopsie qui tranchera...

Le lieutenant Wade a bien sûr une hypothèse. Le plus simple est d'imaginer Jennifer Bradley annonçant sa rupture à son amant, celui-ci l'étranglant et allant se suicider ensuite. Mais le lieutenant ne veut pas s'en tenir là... Par conscience professionnelle, d'abord, et ensuite parce que tout lui semble coller un peu trop parfaitement, il a un doute. Ce billet, laissé bien en évidence à côté de la victime, l'incite à la prudence. Cela sent la mise en scène...

Le lieutenant Wade se rend chez Howard Bradley. Ce dernier, tout pâle, les traits tirés, le prie d'entrer d'un geste. Il s'assied sur une chaise de la salle à manger et se prend la tête dans les mains.

– Jennifer!.. Greg, mon meilleur ami!... Pourquoi?

Le lieutenant Wade adopte un ton de circonstance.

– Excusez-moi, mais je dois absolument vous poser quelques questions. Etiez-vous au courant de la liaison de votre femme ?

Howard répond en secouant la tête, l'air égaré.

– Mais non...

– Qu'avez-vous fait la nuit du 10 ? J'ai besoin de le savoir avec précision. C'est vous qui avez vu Greg Wilson en dernier, vous comprenez ?

– Eh bien, je suis arrivé dans la cabine à 10 heures moins cinq, comme tous les jours.

– Greg Wilson était là ?

– Oui.

– Ensuite, qu'avez-vous fait ?

– J'ai rembobiné les pellicules et j'ai attendu qu'il soit l'heure pour commencer la projection.

– Elle s'est passée sans incident ?

– Oui.

– Et à quelle heure est parti Greg Wilson ?

– A 10 heures. Ah si j'avais su !...

Le lieutenant laisse là le mari de la victime... Il se rend au cinéma *King Palace*. Le directeur de la salle lui confirme que les deux projections ont commencé à l'heure et se sont déroulées sans incident.

Le lieutenant jette un coup d'œil à l'escalier extérieur qui sert d'accès à la cabine de projection. Evidemment, il y a peu de chances qu'un témoin ait vu entrer ou sortir les deux hommes. Mais dans le fond, c'est inutile. Puisque les deux séances ont eu lieu normalement, c'est que Greg Wilson était dans la cabine de 8 à 10 et Howard Bradley de 10 heures à minuit. En fait, c'est l'heure de la mort de Jennifer Bradley qui sera déterminante.

Si c'est avant 10 heures, c'est le mari qui est coupable. Il a tué sa femme après l'avoir contrainte à écrire le billet de rupture. Ensuite, il a tué son collègue en arrivant dans la cabine et s'est débarrassé du corps après la séance... Si le meurtre a eu lieu après 10 heures, c'est au contraire l'amant le criminel. Greg Wilson n'a pu supporter l'annonce de la rupture. Il a tué Jennifer et s'est suicidé ensuite.

Aussi, c'est avec une impatience compréhensible que le lieutenant Wade attend le rapport du médecin légiste qui a procédé à l'autopsie des deux corps... Celui-ci vient le lendemain à son bureau. Tout de suite, il répond à la question capitale.

– La mort de la jeune femme a eu lieu aux alentours de 10 h 30, peut-être 11 heures...

– Il est impossible qu'elle soit morte avant 10 heures?

– Non. 10 h 15 à la rigueur, mais pas avant... Quant à l'homme, sa mort remonte aux environs de minuit. Il a été noyé, c'est-à-dire qu'il était vivant quand il est tombé dans l'eau. Il porte une ecchymose sur le sommet du crâne. Elle peut résulter d'un coup donné avec une arme du genre matraque, mais il peut tout aussi bien s'agir d'une blessure qu'il s'est faite en tombant dans la rivière...

Le lieutenant Wade remercie le docteur... Il n'a plus qu'à classer l'affaire, puisque Greg Wilson, meurtrier de Jennifer Bradley, s'est suicidé... C'est curieux, il aurait plutôt cru à une mise en scène du mari. Ce billet à côté de la victime faisait trop théâtral. Mais, entre ses impressions et les certitudes de la médecine, il ne peut hésiter...

Comme pour lui enlever ses derniers doutes, il reçoit, quelques heures plus tard, la visite d'un témoin qui se présente spontanément. C'est une voisine des Bradley...

– Je viens vous voir à propos du crime, lieutenant. Mme Bradley recevait souvent des visites, le soir. Je n'ai jamais vu la personne, mais je peux vous assurer que ce n'était pas son mari parce que ce n'était pas sa voiture...

– Cette voiture, vous l'avez vue, la nuit du 10 décembre?

– Oui. Je regardais par la fenêtre... Je me demandais s'il allait se mettre à neiger.

– Il était quelle heure?

– 10 heures et demie environ...

Le lieutenant sort de son dossier une photo de la voiture de Greg Wilson, prise à l'endroit où elle a été abandonnée.

– C'était celle-là?

La dame n'a pas une seconde d'hésitation.

– Oui. J'en suis sûre...

6 juin 1956... Le capitaine Wade, de la police de Denver, reçoit au courrier une curieuse lettre : elle est cachetée par cinq points de cire. Le nom de l'expéditeur figure au dos : Howard Bradley. Le capitaine fait un effort de mémoire : ce nom lui dit quelque chose... Il finit par trouver... Il y a un peu plus de onze ans. Le mari de cette femme assassinée par son amant, qui s'était suicidé ensuite.

Le capitaine Wade commence sa lecture.

Cher lieutenant,

Excusez-moi, si vous avez monté en grade, mais je ne sais pas exactement quand vous recevrez ma lettre... J'ai bien remarqué, au moment de l'enquête, que vous aviez des soupçons sur moi. A la réflexion, je dois reconnaître que le coup du billet sentait un peu la mise en scène. Mais à ce détail près, j'ai réussi un crime parfait et je ne résiste pas au plaisir de vous l'expliquer. Vous allez voir que pour un projectionniste le scénario n'était pas mal du tout. Je crois même qu'il mériterait l'oscar du crime.

Suit, sur cinq feuillets, l'exposé du double meurtre commis par Howard Bradley. Et celui-ci termine avant de signer :

Ah, un dernier détail, lieutenant : je suis mort! Cette lettre était remise à mon notaire qui avait pour consigne de vous l'adresser à l'ouverture de mon testament.

Par acquit de conscience, le capitaine Wade a fait vérifier qu'Howard Bradley était bien décédé... Effectivement, il était mort de tuberculose, dix jours plus tôt, dans un hôpital de la ville.

LES FRÈRES ENNEMIS

Le village de Santa Rosanna est semblable à tous ceux de Sicile : il est à la fois beau et rude. Plus précisément, il est situé sur les premières pentes de la montagne, pas loin de Messine.

Mais, si le village est rude, les villageois le sont sans doute plus encore. En cette année 1954, les mœurs n'ont rien perdu de leur âpreté. Les traditions les plus anciennes sont restées vivaces. Il existe encore, entre les habitants, des clans, des rancunes, des haines et, parfois, des vendettas.

Les rivalités les plus terribles, les plus sauvages, sont celles qui existent à l'intérieur même des familles. Et, à ce titre, la querelle qui oppose Luigi et Mario Sebastiani, les frères ennemis, comme on les appelle, est devenue presque légendaire.

Cela remonte à la mort de leurs parents. Mario et Luigi, qui avaient à l'époque dix-huit et vingt ans, ont dû se partager le domaine familial si l'on peut appeler ainsi les quelques dizaines d'hectares de mauvais pâturages et le maigre troupeau de chèvres et de vaches... Mais la médiocrité de l'héritage n'a pas empêché la discussion d'être violente et même terrible. Entre les deux frères, dès cet instant, la rupture a été définitive.

Luigi, l'aîné, a gardé la ferme. Mario s'est installé avec sa femme dans une maison de berger sur la propriété. Et ils ont vécu à quelques centaines de mètres l'un de l'autre sans jamais s'adresser la parole et en faisant tout pour ne pas se rencontrer. Mais ce n'était pas toujours possible. Si les propriétés étaient bien délimitées, et protégées de chaque côté par de hautes clôtures, certains chemins étaient communs et il était inévitable qu'ils se rencontrent de temps en temps.

Dans ces moments-là, ils détournaient le regard par crainte de se défier mutuellement et de ce qui pourrait s'ensuivre. Mais ils sentaient bien qu'un rien était capable de provoquer l'incident...

A Santa Rosanna, les vieux du village commentaient avec fatalisme la situation :

– Ils ont le sang chaud, Luigi et Mario. Ce sont de vrais Siciliens! Un malheur va arriver un jour. C'est inévitable...

7 octobre 1954. Il y a encore beaucoup de brume. Le jour vient tout juste de se lever. Comme d'habitude, Luigi Sebastiani emmène paître ses chèvres. C'est un solide gaillard de trente-cinq ans, mais il ressent une vague inquiétude. Il est en train d'emprunter le chemin commun avec la propriété de son frère. Il y a 500 mètres à faire avant d'arriver au pâturage...

Luigi observe les buissons de chaque côté du chemin caillouteux. Dans les brumes encore mal dissipées, on y voit mal. Comme tous les matins, Luigi Sebastiani essaie de se raisonner : il n'y a rien à craindre. Son frère ne va tout de même pas l'attaquer au détour du chemin comme un vulgaire bandit. Mais rien n'y fait, il est inquiet. Mario est sournois, il est mauvais. Il le déteste et sa femme le monte contre lui.

Luigi est presque arrivé à la fin du sentier commun. Il va bientôt pouvoir respirer. Mais, soudain, il s'arrête. Il y a quelque chose de bizarre sur le sol. Il se penche et se relève perplexe...

C'est un béret. C'est celui de Mario. Il le reconnaît sans hésitation. Mais pourquoi est-il déchiré ainsi? Et quelles sont ces taches?... Il regarde de plus près. On dirait du sang...

Luigi Sebastiani reste un moment interdit. Il s'attendait à un mauvais coup de son frère, et maintenant il semble que ce soit à lui qu'il soit arrivé malheur... Il doit faire quelque chose... Surmontant sa répugnance, il fait ce qu'il n'a jamais fait : il franchit d'un bond la haie de gauche, il entre dans le domaine de Mario...

Luigi se met à courir, le béret à la main. Un chien vient à sa rencontre en grondant. Il le chasse d'un coup de pied tout en appelant son frère et sa belle-sœur :

– Mario! Gina!... Vous êtes là?

Il s'arrête devant la maison apparemment fermée et continue à appeler. A la fin la porte s'ouvre et Gina paraît sur le seuil. Elle a une expression de colère.

– Que fais-tu là? Qui t'a permis?

Sans répondre, Luigi Sebastiani questionne à son tour.

– Mario n'est pas là?

Gina secoue la tête.

– Non. Il est parti il y a une heure s'occuper des bêtes.

Luigi tend le béret.

– Regarde ce que j'ai trouvé sur le chemin...

Sa belle-sœur prend l'objet. Le tourne et le retourne dans ses doigts, puis elle le fixe avec un drôle d'air et elle se met à hurler :

– Assassin!...

Luigi Sebastiani reste sans réaction. Il voudrait dire quelque chose, mais rien ne vient... Lâchant le béret, Gina rentre dans la maison et claque la porte derrière elle.

Luigi, pendant un moment, ne sait que faire, et puis il se décide à aller trouver les carabiniers. Après tout, c'est son devoir, même s'il s'agit de son frère. Il doit faire part de sa découverte à la police.

Le lieutenant l'accueille sans trop d'amabilité.

– Alors, Sebastiani. Je parie qu'il s'agit de votre frère. Vous vous êtes encore disputés, hein?

Luigi lui répond avec un air sombre.

– Ce n'est pas cela, lieutenant. J'ai peur qu'il soit arrivé un malheur. J'ai trouvé le béret de Mario sur la route et sa femme ne sait pas où il est...

Du coup, l'attitude du lieutenant change du tout au tout. Son visage se ferme. Il était agacé, il devient soupçonneux.

– Mais on dirait qu'il y a du sang sur ce béret...

Il fait un signe à deux de ses hommes.

– Venez avec moi, vous autres. Sebastiani, vous allez me montrer où vous avez fait votre découverte.

Durant le trajet, personne ne parle. Luigi surveille le lieutenant qui, de son côté, ne le quitte pas des yeux... Arrivé sur les lieux, le lieutenant examine le sol avec minutie.

– On dirait les traces de Mario. Et puis il y en a d'autres aussi. Celles d'un homme...

Luigi Sebastiani hausse les épaules.

– Evidemment. Ce sont les miennes...

Le lieutenant le regarde en plissant légèrement les yeux.

– Vous vous êtes battus, hein?... Allez, dites-moi la vérité.

Luigi commence à s'énerver.

– La vérité, je vous l'ai dite quand je suis venu vous voir. J'ai trouvé ce béret sur le chemin, mais je n'ai pas vu Mario. Vous n'avez pas le droit de me traiter de menteur.

Le lieutenant change de ton à son tour.

– Eh bien, c'est ce qu'on va voir. On va fouiller chez vous et pas plus tard que tout de suite!

Luigi sait qu'il pourrait s'opposer à cette fouille sans mandat. Mais pourquoi le ferait-il? Au contraire, les carabiniers ne trouveront rien et ce sera le meilleur démenti à leurs soupçons.

Une fois dans la ferme, les carabiniers se mettent en devoir d'explorer la maison de la cave au grenier. Et le résultat ne tarde pas. Un des hommes revient avec un paquet de vêtements.

– Regardez ce que je viens de trouver dans la chambre à coucher, chef.

Luigi écarquille les yeux. Dans les bras du policier, il reconnaît parfaitement la chemise et le pantalon de son frère. Ils sont tachés de sang.

Le lieutenant a un air de triomphe.

– Alors, on fait moins le fier, à présent. Qu'est-ce que vous avez à répondre à cela?

Luigi s'est laissé tomber sur une chaise. Il est atterré. Il bredouille :

– Je ne comprends pas... Il a dû se passer quelque chose...

L'enquête est pour ainsi dire terminée. Luigi Sebastiani est arrêté et inculpé du meurtre de son frère. Quelle preuve pourrait être plus accablante que les vêtements sanglants retrouvés chez lui? D'autant que le mobile est évident. Gina accuse formellement son beau-frère et tout le village avec elle.

Au procès, qui s'ouvre six mois plus tard, Luigi Sebastiani et son avocat se défendent de leur mieux. Ils insistent, en particulier, sur le seul point faible de l'accusation : malgré tous ses efforts, la police n'a jamais retrouvé le corps. Peut-on parler d'assassinat, alors même qu'il n'y a pas de preuve qu'il y a eu crime ?

Mais dans sa déposition, le lieutenant balaie avec facilité cet argument.

– On sait très bien comment pratiquent les criminels en Sicile. Dans l'île, chaque année, il y a plusieurs cas de meurtre sans cadavre. La montagne et la mer offrent suffisamment de possibilités...

A l'issue des débats, Luigi Sebastiani, qui n'a jamais cessé de clamer son innocence, est condamné à la prison à perpétuité. C'est le maximum; la peine de mort n'existe pas en Italie.

Il fait appel, mais son pourvoi est rejeté. Il est expédié au bagne, dans une île au large de Rome.

A Santa Rosanna, après tous ces événements dramatiques, la vie reprend son cours. On oublie peu à peu les deux frères Sebastiani. On sait bien qu'on ne les reverra jamais, ni l'un ni l'autre...

Octobre 1961 : sept ans se sont écoulés depuis la condamnation de Luigi Sebastiani, et c'est très loin de l'Italie que l'affaire va rebondir d'une manière absolument ahurissante.

A New York, un jeune homme se présente à la police. Il a le type méditerranéen et parle avec un fort accent italien. Il a l'air bouleversé.

– Je suis aux Etats-Unis depuis trois mois. Je m'appelle Adriano Ruffi. Hier, j'entre dans un bar pour boire un verre et je vois derrière le comptoir mon beau-frère, Mario Sebastiani, celui qui a épousé ma sœur Gina...

Le fonctionnaire de police, que les histoires de

famille n'ont l'air d'intéresser que médiocrement, hoche la tête par pure politesse. Mais l'Italien s'anime de plus en plus. Dans un mauvais anglais, il essaie d'expliquer toute l'histoire. Un homme a été condamné en Italie pour le meurtre de Mario Sebastiani. A l'heure actuelle, il est encore au bagne. Lui, il n'a jamais été comme sa sœur : il n'a jamais été vraiment sûr de sa culpabilité. Et maintenant, il est certain du contraire. C'est une machination !

En face de lui, le policier se gratte le menton... Il se demande s'il doit tout de suite coffrer l'individu pour éthylisme ou demander d'abord l'avis de ses supérieurs. Dans le doute, il opte pour la deuxième solution.

Son chef est un homme prudent, méticuleux. Il décide de se renseigner. Il fait demander par télex à la police italienne si elle a connaissance d'un certain Mario Sebastiani.

La réponse arrive sans tarder. « Il a été assassiné le 7 octobre 1954, à Santa Rosanna, en Sicile. Son meurtrier, Luigi Sebastiani, purge actuellement une peine de réclusion à perpétuité. Le cadavre de la victime n'a jamais été retrouvé. »

La dernière phrase du message produit une curieuse impression sur le policier. Il décide d'en savoir plus long. Il convoque le barman dans son bureau.

Dès l'abord, il a une mauvaise impression. L'homme a l'air sournois et mal à l'aise. Il lui montre ses papiers au nom de Paolo Nero, né à Turin. Mais après tout, des papiers ne veulent rien dire. Il s'adresse à lui avec politesse.

– Je vais prendre vos empreintes. Rien de grave, rassurez-vous, juste la routine...

Aussitôt, les empreintes sont envoyées à la police italienne et la réponse arrive deux jours après : « Il s'agit bien de Mario Sebastiani, disparu en octobre 1954 et présumé assassiné. » Une demande d'extradition est jointe au message.

Arrêté par la police américaine, Mario Sebastiani, qui exerçait depuis sept ans, à New York, la profession de barman, est ramené en Italie.

A Santa Rosanna, c'est la sensation. Gina, sa femme, se précipite à la prison de Messine où Mario est détenu. Tout de suite, elle le reconnaît. Elle se jette dans ses bras, partagée entre la joie et les larmes.

– Mais qu'est-ce qui s'est passé, Mario? Pourquoi es-tu parti, pourquoi ne m'as-tu pas donné de nouvelles?

A toutes ses questions, Mario Sebastiani ne répond pas. Il reste fermé, silencieux...

Et c'est la même attitude qu'il adopte devant les enquêteurs et le juge d'instruction. Celui-ci s'acharne. Il utilise la persuasion, l'intimidation, il fait appel à ses sentiments.

– Enfin, votre frère est en prison depuis sept ans pour vous avoir assassiné...

Pas de réponse.

– Si vous ne répondez pas, vous laissez supposer que vous avez monté toute cette machination pour le faire condamner...

Pas de réponse.

– Qu'avez-vous fait le 7 octobre 1954? Où êtes-vous allé après avoir abandonné votre béret sur le chemin, votre pantalon et votre chemise ensanglantés dans la chambre de votre frère?

Pas de réponse... Mario Sebastiani reste buté, les yeux rivés au plancher. Selon la tradition sicilienne, il ne parlera pas. Sur son extraordinaire conduite, ni les policiers, ni les juges, ni sa femme n'auront droit à un mot d'explication. Cela ne l'empêche pas d'être inculpé et, le même jour, son frère Luigi est libéré du bagne...

Toute la presse sicilienne et même italienne se bouscule à l'ouverture du procès de Mario Sebastiani. On veut voir l'homme qui, pour perdre son frère, a tout quitté : sa femme, son pays, son métier de paysan. Rarement, sans doute, un Sicilien a été aussi loin dans la haine. Mais Mario reste jusqu'au bout impénétrable. Après avoir satisfait à l'interrogatoire d'identité, il se tait et refuse de répondre aux questions...

Mario Sebastiani a été condamné à dix ans de prison. Mais ce n'est pas cette condamnation qu'ont retenue les journalistes et le public. C'est la déposition de son frère Luigi. Il l'a terminée en ces termes :

– Monsieur le Président, j'ai été sept ans au bagne. J'ai parlé avec beaucoup de condamnés. Et je peux vous dire que je ne suis pas le seul innocent. Il y en a d'autres...

Le président s'est vivement ému.

– Eh bien, dites-nous leurs noms. La justice veut les connaître!

Mais Luigi Sebastiani s'est contenté de répondre, avec un sourire résigné :

– A quoi bon, monsieur le Président! Ils n'avaient aucune preuve de leur innocence... Comme moi.

LE DIABLE À DOMICILE

POURQUOI le quartier de Boston qui se situe derrière le port s'appelle-t-il « Les Orangers »? Nul ne le sait, car il n'y a bien entendu jamais eu d'orangers dans la région, et la pauvreté de l'endroit s'accorde assez mal avec cet arbre du Midi...

La rue Vieilles-Maisons est une des plus pauvres de ce quartier misérable, mais Irina Thomson et sa fille Linn habitent un pavillon relativement décent parmi tous ceux qui l'entourent. Irina Thomson, veuve d'un officier de marine, gagne sa vie en faisant des ménages en ville, quant à sa fille Linn, dix-huit ans, elle termine ses études de secrétaire.

C'est à cause de leur situation matérielle précaire que Mme Thomson loue le premier étage du pavillon. Le précédent locataire est parti il y a deux mois, juste au début de l'année 1905 et, depuis, personne ne s'est présenté. Peut-être le loyer demandé de 5 dollars par mois est-il trop élevé? En tout cas, la situation ne peut s'éterniser; elles ne peuvent pas vivre toutes les deux avec les maigres gages de femme de ménage de Mme Thomson...

C'est pourquoi, ce 9 mars 1905, la même Mme Thomson est tout émue. Un locataire éventuel vient de se présenter et il a, en plus, tout à fait bonne allure. Il s'appelle William Kellog, il a trente ans et il exerce, selon ses dires, la profession de savant... William Kellog n'a pas précisément un physique avenant : un visage maigre, un nez en lame de couteau, un regard noir passablement inquiétant, mais incontestablement, il présente bien. Il est vêtu d'un habit de la meilleure coupe, il porte le chapeau haut de forme et il s'exprime avec un accent anglais du meilleur ton, ce qui n'a rien d'étonnant, puisqu'il vient précisément d'Angleterre.

– Ce sera parfait, chère madame, tout simplement parfait.

– Et vous comptez rester longtemps?

– Six mois, un an, je ne sais pas. Le temps de mettre au point mon invention...

– Votre invention?

– Oui... Permettez-moi de ne pas en dire plus. Nous autres, savants, avons nos petits secrets.

Mme Thomson n'insiste pas... Elle se décide à aborder le point principal.

– Pour ce qui est du loyer, je demande cinq dollars.

Le petit homme au visage maigre met la main à sa poche.

– Que diriez-vous de six mois d'avance?

– Six mois!...

– Ce n'est pas assez?

– Mais si, bien sûr...

Et, tandis que William Kellog aligne les dollars, Mme Thomson bredouille :

– Vous êtes chez vous, monsieur Kellog... Vous êtes chez vous...

L'étrange locataire prend possession du premier étage. Il n'a qu'un seul bagage, mais il est impressionnant : une malle de grandes dimensions et d'un poids considérable, à voir les efforts qu'il déploie pour la porter. Avant de refermer la porte sur lui, il a un dernier mot pour sa logeuse et sa fille :

– N'entrez jamais chez moi. Pas de ménage, rien; je m'occupe de tout moi-même. C'est bien compris?

Mme Thomson assure que oui et la porte se ferme... Dès que l'homme a disparu, Linn Thomson prend sa mère à part :

– Maman, tu n'aurais pas dû!

– Et pourquoi, je te prie?

– Parce que cet homme ne me plaît pas. Il me fait peur!

– Tu es ridicule. Il est bien élevé, bien habillé et il vient d'Angleterre. Nous n'avons jamais eu quelqu'un de pareil.

Mais Linn Thomson n'est pas convaincue. Malgré ses dix-huit ans, ses yeux bleus et sa chevelure blonde, elle fait terriblement sérieuse. Elle secoue la tête.

– Il a beau être bien habillé, il ne me plaît pas. On dirait qu'il veut se cacher pour faire quelque chose de mal... Maman, c'est peut-être un assassin, un anarchiste!

Mme Thomson a un geste brusque en agitant les billets verts :

– Six mois de loyer d'avance alors que nous étions dans la misère, cela ne te suffit pas?... Tais-toi et tâche d'être aimable avec notre locataire, c'est tout ce que je te demande!

Linn Thomson fait une grimace :

– Je préférerais un pauvre qui ait l'air honnête. J'espère que cet argent ne nous portera pas malheur!...

12 septembre 1905. Cela fait un peu plus de six mois que William Kellog s'est installé chez Mme Thomson et sa fille. Comme il l'avait an-

noncé, il travaille seul dans son premier étage. Chaque jour, il va faire des commissions dans des magasins situés dans une autre partie de la ville. Il en revient avec des objets de formes diverses, toujours soigneusement emballés dans du papier brun, et qu'il tient sous son bras avec les plus grandes précautions.

La nuit, d'étranges lueurs vertes, roses ou jaunâtres sont visibles à travers les volets fermés. A d'autres moments, des odeurs nauséabondes filtrent sous la porte, tandis que la cheminée rejette une fumée noire...

Linn Thomson est toujours aussi inquiète. Le personnage lui déplaît même de plus en plus, et ce 12 septembre, malgré l'avis de sa mère, elle se décide. Lorsque William Kellog rentre dans le pavillon avec un paquet sphérique dans les mains, elle lui barre l'accès de l'escalier montant au premier. Le locataire est scandalisé :

– Qu'est-ce qui vous prend? Laissez-moi passer!

– Non! Vous allez m'écouter!

William Kellog fait une tentative pour passer quand même, mais sa boule manque de lui glisser des mains. Il la rattrape de justesse et devient tout pâle :

– Vous avez de la chance que je tienne quelque chose de fragile, sinon je vous aurais écartée de là! Je vous écoute...

– Qu'est-ce que vous faites, là-haut?

– Je vous l'ai dit : cela ne vous regarde pas.

– Eh bien, moi, j'ai compris : vous êtes un anarchiste et vous fabriquez une machine infernale.

– C'est ridicule!

– Si ce n'est pas cela, qu'est-ce que c'est?

– Je ne vous répondrai pas. Laissez-moi passer.

Linn Thomson a un sourire menaçant :

– Comme vous voudrez. Dans ce cas, je préviens la police.

L'évocation de la police semble ébranler William Kellog. Il réfléchit quelques instants et pousse un soupir.

– Bien, bien... Puisque c'est comme cela, je vais tout vous dire. Je fais de l'alchimie.

– De l'alchimie!

– Oui. J'ai découvert – je ne vous dirai pas comment – un vieux manuscrit et je mets en application ses formules.

– Vous allez transformer le plomb en or?

Profitant de la surprise de Linn, William Kellog gravit l'escalier aussi vite que le lui permet son fragile colis.

– Je ne peux pas vous en dire plus. Au revoir, mademoiselle...

18 décembre 1905. Après avoir fait charger une énorme caisse sur une voiture à chevaux, William Kellog se dirige vers un bâtiment du centre de Boston. Il s'arrête devant un élégant building : le siège de la célèbre compagnie d'assurances Saint Paul. Il en ressort un quart d'heure plus tard avec un petit homme à lunettes. Tous deux sont emmitouflés dans un gros manteau, car il gèle à pierre fendre. L'assureur sort de sa poche un mètre pliant.

– C'est cet objet-là?

– Oui.

Il prend les dimensions et les note sur un formulaire :

– Et vous dites qu'il contient des tableaux de maîtres?

– Oui. Vous pouvez ouvrir pour vérifier.

– Non, non. Cela ne me regarde pas. S'il n'y a

dedans que de vieux journaux, c'est votre affaire. Du moment que vous payez la prime.

L'employé se prépare à remplir la suite de son formulaire.

– Destination ?

– Londres.

– Par quel bateau ?

– Le cargo *Seattle*.

– Qui appareille ?

– Aujourd'hui même. Dans quelques heures.

L'employé de la compagnie Saint Paul a un hochement de tête.

– Parfait, monsieur. Nous disons donc la somme de 2 000 dollars en cas de destruction totale.

William Kellog approuve en silence. Quelques instants plus tard, la voiture à chevaux s'en va dans les rues de Boston avec son chargement, en direction du port où l'attend le *Seattle*. William Kellog n'a pas pris place dans le véhicule et suit en fiacre à petite distance.

C'est alors que se produit l'indescriptible... A cause du verglas, l'un des chevaux de l'attelage glisse dans une rue en pente; le véhicule se retourne; la caisse heurte le sol. Et c'est une explosion de fin du monde. Quand les premiers secours s'organisent, on relève dans la rue dévastée neuf morts et vingt-six blessés. Parmi ces derniers, William Kellog, qui perd abondamment son sang, et qui mourra en arrivant à l'hôpital...

Alors, que s'est-il donc passé ?... Le lieutenant Ballister et le sergent Philipps, de la police de Boston, font le point le 8 février 1906, près de deux mois après le drame...

Les derniers mots de William Kellog ont été :

– La bombe... Le Scorpion...

Etranges paroles, du moins pour la dernière. Car

pour la bombe, pas de doute : c'est bien une bombe, et d'une puissance fantastique, qui a explosé dans la rue en touchant le sol. Malgré le témoignage de la jeune Linn Thomson, affirmant que William Kellog était un alchimiste plus ou moins illuminé, il ne fait aucun doute que ce dernier fabriquait des explosifs.

De patientes recherches dans tout Boston ont permis au lieutenant Ballister de déterminer exactement la nature de la machine infernale. En recoupant les achats effectués par le locataire des Thomson auprès de divers commerçants, on a pu établir qu'il s'agissait d'un explosif du type dynamite, déclenché par un mécanisme d'horlogerie réglé à dix jours. L'engin devait donc exploser quand le *Seattle* se trouverait en pleine mer. Avec une puissance pareille, c'était le naufrage instantané.

Pourquoi ce massacre? Tout simplement pour l'argent. William Kellog, qui ne voyageait pas, bien entendu, avec sa caisse, aurait alors empoché les 2 000 dollars du contrat d'assurance.

Reste la signification du mot mystérieux : « Scorpion ». Le lieutenant Ballister a tout de suite eu son idée sur la question, et il a chargé le sergent Philipps de vérifier si elle était bonne.

Il lui a demandé d'aller enquêter sur place en Angleterre, notamment auprès de la Lloyd's, la célèbre compagnie d'assurances londonienne. Et le sergent est de retour.

– Vous aviez raison, lieutenant! C'est exactement ce que vous aviez dit.

Cette annonce n'a pas l'air de faire plaisir au lieutenant Ballister. Au contraire, il affiche une mine défaite.

– C'est abominable!

– Oui, c'est le mot qui convient, lieutenant.

– Quand cela s'est-il passé?

– Il y a un peu plus de deux ans : le 5 janvier 1904, quelque part dans le golfe de Gascogne. Le *Scorpion* était un cargo français qui transportait un chargement de laine entre Liverpool et Bordeaux. Il avait à son bord douze hommes d'équipage et dix-sept passagers. Il a quitté Liverpool normalement, mais personne ne l'a vu arriver à destination. Pourtant la mer était particulièrement calme, ce jour-là, sur l'Atlantique.

Le lieutenant Ballister murmure, songeur :

– Douze et dix-sept, cela fait vingt-neuf victimes...

– Exactement. Et on n'a rien retrouvé d'elles. Pas plus, d'ailleurs que du *Scorpion* lui-même : pas un canot, pas un gilet de sauvetage, pas un morceau de coque, rien. Comme toujours en pareil cas, la Lloyd's a fait une enquête... Le *Scorpion* a été officiellement déclaré perdu corps et biens le 16 juin 1904. Alors, un nommé William Kellog s'est présenté pour toucher le contrat d'assurance auquel il avait souscrit.

– Combien?

– 1 000 livres pour une caisse de 4 pieds 6 pouces de haut sur 7 pieds de long, déclarée comme contenant des tableaux de maîtres.

– Et la Lloyd's ne s'est pas méfiée?

– Franchement, elle n'avait aucune raison. Elle l'aurait fait s'il y avait eu un précédent, mais ce n'était pas le cas et il aurait fallu avoir l'esprit bien tortueux pour imaginer une monstruosité pareille.

Le lieutenant Ballister reste pensif... Depuis le début de sa carrière de policier, il n'a jamais rencontré un pareil criminel. Un tel mépris de la vie humaine dépasse tout ce qu'on peut imaginer; tuer des innocents par dizaines pour de l'argent, c'est peut-être unique dans les annales du crime... Et le pire, c'est qu'il ne s'en est pas tenu à ce premier coup, il a voulu doubler la mise. Comme il ne pouvait plus rien faire en Angleterre, il a traversé l'Atlantique... Le lieutenant poursuit, presque en se parlant à lui-même :

– Voilà pourquoi il est venu aux Etats-Unis...

– Oui, en paquebot. Sur le *Rochester* et en première classe, s'il vous plaît! Il avait les moyens... Il est arrivé à Boston le 9 mars 1905 et il a pris pension chez Mme Thomson. Vous connaissez la suite...

Le lieutenant Ballister connaît la suite. La Saint Paul n'a pas fait le rapprochement avec le *Scorpion*. Ensuite, c'est l'accident, le cheval qui glisse sur le verglas, la caisse qui tombe et qui explose, tuant ceux qui se trouvaient là, dans cette rue de Boston... Une fatalité qui a été une providence pour d'autres : pour les vingt-deux passagers et hommes d'équipage du *Seattle*, sur lequel la caisse devait embarquer... Le lieutenant a un sourire triste :

– Pauvre Linn Thomson qui était tout émue à l'idée d'avoir un alchimiste chez elle! William Kellog n'était pas un de ces rêveurs qui cherchent de l'or en invoquant le diable, c'était le diable, tout simplement!

L'ÉVENTAIL EN PAPIER

CHANG TSI est assis à sa place préférée, derrière une petite table de laque noire, légèrement dissimulée par un paravent de la dynastie Song représentant deux cavaliers dans un paysage de neige... C'est là que Chang Tsi attend les clients, au milieu d'œuvres d'art chinoises qui valent pour la plupart une fortune. Mais le magasin d'antiquités de Chang Tsi, situé dans Regent Street, au cœur de Londres, est une boutique de haut luxe pour amateurs éclairés.

Chang Tsi contemple les deux petits personnages à dos de mulet, perdus dans la montagne enneigée. Non, il n'a pas la nostalgie du pays. Lorsque son père, un des personnages les plus importants de Shanghai, l'a envoyé faire ses études en Angleterre, il n'avait que six ans. Chang Tsi s'est très vite adapté à la mentalité et à la culture occidentales. A l'origine, il avait l'intention de rentrer à Shanghai après ses examens, mais, il y a dix ans déjà, il a rencontré Yu Li dans un bal. Yu Li, comme lui, était en Angleterre pour étudier; comme lui, elle appartenait à une des grandes familles de Shanghai. Bref, ils se sont tout de suite plus, ils se sont mariés et ils ont décidé de rester en Angleterre, car

Yu Li, elle non plus, n'avait pas envie de vivre ailleurs...

Chang Tsi regarde la bague en or qu'il porte à la main droite : une bague curieuse en forme d'éventail, qui possède une signification ésotérique. Mais il y a longtemps que tout cela lui est indifférent. A trente-cinq ans, Chang Tsi a tout pour être heureux : de l'argent, une femme qu'il aime et qui est tout aussi fortunée que lui. Et puis, il n'envie vraiment pas le sort de ses compatriotes. En ce début de l'année 1928, il n'est question en Chine que de révoltes et de massacres...

Le grelot de la porte tinte. Chang Tsi rajuste sa redingote, vérifie sa cravate gris perle, son œillet à la boutonnière et va à la rencontre du client... Il s'apprête à s'incliner profondément, comme à son habitude, mais il arrête son mouvement. L'homme, vêtu d'un bleu de travail et coiffé d'une casquette, est chinois. C'est lui au contraire qui se courbe respectueusement. Puis il se redresse et déclare avec l'accent de Shanghai.

– Je te salue, Eventail en papier.

Chang Tsi jette un coup d'œil à sa bague. Eventail en papier : c'est le grade dont il a hérité à sa naissance dans la secte de la Triade, dont son père est Épée rouge, c'est-à-dire un des principaux responsables... Tout cela est si loin! Tout cela appartient à un autre âge, à un autre monde... Mais, bien sûr, il a l'obligation d'aider les autres membres de la secte et il va faire quelque chose pour ce pauvre homme.

– Que veux-tu? En quoi puis-je te secourir?

L'homme s'incline par deux fois.

– Je n'ai pas besoin de secours, Eventail en papier. Je suis venu t'apporter des nouvelles. De tristes nouvelles...

Chang Tsi se raidit.

– Ton père, la noble Epée rouge, a rejoint tes ancêtres...

Les yeux de l'homme s'allument brusquement d'un violent éclat.

– Il a été tué par ces chacals puants de la secte Song! Depuis, c'est la guerre à Shanghai entre les Song et la Triade.

Chang Tsi reste impassible. S'il ressent une émotion, il ne le laisse pas paraître. L'homme s'incline de nouveau par deux fois.

– Je salue ton courage, Eventail en papier... Tu en auras certainement assez pour exécuter les ordres.

– Les ordres?

– Oui. Le Grand Conseil s'est réuni. La nouvelle Épée rouge t'a fixé une mission. Tu dois exécuter la fille du Grand Dragon des Song, c'est-à-dire ta femme Yu Li.

Chang Tsi reste bouche ouverte et tente de dégrafer son faux col. Son visiteur sort d'une de ses poches un ruban de soie blanche sur lequel est peint un éventail rouge. Il s'incline encore une fois avec un sourire indéfinissable.

– Prends-le. C'est de ce ruban que tu dois te servir. Uniquement de ce ruban...

Chang Tsi se retrouve avec le morceau de soie dans les mains. Il n'a toujours pas la force de parler. L'envoyé de la Triade hoche la tête avec gravité.

– Le sage garde le silence dans l'adversité... Je m'incline avec respect devant toi, Eventail en papier.

Et il disparaît après une dernière courbette...

Chang Tsi regarde, effaré, le ruban de soie avec l'éventail peint... Un autre âge, un autre monde... Non : c'était faux! On n'échappe pas si facilement à son passé, à ses racines...

Pendant toute la journée, Chang Tsi reste effondré, ne sachant que faire. Ce n'est que le soir, après le dîner, qu'il se décide à parler à Yu Li. Elle le regarde avec ses grands yeux un peu tristes... Comment lui dire l'affreuse vérité? De plus, depuis quelques jours, Yu Li est devenue inexplicablement renfermée. Ne trouvant pas ses mots, Chang Tsi lui tend le ruban.

– Tu sais ce que c'est?

Yu Li regarde longuement le bout de soie. Elle hoche la tête par petits mouvements saccadés.

– L'éventail de la Triade... Alors, ils sont venus te voir, toi aussi!

Chang Tsi bondit de son siège :

– Comment cela, moi aussi?

Yu Li fixe son mari de ses grands yeux mélancoliques. Comme à son habitude, elle parle d'une voix douce.

– Moi, c'était il y a une semaine, lorsque je suis allée chez la modiste. Un Chinois habillé en mendiant m'a abordée à la sortie. Il m'a parlé de Shanghai, de la guerre entre les Song et la Triade. Il m'a dit que mon frère avait été tué et il m'a donné l'ordre de... t'exécuter.

Chang Tsi est livide.

– Mais pourquoi ne m'as-tu rien dit?

Yu Li se lève. Elle répond, tout en s'éloignant.

– Je ne savais que faire. Je ne dormais plus...

Elle disparaît dans la chambre à coucher et revient avec un petit sachet noir.

– Voici ce qu'ils m'ont donné. Dedans, il y a dix grains d'opium pur. Je devais les mettre dans ton café...

Yu Li s'assied à côté de son mari. Elle pose la main sur son bras.

– Dis-moi ce qu'il faut faire. Quoi que tu décides, j'obéirai.

Chang Tsi sent un grand vide... Oui, il doit se décider, et tout de suite... Il faut partir. Aller dans un endroit où l'on ne rechercherait jamais un Chinois. L'Écosse, par exemple...

Un manoir du XVIIe siècle, perdu dans la lande écossaise, dans la région des lacs. C'est là que sont installés Chang Tsi et Yu Li... Chang Tsi a donné beaucoup d'argent au propriétaire pour qu'il ne révèle pas leur nationalité. Tiendra-t-il parole? Vraisemblablement... Quel intérêt aurait-il à les trahir? Le couple vit seul, avec deux domestiques qui vont faire les courses au village. Eux ne se montrent jamais. Yu Li reste dans la demeure et Chang Tsi, qui ne supporte pas l'inactivité, va faire de longues promenades dans la campagne dont il ne rentre que le soir.

Dans le cadre sauvage et beau de l'hiver écossais, une image lui revient souvent : le paravent de la dynastie Song au magasin d'antiquités... Les deux petits personnages à dos de mulet, perdus dans la montagne enneigée, ce sont Yu Li et lui-même. Ils ont été jusqu'au bout du monde pour qu'on ne les retrouve pas; ils ont mis toute la longueur de l'Asie et de l'Europe entre Shanghai et leur refuge, mais est-ce que ce sera suffisant?

Yu Li et Chang Tsi ont laissé à Londres le ruban de soie et le sachet d'opium, et n'en ont jamais reparlé. Mais Yu Li est toujours aussi sombre et Chang Tsi ne se fait guère d'illusion non plus. Des histoires terribles lui reviennent, celles que lui racontait son père quand il était petit enfant :

– Le Grand Dragon n'abandonne jamais sa proie, mais, rassure-toi, l'Epée rouge non plus...

6 avril 1928. Cela fait deux mois que Chang Tsi et Yu Li sont terrés dans leur manoir écossais... Petit à petit, la confiance leur est revenue. Yu Li

n'a plus cet air absent, mélancolique, qui ne la quittait pas; Chang Tsi prend de plus en plus de plaisir aux promenades dans la campagne. L'éveil de la nature lui semble comme un symbole. Et si la raison allait l'emporter? Ces vieilles coutumes héritées du fond des âges devront bien disparaître un jour. Les Song et la Triade ont dû se rendre compte que ce qu'ils leur demandaient à tous deux était inhumain. Ils vont régler leurs affaires entre eux, à Shanghai, à l'autre bout du monde...

Chang Tsi est en train de se faire ces réflexions, assis au bord d'un lac, à quelques kilomètres du manoir, lorsqu'il se retourne vivement. Il vient d'entendre un frôlement dans les buissons... L'image qu'il entrevoit n'apparaît qu'un instant, mais il est sûr de ne pas s'être trompé : un homme l'épiait, un homme de petite taille, à la peau jaune.

Chang Tsi bondit à sa poursuite, mais c'est inutile : l'inconnu a sauté sur une bicyclette et s'éloigne en pédalant à toute allure. Après avoir vainement couru quelques centaines de mètres, Chang Tsi s'arrête, hors d'haleine. Il est partagé entre deux sentiments contradictoires : l'angoisse d'avoir été repéré et le soulagement d'avoir la vie sauve. Un instant de plus et le Song se jetait sur lui. On l'aurait retrouvé quelques jours plus tard, au fond du lac, lesté d'une grosse pierre, ou même on ne l'aurait pas retrouvé du tout...

Une pensée affreuse traverse tout à coup l'esprit de Chang. Il pousse un cri.

– Yu Li!

Il recommence à courir... Comment a-t-il pu croire une chose pareille? Les exécuteurs des sectes sont des tueurs impitoyables et fanatiques. Ils ne s'enfuient pas quand on les pourchasse. L'homme caché n'était pas un Song, sans quoi il serait déjà mort. C'était l'envoyé de la Triade et c'est Yu Li qu'il vient tuer...

Il faut une bonne demi-heure à Chang Tsi pour revenir au manoir. Son angoisse est à son comble. Il est 11 heures du matin. Yu Li doit être seule, c'est le moment où les domestiques vont faire les courses au village.

Il entre dans la demeure et s'arrête net... Yu Li est étendue sur le seuil de la grande salle, la bouche et les yeux ouverts. Une marque bleue se dessine autour de son cou. Par terre, à côté d'elle, l'assassin a laissé un éventail déchiré, un éventail en papier...

Pour la première fois, Chang Tsi se rend au village et va trouver les policiers. En même temps que le drame, le sergent Mac Donald découvre l'existence de ce Chinois, qui habitait depuis deux mois sur son district et qu'il n'avait jamais vu. Comme Chang Tsi est venu en voiture, il monte avec lui pour se rendre au château. En route, il commente poliment :

– Triste histoire!... Ce doit être un rôdeur. A moins que vous n'ayez des ennemis. Avez-vous des ennemis, monsieur?

Au volant, Chang Tsi a un sursaut... Dans la voiture qu'il vient de croiser, il y avait un Chinois. Et ce n'est pas le même, il en jurerait... Ils étaient donc deux?... Mais quelle importance maintenant que Yu Li est morte? Il répond à la question du sergent.

– Non, je n'ai pas d'ennemis...

Quelques minutes plus tard, le sergent Mac Donald se penche sur le corps. Yu Li est à la même place, mais sur son cou nu quelqu'un a noué et serré une cravate gris perle. Le sergent se redresse.

– Est-ce que ceci vous appartient?

Chang Tsi ne comprend pas, mais dans le fond il s'en moque. Il hoche la tête.

– Oui. C'est à moi. C'est une de mes cravates.

Le sergent Mac Donald pose la main sur l'épaule du Chinois.

– Je suis désolé, monsieur, mais je vais être obligé de vous poser quelques questions...

Octobre 1928... Depuis six mois, Chang Tsi est enfermé dans une cellule de la prison d'Edimbourg, inculpé du meurtre de sa femme Yu Li... Comment pourrait-il en être autrement? C'est sa cravate qu'on a retrouvée autour du cou de la victime, et lui-même, s'il n'a pas avoué, ne s'est pas défendu non plus. Il s'est contenté de garder le silence...

Chang Tsi a parfaitement compris la machination dont il est victime. Le Chinois qu'il a croisé quand il amenait le policier au manoir était l'envoyé de la secte Song, celui qui venait pour le tuer, lui. Quand ce dernier a découvert le cadavre de Yu Li, il a imaginé quelque chose de plus subtil qu'une simple exécution. D'ailleurs, ce n'était peut-être plus possible. La police allait arriver et comment agir dans ces conditions?... Non, le plus efficace était de faire condamner Chang Tsi en nouant une de ses cravates autour du cou de la victime étranglée...

Tout cela, Chang Tsi ne l'a dit à personne. A son avocat, qui implorait un mot d'explication, il s'est contenté de dire :

– Faites comme vous avez l'habitude.

Car il s'est produit en lui une étrange métamorphose : il est redevenu chinois. Il avait cru échapper à son passé, à ses racines, à lui-même... Quelle illusion! Un petit vernis occidental n'efface pas des millénaires de civilisation... Pour s'expliquer, se justifier vis-à-vis de la justice anglaise, il aurait fallu qu'il lui parle de la Triade, des Song, de leurs rites, de leurs luttes ancestrales. Mais cela ne les regarde pas, les Anglais! On ne parle pas de ces choses-là à des étrangers. Même si cela doit vous conduire à la potence...

Le procès de Chang Tsi s'ouvre le 20 novembre 1928 devant le tribunal d'Edimbourg. Le président est un homme distingué et courtois. Visiblement, cette affaire le gêne, il aimerait comprendre. Il presse l'accusé de questions.

– Vous aviez quitté Londres précipitamment. Aviez-vous une raison? Redoutiez-vous quelque chose?

– Non, Votre Honneur.

– Les témoignages de vos domestisques vous décrivent comme un couple parfaitement uni.

– Nous étions unis.

– Mais alors, pourquoi avez-vous étranglé votre femme?

– Je ne peux pas répondre.

– On a trouvé près d'elle un éventail déchiré. Peut-être vous êtes-vous disputés.

– Non, Votre Honneur, cela n'a pas de rapport...

Malgré la plaidoirie de l'avocat de Chang Tsi, les jurés d'Edimbourg concluent à un crime passionnel. Et, en Grande-Bretagne, à la différence de ce qui se passe en France, le crime passionnel est une circonstance aggravante. Le 23 novembre 1928, après trois jours de débats, Chang Tsi est condamné à mort...

Chang Tsi a été pendu dans la prison d'Edimbourg le 16 janvier 1929... A quoi a-t-il pensé quand le bourreau lui a recouvert la tête d'une cagoule?... Peut-être à un paravent de la dynastie Song où l'on voyait deux petits personnages à dos de mulet, perdus dans la montagne enneigée. Deux petits personnages qui s'étaient quittés provisoirement, mais qui allaient se rejoindre... Et aussi à un éventail, un éventail en papier... Il était si facile de tout dire pour avoir la vie sauve. Si facile et si totalement impossible...

C'est deux mois plus tard, à la mi-mars 1929, que les autorités anglaises occupant Shanghai ont décidé de mettre fin à la guerre des sectes qui ensanglantait la ville. Le major Somerset Allonby, chargé de l'opération, a réussi sans trop de mal à mettre la main sur l'état-major de la Triade et sur celui des Song. Mais chez ce dernier il a eu une surprise. Un document, rédigé par l'un des hommes de main de la secte en mission en Angleterre, racontait toute l'affaire : comment, ayant trouvé Yu Li morte étranglée, alors qu'il venait exécuter son mari, il avait imaginé de nouer une de ses cravates autour du cou de la victime afin de le faire condamner et exécuter...

Horrifié que la justice de Sa Majesté ait commis une telle erreur, le major Somerset Allonby a tenu à interroger lui-même le Grand Dragon des Song. Il s'est trouvé devant un vieil homme à la barbe blanche interminable et pas plus grosse qu'une corde de bateau.

– Comment est-ce possible? Comment ce malheureux a-t-il pu se taire?

– Il ne pouvait rien dire, major.

– Et pourquoi? Il était innocent!

Le Grand Dragon des Song a eu alors un léger sourire.

– Un Chinois ne dénonce pas d'autres Chinois à des étrangers, même si ce sont des ennemis. Chang Tsi était Eventail en papier... Mais vous ne pouvez pas comprendre, major, vous n'êtes pas chinois.

UNE CHAMBRE AVEC VUE SUR LA MORT

6 JANVIER 1981. Une grosse voiture, spécialement équipée pour l'hiver et couverte de neige, s'arrête devant un pavillon élégant au milieu d'un grand parc planté de sapins. Il fait froid, très froid... C'est que le temps n'est pas précisément clément en cette saison, à Orkdal, en Norvège, à 200 kilomètres au nord d'Oslo.

Un homme d'une trentaine d'années, portant des bottes et une canadienne, quitte la place du conducteur, va chercher une valise dans le coffre et ouvre la portière du passager. Une charmante vieille dame, vêtue avec coquetterie d'un manteau et d'une toque de fourrure de couleur claire, lui tend la main. Le jeune homme l'aide à sortir du véhicule et à gravir les marches du perron. A l'intérieur du bâtiment, un homme est là pour les accueillir. Il a la cinquantaine, il est grand, élancé, il a un profil intelligent avec son front bombé dégarni et son regard perçant sous ses lunettes à monture d'écaille.

– Vous êtes sans doute madame Ingrid Fergusson? Je suis Arnfinn Nesset, directeur de l'hospice d'Orkdal.

Mme Fergusson a un gentil sourire.

– Je suis ravie d'être ici, monsieur Nesset. Voici mon petit-fils Rolf, qui m'a conduite depuis Oslo.

Et Ingrid Fergusson ajoute à mi-voix, comme s'il s'agissait d'une confidence importante :

– Rolf est journaliste.

Arnfinn Nesset a un acquiescement poli.

– Parfaitement... Si vous le voulez bien, je vais vous conduire à votre chambre.

Suivie de Rolf, Mme Fergusson emboîte le pas du directeur en trottinant. A la différence de beaucoup de personnes âgées, elle n'est pas contrariée de s'installer dans une maison de retraite. Depuis la mort de son mari, elle ne supportait plus la solitude. Bien sûr, son petit-fils Rolf et sa femme l'avaient recueillie, mais ce n'était pas une solution. C'est elle-même qui a demandé à partir après les fêtes de fin d'année. Elle a porté son choix sur l'hospice d'Orkdal, car il est près de sa ville natale, Trondheim.

– Voici, madame Fergusson : la chambre 25. Une vue ravissante sur le parc...

D'un geste large, Arnfinn Nesset montre le décor de la pièce, spacieuse, meublée avec goût et jouissant, effectivement, d'une vue étendue sur les sapins environnants. Mme Fergusson a l'air toujours aussi ravi.

– C'est parfait... C'est parfait.

Le directeur de l'hospice ouvre maintenant les placards en continuant son discours... A sa surprise, Ingrid Fergusson sent une main qui lui tire le bras. Elle se retourne : c'est une très vieille femme en robe de chambre, à la peau presque transparente, parcourue de rides et de veines. Elle fait un signe de l'index en direction du couloir. Intriguée, Mme Fergusson la suit. Le directeur, qui poursuit son discours en compagnie de Rolf, ne s'est aperçu de rien. Une fois dans le couloir, la femme se met à chuchoter.

– Je m'appelle Hilda Alsund. Je suis votre voisine. Ne restez pas ici. Dans la chambre 25, quatre personnes sont mortes les deux derniers mois.

Mme Fergusson regarde la vieille femme avec un air de pitié mêlé d'ennui... Elle aurait souhaité mieux comme voisine. Mais c'est l'inconvénient de ce genre d'établissement. Elle laisse tomber d'un ton un peu brusque :

– Je ne suis pas superstitieuse.

Mais l'autre se remet à chuchoter de plus belle.

– Il ne s'agit pas de superstition. C'est bien plus grave. C'est...

M. Nesset vient d'apparaître dans l'encadrement de la porte. Hilda Alsund lance dans un souffle : « Partez! » et disparaît dans sa chambre... Le directeur de l'hospice parle toujours avec la même amabilité, mais il n'a pu dissimuler une légère grimace de contrariété.

– Venez, madame Fergusson, vous avez tout le temps de faire connaissance avec les pensionnaires. Je vous recommande de ne pas faire trop attention à ce que vous entendrez. Certains, malheureusement, n'ont plus leur tête.

Ingrid Fergusson est de retour dans la chambre 25. Son petit-fils lui demande d'un ton insistant :

– Est-ce que cela te convient vraiment? Si tu préfères une autre chambre ou même un autre établissement, c'est encore possible.

Mme Fergusson part d'un petit rire léger.

– Pas du tout! C'est charmant ici! Je suis sûre que je serai très bien.

Arnfinn Nesset remercie d'une courbette, et,

après le départ de son petit-fils, la porte de la chambre 25 se ferme sur Ingrid Fergusson.

Deux minutes à peine plus tard, des coups discrets sont frappés... Ingrid voit, avec un certain déplaisir, arriver de nouveau cette Hilda Alsund, qui lui fait tout l'effet d'une toquée. La vieille femme s'assied sans façon dans un fauteuil.

– Vous avez cu tort de rester. Mais maintenant que vous êtes là, il faut que je vous dise tout. Il vous a raconté que j'étais folle, n'est-ce pas?

Mme Fergusson ment sans beaucoup de conviction.

– Mais non, mais non...

La vieille dame la regarde fixement.

– Il faut me croire. C'est très important. Les autres ne m'ont pas crue et ils sont morts. Les quatre autres qui étaient avant vous dans la chambre 25.

Malgré elle, Ingrid Fergusson sent un léger malaise. Elle écoute avec plus d'attention.

– On meurt trop, ici! Et c'est lui, j'en suis sûre. Avant son arrivée, en 1977, tout était normal. C'est depuis que cela a commencé.

– De qui parlez-vous?

– De M. Nesset, bien sûr... Cela se passe toujours de la même manière. Dans la journée, les personnes ont un malaise et elles meurent subitement un peu après 6 heures du soir...

Mme Fergusson regarde la vieille femme aux cheveux blancs ébouriffés et à la peau transparente. Elle recommence à croire qu'elle n'a plus toute sa raison.

– Pourquoi un peu après 6 heures du soir? Cela n'a pas de sens.

Hilda Alsund a un ricanement.

– Si, cela a un sens. C'est après le dîner. Un

dîner que M. Nesset apporte lui-même ce jour-là, alors qu'il ne le fait jamais d'habitude.

Ingrid Fergusson ne veut pas laisser l'angoisse s'installer en elle. Elle n'a jamais été impressionnable, et ce n'est pas à son âge que cela va commencer.

– Allons! Pourquoi M. Nesset aurait-il assassiné les occupants successifs de cette chambre? Je vous le demande un peu!

– Je ne sais pas. Il est peut-être fou... D'ailleurs, je vous parle de la chambre 25, parce qu'elle est à côté de la mienne, mais, si cela se trouve, c'est pareil dans tout l'hospice. Il y a peut-être des dizaines d'autres pensionnaires qui sont morts un peu après 6 heures du soir...

La conversation entre Mme Fergusson et sa vieille voisine Hilda Alsund s'arrête là. Plus ébranlée qu'elle ne voulait bien se l'avouer, Ingrid Fergusson ne cesse d'y repenser. En parler à Rolf?... Non, tout cela n'est pas assez précis. Ce serait l'inquiéter inutilement. Et, de toute manière, il n'y a pas de danger dans l'immédiat...

13 janvier. Une semaine seulement s'est écoulée. Il est 8 heures du matin. Hilda Alsund entre sans frapper dans la chambre d'Ingrid Fergusson. Elle est pâle comme une morte et marche en s'appuyant au mur. Ingrid est tout de suite frappée par la terreur qui se lit sur son visage. Hilda Alsund se laisse tomber dans le fauteuil où elle s'était assise la première fois et se met à parler en haletant.

– Je vais mourir... Tout à l'heure, j'ai eu un malaise... Je me suis évanouie... Et le directeur était là... C'est pour ce soir... Le dîner... Il va me l'apporter... Comme aux autres...

Très émue, Mme Fergusson s'approche de la vieille dame.

– Vous ne pouvez pas dire des choses pareilles,

madame Alsund. Il faut retourner dans votre chambre. On va vous soigner.

Mais Hilda Alsund ne l'écoute pas, ne l'écoute plus. Elle semble effectivement, cette fois, avoir perdu la raison. Les yeux hagards, elle répète comme une mécanique :

– Un peu après 6 heures... Un peu après 6 heures...

13 janvier 1980, 6 heures du soir... Depuis le matin, Ingrid Fergusson a vécu dans l'angoisse. Elle a eu beau se répéter : « C'est une malade qui a perdu la tête », un doute subsiste en elle, un doute affreux.

Elle attend. Elle n'a pas été dîner dans la salle à manger avec les autres. Dans la chambre d'à côté, Hilda est au lit, dans un état très faible... Un pas dans le couloir. On lui apporte à dîner... Les pas longent la chambre 25, continuent... Mme Fergusson ouvre doucement sa porte et, pour la première fois de son existence, elle éprouve une sensation de panique.

Cette silhouette élancée, ce crâne dégarni, ces lunettes d'écaille, c'est lui. Arnfinn Nesset ouvre la porte de la chambre voisine et lance d'un ton enjoué :

– Alors, on a eu un petit malaise, madame Alsund? Il faut manger pour reprendre des forces.

Dans la chambre, un cri lui répond, un cri rauque, faible, qui n'exprime pas autre chose que l'horreur. Malgré sa peur, Ingrid Fergusson sort dans le couloir. La porte est restée ouverte. Elle passe la tête. Le directeur est de dos, mais le visage d'Hilda Alsund, dans son lit, est juste en face.

Mme Fergusson se mord les lèvres pour ne pas

crier. Ce qu'elle voit est à la limite du supportable. La vieille dame est en train de mourir. Elle doit souffrir atrocement : son visage est ravagé, ses yeux expriment une douleur indicible, mais une force mystérieuse semble l'empêcher d'émettre le moindre son. Au contraire, ses mâchoires de crispent de plus en plus dans un rictus de cauchemar. Puis elle a un sursaut et retombe sur l'oreiller.

Malgré elle, Ingrid Fergusson pousse un petit cri. Arnfinn Nesset se retourne vivement. Il n'a pas eu le temps de modifier son expression, et elle est peut-être encore plus horrible que celle de l'agonisante il y a un instant... Son visage reflète la joie! Mais une joie qui n'a rien de commun avec tout ce que peut éprouver un être humain, une joie qui semble sortir tout droit de l'enfer...

Arnfinn Nesset se reprend enfin et dit d'un ton compassé en hochant la tête :

– La mort vient encore de nous visiter.

Titubant, se retenant pour ne pas tomber, Ingrid Fergusson tente de regagner sa chambre. Mais elle se sent trop faible, trop mal. Elle va s'évanouir... La voix prévenante du directeur retentit derrière elle.

– Vous avez un malaise, chère madame?

– Non!...

Le cri a jailli avec une telle force, une telle brusquerie qu'Arnfinn Nesset a un mouvement de recul.

– Non, je n'ai pas de malaise! Je me sens très bien. Je me suis toujours sentie très bien! J'ai toujours été très solide.

Ingrid Fergusson s'engouffre dans sa chambre, ferme sa porte à clef et bondit vers son bureau pour écrire à son petit-fils Rolf...

15 janvier 1980. Rolf Fergusson, journaliste à

Oslo, vient d'arriver précipitamment à l'hospice d'Orkdal après avoir reçu la lettre de sa grand-mère. Une lettre ahurissante. D'après Ingrid Fergusson, en effet, le directeur de l'établissement, Arnfinn Nesset, aurait tué une des pensionnaires sous ses yeux et aurait sans doute commis auparavant des dizaines d'autres crimes du même genre.

Rolf Fergusson est un bon journaliste : il a du flair. Il sent tout de suite, dans le récit que sa grand-mère complète sur place pour lui, quelque chose de grave. Il décide de mener une enquête discrète et choisit de s'adresser à une jeune infirmière de l'hospice, Selma Larsen.

Selma ne résiste pas à quelques phrases bien tournées et, quand le journaliste évoque les décès suspects, son gentil visage se barre d'une ride soucieuse.

– Moi aussi, j'ai eu cette impression. Je ne voulais pas y croire, mais...

– On meurt beaucoup à l'hospice?

– Depuis deux ans que je suis ici, une centaine de personnes. Je sais bien qu'il y a beaucoup de vieillards, mais tout de même! Et puis...

– Et puis?

La jeune Selma Larsen se jette à l'eau. Elle sait qu'elle va porter une accusation terrible.

– Un jour, j'avais besoin d'un tranquillisant. Comme je n'en trouvais pas dans l'armoire de la pharmacie, j'ai été dans celle du directeur. J'y ai vu plusieurs flacons de Curacit. C'est une préparation à base de curare qui ne s'emploie qu'en chirurgie et qui n'aurait jamais dû se trouver chez nous.

Du curare... Rolf Fergusson se souvient de reportages qu'il a lus sur les Indiens d'Amérique du Sud. Le poison agit en cinq ou six minutes, par tétanisation progressive et blocage des fonctions respiratoires. Les victimes gardent toute leur lucidité, souffrent atrocement, mais sont dans l'incapacité de pousser le moindre cri ou de faire le moindre geste... Cela correspond exactement à l'agonie de la voisine de sa grand-mère. Il n'y a pas un instant à perdre pour appeler la police...

Arrêté, Arnfinn Nesset n'a pas cherché à nier. En ce qui concerne le nombre de meurtres qu'il avait commis de 1977 à 1980, il a déclaré au juge Christiansen, chargé de l'instruction :

– Je ne sais pas, monsieur le Juge. J'ai tellement tué... Peut-être trente...

Dans l'impossibilité de procéder à l'exhumation de toutes les personnes décédées, le juge d'instruction s'est arrêté au nombre de vingt-cinq.

Mais c'est le mobile qui préoccupait surtout le juge Christiansen. A cette question, Arnfinn Nesset a d'abord répondu que c'était par humanité; un geste d'euthanasie pour des personnes condamnées à souffrir inutilement... Et puis, un jour, le masque est tombé. Le directeur de l'hospice d'Orkdal a cessé brusquement d'être ce monsieur distingué, au front dégarni et intelligent. Son regard s'est brusquement allumé d'une expression intense.

– Non, ce n'est pas par euthanasie! C'était pour les voir mourir... Je n'y peux rien, monsieur le Juge, j'ai un terrible besoin de mort. J'attendais qu'un pensionnaire ait un malaise grave, ce qui rendait son décès plausible, et j'allais lui porter le soir un repas empoisonné au curare...

Arnfinn Nesset, qui avait par sadisme assassiné un nombre indéterminé de vieilles personnes dans des conditions épouvantables, a été reconnu responsable par les psychiatres, et la cour d'assises de Trondheim l'a condamné à la prison à vie le 2 avril 1983.

Quand le président prononça le verdict, il était un peu plus de 6 heures du soir.

LE DONNEUR D'YEUX

GIUSEPPE MULCI pousse la porte du *Soir de Naples*, un quotidien napolitain. Le concierge prononce la question rituelle :

– Vous désirez, monsieur?

Giuseppe Mulci ne lui répond pas tout de suite. Il sort de sa poche un grand mouchoir. Le concierge du *Soir de Naples* recule, épouvanté. L'homme, qui s'appuie péniblement sur une canne, est un vieillard. Ou plutôt non : on ne peut pas lui donner d'âge. Il porte sur lui les marques d'une maladie impitoyable arrivée à son dernier stade : la tuberculose. Le visage est squelettique, livide, verdâtre par endroits; les yeux sont fiévreux, les mains décharnées.

Giuseppe Mulci est secoué d'une quinte de toux épouvantable. Le mouchoir contre sa bouche. Il le remet dans sa poche. Le concierge a le temps d'apercevoir qu'il est maculé de sang. Giuseppe Mulci articule à grand-peine, d'une voix sifflante, presque inaudible :

– Je voudrais voir un journaliste...

Le concierge, qui n'est en général pas tendre avec les visiteurs inconnus, répond, très impressionné :

– Mais lequel? C'est qu'il y en a beaucoup ici.

Giuseppe Mulci semble sur le point de défaillir.

– N'importe lequel. C'est urgent.

Totalement désorienté par ce cas sans précédent, le concierge décide de conduire le moribond dans la salle de rédaction. Là, il lance d'une voix forte :

– Il y a quelqu'un qui peut s'occuper de monsieur ? Il paraît que c'est urgent.

Tous les visages se tournent et reflètent le même malaise... Lorenzo Verga a eu, lui aussi, un mouvement de recul en apercevant le malheureux. Mais il va quand même, sans hésiter, dans sa direction. A vingt-quatre ans, cela fait cinq ans qu'il s'occupe des nouvelles brèves, et cela fait cinq ans qu'il attend l'événement qui le sortira de l'anonymat, qui fera de lui un vrai journaliste. Alors, on ne sait jamais...

Il se présente au visiteur et questionne de son air le plus aimable :

– Qu'est-ce qui vous amène, cher monsieur ?

La réponse est proférée d'une voix sépulcrale :

– Je suis tuberculeux au dernier degré. Mes jours sont comptés.

Lorenzo Verga réprime une grimace. Il a la tête dérangée, ce cadavre ambulant ! Mourir de la tuberculose : la belle affaire ! Les gens en meurent par milliers en cette année 1930. Tu parles d'une nouvelle ! C'est juste bon pour le carnet nécrologique à 40 lires la ligne.

– Croyez que je compatis, cher monsieur, mais je ne vois vraiment pas...

Giuseppe Mulci est repris d'une quinte épouvantable. Il retrouve enfin son souffle.

– Je sais que ma mort prochaine n'est pas un événement, mais j'avais espéré que votre journal pourrait m'aider à réaliser un vœu qui m'est cher. Je voudrais donner mes yeux de mon vivant.

– De votre vivant ! Et pourquoi ?

– Eh bien, comprenez-vous, j'aimerais connaître la personne qui verra avec mes yeux, bavarder avec elle. Comme cela, je crois que je pourrais partir heureux.

Lorenzo Verga contemple son visiteur avec un intérêt soudain. C'est sans doute la première fois que quelqu'un a une idée aussi saugrenue. C'est excellent, ça ! Cela vaut la première page. Il fait asseoir son visiteur avec beaucoup de ménagements.

– Je me charge de tout, cher monsieur. Mais il faut que vous me racontiez le plus de choses possibles sur vous-même. Je parie que vous avez eu une existence très malheureuse...

Giuseppe Mulci domine une nouvelle quinte pour répondre :

– Pas de travail... Un taudis d'une seule pièce pour ma femme, ma fille et moi. Mon fils tué à la guerre, ma vieille mère, qui est encore de ce monde, par infortune pour elle...

Lorenzo Verga griffonne fiévreusement sur son bloc-notes. C'est de mieux en mieux ! L'article sera un vrai chef-d'œuvre... Après une demi-heure d'entretien, il remercie chaleureusement Giuseppe Mulci, non sans avoir pris une photo de lui. Et il va même jusqu'à le raccompagner au portail...

C'est après avoir tourné le coin de la rue que le moribond, qui marchait appuyé sur sa canne, se redresse, tandis que son pas s'affermit et qu'il est pris d'un rire inextinguible. Il pleure de rire et, sur le mouchoir avec lequel il s'essuie les yeux, des traînées de fard blanc et vert viennent s'ajouter aux taches rouges...

4 septembre 1930. Il y a deux jours que Giuseppe Mulci a été trouver le journaliste du *Soir de Naples*. Et c'est aujourd'hui que paraît l'article de

Lorenzo Verga. Sous le titre : « SA SEULE RICHESSE : SES YEUX », figure la photo de Giuseppe, qui semble sortir tout droit d'une salle d'autopsie. Quant à l'article lui-même, c'est à pleurer d'émotion...

Giuseppe Mulci n'avait pas menti lorsqu'il avait parlé au journaliste d'un taudis. La pièce, dans laquelle il est en train de déjeuner de quelques pâtes à l'eau, est aussi sordide qu'on peut l'imaginer à Naples. En face de lui, sa femme Vera, la cinquantaine, et à ses côtés Paola, sa fille, un peu plus de vingt ans. Vera Mulci a l'embonpoint classique des mamas napolitaines; Paola, malgré les privations, est une brune séduisante; quant à Giuseppe lui-même, il a son physique habituel de petit homme maigre comme un clou, mais dont on sent la vigueur sèche et noueuse.

Pour l'instant, la mère et la fille se repassent le journal avec stupeur.

– Mais enfin, Giuseppe, qu'est-ce que cela veut dire?

Le petit homme affiche une évidente autosatisfaction.

– Cela veut dire la fin de la misère, un logement décent, des robes pour vous deux. Je ne vous avais rien dit pour que vous ne soyez pas déçues au cas où cela ne marcherait pas.

Mme Mulci a l'air horrifié. Elle se signe rapidement :

– Il ne fallait pas faire cette chose-là, Giuseppe! Le Bon Dieu ne le permet pas. Tu vas attirer le malheur sur nous.

Giuseppe Mulci rit de bon cœur.

– Le bonheur, au contraire, Vera. Les gens vont être émus. Bientôt, on ne saura plus où mettre l'argent.

Vera n'a pas perdu son air horrifié.

– Mais tes yeux?

– Justement, c'est cela la trouvaille! Quelqu'un qui meurt de la tuberculose n'intéresse personne, mais quelqu'un qui veut donner ses yeux de son vivant, c'est autre chose!

Vera Mulci secoue la tête avec angoisse.

– Tu ne m'as pas comprise, Giuseppe. Maintenant que c'est dans le journal, tu vas être obligé de le faire.

Son mari a un sourire supérieur.

– Tu penses bien que je me suis renseigné, ma pauvre Vera! La loi italienne interdit de donner ses yeux de son vivant. Quand on va me l'apprendre, je vais faire semblant d'être catastrophé et je vais réclamer qu'on change la loi. Ne t'inquiète pas. On n'a pas fini de parler de moi.

Vera Mulci passe brusquement de la peur à l'admiration. Elle balbutie :

– Ben alors!

Giuseppe Mulci se tourne vers sa fille.

– Et toi, Paola, tu ne dis rien?

Paola se redresse et regarde son père froidement :

– Je n'ai rien à dire, papa...

Tout se déroule conformément au plan de Giuseppe Mulci! Le lendemain paraît dans le *Soir de Naples* un article de Lorenzo Verga : « LA LOI A DIT NON. » Le surlendemain, c'est un plaidoyer pathétique de Giuseppe suppliant les autorités de faire un geste pour qu'on lui autorise son « dernier bonheur sur cette terre ».

Au journal, les dons commencent à affluer : des envois modestes de quelques centaines de lires et des gros chèques provenant de gens fortunés ou d'associations charitables.

Dans le bureau de Lorenzo Verga, Giuseppe Mulci, grimé en tuberculeux, fait soigneusement le compte.

– 1 624 000 lires... C'est beaucoup!

Lorenzo Verga approuve de la tête.

– Oui, c'est un bon début. Mais il faudrait continuer à accrocher le public, sinon l'intérêt va faiblir.

Giuseppe Mulci, qui avait oublié de tousser pendant tout le temps qu'il comptait l'argent, répare cette omission par une quinte effroyable.

– J'y avais pensé. J'ai une idée...

– Dites-moi! La direction m'a donné carte blanche.

– Eh bien, je pourrais faire une série de réunions publiques pour réclamer l'abrogation de la loi.

Le journaliste se frotte les mains avec jubilation.

– Excellent! Je me charge de toute l'organisation.

Excellent est bien le mot. Les conférences de l'orateur moribond sont un franc succès de curiosité malsaine. Mais les motivations plus ou moins conscientes de ses auditeurs ne préoccupent guère Giuseppe Mulci. Ce qui compte, pour lui, c'est que l'argent s'amasse à une cadence accélérée. Il est maintenant à la tête d'une petite fortune.

Il fait le point avec sa femme et sa fille dans le coquet appartement qu'ils ont acheté à Naples. Mme Mulci, qui est un peu empruntée dans sa robe neuve, a l'air inquiet pour la première fois depuis le début de l'aventure.

– Giuseppe, il est arrivé ce matin une lettre du professeur Ricardi, le spécialiste de la tuberculose. Il te propose de te soigner gratuitement dans son sanatorium.

Le visage de Giuseppe s'assombrit :

– Ça, effectivement, c'est une tuile!

– Tu vas refuser?

– C'est impossible. Cela paraîtrait louche. Il faut trouver quelque chose... Laisse-moi réfléchir.

Giuseppe Mulci prend son visage maigre dans ses mains osseuses. Il se redresse au bout d'une minute, l'air triomphant :

– Il n'y a qu'un moyen : il faut que je guérisse. Alors nous allons acheter une propriété dans les environs, n'importe où, n'importe laquelle, pourvu qu'il y ait une source sur le terrain.

Vera reste la bouche ouverte.

– Une source?

– Une source miraculeuse, bien entendu. Comme cela, non seulement je guéris et je ne crains plus les examens médicaux, mais l'eau de la source on la met en bouteilles et on la vend très cher.

Vera Mulci ouvre de grands yeux vers son mari.

– Eh bien toi, alors!

Mais Paola Mulci se lève brusquement :

– C'est ignoble!

Giuseppe est totalement surpris par l'attaque de sa fille.

– Paola, voyons...

– Tu te rends compte que les gens vont croire à cette histoire, que tu vas donner de l'espoir à des vrais malades. Tu ne sais pas ce que c'est qu'un vrai malade, toi!

Giuseppe Mulci se défend comme il peut.

– Cela ne leur fera pas de mal, en tout cas...

– Si, cela leur fera du mal. Pendant ce temps-là, ils ne se soigneront pas. Il y a des gens qui vont mourir à cause de toi. Tu es un assassin!

Et Paola Mulci part en claquant la porte...

Début octobre 1930. La foule des pèlerins se presse à la villa « Santa Madona », à Casorta, près de Naples. Il y a quelques jours qu'a été connue l'extraordinaire nouvelle : Giuseppe Mulci, le tuberculeux au dernier degré, dont toute la presse parlait parce qu'il voulait donner ses yeux de son vivant, avait acheté cette demeure pour y finir ses jours. Et voilà que le miracle s'est produit! La Sainte Vierge est apparue dans son jardin. En voyant son aspect lamentable, elle a été prise de pitié et a pleuré. Ses larmes, en touchant le sol, ont fait jaillir une source. La Madone a dit à Giuseppe :

– Bois et tu guériras!

Et Giuseppe Mulci a été guéri. Le miracle a été authentifié par les médecins qu'il est allé trouver à l'hôpital de Naples. Il n'a plus la moindre trace de tuberculose.

Des tuberculeux, il y en a beaucoup qui font la queue devant la villa « Santa Madona » pour se procurer une bouteille d'eau miraculeuse contre la somme de 500 lires. Giuseppe Mulci a engagé du personnel : trois jeunes filles servent les pèlerins derrière un comptoir installé près de la source. Giuseppe lui-même se tient un peu à l'écart dans un fauteuil, le visage rayonnant, preuve vivante du miracle...

16 novembre 1930. Paola Mulci, qui n'a jamais reparu chez ses parents depuis le jour où elle a traité son père d'assassin, suit un enterrement dans un faubourg de Naples. Devant le cercueil, quatre jeunes filles portent un drap blanc, comme c'est la tradition en Italie lorsque la morte est elle-même une jeune fille.

La disparue s'appelait Alba Viotti. Elle avait vingt et un ans, l'âge de Paola. Et Paola la connaissait bien : elles avaient grandi ensemble dans le même quartier misérable, elles avaient été à l'école ensemble. Alba Viotti vient de mourir de la tuberculose. Elle avait pourtant, une semaine avant sa mort, été à la villa « Santa Madona » pour acheter l'eau miraculeuse.

La cérémonie est terminée. Le cortège se disperse. Paola Mulci reste seule devant la tombe. Elle va agir. Une raison, une raison connue d'elle seule, l'y pousse irrésistiblement. Elle prononce à mi-voix :

– Cette fois, c'est trop!...

Paola Mulci est assise dans le bureau de Raimondo Batista, rédacteur en chef du *Courrier napolitain,* journal concurrent du *Soir de Naples.*

– Je peux vous fournir, à propos de mon père, une information encore plus sensationnelle que celle qu'a lancée Lorenzo Verga : mon père est un escroc!

Raimondo Batista écoute avec la plus extrême attention.

– Que voulez-vous dire exactement?

– Je veux dire que tout est faux depuis le début, tout. Sa tuberculose, c'était du maquillage et des mouchoirs tachés d'encre. Il n'y a pas de source miraculeuse. C'est un mensonge.

– Et vous avez une preuve de ce que vous avancez?

Paola Mulci reste un instant silencieuse. Elle a longtemps cherché quel élément elle pourrait trouver contre son père, mais celui-ci est bien trop malin pour avoir laissé une trace quelconque.

– Non, malheureusement. Mais vous finirez bien par le démasquer. Un tuberculeux au dernier degré a forcément dû être soigné. Demandez-lui le nom de son médecin, dans quel hôpital il a été, demandez-lui de vous montrer ses radios...

Le lendemain, dans le *Courrier napolitain,*

paraît un article tout aussi accrocheur que celui de Lorenzo Verga, qui avait déclenché l'affaire. Raimondo Batista, ravi de mettre en difficulté son concurrent, a, comme on dit, « mis le paquet » : toute la première page est barrée d'un gros titre : « LE SCANDALE DU FAUX TUBERCULEUX – SA FILLE ACCUSE. » Suivent, comme l'avait suggéré Paola, une série de questions précises à l'adresse de Giuseppe Mulci.

Giuseppe Mulci était bien trop avisé pour y répondre. Il a préféré quitter le pays sans retard, d'autant qu'un attroupement menaçant commençait à se former autour de la villa « Santa Madona ».

Arrêté alors qu'il tentait de franchir la frontière française, il a été inculpé d'escroquerie et condamné à cinq ans de prison.

Paola Mulci est morte bien avant que son père ne soit libéré. Elle est morte de la tuberculose, dont elle souffrait depuis quelques années déjà. Elle le savait et se faisait soigner en cachette pour ne pas inquiéter ses parents. C'était cela, son secret.

Paola Mulci a laissé un mot autorisant les médecins à prélever ses yeux après sa mort.

LE « JETEUX DE SORTS »

LE village de Beaupré, non loin de Laval, n'a rien que de commun : quelques maisons groupées autour d'une église sans style particulier, et une vingtaine de fermes disséminées sur la commune. En cette année 1926, le village – qui est à l'écart des routes et des voies ferrées – vit replié sur lui-même; quelques mauvais chemins boueux relient les champs entre eux. Les gens de Beaupré ne se fréquentent guère, sauf le dimanche à la messe. Le reste du temps, ils sont dans leurs fermes, à leurs travaux. Ils ont la réputation de « n'être pas causants ».

Joseph Martin, soixante-dix-huit ans, célibataire, habite une méchante masure à l'écart du village. Il s'y est retiré il y a treize ans. Il n'a jamais été cultivateur. Avant, il était fonctionnaire à Laval. C'est un petit vieux qui vit de sa petite retraite...

Joseph Martin, dit le père Martin, vit seul, sans même un chien pour lui tenir compagnie. Il faut croire que c'est cela qui lui a aigri le caractère. Il est presque toujours d'humeur bougonne. Quand il rencontre les habitants de Beaupré, c'est immanquablement pour prédire de mauvaises nouvelles : « Vous allez voir, il va grêler », ou bien : « Cette année, les pommiers à cidre ne donneront pas. »

Ses prévisions pessimistes ne se vérifient qu'une fois sur deux. Mais les villageois, à la longue, ne retiennent que celles qui se sont révélées exactes. Et, peu à peu, on commence à chuchoter à Beaupré que Joseph Martin a le mauvais œil... C'est vrai, cela, il n'a jamais été paysan. Alors, que vient-il faire ici? De quoi vit-il? Bref, au bout de quelque temps, c'est une certitude : le père Martin est sorcier.

A partir de ce moment, la légende du sorcier de Beaupré s'enrichit d'anecdotes plus effrayantes les unes que les autres.

– L'autre jour, il s'est arrêté chez les Duchemin. Il s'est assis à côté du berceau du bébé et le petit a failli mourir de la colique...

– Quand il passe dans un pré, les vaches se mettent à danser. Quand il rentre dans une écurie, les juments deviennent stériles.

Et voilà : Beaupré a son sorcier, tout comme d'autres villages ont leur simple d'esprit. A cette différence près que ce genre de croyances peut avoir des conséquences redoutables, voire franchement horribles...

4 septembre 1926. Il fait particulièrement beau, ce jour-là. Aussi, Joseph Martin se lève de bonne heure. Il a décidé d'aller cueillir des noisettes. Les noisetiers se trouvent dans un petit bois qui appartient à la famille Benoît. Mais depuis toujours, chacun au village peut aller en chercher.

Pour se rendre au bois, le père Martin doit passer sur le champ Lefèvre. Comme il est en friche après les moissons, on ne pourra pas lui reprocher de faire des dégâts. Gustave Lefèvre est dans son champ. Il aperçoit le vieux de loin. Avant qu'il ait pu s'approcher, il lui crie :

– Je te défends de passer!

Joseph Martin continue tout de même d'avancer.

– Je ne fais pas de mal. Je vais seulement au petit bois pour les noisettes.

Le ton de Gustave Lefèvre devient plus menaçant :

– Tu passeras pas sur ma terre. Tu serais capable d'y jeter un sort.

Le vieil homme hausse les épaules et fait demi-tour. Puisque c'est ainsi, il prendra un chemin plus long. Après tout, il fait beau. Cela lui fera une promenade.

Dès qu'il a disparu, Gustave Lefèvre marmonne :

– Faut que j'aille prévenir les Benoît que le sorcier va par chez eux...

Dans le petit bois aux noisetiers, Gustave Lefèvre trouve Janette Benoît qui mène les vaches au pré. Janette, vingt ans, est une robuste fille qui n'a pas froid aux yeux. Dès qu'elle est au courant des intentions du père Martin, elle se saisit de son gourdin :

– Je ne le laisserai pas approcher de mes bêtes. Je ne veux pas qu'il les fasse danser!... Va donc prévenir mes frères. On sera pas trop de plusieurs!

Gustave Lefèvre va accomplir la mission. Et, au même moment, Joseph Martin apparaît. Dès qu'elle le voit, Janette Benoît lui lance :

– Ensauve-toi, jeteux d' sorts!

Joseph Martin avance quand même. Il vient à ses côtés. La Janette Benoît, il l'a vue toute petite. C'est une brave fille. Il lui dit gentiment :

– Je vais juste aux noisettes. Je n'y fais rien à tes bêtes. Regarde-les donc. Elles n'ont pas l'air effrayées.

Effectivement, les vaches du troupeau semblent

se désintéresser entièrement du « sorcier ». Elles regardent dans le vide d'un œil glauque... Et c'est alors que l'une d'elles se met à mugir, tandis qu'un veau d'un an fait quelques bonds en gambadant. La réaction de la jeune fille est immédiate. De son gourdin elle frappe le vieil homme en criant :

– Maudit sorcier! Je vais te faire danser toi aussi!

Joseph Martin vacille sous le coup. Il porte la main à sa tête et la retire ensanglantée. Il balbutie :

– Janette! Voyons, Janette...

Il n'a pas le temps d'en dire plus. Un second coup le fait s'écrouler et la fille Benoît frappe encore... C'est à ce moment que ses deux frères, André et Auguste, arrivent en courant. Le père Martin est à terre. Ils le frappent à coups de sabot. Au début, il se protège comme il peut. Et puis il ne bouge plus. Cela n'empêche pas les fils et la fille Benoît de continuer à cogner jusqu'à ce que Janette déclare enfin :

– C'est pas tout cela! Faut s'occuper des vaches...

Joseph Martin n'était qu'évanoui... Lorsqu'il reprend conscience, la nuit est venue depuis longtemps. C'est presque l'aube. Il veut se lever, mais une terrible douleur l'en empêche : sa jambe droite est brisée... Appeler au secours? Il n'y songe même pas. Si, par chance, quelqu'un passait dans les parages, il ne viendrait certainement pas porter de l'aide au « sorcier ». Alors, rassemblant toutes ses forces, le vieil homme se met à ramper en direction de la ferme la plus proche, celle des Lelièvre.

Quand il y arrive, l'aube est déjà levée. Raymond Lelièvre est dans sa cour, près du tas de fumier. Il a un cri de surprise en le voyant s'avancer vers lui, se traînant sur les coudes. L'instant d'étonnement passé, il se met à ricaner.

– Mais c'est toi, le sorcier! Qui est-ce qui t'a arrangé comme cela?

Le vieillard répond d'une voix implorante :

– C'est les Benoît. Pourtant je ne leur avais rien fait... Je ne suis pas méchant... Raymond, je vais mourir. Tu ne peux pas me laisser comme cela!

Le ton du fermier devient sarcastique :

– Eh bien, sers-toi donc de ta sorcellerie! Ou c'est-y que tu aurais perdu tes pouvoirs?

Joseph Martin tente en vain de se redresser.

– Tout ça c'est des histoires. Je t'en supplie, Raymond...

Mais Raymond Lelièvre ne l'écoute pas. Il appelle en direction de la ferme...

– Eh! vous autres! Venez donc voir comment il est à c't' heure, notre sorcier!

Quelques minutes plus tard, Marie et Gaston Lelièvre – sa femme et son fils – contemplent l'homme à terre. Gaston lève son pied pour le frapper dans les côtes, mais il arrête son geste. Il regarde son père :

– Je n'ose pas. Ma jambe va se briser!

Raymond Lelièvre l'encourage :

– Vas-y donc! Tu vois bien qu'il a perdu ses pouvoirs!

Oui, le « sorcier » a perdu ses pouvoirs. La jambe de Gaston Lelièvre ne se casse pas quand son sabot entre en contact avec les côtes. Le bâton de Marie Lelièvre ne s'envole pas de ses mains lorsqu'elle commence à frapper...

Cela dure un bon quart d'heure, jusqu'à ce que Raymond Lelièvre se souvienne qu'on est dimanche. Il arrête sa femme et son fils :

– Allez, faut qu'on s'habille, sans quoi on va être en retard à la messe...

A 11 heures et demie, les habitants de Beaupré, dans leurs habits du dimanche, sortent de l'église sans style défini et se répandent par petits groupes sur la place du village. C'est l'unique occasion où ils se rencontrent, où ils peuvent échanger les nouvelles, les potins. Et des nouvelles, il y en a!

Un attroupement s'est formé autour des Benoît et des Lelièvre. Les villageois parlent avec animation :

– Comment ça! Vous vous êtes débarrassés du sorcier? Vous avez vaincu le diable?

Les Benoît et les Lelièvre répondent avec complaisance :

– Pour sûr! maintenant, on est tranquilles, nos bêtes ne danseront plus.

– Et il ne vous a cassé ni bras ni jambe?...

– Non! Il a perdu ses pouvoirs...

Emile Grandjean, le maire, s'approche à son tour. Lui, il n'a jamais cru à ces histoires de sorcellerie, et c'est avec effarement qu'il entend le récit de l'agression. Il interrompt les conversations et s'adresse à Raymond Lelièvre :

– Où est Joseph Martin? Où l'avez-vous laissé?

Le fermier hausse les épaules :

– Dans ma cour, près du tas de fumier... Pourquoi? Qu'est-ce que vous voulez en faire?

Sans répondre, Emile Grandjean saute sur sa carriole et fouette ses chevaux. Quelques minutes plus tard, il est dans la ferme Lelièvre.

Elle est déserte... Un instant il croit à une vantardise. Mais non : il y a une trace sanglante qui part du milieu de la cour et se dirige vers l'extérieur. Il la suit et, quelques centaines de mètres plus loin, au bord du chemin, il découvre un corps enfoui dans un massif de ronces. Le malheureux a trouvé la force de se traîner dans ces buissons épineux, sans doute pour y trouver un ultime refuge.

Avec d'infinies précautions, le maire hisse le corps dans sa carriole. Joseph Martin a un gémissement, car – aussi incroyable que cela paraisse – il n'est pas mort. Il porte toujours en bandoulière la musette dans laquelle il voulait mettre ses noisettes.

Emile Grandjean transporte le pauvre homme jusqu'à l'hôtel-Dieu de Laval. A l'hôpital, les religieuses se trouvent mal en découvrant les blessures de Joseph Martin. Le rapport, que le médecin établit peu après, est atroce. « Il n'y a pas un centimètre carré de peau où ne soit visible une ecchymose. Le blessé a une jambe brisée, quatre côtes enfoncées, une épaule luxée, un poignet rompu, le nez écrasé, un œil crevé, des plaques de cheveux arrachées. »

Mais Joseph Martin est doué d'une constitution exceptionnelle, car, bien que dans le coma, il continue de lutter contre la mort.

Le maire de Beaupré explique tout aux gendarmes et, sur ses indications, Janette, André et Auguste Benoît sont arrêtés, de même que Raymond, Marie et Gaston Lelièvre... Ils passent en jugement à Laval le 18 décembre 1927. Mais, étant donné qu'à cette date Joseph Martin est toujours dans le coma sur son lit d'hôpital, les accusés se retrouvent devant la chambre correctionnelle pour coups et blessures et non devant la cour d'assises pour meurtre.

Tous les six sont dans leur box, l'air têtu, le regard buté. Visiblement, ils sont étonnés qu'on songe à leur reprocher quelque chose. A la question du président :

– Pourquoi avez-vous fait une chose pareille?

Janette Benoît répond :

– Il était sur notre bois.

Le président a beau objecter que Joseph Martin ne faisait pas de mal, Janette répond avec obstination :

– Il était sur notre bois...

C'est un dialogue de sourds. Le magistrat tente de se faire comprendre :

– Votre droit de propriété ne peut pas justifier une telle férocité. On ne tue pas un homme parce qu'il passe sur vos terres.

Mais Janette Benoît répond encore une fois avant de se rasseoir :

– C'était notre bois...

Raymond Lelièvre, lui, n'invoque même pas la défense de la propriété. Pour lui, c'est tout simple : il s'est battu contre le diable, il a fait acte de courage. C'est tout juste s'il ne réclame pas une médaille...

– Il faisait des sorcelleries, monsieur le Juge.

– Quel genre de sorcelleries?

– Des sorcelleries avec le diable.

– Mais vous l'avez vu?

– Oh non! Je n'aurais jamais voulu assister à des choses pareilles.

– Et c'est pour cela que vous avez voulu le tuer?

– Ben dame! Il faisait danser les bêtes. Maintenant on en est débarrassés.

Le dialogue de sourds continue quelque temps encore avec la famille Lelièvre.

– Vous croyez donc avoir bien fait?

– On l'a tout de même eu, le diable! Il est pas toujours le plus fort!...

Ensuite, c'est le village de Beaupré qui vient déposer. Le maire explique bien que Joseph Martin était inoffensif, que son seul tort était de s'être installé à Beaupré sur le tard, et que, de ce fait, il avait toujours été considéré comme un étranger, une menace. Mais les autres ne s'embarrassent pas de nuances.

– Martin, c'était le diable. Les Benoît et les Lelièvre ont rudement bien fait !

Dans sa plaidoirie, l'avocat a été jusqu'au bout de la logique des accusés : il a plaidé la légitime défense. Dans l'esprit de ces gens superstitieux, ce n'était pas contre un vieil homme sans défense qu'ils se battaient, c'était contre les forces du mal. Lorsqu'ils frappaient le vieillard à terre, ils avaient certainement peur et, aussi incroyable que cela paraisse, c'était pour eux un acte de courage...

Les magistrats ont sans doute été sensibles à ces arguments, car les Benoît et les Lelièvre n'ont été condamnés qu'à six mois de prison avec sursis. Ils sont rentrés le jour même à Beaupré où la population leur a fait un accueil triomphal.

Joseph Martin le « sorcier », le « jeteux de sorts », est mort deux jours après seulement à l'hôtel-Dieu de Laval. S'il était décédé quarante-huit heures plus tôt, ses bourreaux auraient été jugés comme criminels. Mais il semble avoir attendu que la justice les ait libérés, comme si, par sa mort, il avait voulu leur prouver qu'ils s'étaient trompés et que le mal n'avait jamais été en lui.

LA FEMME DU CHEF

GLADYS BRADLEY est en train de faire un shampooing à une cliente, dans le salon de coiffure où elle travaille, à Barking, un faubourg industriel de l'est de Londres. Gladys Bradley n'est pas désagréable à regarder. Elle est gentiment faite. Elle a une petite frimousse très fraîche, encadrée de cheveux blonds. La mode anglaise de cette année 1965 convient particulièrement à ses dix-sept ans : un collant blanc, une minijupe ultra-courte et un chandail moulant.

Cela fait trois mois que Gladys Bradley est shampooineuse; c'est son premier emploi. Ses collègues et sa patronne l'aiment bien, mais elles ne peuvent s'empêcher de temps en temps de se moquer d'elle. Gladys est si naïve et si timide quand il est question d'hommes!...

Dorothy, une des trois coiffeuses du salon, pousse une exclamation en agitant une photo.

– Regardez ce que je viens de trouver dans le sac de Gladys!

Il y a des petits cris féminins. Les deux autres collègues se précipitent, les clientes veulent voir, la patronne quitte sa caisse. Il s'agit d'une photo découpée dans une revue, représentant le gagnant du concours de M. Muscle 1965. Le personnage en question, vêtu d'un slip de bain, s'applique à faire saillir tous les aspects de sa musculature grâce à une posture compliquée. Gladys s'est arrêtée dans son shampooing, les mains au-dessus de la tête de sa cliente. Elle est devenue toute rouge. Dans le salon, chacune y va de sa plaisanterie.

– Pourquoi tu nous avais caché ton amoureux, Gladys ?

– Dites donc, ma petite Gladys, vous ne devez pas vous ennuyer avec un bonhomme pareil !...

Gladys bondit pour récupérer sa photo et éclate en sanglots, la tête entre les mains. Tout le monde est un peu ennuyé. Dorothy regrette sa méchante taquinerie.

– Je suis désolée, Gladys. Je ne voulais pas te faire de peine. Tiens, pour me faire pardonner, je t'emmène danser ce soir. Tu as déjà été en boîte ?

Gladys Bradley relève sa tête pleine de shampooing.

– Non. Toute seule, je n'ose pas y aller...

Au *Moonlight*, un endroit à la mode, à la sono assourdissante et aux éclairages violents, Gladys et Dorothy passent une soirée assez morne. Elles sont sur le point de partir lorsque se produit un remous dans la salle. Certains couples quittent la piste, d'autres s'écartent. Un groupe d'une dizaine de jeunes gens avec bottes et blousons noirs vient d'entrer et dévisage l'assistance avec arrogance. Celui qui marche en tête est un garçon d'une vingtaine d'années, à la carrure impressionnante. Il se déhanche et roule les épaules en affichant une moue dédaigneuse. Dorothy chuchote à sa compagne :

– C'est Charly et sa bande. Viens... allons-nous-en !

Mais Gladys Bradley ne bouge pas. Elle reste

pétrifiée devant Charly, qui avance sans se presser dans sa direction. Elle entend à peine Dorothy lui dire :

– Qu'est-ce que tu fais, Gladys?... Tant pis! Moi, je m'en vais!

Charly est devant elle. Il la regarde du haut de son 1,90 mètre. Il lui dit :

– Tu viens faire un tour?

A la fois subjuguée et terrorisée, Gladys Bradley se laisse prendre par le bras. L'instant d'après, elle se retrouve sur la moto de Charly, qui démarre à toute allure, escorté des autres motards de la bande.

La jeune fille, le souffle coupé par la vitesse, s'agrippe au blouson de cuir sous lequel elle sent un contact métallique : une chaîne de vélo, un poignard, un revolver? Le plus drôle, c'est qu'elle n'a plus peur. Elle pense à ses copines du salon de coiffure, à Dorothy, qui a dû baver d'envie en la voyant monter sur la moto. Brutalement, et pour la première fois, Gladys Bradley est heureuse. La vie vient vraiment de commencer pour elle ce 17 juin 1965, tandis que les motos, débarrassées de leur silencieux, hurlent dans la nuit londonienne.

Un terrain vague de banlieue... Gladys et Charly sont assis côte à côte. Autour d'eux, les membres de la bande observent le silence. Leurs regards convergent vers Charly qui tient sa compagne par la taille. Gladys se sent grisée. Elle, la gamine naïve et timide dont tout le monde se moquait l'après-midi même, est devenue la compagne du chef. Tous ces garçons aux mines redoutables qui l'entourent l'ont acceptée sans un murmure, avec respect, même... Charly écrase son mégot sur l'une de ses bottes.

– Vous, Bob et Jacky, allez-y! C'est votre tour.

Sans répliquer, les deux garçons vont enfourcher

leur moto et s'éloignent à petite vitesse de chaque côté du terrain vague. Après un demi-tour, ils se font face, à 300 mètres environ l'un de l'autre, en cabrant leurs machines, comme deux chevaliers de tournoi. Gladys Bradley demande à Charly d'une voix timide :

– Qu'est-ce qu'ils vont faire?

Charly sort de sous son blouson un poignard, le retire de sa gaine de cuir et le prend par la lame.

– Quand je l'aurai lancé, ce sera au premier de le déterrer.

Il y a un sifflement, suivi de deux hurlements de moteur. Comme des fous, Bob et Jacky se ruent dans la même direction. Les yeux écarquillés, Gladys contemple ce jeu sauvage. Cela ne dure pas plus de quelques secondes. Le deux motocyclistes, penchés sur le flanc de leurs machines qui roulent à une vitesse folle, vont se télescoper!... Mais non, l'un des deux s'écarte au dernier instant tandis que l'autre s'est saisi du poignard et le brandit triomphalement. Le vainqueur vient rendre l'arme à Charly qui la fait jouer dans sa main.

– Merci, Jacky... Hé, Bob, viens un peu voir!

Bob arrive, la tête basse.

– Tu connais le tarif, tu me dois 10 livres pour demain soir.

Bob a l'air désespéré :

– Mais Charly, je ne les ai pas.

– Ça, je m'en fous. Débrouille-toi pour les avoir. Sans quoi, tu sais ce qui t'attend.

Charly s'adresse aux autres membres de la bande :

– Allez, moi je me tire. A demain!

Il se tourne vers Gladys.

– Tu viens?

Gladys ressent une sorte de vertige. Elle a l'impression que tout ce qui est en train de se passer n'est pas réel. Elle monte sur la moto.

– Où est-ce qu'on va?

Charly fait tourner la manette des gaz.

– Chez moi...

Pendant quinze jours, Gladys vit un rêve qu'elle n'aurait jamais osé imaginer : les rodéos sur le terrain vague, l'arrivée au bras de Charly dans les boîtes, les regards apeurés des gens qui s'écartent devant eux... Au salon de coiffure, elle est devenue le point de mire. Toutes les clientes se passionnent pour son aventure.

– Vous n'avez pas peur au milieu de ces blousons noirs?

– Et ce Charly, comment est-il dans l'intimité? Allez, racontez, Gladys! Est-ce qu'il vous donne des coups? Non, je suis sûre qu'au contraire il doit être très tendre. Les durs, dans le fond, c'est tous des grands timides...

A toutes les questions, Gladys répond à mi-mots. Elle prend plaisir à entretenir le mystère. La patronne, qui constate l'intérêt de ses clientes, est devenue incroyablement gentille avec elle. Gladys a peine à y croire. D'un seul coup elle existe!...

5 juillet 1965. Ce jour-là, Gladys Bradley affiche un visage fermé en arrivant au salon. A la première question, elle ne répond pas... Personne n'ose insister. Si elle se tait, c'est qu'elle a ses raisons.

Oui, Gladys a de bonnes raisons de garder le silence. Il y a trois jours, Charly a donné ordre à la bande de se disperser. Une histoire de crime qu'elle n'a pas bien comprise. La police recherchait un blouson noir assassin et ils risquaient des ennuis. Chacun devait rester chez soi en attendant que cela se tasse. Mais la veille au soir, Gladys s'est quand même décidée à aller chez Charly. Et la catastrophe est arrivée...

– Qu'est-ce que tu fous là?

– Je m'étais dit que je pourrais peut-être passer la nuit ici.

– Ça ne va pas, non? Tire-toi!

– Mais Charly...

Charly l'a repoussée violemment et puis il s'est mis à sourire d'un air mauvais.

– Dans le fond si, tu as bien fait de venir! Il y a déjà quelques jours que j'ai décidé de te larguer. Je comprends pas, d'ailleurs, comment j'ai pu garder si longtemps une gourde pareille! Comme ça tu es au courant... Allez, salut!...

Un peu plus tard dans la matinée, alors que Gladys est en train de ressasser ses souvenirs, un policier entre dans le salon de coiffure.

– Mlle Bradley est ici? J'ai une convocation pour elle.

Gladys arrête son shampooing, s'essuie les mains et va prendre le papier.

– Une convocation?

– Oui. Le lieutenant Mallow va vous confronter avec Charly Burton, qu'on vient d'arrêter. Il prétend qu'il était avec vous la nuit du 29 juin.

Une des clientes pousse un cri.

– Alors, c'est lui le blouson noir assassin?

Le policier se retire avec un petit salut.

– Ça, on ne sait pas encore... A tout à l'heure, mademoiselle.

Dans le salon, c'est une effervescence de volière. Toutes parlent en même temps.

– Charly un assassin! Ma pauvre petite!

– C'est pour vous qu'il a tué? Racontez, Gladys!

– Vous le saviez? Comme vous avez dû avoir peur!

La voix de la patronne domine toutes les autres.

– Le policier a parlé de la nuit du 29 juin. Vous étiez avec lui ou pas?

Gladys Bradley émerge de sa stupeur.

– Oui, c'est vrai! J'étais avec lui.

– Elle défend son homme. C'est courageux! Bravo, Gladys!

– Non. Elle doit dire la vérité! C'est un assassin, après tout...

Quelques heures plus tard, Gladys Bradley, abreuvée de conseils et d'exhortations, prend le chemin du poste de police... Que va-t-elle dire tout à l'heure au lieutenant?... La vérité, bien sûr : que Charly était avec elle la nuit du crime et qu'il est innocent. Le plus drôle, c'est que personne au salon de coiffure n'a l'air de la croire. Les clientes aussi bien que ses collègues sont persuadées qu'elle est la maîtresse d'un assassin... La maîtresse d'un assassin, la femme du chef : tout cela va se terminer bientôt. On va libérer Charly, puisqu'il est innocent, et elle ne le reverra jamais : la façon dont il l'a congédiée ne laisse aucun doute. Elle redeviendra comme avant une petite shampooineuse sans intérêt; finies les questions avides des clientes, les regards d'envie de ses copines!

Gladys s'arrête sur le trottoir... Et pourtant, il suffirait d'une toute petite chose pour que cela continue. Un tout petit mensonge : « Non, Charly n'était pas avec moi cette nuit-là », et cela continuerait, Charly serait inculpé de meurtre et elle, elle serait toujours la maîtresse de l'assassin, la femme du chef, celle qu'on plaint et qu'on admire à la fois.

Un seul mot : « non » au lieu de « oui », et elle continue à exister vraiment...

5 juillet 1965, 14 heures. Gladys Bradley entre dans le bureau du lieutenant Mallow. Elle a un petit frisson en découvrant Charly assis en face du policier, les menottes aux poignets. Il lève les yeux vers elle.

– Tu vas leur dire, hein, Gladys? Moi, ils ne veulent pas me croire.

Le lieutenant Mallow coupe la parole au blouson noir.

– Suffit, Charly! C'est moi qui parle, ici!... Mademoiselle Bradley, je vais vous interroger en relation avec le meurtre d'Irinia Harris, assassinée dans sa villa de Croydon dans la nuit du 29 juin à 23 h 30. Un voisin a vu l'assassin s'enfuir. C'était un jeune homme portant des bottes et un blouson de cuir noir. Confronté avec Charly Burton, il l'a reconnu. Charly Burton, de son côté, affirme avoir été avec vous à ce moment-là... Alors, je vous pose la question, mademoiselle Bradley : avez-vous, oui ou non, passé la nuit du 29 juin avec Charly Burton?

Gladys avale sa salive.

– Oui.

Charly pousse un soupir de soulagement. Mais Gladys n'a pas fini. Elle continue d'un ton embarrassé.

– C'est-à-dire... Il faut bien que je dise la vérité, Charly, n'est-ce-pas? Je t'ai attendu longtemps. Il était plus de une heure du matin lorsque tu es arrivé.

Charly Burton bondit de son siège.

– La sale garce! Ne l'écoutez pas, lieutenant, elle ment!

Le lieutenant Mallow a un sourire sceptique.

– Et pourquoi mentirait-elle?

– Parce que je l'avais virée, j'avais rompu, quoi! Elle se venge!

– Je veux bien vous croire, mais cette rupture a-t-elle eu des témoins? En avez-vous parlé à quelqu'un?

Charly a un regard perdu... Il mesure brusquement le gouffre dans lequel il est en train de s'engloutir.

– Non. On était seuls. Et je n'ai vu personne après. C'était juste avant que vous ne m'arrêtiez...

Le lieutenant sourit toujours.

– Comme c'est curieux!

Il prend un air sévère et se tourne vers Gladys.

– Mademoiselle, je dois vous avertir que votre déposition entraînera vraisemblablement l'inculpation de Charly Burton et que, étant donné les charges qui pèsent sur lui, il risque la peine de mort. Maintenez-vous oui ou non votre déclaration?

Gladys Bradley a l'air effondrée.

– Oui, monsieur, puisque c'est la vérité... Vous savez, ce n'est pas vrai ce qu'a dit Charly. On ne s'était jamais disputés. C'était merveilleux entre nous. Et je l'aimerai toujours quoi qu'il arrive...

Le lendemain matin, c'est la cohue dans le salon de coiffure. Plusieurs journalistes, reporters et photographes sont là pour Gladys. La patronne n'a pas songé à les empêcher d'entrer. Elle ne pouvait espérer une meilleure publicité. Le téléphone ne cesse de sonner pour des rendez-vous; on se bouscule à l'entrée.

Nullement impressionnée par ce remue-ménage, l'héroïne du jour pose complaisamment en train de faire le shampooing d'une cliente. Elle répond avec bonne grâce à toutes les questions des journalistes.

– Vous saviez qu'il avait commis un crime?

– Non. Je ne voulais pas le savoir. Ce qu'il faisait quand je n'étais pas là, c'était sa vie.

– Vous n'avez jamais eu peur?

– Comment avoir peur de l'homme qu'on aime?

– Qu'allez-vous faire, maintenant?

– Je vais l'attendre. Même si c'est pendant vingt ans, je l'attendrai.

– Et s'il est pendu?

Les yeux de Gladys Bradley se mouillent brusquement de larmes.

– Alors, ce sera comme si j'étais veuve. Jamais je ne me marierai, jamais je ne l'oublierai...

12 juillet 1965. Une semaine a passé depuis la déposition de Gladys Bradley et l'inculpation pour meurtre de Charly Burton. Le salon de coiffure ne désemplit pas. Tous les jours le facteur y apporte une pile de lettres pour Gladys : des missives compatissantes ou admiratives, avec, parfois, un petit chèque ou un billet; il y a même des demandes en mariage. Chaque matin, Gladys achète tous les journaux de la capitale et découpe soigneusement les articles parlant de l'affaire, pour aller les coller ensuite sur un cahier d'écolier... Dans ses déclarations, Charly, par l'intermédiaire de son avocat, clame son innocence et son désespoir. Mais Gladys s'intéresse surtout à ses photos à elle...

Un car de police s'arrête en catastrophe devant le salon. Plusieurs agents, conduits par le lieutenant Mallow, font irruption dans la boutique. Le lieutenant passe sans ménagement les menottes à Gladys Bradley... La patronne se précipite.

– Vous n'avez pas le droit de l'arrêter! Elle n'est pas complice.

Le lieutenant la repousse.

– Elle n'est pas arrêtée pour complicité, mais pour faux témoignage.

Il s'adresse à la jeune fille d'une voix dure.

– On vient d'arrêter l'assassin, le vrai, par hasard, dans une rafle. C'était un blouson noir qui ressemblait beaucoup à Burton. Après l'arrestation de Charly, il s'est cru hors de danger et il a mis sur lui un des bijoux de la victime : une croix en or. Il a avoué tout de suite... Vous avez risqué d'envoyer un innocent à la mort par vengeance et pour avoir votre photo dans le journal : cela va vous coûter très cher, mademoiselle Bradley!

Tous les visages fixent Gladys avec une expression d'horreur et de dégoût. Il y a un silence de mort et puis les cris fusent :

– Menteuse!

– Tricheuse!

Au poste de police, les agents ont commis une erreur : celle de ne pas fouiller assez soigneusement Gladys Bradley. Elle a réussi à dissimuler une petite glace à main, et c'est avec un éclat qu'elle s'est ouvert les veines. Quand les policiers s'en sont aperçus, elle avait déjà perdu trop de sang pour qu'on puisse la sauver. Elle est morte durant son transport à l'hôpital.

Que pouvait-elle faire d'autre? Elle était, effectivement, devenue aux yeux de tous une menteuse et une tricheuse. En quittant le salon de coiffure sous les huées et les crachats, elle avait bien compris que ce qu'elles lui reprochaient toutes : c'était moins d'avoir risqué la mort de Charly que de s'être fait passer pour ce qu'elle n'était pas. A présent, elle allait devoir affronter un procès infamant, la prison et, à la sortie, pire encore : le mépris glacial...

Avant de mourir, Gladys Bradley avait eu le temps de griffonner un petit mot : « Je veux que les journaux disent que j'aime encore Charly et que je lui demande pardon. » Mais le lieutenant Mallow n'a pas transmis le message à la presse et les journalistes ont monté une sorte de conspiration du silence. Ils ont jugé que Gladys ne méritait pas qu'on parle d'elle, même à titre posthume. Son suicide a été annoncé en quelques lignes à la page des chiens écrasés.

ADOLF H.

Le commandant Léopold Maner, de l'armée autrichienne, est un officier qui ne manque pas d'allure : haute taille, moustache et favoris grisonnants, avec le maintien rigide et la voix un peu cassante qui sont de rigueur lorsque l'on fait partie de l'état-major.

Le commandant Maner est parfaitement conscient de son prestige social. En Autriche, comme dans tous les pays d'Europe, en 1909, l'armée est un objet de fierté et d'admiration, et à plus forte raison l'état-major, qui en constitue l'élite...

Ce 25 octobre 1909, le commandant Léopold Maner vient de quitter son service à l'école militaire. Il a regagné son logement de fonction : un bel appartement du centre de Vienne. Seul dans son bureau, il s'absorbe, comme chaque jour, dans la lecture des journaux. Après quoi, il se met en devoir de dépouiller le courrier que l'ordonnance a déposé près de lui, et son regard est tout de suite attiré par une enveloppe plus épaisse que les autres. Elle est en papier fort et semble contenir un objet de petites dimensions.

Un peu intrigué, il ouvre... C'est une circulaire polycopiée qu'il découvre d'abord. Sous un en-tête calligraphié au nom de Charles Francis, le texte dit en susbtance : « Monsieur, grâce à mes cachets de régénération, mis au point selon les procédés les plus révolutionnaires de la science, vous retrouverez toute votre vitalité. » Suit une description en termes pompeux des extraordinaires effets du traitement du Dr Charles Francis.

A la missive est joint un échantillon gratuit. C'est un cachet en pain azyme de forme ronde et de couleur grise.

Le commandant Léopold Maner caresse ses favoris l'air songeur... Depuis quelque temps, effectivement, il voit de la réclame à ce sujet dans les journaux. Et maintenant voilà que le fabricant se met à envoyer des prospectus à domicile. Pourquoi à lui?... Le commandant Maner est quelque peu vexé d'avoir été sur la liste des clients potentiels. Mais il faut bien reconnaître que... Le commandant pense à Elsa, sa jeune maîtresse, et à certains souvenirs désagréables. « L'essayer, c'est l'adopter », dit la notice. Pourquoi pas? De toute manière, personne ne le saura...

Le commandant Léopold Maner va chercher un verre d'eau, avale prestement le cachet, lâche le verre, porte ses mains à sa gorge et tombe à la renverse sur le tapis.

Pauvre commandant Maner, qui avait cru que personne ne le saurait! Toute l'Autriche va parler de sa mort, et ce « cachet de régénération », si discret, va mettre en émoi l'empereur François-Joseph lui-même...

Le capitaine Johann Kluck, de la police militaire autrichienne, se rend peu après sur les lieux. Le médecin de famille du commandant Maner l'attend près du corps. Il désigne l'officier étendu sur le tapis :

– La figure bleuie, l'odeur caractéristique : il n'y

a aucun doute, il s'agit d'un empoisonnement au cyanure de potassium.

Le capitaine Johann Kluck est en train de se demander pour quelle raison un officier aussi en vue que le commandant Maner a bien pu se suicider, lorsqu'il découvre sur le bureau le fameux prospectus. Un cachet échantillon y était joint... Mais dans ce cas, c'est un crime!

Le capitaine Johann Kluck revient, contrarié, à son bureau. Le meurtre d'un officier de l'état-major est une affaire sérieuse. Mais il n'y a pas lieu de penser que la sécurité militaire puisse être compromise. Les officiers sont également des hommes. C'est dans la vie privée de Léopold Maner que doit se trouver l'explication du crime. Affaire de cœur ou d'intérêt, jalousie, vengeance... Le capitaine Johann Kluck va fouiller le passé de la victime et se renseigner aussi sur ce mystérieux Charles Francis, inventeur du cachet miracle.

La nouvelle de l'assassinat du commandant Maner figure en bonne place, le jour même, dans les quotidiens viennois, et c'est elle qui va donner à l'affaire une suite toute différente.

Un officier se présente au bureau du capitaine Kluck. Il a encore le journal en main et semble très impressionné.

– Je suis le lieutenant Briesach, de l'état-major. Je viens d'apprendre ce qui est arrivé au malheureux commandant Maner. C'est très grave, mon capitaine...

Le lieutenant Briesach sort de sa poche une enveloppe épaisse en papier fort :

– J'ai reçu cela hier, mon capitaine. Lisez vous-même. Le même prospectus signé Charles Francis et, à l'intérieur, il y a aussi un cachet échantillon.

Le capitaine Kluck a pâli.

– Vous voulez dire... qu'on aurait cherché à assassiner deux officiers de l'état-major?

– Non, pas deux, mon capitaine, quatre. Le lieutenant Fischer et le capitaine Steiner ont reçu le même envoi. Nous en avons plaisanté hier en quittant l'état-major. Aucun de nous n'avait la moindre intention d'essayer ce produit. C'est ce qui nous a sauvé la vie.

Le capitaine Johann Kluck n'est plus pâle, il est livide. Quatre officiers de l'état-major, c'est une affaire d'Etat! Il se rend chez le ministre de la Guerre. Celui-ci manifeste la plus vive inquiétude et lui donne ses instructions : 1) faire analyser les cachets envoyés aux trois autres officiers; 2) vérifier immédiatement si d'autres militaires ou personnalités ont reçu des envois similaires; 3) rechercher et arrêter ce Charles Francis. Et le ministre quitte le capitaine Kluck pour aller informer l'empereur François-Joseph lui-même.

Johann Kluck exécute sur-le-champ les ordres du ministre. Dès le lendemain, c'est chose faite. Les cachets envoyés aux trois autres officiers de l'état-major étaient bourrés de cyanure. D'autre part, selon le laboratoire, le poison, sous forme de poudre, a été introduit d'une manière maladroite dans les cachets. Cela ne semble pas être le travail d'un spécialiste, médecin ou pharmacien. Ces envois ont été les seuls : personne d'autre, à l'état-major ou ailleurs, n'a reçu de réclame ni d'échantillon gratuit de Charles Francis.

Quant à Charles Francis, justement, le capitaine Johann Kluck n'a eu aucun mal à le faire arrêter. C'est un sujet britannique qui réside à Vienne depuis un an. Il se prétend médecin sans l'être, et, après avoir été expulsé de son pays, il avait entrepris de vendre aux Autrichiens son remède miracle.

Charles Francis, la soixantaine, est un homme d'aspect chétif, aux cheveux gris et au regard fuyant derrière ses lorgnons. Le capitaine Kluck ne l'interroge pas seul. Plusieurs officiers supérieurs assistent à l'interrogatoire. Le pseudo-médecin anglais, recroquevillé sur son siège, est absolument terrorisé.

– Ce n'est pas moi. Je n'ai rien fait. Je vous le jure! Mes cachets sont absolument inoffensifs...

Le capitaine Johann Kluck lui met sous le nez un de ses prospectus.

– Et ça, ce n'est pas vous? Ce n'est pas signé Charles Francis? J'ai comparé la signature avec celle qui figure sur vos réclames!

Le Britannique fixe le document avec désespoir :

– C'est abominable! On s'est servi de mon nom? C'est une machination! Mais pourquoi aurais-je fait une chose pareille?

Le capitaine Kluck rétorque d'une voix terrible :

– Parce que les Britanniques vous ont payé! Ignorez-vous que nos relations avec l'Angleterre sont au plus mal?

Charles Francis se décompose à vue d'œil :

– Je suis innocent. Je ne comprends rien...

L'interrogatoire se poursuit encore, mais, le capitaine Kluck ne pouvant en apprendre davantage, Charles Francis est reconduit à la prison militaire sous bonne escorte.

Les services secrets autrichiens et les services spéciaux du ministère de la Guerre prennent l'affaire en main pour déterminer s'il s'agit d'un complot émanant d'une puissance étrangère, le capitaine Johann Kluck recevant l'ordre de continuer l'enquête sur le plan strictement policier.

Et, dans ce domaine, il obtient rapidement des

résultats. Une jeune femme, Gretel Menger, demande à être reçue par lui. Elle est employée des postes à Vienne.

– Je suis sûre d'avoir vu l'assassin, capitaine. C'était avant-hier. Il est venu remettre ses lettres à mon guichet parce qu'elles étaient trop épaisses pour passer dans la boîte. Je l'ai remarqué parce que les quatre lettres étaient toutes envoyées à des officiers...

Le capitaine Kluck bondit :

– Comment est-il?

– Joli garçon. La trentaine environ, très distingué, brun, des yeux bleus, une petite moustache; il portait un monocle.

– Est-ce qu'il parlait avec un accent?

– Non. Un excellent allemand.

Le capitaine Johann Kluck est évidemment satisfait, bien que le signalement puisse malheureusement convenir à beaucoup de gens. Par acquit de conscience, il demande :

– Vous ne voyez rien de particulier à me signaler dans son habillement?

La postière réfléchit quelques instants :

– Je ne vois pas... Vous savez, les militaires, ils sont tous pareils.

Le capitaine Kluck manque de s'étrangler.

– Un militaire?

– Eh bien, oui. C'était un lieutenant.

– D'une armée étrangère?

La jeune femme a l'air surprise de la question :

– Non. De notre armée à nous.

Le capitaine Johann Kluck essaie de se faire préciser de quelle arme, mais la compétence de la jeune femme ne va pas jusque-là. Tout ce qu'elle peut dire, c'est que c'est un lieutenant et que ce n'était pas un marin.

A peine le capitaine Kluck a-t-il eu le temps de se

remettre de ses émotions qu'un second témoin demande à le voir. Lothar Scheffel est préparateur en pharmacie à Vienne. Il semble s'excuser de sa visite.

– Je ne pense pas que la chose ait un rapport avec l'affaire, mon capitaine, mais je tiens tout de même à vous la signaler, car elle m'a paru suspecte. Voilà... Il y a une semaine, un client est venu me demander comment on faisait pour introduire une substance dans un cachet. Bien entendu, j'ai refusé de lui répondre.

Le capitaine Kluck le presse de continuer :

– C'est très important, au contraire. Quel est son signalement ?

Le préparateur en pharmacie Lothar Scheffel a une expression gênée :

– Eh bien, justement. C'est la raison pour laquelle je ne pense pas qu'il s'agisse de l'affaire... C'était un militaire.

Le capitaine Kluck crie malgré lui :

– Quel grade ? Quelle arme ?

Le préparateur en pharmacie n'hésite pas :

– C'était un lieutenant d'artillerie...

Le capitaine Kluck fait aussitôt part de ces révélations à ses supérieurs. Un officier qui aurait assassiné ses camarades, ce n'est pas croyable ! Mais il est vrai que les recherches que les services secrets ont menées jusqu'à présent pour découvrir un éventuel complot étranger n'ont rien donné... Le capitaine Johann Kluck a donc le feu vert pour continuer son enquête.

Sur le plan technique, la chose n'est pas difficile. Il se fait remettre tous les dossiers des lieutenants d'artillerie et sélectionne les grands bruns aux yeux bleus d'une trentaine d'années. Ensuite, il convoque Gretel Menger, l'employée des postes, et Lothar Scheffel, le préparateur en pharmacie...

Sur le bureau du capitaine Kluck sont alignées quelques dizaines de photos. L'homme et la femme n'ont aucune hésitation. Avec un bel ensemble ils désignent le même cliché.

– C'est lui!

Au dos de la photo, il y a un nom : lieutenant Adolf Hofrichter. Le capitaine Kluck a son *curriculum vitae* sous les yeux : brillant sous-officier, faisant preuve de qualités militaires et morales certaines, mais doué d'une ambition trop visible. Ce défaut de caractère l'a empêché jusque-là d'accéder à l'état-major. Pourtant, il figure sur la liste des candidats possibles, exactement en quatrième position... Le capitaine Johann Kluck relit cette dernière précision, qui est la clef de toute l'énigme : en quatrième position, autrement dit, si quatre postes étaient vacants à l'état-major, Adolf Hofrichter y accéderait automatiquement...

Convoqué par le capitaine Kluck, le lieutenant Hofrichter se trouve peu après devant lui. Il est exactement tel qu'il l'attendait : élégant, avec sa fine moustache et son monocle, mais il y a quelque chose de froid et de dur dans son personnage.

Le capitaine attaque sans préambule :

– Nous savons tout, Hofrichter. Comment vous, un officier, avez-vous pu devenir un criminel?

Adolf Hofrichter ne cherche pas à nier. D'une voix calme, il raconte tout. Il retrace le mécanisme de son crime, qui a mis en émoi la cour et le gouvernement d'Autriche.

– C'est ma femme... Il y a un mois, elle a lu dans le journal le compte rendu d'une réception mondaine. On y parlait du lieutenant Briesach, de l'état-major. Elle m'a dit en riant : « Si je m'étais mariée avec lui, je serais l'épouse d'un officier d'état-major. » Elle plaisantait, j'en suis certain, mais moi, je n'ai pu le supporter.

Le lieutenant Adolf Hofrichter fixe l'officier d'un regard grave :

– Voilà des années que je veux entrer à l'état-major... Je sais bien pourquoi on ne m'a pas pris. Je n'ai pas la manière, je ne sais pas dissimuler. L'ambition, qui est celle de tous mes camarades, je ne sais pas la cacher sous des belles paroles. Je n'ai jamais été bien noté à cause de mon caractère. Je savais qu'il y avait quatre personnes, pas plus, qui me séparaient de l'état-major. Alors, cela a été plus fort que moi...

Hofrichter a un rictus :

– Quand j'ai lu cette réclame pour les cachets de Charles Francis dans les journaux, l'idée s'est imposée d'elle-même. Ce « traitement de régénération pour messieurs fatigués », c'était exactement ce qu'il leur fallait.

« J'ai imité la signature de Charles Francis et j'ai recopié son texte. Pour le cyanure, cela n'a pas été difficile : n'importe qui peut s'en procurer pour des travaux de photographie.

Et le meurtrier conclut :

– J'ai sous-estimé leur méfiance. Il n'y en a qu'un qui s'est laissé prendre, le commandant Maner. C'était le plus bête...

Le lieutenant Adolf Hofrichter est passé en jugement peu après. On ne sait malheureusement pas ce qui s'est dit à son procès, qui s'est déroulé à huis clos. On a murmuré à l'époque que l'empereur François-Joseph était intervenu personnellement pour que l'accusé ne soit pas condamné à mort et que l'affaire fasse le moins de bruit possible. Toujours est-il qu'Adolf Hofrichter a été condamné à vingt ans de réclusion.

Normalement, donc, il aurait dû sortir en 1929. Mais ce meurtrier hors du commun a bénéficié d'une chance, elle aussi, hors du commun. En

1918, après la défaite de l'Autriche, l'armée a été dissoute et, par voie de conséquence, les prisons militaires. Tous les détenus ont été libérés. Pour la quasi-totalité d'entre eux, il s'agissait de soldats internés pour motif disciplinaire. Mais il y avait tout de même un certain nombre de prisonniers de droit commun et, parmi eux, Adolf Hofrichter. Les transférer dans une prison civile aurait posé de tels problèmes administratifs que l'autorité y a renoncé. A la fin de 1918, le lieutenant Hofrichter s'est donc retrouvé libre.

A partir de là, tout le monde a perdu sa trace... Mais l'Autriche allait bientôt entrer dans une période particulièrement dramatique de son histoire, une période où les ambitieux sans scrupules allaient donner toute leur mesure. Alors, Adolf Hofrichter a peut-être profité de l'occasion inespérée de s'illustrer que lui offrait un de ses compatriotes autrichiens, qui répondait d'ailleurs au même prénom que lui : Adolf Hitler...

LE TRIBUNAL SOUTERRAIN

Ils sont dix-huit hommes dans une cave de vastes dimensions au sol cimenté. La lumière crue de plusieurs lampes tempête les éclaire brutalement. Dix-sept de ces hommes sont assis sur des caisses de bois disposées en demi-cercle. Le dix-huitième, debout en face d'eux, baisse la tête et ne bouge pas. Il n'est pas loin de minuit, ce 4 septembre 1972.

Dehors, 10 mètres plus haut, c'est Duisbourg, la grande ville industrielle de la Ruhr, avec ses rues sans caractère et ses cheminées d'usine qui fument jour et nuit. Là-haut, les gens dorment, abrutis par leur journée de travail. Personne, évidemment, ne peut imaginer ce qui va se passer quelques marches sous terre. Et si les gens l'apprenaient, il n'est même pas sûr qu'ils réagiraient. Il peut se passer tant de choses dans une grande cité comme Duisbourg.

Au milieu des boîtes de conserve et des bouteilles de bière vides, un des hommes vient de se lever, celui qui occupe la place centrale, au milieu du demi-cercle. Il a le teint jaune et les yeux bridés comme tous ses compagnons. Seulement, lui n'a pas les cheveux noirs; ils sont blancs, tout comme sa barbiche en pointe. Il annonce dans une langue asiatique :

– Le tribunal de la communauté coréenne va siéger...

Les dix-sept hommes assis sur des caisses sont effectivement les représentants élus de la communauté coréenne, nombreuse à Duisbourg et dans toute la Ruhr. L'homme âgé qui vient de prendre la parole, c'est Yong Po, leur président; le seul Coréen de Duisbourg qui soit vraiment riche : il possède des entrepôts le long du Rhin, à la sortie de la ville. Les autres appartiennent seulement à la toute petite bourgeoisie. Ils sont commerçants. Mais au moins, ils ne font pas partie, comme la plupart de leurs compatriotes, du sous-prolétariat...

Il y a pourtant un des dix-sept hommes qui se distingue des autres. Lui, il est employé par l'Administration dans un bureau d'aide sociale et de renseignements administratifs : c'est Chang Choï, le seul qui parle couramment allemand, le seul aussi qui se soit quelque peu intégré à la société occidentale.

Yong Po pointe sa barbiche blanche vers l'homme qui lui fait face :

– Dis-nous qui tu es. Où es-tu né?

L'accusé semble terrorisé. Il répond d'une voix blanche :

– Je m'appelle Doo Jak. Je suis de Séoul.

– Quel âge as-tu?

Doo Jak avale sa salive :

– Vingt ans.

– Maintenant, dis-nous ta faute.

Le jeune homme se tasse sur lui-même autant qu'il peut.

– C'était il y a quinze jours. J'ai volé deux

chemisiers dans une mercerie. Je suis sorti en courant, un agent m'a arrêté. Je regrette...

Yong Po a un sourire ironique :

– Il ne suffit pas de regretter.

Doo Jak se met à parler avec précipitation.

– Mais je suis déjà allé devant le juge pour cela! Il m'a dit : « Vous êtes condamné à un mois de prison avec sursis. Vous pouvez partir. » Pourquoi des hommes de chez nous m'attendaient-ils à la sortie du tribunal? Pourquoi m'ont-ils jeté dans une voiture et conduit ici?

Il se tourne vers Yong Po avec un regard suppliant.

– Qu'est-ce que vous voulez me faire? Je veux savoir!

Le vieil homme, sans répondre, se dirige vers la porte... Il l'ouvre. Trois Coréens à la carrure d'athlète entrent dans la cave.

– Tu ne dois pas assister à ton procès. Vous autres, emmenez-le et faites attention qu'il ne s'échappe pas...

Tandis que les trois colosses entraînent le jeune homme, Yong Po reprend sa place au milieu du demi-cercle. Il promène tour à tour son regard sur chaque assistant. Pas un n'ouvre la bouche. Pourtant, c'est la première fois que les représentants de la communauté coréenne se transforment en tribunal. Yong Po se place devant eux, à l'endroit qu'occupait tout à l'heure l'accusé.

– Si nous voulons que notre communauté soit respectée chez les Allemands, nous devons sévir. Sinon, nous allons être détestés. Les Blancs s'imagineront que nous sommes tous des voleurs, nous serons chassés de notre travail; ce sera la honte pour nous et la misère pour nos familles.

Plusieurs des assistants hochent la tête. C'est

toujours le plus profond silence parmi eux. Yong Po sort de sa poche deux petits sachets.

– Voici des boutons; les uns sont clairs, les autres sombres. Prenez-en un de chaque espèce. Ensuite, vous irez voter. Le clair voudra dire le pardon et le sombre la mort.

D'un même mouvement, les seize hommes se lèvent, mais une voix retentit.

– Attendez, j'ai quelque chose à dire!

On se retourne... C'est Chang Choï, l'employé du bureau d'aide sociale. Il vient se placer à côté de Yong Po.

– Ici, chacun a droit à la parole et je ne pense pas comme Yong Po.

Ses compagnons se rasseyent, l'air quelque peu contrarié, mais toujours silencieux. Yong Po lui-même revient à sa place. Chang Choï parle avec fougue :

– On ne condamne pas quelqu'un à mort parce qu'il a volé quelques pièces de lingerie. Quel droit aurions-nous pour le faire? Nous ne sommes pas des juges, encore moins des bourreaux! Doo Jak est jeune, il s'améliorera. Laissons-le partir après une sévère remontrance. En tout cas, il a été jugé légalement. La meilleure façon d'être respectés des Allemands, c'est de respecter leurs lois.

Chang Choï se tait. C'est toujours le même silence de mort. Yong Po se lève alors et distribue à chacun deux boutons de couleur différente. Il se dirige vers une boîte en carton, y dépose un bouton, et les seize autres l'imitent, l'un après l'autre.

Yong Po recueille le contenu de la boîte. Il annonce d'une voix parfaitement calme.

– Seize sombres, un clair... Doo Jak est condamné à mort.

Le vieil homme va ouvrir la porte. Le prisonnier

est poussé au milieu du demi-cercle. Yong Po s'adresse à lui.

– Doo Jak, tu as déshonoré notre communauté. Nous te condamnons à mort. Mais je t'accorde une faveur : je te permets de te suicider.

En entendant ces mots, le jeune homme pousse un cri :

– Mais je ne suis pas un criminel ! J'ai juste volé deux corsages. La mercière était allée dans l'arrière-boutique pour répondre au téléphone... Je n'ai pas pu résister. C'est mal, je le reconnais. Je voulais faire un cadeau à ma fiancée.

Le vieux Yong Po l'interrompt avec mépris :

– En agissant comme tu as fait, tu t'es rendu indigne de cette fille.

Il sort de sa poche un revolver et le lui tend :

– Allez ! Fais preuve de courage, sinon tu mourras comme un chien galeux que tu es !

La vue de l'arme arrache un cri d'horreur à Doo Jak. Il se met à hurler, à pleurer.

– Je vous en supplie ! Je ne veux pas mourir ! J'ai vingt ans.

Yong Po fait un signe aux trois colosses, mais, avant qu'ils aient pu se jeter sur lui, le jeune homme a bondi à l'autre bout de la cave. Il y a une lutte sauvage. Au bout de plusieurs minutes enfin, Doo Jak gît par terre, bâillonné, les pieds et les poings liés. Le vieux Yong Po lui crie :

– Tant pis pour toi. Nous allons te jeter dans le fleuve. Tu mourras noyé.

C'est alors qu'il constate que Chang Choï a disparu. Il a profité de la bagarre pour s'éclipser. Le vieil homme hausse les épaules :

– Chang Choï est un homme trop sensible. Il a perdu tout sens de l'honneur depuis qu'il est chez les Européens. Tant mieux. Nous serons plus tranquilles sans lui.

Dehors, il fait nuit noire. Deux vieilles voitures américaines stationnent devant la maisonnette de banlieue où vient de siéger le « tribunal ». Rapidement, les seize hommes s'y engouffrent après avoir jeté dans le coffre Doo Jak qui se débat avec désespoir malgré ses liens.

Les deux vieilles voitures pétaradantes démarrent l'une après l'autre en bringuebalant sur les pavés. Et, à quelques centaines de mètres de là, un Coréen hors d'haleine court dans les rues désertes... Il sait où Yong Po emmène le condamné : dans son entrepôt au bord du Rhin. Il y a vingt minutes de trajet, une demi-heure peut-être. Toujours pas de commissariat en vue... Le souffle coupé, la poitrine en feu, il presse encore l'allure. Il doit aller jusqu'à la limite de ses forces. La vie d'un homme en dépend.

Enfin un poste de police! Chang Choï se précipite... Les policiers ont un moment de surprise quand ils voient déboucher cet Asiatique haletant, les yeux hagards. Chang Choï est tellement essoufflé que, pendant au moins une minute, il ne peut prononcer un mot. Enfin, il parvient à articuler par bribes :

– Doo Jak... Ils vont le noyer... aux entrepôts Yong Po... sur le Rhin...

L'accumulation de ces noms exotiques rebute les policiers. L'un d'eux, qui semble être leur supérieur, s'adresse au Coréen :

– Qu'est-ce que c'est que cette histoire? Et d'abord, vous vous appelez comment?

– Chang Choï...

Le policier fait la grimace et se saisit d'un bloc-notes :

– Attendez que j'inscrive... Vous avez vos papiers?

Chang Choï arrache le bloc-notes des mains du policier :

– Vous ne comprenez donc pas qu'il s'agit de la vie d'un homme?

Le gradé est sur le point de jeter dehors l'individu, mais la qualité de l'allemand de Chang Choï l'impressionne. De plus, il n'a pas l'air d'un voyou; il ne semble pas être ivre.

– Si vous nous expliquiez calmement ce qui se passe, on pourrait peut-être comprendre...

Chang Choï essaie d'endiguer le flot de paroles qui lui vient à l'esprit.

– Il s'agit d'un jeune Coréen. D'autres Coréens l'ont jugé, condamné à mort et veulent l'exécuter en le noyant près des entrepôts Yong Po au bord du Rhin.

Le policier allemand se gratte la tête :

– Vous savez où ils sont, ces entrepôts?

– Oui, dépêchez-vous. Cela fait vingt minutes qu'ils sont partis. Ils y sont peut-être déjà.

Cette fois, le policier a compris. Par radio, il demande des voitures. Chang Choï ajoute :

– Prévenez aussi les pompiers. Il faut des hommes-grenouilles. Et un service de réanimation.

Le policier rétorque sèchement :

– Je connais mon métier.

Mais en fait il ne peut s'empêcher d'être impressionné par la présence d'esprit de ce Jaune qui, décidément, parle remarquablement allemand.

Quelques minutes plus tard, trois voitures de police et une voiture de pompiers, sirènes hurlantes, foncent à travers les rues de Duisbourg. Dans le premier véhicule, Chang Choï indique le chemin. Il ne cesse de regarder sa montre. Il est sans doute déjà trop tard!...

Et pourtant, non. Car il s'est produit un contretemps imprévu. En ce moment, les deux vieilles voitures américaines sont arrêtées l'une derrière l'autre dans un petit bois à la sortie de Duisbourg. Yong Po, qui est sorti du premier véhicule, apostrophe les trois colosses accroupis à l'arrière :

– Alors?... Dépêchez-vous!

L'un des trois hommes grommelle :

– On fait ce qu'on peut. Ce n'est pas facile de changer de roue dans le noir.

Contre la paroi du coffre retentissent des coups sourds. Doo Jak se débat farouchement. Peut-être espère-t-il que quelqu'un l'entendra, mais la route est absolument déserte...

Peu après, les moteurs pétaradent de nouveau. Les coups sourds cessent dans le coffre. Doo Jak a cessé de se débattre. Il a perdu tout espoir.

C'est cinq minutes plus tard seulement que les deux voitures américaines parviennent devant les entrepôts Yong Po. La nuit, l'endroit est particulièrement sinistre : une étendue uniforme de béton, des baraquements en aluminium. Les Coréens ont stoppé sur une plate-forme étroite qui domine le Rhin. Doo Jak est extrait sans ménagement du coffre et jeté sur le béton. Il a un gémissement sourd. Yong Po s'approche de lui.

– Ecoute, je te laisse encore une chance de mourir dignement. Tu as les pieds et les mains attachés, mais tu peux encore bouger suffisamment pour te laisser tomber toi-même dans l'eau.

Yong Po et les quinze élus de la communauté coréenne se sont groupés autour de Doo Jak. Mais le jeune homme ne bouge pas, n'avance pas vers le fleuve; il se contente de tourner la tête vers eux en émettant des gémissements désespérés. Yong Po a une grimace méprisante :

– Misérable ver de terre. Tu n'es pas digne de vivre!

Il s'approche de la forme qui se tortille et crache

dans sa direction. A leur tour, lentement, comme s'ils respectaient un cérémonial, les quinze autres vont cracher eux aussi.

Au loin, un bruit de sirène retentit, mais aucun des Coréens n'a l'air d'y prêter attention. Yong Po lance un ordre aux trois colosses :

– Allez-y !

Doo Jak a un dernier sursaut : il lance à ses bourreaux un regard halluciné. Mais il est aussitôt soulevé comme une plume. Son corps se balance quelques instants dans les airs, puis il y a un plouf... Les Coréens s'approchent : des cercles s'élargissent dans l'eau avec quelques bulles.

C'est à cet instant que les voitures de police et celle des pompiers débouchent dans les entrepôts avec un vacarme assourdissant... Yong Po et les autres courent vers leurs voitures, mais ils n'en ont pas le temps... Les policiers leur barrent la retraite. A leur tête, Chang Choï court en direction du fleuve. En n'apercevant pas Doo Jak, il a un cri :

– Vite, les hommes-grenouilles !

Deux pompiers avaient déjà revêtu leur scaphandre. Ils plongent aussitôt... Des minutes s'écoulent, de trop longues minutes. Enfin, l'un des plongeurs revient en traînant un corps et le dépose sur la plate-forme. Les spécialistes de la réanimation se précipitent. Ils s'activent autour du malheureux, pratiquent le bouche-à-bouche, tentent le masque à oxygène. A la fin, l'un des sauveteurs se redresse et secoue la tête :

– Il n'y a plus rien à faire. C'est fini !

Chang Choï s'approche de Yong Po, les poings serrés. Les deux hommes se fixent d'un regard qui exprime la même haine. Ils se crient l'un à l'autre :

– Chien de traître !

– Fou criminel !...

Le cas de Yong Po et de ses coaccusés a posé un problème à la justice allemande... Bien sûr, il s'agissait d'un crime prémédité et particulièrement horrible. Mais pouvait-on juger équitablement, avec des lois occidentales, des gens dont la mentalité et les traditions étaient tellement différentes des nôtres ? Comprendraient-ils même le sens de la condamnation ?

A l'issue des débats, Yong Po a été condamné à cinq ans de prison et les autres à des peines de un à deux ans. Tous ont d'ailleurs été libérés rapidement et aussitôt expulsés vers leur pays.

Chang Choï, lui, est resté. Ses compatriotes l'ont élu président de la communauté coréenne à Duisbourg. Il s'occupe toujours d'aide sociale et de renseignements administratifs. Mais par moments, on le voit devenir pensif. Et chacun sait qu'il revoit en ces instants une cave, dix-sept hommes dont lui-même assis en demi-cercle sur des caisses, entourant un jeune homme qui attendait son sort : le tribunal souterrain.

LA VILAINE GOURMANDE

10 SEPTEMBRE 1905. Le lieutenant de police Petrov avance, de sa démarche un peu militaire, dans l'allée du pensionnat pour jeunes filles de Smolsky, près de Moscou. Le concierge qui le précède le fait entrer dans le bureau de la directrice : Mme Gontcharova.

C'est une dame âgée, visiblement malade. Elle le reçoit, assise dans un grand fauteuil, où elle disparaît sous les couvertures. Le policier s'incline courtoisement :

– Je suis désolé de vous déranger, madame. Il s'agit d'une de vos pensionnaires : la jeune Tatiana Mareba. Avez-vous de ses nouvelles?

La vieille directrice n'a pas l'air de s'intéresser beaucoup à cette question.

– Je ne vois pas pourquoi vous me demandez cela.

– Mais, madame, elle a disparu depuis une semaine. Vous ne le saviez pas?

Mme Gontcharova secoue la tête :

– Non. Et je ne sais même pas le nom de mes élèves. Depuis quatre ans, c'est Olga Federovna qui s'occupe de tout au pensionnat. Allez la voir. Elle doit être en ce moment dans sa chambre. C'est une jeune fille remarquable. Une sainte...

Quelques instants plus tard, le lieutenant Petrov frappe à la porte d'Olga Federovna. Il a un mouvement d'étonnement en découvrant le décor. La chambre d'Olga Federovna, une pièce assez vaste, ressemble à une chapelle : des icônes sont accrochées un peu partout sur les murs. Sur une petite commode, des cierges et un crucifix forment une sorte d'autel.

Olga Federovna vient à la rencontre de son visiteur... Drôle de femme, pense celui-ci... Elle est encore jeune, elle doit avoir trente-cinq ans à peu près, mais il y a en elle on ne sait quoi de froid, de desséché, autrement dit de vieux. Elle est habillée d'une robe noire imposante.

Le lieutenant Petrov répète sa question à propos de Tatiana Mareba et, cette fois, il obtient une réponse.

– Ah oui!... C'est exact, elle a quitté le pensionnat il y a huit jours. Je pensais qu'elle était retournée chez ses parents...

Olga Federovna marque un temps de réflexion et reprend :

– Dans le fond, cette nouvelle ne m'étonne pas. C'est une jeune fille qui est en train de mal tourner; le diable rôde autour d'elle; elle est coquette à seize ans, vous vous rendez compte!

– Alors, selon vous, il s'agirait d'une fugue amoureuse?

Le mot provoque une grimace sur le visage ingrat d'Olga Federovna.

– Si vous voulez... Je pense qu'elle ne tardera pas à revenir ici. Mais elle sera renvoyée sur-le-champ.

L'officier Petrov claque des talons et prend congé. Il a déjà par avance classé l'affaire. Il peut maintenant revenir à des tâches plus urgentes, car, en 1905, c'est la révolution en Russie. Le soulèvement a échoué, mais il faut traquer les terroristes qui se cachent un peu partout dans le pays.

Dès que le policier est parti, Olga Federovna allume les cierges de son petit autel. Elle sort de sa poche une lettre toute froissée et s'adresse à l'icône qui lui fait face :

– Une lettre d'homme! Elle l'avait sur elle! Une lettre remplie de... toutes ces horreurs...

Olga Federovna approche les feuillets chiffonnés d'un des cierges et les regarde brûler. Elle a un sourire. Elle murmure :

– Tatiana ne recevra plus de lettres! Plus jamais!...

L'enquête du lieutenant Petrov sur la disparition de Tatiana Mareba est rapidement close, et la vie reprend donc comme auparavant au pensionnat de Smolsky.

Olga Federovna continue à surveiller les pensionnaires, à inspecter les dortoirs et à faire régner la discipline. Elle surgit, silencieuse, dans sa robe noire, au moment où l'on ne s'y attend pas. Et gare à l'élève prise en faute. Elle épie même les professeurs et prend connaissance de leur courrier qu'elle recachette soigneusement après lecture.

Ce n'est que le soir, après une journée bien remplie, qu'Olga Federovna s'accorde quelque détente au milieu de ses icônes. Elle va chercher alors une boîte en fer dans un tiroir toujours fermé à clef. Son visage prend une expression de plaisir qui le rend méconnaissable. Elle plonge la main dans le coffre et en sort une poignée de bonbons qu'elle se met à dévorer, les yeux mi-clos. Olga Federovna – elle seule le sait – est une vilaine gourmande. Et dans ces moments-là, tandis qu'elle satisfait à son seul vice, Olga repense à son passé...

Olga Federovna est issue d'une famille de petite

noblesse. Malheureusement, ses parents sont morts quand elle était en bas âge. Une tante, la seule parente qui lui restait, l'a recueillie par devoir. Une femme acariâtre, autoritaire et injuste. Olga l'a supportée avec patience, d'abord parce qu'elle était d'une nature soumise, et puis aussi parce que, sans se l'avouer vraiment, elle pensait à l'héritage. La tante était riche, Olga était sa seule héritière. Alors bientôt elle aurait sa revanche, la vie commencerait pour elle.

La tante est morte alors qu'Olga avait dix-huit ans, mais en léguant toute sa fortune aux bonnes œuvres.

Olga Federovna a dû chercher un emploi pour vivre. Elle a fini par trouver une place de dame de compagnie chez la veuve d'un général. Dès ce moment, elle s'est tournée vers la religion. Elle passait de longues heures dans sa chambre au milieu de ses icônes avec son coffre à bonbons.

La suite, Olga l'évoque toujours avec un sentiment de rage et de honte. La veuve du général est morte quatorze ans après son arrivée, elle-même en avait alors trente-deux, un âge où, après tout, la vie peut prendre un départ tardif... Elle a couru, le cœur battant, chez le notaire. L'homme de loi a lu sèchement les dispositions testamentaires.

– D'après son dernier testament, Mme la Générale vous lègue sa garde-robe et mille roubles.

A cet instant, Olga Federovna a touché le fond. Mille roubles : une somme dérisoire, un pourboire, une aumône. Quant à ses robes : des robes de deuil, laides et prétentieuses!

C'est le même problème que quatorze ans auparavant, qui a recommencé pour Olga. Cette fois, elle s'est présentée au pensionnat de Smolsky pour être dame de compagnie de la directrice, Mme Gontcharova.

Au cours de l'entretien, la vieille dame lui a demandé :

– Pourriez-vous m'aider pour certains petits problèmes, la discipline, par exemple ? Vous savez, je suis seule et âgée. C'est une personne comme vous qu'il me faudrait.

Olga Federovna a eu du mal à garder son sérieux devant la proposition de Mme Gontcharova... L'aider à s'occuper du pensionnat, et pour la discipline encore ! Comme si elle en était capable, elle qui était dépourvue de la moindre autorité, qui était tout juste bonne à faire la lecture aux vieilles dames et à écouter leurs radotages !

C'est le lendemain que s'est produit l'événement. En passant dans le parc, Olga a surpris une pensionnaire en train de contempler un petit portrait d'homme. Prise d'une impulsion qu'elle n'a pu contrôler, elle s'est précipitée sur la jeune fille, lui a arraché l'image des mains et l'a jetée au loin.

Olga Federovna n'était pas encore revenue de son incroyable audace lorsqu'elle a vu les regards des autres pensionnaires. Ils n'exprimaient pas l'indignation ou la colère, mais la peur... C'était la révélation. Elle était capable d'inspirer la peur, l'insignifiante, la délaissée. La peur, c'est-à-dire le respect. A présent, elle tenait sa revanche. Sa vie allait pouvoir commencer...

La vie reprend comme avant au pensionnat, après la disparition de Tatiana Mareba. Toute l'année 1905 s'écoule sans qu'Olga entende parler d'elle. Tout le monde l'a oubliée. L'année 1906 passe à son tour, et c'est au mois de mai 1907 que survient un événement imprévu dans le programme parfaitement organisé d'Olga Federovna.

Sophia Dolgareva vient passer quelques semaines au pensionnat. Sophia Dolgareva est la sœur de la directrice. Elle rentre d'un long voyage à travers l'Europe. Elle ne ressemble pas à sa sœur. Elle est plus jeune, d'abord, et puis elle a une tout autre personnalité.

Olga Federovna s'en aperçoit immédiatement. Dès le premier contact. Le courant ne passe pas entre elles. Sophia Dolgareva ne s'embarrasse pas pour faire part de ses sentiments à la jeune femme.

– Ma sœur m'a beaucoup parlé de vous... Beaucoup trop, je trouve. Ma sœur a toujours eu tendance à faire confiance aux gens.

Olga relève l'insulte :

– Mme Gontcharova connaît son intérêt. Sans moi, il n'y aurait plus de pensionnat. C'est moi qui fais tout marcher ici.

Sophia Dolgareva a la réplique tout aussi vive :

– C'est justement ce qui me déplaît. Vous avez été engagée comme dame de compagnie et non comme directrice. Vous n'êtes qu'une domestique. D'ailleurs, je vais en parler à ma sœur.

Pour la première fois depuis qu'elle est entrée au pensionnat, qu'elle a su transformer sa vie à force d'énergie et de travail, Olga sent planer un danger. Ce n'est pas possible ! Elle ne va pas se retrouver une nouvelle fois chassée, sans rien, humiliée, avec l'obligation de chercher une nouvelle place. Elle ne va pas redevenir l'Olga Federovna d'avant... Plus maintenant !

Dès qu'elle le peut, elle court trouver Mme Gontcharova. La vieille dame semble très contrariée. Sa sœur lui a déjà parlé.

– Sophia m'a dit des choses très injustes. Je lui ai dit, moi, que je vous faisais toute confiance, que vous étiez une sainte. Elle m'a à peine écoutée. Elle m'a au contraire posé des questions.

Le visage fermé d'Olga Federovna ne trahit aucune émotion.

– Quel genre de questions?

– Je ne sais plus, moi... Ah si! Il s'agissait de cette Tatiana je ne sais quoi... Enfin, vous savez, cette pensionnaire qui avait fait une fugue il y a deux ans. Je lui en avais parlé dans une de mes lettres. Mais j'avoue que cette histoire m'était totalement sortie de l'esprit.

Olga Federovna se contente de hausser les épaules sans faire de commentaire. Mais si la vieille directrice n'était pas devenue presque aveugle avec l'âge, elle l'aurait vue au même moment pâlir...

Le lendemain, comme tous les matins, Olga vient trouver Mme Gontcharova pour lui faire son rapport. Après avoir parlé de choses et d'autres, elle lance d'une voix indifférente :

– Au fait, votre sœur est partie tout à l'heure. Elle m'a chargée de vous le dire. Elle s'en va à l'étranger, je crois.

– Comment? Mais elle ne m'a même pas dit au revoir!

– Je pense qu'elle était fâchée, madame. Elle n'a pas admis que vous ne soyez pas d'accord à mon sujet.

Mme Gontcharova n'insiste pas. Elle se borne à répondre :

– Sophia a toujours eu mauvais caractère...

Et le temps passe. Décidément, Sophia doit être très fâchée, car Mme Gontcharova ne reçoit aucune nouvelle d'elle...

Enfin, aucune nouvelle pendant quatre mois, car, le 6 octobre 1907, le lieutenant Petrov, celui-là même qui était venu pour la disparition de Tatiana, est de retour au pensionnat. Cette fois, il n'est pas seul. Une jeune fille de seize ans l'accompagne : Alexandra Volodina, une élève de l'établissement.

Mme Gontcharova voit avec déplaisir le policier revenir chez elle. Elle demande de mauvaise grâce :

– Que se passe-t-il, officier? Vous avez quelque chose à m'apprendre au sujet de Tatiana?

– Non, madame... Et je crois malheureusement que quand nous aurons de ses nouvelles, elles ne seront pas bonnes.

Le policier se tourne vers la jeune fille.

– Alexandra, veux-tu répéter devant madame ce que tu m'as dit tout à l'heure?

La pensionnaire semble terrorisée. Elle regarde derrière elle, comme pour s'assurer qu'il n'y a personne d'autre dans la pièce, et elle commence un incroyable récit.

– C'était ce matin, dans le dortoir... Mme Federovna m'a surprise alors que j'étais en train de lire une lettre... C'était la lettre d'un jeune homme. Mme Federovna me l'a arrachée des mains, l'a lue... Je m'attendais à ce qu'elle me donne des coups de règle sur les doigts, comme elle faisait souvent. Mais elle ne s'est pas fâchée. Elle m'a dit de la suivre. Nous sommes allées dans sa chambre. Là, elle m'a demandé de m'agenouiller devant une icône et de prier pour demander pardon de ma mauvaise conduite. J'ai obéi. J'étais trop contente de m'en tirer comme cela. Et alors...

Alexandra Volodina s'est mise à trembler de tous ses membres. Elle ne peut pas continuer. C'est le policier qui le fait à sa place. Il montre des marques rouges sur le cou de la jeune fille.

– Alors, Olga Federovna s'est jetée sur elle et a tenté de l'étrangler. Heureusement qu'Alexandra est une jeune fille robuste et qu'elle a pu s'échapper, sans quoi elle serait morte...

Le lieutenant Petrov marque un temps...

– ... comme Tatiana Mareba...

Mme Gontcharova réagit brutalement.

– Ce n'est pas possible, officier! Cette fille ment! Olga est une sainte!

La vieille dame se tait... Olga Federovna vient d'entrer. Elle a entendu les dernières paroles. Elle lance d'une voix méprisante :

– Vous avez raison. Tout cela est absurde! Alexandra Volodina est une petite dévergondée, un mauvais esprit, elle ment.

Pourtant l'officier de police Petrov ne s'émeut pas.

– Eh bien, nous allons voir... Nous allons fouiller l'établissement.

La fouille prend toute la journée. Ce n'est qu'à la tombée de la nuit que les policiers explorent les caves du pensionnat et découvrent, roulés dans des couvertures et cachés derrière un tas de caisses, les cadavres de Tatiana Mareba et de Sophia Dolgareva. Malgré l'état de décomposition des corps, il est visible qu'elles ont été étranglées toutes les deux. Avec une sauvagerie particulière, même. Les têtes sont retournées, comme dévissées du reste du corps...

L'officier de police Petrov remonte chez Olga Federovna qui pendant toute la perquisition s'était réfugiée dans sa chambre. Il la trouve agenouillée devant son autel. Il annonce :

– Nous avons retrouvé vos deux victimes.

Celle qui faisait fonction de directrice au collège de Smolsky le toise de son visage ingrat.

– Je ne sais pas ce que vous voulez dire. Mais je suppose que vous avez l'intention de m'arrêter. J'aimerais vous demander la permission d'emporter mes icônes en prison. Elles comptent beaucoup pour moi...

Olga Federovna n'a rien avoué devant le juge d'instruction. A son procès, elle a donné l'image d'une femme froide, mais inflexible sur la morale et les principes, une sainte en un mot.

C'est sans doute sa personnalité qui a influencé le tribunal au moment du verdict. Il n'a pas osé la condamner à mort. Olga Federovna s'est vu infliger quinze ans de travaux forcés...

Mais quinze ans, c'était sans doute trop pour elle, qui avait vieilli avant l'âge. Olga Federovna a été retrouvée pendue aux barreaux de sa cellule le lendemain du procès. A ses pieds, un billet où elle avouait ses crimes.

Sur son lit, les gardiens ont également découvert un sachet de bonbons vide. Avant de mourir, Olga avait satisfait à son seul vice. Olga Federovna était une vilaine gourmande.

LA MAISON DES CLEMENTE

La banlieue Est d'Alger, en 1936, ressemble à la banlieue Est de Paris, avec le soleil en plus et les palmiers qui remplacent les marronniers; pour le reste c'est la même succession de petits pavillons et de jardins.

Mais la maison que sont en train de contempler M. Audibert, sa femme et ses deux filles, ce 10 juin 1936, n'est pas tout à fait comme les autres. Elle doit dater des années 1900 et elle est caractéristique du goût de cette époque pour l'art mauresque : de vastes balcons en fer forgé s'ouvrent sur une façade décorée de faïence bleue; le rez-de-chaussée est orné d'une colonnade orientale; autour, un petit jardin où poussent des orangers sépare le bâtiment des abords immédiats; un terrain de football à droite et une boulangerie à gauche... Etonnant contraste entre cette demeure un peu folle et la banalité urbaine qui l'environne.

Roland Audibert, quarante-cinq ans environ, se tourne vers sa femme :

– On dira ce qu'on voudra, Marthe, mais ça a quand même de la gueule! Et trois cents balles par mois de location!... Non mais tu te rends compte ce qu'on aurait chez nous à ce prix-là? Qui est-ce qui a eu raison de demander sa nomination en Algérie ?

Marthe Audibert, son épouse, quarante ans, ne semble pas partager entièrement l'exaltation de son mari.

– Je ne dis pas pour le poste, mais c'est la maison... trois cents francs ce n'est pas assez. Cela doit cacher quelque chose !

Roland Audibert a un rire amusé tandis qu'il franchit le portail :

– Ma pauvre Marthe, tu ne seras jamais contente... Eh ! Vise-moi un peu ces colonnes... Il n'y a rien à dire, ça fait chic, le style bougnoul.

La famille Audibert parcourt les vastes pièces aux parquets cirés, un peu sombres mais fraîches, avec leurs fenêtres aux carreaux multicolores. Leurs meubles, qu'ils ont fait venir de La Courneuve lorsque Roland Audibert, employé des Douanes, a obtenu son affectation en Algérie, semblent perdus, au milieu de tout cet espace.

M. Audibert fait sans cesse de nouvelles découvertes et pousse des cris de jubilation sonores. Derrière lui, Lucie, seize ans, et Stéphanie, treize ans, ne sont pas moins enthousiastes. Elles battent des mains et rient comme des folles.

Au dîner, pourtant, l'atmosphère change. La mère et les filles restent silencieuses, comme si elles étaient dans une église. Et il est vrai qu'avec ses vitraux, la salle à manger a un peu des allures de chapelle. Roland Audibert paraît irrité :

– Qu'est-ce que c'est que ces mines d'enterrement ? Un peu de gaieté, quoi ! Bon, je reconnais que, sans électricité, c'est moins bien, mais on va l'avoir bientôt, l'électricité...

Il y a de nouveau un silence puis on entend la voix de Lucie :

– Papa, tout à l'heure, dans la rue, il y a un petit

Algérien qui m'a dit : « Vous n'avez pas peur d'habiter la maison des Clemente? » Je lui ai demandé ce que cela voulait dire. Mais il s'est sauvé en riant.

Un frisson a parcouru en même temps la mère et l'autre sœur. Roland Audibert décide de couper court à ces frayeurs féminines.

– Ce n'est pas tout ça! C'est l'heure d'aller au lit. Les filles vous prenez votre lampe à pétrole et vous allez chacune dans votre chambre. La première qui pleure aura affaire à moi.

En reniflant et en serrant les dents, Lucie et Stéphanie montent se coucher. Quand elles ont disparu, Marthe Audibert agrippe le bras de son mari :

– Moi aussi, Roland, j'ai peur!

M. Audibert hausse les épaules et se lève de table pour aller se coucher à son tour. Marthe l'entend grommeler dans l'escalier :

– Trois cents balles!... Faut pas rigoler... trois cents balles!

Une fois au lit, M. Audibert s'endort rapidement. Mais pas pour longtemps. Il est à peine minuit, lorsqu'une main vigoureuse le secoue.

– Roland! Réveille-toi!

Roland Audibert se tourne de l'autre côté. Mais sa femme hausse la voix :

– Réveille-toi : il se passe quelque chose.

Cette fois, Roland Audibert est tiré de son sommeil. Marthe se jette dans ses bras :

– Ecoute!

Roland dresse l'oreille.

– Quoi?

– C'est un bruit de chaînes, Roland!

– Et alors? C'est pour ça que tu me réveilles?

Mme Audibert est de plus en plus terrorisée :

– Et ce gémissement, tu ne l'entends pas?

Roland semble décidément imperméable à toute frayeur :

– C'est un chat, ma pauvre Marthe !

Mais au même instant, il écarte vivement les draps et se jette au bas du lit :

– Effectivement, ce n'est pas un chat. Je vais lui apprendre, moi, à ce farceur...

Des coups violents viennent, en effet, d'être frappés à la porte d'entrée... Roland Audibert sort sur le balcon, mais la colonnade lui dissimule le perron. Les coups redoublent. Il y a un grincement métallique comme si on ouvrait une boîte en fer. Et un cri retentit, un cri abominable, à la fois grave et aigu qui exprime la douleur, l'horreur, le désespoir. Puis c'est le silence total, suivi de deux autres cris – bien humains ceux-là : Lucie et Stéphanie entrent en hurlant dans la chambre de leurs parents...

L'épicerie Martinez n'a pour clients que des habitués. Aussi, la patronne sait-elle immédiatement à qui elle a affaire lorsqu'elle voit arriver Mme Audibert avec son panier à provisions.

– Ah ! c'est vous qui êtes dans la maison des Clemente !

L'épicière laisse passer un temps et conclut laconiquement :

– Eh bé !

Marthe Audibert a un air suppliant :

– Dites-moi la vérité, je vous en prie !

Mme Martinez ne semble pas fâchée de produire son petit effet :

– Je me doute bien que l'agence s'est gardée de vous la dire, ma pauvre... Les Clemente, c'étaient les deux sœurs qui habitaient là-bas avant vous; Rose et Aurelia, elles s'appelaient. Elles devaient avoir soixante-quinze et soixante-dix ans. C'étaient deux sauvages qui ne sortaient jamais. Elles faisaient faire leurs courses par un commis. On se demandait de quoi elles vivaient d'ailleurs. Mais dans le fond, ce n'est pas difficile à deviner : elles avaient un trésor caché quelque part...

Plusieurs clientes sont entrées dans l'épicerie et forment autour de Mme Martinez un cercle avide.

– Et puis il y a eu la Noël dernière. Cettc nuit-là, on a frappé à la porte des Clemente. Les sœurs étaient bien trop méfiantes pour ouvrir, mais Rose a voulu aller voir. Elle a ouvert le judas. Elle y a collé son œil et elle est tombée à la renverse sans avoir le temps de pousser un cri. Quelqu'un avait enfoncé une baïonnette à travers le judas; elle est entrée dans l'œil et lui a traversé toute la tête. En voyant cela, sa sœur Aurelia est devenue folle; elle a été enfermée...

Mme Audibert manque de s'évanouir. Impitoyable, l'épicière poursuit :

– L'assassin n'a pas encore été retrouvé. On dit qu'à cause de cela, Rose revient toutes les nuits et qu'elle revit sa mort.

Marthe Audibert n'écoute plus. A toutes jambes elle retourne vers la maison maudite. Elle trouve Roland dans le jardin, en compagnie des deux filles. D'une voix hachée, elle fait son récit, accompagnée des cris d'horreur de Lucie et de Stéphanie. Lorsqu'elle a terminé, Roland Audibert se contente de conclure :

– Un trésor, tu dis? C'est drôlement intéressant!

Marthe en a le souffle coupé.

– Mais tu n'as pas entendu? Cette mort horrible, cette femme qui revient la nuit!

Roland Audibert a un gros sourire.

– A d'autres! Je ne crois pas aux fantômes. Mais

je crois aux trésors et je vais le chercher pas plus tard que tout de suite.

Et malgré les cris de désespoir de sa femme et de ses filles, il va prendre une pelle et se met à creuser sous les orangers...

11 juin 1936. Les Audibert passent leur deuxième nuit dans la maison des Clemente. Pour les filles, qui sont chacune dans leur chambre, c'est une épreuve atroce. Lucie, l'aînée, se blottit dans son lit. Si encore il y avait de l'électricité! Elle avait espéré que sa lampe à pétrole tiendrait toute la nuit mais elle s'est éteinte... Depuis combien de temps est-elle dans le noir? Lucie ne sait plus, elle se fait aussi petite que possible, elle attend...

Et soudain c'est l'horreur! Une vieille femme apparaît là, dans la cheminée! Elle est couverte de sang. A la place de son œil gauche, il y a un trou béant. Elle le désigne du doigt et se met à ricaner :

– C'est là qu'il faut creuser!

Lucie pousse un hurlement et... se réveille... Dieu merci, ce n'était qu'un cauchemar. A ses côtés, sa lampe à pétrole est toujours allumée. Mais l'adolescente sent la terreur l'envahir de nouveau... En bas, au rez-de-chaussée, monte un cri : une espèce de plainte lugubre, désespérée. Mais ce n'est pas la même voix que la nuit dernière, elle est familière, Lucie la connaît. C'est la voix de son père!

Surmontant sa frayeur, Lucie Audibert court dans la chambre de ses parents. Sa mère s'était assoupie et n'avait pas remarqué le départ de son mari... Toutes deux, tenant chacune une lampe à pétrole à la main, descendent l'escalier... La plainte provient de la cuisine. Marthe Audibert pousse la porte. Roland est là, assis à la table, qui la regarde fixement. Son visage reflète une terreur indicible, accentuée par la lumière crue du pétrole, ses cheveux sont devenus tout gris. Mme Audibert s'approche :

– Roland! Que se passe-t-il?

Pour toute réponse, celui-ci cesse sa plainte et émet à la place un rire de fou... Alors, Marthe Audibert va chercher sa plus jeune fille et, avec ses enfants, se met à courir en chemise de nuit vers l'épicerie Martinez pour aller chercher du secours...

Le lendemain 12 juin 1936, c'est une aube radieuse qui se lève sur Alger. Malgré l'heure matinale, une intense animation règne autour de l'épicerie Martinez, dans la banlieue Est. A l'intérieur de la boutique, le commissaire Ferrier se penche vers Mme Audibert, qui tremble sur sa chaise.

– Il n'y a plus rien à craindre, madame. Mes hommes viennent de conduire votre mari à l'hôpital. On va le soigner.

Marthe est toujours sous le choc.

– Mais qu'est-ce qu'il a?

Le commissaire n'a pas le temps de répondre; une voix résonne sur le seuil de la boutique.

– Moi, je le sais ce qu'il a : il a vu le trésor.

Le commissaire Ferrier se retourne. C'est un jeune de vingt-cinq ans qui vient de parler. Il est vêtu misérablement d'une chemisette sale et d'un pantalon retenu par une ficelle. Le policier a un sursaut :

– Modeste! Qu'est-ce que tu fais là?

Modeste Viviani est une vieille connaissance du commissaire Ferrier. C'est lui qui faisait les courses pour les sœurs Clemente. Il l'avait, bien sûr, longuement interrogé après le meurtre de Rose. Mais n'ayant aucune charge contre lui, il l'avait laissé tranquille, tout en le tenant à l'œil...

Modeste Viviani semble maintenant hésiter à parler. Le commissaire Ferrier s'impatiente.

– Alors, qu'est-ce que c'est que cette histoire de trésor?

Le jeune homme se jette à l'eau.

– La vérité! La vérité vraie, je vous le jure! Quand j'ai vu tout à l'heure qu'on emmenait le monsieur sur un brancard, j'ai compris que c'était devenu trop grave... Eh bien, voilà : c'est moi qui ai fait du bruit la nuit dernière. J'ai fait cela à cause du trésor, vous comprenez?

Modeste Viviani ravale sa salive.

– Parce qu'il existe, le trésor! Et je voulais le trouver. Quand j'ai vu qu'il y avait des locataires, je leur ai fait peur pour qu'ils s'en aillent. Seulement, moi, je sais que le trésor est maudit et je fais attention, tandis que le monsieur, il ne s'est pas méfié...

Le commissaire Ferrier devient menaçant.

– C'est toi qui as tué la vieille et attaqué M. Audibert? Avoue!

Modeste Viviani tremble toujours, mais il n'en démord pas.

– Mais non, je vous jure! Le trésor, je sais qu'il existe parce que j'ai surpris une conversation entre les deux sœurs. Même que Rose s'en est rendu compte et qu'elle m'a menacé. Elle m'a dit : « Le trésor, si quelqu'un le voit, il deviendra fou ou il mourra. » C'est ce qui est arrivé au monsieur : il est devenu fou.

Marthe Audibert pousse un cri déchirant. Le commissaire Ferrier agrippe le jeune homme par le col.

– Je t'arrête et tu finiras bien par avouer!...

Modeste Viviani est arrêté. L'enquête, en ce qui le concerne, ne progresse pas, mais il n'en est pas de même pour ce qui est arrivé à Roland Audibert.

Deux jours plus tard, le commissaire Ferrier est en mesure d'expliquer à sa femme l'incroyable vérité.

– Nous savons presque tout... Votre mari a été victime d'une intoxication à l'oxyde de carbone parce qu'il était descendu dans la cave, vraisemblablement pour chercher le trésor. Or, la cave dégage des émanations mortelles, dues au mauvais fonctionnement du four de la boulangerie à côté. Les pompiers l'ont vérifié tout à l'heure : les deux caves communiquent.

Le commissaire continue :

– Par la même occasion, les pompiers ont découvert le trésor : 500 napoléons et 100 000 francs en billets dans une cassette enfouie assez peu profondément. Mais pour quiconque ne portait pas de masque ou ne retenait pas sa respiration, la présence de ce gaz inodore constituait la mort assurée... Voyez-vous, Rose Clemente était infirmière. Elle devait avoir constaté la présence d'oxyde de carbone dans la cave – sans doute à cause de la mort d'animaux domestiques – et elle a imaginé cette protection inviolable. Le trésor des Clemente était mieux défendu que les sarcophages des pyramides...

Marthe Audibert garde un long moment le silence. Elle est encore sous le coup des émotions qu'elle vient de subir.

– Le docteur m'a dit que tout irait bien pour mon mari...

– Il a eu beaucoup de chance. Une ou deux minutes de plus et son cerveau était détruit.

– Et ce jeune homme, vous croyez que c'est lui ?

– Je ne sais pas. Pour le moment, je n'ai pas d'autre suspect...

Le commissaire Ferrier n'a pourtant pas tardé à

avoir un autre suspect, et mieux, même, le vrai coupable. Deux semaines plus tard, le 3 juillet 1936, un certain Henri Lefevre, cinquante-trois ans, était maîtrisé par des passants dans une rue du quartier alors qu'il tentait de crever les yeux d'une vieille femme à l'aide d'une baïonnette qu'il dissimulait sous sa chemise. L'homme, trépané à la suite d'une blessure de guerre, avait fait plusieurs séjours dans des hôpitaux psychiatriques...

Le jeune commis Modeste Viviani en a été quitte pour les quelques jours de prison qu'il avait faits et une sévère admonestation du commissaire. Quant aux Audibert, ils sont retournés en métropole dès que l'état de santé du chef de famille l'a permis.

Tout était rentré dans l'ordre et une explication rationnelle avait mis un point final à cet enchaînement de faits fantastiques. Pourtant, le propriétaire a mis des années avant de retrouver un nouveau locataire, qui n'est pas resté longtemps, pas plus que ceux qui ont suivi. Et la maison était vide de tout habitant ce jour de février 1962, où elle est partie en fumée, plastiquée par l'O.A.S. Pourquoi ? On ne l'a jamais su.

L'AMOUR EST AVEUGLE

AVRIL 1956. C'est un splendide samedi de printemps. Jules et Huguette Vernier sont assis côte à côte dans le train de banlieue qui les emmène à Corbeil-Essonnes. Jules Vernier est euphorique. C'est la première fois qu'avec sa femme ils vont passer le week-end dans leur résidence de campagne. Résidence, ce n'est peut-être pas le mot qui convient, mais comment dire autrement puisqu'il ne s'agit pas d'une maison? Sur un petit terrain qu'ils ont acheté au bord de la Seine, les Vernier ont aménagé un wagon désaffecté. C'est peu de chose mais c'est tout ce qu'a pu s'offrir Jules Vernier avec sa solde de garde mobile, et cela représente tout de même une évasion par rapport au une pièce-cuisine qu'ils partagent dans la caserne de la rue de Babylone.

Cela fait seulement un an que le couple Vernier habite Paris. Avant l'affectation de Jules dans la capitale, ils ont parcouru différentes villes de Bretagne, car ils sont bretons tous les deux, et c'est en Bretagne, à Pontivy, qu'ils se sont rencontrés et mariés il y a vingt-cinq ans déjà.

Jules Vernier se tourne vers sa femme avec un sourire ravi. A quarante-cinq ans, Huguette n'a jamais été aussi jolie. Depuis qu'ils sont à Paris surtout. On dirait que cela l'a transformée. Huguette est un peu forte peut-être mais cela lui va bien. Son visage aussi respire la santé, avec son éclatante chevelure rousse, ses lèvres charnues et ses yeux noisette. A côté d'elle, Jules Vernier se sent un peu insignifiant. A cinquante ans, il est déjà largement grisonnant, joufflu et plutôt bedonnant. Quelle chance il a d'avoir une femme aussi séduisante!

Jules Vernier sourit... Sur la banquette en face, un monsieur bien mis regarde fixement Huguette. Celle-ci, de son côté, papillote des cils. Jules Vernier en fait la remarque à Huguette en descendant du train.

– Tu as vu comme le monsieur t'admirait, ma chérie?

Huguette Vernier hausse les épaules.

– Et après?

Jules embrasse sa femme dans le cou.

– Après, rien... Je suis drôlement fier d'être avec toi.

Huguette Vernier ne répond rien. Elle se contente de jeter un regard à son mari, un regard qui en dit long... Enfin, à condition de ne pas être totalement aveugle, ce qui est malheureusement le cas de Jules Vernier...

Juin 1956. Deux mois ont passé depuis que les Vernier ont emménagé dans leur wagon. Par ce beau samedi d'été, Jules est tout seul. Il faut dire qu'il voit Huguette de moins en moins. Elle a accepté un poste de convoyeuse pour la Croix-Rouge. Elle doit souvent s'absenter pour accompagner des enfants aux quatre coins de la France. Jules Vernier a essayé de l'en empêcher, mais elle y tenait tellement et ce qui compte avant tout c'est qu'Huguette soit heureuse.

Jules Vernier s'affaire dans le wagon-roulotte. Huguette doit arriver tout à l'heure. Il faut faire un peu de rangement. Et c'est en ouvrant le tiroir de la table de nuit qu'il trouve... Quel est donc ce paquet de lettres ? Jules Vernier lit celle du dessus.

« Vous êtes la femme que je cherchais. Depuis que je vous ai rencontrée, je pense à vous... »

Abasourdi, Jules arrête sa lecture. Huguette ! Ce n'est pas possible ! Depuis qu'elle est à Paris, elle se conduit peut-être un peu librement avec les hommes, mais c'est uniquement par jeu. Jules Vernier prend une autre lettre au milieu de la pile :

« Je vous aime, Huguette, et je frémis d'impatience à l'idée de vous tenir dans mes bras. »

Jules sent le sol se dérober. Une chose pareille n'a pas pu se produire... Eh si, malheureusement. Il en a la confirmation en lisant la dernière lettre.

« Merci, ma chérie, de cette nuit inoubliable... »

Jules Vernier s'effondre sur sa couchette. Il reste prostré longtemps, la tête vide. C'est dans cette attitude qu'Huguette le surprend en rentrant. A la vue du courrier éparpillé, elle a une exclamation presque satisfaite :

– Ah, tu as trouvé mes lettres !

Jules relève la tête avec un air de chien battu :

– C'est une blague... Ce n'est pas vrai ! C'est pour me faire peur.

Huguette Vernier a un petit rire méprisant :

– Bien sûr que c'est vrai. Bon, voilà, j'ai un amant. Alors qu'est-ce que tu comptes faire ?

Jules Vernier a un regard d'incompréhension :

– Mais... rien...

Huguette frappe impatiemment du talon.

– Comment? Tu ne veux pas divorcer?

La réponse de Jules lui vient de tout son être :

– Non, jamais! Je t'aime trop! Tout cela passera. Tandis que nous, c'est du solide.

Huguette ouvre la bouche pour répondre. On la sent près d'exploser; mais elle se maîtrise aussitôt. Elle réplique simplement :

– Très bien.

Et elle jette un bref regard à son mari. Un regard qui exprime à la fois la haine et la détermination. Mais Jules ne s'en aperçoit pas. Jules Vernier est aveugle...

10 août 1956. Jules Vernier se prélasse sur une plage de Bretagne près de Quiberon. Il passe de merveilleuses vacances avec sa femme. Depuis la terrible découverte des lettres, elle est redevenue incroyablement gentille avec lui. Il était sûr de son repentir et il ne s'était pas trompé. Pas une fois, elle n'a reparlé de cette liaison. Tout est terminé. Ce n'était qu'une passade.

Jules suit les évolutions de sa femme en train de se baigner au large. Il se redresse brusquement... Que se passe-t-il? On dirait qu'elle fait des signes... Mais oui! Elle appelle au secours. Elle est pourtant bonne nageuse. Elle doit avoir une crampe, un malaise. Vite!

Jules Vernier se précipite. Il n'y a malheureusement personne d'autre sur la plage. En quelques minutes, il parvient à sa hauteur. Huguette est en train de couler. Jules essaie de la prendre sous les bras, mais il ne peut pas. Elle s'agrippe à lui en hurlant. Il tente de la calmer.

– Arrête! Tu vas nous faire couler! Arrête, voyons!

Jules ne peut en dire plus. Sa femme se jette sur

lui et l'entraîne sous l'eau. Totalement surpris, il suffoque sans pouvoir faire aucun mouvement : Huguette s'accroche toujours à lui... C'est alors qu'il se sent tiré par une main ferme et se retrouve dans un canot à moteur. Le propriétaire a l'air encore tout retourné.

– Eh bien, vous avez eu de la chance. A une ou deux minutes près...

Jules récupère difficilement, allongé au côté de sa femme.

– Qu'est-ce qui est arrivé?

Huguette semble moins éprouvée que son mari :

– J'ai eu une crampe. C'était terrible.

– Mais enfin, pourquoi t'es-tu débattue comme cela? Tu pouvais me noyer...

Huguette se prend la tête dans les mains.

– J'ai été prise de panique. Je ne savais plus ce que je faisais.

En débarquant sur la plage, Huguette se blottit peureusement contre son mari. Malgré son épuisement, Jules sourit. Il est heureux...

25 septembre 1956. Le couple Vernier est en train de pique-niquer en forêt de Rambouillet. Une idée d'Huguette, que Jules a trouvée charmante. Ils ont marché pendant des heures avant qu'Huguette trouve le coin qui lui plaisait. Peut-être se sont-ils un peu perdus, mais quelle importance puisqu'ils sont ensemble?

Huguette déballe les victuailles sur la nappe. Jules a un sourire en constatant qu'elle a pris du museau, un plat qu'elle n'aime pas mais dont lui-même raffole. Quelle touchante attention!

Le pique-nique se passe aussi agréablement que possible. Mais au moment du café Jules se sent brusquement mal. La sueur lui coule tout le long du corps, il est agité de tremblements et une affreuse douleur lui broie l'estomac. Il agrippe le bras de sa femme.

– Chérie, je ne me sens pas bien.

Huguette s'alarme en voyant son mari, qui est maintenant agité de convulsions.

– Ne bouge pas, je vais chercher un médecin.

Et elle disparaît en courant dans la forêt... Pendant toute la journée, Jules Vernier lutte contre ce mal qui semble le dévorer de l'intérieur... Et Huguette qui ne revient toujours pas! Huguette ne revient qu'au soir. Elle a un mouvement de surprise quand son mari se dresse à son approche.

– Jules, tu vas mieux?

Dévoré par la soif et grelottant de fièvre, Jules Vernier tient à rassurer sa femme.

– Oui. Mais toi, qu'est-ce qui t'est arrivé, ma pauvre chérie?

Huguette a un air éploré.

– Je me suis perdue. C'était terrible, tu ne peux pas savoir! J'étais seule dans cette forêt et je pensais à toi qui souffrais.

Elle se jette en pleurant dans ses bras. Et malgré la douleur qui persiste, Jules Vernier est heureux...

Dimanche 10 octobre 1956 : les Vernier s'apprêtent à dîner dans leur wagon-roulotte de Corbeil-Essonnes.

– A ta santé, mon chéri!

Jules Vernier lève son verre de pastis.

– A ta santé, ma chérie!

Jules réprime une grimace. Son pastis est vraiment amer. Mais il ne va pas le dire à Huguette : il risquerait de se disputer avec elle et il serait trop bête de gâcher une aussi belle journée. Il réprime une grimace et vide son verre.

C'est après le repas qu'il se sent soudain pris d'une irrésistible envie de dormir. Jules demande à sa femme s'il peut se coucher tout de suite, ce à quoi elle consent bien volontiers. La dernière image qu'il entrevoit, c'est celle d'Huguette penchée à côté de lui.

– Tu ne viens pas te coucher, ma chérie?

– Plus tard...

– Tu ne te déshabilles pas?

– Plus tard...

Dans son sommeil, Jules Vernier a une sensation étrange : il doit faire quelque chose sinon ce sera très grave. Jules lutte contre l'engourdissement de son cerveau. Il faut faire quelque chose, mais quoi?... Se réveiller, c'est cela : se réveiller!

Jules ouvre les yeux. Le wagon est en feu, les flammes sont en train d'attaquer sa couchette... En quelques bonds, il est dehors. Enroulé dans son drap, il contemple le désastre, tandis que les voisins commencent à accourir. Le wagon s'est embrasé avec une vitesse extraordinaire; on dirait une torche. Mais par miracle, il n'a rien, pas la moindre brûlure.

C'est alors qu'il pousse un cri :

– Huguette!

Au loin, il entend la sirène des pompiers. Quand ils arriveront, il sera trop tard. Jules n'hésite pas une seconde : s'enroulant dans son drap, il retourne dans la fournaise.

Respiration bloquée, luttant contre la douleur et la peur, Jules Vernier cherche la couchette de sa femme... Non, la chaleur est trop intolérable, il est en train de griller, il doit sortir...

Transformé en boule de feu, Jules se roule à terre pour éteindre son drap enflammé. Plusieurs personnes l'aident avec des couvertures et reculent épouvantés; c'est un spectre qui apparaît à leurs yeux, une tête noircie, sans cheveux et sans sourcils. Mais ce spectre se met à bondir.

– Ma femme! Il faut que j'y retourne.

On essaie de le raisonner.

– C'est de la folie.

– Les pompiers vont venir, il faut les attendre...

Jules Vernier n'écoute pas. Il bouscule tout le monde et disparaît pour la seconde fois dans le brasier en hurlant :

– Huguette!

Jules Vernier reprend conscience sur son lit d'hôpital. Il essaie de se redresser : une douleur insupportable l'en empêche. Il regarde ses bras : ils sont recouverts de bandelettes; il porte les mains à son visage : lui aussi ressemble à celui d'une momie. Tout revient d'un coup : le wagon, l'incendie. Et aussitôt, une autre pensée lui arrive, une pensée terrible qui lui fait oublier sa douleur même : Huguette, il n'a pas réussi à la sauver, elle est morte...

La porte de sa chambre s'ouvre. Une infirmière s'approche de lui :

– Une visite pour vous, monsieur Vernier : votre femme.

– Ma femme?...

Il n'a pas le temps d'en dire plus. Huguette vient d'arriver parfaitement maquillée dans une robe décolletée qui lui va à ravir. Elle se penche vers lui.

– Alors, mon chéri, tu t'es un peu brûlé?

Dans l'esprit de Jules Vernier, tout se bouscule. Il ne comprend pas encore, il n'ose pas encore comprendre.

– Tu n'étais pas dans la roulotte?

Huguette a un sourire enjôleur.

– Voyons! Je suis rentrée la nuit dernière à Paris. Tu le savais bien; je te l'avais dit.

La nuit dernière à Paris? Jamais Huguette ne lui a dit une chose pareille! Sinon, il ne serait pas retourné dans le brasier, il ne serait pas à présent un grand brûlé, alors qu'il était sorti indemne la première fois... Et cet incendie, comment s'est-il produit? Et ce pastis qui avait un goût amer? Et le pique-nique? Et la noyade de sa femme au large des côtes de Bretagne, qui a failli lui coûter la vie?

Jules Vernier a un cri de tout son être, un cri de désespoir, de rage, de révolte contre lui-même, contre son aveuglement.

– Menteuse! Criminelle!

Huguette pose la main sur le bras emmailloté de son mari.

– Ecoute, Jules...

Malgré la douleur, Jules se dresse sur son lit.

– Va-t'en! Je porte plainte contre toi. Tu as essayé de me faire griller comme un lapin. Tu passeras le restant de tes jours en prison!...

Non, Huguette Vernier n'a pas passé le restant de ses jours en prison. A son procès, qui s'est ouvert en juillet 1957, elle a pu sans trop de mal réfuter toutes les accusations, malgré l'acharnement de Jules, qui, de mari complaisant et aveugle, s'était brusquement métamorphosé en adversaire acharné et impitoyable.

L'accident en mer? Il était bien réel. Elle a failli se noyer. Le pique-nique? Une simple indigestion. Elle a fait son devoir en allant chercher un médecin au risque de se perdre. Du poison dans la salade de museau? C'est une calomnie! Qu'on le prouve!

En ce qui concerne l'incendie du wagon, bien

que les pompiers aient été frappés par son anormale rapidité, il n'a pas été possible d'établir qu'il était criminel. A l'issue des débats, Huguette Vernier a été acquittée...

Quant à Jules, il a demandé et obtenu le divorce. Mieux vaut tard que jamais...

UNE PEUR INEXPLICABLE

Le 20 décembre 1956, la police de Basse-Saxe repêche le cadavre d'un homme dans un canal, non loin de Hanovre. Il a été tué d'une balle dans la tête. C'était un automobiliste, dont le véhicule est retrouvé peu après, dissimulé dans un fourré. Seul indice : des traces de pas d'homme et de femme autour de la voiture. Les agresseurs semblent donc être un couple.

Le capitaine Friedrich Jung de la police de Hanovre, chargé de l'enquête, en est au point mort lorsque, le 17 janvier 1957, il reçoit un appel de ses collègues de Stuttgart :

– Capitaine Jung, on vient de découvrir le corps d'un homme assassiné dans sa voiture. Il a été tué d'une balle dans la tête, dans un bois près de la ville. Si je vous appelle, c'est qu'on a retrouvé près du véhicule des empreintes d'homme et de femme. Il serait intéressant que vous les compariez avec celles du crime de Hanovre.

Le capitaine Jung procède à l'examen, qui se révèle positif : ce sont bien les mêmes empreintes. Un couple meurtrier s'est spécialisé dans l'attaque et le meurtre d'automobilistes. Ils doivent faire de l'auto-stop et abattre leur victime une fois arrivés dans un lieu isolé.

Comme la première fois, l'enquête n'apporte aucun élément décisif. Et le capitaine est d'autant plus inquiet qu'il y a toutes chances qu'ils recommencent. Ce genre de meurtriers ne s'arrêtent généralement que lorsqu'ils sont pris.

Le 29 mars 1957, le capitaine Jung a malheureusement la confirmation de ses craintes. Mais cette fois du moins, il n'y a pas eu mort d'homme. L'automobiliste attaqué dans les environs de Hanovre, un certain Gerhardt Brandt, a eu beaucoup de chance : la balle, que son agresseur lui a tirée dans la tête, a seulement effleuré la boîte crânienne. Le croyant mort, le meurtrier s'est enfui en compagnie de sa complice.

Car il s'agit bien du couple meurtrier. Pourtant, la police dispose désormais d'un atout majeur : le témoignage de la victime.

Gerhardt Brandt, que le capitaine Jung vient interroger sur son lit d'hôpital, n'est, hélas! pas aussi précis qu'on pouvait l'espérer.

– Je ne les ai pas bien vus ni l'un ni l'autre... Il faisait nuit. La femme était blonde, plutôt grande. Elle faisait des signes sur le bord de la route. Je me suis arrêté et c'est à ce moment-là seulement que l'homme est sorti derrière elle. Cela ne m'a pas surpris. C'est le coup classique quand un couple fait du stop : le mari laisse la femme se montrer et il sort une fois que le conducteur s'est arrêté...

– Justement, le mari, à quoi ressemble-t-il?

– Brun, une petite moustache, vingt-cinq ans environ, comme elle... Il m'est difficile d'être plus précis, mais je suis certain que, si je les voyais, je les reconnaîtrais tous les deux.

Le capitaine Jung espère que, maintenant, la capture du couple ne saurait tarder. Des portraits-robots de l'homme et de la femme sont diffusés dans toute la presse; des patrouilles de police sillonnent les principales routes allemandes...

Et pourtant, non seulement le couple meurtrier n'est pas arrêté, mais il se produit un fait qui va à l'encontre des prévisions de Friedrich Jung : il n'y a pas de récidive. Les mois passent et l'on n'entend plus parler des assassins en auto-stop...

Peut-être ont-ils pris peur. Mais peut-être y a-t-il une autre raison. Le capitaine Jung se fait une réflexion, en apparence toute simple : si le couple n'a pas récidivé c'est que l'un des deux au moins en a été empêché. Et quel empêchement est plus naturel, lorsqu'il s'agit de malfaiteurs, que la prison?

En ce moment, vraisemblablement, l'homme ou la femme doit être en train de purger une peine pour une affaire sans rapport avec les agressions. Le capitaine épluche donc les dossiers de toutes les personnes, hommes et femmes, incarcérés depuis le 29 mars 1957... Sans résultat. Aucune ne correspond aux portraits-robots.

Friedrich Jung est découragé. Décidément, il se sera trompé de bout en bout. Si le couple se contente de ces trois agressions, il a toute chance de n'être jamais pris.

Mais c'est alors que toute la situation évolue d'une manière encore une fois imprévisible. Le capitaine Jung reçoit un appel du directeur de la prison de Hanovre :

– Il y a un fait nouveau, capitaine. Un détenu a des révélations à faire au sujet du couple en auto-stop. Son compagnon de cellule serait l'assassin... Un certain Rolf Geller.

Avant de se rendre à la prison, le capitaine Jung consulte le dossier de Rolf Geller. C'est un pickpocket, qui opère habituellement dans les trains. Il a été effectivement arrêté après la dernière agression, mais son signalement ne correspond pas au portrait-robot du mari. De toute manière, il faut approfondir cette histoire.

Friedrich Jung rencontre l'informateur dans l'infirmerie de la prison où celui-ci s'est fait conduire, prétextant un malaise. L'homme, un maître chanteur condamné à cinq ans de réclusion, est un petit être déplaisant aux cheveux en brosse et aux lunettes de métal cerclées; de toute sa personne dégage une impression chafouine.

– Je fais cela pour racheter mes fautes envers la société, capitaine. Croyez bien que, pour moi, c'est un devoir de rendre service.

Le capitaine Jung lui coupe sèchement la parole :

– Dites-moi ce que vous savez.

Les petits yeux porcins du dénonciateur brillent derrière ses lunettes :

– Le pauvre garçon n'arrêtait pas de soupirer en répétant le prénom de Hilda. C'est terrible ce que ça donne envie de parler, l'amour. Il m'a dit : « Hilda, c'est une fille formidable! Si tu savais les coups qu'on a faits ensemble. » Je lui ai, bien sûr, demandé quels coups. Mais il s'est méfié et il n'a rien dit de plus.

Le capitaine questionne d'une voix méprisante :

– C'est tout?

– Non, ce n'est pas tout, capitaine. Rolf Geller m'a dit que si j'étais libéré avant lui, il me donnerait le moyen de retrouver Hilda. Mais, bien sûr, pour cela, il faudrait que je sois libéré...

Friedrich Jung contemple avec répulsion cette face de Judas. L'information qu'il vient de lui livrer ne prouve rien. Rolf Geller a « fait des coups » avec une certaine Hilda, mais cela ne veut pas dire qu'ils soient les auto-stoppeurs meurtriers. D'autant que, d'après son casier, Rolf Geller, pick-pocket sans envergure, n'a pas l'étoffe d'un assassin... Mais enfin, c'est la seule piste qui se présente à lui depuis des mois et des mois d'enquête et il n'a pas le choix. Sans regarder le prisonnier, il se tourne vers le directeur, qui assistait à l'entretien :

– Tâchez de régler administrativement la question...

Le prisonnier adresse au policier un sourire servile :

– Merci, capitaine. Bien sûr, si mon renseignement est exact, je toucherai la prime de 30 000 marks, n'est-ce pas?

C'est vrai... La police, en désespoir de cause, a promis une prime de 30 000 marks à toute personne qui permettrait de retrouver les assassins. Le capitaine préfère ne pas répondre et s'en aller, en souhaitant presque que l'information soit fausse pour ne pas avoir à rétribuer un tel personnage...

Les choses se déroulent comme prévu. Le compagnon de cellule de Rolf Geller est libéré pour bonne conduite et il va trouver Hilda, suivi, bien entendu, par les policiers du capitaine Jung.

Cette Hilda, qui habite Hanovre, s'appelle Hilda Neumann. Elle aussi est fichée à la police : elle a subi plusieurs condamnations pour vol à la tire. Le capitaine se décide à la faire arrêter dans le cadre de l'enquête.

Peu après, Hilda Neumann est dans son bureau, de même que Rolf Geller, qu'on a sorti de sa prison pour la circonstance. Hilda est brune, de taille moyenne; Rolf est blond. Il a un visage plutôt mou. Ils évitent tous deux de se regarder. Hilda Neumann se dresse devant le policier. Elle demande avec colère :

– Allez-vous m'expliquer pourquoi je suis là? Qu'est-ce que cela signifie?

Le capitaine Friedrich Jung ne répond pas. Il va ouvrir la porte de son bureau. L'homme qui entre n'est autre que Gerhardt Brandt, le troisième automobiliste agressé par le couple, celui qui a par miracle échappé à la mort. Sans dire un mot, il s'approche de l'homme et de la femme. Hilda Neumann lui jette un regard noir : Rolf Geller baisse la tête avec gêne... Après un rapide examen dans un silence tendu, Gerhardt se tourne vers le policier :

– Je vous avais dit que si je voyais mes agresseurs, je serais certain de les reconnaître. Eh bien, je suis certain que ce n'est pas eux! La femme était blonde, plutôt grande. Or, celle-ci est brune, de taille moyenne. L'homme non plus, ce n'est pas lui...

Le témoin s'arrête un instant et répète :

– Non... Ce n'est pas eux...

Le capitaine le regarde d'une manière perçante :

– Vous venez d'hésiter, monsieur Brandt...

– Non... Pourtant, c'est curieux, et je ne vois pas pourquoi d'ailleurs...

– Qu'est-ce qui est curieux, monsieur Brandt?

– J'ai peur... Une peur inexplicable...

Le capitaine Jung note soigneusement cette réaction étonnante; il remercie le témoin, le prie de quitter la pièce et s'apprête à commencer l'interrogatoire... Il n'a pas le temps de poser la première question, car c'est Hilda Neumann qui s'en charge :

– Qu'est-ce que c'est que cette comédie? Qu'est-ce qu'on a fait?

Le policier lance brutalement, en espérant créer un choc :

– De l'auto-stop. Et je vous soupçonne d'avoir assassiné deux automobilistes : l'un à Hanovre, l'autre à Stuttgart.

Hilda Neumann a un instant de stupeur et puis elle se met à éclater de rire.

– Et qui vous a dit ça, s'il vous plaît? Le monsieur qu'on vient de voir et qui ne nous a pas reconnus?

Le capitaine Jung ne répond rien. Il se tourne vers Rolf Geller qui, lui semble-t-il, a eu un léger mouvement de crainte :

– Vous avez parlé à votre compagnon de cellule de « coups » que vous aviez faits avec Hilda. J'aimerais que vous me donniez des détails.

Le jeune homme commence à bredouiller quelques mots, mais Hilda Neumann l'interrompt :

– Laisse-moi répondre, Rolf. Ce qu'on a fait, ce n'est pas grand-chose. Des vols dans les magasins, si vous voulez tout savoir.

– Quels vols? Dans quels magasins? Donnez-moi les dates...

Hilda n'est pas décidée à se laisser faire. Elle s'est levée et pose les mains sur le bureau, tandis que Rolf se tasse un peu plus sur son siège.

– Je n'ai rien à vous dire. On a fait des bêtises, c'est d'accord. Mais tout cela c'est du passé. Vous n'avez pas le droit de me retenir. Quant à Rolf, laissez-le tranquille!

Le capitaine Jung regarde la jeune femme dont les mains s'agitent et dont les yeux lancent des éclairs, tandis que son compagnon se fait aussi petit que possible. Et c'est alors que lui vient une idée folle, mais qui pourrait être la clef de toute cette histoire : dans ce couple, c'est Hilda qui agit en homme, et Rolf qui se comporte en femme... Il fait rappeler Gerhardt Brandt, qui attendait dans la pièce à côté.

Le témoin rentre, regarde de nouveau, sans mot dire, Hilda Neumann et Rolf Geller. Il a l'air de plus en plus mal à l'aise.

– Monsieur Brandt, vous m'avez dit tout à l'heure que ce n'étaient pas vos agresseurs, mais que vous aviez peur. Cela signifie bien que ce sont cet homme et cette femme ici présents qui vous font peur?

Gerhardt Brandt répond, après un instant d'hésitation :

– Oui. Vous avez raison. Je ne sais pas pourquoi, mais j'ai peur en les voyant...

– Je vais vous demander de faire preuve d'imagination, monsieur Brandt. Représentez-vous le jeune homme que vous avez sous les yeux en femme, avec une robe, du rouge à lèvres et une perruque blonde. Maintenant, représentez-vous la jeune femme en costume masculin, cheveux courts et avec une petite moustache.

Gerhardt Brandt a un cri.

– Mais oui! Oui, c'est ça! La femme était déguisée en homme et l'homme en femme. Ce sont eux mes agresseurs, maintenant, j'en suis sûr!

Rolf Geller intervient pour la première fois. Il se met à crier :

– C'est elle qui a eu l'idée! C'est elle qui a tout fait! C'est elle qui a tiré. Moi je ne voulais pas...

Hilda Neumann lui jette un regard où se lisent à la fois le découragement et le mépris. Elle soupire et se tourne vers le capitaine.

– Autant que je vous dise tout, puisque, de toute manière, il va parler. Oui, c'est bien moi qui ai eu l'idée de nous déguiser. Mais l'idée d'attaquer les automobilistes en faisant de l'auto-stop, c'est lui qui l'a eue. Seulement, il en était incapable, alors, il a bien fallu que je l'aide...

Et Hilda Neumann raconte comment elle a mis au point une des plus extraordinaires affaires criminelles allemandes de l'après-guerre.

– Rolf voulait tenter quelque chose, un grand coup, mais je sentais qu'il n'avait pas l'envergure... Alors j'ai eu cette idée qui devait nous permettre, au cas où on nous aurait vus, de ne pas être reconnus : échanger nos identités. A nous deux nous donnions chacun un moyen de défense inattaquable à l'autre : lui, il ne ressemblait pas à l'homme du couple et moi, je ne ressemblais pas à la femme. Malheureusement, Rolf a parlé, il a toujours trop parlé.

Rolf Geller est prostré sur son siège... Hilda continue, d'une voix tranchante :

– Mais je dois vous dire une chose. Les deux meurtres, c'est lui qui les a commis. C'est lui, habillé en femme, qui a tiré sur les deux premiers automobilistes. Pour la troisième fois, nous avons décidé que ce serait moi. C'est pour cela que j'ai raté mon coup. J'étais trop nerveuse. Je n'ai jamais eu une mentalité d'assassin.

De nouveau, Rolf Geller se dresse :

– Ce n'est pas vrai! Elle ment! C'est elle qui a tué; c'est elle qui a tout fait. Moi, je n'ai qu'obéi...

Il était par définition impossible de savoir ce qui s'était passé au cours des deux premières agressions puisque les victimes n'étaient pas là pour le dire. Dans le doute, les jurés de Hanovre ont préféré ne pas faire de détail : ils ont condamné Hilda Neumann et Rolf Geller, ce couple étrange et monstrueux, à la prison à vie.

Le capitaine Jung, quant à lui, a eu peu après une satisfaction personnelle : celle d'arrêter le dénonciateur, le codétenu de Rolf, pour une sombre affaire d'escroquerie. Il n'avait pas profité longtemps de sa liberté anticipée et de ses 30 000 marks de récompense. Après la justice, la morale était sauve.

L'INNOCENT MEURTRIER

NOËL BORDES vient d'avoir vingt et un ans en cette année 1935. Ce n'est assurément pas un bon sujet. Costaud, tout en muscles, il a gardé un visage encore un peu enfantin avec ses cheveux blonds, mais il s'efforce de prendre des expressions brutales. Noël Bordes veut avoir l'air d'un dur.

Il roule les épaules quand il sort de la prison de Lens, où il vient de purger une peine de six mois pour vol et coups et blessures à agents. Les gardiens, qui sont habitués à ce genre de personnage, ont une certitude, en le voyant partir; ils le reverront bientôt. Noël Bordes a entamé le processus classique : emprisonné pour un délit mineur, il a rencontré pendant sa détention des malfaiteurs chevronnés qu'il brûle d'imiter. Il sort de prison avec en tête des projets de coups audacieux. Il se voit bientôt chef de bande...

Mais pour l'instant, en franchissant les lourdes portes de la maison d'arrêt, Noël Bordes a des préoccupations plus immédiates : Joséphine est là, qui l'attend sur le trottoir. Joséphine Ladot est sa maîtresse. Ils vont fêter sa libération ensemble. Une belle soirée en perspective...

Joséphine embrasse son homme... Elle n'est pas venue seule. A ses côtés, se tient Michel Ferrand. Il a le même âge que Noël. Ils se connaissent bien. Ils ont même fait un ou deux petits cambriolages ensemble. Les deux hommes se serrent la main et le trio part pour une virée mémorable dans les rues de Lens.

Après avoir fait le tour des cafés de la ville, ils se retrouvent au dîner dans un restaurant marocain. L'établissement n'a pas précisément bonne réputation; aussi, aucun des clients présents n'est étonné quand, vers 11 heures du soir, les policiers débarquent pour une rafle. Ces derniers accordent une attention toute spéciale à Noël, mais comme ses papiers sont en règle, ils le laissent partir.

La soirée se continue donc... A partir de ce moment, Noël Bordes n'en aura que des souvenirs confus. Avec Joséphine et Michel, qui continue à les suivre, ils vont à la recherche des derniers cafés ouverts. Lorsqu'on les jette dehors, Noël et Joséphine, enfin seuls, vont terminer la nuit dans la petite chambre de bonne du garçon.

Le matin, Noël Bordes est satisfait de sa première nuit de libération. Seulement, il serait bien incapable de dire ce qui s'est passé...

La suite des événements ne tarde pas. Le jour même, alors que Joséphine est partie, il voit les gendarmes arriver... Le brigadier s'adresse à lui d'un ton rogue :

– Alors, la prison te manquait, hein? Dès la première nuit, il fallait que tu fasses l'imbécile!

Noël, en proie à un mal de tête accentué, prononce d'une voix pâteuse :

– Qu'est-ce que c'est que cette histoire?

Le policier ne répond pas et les gendarmes se mettent à fouiller sa chambre de fond en comble. Le jeune homme comprend de moins en moins.

– Mais enfin, qu'est-ce que vous cherchez?

Le brigadier hausse les épaules.

– Ton revolver, pardi ! S'il n'est pas chez toi, tu ferais mieux de nous dire où tu t'en es débarrassé.

Noël Bordes proteste, mais les policiers ne l'écoutent pas... La fouille n'ayant rien donné, il est conduit, menottes aux poignets, au commissariat. Là, le commissaire Bernard lui donne enfin un début d'explication.

– On sait que tu étais au restaurant marocain hier soir à 11 heures. Une patrouille a relevé ton identité. Or, une heure plus tard, à 200 mètres de là, un agent a été blessé par balles en voulant interpeller un groupe de deux hommes et une femme. Tu n'étais pas avec Joséphine Ladot et Michel Ferrand ?... Ne nie pas, on a noté les identités.

Noël se défend avec énergie.

– Oui, c'est vrai. Mais je n'avais pas de revolver. Ce n'est pas moi. Vous n'avez qu'à leur demander.

– On y a pensé, figure-toi. Ils ont été convoqués.

Et le commissaire ajoute, en faisant un signe pour qu'on l'emmène :

– Tu as de la chance, l'agent n'est que légèrement blessé. Sans quoi...

Noël Bordes se retrouve en prison, un jour après en être sorti. Bien entendu, la police lui met cette histoire sur le dos parce qu'il est un mauvais garçon. Mais il ne s'inquiète pas trop. Joséphine et Michel doivent se trouver en ce moment devant le commissaire. Ils vont tout lui dire. Ce soir même, il sera libre.

Mais si Noël savait ce que Joséphine Ladot et Michel Ferrand sont en train de dire au commissaire Bernard, il n'aurait pas du tout la même assurance...

Le commissaire commence par interroger Joséphine.

– Noël Bordes prétend qu'il n'est pas l'agresseur du policier. Je vous conseille de me dire la vérité.

Joséphine n'a pas besoin de cette mise en garde.

– C'est bien lui, monsieur le Commissaire. On sortait de chez le Marocain, lorsqu'un agent nous a sifflés. Noël était nerveux après la rafle. Alors, il a sorti son revolver et il a tiré. Voilà...

– Et après, que s'est-il passé? Où a-t-il laissé son arme?

La compagne de Noël Bordes a un geste d'impuissance.

– Je ne me souviens plus. On avait déjà pas mal bu, vous savez.

Michel Ferrand, qui succède à la jeune femme dans le bureau du commissaire, tient exactement le même langage.

– C'est bien Noël qui a tiré... Je lui ai dit « Fais pas le con », mais c'était trop tard. Alors on a couru chacun de son côté. Je ne l'ai pas revu après.

Le lendemain, c'est au tour de Noël Bordes de se retrouver devant le commissaire Bernard. Au visage fermé du policier, il pressent qu'il se passe quelque chose. Il demande tout de même :

– Alors, ils vous ont dit? Vous allez me relâcher?

– Qu'est-ce que tu crois? Ils ont eu trop peur. Même ta petite amie s'est dégonflée. Tirer sur un flic c'est grave. Ils t'ont balancé...

Noël Bordes crie et proteste sans résultat... C'est plus tard, tandis qu'on le ramène à sa prison, que la vérité se fait jour dans son esprit. Joséphine et Michel... Il a surpris quelques regards, quelques mots furtifs au cours de la soirée. Maintenant, il en est sûr. Pendant ses six mois de prison, Joséphine ne l'a pas attendu. Elle s'est mise avec Michel. Et tous les deux ont saisi cette occasion de se débarrasser de lui... Coups de feu sur un agent, cela vaut plusieurs années avec ses antécédents... Noël comprend maintenant la machination dont il est victime. Il sc jurc dc le leur faire payer cher à tous les deux quand il sortira de prison... Mais quand sortira-t-il ?

En tout cas, il se promet de dire tout cela au commissaire quand il sera devant lui... Et il ne désespère pas de le convaincre. C'est un mauvais garçon, bien sûr, un voleur, un violent, mais de là à tirer sur un policier...

L'occasion de s'expliquer devant le commissaire arrive quarante-huit heures plus tard. Noël Bordes se retrouve, toujours menottes aux poings, dans le bureau qu'il finit par bien connaître. Mais avant qu'il ne puisse ouvrir la bouche, c'est le commissaire Bernard qui parle, et ce qu'il dit est tellement stupéfiant, tellement énorme, que Noël en reste sans voix.

– Tu n'as vraiment pas de chance. Nous avons retrouvé ton revolver. Je ne t'apprendrai rien en te disant qu'il se trouvait près du canal...

Noël Bordes s'apprête à protester, mais le commissaire l'interrompt d'un geste impératif, presque haineux.

– Tais-toi ! L'arme avec laquelle tu as blessé le policier a déjà tué deux fois. L'expert vient de me remettre son rapport : ce sont des balles tirées avec la même arme qui ont tué le bijoutier Fessart et notre collègue Dornier !

Fessart, le bijoutier, l'agent de police Dornier... Noël Bordes se souvient effectivement... C'était il y a un peu plus de six mois. Un cambrioleur s'était introduit la nuit dans une bijouterie. Le propriétaire s'était réveillé, avait tenté d'intervenir et avait été abattu. Un agent qui faisait sa ronde s'était précipité et avait subi le même sort... Fébrilement, Noël Bordes essaie de se souvenir s'il se trouvait en prison à cette date... Mais non, il se rappelle avoir lu la nouvelle dans le journal, à la terrasse d'un café. C'était avant son incarcération...

La voix du commissaire Bernard le tire de ses réflexions. Elle est dure. Noël Bordes sait bien toute l'émotion qu'avait occasionnée dans la police la mort de l'agent Dornier...

Ses protestations d'innocence tombent dans un silence glacial. Maintenant, il risque sa tête. Que peut-il faire d'autre que de nier? C'est ce que doit penser le commissaire.

C'est ce que pensent aussi les jurés, quand, au mois de décembre 1935, il passe devant la cour d'assises de Lens, inculpé de deux meurtres et d'une tentative de meurtre... Joséphine Ladot et Michel Ferrand ne sont pas revenus sur leur dénonciation. Sans doute, n'était-ce pas cela qu'ils voulaient. Ils pensaient simplement se débarrasser de Noël pour quelque temps. Mais maintenant, ils ont trop peur de revenir sur leurs aveux. Devant les juges et les jurés, malgré les cris de Noël, qui les menace, qui les supplie, ils maintiennent leur déposition.

L'avocat, commis d'office, de Noël Bordes, a beau souligner l'inconsistance de l'accusation, qui ne tient que sur le témoignage de deux personnes, elles-mêmes douteuses, on ne l'écoute pas. Le passé de l'accusé plaide contre lui, l'opinion exige un châtiment, et Bordes est la victime toute trouvée.

A l'issue des débats, Noël Bordes est reconnu coupable et condamné à mort.

Ses serments d'innocence quand il entend la sentence sont accueillis dans l'indifférence. Ses vociférations contre les deux témoins sont très mal interprétées. Dans le fourgon qui le ramène à sa prison, ce sont les mêmes cris sur son passage :

– A mort! A mort!...

C'est un mois plus tard, en janvier 1936, alors qu'il est au secret dans lc quartier des condamnés à mort de la prison de Lens qu'il apprend la nouvelle : le président de la République lui accorde sa grâce. Il n'est plus condamné, si l'on peut dire, qu'aux travaux forcés à perpétuité...

Les mois, les années passent. Noël Bordes ne cesse de clamer la vérité : il est un mauvais garçon, un dur, mais jamais il n'a tué... Personne ne l'entend. On a bien autre chose à faire, dans les années qui suivent, qu'à entendre le cri d'un prisonnier...

La guerre arrive. Noël Bordes est transféré de prison en prison, au hasard des décisions des occupants et des bombardements. Il finit par se retrouver en 1947 à Alger...

Et c'est là, pour la première fois, que la chance lui sourit... Depuis plusieurs mois déjà, il est malade. Une mastoïdite, mal soignée en prison, s'aggrave. Il est admis à l'hôpital Mustapha.

L'infirmière qui le soigne, Pierrette Lacour, est une jolie brune, à l'air doux. Noël sympathise avec elle. Elle semble s'attacher à lui. Il lui raconte toute son histoire. Et elle le croit! Noël Bordes n'en revient pas. Et il est plus stupéfait encore quand, réunissant tout son courage, il lui avoue ses sentiments. Pierrette les partage. Ils se marient avant qu'il retourne en prison. Neuf mois après, Noël est père d'une petite fille.

Pierrette est sûre de son innocence. Elle a entrepris des démarches pour la faire reconnaître. C'est en grande partie grâce à ses efforts que Noël Bordes est libéré huit ans après son mariage, en 1955. Il a passé vingt ans en prison...

Noël et Pierrette Bordes décident de s'installer à Lens. C'est Noël qui l'a voulu. C'est son pays, et surtout il n'a pas perdu l'espoir de retrouver Joséphine Ladot ou Michel Ferrand. Il veut que son innocence soit proclamée. Ce n'est pas tant pour lui. Il serait prêt à tout oublier et à commencer une nouvelle vie avec Pierrette. Non, c'est pour sa fille. Il ne veut pas qu'elle puisse croire qu'elle est l'enfant d'un assassin.

Quand il débarque à Lens, ses amis – il y en a encore quelques-uns – ont bien du mal à reconnaître Noël Bordes. Le jeune homme blond aux traits durs a fait place à un quadragénaire qui dégage une étrange impression de sérénité. Il a déjà les cheveux gris, son visage s'est adouci. En prison, il a beaucoup lu, beaucoup réfléchi. C'est un autre homme à présent. Seulement, dans l'immédiat, il a une tâche à accomplir : retrouver Joséphine, ou Michel, et lui faire avouer qu'elle a menti. Alors il pourra tenir, la tête haute, sa place dans la société.

Noël Bordes met un mois pour parvenir à trouver l'adresse de son ancienne compagne. C'est un hôtel borgne du centre de la ville. Elle a fini prostituée, ce qui ne l'étonne guère... Michel Ferrand, lui, il ne pourra pas l'interroger : il est mort à la guerre.

Noël arrive dans l'établissement sans se faire annoncer. Joséphine est seule dans sa chambre. Il y monte... C'est l'instant qu'il attend depuis vingt ans. Tout son honneur, toute sa vie dépendent de ce qui va suivre. Il devra se montrer convaincant, menaçant s'il le faut. Mais il doit réussir !

Joséphine a bien changé en vingt ans, mais elle,

ce n'est pas dans le bon sens. La femme qui vient lui ouvrir est flétrie. Sa déchéance est manifeste malgré les couches de maquillage qui couvrent son visage. Elle a démesurément grossi. Son corps s'étale dans sa jupe et son corsage.

– Qu'est-ce que vous voulez ?

Joséphine le considère sans le reconnaître, les yeux plissés... Il semble à Noël que sa voix est plus vulgaire qu'elle ne l'était. Il s'étonne de parler calmement.

– Joséphine, c'est moi, Noël. Noël Bordes...

Joséphine Ladot a un choc qui imprime une secousse à ses chairs molles... Un instant, elle a une expression de frayeur mais, voyant que Noël sourit, elle se rassure. Elle dit d'une voix traînante :

– Ah, c'est toi, mon pauvre vieux... Ils ont fini par te relâcher.

Noël n'a pas de temps à perdre. Il vient au fait.

– Ecoute, Joséphine, je sais pourquoi tu m'as accusé. C'est parce que tu étais avec Michel. Je sais que tu ne voulais pas ce qui est arrivé. Au début, il ne s'agissait que de quelques coups de feu sur un flic. Tu ne pouvais pas savoir que la même arme avait tué deux fois et que je serais condamné à mort...

Noël Bordes marque un temps. Il inspire profondément :

– Joséphine, je voulais que tu le saches : je te pardonne...

Il attend quelque temps. La femme sort de son sac une cigarette qu'elle colle entre ses lèvres badigeonnées de rouge et l'allume. Elle répond, sans se compromettre :

– Tu sais, c'est loin, tout ça. Il s'en est passé du temps depuis...

Instinctivement, Noël Bordes l'a saisie par le bras.

– Je sais qu'il s'en est passé du temps! Un mois à attendre la guillotine chez les condamnés à mort et vingt ans aux travaux forcés : cela fait beaucoup de temps, tu as raison!

Joséphine Ladot se dégage. Elle a brusquement l'air inquiet.

– Laisse-moi! Tu me fais mal... Qu'est-ce que tu veux à la fin?

Malgré lui, Noël Bordes crie presque :

– Ce que je veux, c'est que tu ailles à la police. Que tu leur dises que tu as menti à l'époque. Que je suis innocent. Tu entends : il faut que tu leur dises que je suis innocent!

Sa voix s'adoucit brusquement :

– Ce n'est pas pour moi, Joséphine, c'est pour ma fille. Je ne veux pas qu'elle croie qu'elle a un assassin pour père...

Joséphine Ladot écrase sa cigarette... Elle recule.

– Je ne peux pas aller chez les flics. Ils me coffreraient. Et puis, je me souviens plus... C'est du passé.

Noël Bordes a de nouveau agrippé le bras de la prostituée. Il le serre si fort qu'elle commence à crier. Mais il couvre sa voix.

– Tu ne te souviens plus! Tu as fait condamner un homme à mort : pendant un mois, tu as cru que j'allais, à cause de toi, monter sur la guillotine et tu ne te souviens plus! Ose me dire que cela ne t'a pas empêchée de dormir! Quand vous étiez ensemble, Michel et toi, ose me dire que vous ne pensiez pas à moi!

Joséphine Ladot est terrorisée.

– Laisse-moi ou j'appelle!

– Pourquoi? Pour que les flics arrivent? Je

croyais que tu ne voulais pas les voir, que tu avais peur qu'ils te coffrent...

– Laisse-moi ! Va-t'en !

Sans s'en rendre compte, Noël Bordes a agrippé par son corsage son ancienne compagne... Il parle de plus en plus fort.

– Avoue que tu as menti ! Que tu as fait un faux témoignage... Mais tu vas avouer ? Dis, tu vas avouer ?

Une minute plus tard, Noël reprend conscience. Il tient entre ses mains une masse inerte... Joséphine, qu'il lâche sans même s'en rendre compte, tombe sur le parquet et s'immobilise dans une pose grotesque. Elle est morte. Il l'a étranglée...

La police a retrouvé le lendemain Noël Bordes noyé dans le canal. Il n'avait donné aucune explication à son geste. Mais en avait-il besoin ? Il avait supprimé le dernier témoin qui pouvait l'innocenter. Et, de toute manière, il était devenu un assassin, un vrai.

En voulant prouver son innocence, il s'était condamné, et cette fois, définitivement.

LA SALLE DES TORTURES

11 AVRIL 1968, trois heures du matin. Un homme d'une trentaine d'années fait irruption dans la salle de garde d'un commissariat de Munich. Il a l'œil vague, la démarche plus qu'hésitante, la cravate de travers. Il se plante au milieu de la pièce et proclame d'une voix embrouillée par l'alcool :

– Je veux voir le commissaire !

L'un des trois policiers présents bougonne :

– A 3 heures du matin, il dort, le commissaire. Qu'est-ce que c'est ?

L'homme fait quelques pas titubants et s'affale sur une chaise.

– Je veux parler au commissaire parce que c'est très grave. On a voulu me tuer et me torturer... Parfaitement ! Dans une vraie salle de tortures comme au Moyen Age !

Le policier lui demande avec ironie :

– Et où se trouve-t-elle cette salle de tortures ?

– Au cabaret *L'As de trèfle...* Il faut les arrêter tout de suite, monsieur l'Agent ! C'est des bourreaux !...

– Et vous avez bien bu, au cabaret *L'As de trèfle* ?

L'ivrogne agrippe le policier par la manche :

– Vous ne me croyez pas, hein? Venez avec moi, je vais vous montrer.

Cette fois les agents se fâchent.

– Allez, cela suffit comme cela! Rentrez chez vous, ou on vous met au bloc.

Expulsé sans ménagements, l'homme se retrouve sur le trottoir, où il se répand en imprécations confuses contre le manque de conscience de la police. Et l'incident est clos...

Enfin, il ne l'est pas tout à fait, car, une semaine plus tard, un certain Hans Hoffmann demande à voir le commissaire. Cette fois, il est 11 heures du matin et le commissaire Max Gunter est à son bureau. Il accepte de le recevoir. L'homme a la quarantaine bedonnante; il est bien mis et d'allure respectable.

– Commissaire, j'étais la nuit dernière au cabaret *L'As de trèfle* et j'ai l'impression qu'il s'y passe des choses curieuses. Une femme – la patronne, je suppose – m'a attiré dans la cave. Comme j'avais pas mal d'argent sur moi, je me suis méfié et j'ai pris la fuite. Mais je suis persuadé qu'on a tenté de me voler, peut-être de m'assassiner...

Tout cela est bien vague; pourtant le commissaire prend une expression inquiète... C'est que les agents qui avaient expulsé l'ivrogne la semaine précédente ont rédigé consciencieusement leur rapport : « A 3 heures du matin, s'est présenté un quidam en état d'ébriété, tenant des propos incohérents sur une salle de tortures au cabaret *L'As de trèfle.* » Sans y attacher d'importance, le commissaire avait, bien sûr, été frappé par cette histoire rocambolesque. Et voilà qu'une seconde personne semble confirmer la chose... Une salle de tortures, ce n'est pas croyable, mais il faut y aller voir...

Le commissaire Gunter demande à Hans Hoffmann de l'accompagner et, quelques minutes plus tard, prend, en compagnie de deux agents, la direction de *L'As de trèfle*...

L'As de trèfle est un pavillon au milieu d'un parc, un peu à l'extérieur de la ville, non loin de l'autoroute. L'établissement est bien sûr fermé lorsque la voiture de police y arrive, aux environs de midi. C'est une femme blonde assez vulgaire et très fardée qui vient ouvrir. En l'apercevant, Hans Hoffmann pousse une exclamation :

– C'est elle! C'est la femme d'hier soir!

Le commissaire Max Gunter la questionne.

– Vous êtes la patronne?

– Oui.

– Vous vous appelez?

– Ruth Meister... Mais ma licence est en règle.

Le commissaire Gunter a déjà franchi la porte.

– Ce n'est pas votre licence qui m'intéresse, c'est votre cave. J'aimerais la visiter.

Et il exhibe son mandat de perquisition.

Ruth Meister l'examine avec soin et déclare à regret :

– D'accord. Mais vous perdez votre temps à écouter des racontars d'ivrogne...

Après avoir descendu un escalier malaisé, les policiers, le témoin et la femme se retrouvent dans la cave. C'est une pièce assez vaste, encombrée d'objets de toutes sortes : des chaises, des morceaux de piste de danse. A première vue, il n'y a pas d'instruments de torture...

Le commissaire et ses deux agents explorent ce bric-à-brac sous le regard de la patronne. Après vingt minutes de fouille, ils doivent se rendre à l'évidence : il n'y a rien de suspect. Le commissaire se tourne vers Hans Hoffmann avec quelque agacement :

– Vous êtes sûr de ne pas avoir rêvé ou trop bu?

L'homme a l'air désorienté :
– Je vous assure, commissaire, j'étais parfaitement lucide. C'est sans doute cela qui m'a sauvé la vie... Je me trouvais ici même.
Brusquement, il a une exclamation :
– Je me souviens! Je suis parti quand la femme est allée vers le mur du fond. Je me suis dit qu'il devait y avoir un complice caché et qu'elle allait le prévenir...
Le commissaire s'approche du mur... En l'examinant attentivement il découvre un trou circulaire à la hauteur de son épaule. Et, un peu plus loin, toute une partie de la paroi, apparemment en ciment comme le reste, sonne creux. Mais pas de trace de serrure ou de gond.
Le commissaire Gunter apostrophe la femme :
– Il y a un passage secret ici! Si vous n'ouvrez pas, je donne l'ordre de démolir.
Ruth Meister est devenue toute pâle malgré son maquillage. Elle baisse la tête et va chercher une bille d'acier qui traînait dans le bric-à-brac... Elle l'introduit dans le trou circulaire. Il y a un bruit de roulement à l'intérieur du mur, un déclic, et la fausse paroi se met à pivoter sur elle-même... Le commissaire n'en revient pas. C'est un mécanisme d'une rare ingéniosité : la bille doit établir un contact électrique qui déclenche l'ouverture d'une porte.
La pièce secrète est le prolongement de la cave qui avait été coupée en deux par la paroi... Le commissaire Gunter tourne un commutateur et ne peut s'empêcher de pousser un cri. Oui, l'ivrogne avait dit vrai : c'est bien une chambre de tortures. Au centre, une chaise électrique avec un casque muni d'électrodes; d'autres électrodes sont fixées à des bracelets destinés à enserrer les pieds et les mains. Le siège métallique doit servir également à

faire rôtir les victimes, car, en dessous, est installé une forte lampe à souder...

Le commissaire et ses hommes, suffoqués, prennent en main les objets disposés sur les étagères, ou pendus le long du mur : des chaînes, des pinces, des tenailles, des poucettes, des couteaux de dimensions variées, des matraques, un brasero avec plusieurs tisonniers. Mais le plus horrible est une baignoire dans un coin de la pièce; à côté sont rangées une dizaine de bonbonnes d'acide sulfurique. De quoi faire disparaître un corps en quelques heures. Etrangement, un électrophone et une pile de disques voisinent avec cet attirail de mort...

Ruth Meister est effrondrée. Le commissaire Gunter n'a pas besoin d'insister pour apprendre la vérité. Elle avoue aussitôt :

– C'est Conrad, mon mari, qui a tout fait. C'est lui qui a tout construit... Il est électricien.

Conrad Meister... Effectivement, le commissaire se souvient de son dossier : dix ans de prison pour vol et tentative de meurtre, libéré il y a six mois environ. Un individu dangereux...

Ruth continue son récit :

– Moi, je ne voulais pas, c'est Conrad qui m'a obligée... Je devais repérer les clients qui avaient de l'argent, essayer de les séduire et les amener ici. Alors, Conrad devait les assommer avec une matraque. On les mettait sur la chaise électrique, on envoyait un courant pas trop fort, juste pour leur faire un peu mal. A ce moment-là, on mettait un disque pour qu'on ne les entende pas. Quand ils n'en pouvaient plus, on leur détachait la main droite pour qu'ils signent un chèque ou une reconnaissance de dette. Ensuite, Conrad envoyait tout le courant et il n'y avait plus qu'à plonger le corps dans l'acide.

Ruth Meister se tord les mains :

– Mais tout cela, c'est ce qu'avait prévu Conrad. Ce n'est jamais arrivé! On n'a essayé que deux fois. D'abord la semaine dernière, un type que j'avais fait boire. Quand il est arrivé ici, il a réussi à s'échapper...

Elle désigne Hoffmann :

– La deuxième fois, c'est hier soir, avec ce monsieur... C'est vrai ce qu'il vous a dit. Il est parti quand j'ai été vers le mur pour ouvrir la porte; mais il n'y en a pas eu d'autres, je vous le jure!

Le commissaire Gunter ordonne à un de ses hommes de passer les menottes à la femme.

– On verra cela... Où est Conrad Meister?

– Il est chez un fournisseur. Il va arriver.

Effectivement, un quart d'heure plus tard, Conrad Meister est de retour à *L'As de trèfle.* Deux agents l'appréhendent sur le seuil et le conduisent directement à la cave... Conrad Meister est un homme d'une quarantaine d'années, très brun, mal rasé, de petite taille. Sous l'effet de la surprise, il a d'abord perdu contenance mais il se ressaisit rapidement. Il lance au commissaire d'un ton de défi :

– Et alors?

– Alors il faut m'expliquer ce que c'est que ça...

Ruth Meister est blottie dans un coin, Hans Hoffmann semble terriblement contrarié de se trouver là; les policiers entourent le suspect... Pour le commissaire Gunter vient de commencer un interrogatoire comme il n'en a jamais pratiqué : un interrogatoire dans une chambre de tortures! Il a l'impression qu'il est devenu brusquement un Grand Inquisiteur, qu'il a quitté le Munich du XXe siècle pour se retrouver en plein Moyen Age.

Conrad Meister hausse les épaules :

– Ruth a dû vous le dire, j'imagine... Mais ce

qu'elle ne vous a sûrement pas dit, c'est que c'est elle qui a eu l'idée. Moi je n'ai fait que le bricolage. Vous ne savez sans doute pas qu'elle était fille à S.S. au camp de Mauthausen. Elle en a gardé des souvenirs... C'est une nostalgique, Ruth! Alors j'ai construit ce petit gadget pour lui faire plaisir.

Le commissaire Gunter se fâche.

– Vous avez fini de vous moquer de moi? Vous avez déjà commis deux agressions et, s'il y a eu des choses plus graves, je le saurai, faites-moi confiance.

– Quelles agressions? Est-ce que quelqu'un s'est plaint d'avoir été frappé ou séquestré?

Le commissaire ne répond pas... Il donne l'ordre à ses hommes d'emmener le couple. Meister résiste, il a l'audace de protester :

– C'est illégal! Je veux un avocat. Il n'y a pas de loi qui interdise d'avoir une salle de tortures chez soi!

En rentrant, le commissaire Gunter est soucieux. Aussi étrange que cela paraisse, Conrad a parfaitement raison. Il y a certainement eu projet de crime mais jusqu'ici, il n'y a eu, apparemment, aucun commencement d'exécution, donc, pas de délit. La police a juste le temps de garde à vue pour chercher à savoir si cet attirail sinistre dissimule une vérité réellement criminelle.

Le premier souci du commissaire Gunter est de faire fouiller le plus minutieusement possible la chambre de tortures. Après une journée d'investigations, les résultats sont négatifs : on n'a décelé aucun reste humain ni dans la pièce elle-même, ni dans l'établissement, ni dans le parc alentour. En revanche, l'ingénieur électricien chargé d'examiner les différentes installations n'en revient pas. La chaise électrique est digne de celle de Sing-Sing et plus perfectionnée encore. Elle est capable d'envoyer à volonté un courant allant d'une centaine à plusieurs milliers de volts et de provoquer soit de vives douleurs, soit la mort immédiate...

Mais le commissaire dirige également ses recherches dans une autre direction. Il y a six mois que Conrad Meister est sorti de prison. Il lui en a bien fallu quatre ou cinq pour construire sa machinerie. Le commissaire s'est donc fait remettre la liste des personnes ayant disparu à Munich et dans les environs depuis un mois et demi... Elle est longue : une centaine de noms...

Après élimination de toutes les personnes à écarter : les enfants, les vieillards, qui ne pouvaient pas se trouver dans une boîte de nuit, et... celles qui ont été retrouvées depuis, il ne reste plus qu'un cas suspect.

Joseph Tuning a disparu le 12 avril. Il a vingt-deux ans, il appartient à l'une des plus riches familles de Munich. D'après le dossier, c'est loin d'être un modèle de sérieux. C'est un noceur qui passe le plus clair de son temps à dilapider son argent avec la jeunesse dorée de la ville. Bref, c'est un habitué des boîtes de nuit, possesseur d'une fortune considérable, la victime idéale...

Dans le dossier de Joseph Tuning figure également les circonstances de sa disparition. La dernière fois qu'on l'a vu, il était en compagnie de jeunes gens de son âge dans un autre cabaret : *Le Manhattan.* A la suite d'une dispute, il est parti seul dans sa voiture. Donc il a fort bien pu terminer sa soirée chez les Meister.

Les parents du jeune homme ne savent absolument rien des endroits qu'il fréquentait. Ses camarades affirment qu'ils ne sont jamais allés avec lui à *L'As de trèfle* et que, d'après eux, Joseph n'en connaissait pas l'existence. Malheureusement, cela ne prouve rien : l'établissement est visible de l'autoroute et le jeune homme a fort bien pu s'y rendre en l'apercevant.

Malgré les avis de recherche lancés dans toute l'Allemagne et même à l'étranger, Joseph Tuning reste introuvable. Le commissaire Gunter décide alors de jouer sa dernière carte. Il préfère attaquer Ruth Meister; Conrad est trop maître de lui.

Dès que la femme est devant lui dans son bureau, il lui met sous les yeux une photo de Tuning et lui demande brutalement :

– Le 12 avril, c'était bien lui ? Et cette fois ça a marché !

Ruth secoue la tête.

– Je ne sais pas ce que vous voulez dire. Je n'ai jamais vu cet homme.

Le commissaire insiste :

– Votre seule chance de vous en sortir est d'avouer. C'est Conrad le vrai coupable. Vous n'avez aucune raison de le protéger.

Mais Ruth Meister continue à nier avec une apparente sincérité :

– Je vous assure. Cet homme n'est jamais venu à *L'As de trèfle*. Si c'était le contraire, je vous le dirais... On n'a tenté les coups que deux fois. Et ils ont raté tous les deux.

Pour la forme, le commissaire interroge aussi Conrad Meister qui, bien entendu, nie radicalement. Cette fois, la mort dans l'âme, il doit se résoudre à libérer le couple. Il n'a aucune charge contre eux. Comme l'a dit Conrad Meister : « Il n'y a aucune loi qui empêche d'avoir une salle de tortures chez soi. »

Le commissaire Gunter est obsédé à l'idée d'avoir laissé partir deux assassins. Du moins, il interdit à Ruth et Conrad de quitter Munich et il les fait surveiller constamment par ses hommes.

S'il a la preuve de leur culpabilité, il pourra les arrêter sur-le-champ...

Pourtant, une surprise de taille l'attend une semaine plus tard... Un de ses agents introduit un jeune homme dans son bureau. Celui-ci se présente lui-même :

– Joseph Tuning... Je viens de passer chez moi. On m'a dit d'aller vous voir. Il paraît que vous me cherchez.

Le jeune homme est habillé élégamment : blazer sportif et foulard de soie. Le commissaire Gunter ne peut pas garder son calme. Il explose :

– Pourquoi avez-vous disparu? Où étiez-vous passé?

– Je n'ai jamais disparu. J'étais en voyage... Je suis majeur, il me semble.

– C'est vrai, mais vous vous rendez compte que, par votre faute, j'ai failli faire inculper deux innocents?

Le jeune homme a un sourire.

– Je suis sûr que vous n'auriez jamais fait une chose pareille, commissaire, vous avez beaucoup trop de conscience professionnelle.

Cette fois, l'affaire de la chambre de tortures de *L'As de trèfle* était terminée. Le couple Meister n'avait pas menti. Ils avaient juste fait deux tentatives qui avaient échoué. Personne ne s'était assis sur la chaise électrique, aucun corps n'avait été plongé dans le bain d'acide.

Pourtant, le commissaire Gunter a failli s'étrangler quand il a appris par les journaux l'initiative de Ruth et Conrad Meister. Toute la presse ayant parlé de *L'As de trèfle* et de l'aménagement si particulier de sa cave, l'établissement ne désemplissait plus. Et le couple n'avait rien imaginé d'autre que de faire visiter la chambre de tortures, moyennant un droit d'entrée.

Cela, tout de même, c'était un peu fort! Invoquant un non-respect des règles de sécurité, le commissaire a demandé et obtenu le retrait de la licence du cabaret, et *L'As de trèfle* a dû fermer ses portes.

Le prétexte était mauvais, mais la morale était sauve.

LA MOMIE AZTÈQUE

NANCY BREDFORD est éclatante de santé dans sa robe d'été à fleurs. Sa peau cuivrée, ses longs cheveux châtains, ses yeux noirs lui donnent une allure resplendissante. Mais Nancy Bredford est plus qu'une jolie fille de vingt-cinq ans : quelque chose de vif dans le regard, de réfléchi dans le front, indique qu'elle est loin d'être écervelée.

Effectivement, Nancy Bredford, malgré son jeune âge, est professeur de mathématiques à l'université de Los Angeles. C'est la première année qu'elle enseigne et elle s'en sort brillamment...

Nancy Bredford a malgré elle un léger frisson. La climatisation est réglée à fond dans l'étude de Me Higgins, où elle se trouve en cette matinée du 24 juillet 1960. L'étude est située dans la ville de Coronad, à l'extrême sud de la Californie. C'est là également que vivait Helena Bredford, la tante de Nancy. Cela fait au moins quinze ans que la jeune fille ne s'était pas rendue à Coronad, pourtant à 50 kilomètres de Los Angeles. Entre sa tante et elle, les relations n'étaient pas mauvaises, mais simplement inexistantes. Nancy Bredford savait qu'Helena était une vieille originale qui ne voulait voir personne. Mais aujourd'hui elle a bien été obligée de se déplacer puisque Helena Bredford vient de mourir et qu'elle est sa seule héritière.

Nancy Bredford n'est pourtant pas seule dans l'étude de Me Higgins. Un homme d'une quarantaine d'années – mais peut-on vraiment lui donner un âge? – est assis à ses côtés. Lui aussi a la peau cuivrée mais la teinte n'est pas exactement la même. C'est un Indien : cela se voit à ses yeux légèrement bridés, à ses pommettes saillantes; son profil au nez bombé fait penser à certaines fresques de civilisations disparues des Aztèques ou des Mayas. Il porte le nom fort répandu de Lopez, mais son prénom est beaucoup moins ordinaire : Tialoc.

Tialoc Lopez, les bras croisés sur la poitrine, l'air impénétrable, regarde Me Higgins décacheter une enveloppe et chausser ses lunettes.

– « Ceci est mon testament, à lire en présence de ma nièce Nancy Bredford et de mon fidèle serviteur Tialoc Lopez... »

Le notaire toussote un peu et poursuit :

– « Je lègue tous mes biens et, en particulier, ma villa, située à Coronad, à ma nièce et légataire universelle Nancy Bredford. Mais pour entrer en possession définitive de mon héritage, elle devra habiter ma villa pendant un an à partir d'aujourd'hui, sans s'absenter plus de vingt-quatre heures. Si tel était le cas, Tialoc le ferait constater à Me Higgins et c'est à lui que la totalité de mon héritage reviendrait.

« Fait à Coronad par Helena Bredford, saine de corps et d'esprit, le 10 février 1958. »

Me Higgins repose ses lunettes. Il s'adresse à Nancy.

– Comme vous le voyez, mademoiselle, les dispositions testamentaires de votre tante sont passablement étranges. Vous pouvez soit les attaquer en justice, soit transiger avec M. Lopez, soit les accepter. Voulez-vous réfléchir quelques jours et me donner votre réponse?

Nancy Bredford a toujours été enthousiaste et rapide dans ses décisions. Comment laisserait-elle passer une aubaine pareille? Et pourquoi diable partagerait-elle avec un inconnu? Elle est l'unique héritière, tout doit lui revenir. Elle répond sans hésiter :

– C'est tout réfléchi : j'accepte.

Me Higgins ne fait pas de commentaire et Tialoc est resté aussi inexpressif qu'une statue. Nancy Bredford se lève. Dans un an, ce que possédait sa tante sera à elle. C'est si court, un an, pense-t-elle...

Le soir même, Nancy Bredford franchit, au volant de sa voiture, les grilles d'une luxueuse villa un peu à l'écart de Coronad. C'est Tialoc qui vient lui ouvrir. Nancy s'arrête sur le perron. La maison est grande et de style espagnol; un peu plus loin, par-delà la pelouse, on distingue une piscine... Décidément, le testament de sa tante est incompréhensible. Comment rester dans ce paradis pendant un an pourrait-il être une épreuve?

En serviteur stylé, Tialoc a ouvert le coffre, s'est emparé des bagages et les a montés dans la maison. Il revient vers Nancy.

– Si vous voulez bien me suivre...

C'est la première fois que Nancy l'entend parler. Tialoc s'exprime d'une voix gutturale, caverneuse, presque d'outre-tombe. Il s'efface devant elle pour la laisser entrer la première et elle pousse un cri.

– Mon Dieu! Qu'est-ce que c'est que cela?

Devant elle, en effet, dans le vestibule, près de l'escalier, se trouve un être de cauchemar. Il est accroupi et grimace de manière hideuse. Tialoc répond sobrement :

– Momie.

Nancy s'approche avec précaution... Oui cet horrible objet a bien été un être humain. La momie est vêtue d'une robe sombre qui part en lambeaux. Elle est assise, les genoux pliés, remontant jusqu'au menton, les bras également pliés, dans la position du fœtus. Elle porte sur le crâne une sorte de diadème couronné de plumes et, à chaque bras, de lourds bracelets en métal doré, peut-être en or... Tialoc Lopez prend la parole. Le hall de la villa est en marbre et sa voix résonne d'une manière particulièrement sinistre.

– C'est la momie d'une princesse aztèque. Elle est comme le bébé qui va naître, car elle connaîtra un jour une nouvelle vie. Pour cela, une jeune femme devra être sacrifiée à sa place...

Nancy Bredford détache vivement son regard de la momie et se retourne vers Tialoc. Le serviteur a encore une fois les bras croisés, son visage est absolument dénué de toute expression... Elle comprend soudain qu'elle va devoir passer un an seule avec lui. Mais elle se reprend aussitôt. Cette histoire de sacrifice, c'est pour l'effrayer. Elle ne doit pas avoir peur. Tialoc ne l'emportera pas si facilement.

Elle entre dans le living-room. Il n'y a pas d'autre momie, mais ce sont partout des objets d'art aztèque : des poteries, des statuettes, des masques et même une tête de mort décorée... Nancy avait déjà vu ce genre d'objets dans les musées et, bien qu'ils soient d'une incontestable beauté, ils l'ont toujours mise mal à l'aise. Sans doute parce qu'on y sent quelque chose de cruel... Ne rien laisser paraître, avoir l'air parfaitement naturel avec Tialoc : c'est le principal. Elle sourit d'une manière aussi décontractée que possible.

– Il y a longtemps que vous étiez au service de ma tante, Tialoc?

– Douze ans.

– Je suppose que vous êtes d'origine aztèque.

– Oui, mademoiselle.

– C'est au cours d'un de ses voyages au Mexique que ma tante a fait votre connaissance.

– Oui, mademoiselle.

Maintenant, Nancy a compris. Helena Bredford, qui s'était entichée d'art aztèque et qui avait les moyens, a ramené avec elle un authentique descendant du peuple disparu, en même temps que les masques, les statuettes et la momie. Tialoc n'a certainement pas apprécié la situation, mais il s'est tu parce qu'il savait que cela pourrait lui rapporter beaucoup d'argent un jour. Maintenant, entre Nancy et lui, une compétition sans pitié est engagée. La jeune fille décide de faire front tout de suite.

– Tialoc...

– Oui, mademoiselle?

– Allez me préparer du thé. Vous savez faire le thé, j'imagine?

– Oui, mademoiselle...

2 octobre 1960. Un peu plus de deux mois se sont écoulés depuis que Nancy Bredford s'est installée dans la villa. Conformément au testament, elle ne s'est pas absentée plus de vingt-quatre heures... Ce soir-là, elle est chez des amis à Los Angeles. Elle a un peu bu, ce qui ne lui arrive jamais, et elle parle depuis des heures de la civilisation aztèque à Kate et Peter, deux de ses collègues professeurs... A la fin, Kate se décide à dire ce qu'elle pense.

– Nancy, je n'aime pas cela. Cette exaltation n'est pas bon signe.

Nancy Bredford éclate de rire en se servant un nouveau verre.

– Et moi, je trouve cela trop drôle! Tu comprends, je me suis mise à lire. Maintenant tout ce qui est aztèque me passionne : les statuettes, les masques, et même la momie, je la trouve formidable!

Peter intervient à son tour.

– Je suis de l'avis de Kate, Nancy. Tu n'es plus toi-même. Fais attention à toi.

– Mais puisque je vous dis que je trouve cela formidable!

Peter lui prend le bras.

– Ose me dire que tu es heureuse à l'idée de rentrer dans cette maison ce soir!

– Bien sûr que je suis heureuse! Et puis, vous m'ennuyez tous les deux! Je rentre...

En arrivant chez elle, à Coronad, Nancy se sent bien. Non, elle n'a plus peur. Elle introduit sa clef dans la serrure. Dans un instant la momie va apparaître au fond du couloir, près de l'escalier. Elle avancera comme si elle n'était pas là, et elle montera au premier dans le petit appartement qu'elle s'est aménagé, avec ses meubles à elle et ses objets familiers...

Nancy Bredford a ouvert la porte d'entrée. Elle appuie sur le commutateur : rien, le couloir reste dans l'ombre. Elle va vers un autre commutateur : rien non plus. Pas de doute : les plombs ont sauté. Appeler Tialoc? Jamais. C'est peut-être lui qui a fait cela pour l'effrayer, pour la forcer à traverser dans le noir. Nancy rassemble son courage et se lance en avant. En passant devant la momie, elle a l'impression de sentir un souffle, une caresse. Elle se rue au premier malgré l'obscurité et court dans sa chambre, où elle s'enferme à clef. Il n'y a pas plus d'électricité qu'en bas... Nancy Bredford se laisse tomber sur son lit en sanglotant...

Elle se relève aussitôt. Tant pis, c'est une mauvaise habitude qu'elle a prise depuis peu, mais Kate et Peter ont raison : la vie n'est plus tenable. Elle va vers son armoire, en retire une bouteille de whisky et s'en sert un verre. Elle le vide d'un trait et s'allonge...

Tout de suite, elle comprend son erreur... Le goût est bizarre, elle ressent une curieuse sensation... Un poison? Non, Tialoc est trop intelligent. S'il était prouvé qu'il l'a empoisonnée, il ne pourrait pas hériter. Mais les Mexicains n'ont-ils pas des champignons hallucinogènes qui rendent fou?

Dans ses derniers instants de lucidité, Nancy se dit qu'elle devrait renoncer à cet héritage insensé. Une maison vaut moins que la raison, moins que la vie. Mais il est trop tard. Même si elle voulait s'en aller elle ne le pourrait plus. Elle s'est laissé prendre par la fascinante et cruelle civilisation aztèque. Elle est prisonnière...

Grâce à ses lectures, Nancy Bredford connaît parfaitement le déroulement d'un sacrifice aztèque. Elle se voit avancer dans une clairière, revêtue de la robe de lin blanc aux dessins rituels. Elle pourrait les décrire dans leurs moindres détails tant elle les voit avec précision. Les cantiques aux sonorités cruelles s'élèvent autour d'elle. Le grand prêtre, avec son couteau à manche d'émeraude, se tient à ses côtés. Au loin, apparaît la pyramide avec son escalier et, à côté de l'escalier, la momie d'une princesse aztèque, recroquevillée dans la position du fœtus qui attend, pour vivre une nouvelle vie, qu'une jeune femme soit sacrifiée...

24 janvier 1961. Il y a maintenant six mois que Nancy habite la maison de Coronad. Il lui est de plus en plus difficile de quitter la villa, comme si

une force la retenait. Elle n'a plus envie de faire quoi que ce soit. A plusieurs reprises, elle n'a pas répondu au téléphone; deux fois, elle ne s'est pas rendue à son travail sans donner d'explication.

Ce 24 janvier, en rentrant de Los Angeles, Nancy Bredford se sent infiniment lasse. Elle monte directement à sa chambre sans demander à Tialoc de lui préparer son repas. En passant devant la momie il lui semble que quelque chose n'est pas comme d'habitude, mais quelle importance? Elle monte l'escalier, s'engouffre dans sa chambre et ferme la porte à clef...

C'est alors qu'elle comprend ce qu'elle avait entrevu, sans vraiment y faire attention : son diadème à plumes, la momie ne l'avait plus. Pas étonnant, puisqu'il se trouve là, sur sa coiffeuse. C'est Tialoc qui a fait cela, bien entendu. Mais après tout, pourquoi pas?... Nancy se regarde dans la glace, se sourit, pose le diadème sur sa tête et va vers son lit.

Comme elle s'y attendait un peu, le reste est là, c'est-à-dire les deux lourds bracelets en métal doré ou en or – elle ne sait pas et elle ne saura jamais –, mais cela n'a aucune importance...

Nancy Bredford se déshabille, met sa chemise de nuit, prend un des bracelets, le passe à son poignet droit; elle prend l'autre et le passe à son poignet gauche. Elle se regarde avec un sourire : elle a tout à fait l'air d'une princesse. L'autre, avant d'être devenue cet horrible objet, était-elle aussi jolie? Oui, sans doute... Maintenant, elle sait ce qu'elle a à faire : elle replie ses genoux jusqu'à hauteur de son menton, passe ses bras autour, elle entonne un hymne qu'elle a lu dans les livres et elle prend la position du fœtus... Tout est bien. La momie de la princesse va vivre la nouvelle vie à laquelle elle était destinée et elle-même va prendre sa place.

Nancy vient de comprendre que c'est ce qui devait se produire depuis le moment où elle a poussé pour la première fois la porte de cette maison. Elle se recroqueville encore un peu plus sur elle-même. Avec son diadème, ses bracelets et sa chemise de nuit, elle ressemble tout à fait à la momie. Elle ferme les yeux...

Quatre jours plus tard, le 28 janvier 1961, le lieutenant Wilson, de la police de Coronad, sonne à la porte de la villa. Kate et Peter, ses collègues, n'ayant pas vu Nancy à l'université, ont, en effet, alerté la police. Vu l'état de la jeune fille ces derniers temps, ils avaient les plus grandes inquiétudes... C'est Tialoc qui vient ouvrir au lieutenant Wilson. Il est aussi impénétrable que d'habitude. La vue de l'uniforme ne le fait pas sourciller.

– Vous désirez, monsieur?

– Voir Miss Bredford.

– Elle est dans sa chambre...

Le policier suit le domestique. Il a une légère grimace en passant devant la momie, au pied de l'escalier. Il entre dans la chambre de Nancy. Elle est sur son lit dans un état effrayant. Le lieutenant Wilson a l'impression de voir une seconde fois la momie du rez-de-chaussée; même position, même horrible maigreur décharnée; la seule différence est que la momie ne portait aucun ornement, alors que la jeune femme est parée d'un diadème en plumes et de deux bracelets en métal doré ou en or...

Hospitalisée d'urgence, Nancy Bredford, qui n'avait rien mangé ni bu depuis quatre jours, a été sauvée de justesse. Tialoc Lopez a été, de son côté, arrêté et condamné pour non-assistance à personne en danger. Selon la loi californienne, cette condamnation lui faisait perdre le bénéfice de l'héritage, bien que, par la force des choses, Nancy ait dû s'absenter de la maison plus de vingt-quatre heures.

En sortant de l'hôpital, Nancy Bredford a donc pris possession de la villa, qu'elle s'est empressée de vendre, ainsi que son contenu. Tout cela représentait une somme coquette pour ne pas dire une petite fortune.

Par la suite, Nancy s'est mariée et a oublié cette désagréable aventure. Elle n'en a gardé qu'une insurmontable aversion pour l'art aztèque, ce qui, après tout, n'était pas trop cher payé.

LA PESTE DE MOSCOU

DÉCEMBRE 1898. Moscou est sous la neige, mais ce n'est pas à cause du froid que les habitants restent chez eux. Une rumeur s'est répandue : la peste est apparue en ville. La peste, un mot qui fait encore trembler en cette fin du XIXe siècle. La mémoire collective a conservé le souvenir de la terrible épidémie qui, une centaine d'années plus tôt, fit des dizaines de milliers de victimes. Les autorités municipales ont beau expliquer que les circonstances ne sont pas les mêmes, que le bacille de la peste a été isolé et qu'il existe maintenant un sérum, rien n'y fait, la peur est là...

Le premier cas a été signalé dans le quartier populaire de Kitaï-Gorod. Une petite fille, Olga Camenova, qui vivait seule avec sa mère, concierge d'un immeuble misérable, a été emportée en une nuit. Le médecin, venu constater le décès, a découvert avec horreur des bubons à l'aine et aux aisselles. Pas de doute possible : c'était la peste. D'ailleurs, sa mère est morte le surlendemain, et à leur tour quatre habitants de l'immeuble. En tout, la maladie a déjà fait huit victimes dans le quartier de Kitaï-Gorod.

Des mesures énergiques sont prises pour isoler et soigner toutes les personnes contaminées, mais, quelques jours plus tard, une nouvelle frappe de stupeur les Moscovites : le capitaine Ivan Petrov, fils du général Petrov, un des hauts personnages de l'armée, vient de mourir à son tour de la peste. Le capitaine Petrov, qui souffrait de terribles rhumatismes, avait dû quitter la vie militaire. Il habitait seul avec son père dans leur luxueux hôtel du XVIIIe siècle. Si cette mort frappe tant la population, c'est en raison de la personnalité de la victime, mais aussi parce que les Petrov habitent à des kilomètres du quartier de Kitaï-Gorod. Cela indique que l'épidémie a fait un bond à travers la ville. Désormais, nul n'est plus à l'abri, riche ou pauvre, habitant des palais ou des masures. La peur devient panique.

C'est dans ces conditions que le lieutenant de police Constantin Romadine reçoit une étonnante visite. L'homme qui vient le trouver s'appelle Vassili Ouchakov, il est médecin; c'est un homme distingué, d'une cinquantaine d'années. Il vient droit au fait :

– Lieutenant, j'ai la certitude que l'épidémie de peste n'est pas naturelle. Je dirais même qu'il s'agit d'un acte criminel.

Le lieutenant Constantin Romadine s'est levé d'un bond.

– Comment pouvez-vous affirmer une chose pareille?

Vassili Ouchakov commence un incroyable récit.

– Il faut que je vous explique que je fais des recherches sur les maladies infectieuses. J'ai un laboratoire personnel très bien équipé. Lorsque j'ai appris la mort d'Ivan Petrov, j'ai été troublé. Normalement, l'épidémie se propage de proche en proche. Ce décès en un tout autre milieu que celui qui était contaminé, m'a paru étrange. Alors j'ai eu une idée folle...

Le docteur Vassili Ouchakov s'éponge le front.

– J'ai fait moi-même des travaux sur la peste et je possède dans mon laboratoire des cultures de bacilles, exactement cinq ampoules d'un concentré liquide. J'ai été voir si on ne me les avait pas volées : non, elles étaient bien là. Mais cela ne m'a pas suffi. J'ai voulu les analyser...

Vassili Ouchakov regarde fixement le lieutenant, qui est devenu tout pâle.

– Eh bien, lieutenant, les ampoules ne contenaient que de l'eau colorée. Il y avait eu substitution... C'est alors que j'ai fait le rapprochement avec mon garçon de laboratoire. Il n'était pas venu chez moi depuis le début de l'épidémie. Il m'avait envoyé un mot, affirmant qu'il était malade... En venant vous voir, je suis passé à son domicile : il a disparu.

Le lieutenant Constantin Romadine est un jeune policier qui n'a pas froid aux yeux. Jusque-là, il a toujours mené ses enquêtes avec beaucoup d'énergie. Mais cette fois, il doit le reconnaître, il a peur, vraiment peur. Il demande d'une voix troublée :

– Dans cinq ampoules, il y a de quoi tuer combien de personnes?

Le docteur Vassili Ouchakov se voûte sur son siège. Il répond dans un souffle :

– Tout Moscou!...

Sans perdre de temps, Constantin Romadine se rend à l'hôtel particulier des Petrov. S'il s'agit bien d'un crime, c'est là qu'il découvrira la vérité. Car ce ne peut être que le capitaine Petrov, descendant d'une riche famille, qu'on a voulu assassiner. Les pauvres gens du quartier de Kitaï-Gorod ont dû en quelque sorte servir de cobayes pour tester l'efficacité des ampoules.

Le vieux général, que Constantin Romadine voulait interroger, n'est plus là. Brisé par le chagrin, il s'est retiré dans sa propriété des environs de Moscou. Il ne reste que les domestiques. La vieille servante d'Ivan Petrov n'a pas l'air surprise quand il l'interroge, mais elle semble terrorisée.

– Je savais qu'il y avait une diablerie là-dessous. C'est lui, c'est le vieux!

– Quel vieux? Vous savez son nom?

– Non. Tout le monde ici l'appelle « le vieux »... Tout ce que je sais, c'est qu'il habite Kitaï-Gorod. Il m'a toujours fait peur. C'est un homme terrible. Dès qu'il est entré, j'ai senti qu'il apportait le malheur...

Le lieutenant Romadine apaise la vieille femme :

– Ne vous inquiétez pas, il ne reviendra plus. Maintenant, racontez-moi...

La servante s'arrête peu à peu de trembler.

– En fait, il n'est pas si vieux que cela. Mais c'est son air... Il est maigre, un vrai squelette, et tout voûté. Il a une grande barbe noire, grise par endroits, et des yeux de fou... Mon pauvre maître souffrait tellement de ses rhumatismes... Il avait vu tous les grands médecins de Moscou qui avaient été incapables de le soulager. Alors il s'est mis à voir des guérisseurs. Quand il a commencé à se faire soigner par le vieux, il n'a plus voulu voir quelqu'un d'autre. Il disait qu'il lui faisait du bien avec ses potions.

– Des potions! Vous êtes certaine?

– Bien sûr. Toutes sortes de potions, faites avec les herbes du diable...

– Et la dernière fois qu'il est venu, il lui a donné quelque chose à boire?

– Oui. Comme toutes les fois...

Romadine en sait assez... Il organise aussitôt une

opération de police de grande envergure. Des dizaines d'hommes fouillent systématiquement le quartier de Kitaï-Gorod, interrogent les habitants. Le résultat ne tarde pas. Le signalement du guérisseur est suffisamment particulier pour qu'on l'identifie rapidement. Il s'appelle Grégor Beloussov et habite un appartement misérable au bord de la Moscova. Quelques instants plus tard, Constantin Romadine, accompagné de plusieurs hommes, frappe à sa porte...

– Grégor Beloussov, ouvrez !

Mais, à sa surprise, ce n'est pas le charlatan à longue barbe qui lui ouvre : c'est une femme blonde, grande, très belle, qui dégage une sorte de charme animal. Elle a un rire féroce en découvrant l'uniforme des policiers :

– Vous cherchez Beloussov ? C'est pour le mettre en prison, j'espère !

Le lieutenant Constantin Romadine est un peu étonné par cet accueil. Mais il se ressaisit et questionne sèchement :

– Où est-il ?

La femme a un nouveau rire. Elle fait demi-tour et ouvre une porte. Elle dit d'un ton méprisant :

– Tenez... Le voilà !

C'est un nouveau spectacle imprévu qui attend les policiers. Dans une pièce minuscule, un homme est étendu sur une paillasse. Il serre craintivement autour de lui une couverture trouée et répugnante. A côté de lui, une écuelle de métal où restent quelques os.

Constantin Romadine s'approche... Oui, c'est bien Beloussov, le guérisseur, « le vieux ». Il reconnaît parfaitement la description de la vieille servante : une longue barbe noire avec des taches grises, une maigreur squelettique, le dos voûté et des yeux fous... Mais que fait-il chez cette femme? Le lieutenant se tourne vers elle :

– Vous vivez ensemble?

La femme a toujours son air méprisant :

– Oui. Et ce n'est pas moi qui le retiens, je vous l'assure. J'ai beau le traiter comme un chien, il revient toujours.

Elle s'adresse à lui d'un ton cruel :

– Allez, ouste! Dehors! Tu vas en prison.

Grégor Beloussov a un regard vers elle où l'on sent une sorte de vénération, et il obéit sans discuter. Il rejoint les policiers.

Il s'exprime avec une distinction qui contraste étrangement avec son apparence lamentable.

– Je ne sais ce que vous me voulez, messieurs, mais je suis à votre disposition...

Quelque temps plus tard, Grégor Beloussov, à qui l'on a passé des vêtements corrects, répond, dans son bureau, aux questions du lieutenant Romadine. Il reconnaît que c'est bien lui qui soignait Ivan Petrov, de même que les pauvres gens de son quartier, mais lorsqu'il entend le mot peste, il pousse des hauts cris :

– C'est monstrueux! Je guéris les gens, je ne les tue pas...

– Pourtant, vous avez bien donné une potion à Ivan Petrov la dernière fois que vous êtes allé chez lui?

Le guérisseur squelettique a un réel accent de sincérité :

– Bien sûr, je ne venais que pour cela... Mais, enfin, pourquoi aurais-je tué le capitaine Petrov? Qu'est-ce que je pouvais y gagner? C'était le seul de mes malades qui me payait. Les autres n'avaient à me donner qu'un morceau de pain ou un verre de vodka. Maintenant qu'il est mort, je n'ai plus rien pour vivre.

L'argument est valable; pourtant Constantin Romadine ne peut s'en satisfaire. Les cas de peste ont eu lieu à Kiraï-Gorod et chez les Petrov, c'est-à-dire uniquement là où se trouvait Beloussov. Romadine tente une hypothèse :

– On vous a peut-être incité à le faire... Cette femme, par exemple.

Grégor Beloussov bondit de son siège. Ses yeux lancent des éclairs :

– Vous n'avez pas le droit ! Tatiana Nemilova n'a rien fait !...

Il se calme brusquement et se rassied.

– D'ailleurs, pourquoi m'aurait-elle demandé de tuer Petrov ? Elle ne le connaissait pas, et tout l'argent qu'il me donnait était pour elle.

Celui qu'on surnomme « le vieux » réfléchit un instant et ajoute :

– Et puis mes herbes n'ont jamais donné la peste...

Effectivement... Même s'il ne voit pas d'autre solution, le lieutenant Romadine aura bien du mal à prouver la culpabilité de Beloussov. Comment, en particulier, serait-il entré en possession des cinq ampoules dérobées au docteur Ouchakov ? Le garçon de laboratoire pourrait peut-être répondre à cette question. Malheureusement, il est toujours introuvable...

Les jours passant sans rien apporter de nouveau, le lieutenant Romadine se décide à employer les grands moyens. Le procédé qu'il imagine est loin d'être élégant, mais après tout, s'il ne se trompe pas, il est en présence d'un criminel de la pire espèce.

Depuis l'arrestation de Grégor Beloussov, le lieutenant s'est intéressé à ce que devenait son étrange compagne Tatiana Nemilova. Or, beaucoup de choses ont changé dans son existence. Tatiana est devenue brusquement célèbre. Sa photo a paru en première page des journaux, avec les comptes rendus de l'affaire; elle n'a eu aucun mal à trouver un admirateur fortuné, et elle a quitté avec lui l'appartement sordide du quartier de Kitaï-Gorod.

C'est cette nouvelle que Constantin Romadine a l'intention d'annoncer au vieux guérisseur. Il a compris que Tatiana, à laquelle l'unit une passion perverse, représente tout pour lui. Et il espère que le choc sera assez fort pour provoquer ses aveux.

Constantin Romadine a pris soin de ménager ses effets. Au cours d'un interrogatoire de routine, il lui lance à brûle-pourpoint :

– A propos, Tatiana Nemilova prend la vie du bon côté. Elle a quelqu'un dans son existence. Et pas n'importe qui...

Comme lors du premier interrogatoire, le lieutenant voit Grégor Beloussov bondir de son siège.

– Ce n'est pas vrai, vous mentez! Elle ne ferait pas une chose pareille!

Constantin Romadine s'attendait à cette réaction, mais il est décidé à aller jusqu'au bout :

– Parfait. Puisque vous ne me croyez pas, je vais leur demander de venir à tous les deux et on verra bien...

Le lendemain, le couple attend dans un couloir, tandis que Grégor Beloussov est de nouveau dans le bureau du lieutenant... Il est tout pâle. Sur un signe du policier, on a introduit Tatiana et sa nouvelle conquête... Elle arrive à son bras et, en voyant le guérisseur squelettique effondré sur son siège, elle éclate d'un rire qui emplit toute la pièce... Le lieutenant Romadine, constatant le désespoir de Beloussov, a pitié de lui. Il demande au couple de se retirer.

Il s'écoule un long silence... Grégor Beloussov est recroquevillé et silencieux. Enfin, il relève la tête. Cette fois, il a l'air vraiment très vieux. Il prend la parole d'une voix brisée :

– Vous avez gagné, lieutenant. Maintenant plus rien pour moi n'a d'importance. J'aimais cette femme malgré tout ce qu'elle me faisait subir, et je veux que vous sachiez que c'est pour elle que j'ai tout fait...

Il y a un nouveau silence, que respecte Constantin Romadine, et Beloussov raconte son histoire :

– C'était il y a deux mois en sortant de l'hôtel des Petrov. Dans la rue, un homme m'attendait... Je l'avais rencontré une fois ou deux en allant soigner mon malade, c'était Alexis Kramskoï, son beau-frère, le mari de Sophia, la fille du général Petrov. Il m'a demandé de faire un bout de chemin avec moi et il m'a dit brusquement :

« " Grégor, voulez-vous être riche? "

« J'ai commencé par dire que ce que me donnait le capitaine pour mes soins me suffisait, mais il m'a interrompu en précisant :

« " Je parle de 100 000 roubles... "

Le guérisseur fixe Constantin Romadine de son regard intense :

– Que voulez-vous, je l'ai écouté... 100 000 roubles, c'était la fortune, des bijoux, des fourrures, des toilettes pour Tatiana. Avec 100 000 roubles, je pouvais la rendre heureuse et peut-être, alors, consentirait-elle à me rendre heureux... Alexis Kramskoï m'a tout dit. Il avait épousé Sophia pour la fortune de son père. Mais si Ivan mourait avant le général, tout reviendrait à sa femme et à lui. Et c'était moi, qui donnais tous les jours mes drogues au capitaine, qui étais le mieux placé pour le faire disparaître... J'ai objecté :

« " Mais si je l'empoisonne, la police le découvrira et je serai arrêté... " Alors Alexis Kramskoï a souri. Il m'a dit :

« “ Il ne s'agira pas d'un poison, mais d'une maladie tout ce qu'il y a de naturel, la peste. ”

Grégor Beloussov continue sa confession. Maintenant qu'il a décidé de parler, il semble soucieux de n'omettre aucun détail.

– Kramskoï ne m'a pas dit de quelle manière il comptait se procurer les bacilles de la peste, mais j'ai cru comprendre que c'était dans le laboratoire d'un médecin. Toujours est-il que j'ai dit oui et, la semaine suivante, il m'a abordé de nouveau dans la rue. Il a sorti de son manteau cinq ampoules pleines d'un liquide jaunâtre. Il me les a données en me disant :

« “ Je vous conseille de les essayer d'abord dans votre quartier. D'abord pour tester leur efficacité, ensuite parce qu'il faut que la maladie ait l'air d'une épidémie. Si la peste n'éclatait que chez les Petrov, cela paraîtrait suspect. ”

Pour la première fois, une expression de chagrin se manifeste sur le visage décharné du guérisseur.

– Ce que disait Alexis Kramskoï était la logique même, mais cela impliquait d'autres victimes innocentes. Et pourtant, je l'ai fait... Je ne pensais qu'à Tatiana. J'étais fou !

Beloussov se voûte encore un peu plus...

– Ce que je ne me pardonne pas, c'est la petite Olga, la fille de la concierge. Sa mère m'avait appelé parce qu'elle avait la fièvre... Je venais juste de recevoir mes ampoules. Alors, j'en ai pris une... Les trois ampoules suivantes, je les ai données à n'importe qui; la dernière, je l'ai gardée pour Ivan Petrov. Voilà, c'est tout...

Après s'être tu un instant, Grégor Beloussov reprend la parole :

– Non, ce n'est pas tout. Il y a encore un détail. Dès la mort du capitaine Petrov, Alexis Kramskoï a disparu. Sans me payer, bien entendu... Des cent mille roubles, je n'ai pas vu un kopeck. J'ai fait tout cela pour rien.

Cette fois, le lieutenant Constantin Romadine sait tout. Il n'a plus qu'à faire rechercher Alexis Kramskoï et à l'inculper de meurtre...

Kramskoï a été retrouvé sans difficulté. Des personnages aussi en vue ont plus de mal à se cacher que de simples assassins plébéiens. Il est passé en jugement peu après en compagnie du guérisseur. A l'issue du verdict, Alexis Kramskoï a été condamné au bagne à perpétuité et Grégor Beloussov, reconnu fou, a été envoyé dans un asile. Mais il a préféré se laisser mourir de faim...

La peste de Moscou avait fait sa dernière victime.

BIEN LE BONJOUR EN ENFER!

JOSEPH LENOIR rentre chez lui, ce 10 avril 1963. Il marche rapidement dans la rue Montmartre. Il n'est pas loin de 18 heures. Personne ne fait attention à lui dans la foule toujours dense de ce quartier populaire de la capitale.

Il faut dire que Joseph Lenoir n'a rien qui puisse attirer l'attention. D'apparence, il est quelconque et même insignifiant : blond, la quarantaine, petit, presque chétif. Pourtant, il y a quelque chose d'étrange dans son comportement. De temps en temps, il tourne rapidement la tête à gauche ou à droite, comme s'il se sentait suivi...

Joseph Lenoir est arrivé devant chez lui : un immeuble ancien plutôt vétuste. Il marque un temps d'arrêt. Il doit bien se l'avouer, il a peur d'entrer. Tant qu'il est dans la rue, au milieu de tous ces gens qui l'entourent, il peut espérer un secours, même si c'est de l'un d'eux que peut provenir le danger. Mais l'entrée sombre et silencieuse de l'immeuble le terrifie. C'est peut-être là qu'ils se sont cachés, qu'ils l'attendent...

Joseph Lenoir hésite encore un instant et puis, comme on se jette à l'eau, franchit le porche. Il se précipite dans l'escalier. Cinq étages c'est long, et ses jambes le portent à peine. Malgré le temps plutôt frais, il est trempé de sueur. Des mots défilent dans son esprit : « Salaud. On va te faire la peau. Tu as eu tort de doubler les Siciliens. Tu t'es bien engraissé avec ton petit trafic, mais maintenant tu vas payer. »

Au palier du cinquième, Joseph s'arrête hors d'haleine. Une image ne veut pas le quitter : la tête de mort, la signature des messages anonymes, découpée dans du papier de couleur et collée en bas des lettres. Joseph Lenoir sait qu'il va mourir. Il n'est pas combatif. Il ne fera rien pour se défendre. D'ailleurs, que pourrait-il faire?...

Joseph tourne la clef dans la serrure. Il ouvre. Des cris joyeux l'accueillent :

– Papa!

Son fils Raymond, treize ans, et sa fille Caroline, huit ans, se jettent dans ses bras. Lucienne vient vers lui à son tour.

– Bonjour, chéri... Eh bien, quelle tête tu fais! Tu ne vas pas me dire que ce sont encore toutes ces bêtises?

Joseph hoche la tête avec accablement et pousse un gros soupir. Sa femme se hâte de changer de sujet de conversation.

– Il n'y a rien à manger. Il faut que je fasse les courses. Allez, venez, les enfants!

Le petit Raymond et la petite Caroline enfilent leurs manteaux et se précipitent vers la porte. Dans les yeux bleus de Joseph Lenoir, il y a un instant de désarroi.

– Vous n'allez pas me laisser seul?

Lucienne lui répond gentiment.

– Allons, tu n'es pas un gamin! Si on sonne, tu n'auras qu'à ne pas ouvrir, c'est tout. Nous serons là dans une demi-heure. A tout à l'heure, chéri.

Et elle s'en va, suivie du garçon et de la fillette.

Une demi-heure plus tard, Mme Lenoir revient de ses courses, avec son filet à provisions chargé. Pour ne pas avoir à sortir sa clef, elle sonne. Elle attend, mais bien sûr son mari ne va pas ouvrir. En maugréant, elle prend sa clef et ouvre la porte. Elle fait quelques pas dans l'appartement et recule précipitamment. Elle revient vers Raymond et Caroline, qui étaient encore sur le palier.

– Ne restez pas là, mes chéris ! Allez chez la concierge. Je viendrai tout à l'heure...

Car le spectacle qu'elle vient d'entrevoir n'est vraiment pas pour les enfants ! Son filet à provisions toujours à la main, Lucienne Lenoir contemple, les yeux fixes, une vision de cauchemar. La salle à manger est dans un état indescriptible. On dirait qu'un ouragan l'a dévastée. Les meubles sont renversés, les bibelots éparpillés par terre. Et, au milieu de la pièce, Joseph est allongé. Il est mort, elle l'a compris tout de suite. N'importe qui l'aurait compris. Ses vêtements sont en lambeaux, son visage n'est qu'une plaie. Son torse et ses jambes sont couverts de taches sanglantes et surtout, vision horrible, un pied de chaise brisé est fiché au milieu de sa poitrine...

Une demi-heure plus tard, le commissaire Lionel est sur les lieux avec l'équipe habituelle : photographe, spécialistes des empreintes. Tandis qu'on emporte le corps à la morgue, il interroge la veuve avec ménagements. Lui-même est mal à l'aise. Rarement, dans sa carrière, il a vu un tel acharnement.

– Je suis navré, madame, mais je dois vous poser quelques questions. Est-ce que vous connaissiez des ennemis à votre mari ?

Sans répondre, Lucienne Lenoir va dans sa chambre et en rapporte une feuille de cahier d'écolier.

– Voilà, commissaire. Depuis deux mois, il recevait des lettres de ce genre. Celle-ci est arrivée hier matin. Je n'ai pas osé la lui montrer.

Le commissaire Lionel considère le document. Sur la feuille, un court message écrit à la main en caractères majuscules : « Tes jours sont comptés. L'heure est arrivée. Tu as eu tort de défier les Siciliens. Bien le bonjour en enfer. »

En bas, l'expéditeur a collé une tête de mort, découpée dans du papier d'emballage vert.

Le commissaire tourne et retourne la lettre dans ses mains, visiblement impressionné. Il se racle la gorge.

– Savez-vous quand ont commencé ces messages ?

– Au début février, juste après notre arrivée.

– Votre arrivée ?

Lucienne Lenoir pousse un gros soupir.

– C'est que... monsieur le Commissaire, avant nous habitions près d'Orléans. C'est là que nous nous sommes rencontrés et que nous nous sommes mariés. Mais il y a huit mois, nous nous sommes disputés, et Joseph m'a quittée pour venir habiter seul à Paris. Il y a deux mois, il m'a demandé de reprendre la vie commune et de le rejoindre. J'ai accepté...

Lucienne essuie ses larmes.

– Quand je l'ai retrouvé, ce n'était plus le même homme, monsieur le Commissaire. Il était inquiet, nerveux. Il m'a dit : « J'ai fait des bêtises. » Je lui ai demandé de quoi il s'agissait, mais il n'a pas voulu m'en dire plus. Pourtant, une fois j'ai vu...

Lucienne Lenoir s'arrête un instant. Elle semble encore terrorisée...

– C'était il y a quinze jours... Il ne devait pas être loin de 11 heures du soir. On a sonné. Il m'a dit : « N'ouvre pas. Ce sont eux. » Je suis quand même allée voir par le trou de la serrure. Ils étaient trois, en imperméable, des colosses, très bruns, avec de grosses moustaches. Vous ne pouvez pas savoir comme j'ai eu peur. Ils avaient de vraies têtes d'assassins...

En quittant Lucienne Lenoir, le commissaire Lionel sent qu'il est devant une enquête particulièrement délicate. Ce meurtre horrible indique à coup sûr une vengeance. Mais il est rare que le milieu ait recours à de pareils paroxysmes dans la violence. Les truands s'exécutent entre eux au revolver ou à la mitraillette. Qu'est-ce qu'a bien pu faire ou découvrir Joseph Lenoir pour s'attirer un pareil supplice ?

Les jours suivants, le commissaire Lionel apprend peu de chose. Au sujet de Joseph Lenoir, les témoignages sont unanimes : un homme tranquille, sans histoire, sérieux, plutôt timide. Mais le commissaire sait qu'il ne faut pas se fier aux apparences...

Le commissaire cherche également la trace de ces mystérieux Siciliens qui reviennent sans cesse dans les menaces de mort. Mais toutes ses investigations sont vaines. Il n'y a pas trace d'un gang sicilien opérant à Paris...

15 avril 1963. Le corps de Joseph Lenoir quitte les médecins légistes. Il va être enterré dans son village du Loiret. Le commissaire Lionel décide de se rendre aux obsèques. Car il sent qu'il a beaucoup à apprendre là-bas...

De fait, dès l'enterrement terminé, il se met au travail et il recueille des informations intéressantes. Les gens qu'il interroge parlent par sous-entendus, mais ils disent tous la même chose.

– C'est Honoré Bernard, l'épicier, que vous devriez voir, monsieur le Commissaire... Lui, il en sait des choses. Et il la connaît bien, Lucienne Lenoir!

Le commissaire Lionel se rend à l'épicerie. Le propriétaire des lieux est un homme d'une soixantaine d'années, les cheveux en brosse déjà blancs, l'air autoritaire.

– Monsieur Bernard, j'aurais quelques questions à vous poser...

L'épicier répond de mauvaise grâce.

– Vous auriez pu attendre un peu, commissaire. Je reviens juste du cimetière. J'ai fait ce que j'ai pu pour consoler la malheureuse Mme Lenoir.

– Vous la connaissez bien?

L'épicier hausse les épaules.

– Oh, je sais ce qu'on a dû vous dire au village! Mais je n'ai rien à me reprocher. Après que son mari l'eut quittée, j'ai proposé à Lucienne de venir chez moi. Je l'ai engagée comme vendeuse. Et comme j'ai une grande maison, elle s'y est installée avec ses enfants et ses frères...

Le commissaire hausse les sourcils.

– Ses frères? Quel âge ont-ils donc?

– Henri a vingt-huit ans, Marcel trente-trois. Cela peut vous paraître bizarre, mais ils ne sont pas capables de vivre tout seuls. Auparavant, d'ailleurs, ils habitaient avec leur sœur et Joseph Lenoir. Ils sont – comment dire? – un peu simples. Mais ce sont quand même de braves garçons.

Le commissaire Lionel s'assied tranquillement.

– Eh bien, nous allons les attendre. Je suppose qu'ils ne vont pas tarder à rentrer...

Quelques minutes plus tard, effectivement, les deux frères arrivent. Ce sont deux colosses. Leur costume des dimanches, qu'ils ont mis pour l'enterrement, leur donne un air pataud. En voyant le commissaire, ils semblent surpris...

C'est Marcel, le plus grand et le plus fort – il doit

peser au moins 100 kilos –, qui se décide à parler le premier.

– Nous, on sait rien, monsieur le Commissaire.

Il se tourne vers son frère.

– Hein, c'est vrai qu'on sait rien, Henri? D'abord, Joseph, on l'aimait bien...

Le nommé Henri pousse un grognement approbatif.

– Ça c'est sûr, Marcel...

Le commissaire décide de s'en tenir là. Les jours qui suivent, il a fait le tour des racontars du village. La rumeur publique accuse l'épicier Bernard, malgré ses soixante ans, d'être l'amant de Lucienne Lenoir. Selon les habitants du village, il l'était depuis au moins deux ans. C'était d'ailleurs la raison de la rupture entre Joseph et Lucienne Lenoir.

Le commissaire n'est pas tellement surpris de ces informations. Une machination montée par la femme en compagnie de son amant, où les deux brutes de frères ont joué le rôle d'exécuteurs, est un scénario qui lui semble plausible. Mais encore faudrait-il qu'il ait une preuve...

Honoré Bernard a un alibi. Il était au café dans la soirée du 10 avril, et il est impossible qu'il ait pu être à Paris à 18 h 30, heure du meurtre. Quant aux deux frères, ils prétendent être restés dans la chambre, qu'ils partagent chez l'épicier. Bien sûr, ce n'est pas un alibi, mais, jusqu'à preuve du contraire, on est bien obligé de les croire.

C'est alors que le commissaire, qui s'est installé dans la gendarmerie, reçoit une visite inattendue. C'est un vieil homme tout voûté aux cheveux blancs. Il porte des lunettes cerclées de fer, comme dans l'ancien temps. Il s'est fait annoncer en prétendant qu'il apportait des informations très importantes au sujet de l'affaire Lenoir. En arrivant devant le commissaire, il ôte son chapeau, reste silencieux quelques instants, et puis il se décide :

– Monsieur le Commissaire, je ne peux pas me taire plus longtemps. Les menaces... Enfin, les lettres anonymes, c'était moi !

Le commissaire ouvre des yeux ronds. Celui qui signait d'une tête de mort, ce gang des Siciliens, c'est ce petit retraité aux cheveux blancs !... L'homme parle d'une voix étranglée.

– Je ne pouvais pas savoir, monsieur le Commissaire ! Je ne voulais pas faire de mal. J'ai fait cela pour rendre service.

– Curieuse manière de rendre service. Vous serez poursuivi pour menaces de mort. Continuez.

Le retraité s'essuie le front.

– C'est Honoré Bernard qui me l'avait demandé. Il m'a dit que ça pourrait être utile à Lucienne Lenoir si elle voulait divorcer. Alors j'ai écrit ce qu'il m'a dicté...

Le commissaire Lionel conserve son air sévère, mais intérieurement il ressent une intense satisfaction. Enfin, une preuve ! Après avoir fait signer ses aveux au retraité, il retourne à l'épicerie. Son plan d'action est déjà fixé. Il va attaquer du côté des deux frères.

Marcel et Henri sont tout surpris de voir revenir le commissaire. Celui-ci les regarde sans rien dire, tandis qu'ils se dandinent gauchement devant lui d'une jambe sur l'autre, de plus en plus mal à l'aise, et brusquement il pointe le doigt vers eux.

– On vous a vus rue Montmartre... Je ne voulais pas croire que vous étiez des assassins. Et pourtant c'est vrai ! Pourquoi avez-vous fait cela ?

Immédiatement les deux frères s'effondrent, s'écroulent... Ils tentent de se faire aussi petits que possible. C'est Marcel qui parle le premier.

– On voulait pas le tuer. On a tapé, c'est tout. On voulait lui donner une bonne correction au Joseph, mais il a tapé lui aussi. Alors on s'est fâchés. C'est pas de notre faute. On est trop forts...

Le commissaire Lionel continue d'une voix plus douce.

– Je suis sûr que ce n'est pas tout à fait votre faute... Mais ce que je veux savoir, c'est pourquoi vous en vouliez tant à Joseph Lenoir. Qu'est-ce qu'il vous avait fait ?

Henri se racle la gorge. Sa pomme d'Adam fait un va-et-vient pendant quelques instants.

– C'est quand on a appris ce qu'il faisait à notre sœur... Tous les jours, M. Bernard venait nous dire que Joseph battait Lucienne. Il lui prenait ses sous. Quand il nous a dit que Joseph voulait lui faire faire le trottoir, alors on a vu rouge. On est partis pour Paris... Même que M. Bernard nous a conduits à la gare d'Orléans avec sa camionnette...

Le commissaire Lionel note intérieurement ce détail et pose une autre question, la dernière :

– Et comment êtes-vous entrés ? Méfiant comme il l'était, Joseph Lenoir n'aurait jamais dû vous ouvrir...

Henri a un haussement d'épaules qui secoue sa lourde carcasse.

– On avait la clef. C'est Lucienne qui nous l'a envoyée.

Pour le commissaire Lionel, l'enquête était terminée. Il a inculpé de meurtre les deux frères, Lucienne Lenoir et Honoré Bernard...

Aux assises de la Seine, le procès des quatre accusés a vite mis en évidence le rôle de Lucienne et de son amant, tandis que ses frères sont apparus pour ce qu'ils étaient : des instruments manipulés au cours d'une machination particulièrement odieuse.

Honoré Bernard a été condamné à huit ans de prison. Henri et Marcel à six ans chacun. C'est Lucienne qui a été le plus lourdement condamnée : dix ans. Sans doute parce que les jurés ne lui ont pas pardonné ce calvaire qu'elle a infligé à son mari pendant deux mois par lettres anonymes interposées; son sang-froid lorsqu'elle est descendue faire les courses tandis qu'on l'assassinait, et aussi la comédie de la douleur qu'elle a jouée après.

Plusieurs journaux avaient publié, à cette époque, sa photo à l'enterrement de Joseph. Elle était en larmes devant la couronne où elle avait fait inscrire : « A mon mari chéri. Regrets éternels. »

CE CHER MONSTRE

20 SEPTEMBRE 1972, minuit. Une Cadillac noire s'arrête en crissant sur le gravier devant la façade de la villa « California Dreams », une pure création du style hollywoodien, entourée d'un parc de 50 hectares, sur une colline aux environs de Salinas, en Californie. Richard Gaskell, cinquante-cinq ans, un homme de haute taille aux cheveux gris et aux lunettes cerclées d'or, sort de la voiture. Le conducteur, un personnage plutôt rondouillard, à la calvitie déjà avancée, sort à son tour et court à sa suite, en petites enjambées.

Un jeune homme de vingt-deux ans les attend sur le perron. Ses cheveux blonds lui descendent jusqu'aux épaules, et sa barbe mal taillée accentue l'air négligé que lui donnent son jean et son T-shirt crasseux. Il mâche un chewing-gum avec lenteur et application. Richard Gaskell franchit rapidement le perron.

– Les domestiques sont couchés?

Le jeune homme répond d'une voix traînante :

– Ouais. T'inquiète pas.

Le petit rondouillard arrive à son tour. Richard Gaskell fait brièvement les présentations :

– Milton, je t'ai déjà parlé de Bruce Masson, le détective de la compagnie?

Le jeune homme a un ricanement :
– Si tu crois que je connais tous les employés de la Gaskell !
Richard Gaskell se tourne vers Bruce Masson :
– Mon fils, Milton.
Le détective s'incline poliment et suit le père et le fils Gaskell dans le salon de la villa.
– Milton, voudrais-tu répéter pour Masson ce que tu m'as dit tout à l'heure au téléphone ?
Milton Gaskell n'arrête pas de mastiquer son chewing-gum :
– Ben, c'était hier, ou plutôt ce matin vers 2 heures. La vieille et moi on rentrait dans ma bagnole...
Richard Gaskell précise à l'intention du détective :
– Milton veut dire sa mère.
Milton Gaskell hausse les épaules, ce qui fait s'agiter son interminable chevelure :
– Donc, la vieille et moi on était sur la route de Salinas à 10 kilomètres d'ici, quand une Chevrolet bleu ciel nous a fait une queue de poisson. Deux types sont sortis avec des cagoules et des revolvers. Ils ont dit à la vieille de les suivre et à moi que c'était un enlèvement. Le cinéma classique, quoi !
Le détective Masson s'adresse au jeune homme.
– C'est tout ce qu'ils ont dit ?
– Non. Un des deux types a ajouté : « Si vous prévenez la police, on la liquide. »
– Et vous n'avez rien remarqué d'autre à propos des deux hommes : un détail particulier, le numéro de la voiture ?
Milton Gaskell fait claquer son chewing-gum :
– Non, détective...
C'est avec ces maigres éléments que Bruce Masson, détective de la puissante compagnie d'assu-

rances Gaskell and Co., va essayer de mener à bien la mission ultraconfidentielle que vient de lui confier son patron : retrouver sa femme Emily, enlevée la veille...

La nuit passe... Bruce Masson et Richard Gaskell se sont allongés sur des canapés du salon, dans l'attente d'un coup de fil des ravisseurs qui ne vient toujours pas. Milton, lui, est allé tout simplement se coucher.

Dans le silence de cette villa de luxe, Bruce Masson médite sur l'étrange travail qui vient de lui être confié. Jusqu'ici, il n'avait eu à s'occuper que d'incendies et d'accidents suspects, ou de bijoux volés par leurs propriétaires.

Non, décidément, il n'aime pas cette enquête dans la famille de son patron. Le jeune Milton, qui ne fait même pas semblant d'être préoccupé par l'enlèvement de sa mère, a l'air d'une belle ordure; Richard Gaskell, de son côté, semble ennuyé, sans plus. Masson est même certain que, s'il a tenu à ne pas prévenir la police, c'est moins par crainte pour la vie de sa femme que du scandale. Il est vrai que Richard Gaskell n'est pas tenu d'éprouver un sentiment quelconque pour Emily. Cela fait dix ans qu'ils ont divorcé. Richard habite New York, où se trouve le siège de la compagnie. Emily vit dans ce prétentieux « California Dreams » et ils ne se voient, ainsi que son patron le lui a dit, qu'un mois par an au moment des vacances.

Oui, drôles de gens et drôle de vie. A quoi peut-elle ressembler elle-même, Mme Gaskell? A une mondaine futile? Une alcoolique? Une droguée? Une perpétuelle malade nerveuse toujours entre deux cures de sommeil? Un peu de tout cela, sans doute...

Le jour s'est levé et il n'y a pas eu d'appel téléphonique. Bruce Masson réveille son patron.

Le milliardaire regarde sa montre et se passe la main dans les cheveux.

– Par quoi allez-vous commencer, Masson ?

– Les domestiques. L'un d'eux est peut-être dans le coup. Je compte les surveiller discrètement et éventuellement fouiller leurs affaires.

Richard Gaskell se lève de son canapé.

– C'est ça, Masson, mais discrètement, hein ! Je monte à mon bureau. Dérangez-moi uniquement si c'est important...

La perquisition des chambres des domestiques, à laquelle se livre le détective pendant toute la matinée, ne donne rien. Pas le moindre élément suspect. Vers midi, il se décide à aller trouver Milton Gaskell, car il a la sensation qu'il ne lui a pas tout dit.

Après avoir cherché vainement le jeune homme dans la maison, Bruce Masson finit par le trouver dans une cabane perdue au milieu du parc. C'est, en fait, un atelier muni des outils les plus perfectionnés.

Milton Gaskell est occupé à scier avec application une minuscule pièce de bois serrée entre les pinces de son étau. A l'arrivée de Bruce Masson, il redresse la tête :

– Alors, détective, des nouvelles de la vieille ?

Bruce Masson s'assied sur l'établi.

– Non. Les ravisseurs ne semblent pas pressés de se manifester.

Le jeune homme a un ricanement.

– Bougez donc un peu, mon vieux ! Vous devriez être ailleurs. Pour quoi croyez-vous que mon père vous paie ?

Le détective maîtrise parfaitement ses nerfs. Aussi inintéressant que soit le jeune homme, il doit le ménager. En l'interrogeant avec psychologie, il devrait pouvoir en apprendre davantage. Bruce Masson désigne un coin de l'établi.

– C'est drôlement joli! C'est vous qui avez fait ça?

Milton Gaskell continue à scier son morceau de bois.

– Ouais. La reproduction exacte d'un galion de l'Invincible Armada. Ça vous en bouche un coin, hein? J'en ai fait des tas comme ça depuis que je suis gosse.

Le détective regarde avec admiration la maquette parfaitement exécutée. Un travail d'artiste... Il demande d'un ton détaché :

– Il ne vous est pas revenu d'autres détails à propos de l'enlèvement?

Le jeune homme ne répond pas.

– Ça ne semble pas... vous émouvoir exagérément.

Milton Gaskell arrête de scier.

– Vous voulez dire que je me fous complètement que ma mère ait été kidnappée? Dites-le donc, détective, je ne le répéterai pas à papa!... Eh bien, vous avez raison : je m'en fous. Et même je trouve ça normal. Les riches, c'est fait pour être enlevés et payer des rançons.

Bruce Masson regarde ce visage ingrat encore enfantin et curieusement terriblement vieux.

– Mais vous êtes riche, vous aussi.

– Et comment, détective! Papa m'a bombardé directeur de sa succursale de San Francisco. Je viens un quart d'heure tous les 30 ou les 31 du mois pour toucher mon chèque : 20 000 dollars. Ça fait cher de la minute, hein!

Bruce Masson pousse un soupir.

– Vous ne voulez vraiment pas m'aider?

Milton Gaskell fait claquer son chewing-gum d'un coup de langue.

– Chacun son métier, détective. Moi je suis payé à ne rien foutre. Vous pas. Alors au boulot!...

10 heures du soir. La journée s'est écoulée sans que les ravisseurs se soient manifestés. Bruce Masson se rend dans la salle à manger pour le dîner. Richard Gaskell vient juste de descendre de son bureau où il a conversé toute la journée avec le siège social de son entreprise. Il s'apprête à demander au détective de faire le point, mais ce dernier s'arrête, stupéfait. Milton vient d'arriver à son tour. Il tient dans ses mains quelque chose qui ressemble à un gigantesque tas d'allumettes. Le détective met un instant avant de comprendre :

– Mais c'est le bateau de tout à l'heure!

Milton Gaskell éclate de rire, tandis que son père prononce d'une voix faussement joviale :

– Milton a toujours été espiègle. C'est un cas, vous savez! Il adore détruire.

Le jeune homme tire un long filament de son chewing-gum :

– Tu te rappelles le piano que tu m'avais offert? Modèle de concert laqué blanc. J'ai arraché les touches et j'en ai fait des fagots. J'ai coupé toutes les cordes avec des tenailles. J'ai scié les pieds en rondelles. Comme les pattes des petits oiseaux quand j'étais môme...

M. Gaskell a un sourire contraint en direction du détective.

– Ne faites pas attention, Masson... Alors, quoi de nouveau?

Bruce Masson regarde son patron.

– Eh bien, vous n'aurez pas de coup de téléphone des ravisseurs. Ni ce soir, ni jamais. C'est un message que vous allez recevoir. Je peux vous le dire mot pour mot : « Si vous voulez revoir votre femme, déposez 1 million de dollars en coupures usagées à la borne kilométrique 14, sur la route de Salinas. »

Il y a un double cri de stupeur autour de la table... Bruce Masson sort de sa poche plusieurs feuilles de journal qui ressemblent à de la dentelle.

– Tous les mots que je viens de prononcer sont les trous que vous voyez ici. Je suppose que demain ils seront collés et assemblés sur une feuille de papier... N'est-ce pas, Milton? Car c'est sous votre matelas que j'ai trouvé ce joli tableau. Vous voyez que vous savez faire autre chose que des bateaux, Milton...

Bruce Masson n'a pas le temps d'ajouter quoi que ce soit. Richard Gaskell se lève brusquement :

– Partez, Masson!

– Pardon?

Le directeur de la Gaskell and Co. a perdu l'air autoritaire qu'il a d'habitude. Il y a chez lui quelque chose d'hésitant et même d'implorant.

– Vous avez très bien fait votre travail, Masson, et vous serez payé en conséquence, mais maintenant, allez-vous-en! C'est... une affaire privée.

Le détective se lève.

– Comme vous voudrez, c'est vous le patron...

Et il s'en va, laissant Richard Gaskell seul avec son fils... Le père prend la parole, d'une voix hésitante.

– Alors, mon grand, tu as voulu faire une farce?

Milton Gaskell balaie d'un revers de la main les petits bouts de bois de ce qui fut son bateau.

– Quelle farce?

– Eh bien, ta mère et toi vous avez voulu me faire marcher. Quand même, un million de dollars c'est beaucoup! Si vous aviez besoin d'argent, il fallait me le demander... Enfin, une mise en scène pareille, c'est idiot! Tu te rends compte d'une publicité pour la Gaskell si on avait su ça? Allez, Milton, maintenant c'est fini. Dis-moi où est ta mère!

Milton ne répond pas.

– Milton, où est ta mère?... D'accord, je cède : cent mille dollars pour vous deux.

Milton ne répond pas.

– Milton, ne fais pas l'enfant... Ecoute, ça ne va pas durer toute la nuit. Je dois être demain à New York. J'ai mon travail. Où est-elle?

Milton Gaskell sort son chewing-gum de sa bouche, il le roule entre les doigts :

– Dans le bois, sur la route de Salinas. Là où j'ai dit qu'on nous avait attaqués.

Richard Gaskell ouvre la bouche sans émettre aucun son. Son fils se passe la main dans ses longs cheveux.

– Mais oui, papa! La vieille est dans le bois, enfin... sous le bois, sous terre quoi! Je l'ai enterrée après l'avoir tuée. Fais pas cette tête-là, papa! On était dans la voiture, tous les deux, et je l'ai étranglée... Je ne sais pas pourquoi je l'ai tuée. Peut-être bien parce que je suis fou. Ou parce que c'était ma mère... Oui, c'est plutôt cela : j'ai tué la vieille parce que c'était ma mère...

Richard Gaskell se lève... Il n'arrive toujours pas à proférer un son. Son fils expédie, l'un après l'autre, d'une pichenette, les débris de son bateau aux quatre coins de la pièce.

– Maintenant, tu vas m'aider, papa... Bien sûr que tu vas m'aider. Tu aurais trop peur qu'on sache que ton fils est un fou et un assassin. Quelle publicité pour la Gaskell!

Richard Gaskell a retrouvé la parole. Il prononce :

– Je prends les choses en main. Conduis-moi là-bas...

Les phares d'une automobile éclairent une clairière du bois de la route de Salinas. Richard Gaskell a tombé la veste. Dégoulinant de sueur, il s'arc-boute sur sa pelle. Milton, qui s'active de son côté, lui lance un sourire.

– C'est une bonne idée de l'enterrer plus profond. Moi je n'ai jamais su faire les choses qu'à moitié. Ce n'est pas comme toi.

Richard Gaskell est hors d'haleine.

– Tout va s'arranger, Milton. Si jamais on te soupçonne, tu auras assez d'argent pour aller dans un endroit où aucune police du monde ne te retrouvera.

– Et le détective?

– Je lui donnerai aussi l'argent qu'il faut.

Le jeune homme pose sa pelle.

– Dis, papa, tu l'aimais bien, la vieille?

– Qu'est-ce que tu veux dire?

– Je te demande si tu l'aimais bien. Parce que je l'ai tuée, et c'était quand même ta femme.

Dans la lumière crue des phares blancs, Richard Gaskell regarde son fils. Et, pour la première fois, avec ses longs cheveux et sa barbe hirsute, il lui semble inquiétant...

– Faut pas avoir peur comme ça, papa! Ou plutôt, c'était avant qu'il fallait avoir peur... Bien sûr, que je suis fou! Vous l'avez toujours su, la vieille et toi. Un petit garçon qui coupe les pattes aux oiseaux et qui casse les pianos en morceaux, c'est tout de même pas courant!

Milton Gaskell se rapproche de son père, la pelle à la main.

– Vous l'avez toujours su et vous avez fait semblant de ne pas vous en apercevoir. Vous ne vouliez pas le voir, maman et toi. Vous m'avez tout laissé faire, vous pensiez qu'en me donnant de l'argent ça s'arrangerait. Mais l'argent, ça n'empêche pas d'être fou, ça n'empêche pas de devenir un assassin! Car c'est de cela que tu as peur, uniquement de cela : qu'on sache que Milton Gaskell est un assassin.

Le jeune homme se met à hurler :

– Milton Gaskell est un assassin! Milton Gaskell est un assassin!

Son père se précipite sur lui.

– Arrête!

La pelle que son fils vient de lever d'un geste vif frappe avec un bruit mat sur son crâne, et c'est le silence...

Quelques heures plus tard, alors que le jour n'était pas encore levé, les policiers arrêtaient, sur la route de Salinas, un jeune homme marchant d'une démarche incertaine. Ce dernier leur a adressé la parole en ces termes :

– Je suis Milton Gaskell, fou et assassin. Vous savez? Gaskell, de la Gaskell and Co...

LE VILLAGE DE LA PEUR

CHARMANT village que celui d'Alleghe, en Italie, au pied des Dolomites. La montagne toute proche est splendide, un lac s'étend en contrebas et la forêt alentour offre de merveilleuses promenades.

La localité ne manque pas de ressources hôtelières, mais le meilleur établissement est sans conteste l'*Hôtel des Dolomites,* un peu à l'écart de l'agglomération, sur les premières pentes de la montagne. Sa cuisine est réputée dans toute la région. D'ailleurs, les personnages importants ne s'y trompent pas. Chaque samedi, de grosses voitures traversent rapidement Alleghe pour s'y rendre. A l'intérieur, on peut entrevoir des messieurs en pardessus sombre, chapeau mou sur la tête. Ce sont les maîtres du pays en cette année 1933, les dirigeants du parti fasciste.

C'est là qu'ils viennent se reposer pendant un jour ou deux pour oublier l'agitation de la capitale. L'*Hôtel des Dolomites* est presque devenu un de leurs quartiers généraux. D'ailleurs, on sait bien que la famille Strozzi-Belluno, propriétaire de l'établissement, est liée depuis l'origine avec le mouvement fasciste. On murmure même que Mussolini a passé plusieurs week-ends incognito à l'hôtel.

Oui, Alleghe est un village charmant. Un village

comme les autres, avec un maire, un curé et un brigadier de police. Pourtant, tout le monde sait bien au pays que les vrais maîtres sont les Strozzi. Et chacun sait que, s'il leur en prenait envie, ils pourraient tout faire sans être inquiétés. Tout...

9 mai 1933. Le téléphone sonne à la gendarmerie d'Alleghe. Le brigadier Baldo décroche. Au bout du fil, une voix autoritaire :

– C'est vous brigadier?... Il faudrait que vous veniez tout de suite à l'*Hôtel des Dolomites*... Carlo Strozzi à l'appareil. Il vient de se produire un malheur. Il s'agit d'Antonella Cervi, une de nos bonnes.

L'homme marque un temps et ajoute d'une voix sans réplique :

– Elle s'est suicidée.

Une dizaine de minutes plus tard, le brigadier Baldo arrive à l'hôtel. Il n'est guère à son aise. Une affaire pareille chez les Strozzi, c'est ce qui pouvait lui arriver de pire! Le moindre impair et il risque de perdre son poste.

Il pénètre dans le hall. Assis dans des fauteuils, plusieurs messieurs en costume croisé lisent leur journal. Le brigadier se sent encore plus impressionné. Carlo Strozzi vient à sa rencontre. C'est un homme d'une trentaine d'années. Il est blond avec une petite moustache, le regard bleu très perçant. A ses côtés, une femme du même âge, très grande et aussi brune qu'il est blond.

L'homme le prend par le bras.

– Vous connaissez sans doute ma sœur, Clara Belluno... Venez, ne perdons pas de temps. Le drame a eu lieu dans la chambre qu'occupe le sénateur Orli. Alors, j'aimerais que tout soit terminé au plus vite.

Le brigadier avale sa salive... Le sénateur Orli,

un des plus importants responsables fascistes. Décidément, c'est une affaire très très délicate. Pourquoi a-t-il fallu qu'elle tombe sur lui?

Le brigadier ouvre la porte de la chambre et sursaute. Carlo Strozzi lui avait parlé d'un suicide, alors, forcément, il ne s'attendait pas à cela...

Une jeune fille, qui ne devait pas avoir vingt ans, est étendue sur le lit. Sa gorge est tranchée sur toute la largeur. Son sang coule encore. Le policier reste silencieux... La voix autoritaire de Carlo Strozzi le tire de ses pensées.

– Alors, c'est un suicide, n'est-ce pas? Pourra-t-on enlever rapidement le corps? Le sénateur attend sa chambre.

Le brigadier est toujours penché sur la jeune fille... Ses mains portent des marques d'ongles, comme si elle s'était battue avec quelqu'un. Un suicide pareil, il n'en avait encore jamais vu. Comment peut-on avoir le courage de s'ouvrir ainsi la gorge? D'autre part, elle était enceinte d'au moins six mois. Il ne peut s'empêcher d'en faire la remarque.

– Vous saviez qu'elle était enceinte?

Clara Belluno, la sœur de Carlo, réplique d'une voix impatiente :

– Oui, Antonella était une petite écervelée. Nous lui avions annoncé que nous la chassions à cause de cela. C'est sans doute la raison de son geste.

Le brigadier murmure :

– Oui, bien sûr... Je vais donner des ordres pour faire enlever le corps.

Et il s'en va, après avoir pris congé du frère et de la sœur. En repassant dans le hall, il croise de nouveau les messieurs importants qui baissent leurs journaux pour lui lancer un regard muet. Il ne peut s'empêcher de frissonner. D'autant qu'une pensée désagréable ne le quitte pas : auprès du corps, il n'a retrouvé aucune arme. Pourtant, si c'est un suicide, elle devrait être à proximité. Mais il chasse vite cette réflexion. C'est sans doute que quelqu'un aura enlevé l'arme... Oui, on l'aura enlevée...

Une semaine plus tard, le juge d'instruction chargé de l'affaire se rend aux conclusions du brigadier : Antonella Cervi s'est suicidée par désespoir en apprenant qu'elle était renvoyée.

Son enterrement a lieu le lendemain même dans le village. Personne n'y assiste, à part son père et sa mère. Un enterrement lugubre. La petite bonne de l'*Hôtel des Dolomites* est une réprouvée par-delà la mort. C'est une suicidée. Le curé a refusé l'absolution. Elle n'ira pas à l'église. Elle ira directement au cimetière sans cérémonie...

Les parents d'Antonella suivent à pied le corbillard dans les rues d'Alleghe. Une grosse voiture noire les croise. Elle file rapidement en direction de l'*Hôtel des Dolomites.* A l'intérieur, un homme en pardessus, le chapeau rabattu sur la tête... Oui, ils doivent se taire. Et pourtant, ils auraient envie de crier...

Une bonne de l'hôtel, amie d'Antonella, leur a confié que, quelques minutes avant sa mort, elle a entendu leur fille chanter en faisant son ménage. Est-ce qu'on chante quand on va se suicider? Et puis, elle était enceinte. Ils l'ignoraient. De qui? Jamais la police ne s'est posé la question. Pourtant, Antonella leur a dit, tout de suite après être entrée à l'hôtel, que Giacomo Belluno, le mari de Clara, tournait autour d'elle. Alors...

L'enterrement clandestin, honteux, d'Antonella se termine. Ses parents rentrent chez eux. Comme les autres, ils ne parleront pas. Comme les autres, ils ont trop peur. Alleghe appartient aux Strozzi-Belluno...

25 novembre 1933. Le mois précédent, le mariage de Carlo Strozzi a été célébré en grande pompe dans le village. A cette occasion, on a vu plus de pardessus sombres que d'habitude. Comme Caterina, la jeune épousée, était charmante et jolie avec ses longs cheveux blonds! Elle semblait apporter enfin un peu de gaieté dans la famille Strozzi! La fête a été en tous points réussie...

Il est midi. Un paysan d'Alleghe rentre des champs. Il longe le lac gelé, quand son regard est attiré par un trou dans la glace. Il s'approche avec précaution et s'arrête horrifié. Il se met à frissonner de tout son corps, et ce n'est pas à cause du froid.

Là, sous la glace, quelqu'un le regarde. Oui, il y a quelqu'un en dessous : une jeune femme, dont les cheveux blonds flottent autour d'elle. Elle est en chemise de nuit dans l'eau bleue et, de ses yeux grands ouverts, elle le fixe.

L'homme court à la gendarmerie. Le brigadier Baldo, en arrivant sur les lieux, a lui aussi un mouvement de recul. Il a tout de suite reconnu la jeune femme : c'est Caterina Strozzi, que Carlo avait épousée le mois précédent. De nouveau, il va devoir aller à l'*Hôtel des Dolomites*. De nouveau, il va devoir enquêter au milieu des messieurs silencieux en costume sombre...

En arrivant à l'hôtel, il croise Clara Belluno. Elle lui lance un regard inquisiteur. Décidément, cette femme au visage dur, grande comme un homme, lui en imposera toujours.

– Qu'est-ce que vous venez faire ici?

Le brigadier Baldo balbutie :

– Un malheur, un terrible malheur, madame... Caterina, votre belle-sœur...

La femme lui coupe la parole.

– Ça ne m'étonne pas... Vous trouverez mon frère au magasin...

Quelques instants plus tard, le brigadier est devant le mari de la victime... Lui non plus ne marque pas d'étonnement devant la nouvelle.

– Je sentais bien que Caterina était capable de faire une bêtise. Je m'en suis rendu compte dès le début de notre mariage. Ce matin, en me réveillant, je me suis aperçu qu'elle avait quitté le lit. Je l'ai cherchée partout, mais je ne l'ai pas trouvée...

Le brigadier se garde bien de lui demander pourquoi il n'a pas tout de suite prévenu la police. Il se garde aussi de s'étonner de l'extraordinaire détachement de Carlo Strozzi, qui ne cherche même pas à simuler la douleur... Les Strozzi ne sont pas des gens comme les autres. Il ne faut pas leur poser de questions. Il faut les écouter. Alors le brigadier écoute... Carlo est en train de conclure :

– C'est un suicide, brigadier. Ce ne peut être qu'un suicide. Je compte sur vous pour mener votre enquête rapidement. Si elle se prolongeait trop, ce serait très mal vu de notre clientèle...

Et le brigadier Baldo ne perd pas de temps. C'est un suicide, un suicide pas comme les autres, voilà tout... Evidemment, il n'est pas courant de se tuer en faisant un trou dans la glace et en plongeant dans l'eau, mais après tout, pourquoi pas? Le suicide d'Antonella Cervi, la bonne, n'était pas ordinaire non plus. Quant aux marques violacées qu'il a remarquées autour du cou de la jeune femme, c'est le froid... C'est cela : c'est le froid... Quand il prend connaissance des faits, le juge d'instruction est parfaitement d'accord avec lui. C'est un suicide. L'enquête est close...

A l'enterrement de Caterina Strozzi, deux personnes d'un certain âge se serrent l'une contre l'autre. Ce sont ses parents... Ils ne diront rien. Ils ne parleront à personne de la lettre que leur a envoyée leur fille quelque temps avant sa mort : « J'ai découvert de drôles de choses dans la famille de mon mari. Je n'ose pas vous en parler, même par lettre. J'ai trop peur... »

Eux aussi ont trop peur pour parler. Il y a trop de voitures noires qui traversent Alleghe à toute allure, trop de messieurs en pardessus et chapeau mou qui en descendent pour se rendre à l'*Hôtel des Dolomites*. Et à Alleghe, les gens n'ont pas fini d'avoir peur...

19 novembre 1946. La guerre a passé sur Alleghe comme sur toute l'Italie. Mais, bien que les anciens maîtres du pays aient disparu, les Strozzi-Belluno ont gardé tout leur poids au village. Clara Belluno s'est empâtée avec les années, mais son physique est tout aussi autoritaire. Pour tout le monde, il ne fait pas de doute que c'est elle le véritable chef de la famille. Son mari, Giacomo, est aussi frêle qu'elle est imposante. Il a l'air de suivre docilement les volontés de sa femme. D'ailleurs, lui, ce n'est pas un Strozzi.

Quant à Carlo, il ne s'est pas remarié après son veuvage précoce. Il a toujours sa petite moustache blonde, et son arrogance s'est accentuée avec les années.

Les propriétaires de l'*Hôtel des Dolomites* font toujours aussi peur dans le village. S'ils n'ont plus leurs puissants appuis politiques, on murmure qu'ils en ont retrouvé d'autres, peut-être auprès de la Maffia. Et, de toute manière, personne ne cherche à y voir de trop près.

Et justement, ce 19 novembre 1946, Alleghe est en émoi. Un meurtre particulièrement audacieux et horrible vient d'être commis. En plein jour, en plein village, deux commerçants, M. et Mme Bertoldi, ont été assassinés à coups de fusil...

Le brigadier Baldo est, bien entendu, chargé de l'enquête. C'est le premier meurtre à Alleghe depuis les deux affaires chez les Strozzi dont il a gardé un si mauvais souvenir.

Le brigadier se met en devoir de chercher des témoins. Ce ne devrait pas être trop difficile. Le drame s'est passé aux environs de midi, et une bonne douzaine de personnes ont dû voir ou du moins apercevoir le ou les meurtriers.

Mais quand il les interroge, le brigadier a une mauvaise surprise.

Ce sont des mots gênés, des faux-fuyants.

– Je ne sais pas... Je ne regardais pas de ce côté-là...

– Mais vous avez bien dû entendre les coups de feu, les cris.

– Oui, mais quand j'ai regardé, ils étaient déjà partis.

– Qui ça « ils »? Ils étaient donc plusieurs? Combien?

– Je vous en prie, brigadier... Je ne sais rien. Je ne veux pas me mêler de cela...

Toutes ces réactions rappellent quelque chose au brigadier Baldo, quelque chose qu'il connaît trop bien. Ces regards inquiets, cette peur qui ferme les lèvres portent un nom : Strozzi. Et du coup, le brigadier, lui aussi, se met à avoir peur. Son enquête est vite terminée : crime de rôdeur. Les Bertoldi ont été assassinés par des voleurs inconnus. L'affaire est close.

Et Alleghe se met à revivre comme avant. Avec sa peur, ses quatre morts inexpliquées et son *Hôtel des Dolomites* qui ne désemplit pas...

Enzo Larga choisit justement de descendre à

l'*Hôtel des Dolomites* pour passer ses vacances d'été 1952. Enzo Larga a vingt-cinq ans, il est journaliste. Il a pour particularité, comme beaucoup de ses confrères, d'avoir la curiosité toujours en éveil et de n'avoir pas froid aux yeux...

Et justement, son sens journalistique est vite alerté. Il lui semble qu'il y a dans ce village quelque chose d'étrange, un secret. Oubliant ses vacances, il essaie de faire parler les habitants. Et, après bien des difficultés, il y arrive auprès de deux d'entre eux : le maire et le notaire. Tous deux lui disent ce qu'ils pensent des deux suicides, du double assassinat et accusent nommément la famille Strozzi-Belluno.

Et au mois de septembre, Enzo Larga publie dans son journal un article sensationnel intitulé « LE VILLAGE DE LA PEUR », où il raconte tout : le suicide d'Antonella Cervi, celui de la femme de Carlo Strozzi, le meurtre des deux commerçants et les raisons qu'on a de suspecter dans tous les cas les propriétaires de l'*Hôtel des Dolomites*.

Cet article, qui fait référence à la période noire du fascisme, a, dans toute l'Italie, un immense retentissement. Comment se pourrait-il que des criminels aient bénéficié de telles protections, qui se prolongent aujourd'hui encore? Il faut faire quelque chose...

Mais il n'y aura rien besoin de faire. Ce sont les Strozzi-Belluno eux-mêmes qui vont s'en charger. Clara Belluno, qui s'acquitte avec vigueur de son rôle de chef de famille, contre-attaque par voie de presse : « Notre famille a été diffamée. Nous n'avons rien à nous reprocher. Je vais faire un procès et nous verrons bien de quel côté est la vérité. »

Le procès intenté par la famille Strozzi-Belluno s'ouvre à Rome en juin 1953. Le public s'écrase pour voir ceux que l'on a nommés « les monstres d'Alleghe ». Pourtant, ceux-ci semblent tout à fait à leur aise.

Clara, qu'on remarque tout d'abord à cause de sa forte corpulence, se tient bien droite et défie tout le monde du regard. Giacomo, son mari, plus effacé que jamais, reste dans son ombre. Quant à Carlo, il affecte une moue dédaigneuse sous sa moustache blonde...

De son côté, Enzo Larga, le journaliste, semble lui aussi parfaitement à son aise. Il est sûr que les propriétaires de l'hôtel sont coupables. D'ailleurs, le maire, le notaire et d'autres habitants du village sont là. Ils vont répéter leurs accusations et la justice sera bien forcée d'ouvrir une instruction. Alleghe va pouvoir enfin échapper à sa peur...

Mais, à mesure que les débats avancent, le jeune journaliste change d'attitude. Il ne peut pas croire ce qu'entendent ses oreilles... La peur est là, toujours aussi puissante... Voici le maire qui dépose. Il évite de le regarder, en même temps qu'il adresse un sourire gêné aux Strozzi.

– Non, monsieur le Président, je n'ai jamais dit ce qu'a écrit le journaliste. Je n'ai fait que lui rapporter les racontars qui courent dans le village. Mais en précisant bien que je n'y ajoutais pas foi moi-même. Le journaliste s'est servi de moi pour faire un article à sensation. Les Strozzi sont une famille au-dessus de tout soupçon...

Les habitants d'Alleghe présents dans la salle éclatent en applaudissements... A la suite du maire, le notaire vient à son tour rétracter ses déclarations. Enzo Larga ne réplique rien. Il sait que c'est inutile. La cause est entendue. Après de rapides débats, il est condamné à huit mois de prison ferme et 100 000 lires d'amende. Non seulement il a échoué, mais les Strozzi sortent grandis de l'affaire. La justice s'est portée garante de leur innocence. Ils semblent plus intouchables que jamais. Alleghe n'a pas fini de vivre dans la peur.

Pourtant, l'action courageuse du journaliste n'aura pas été inutile. A la suite de ce procès retentissant, la police italienne s'émeut. Et elle décide de reprendre l'enquête.

Mais elle se rend rapidement compte qu'elle n'arrivera à rien par les voies traditionnelles. Les habitants d'Alleghe, qui n'avaient pas osé accuser les Strozzi au procès, alors qu'ils avaient l'occasion de se débarrasser d'eux une fois pour toutes, ne parleront pas...

C'est alors qu'un lieutenant des carabiniers a une idée. La sœur des Bertoldi, les épiciers assassinés à coups de fusil, a émigré en Suisse après le drame. Peut-être qu'étant à l'étranger elle aura moins peur et qu'elle sera disposée à parler. En tout cas, c'est la dernière chance de faire la vérité sur l'affaire...

La police italienne obtient des Suisses l'autorisation d'interroger la sœur Bertoldi. Le lieutenant des carabiniers se rend à sa nouvelle résidence. Il trouve une femme âgée et craintive.

– N'insistez pas. Je me suis juré de parler sur mon lit de mort. Pas avant...

Le lieutenant insiste pourtant...

– Vous ne mourrez peut-être pas dans votre lit, madame... Je vous en prie, vous seule pouvez nous aider. Ici, vous ne risquez rien. Les Strozzi sont loin. Grâce à vous, nous pouvons les mettre définitivement hors d'état de nuire...

La vieille dame hésite encore un peu et puis elle dit tout.

– Je sais qui a tué mon frère et ma belle-sœur. Ce sont Carlo Strozzi et Giacomo Belluno. Je les ai vus. Je sais aussi pourquoi ils les ont tués. En 1933, mon frère et ma belle-sœur avaient vu Carlo et un domestique transporter le corps de sa femme dans le lac. Après la guerre, ils ont commencé à parler dans le village. Ils ont pensé que les Strozzi n'oseraient rien contre eux. Hélas ! ils ont eu tort... Sur la mort de la bonne, Antonella Cervi, je ne sais rien de sûr. Mais je peux vous dire ce qu'on répète à Alleghe : elle était enceinte de Giacomo Belluno, et c'est Clara qui l'a tuée...

Et Mme Bertoldi a signé sa déposition... Cette fois, l'heure des Strozzi avait sonné. Leur procès, leur véritable procès, a commencé, un an après leur arrestation, en 1955. Clara a eu beau prendre tout de haut, tenter d'intimider les témoins, les habitants d'Alleghe n'avaient enfin plus peur. Les langues se sont déliées, ils ont tous parlé...

Les trois membres de la famille : Clara et Giacomo Belluno, Carlo Strozzi, ont été condamnés à la prison à perpétuité. Il avait fallu plus de vingt ans pour en venir à bout.

LA FERME ROUGE

22 AVRIL 1901. Il fait une nuit de pleine lune à Comby, un hameau à une vingtaine de kilomètres de Chartres. Il est 3 heures du matin quand les frères Renaud, cultivateurs, et Louis Dupuiseaux, maréchal-ferrant, sont réveillés par des cris qui proviennent de la route.

Quelques minutes plus tard, tous trois se penchent sur une forme allongée qui gémit et respire en haletant. C'est Honoré Bouvet, leur voisin. Il perd son sang en abondance, il est blessé à la tête et à la poitrine.

En voyant les trois hommes, le blessé tente d'expliquer par bribes ce qui lui est arrivé.

– Deux inconnus... Assommé... Coups de couteau... Portez-moi.

Ses voisins le soulèvent avec précaution, par les bras et les jambes.

– Où veux-tu qu'on te porte?

Honoré Bouvet semble pris d'une subite terreur.

– Dans ma grange... Pas dans la maison... Ils sont peut-être encore là. Faudra aller voir d'abord.

Ses voisins obéissent à ses instructions. Ils l'allongent dans sa grange qui est tout près. Louis

Dupuiseaux, le maréchal-ferrant, reste auprès de lui, tandis que les frères Renaud, s'armant chacun d'une fourche, se dirigent vers la ferme.

Avant qu'ils s'en aillent, le blessé, se redressant sur le coude, leur dit faiblement :

– Ne réveillez pas les enfants. Il ne faut pas les inquiéter.

Les deux frères promettent et disparaissent dans la nuit. Il y a, en effet, cinq enfants à la ferme Bouvet : Flora, dix-neuf ans, Béatrice, onze ans, Laurent, sept ans, Laure, six ans, Céline, quatre ans.

Honoré Bouvet vit seul avec eux depuis la mort de sa femme. Il a également un sixième enfant, Caroline, dix-huit ans, qui n'est pas là. Elle travaille à Chartres.

La cour de la ferme est déserte. Les frères Renaud avancent avec précaution. Ils n'entendent pas les aboiements du chien Ravachol – pourtant hargneux d'habitude – mais ils ne prêtent aucune attention à ce détail et continuent. Ils poussent la porte d'entrée, qui est ouverte : personne dans la salle à manger ni dans la cuisine... Ils montent au premier étage, là où se trouvent les chambres. Il fait suffisamment clair pour voir... Et ils voient. L'un des frères Renaud se met à balbutier :

– Ne pas réveiller les enfants!...

C'est la seule phrase que l'horreur peut lui arracher, car le spectacle est insupportable. Dans la première chambre, Céline et Laurent gisent par terre; dans la seconde, Béatrice et Laure ont une pose bizarre, un peu comme des poupées désarticulées. Flora, l'aînée, est étendue plus loin dans le couloir. Visiblement, elle a essayé de fuir mais elle n'en a pas eu le temps.

Les cinq enfants ont eu la tête brisée, broyée. Ce n'est pas la peine de voir s'ils sont encore en vie.

C'est un carnage, une boucherie. Il y a du sang partout : sur le plancher, sur les draps, sur les murs.

Les deux frères Renaud s'enfuient à toutes jambes... En repassant dans la cour, ils se heurtent à une forme par terre : c'est le cadavre du chien Ravachol. Il est tout raide. Il a eu la gorge tranchée d'un coup de couteau. Voilà pourquoi ils ne l'avaient pas entendu aboyer tout à l'heure...

Quand ils retournent à la grange, le blessé et le maréchal-ferrant comprennent tout de suite à leurs yeux exorbités qu'il s'est passé quelque chose.

– Les enfants...

Malgré sa faiblesse, Honoré Bouvet demande, avec une subite violence :

– Eh bien quoi, les enfants?

– Ils sont tous morts...

Quelques heures plus tard, une douzaine de gendarmes fouillent la ferme Bouvet. D'autres agents tiennent la foule à distance. Le commissaire Courtier, de Chartres, qui a été chargé de l'enquête, dirige les opérations...

A la lumière du jour, le spectacle de la ferme est plus horrible encore. Les cinq corps ont été allongés dans la salle à manger sous des couvertures en attendant qu'on vienne les emmener à la morgue.

Honoré Bouvet, lui, est sur un lit installé dans la cuisine.

Le commissaire Courtier a terminé l'examen des cadavres. Il n'est pas un débutant, mais il a du mal à garder son sang-froid. C'est incontestablement le crime le plus répugnant de sa carrière. Les cinq victimes ont eu le crâne défoncé à l'aide d'un objet lourd : un marteau, une masse, une bûche ou quelque chose d'approchant.

Un médecin a observé Honoré Bouvet. Heureusement, ses blessures sont moins graves qu'on ne le craignait : elles sont superficielles. Il a été frappé, lui, à coups de couteau. C'est sans doute la même arme qui a tué le chien.

Après s'être assuré que son état le permettait, le commissaire Courtier interroge le blessé. Celui-ci parle d'une voix étrangement absente.

– J'ai passé la soirée à l'auberge avec un ami. Quand je suis sorti, il devait être minuit environ. Je suis arrivé dans la cour de la ferme et quelqu'un m'a sauté dans le dos. J'ai senti des coups. J'ai pu me dégager et je me préparais à faire face, quand un second inconnu m'a attaqué. J'ai reçu un autre coup et je me suis évanoui... Quand j'ai repris connaissance, je me suis traîné jusqu'à la route et j'ai appelé... C'est tout.

Le commissaire hoche la tête sans mot dire.

– Au premier étage, dans votre chambre, on a retrouvé un bureau fracturé. Il y avait de l'argent dedans?

– Je comprends! Seize cents francs en louis d'or...

Il se prépare à ajouter quelque chose, mais comme s'il réalisait subitement que ce vol n'est rien à côté du reste, il se tait.

Toute la journée, les fouilles continuent sous la direction du commissaire Courtier... Entre deux ordres qu'il donne à ses hommes, il reste pensif. Se pourrait-il que l'horreur de ces cinq corps d'enfants et d'adolescents cache une horreur plus grande en raison de la personnalité du criminel?

Ce n'est pas l'absence de douleur chez Honoré Bouvet qui impressionne désagréablement le commissaire... Au contraire, cette réaction lui semble naturelle. Il a l'expérience de ce genre de cas, et il sait qu'un très grand choc peut produire cette sorte d'indifférence apparente.

Non, c'est d'abord ce qu'a dit le blessé qui le met mal à l'aise. Il a été attaqué à minuit et il n'a appelé au secours qu'à 3 heures du matin. Il serait donc resté évanoui trois heures... Cela peut se concevoir après un coup de gourdin, mais pas après des coups de couteau. D'ailleurs, comment se fait-il que des assassins aussi sauvages l'aient frappé si légèrement ?

Mais ce qui chiffonne le plus le commissaire Courtier, c'est Ravachol, le chien. Les voisins de Bouvet le lui ont dit : c'était une bête féroce. C'est d'ailleurs pourquoi son maître lui avait donné le nom du célèbre anarchiste. Or, les voisins sont formels : ils ne l'ont pas entendu aboyer. Comment imaginer qu'un chien méchant laisse entrer des malfaiteurs sans prévenir et qu'il se laisse ensuite saigner par eux sans se défendre, comme de la volaille ? A moins...

Il est près de 6 heures du soir quand un des gendarmes lance un appel depuis la cour de la ferme.

– Venez voir, monsieur le Commissaire !

Le commissaire Courtier se retrouve devant le tas de fumier. Le gendarme est tout ému.

– Ces objets-là étaient cachés dans le sac que voici, et enterrés dans un trou.

Le commissaire prend avec précaution « ces objets-là », comme dit le gendarme. Il s'agit d'un maillet et d'un long couteau tout poisseux de sang.

Le commissaire Courtier réfléchit... Des vagabonds venus de l'extérieur n'auraient pas pris le temps de cacher les armes du crime dans la ferme. Ils les auraient emportées avec eux et ils les auraient jetées dans la première rivière ou le premier fourré qu'ils auraient rencontré. Non, cette dissimulation n'est pas normale... A moins, encore une fois, que le meurtrier ne soit Honoré Bouvet.

Cette fois, le commissaire Courtier doit formuler clairement l'horrible hypothèse : Honoré Bouvet aurait tué de ses mains et avec une sauvagerie inouïe ses cinq enfants... Mais pourquoi ? La folie ? Il a l'air parfaitement sain d'esprit.

La chose est trop grave... Le commissaire se refuse à accuser directement le fermier. Pour ce faire, il faudrait qu'il ait une vraie preuve ou qu'il trouve un début de mobile à cet acte monstrueux.

Ce mobile qui lui manque, le commissaire le cherche, dès le lendemain, auprès des habitants de Comby. Et il obtient rapidement un renseignement important. Honoré Bouvet a une maîtresse : Marguerite Rocher. Les habitants du village n'expriment d'ailleurs aucune réprobation à ce sujet : Honoré est veuf et c'est après la mort de sa femme qu'il s'est mis à chercher l'âme sœur.

Le commissaire Courtier décide néanmoins d'interroger cette Marguerite Rocher. Elle le reçoit chez elle. Elle est plus jeune que le fermier, elle doit avoir entre vingt-cinq et trente ans alors que lui a déjà largement dépassé la quarantaine. Elle est jolie, elle a l'air d'une gentille fille. Pourtant, il semble au commissaire Courtier qu'il y a quelque chose qui la tourmente. Un secret peut-être... Elle répond sans réticence à sa première question.

– Oui, nous avons des relations, Honoré et moi. Mais il n'y a pas de mal à ça.

– Bien entendu, mademoiselle. Mais dites-moi, M. Bouvet ne vous a jamais demandée en mariage ?

– Si. C'était tout au début.

En prononçant ces mots, la jeune fille change de visage... Le commissaire Courtier sent qu'elle va dire quelque chose d'important. Il ne doit pas la brusquer. Il parle toujours avec douceur.

– Et que lui avez-vous répondu ?

C'en est trop ! Marguerite Rocher ne peut plus se contenir. Elle éclate en sanglots.

– Je n'aurais pas dû !...

Elle met un moment à essuyer ses larmes et puis, elle prononce d'une voix blanche :

– Je lui ai répondu : « Tu es fou. Jamais je ne t'épouserai. Tu as trop d'enfants... »

Voilà... Voilà le mobile qui manquait au commissaire pour expliquer l'inimaginable tuerie qu'a commise Honoré Bouvet. Dans sa tête de paysan un peu borné, c'était le seul moyen qu'il avait trouvé pour épouser Marguerite. Bien sûr, il n'y a pas de preuves à proprement parler, mais cette fois, le faisceau de présomptions est tel qu'il peut arrêter le suspect. D'autant que le rapport du médecin vient de lui parvenir. Il est formel : Honoré Bouvet a pu se porter lui-même toutes les blessures qu'il a reçues.

Honoré Bouvet est arrêté le 3 mai 1901 et son procès s'ouvre le 7 décembre de la même année au palais de justice de Chartres. Un procès évidemment sensationnel. Dans les rues, des joueurs d'orgue de Barbarie proposent à la foule qui se bouscule dans l'espoir d'avoir une place, la *Complainte d'Honoré Bouvet.*

Elle raconte, en vers de mirliton, le drame de la « ferme rouge »; comment le paysan du petit hameau de Comby a déclaré qu'il avait été attaqué le soir du 22 avril 1901 par deux inconnus; comment on a retrouvé ensuite ses cinq enfants assassinés. Mais il y avait le chien, dit la complainte, le chien Ravachol, égorgé d'un coup de couteau et mort sans avoir aboyé. Qui l'aurait tué, sinon son maître ?

C'est effectivement l'assassinat du chien qui va peser le plus lourd dans la balance de la justice : avec aussi la petite phrase que Marguerite Rocher, la maîtresse de Bouvet, avait lancée imprudemment à son amant : « Je ne t'épouserai pas. Tu as trop d'enfants. »

Honoré Bouvet n'est plus l'homme abattu et incohérent qu'il était tout de suite après le meurtre. Il n'a jamais avoué et il continue à proclamer son innocence dès qu'il paraît dans le box. Il le fait sur un ton particulièrement convaincant.

– Je n'ai pas tué! Je suis innocent! Je n'ai pas tué mes enfants!

Au cours de la première journée, une déposition crée la sensation dans le prétoire : Caroline Bouvet, la seule des enfants d'Honoré qui soit encore en vie, parce qu'elle était à Chartres au moment du meurtre, vient à la barre affirmer que son père est innocent.

Elle termine sa déclaration en se tournant vers le juge et en s'écriant d'une voix pathétique :

– Rendez-moi mon père qui a toujours été si bon pour nous! Rendez-moi mon père...

L'instant est évidemment émouvant, mais il y a d'autres dépositions au cours du procès, et celles-là ne sont pas favorables à l'accusé. Les voisins de Bouvet viennent dire que le chien Ravachol ne se serait jamais laissé égorger comme un mouton.

– Il n'y avait que son maître qui pouvait l'approcher. Dès qu'un vagabond passait près de la ferme, on l'entendait à vingt maisons à la ronde.

Le commissaire Courtier relate ensuite la découverte des armes du crime dans la ferme. Il explique qu'à son avis, un agresseur venu de l'extérieur n'aurait pas perdu son temps à les cacher aussi soigneusement.

La parole est au procureur. Il est précis et

réclame, bien entendu, la peine de mort. L'avocat d'Honoré Bouvet, au contraire, prononce une plaidoirie absolument inintelligible. Son discours est à la fois confus et prononcé sur un ton désabusé. A l'issue de leur délibération, les jurés condamnent Honoré Bouvet à la peine de mort.

Un verdict qui n'est pas accueilli par des clameurs de joie dans le public, comme c'est souvent le cas. Bien sûr, l'assassin méritait la mort, mais s'agit-il d'Honoré Bouvet ? Il y a de fortes présomptions, mais pas de certitude. Après tout, il peut fort bien s'agir d'une machination. Les assassins ont pu cacher exprès les armes du crime dans la ferme pour faire accuser Bouvet. Ravachol n'aimait pas les étrangers. Mais si ce n'était pas des étrangers qui avaient fait le coup ? Si c'était des gens que le chien connaissait bien ?

Ce sont des questions qu'aurait dû soulever l'avocat au cours de sa plaidoirie. Mais s'il a été aussi médiocre, c'est qu'il avait appris quelques heures avant qu'il venait d'être radié du barreau. Alors, sous le coup de l'émotion, il a totalement bâclé sa défense.

C'est ce point que retient la commission des grâces en présentant le dossier d'Honoré Bouvet au président de la République, Emile Loubet : l'accusé n'a pas été défendu correctement. Et le président signe la grâce : Honoré Bouvet passera le restant de ses jours à Cayenne.

Une décision qui, évidemment, ne satisfait personne. Si Bouvet est coupable, puisque la peine de mort existe, il n'a aucune raison d'y échapper. S'il y a un doute, c'est qu'il est innocent, car le doute doit profiter à l'accusé; alors, dans ce cas, il devrait être acquitté.

A Cayenne, Honoré Bouvet est un bagnard taciturne à la conduite irréprochable. Il ne manque pas une occasion de protester de son innocence. Toutes les fois qu'un visiteur de marque ou un journaliste se présente au bagne, il le supplie de faire quelque chose pour la révision de son procès.

– Dites-leur que je suis innocent ! Je n'ai pas tué mes enfants.

Et il y a des gens qui sont de cet avis ou qui, du moins, pensent qu'il y a un doute, si minime soit-il. L'écrivain Gaston Leroux, le fameux auteur de *Rouletabille,* prend la tête d'une campagne en faveur de la révision du procès Bouvet. Il résume son point de vue avec beaucoup de netteté :

« Bouvet est peut-être coupable. J'irai même plus loin : je le crois coupable. Mais je n'en suis pas sûr et c'est suffisant. »

La voix de Gaston Leroux reste sans écho. Pourtant, quelques années plus tard, un quotidien parisien, *Le Matin,* suggère une initiative qui devrait résoudre définitivement la question.

Dans un article intitulé « La signature rouge », le rédacteur écrit :

« Il est facile de prouver si Bouvet, condamné au bagne perpétuel pour l'assassinat de ses enfants, est innocent ou coupable.

« Au moment des faits, en 1901, l'analyse des empreintes digitales n'existait pas de manière sérieuse et n'a pas été pratiquée. Aujourd'hui, cette méthode est au point.

« Les armes du crime sont toujours conservées au palais de justice de Chartres avec les empreintes du criminel imprimées dans le sang. Il suffit de les examiner et de les comparer avec celles d'Honoré Bouvet. »

Cette proposition, qui aurait eu le mérite de résoudre définitivement la question, n'a reçu aucun écho de la part de la justice. Pourquoi ? On ne le saura jamais.

On ne saura jamais si Honoré Bouvet était l'un des plus odieux criminels de ce siècle ou la victime d'une affreuse erreur judiciaire.

LA CABANE À OUTILS

COMME chaque matin sur le coup de 8 heures, Gustav Schneider va visiter son petit jardin. Gustav Schneider est retraité. Il était auparavant ouvrier dans une usine de chaussures de Mannheim et, comme beaucoup de ses collègues, il a eu droit à un lopin de terre sur un terrain appartenant à l'usine au confluent du Rhin et du Neckar.

La journée de ce 8 juillet 1957 s'annonce très belle. Gustav Schneider examine en sifflotant ses laitues et ses tomates. Il se dirige vers sa cabane à outils pour chercher son arrosoir. C'est alors qu'il remarque que la clef n'est plus sur la porte. Gustav a une grimace de contrariété. Il laisse toujours la clef dans la serrure parce qu'il n'y a rien à voler à l'intérieur. Ce sera un gamin qui lui aura fait une farce. Pourvu qu'il n'ait pas fermé...

Gustav Schneider pousse la porte... Si, elle est fermée! Tout en rouspétant, le retraité se met à donner des coups d'épaule pour l'enfoncer. Elle résiste. Elle ne cède qu'après de longs efforts. Gustav Schneider entre dans sa cabane et il en sort aussitôt en criant :

– Au secours! Un pendu!...

Drôle d'idée d'aller se pendre dans la cabane à outils d'un ouvrier retraité : c'est ce que pense le commissaire Hans Rottenbach lorsqu'il se trouve, une demi-heure plus tard, sur les lieux... Le suicide ne fait pas de doute : la cabane à outils était fermée de l'intérieur, la clef engagée dans la serrure. De plus, la porte avait été bloquée par deux râteaux. C'est ce qui explique que Gustav Schneider ait eu tant de mal à l'enfoncer.

Le mort est un homme entre trente-cinq et quarante ans. Il est élégamment vêtu. Le commissaire fouille dans ses poches et en retire son portefeuille. Il sort les papiers et il a une impression désagréable. Le pendu s'appelait Klaus Neuman, journaliste dans une revue à sensation. Le commissaire se souvient d'avoir vu un dossier à son nom récemment... Oui, c'est cela; une demande de port d'arme. Le journaliste se sentait menacé à cause de révélations qu'il s'apprêtait à faire sur certaines personnes...

Le commissaire Rottenbach regarde le pendu qui se balance mollement au milieu de la cabane à outils. Evidemment, s'il avait retrouvé Klaus Neuman avec une balle dans la tête ou flottant sur le Rhin, les coupables seraient tout trouvés : il n'y aurait qu'à lire son prochain article. Mais on peut être un journaliste menacé et se suicider quand même... Le surmenage peut-être, la tension nerveuse...

Hans Rottenbach donne l'ordre à un de ses hommes de dépendre le corps. Il va faire pratiquer une autopsie, mais par pur acquit de conscience. Il se tourne vers Gustav Schneider, qui reste silencieux au milieu de ses plants de tomates.

– Vous ne l'aviez jamais vu?

– Ben non. Pourquoi est-il venu faire cela chez moi?

Une petite voix retentit alors dans le dos du policier :

– Monsieur...

Au son de la voix, Gustav Schneider se fâche tout rouge :

– Wolfgang! Qu'est-ce que tu fais ici, garnement? Retourne à la maison! Ce n'est pas un spectacle pour toi.

Le retraité a un sourire d'excuse à l'intention du commissaire, tandis que l'enfant se sauve en courant.

– Mon petit-fils... Les gamins sont impossibles!

L'instant d'après, les policiers emmènent le corps vers la morgue, et Hans Rottenbach regagne son bureau. Une fois rentré, il reprend les dossiers dont il s'occupait auparavant. Car il n'y a pas à chercher plus loin dans cette histoire de pendu.

Et pourtant, le jour même, le commissaire Rottenbach entend de nouveau parler de la mort de Klaus Neuman... C'est Ingrid, sa veuve, qui, en apprenant la nouvelle, a tenu immédiatement à venir le voir.

Ingrid Neuman est une petite bonne femme blonde. Malgré son désespoir, elle a quelque chose d'énergique et même de farouche. Elle tient sous son bras un gros dossier. Elle coupe court aux condoléances du commissaire et pose le dossier sur son bureau.

– Le nom de l'assassin est là, commissaire! Klaus était en train de faire une enquête sur une affaire de trafic immobilier de très grande envergure. Celui qui tire les ficelles est un personnage très en vue.

Ingrid Neuman cite un nom qui fait grincer des dents le policier.

– Nous avons été menacés plusieurs fois de mort, par lettre, par téléphone. Ce que vous ne savez peut-être pas, c'est que l'endroit où a été retrouvé le corps de mon mari, ces parcelles de jardins ouvriers, sont justement des terrains que convoite le gang. Le crime est signé!

Le commissaire s'éclaircit la gorge.

– Je suis désolé, madame, mais j'ai fait moi-même les premières constatations : il ne s'agit pas d'un crime. C'est un suicide.

Ingrid Neuman bondit de son siège et se dresse de toute sa petite taille :

– C'est un meurtre! Klaus était un homme parfaitement équilibré. Nous étions très heureux. Nous avions deux enfants... Il me l'a dit : « Si je meurs, même si cela ressemble à un accident ou à un suicide, ce sera un meurtre. Ils sont capables de tout et ils sont très forts. »

Hans Rottenbach est évidemment impressionné par ce discours, mais les faits sont les faits et ils doivent passer avant tout... Il raccompagne Mme Neuman avec courtoisie.

– L'enquête n'est pas close. J'ai demandé une autopsie. Je vous promets de suivre personnellement l'affaire.

L'autopsie, le commissaire en apprend les résultats le lendemain, et le malaise qu'il ressentait depuis le début s'accroît brusquement. Le médecin légiste énonce calmement ses conclusions :

– La mort a bien eu lieu par pendaison, mais l'homme était drogué au moment du décès. Il avait absorbé une dose massive de barbituriques.

– Mais alors, il n'a pas pu se pendre?

Le praticien répond avec prudence à cette question, de toute évidence capitale :

– Cela dépend... Le sujet était peut-être inconscient mais ce n'est pas certain. La sensibilité aux barbituriques est extrêmement variable selon les individus. Et, chez un même individu, des facteurs comme la fatigue peuvent entraîner des différences importantes. D'autre part, j'ai plusieurs fois observé des cas de suicidés qui s'étaient drogués avant de passer à l'acte.

– De sorte que vous ne pouvez rien affirmer?

– Non. Je regrette...

Hans Rottenbach décide de retourner sur les lieux du suicide ou du meurtre. Peut-être a-t-il insuffisamment observé? Peut-être un détail lui a-t-il échappé?...

Un agent de police est en faction dans le jardinet, au milieu des salades. Le commissaire inspecte cette fois la cabane de manière approfondie... Voyons, est-ce qu'une ou plusieurs planches auraient pû être enlevées et replacées? Dans ce cas-là, il devrait y avoir des traces récentes de coups de marteau. Mais non. Les quatre faces ne présentent aucune marque de ce genre; elles sont même recouvertes d'une couche uniforme de poussière et de rouille.

Le commissaire rentre à l'intérieur, examine le sol. Il y a, bien sûr, un grand nombre d'empreintes sur le sol en terre battue depuis que Gustav Schneider, lui-même, et les policiers sont venus. Mais la veille, il n'y en avait pratiquement aucune, à part précisément celles du mort, le commissaire s'en souvient parfaitement...

C'est un suicide. C'est la seule explication raisonnable. Klaus Neuman devait être particulièrement résistant aux barbituriques. Il en a pris une forte dose pour se donner du courage. Mais il était encore conscient lorsqu'il a glissé la tête dans le nœud coulant.

C'est alors qu'une petite voix dans son dos le fait se retourner.

– Monsieur le Commissaire!...

C'est Wolfgang, le petit-fils du retraité.

– Monsieur le Commissaire, hier grand-père n'a

pas voulu que je vous parle, mais c'est important. J'ai vu quelque chose la nuit d'avant.

Le commissaire examine ce gamin de dix ans.

– Toi ! Qu'est-ce que tu faisais dehors la nuit ?

– J'observais les chouettes... Pour le club des « Amis de la nature »...

– Bon. Tu observais les chouettes. Et alors ?

– J'ai vu trois hommes dans le jardin de pépé... Moi, j'étais près du Rhin et il ne faisait pas très clair, alors je n'ai pas bien vu.

– Qu'est-ce qu'ils faisaient, ces trois hommes ?

Le petit Wolfgang tortille son mouchoir :

– Il y en avait un qui avait l'air malade. Peut-être qu'il dormait. Les deux autres l'aidaient à marcher. Alors ils sont entrés dans la cabane...

– Tu en es sûr ?

– Oui, monsieur. Je ne mens pas. Je vous le jure.

– Et après ?

– Après j'ai eu peur, alors je me suis sauvé.

Le commissaire envoie le gamin chercher son grand-père. Maintenant, il a une certitude : il s'agit bien d'un meurtre. Il connaît même le nom de celui qui l'a vraisemblablement ordonné. Mais c'est tout ce qu'il peut dire. Comment le meurtre a-t-il été commis ? Comment les deux hommes – des tueurs à gages vraisemblablement – sont-ils sortis de la cabane fermée à clef de l'intérieur ? C'est ce qu'il ne peut expliquer. A moins que le récit de Gustav Schneider ne soit mensonger et qu'il ne soit lui-même complice. Et cela le commissaire Rottenbach se jure bien de l'apprendre...

Gustav Schneider arrive peu après dans le jardinet, conduit par son petit-fils. Le commissaire attaque brutalement :

– Pourquoi avez-vous dit que la porte de la cabane était fermée ?

– Eh bien, parce que c'est vrai!

Hans Rottenbach hausse le ton :

– Complicité de meurtre, cela va chercher loin!

Le vieil ouvrier ouvre des yeux ronds :

– De meurtre?

– Oui, de meurtre. Tout se tient, à part cette histoire de porte fermée à clef, que vous avez inventée. Avouez avant qu'il ne soit trop tard! On vous a acheté? On vous a menacé?

– Mais j'ai dit la vérité, je le jure, monsieur le Commissaire! La cabane était fermée de l'intérieur, avec les râteaux qui bloquaient la porte.

– On va voir cela... En attendant, ne bougez pas d'ici.

Le commissaire Rottenbach retourne inspecter la cabane. Il ne peut s'empêcher d'être troublé par le ton de sincérité de Gustav Schneider. Bien sûr, avec de l'argent et des moyens de pression, une puissante organisation n'a pas de mal à se gagner des complicités. Mais pourquoi aurait-elle choisi ce pauvre bougre, visiblement capable de flancher devant les policiers?

Le commissaire doit absolument vérifier cette hypothèse apparemment absurde : et si le retraité disait vrai? Et si on avait choisi sa cabane pour servir à une mise en scène?

Or, en faisant une nouvelle fois le tour de la cabane, Hans Rottenbach fait une découverte. Sur le côté opposé à la porte, l'herbe est tassée comme si on avait posé un objet lourd.

Il se baisse et la solution lui apparaît instantanément. Oui, il s'agit d'un meurtre et la cabane à outils était bien fermée de l'intérieur. Gustav Schneider a dit vrai. Il n'est pas complice. Il hèle l'agent de faction :

– Allez me chercher le cric dans ma voiture!

Et peu après, le miracle s'accomplit. Le commissaire a posé sur le sol une planche qui s'adapte *grosso modo* aux traces laissées dans l'herbe. Il met le cric dessus, introduit la patte sous la cabane et tourne la manivelle : la cabane se soulève tout entière, d'un seul bloc. Cinq minutes plus tard, elle est suffisamment élevée pour qu'un homme puisse passer en rampant...

La preuve est faite. Mais démontrer le mécanisme du crime n'est pas tout. Il faut maintenant arrêter les assassins. Et, si le nom du commanditaire est bien le bon, le commissaire Rottenbach n'est pas au bout de ses peines...

Oui, à partir de ce moment, c'est un autre genre de difficulté qui attend le commissaire. Les deux meurtriers sont de toute évidence des tueurs à gages. Mais la description qu'en a donnée l'unique témoin, le petit Wolfgang, est pratiquement inutilisable. Il les a vus de loin et la nuit. Quant à l'important personnage que Klaus Neuman s'apprêtait à dénoncer dans son article, il va de soi que ce n'est pas le genre d'individu qu'on peut accuser sans preuve, ni même convoquer dans un commissariat pour lui poser des questions.

Pourtant, Hans Rottenbach s'acharne. Des indiscrétions dans la presse, notamment dans la revue où travaillait Neuman, mettent l'opinion en émoi. Est-il vrai qu'une personnalité en apparence inattaquable serait compromise et qu'elle n'aurait pas hésité à recourir au meurtre ?

Un peu plus d'un mois après l'assassinat, à la mi-août 1957, le commissaire Rottenbach reçoit un coup de fil dans son bureau. Il émane de son supérieur direct, le commissaire principal de Mannheim.

– Rottenbach, il faut que vous laissiez tomber votre enquête sur Klaus Neuman.

Hans Rottenbach s'attendait à recevoir un jour ou l'autre ce genre d'appel. Toutefois, pour être en paix avec sa conscience, il tente de résister.

– Monsieur le Commissaire principal, j'ai bon espoir de mettre la main sur les assassins.

– Non, Rottenbach, vous n'avez aucune chance et vous le savez bien. Il faut arrêter immédiatement votre enquête qui crée de fâcheux remous sur le plan politique. C'est un ordre, Rottenbach!...

Cette fois, il n'y avait plus rien à répliquer. Le commissaire Rottenbach a refermé le dossier et le meurtre de la cabane à outils est resté impuni.

LES BOTTES QUI TUENT

COSTUME kaki, casque colonial portant l'insigne du 16e régiment du Bengale, Sinclair Marshall avance d'un pas ferme dans les rues de Calcutta, ce 14 avril 1937. Son unique galon de sous-lieutenant à chaque épaule, une badine à la main, les bottes brillantes sous le chaud soleil de l'Inde, il a vraiment fière allure. D'autant que son physique est aussi avantageux que sa tenue. Sinclair Marshall est de taille élancée, il a un visage distingué, presque aristocratique, et il appartient d'ailleurs à une excellente famille.

Sinclair Marshall promène son regard bleu sur la foule bruyante et misérable des Indiens, tout en lissant sa moustache blonde. Il n'y a pas besoin de le connaître pour deviner que c'est un homme à femmes et que ses conquêtes auprès des belles Indiennes ne se comptent plus. Pourtant, Sinclair Marshall, depuis quelque temps, n'est plus le même. Il ne pense plus aux femmes en général, mais à une en particulier; lui, le don juan de son régiment, est, pour la première fois, devenu amoureux...

Sinclair Marshall arrive dans le marché couvert du centre de Calcutta. Il flâne sans but préconçu. Il s'arrête devant l'échoppe d'un vieillard, remarquable par la diversité de son bric-à-brac. Il y a de tout : des poignards sikhs, des lampes à huile, des masques sacrés. L'homme lui-même est presque aussi vénérable que les antiquités qu'il vend : des cheveux blancs, une barbe blanche en pointe qui descend jusqu'au nombril; il est si maigre qu'on voit toutes ses côtes et que ses veines forment un réseau saillant sur ses bras. Il est vêtu en tout et pour tout d'un turban et d'une espèce de culotte qui ressemble à un pagne. Il est assis en tailleur sur une natte. Il aperçoit de loin le sous-lieutenant et lui fait un salut de tête.

– Entre, jeune sahib. C'est ici que tu trouveras ce que tu cherches...

Sinclair Marshall franchit le seuil de la boutique.

– Je ne cherche rien de particulier.

Les yeux noirs du vieillard le fixent étrangement.

– Tu as tort, sahib. J'ai quelque chose d'exceptionnel!

Sinclair Marshall a un grognement indifférent. L'Indien disparaît dans un recoin obscur et revient peu après en tenant une paire de bottes.

– Regarde, ce sont des bottes de votre armée.

– Et alors?

– Attends de connaître leur histoire, sahib.

– Parce que ces bottes ont une histoire?

– Oui, sahib : elles tuent...

Sinclair Marshall change d'attitude et c'est avec une expression d'intérêt qu'il écoute le récit.

– C'était il y a trois ans. Un jeune officier comme toi... Un jour, lors d'une permission, il est parti dans la jungle avec plusieurs de ses camarades. Il voulait explorer un temple qu'ils avaient vu pendant les manœuvres. D'après ce que l'on dit, c'était un temple de Çiva... Ils n'auraient pas dû.

Sinclair Marshall marque une certaine impatience.

– Et alors ?

– Çiva aurait peut-être permis à l'étranger d'entrer dans son temple, mais près de l'autel il y avait la tombe d'un saint brahmane et l'officier a soulevé la dalle. Les autres lui ont dit de ne pas entrer. Il ne les a pas écoutés. Il est descendu et il est mort aussitôt, mordu par un cobra...

– Je ne vois pas ce qu'il y a là d'extraordinaire !

– Attends la suite, sahib... Avant que l'officier soit enterré, son boy a demandé à avoir ses bottes. Il était indien, pourtant. Il savait que les bottes étaient sacrilèges puisqu'elles avaient foulé la tombe d'un brahmane. Mais la convoitise a été la plus forte... Alors, Çiva l'a puni. A peine avait-il mis les bottes qu'il est mort, comme cela, d'un seul coup ! Il est mort en pleine jeunesse. Tu comprends maintenant, sahib ?

Sinclair Marshall est tout pensif. Il s'approche des bottes, les prend en main un peu craintivement et les examine en silence. Après une minute environ, il les repose. Il dit à mi-voix :

– Tu as raison, elles sont maudites. C'est pourquoi je te les laisse...

Le sous-lieutenant fait demi-tour, s'immobilise et fait un autre demi-tour... Il a un sourire indéfinissable.

– Non, j'ai changé d'avis. Je les prends...

4 juin 1937. Le sous-lieutenant Marshall achève son verre avec un claquement de langue de connaisseur.

– Fameux, ton whisky, Kenneth!

En face de lui, Kenneth Norwich vide son verre d'un trait. Bien qu'il n'ait que vingt-sept ans, Kenneth Norwich en fait largement quarante. Il a le visage flasque et rose, il déborde dans sa chemisette d'été, son regard est vague... Kenneth Norwich, venu il y a cinq ans de Londres, est journaliste pour un quotidien de Calcutta. Il était parti avec l'idée de se faire un nom dans ce pays neuf, mais après des débuts prometteurs, ce furent la stagnation et la déchéance. Il a succombé à l'ennui, puis à l'alcool, qui est en train de faire de lui une épave.

A côté de Sinclair Marshall, un paquet emballé avec du papier fort. Kenneth Norwich l'interroge.

– Qu'est-ce que c'est? C'est pour mon anniversaire?

– Oui.

– Qu'est-ce que tu attends pour me le donner, alors?

– Que Kamala soit là. Tu ne sais pas où elle est?

– Non. Elle est sortie avec des amis. Elle ne devrait pas tarder...

Kamala, Kamala Norwich, car elle est l'épouse légitime de Kenneth, est le type même de la beauté indienne. Il l'a rencontrée en arrivant à Calcutta. Il a été tout de suite épris, et elle l'a épousé dès qu'il le lui a demandé, éblouie qu'elle était par le mariage avec un Anglais.

Kenneth Norwich se ressert un verre de whisky... A vrai dire, c'est après son mariage que ses difficultés ont commencé et qu'il s'est mis à boire. Kamala s'est, en effet, révélée sous un jour qu'il n'aurait jamais supposé : dure, autoritaire, tyrannique et surtout infidèle. Au début, il n'a pas voulu y croire, mais il a bien dû se rendre à l'évidence : en l'épousant, elle avait eu ce qu'elle voulait et elle ne s'est plus gênée... Une beauté pareille, dans le milieu assez étroit que forme la colonie anglaise de Calcutta, cela se remarque. Les jeunes officiers n'ont pas tardé à tourner autour d'elle et elle ne les a pas repoussés... En ce moment, bien qu'il soit 8 heures du soir et que ce soit le jour de son vingt-septième anniversaire, il est sûr que, si elle n'est pas rentrée, c'est qu'elle est avec un homme.

Il y a un « bonjour » mélodieux et un bruissement de soie. Kamala vient de faire son entrée dans l'appartement. C'est réellement une apparition de rêve. Dans son sari rose et violet, elle a l'air d'une princesse. Elle s'approche du sous-lieutenant Marshall avec un sourire épanoui. Elle s'incline avec grâce.

– Je suis ravie de vous voir, comme toujours...

Le sous-lieutenant se lève pour lui baiser la main.

– Ce n'est pas gentil de vous faire désirer comme ça, Kamala !

Kenneth Norwich réprime une grimace en se versant un troisième verre tandis que les deux autres continuent à échanger des compliments. Se pourrait-il que Sinclair lui aussi... ? Ce serait la fin de tout ! Sinclair Marshall, qu'il a rencontré lors d'une soirée donnée par le major du 16e régiment du Bengale, est tout de suite devenu son ami et celui du couple. Kenneth pourrait même dire son seul ami. Alors, est-il possible que sous les dehors de l'amitié... ? Non, il ne veut pas y croire. Quoique, évidemment, Sinclair soit bien plus séduisant que nombre d'hommes auxquels a succombé sa femme...

Sinclair Marshall se lève. Il a en main son paquet emballé avec du papier fort.

– Joyeux anniversaire, Kenneth !

– Qu'est-ce que c'est ?

– Ouvre, tu verras...

Kenneth Norwich défait l'emballage avec fébrilité. Dès que le contenu apparaît, il a une exclamation où perce une légère déception.

– Oh, des bottes !

– Cela ne te plaît pas ? Tu ne m'avais pas dit que tu souhaitais faire une balade dans la jungle mais que tu n'avais pas l'équipement nécessaire ?

– Si, si. Je te remercie...

– Elles ne sont pas neuves, j'en conviens, mais c'est du solide, le modèle réglementaire de l'armée. Je les ai achetées chez un vieil Indien du marché couvert.

Kenneth hoche poliment la tête. Visiblement, cette précision ne l'intéresse guère.

– En plus, il paraît qu'elles auraient un pouvoir bénéfique. Il m'a raconté une histoire à propos de l'officier qui les avait avant. Il serait entré le premier, en les portant aux pieds, dans un temple abandonné dédié aux Apsaras, les divinités de l'amour.

Le journaliste continue à hocher la tête d'un air indifférent. Sinclair s'impatiente un peu.

– Enfin, elles te plaisent ou non ?

– Bien sûr ! Je vais même les mettre tout de suite si c'est cela que tu veux...

– Non. Ce serait ridicule ! C'est pour marcher en plein air, pas dans un appartement.

La soirée se poursuit... Sinclair Marshall parle de n'importe quoi. A mesure que Kenneth Norwich perd sa lucidité dans l'alcool, il se permet des sourires de plus en plus appuyés à Kamala qui les lui rend avec une œillade langoureuse...

Dire que cet imbécile de Kenneth le croit son ami! Comment n'a-t-il pas compris que s'il s'est intéressé à lui, c'est uniquement à cause de sa charmante épouse? Comment n'a-t-il pas compris que Kamala est sa maîtresse depuis longtemps et que ce n'est pas une simple aventure? Il est tombé amoureux d'elle et Kamala partage ses sentiments.

Pauvre Kenneth! C'est pour cela qu'il va mourir... Car, bien entendu, Kenneth va mourir puisqu'il a les bottes...

La soirée est terminée. Sinclair Marshall prend congé. Kenneth Norwich est tellement ivre qu'il ne s'est même pas rendu compte que son ami, au lieu de lui dire « au revoir », lui a dit « adieu »...

Le lendemain matin, dans sa chambre d'une caserne de Calcutta, le sous-lieutenant Sinclair Marshall se lève avec un sourire cynique... En ce moment, Kenneth Norwich est peut-être en train de s'habiller et d'enfiler ses bottes.

On frappe à sa porte. C'est un agent de police indien.

– Sous-lieutenant Sinclair Marshall?

– Oui.

– Pourriez-vous me suivre chez le commissaire Meadows? Il a besoin de votre témoignage pour une affaire grave.

Sinclair Marshall ne laisse transparaître aucune réaction, mais il a compris... Déjà! On peut dire que les choses n'auront pas traîné!

Au poste de police, le commissaire Meadows le reçoit sans attendre.

– Prenez place, lieutenant. Il s'est produit un drame ce matin au domicile de Kenneth Norwich, chez qui vous étiez hier.

Sinclair a eu tout le temps de préparer sa petite comédie.

– Un drame? Ne me dites pas qu'il est...

– Non, votre ami est en parfaite santé. Il s'agit de sa femme Kamala...

– Kamala?

Le jeune homme est livide. Il craint d'entrevoir une épouvantable vérité.

– Elle est morte, lieutenant. D'une manière foudroyante, au moment précis où elle cirait les bottes de son mari.

Le commissaire désigne un coin de la pièce du doigt.

– Ces bottes-ci!...

Sinclair Marshall se retourne brutalement... Oui, ce sont elles, les bottes maudites, il les reconnaîtrait entre mille. Tout se bouscule en lui, il a l'impression que le monde s'écroule... Kamala... Comment n'a-t-il pas songé à la prévenir? Mais pouvait-il savoir qu'elle cirerait les bottes? Elles étaient parfaitement nettes, étincelantes. Maintenant, elle est morte et lui-même est dans un terrible danger.

– Ce sont bien ces bottes que vous avez offertes hier soir à Kenneth Norwich?

Sinclair se sent tomber dans un gouffre vertigineux... Rien, non rien ne pourra le sauver désormais.

– Je répète ma question, lieutenant : est-ce que ce sont bien les bottes que vous avez offertes à Kenneth Norwich?

– Oui, je crois... Enfin, oui, ce sont elles...

– Alors, mettez-les!

– Je vous demande pardon?

– Vous m'avez parfaitement compris : ôtez les bottes que vous avez aux pieds et mettez celles-ci à la place.

– Mais c'est absurde!

– Non seulement ce n'est pas absurde, mais si vous ne les mettez pas, je vous arrête pour meurtre!

Sinclair Marshall réfléchit à toute allure... Il doit mettre les bottes. Il ne souffrira pas et il aura démontré son innocence. Il mourra ici même, dans la dignité...

– Alors, lieutenant?

Sinclair secoue la tête... Non, c'est au-dessus de ses forces! La vie avant tout... Il prononce d'une voix décomposée :

– Je refuse.

– A votre aise... Eh bien, je vais vous expliquer ce qui s'est passé. Arrêtez-moi si je me trompe.

Le commissaire Meadows fixe son interlocuteur d'un regard pénétrant.

– Lorsque le médecin a été appelé, il était trop tard : Kamala Norwich était morte. Il a immédiatement diagnostiqué une morsure de cobra... Il a eu l'idée d'examiner les bottes et il a vu en dessous du talon droit le crochet à venin qui y était fixé. Ces bottes ont dû appartenir à quelqu'un qui a été mordu par un cobra et, par un hasard extraordinaire, la bête a laissé son crochet à l'intérieur...

Le commissaire accentue l'acuité de son regard.

– Et cela, vous le saviez, lieutenant!

– Oui, je le savais...

– Seulement, vous n'avez pas eu de chance. Ce n'est pas Kenneth Norwich qui a été victime de votre machination, c'est sa femme...

Le sous-lieutenant Sinclair Marshall aurait mieux fait de se suicider en enfilant les bottes. Il y aurait gagné au moins l'honneur. Car le résultat final a été le même : il a été condamné à mort par le tribunal de Calcutta et pendu.

Les bottes qui tuent venaient de faire leur quatrième victime. Dans un sens, le vieil Indien du marché couvert avait raison : elles étaient bien maudites.

LE VOISIN DU DESSOUS

CHARMANT petit couple, pense-t-on quand on voit Maurice et Josiane Gillet. Il a vingt-cinq ans, elle en a vingt-deux; il a tout à fait l'allure du cadre sérieux et dynamique qu'il est dans une grosse firme industrielle; elle est jolie, très jolie même, avec ses longs cheveux bruns, ses yeux bleus et son corps bien en chair. Josiane Gillet est ce qu'il est convenu d'appeler une beauté piquante. De plus, elle est très élégante – et bien placée pour cela – puisqu'elle est employée dans une maison de haute couture.

Maurice et Josiane sont mariés depuis six mois et, en ce début 1972, ils viennent d'emménager dans un immeuble coquet d'une banlieue résidentielle de Paris. C'est un ensemble de pavillons de quatre étages séparés par des pelouses et de beaux arbres. Le promoteur lui a donné le nom de « Résidence du Parc ». Grâce à un emprunt sur ving-cinq ans, les Gillet ont acquis un trois-pièces. Bref, un couple heureux qui s'installe avec confiance dans la vie...

C'est fin janvier 1972 que, rentrant de son travail, Maurice Gillet trouve sa femme dans un état anormal. Elle est agitée, elle semble absente, il est visible qu'elle a pleuré. Elle commence par ne pas répondre aux questions de Maurice et puis elle avoue :

– C'est le voisin du dessous!

Le voisin du dessous... Maurice Gillet le revoit mentalement : un personnage assez déplaisant : la soixantaine un peu dépassée, bedonnant, cheveux gris, l'air bougon, avec quelque chose de trouble dans le regard.

– Eh bien quoi, le voisin du dessous?...

Josiane a l'air terriblement gênée.

– Tout à l'heure, je l'ai croisé dans le hall... Il m'a regardée sans un mot. Je ne peux pas te dire, c'était comme si... il me déshabillait. Alors, il m'a proposé de prendre un verre chez lui. Je n'ai pas répondu. Je suis rentrée en courant et je l'ai entendu dans mon dos qui m'injuriait.

Maurice Gillet n'est pas un violent mais il y a des choses que personne ne saurait admettre. Il dégringole l'étage et sonne en dessous... Il y a un pas traînant. Le voisin vient lui ouvrir en robe de chambre et chaussons... C'est vrai qu'il est déplaisant. Sa figure joufflue reflète le contentement de soi, ses cheveux gris coiffés court lui donnent un air de dureté. En apercevant son visiteur, il plisse ses petits yeux marron :

– Qu'est-ce que vous voulez?

– Que vous laissiez ma femme tranquille, espèce de saligaud!

Il passe dans le regard du voisin une expression de haine :

– Ah, c'est comme cela! Eh bien, vous allez entendre parler de moi...

Maurice Gillet hausse les épaules et s'en va. Il a remis le malotru à sa place, comme il devait le faire. Et par la suite, il n'y pense plus... Les Gillet sont satisfaits. L'incident est réglé. Et pourtant,

Maurice et Josiane ne vont pas tarder à s'apercevoir qu'ils ont tort, oh combien!...

La vérité est qu'Auguste Le Verrier, cadre retraité de la banque, s'ennuie depuis sa mise à la retraite. Il ne sait que faire dans son appartement de la « Résidence du Parc ». En fait, il a très mal supporté son divorce, dix ans plus tôt. Le jugement avait été rendu à ses torts pour cruauté mentale...

L'arrivée des Gillet a été une distraction pour lui, et puis Mme Gillet est un beau brin de fille drôlement bien roulée. Il n'a pu s'empêcher de lui faire part de son admiration. Mais voilà que le petit M. Gillet s'est permis de venir lui faire des menaces! Il a voulu lui déclarer la guerre? Eh bien, tant pis pour lui! Il ne savait pas à qui il avait affaire. Car Auguste Le Verrier est du genre obstiné. Quand il veut la peau de quelqu'un, il finit toujours par l'avoir; ses anciens collègues et subordonnés en savent quelque chose...

Et Auguste Le Verrier, le voisin du dessous, met soigneusement son plan au point. Il réfléchit plusieurs jours avant de savoir comment il va attaquer. Rien ne presse, il a tout son temps, il n'a que cela à faire...

C'est par le magasin d'alimentation qu'il choisit de commencer. Il s'agit d'une de ces chaînes à succursales multiples. Tout le monde ou presque, à la « Résidence », vient y faire ses courses...

Auguste Le Verrier, étant retraité, passe aux heures creuses, celles où il a le temps de discuter avec la gérante. Celle-ci s'amuse beaucoup de ses réflexions acerbes sur les gens et les choses. Mais quand il s'adresse à elle, en ce début février 1972, près de la caisse enregistreuse, il n'a pas son air sarcastique qui lui est coutumier; il affiche au contraire une mine sombre.

– Ma pauvre madame Gautier, on voit de drôles de gens de nos jours ! Des gens à qui, pourtant, on donnerait le bon Dieu sans confession !

Mme Gautier est tout émoustillée à la perspective d'une confidence inattendue.

– Qui donc, monsieur Le Verrier ?

– M. et Mme Gillet, mes voisins du dessus. Vous savez, les jeunes...

– Mais ils ont l'air très bien.

– Justement, c'est ce que je vous disais : on ne sait plus à qui se fier. Figurez-vous que presque tous les soirs, c'est un tapage infernal. Lui, il crie avec une voix d'ivrogne et elle se met à crier à son tour. Il la bat après boire, c'est certain.

– Non !

– Si. Et un de ces jours, je serai bien forcé d'appeler la police...

Même chose avec la boulangère, quelques centaines de mètres plus loin. Même chose avec son voisin de palier.

– Des cris, vous êtes sûr ? Moi, je n'ai rien entendu...

– C'est parce que vous n'habitez pas juste en dessous. Ah, je vous assure, mes nerfs en prennent un coup !

– Maintenant que vous me le dites, une fois j'ai bien entendu des éclats de voix au-dessus, mais je pensais que c'était la télé...

La concierge de la « Résidence » n'habite pas l'immeuble des Gillet et d'Auguste Le Verrier, aussi elle ne peut vérifier par elle-même la véracité du tapage nocturne. Mais elle a toujours aimé la conversation de M. Le Verrier, ce charmant monsieur si galant, si comme-il-faut, qui la distrait de son service.

– M. Gillet ? Si je m'attendais à une chose pareille ! Mais c'est vrai, maintenant que vous me le dites. Il m'a toujours paru trop bien élevé. Même qu'une fois je me suis fait la réflexion que je n'aimerais pas me trouver toute seule avec lui...

– Notez bien, madame Boulard, je ne fais pas une histoire pour le bruit. Moi, vous me connaissez, je ne suis pas le voisin dérangeant. Mais un de ces jours, je vais bien être obligé de signaler la chose au commissariat. C'est vrai, s'il arrivait un malheur, c'est moi qu'on rendrait responsable de n'avoir rien dit...

Fin février 1972 : Maurice et Josiane Gillet viennent de rentrer chez eux. Ils ont eu chacun une journée fatigante. Josiane prépare le dîner et Maurice l'aide, comme à l'accoutumée. C'est à ce moment qu'on sonne. C'est la concierge. Elle se tient sur le seuil, brandissant à bout de bras une enveloppe, avec une intense expression de dégoût :

– Tenez, c'est arrivé tout à l'heure, une lettre recommandée. J'ai signé pour vous.

Très surpris, Maurice Gillet prend la missive. Il lit sur l'enveloppe : « Tribunal d'instance – convocation ». Il voudrait dire quelque chose à la concierge, mais celle-ci a déjà disparu sans ajouter quoi que ce soit.

Maurice Gillet décachette nerveusement la lettre. Josiane s'est penchée par-dessus son épaule et lit en même temps que lui : « Suite à la plainte déposée contre vous, veuillez vous présenter devant le tribunal d'instance le 14 mars 1972. Faute d'être présent, vous vous exposeriez à être condamné par défaut. »

Maurice est devenu tout blanc. Tout cela est tellement inattendu, tellement absurde qu'il doit relire plusieurs fois avant de se persuader qu'il ne rêve pas. Il tourne en rond dans l'appartement.

Qui peut avoir à se plaindre d'eux? Et brusquement, il explose :

– Ça, c'est un coup du vieux du dessous! Ça ne peut être que lui! Il est fou, ce type-là. Je vais aller lui dire deux mots à cette ordure!

Josiane tente de le calmer.

– N'y va pas, Maurice, j'ai peur!

Mais son mari ne l'écoute pas. Il descend l'étage quatre à quatre... Il sonne chez le voisin... Pas de réponse. Il se met à tambouriner contre la porte.

– Je sais que vous êtes là... Ouvrez! Ouvrez donc, espèce de salaud!

Toujours pas de réponse. Maurice s'obstine à tambouriner, il crie de plus belle :

– Ouvrez!

Une porte s'ouvre, mais ce n'est pas celle de M. Le Verrier, c'est celle du voisin de palier. Maurice Gillet se retourne. En le voyant, l'homme a une expression de frayeur et referme précipitamment... Maurice se rend brusquement compte qu'il est inutile d'insister. A pas lents, il remonte chez lui... Une bonne partie de l'immeuble l'a entendu crier. Maintenant, Le Verrier pourra dire n'importe quoi contre lui, on le croira : il est tombé dans le piège...

Au tribunal, les choses sont vite expédiées. C'est la première fois de sa vie que Maurice Gillet doit s'y rendre. Il patiente toute une matinée derrière une longue file de plaideurs. N'osant avouer la vérité, il a dû dire à son bureau que sa femme était malade. Il s'en veut terriblement d'avoir menti, mais le moyen de faire autrement?... A quelque distance de lui, Auguste Le Verrier évite soigneusement de le regarder... Enfin c'est à eux. Maurice s'adresse au juge d'une manière véhémente, trop véhémente peut-être :

– Cet homme-là est un fou, un dangereux

maniaque. Il a tenu des propos déplacés à ma femme et depuis, il ne cesse de nous persécuter.

M. Le Verrier, comme à son habitude, s'exprime avec une grande autorité.

– Depuis que le ménage Gillet est entré dans l'immeuble, nous n'avons plus de tranquillité. Je ne suis ici que l'interprète des locataires.

Le juge ne se laisse impressionner par aucune des parties. Il consulte son dossier.

– Pour l'instant, je ne vois que votre plainte, monsieur Le Verrier... En l'absence de preuve, le tribunal vous déboute.

Maurice Gillet a gagné... Comment en serait-il autrement ? Mais cette victoire lui laisse un goût amer. Par les bons soins de Le Verrier et de la concierge, toute la « Résidence » est au courant de sa comparution au tribunal. Même en apprenant qu'il a gagné, les gens ne retiennent qu'une chose : il a été traîné en justice. Depuis longtemps déjà, l'attitude des commerçants n'est plus la même. Ils sont à peine polis. Et ce climat, qui s'est installé autour d'eux, semble affecter profondément Josiane. Elle devient nerveuse, irritable. Plusieurs fois, ils se sont disputés pour des riens. Maurice aimerait déménager, mais comment serait-ce possible quand on a signé des traites pour vingt-cinq ans ?

Alors, la rage au cœur, Maurice Gillet décide de se faire aussi petit que possible. Il n'est pas de taille à lutter contre son voisin du dessous. Josiane et lui viennent de s'installer, ils ne connaissent personne et ils ne rentrent que le soir : M. Le Verrier est là toute la journée et il connaît tout le monde. Il ne faut surtout rien faire qui puisse l'irriter et, à la longue, les choses finiront bien par rentrer dans l'ordre...

Pendant un mois, Josiane et Maurice Gillet finissent par le croire, puis un matin de mai 1972, un samedi, on sonne à leur porte. C'est un petit jeune en blouson. Il tire une carte de sa poche :

– Inspecteur Raymond. J'ai quelques questions à vous poser à la suite d'une plainte déposée contre vous.

Josiane et Maurice ont pâli en même temps. Josiane se laisse tomber sur une chaise. Maurice tente d'expliquer :

– Enfin, cette histoire de tapage nocturne est un mensonge. Le tribunal d'instance l'a reconnu.

L'inspecteur Raymond l'interrompt :

– Il ne s'agit pas de tapage nocturne, mais d'un délit caractérisé. M. Le Verrier vous accuse d'avoir, dans la nuit du 3 au 4 mai dernier, rayé la carrosserie de sa voiture neuve et crevé ses quatre pneus. Nous avons constaté la matérialité des faits...

Maurice Gillet est effondré.

– C'est un fou, un monstre! Il l'a fait lui-même dans l'unique but de nous accuser!

L'inspecteur a un air réprobateur.

– C'est une accusation grave, monsieur Gillet... Avant de venir vous voir je me suis renseigné auprès de vos voisins.

Il sort un bloc-notes.

– Tenez... M. Turpin, votre voisin de palier : « M. Gillet est un excité, un violent. Il semble avoir une haine particulière contre M. Le Verrier. Un soir, il est allé tambouriner devant sa porte. Comme celui-ci ne répondait pas, il l'a injurié et a proféré des menaces contre lui... » – M. Levasseur, troisième étage droite, dit la même chose et il ajoute : « Les Gillet se disputent souvent le soir. Longtemps, j'ai cru qu'il s'agissait du poste de télévision, mais à la réflexion, je pense que M. Gillet bat sa femme... » J'ajoute que Mme Boulard, gardienne de la « Résidence », et Mme Gautier, gérante du magasin d'alimentation, n'ont pas une meilleure opinion de vous, monsieur Gillet...

Maurice Gillet est anéanti. Il s'assied aux côtés de sa femme. Il murmure :

– C'est une conspiration !

L'inspecteur fait remarquer, d'un ton de légère ironie :

– Vous avez vraiment beaucoup d'ennemis, monsieur Gillet...

Avant de demander, de sa voix la plus professionnelle :

– Où étiez-vous, la nuit du 3 au 4 mai ?

Maurice Gillet n'en peut plus de cet interrogatoire absurde. Il s'emporte :

– Ici, chez moi ! Je passe mes nuits chez moi avec ma femme, figurez-vous.

L'inspecteur referme son bloc-notes.

– Ce sera tout, monsieur Gillet, je vous remercie... Un conseil : demandez l'assistance d'un avocat.

Maurice Gillet ouvre de grands yeux.

– Un avocat ! Pour quoi faire ?

– Mais pour défendre vos intérêts, monsieur Gillet. De toute manière, il vous sera indispensable devant le tribunal correctionnel.

Maurice Gillet raccompagne l'inspecteur et répète comme une mécanique après son départ :

– En correctionnelle !...

6 juin 1972. C'est la deuxième fois en quelques mois que Maurice Gillet se trouve devant les juges. Comme précédemment, il a dû mentir à son employeur. Il a prétexté de nouveau une maladie de sa femme, mais ce coup-ci, son directeur lui a fait une remarque.

Maurice Gillet n'en mène pas large quand le président appelle :

– Le Verrier contre Gillet.

On a beau savoir qu'on n'a rien fait, les juges, c'est tout de même impressionnant... Et puis, s'ils se trompaient? Ce sont des hommes, après tout. Comment pourraient-ils savoir ce qui se passe à la « Résidence du parc »? Comment pourraient-ils savoir que son accusateur est une espèce de maniaque animé uniquement par le désir de vengeance? Bien sûr, il va le leur dire. Mais le croiront-ils?...

Le procès Le Verrier contre Gillet est rapidement mené. L'inspecteur de police Raymond vient lire à la barre les témoignages qu'il a recueillis. Mais en réponse aux questions du président, il doit reconnaître qu'il n'y a aucune charge véritable contre l'accusé.

Les deux avocats font ensuite leur plaidoirie. Celui d'Auguste Le Verrier est un membre réputé du barreau. Le voisin du dessous a les moyens et il les a employés.

Pourtant, l'éloquence de son défenseur ne parvient pas à compenser la faiblesse du dossier. A la suite d'une rapide délibération, Auguste Le Verrier est débouté de sa plainte. Maurice Gillet est acquitté au bénéfice du doute...

Acquitté, cela pourrait signifier que les ennuis du couple Gillet sont terminés. Mais il y a le bénéfice du doute et c'est cette seule formule que retiennent les commerçants et les voisins de la « Résidence du Parc ». Pour eux, cela signifie que Maurice Gillet est un être douteux. A partir de ce moment, Maurice et Josiane Gillet sont tenus à l'écart. La gérante du magasin à succursales multiples refuse de les servir; les habitants de la « Résidence » organisent plusieurs pétitions pour réclamer leur expulsion. Quant à Auguste Le Verrier, il ne bouge plus. Au contraire, il répète à qui veut l'entendre :

– Je ne leur en veux pas à ces gens-là. Dans le fond, je suis content qu'ils aient été acquittés. Je ne souhaite pas la mort du pécheur.

Les pétitions contre les Gillet n'aboutissent à aucun résultat. Malheureusement, l'important n'est plus là. Si le voisin du dessous est devenu subitement si calme et si modéré, c'est qu'il sait bien que le mal est fait et qu'il n'y a plus qu'à attendre.

Dans le couple Gillet, l'atmosphère a changé du tout au tout. Qui croirait qu'ils sont mariés il n'y a pas même un an ? Josiane a de fréquentes crises de nerfs; quant à Maurice, il est devenu sombre, nerveux et il a pris l'habitude de boire. Un soir, une violente scène éclate entre les époux. Josiane hurle, à bout de nerfs, et Maurice se met à la frapper pour la faire taire. Et le lendemain, c'est la même chose.

Ce n'est que le troisième jour que le voisin du dessous appelle la police. Les agents, qui font irruption dans l'appartement des Gillet, découvrent Josiane le visage en sang, l'œil tuméfié, et Maurice ivre mort.

Le voisin du dessous, qui a suivi les policiers, remarque d'une voix douce :

– Depuis le temps, cela devait arriver !...

Condamné à trois mois de prison avec sursis pour coups et blessures, Maurice Gillet a été renvoyé de son entreprise. Devenu chômeur, il s'est mis à boire plus encore et Josiane a fini par ne plus le supporter. Ils se sont séparés et ils ont entamé une procédure de divorce.

Maurice Gillet a quitté la « Résidence du Parc »; Josiane, elle, est restée... C'est là qu'elle a appris, début 1973, le suicide de celui qui était encore son mari. Maurice avait avalé un tube de barbituriques dans la chambre d'hôtel où il s'était installé.

A la « Résidence », chacun a fait de son mieux pour aider et réconforter la pauvre Josiane : la concierge, les commerçants, les voisins. Le sens de leurs discours était le même : elle n'avait pas de regret à avoir; son mari ne valait pas grand-chose; car c'était lui le coupable, c'était lui qui avait rendu la vie impossible à elle-même et à tout le monde.

Sans répondre, Josiane, l'air absent, poursuivait son chemin. Et elle n'a rien dit non plus quand le voisin du dessous l'a abordée dans le hall.

– Allons, ma petite, ne faites pas cette tête-là! Dites-vous bien que, pour une jolie femme comme vous, ce n'est pas un problème. Et puis, si jamais vous avez un coup de cafard, venez donc prendre un verre chez moi...

UN PETIT COIN DE CATACOMBES

L'INSPECTEUR Laubier n'est pas peu fier en prenant ses nouvelles fonctions au commissariat du quartier de l'église Sainte-Geneviève à Paris, ce 24 juillet 1821. Avant, il était à Suresnes, une petite bourgade de campagne; tandis que le quartier de l'église Sainte-Geneviève est l'un des plus prestigieux de Paris : n'est-ce pas le Quartier latin?

L'inspecteur Laubier entre dans son nouveau commissariat, situé précisément juste en face de l'église Sainte-Geneviève, qui s'est appelée jusqu'à la fin de l'Empire le Panthéon.

L'inspecteur Laubier, qui a juste trente ans, est de petite taille, mais fort satisfait de sa personne. Il met toujours un grand soin à friser ses cheveux bruns et à tailler ses favoris. Ses chefs lui ont déjà reproché cette élégance exagérée pour un policier, mais ils s'en sont accommodés en raison de ses qualités, notamment un incontestable courage.

L'inspecteur Laubier frappe au bureau du commissaire Clément. Le commissaire l'accueille avec une cordialité marquée. C'est un homme d'une cinquantaine d'années aux cheveux grisonnants et à l'embonpoint naissant. Le revers de sa redingote s'orne d'une rosette de la Légion d'honneur aussi peu discrète que possible.

– Entrez, mon cher, entrez ! Je suis ravi de vous voir parmi nous...

L'inspecteur Laubier bombe involontairement le torse. Le commissaire lui désigne un siège.

– Je ne vous cache pas que votre tâche sera plus difficile que celles que vous avez connues jusqu'à présent. Notre quartier est celui des étudiants, et vous savez ce que cela veut dire. Mais ce n'est pas cela qui est le plus inquiétant pour l'instant. Il y a ici un ramassis de malfrats qui tient mes hommes en échec depuis plusieurs mois : vols, assassinats, vous voyez le tableau... Eh bien, mon cher Laubier, vous êtes le seul qui puissiez mettre fin à tout cela !

Le jeune inspecteur sent le rouge lui monter au visage.

– Moi, monsieur le Commissaire ?

– Laissez-moi vous expliquer... Si nos agents n'arrivent à rien, c'est que tout ce monde-là a un moyen de leur échapper. Quelque part dans le quartier, il existe une sorte de passage secret qui doit déboucher très loin, nul ne sait où. Chaque fois qu'un de ces voyous fait un mauvais coup, il s'y rend et il disparaît. Comme vous le pensez, nous avons longtemps cherché où se trouvait cet endroit. Et il y a quinze jours, nous avons trouvé...

Le commissaire Clément prend une prise dans sa tabatière en argent :

– C'est une de nos bonnes informatrices qui nous a renseignés, une concierge de la rue de la Montagne-Sainte-Geneviève. Elle a vu plusieurs hommes entrer en face de chez elle, au 3, dans une maison vétuste à deux étages. Et elle est sûre qu'ils n'en sont jamais ressortis.

L'inspecteur risque une intervention :

– Et vous avez fait perquisitionner ?

Le commissaire Clément a un sourire bienveillant.

– Je reconnais bien la fougue de la jeunesse! Cela n'aurait servi à rien, voyons. Qu'aurions-nous trouvé? Une maison vide. Et les malfrats, voyant qu'on avait découvert leur passage, n'y seraient jamais revenus. Non, ce qu'il faut, c'est employer la ruse. Il faut que l'un de nous, se faisant passer pour un voleur, y aille lui-même. Alors nous connaîtrons l'issue secrète et nous n'aurons plus qu'à les attendre là-bas pour les cueillir les uns après les autres...

Les yeux de l'inspecteur Laubier se mettent à briller.

– Et vous avez pensé à moi pour cette mission?

– Exactement. Vous êtes l'homme de la situation. Vous vous habillerez comme eux. Vous irez au 3, rue de la Montagne-Sainte-Geneviève. Vous frapperez, on vous ouvrira et vous n'aurez plus qu'à emprunter le passage secret. Etant donné que vous êtes inconnu dans le quartier, ils ne risqueront pas de vous reconnaître.

Laubier approuve d'un hochement de tête.

– A vos ordres, monsieur le Commissaire...

Intérieurement, cependant, il éprouve une certaine contrariété. Il devine que ce n'est pas en raison de ses mérites qu'il a été choisi, mais uniquement parce qu'il est le seul policier à ne pas être connu dans le secteur. Le commissaire le raccompagne et le gratifie d'une tape amicale dans le dos.

– Vous agirez demain matin. Vos collègues vous donneront les détails. Bonne chance, mon cher Laubier...

25 juillet 1821. 10 heures du matin. Qui aurait vu la veille l'inspecteur Laubier ne le reconnaîtrait

pas. Désireux de réussir sa première mission, il n'a pas hésité à couper ses favoris et à sacrifier le bel ordonnancement de sa chevelure brune. Maintenant, avec son pantalon de mauvaise toile, sa chemise déchirée et sa casquette, il a tout du voyou. Selon le scénario mis au point avec ses collègues, il flâne dans les petites rues aux alentours de l'ex-Panthéon, les mains dans les poches, la démarche chaloupée, sifflant une rengaine populaire. Les dames bien habillées font un détour pour l'éviter, les bourgeois lui jettent des regards mauvais...

L'inspecteur Laubier arrive près de la devanture d'un marchand de volailles. Il s'approche négligemment, s'empare d'un poulet, le cache sous sa chemise et s'enfuit. Un agent en tenue, qui était sur le trottoir d'en face, l'a vu. Il crie :

– Eh vous! Arrêtez!

Et comme Laubier ne s'arrête pas, il se met à courir à sa poursuite.

Bien entendu, tout cela fait partie du plan. Si jamais un mauvais garçon a vu la scène, il pourra témoigner que le pseudo-voleur fait bien partie de la pègre, au cas où il aurait des ennuis, une fois entré dans la maison...

La maison, l'inspecteur Laubier y va, mais pas en ligne droite. Au contraire, il serpente dans les rues tortueuses du quartier, comme pour semer son poursuivant. Enfin, l'agent ayant, comme prévu, fait semblant de perdre sa trace, il prend la rue de la Montagne-Sainte-Geneviève, s'arrête au 3 et frappe... Un policier dissimulé en face voit la porte s'ouvrir et l'inspecteur disparaître à l'intérieur.

Voilà... Maintenant, il n'y a plus qu'à attendre. Comme on ne sait pas où débouche le passage secret, c'est à l'inspecteur Laubier de se débrouiller par ses propres moyens. Il est convenu qu'après être sorti il repassera d'abord chez lui, reprendra son aspect normal et reviendra au commissariat. Si dans vingt-quatre heures, c'est-à-dire le lendemain à 10 heures, il n'a pas donné signe de vie, alors la police investira la maison...

26 juillet 1821 : le commissaire Clément a réuni ses inspecteurs et ses agents dans son bureau. Il consulte sa montre de gousset.

– Messieurs, il est 10 heures et notre collègue Laubier n'est pas là. En conséquence, nous allons agir.

La descente de la rue de la Montagne-Sainte-Geneviève se fait au pas de course. Le commissaire Clément frappe avec force au numéro 3.

– Ouvrez, au nom de la loi!

Pas de réponse... Les agents tentent d'enfoncer la porte à coups d'épaule. Mais elle résiste. Il faut aller chercher un madrier sur un chantier voisin, pour en venir à bout. Le commissaire, les inspecteurs et les agents se ruent à l'intérieur... Apparemment, tout est vide et même abandonné depuis longtemps. Il ne passe par les volets fermés qu'un tout petit peu de lumière et l'atmosphère sent fortement le moisi. Le commissaire pointe le doigt dans toutes les directions :

– Allez, fouillez partout! De la cave au grenier.

La fouille dure des heures. Au grenier, il n'y a rien. Pas même les vieilleries qu'on peut trouver dans cet endroit. C'est une soupente encombrée de toiles d'araignée avec un plancher vermoulu et un toit qui s'effondre de place en place. Même chose au deuxième étage : toutes les pièces, aux volets clos, sont vides, sans aucun mobilier. Là non plus, pas de trace d'une occupation humaine depuis des années. Le premier étage est identique, le rez-de-chaussée aussi. Mais c'est évidemment à la cave que les policiers espèrent trouver la clef du mystère. C'est là, bien sûr, que doit se trouver le passage secret débouchant dans un endroit caché du vieux Paris...

D'apparence, pourtant, la cave est tout ce qu'il y a de banal. Elle est aussi vide que le reste de la maison. Elle est voûtée, elle sent l'humidité et les rats.

Les policiers s'acharnent sur les murs et le sol. En vain : pas le moindre trou, pas la moindre trace de travail de maçonnerie qui aurait été fait en hâte pour cacher une ouverture. Ces cloisons et ce dallage vénérables sont couverts par la patine du temps. Rien ne semble avoir bougé ici depuis Henri IV ou Louis XIII, époque probable à laquelle a été construite la maison.

C'est l'échec. En désespoir de cause, le commissaire Clément traverse la rue et va trouver les deux policiers qui se sont relayés pour observer la maison depuis le moment où l'inspecteur Laubier y est entré et qui sont toujours à leur poste. Ils sont affirmatifs : ils ont pris leur tour de veille de deux heures en deux heures comme convenu, et l'inspecteur Laubier est le dernier être vivant qu'ils ont vu devant le 3 de la rue de la Montagne-Sainte-Geneviève.

Le commissaire Clément a toujours mené ses hommes avec une certaine rudesse; pourtant, pour la première fois de sa vie, il s'adresse des reproches. Il y a dans cette maison un mystère, quelque chose qui le met mal à l'aise, qui lui fait peur. Il aurait dû se renseigner, prendre des précautions avant d'y envoyer ce jeune homme en pleine santé, trop sûr de lui.

Le commissaire remonte à pas lents la rue de la Montagne-Sainte-Geneviève. Ses hommes le suivent à distance. Ils n'osent s'approcher de lui. Ils sont trop loin pour l'entendre répéter :

– Mais où est-il passé? Que lui est-il arrivé?...

Que lui est-il arrivé? Le commissaire Clément se pose souvent la question dans les jours, les semaines, puis les mois qui suivent. Avec le temps, la réponse à donner est malheureusement la plus tragique : il a été assassiné. Mais comment est-ce possible puisqu'il n'y avait pas de passage dans la maison et que personne n'en est sorti?

Cinq ans s'écoulent – oui, cinq ans! – sans qu'on trouve le moindre indice à propos de la disparition de l'inspecteur Laubier. Et c'est un soir de juin 1826, dans une taverne près du boulevard Saint-Michel, que la vérité sur cette incroyable histoire va enfin éclater.

Ce soir-là, un des pires mauvais garçons du quartier, Philibert Lamarre, dit « L'Araignée », a vraiment trop bu. Il est bien connu, à la fois pour ses 2 mètres et sa redoutable adresse au couteau. Il est attablé avec un certain Grosjean, un voyou de moindre importance... Philibert Lamarre, dit « L'Araignée », a le regard vague. Il commence des phrases qu'il ne termine pas. On sent qu'il a envie de dire quelque chose qu'il tient secret depuis longtemps... Ce qu'il ignore, c'est que Grosjean, son compagnon de table, est un auxiliaire payé par la police pour s'introduire dans la pègre du Quartier latin. Lamarre, dit « L'Araignée », n'y tient plus. Il pousse son voisin du coude.

– Dis, tu te souviens de l'inspecteur que les cognes ont cherché et qu'ils ont pas trouvé?

Intérieurement, Grosjean sursaute. Mais il ne laisse rien paraître de son émotion. Au contraire, il feint l'ivresse lui aussi, afin de mettre son compagnon en confiance.

– Tu parles! C'était un sacré coup!

– Eh bien, mon vieux, c'était moi !
L'indicateur de police décide de jouer sur la vanité de son interlocuteur.
– Tu te fiches de moi ! T'aurais jamais été capable...
– Ah, tu ne me crois pas capable ! Et si je te raconte comment ça s'est passé, tu me croiras ?
– Alors là, pour sûr !
« L'Araignée » se sert une rasade en buvant à même le pichet.
– Une fameuse idée, la maison de la Montagne-Sainte-Geneviève ! Il y avait un souterrain qui partait de la cave et qui tombait dans les catacombes. Quand on connaissait le chemin, on sortait à la barrière Denfert. Avec ça, les cognes, ils pouvaient courir !
Grosjean a le cœur qui bat à tout rompre mais il continue à donner le change. Il émet un sifflement admiratif et prolongé. « L'Araignée » poursuit :
– Ce jour-là, je m'en souviens comme si c'était hier... Je vois entrer un gars qui dit qu'il est poursuivi par un agent. Il faut te dire qu'il y avait un de nous qui ouvrait la porte et qu'on était plusieurs à être cachés et à regarder qui c'était. Coup de pot : je le reconnais. Je me souvenais même comment il s'appelait : inspecteur Laubier. Il m'avait poissé à Suresnes quand j'étais encore môme. C'était mon premier coup. Je ne risquais pas d'oublier !...
– Et alors ?
– Alors, j'ai gueulé : « C'est un cogne ! » et on lui est tous tombés dessus. On l'a ficelé. Il y a un type qui a sorti un surin pour le saigner mais je l'ai arrêté. Je lui ai dit : « Laisse, j'ai une meilleure idée... »
Philibert Lamarre, dit « L'Araignée », éclate de rire dans le cabaret.

– Pour une idée, ça c'était une idée! Je l'ai fait descendre dans les catacombes. Il y a toujours de quoi faire de la maçonnerie là-bas. Ça nous arrive de temps en temps d'y amener un macchabée et on lui fait un petit sarcophage. Tu vois le genre?

Grosjean commence à entrevoir l'abominable vérité. Il ne veut pas croire que ce soit cela. Et pourtant, c'est bien ce que lui raconte « L'Araignée »...

– On l'a attaché à un anneau dans un coin. Il gigotait, mais il n'y avait pas de danger : c'était du solide! Alors j'ai pris une brique, du ciment, et j'ai fait la première rangée; un autre est venu après moi et a fait la deuxième... On a commencé à l'emmurer vivant!

« L'Araignée » est hilare.

– Au début, il a essayé de crâner. Il serrait les dents sans rien dire. Mais quand le mur est arrivé à hauteur de la poitrine, ça a été plus fort que lui, il a craqué... Tu aurais entendu ça : « Je vous en prie! Je vous en supplie! Tuez-moi au couteau! » Ah, je te jure qu'il braillait, la vache! Il braillait encore quand le mur a été terminé! Même que c'est moi qui ai mis la dernière brique...

Grosjean se sent mal. Mais il doit tenir le coup s'il veut entendre la fin.

– Et comment ça se fait que les cognes aient rien trouvé quand ils sont entrés dans la maison?

– Tu parles qu'après un coup pareil on avait intérêt à se tailler! On a rebouché le trou dans le mur de la cave. Mais il fallait que ça ait l'air vieux pour qu'on ne se doute de rien. C'est un de nous qui s'en est chargé. Un type drôlement fort. Son boulot, c'était de faire de fausses antiquités. Il a noirci le mur avec de la suie et de la poussière. C'est le seul qui est resté à l'intérieur. Il a attendu la nuit et il est parti par les toits...

Grosjean savait tout... Sous un prétexte quelconque il s'est absenté du cabaret. Il a eu la chance de rencontrer un sergent de ville qui faisait sa ronde et il a fait arrêter « L'Araignée » séance tenante.

L'enquête sur place a cu lieu le lendemain. Le commissaire Clément et ses hommes, les mâchoires serrées, ont suivi Philibert Lamarre à l'entrée du passage secret à la barrière Denfert – aujourd'hui place Denfert-Rochereau. A sa suite, ils ont remonté le labyrinthe jusque sous une rue de la Montagne-Sainte-Geneviève. « L'Araignée » leur a désigné un mur de briques qui formait un coin légèrement arrondi.

– C'est là!

Lorsque le squelette est apparu, au troisième coup de pioche plusieurs agents se sont trouvés mal...

La mort horrible du jeune inspecteur Laubier semble appartenir à un autre âge... Et, effectivement, le Paris de l'époque était plus proche du Moyen Age que d'aujourd'hui. Mais quand on y réfléchit, sous nos immeubles modernes, combien de secrets se cachent encore, aussi horribles qu'à jamais inconnus?

VOIR NAPLES ET MOURIR

Le 15 juillet 1943, le 104e régiment d'infanterie américain, qui a débarqué cinq jours plus tôt en Sicile, livre de durs combats dans la région de Palerme. Le village de Santa Clara, accroché à un piton, a été le théâtre d'engagements particulièrement acharnés. Au bout de quelques heures pourtant, les Américains y pénètrent en vainqueurs.

Le G.I. Mario Martino est très ému de se retrouver dans cette Italie qui est son pays d'origine. Ses parents, qui ont émigré il y a une vingtaine d'années, ne sont pas siciliens, mais napolitains... N'empêche, cela fait un pincement au cœur de voir ces paysages, d'entendre cette langue qu'il parle couramment !

Le G.I. Mario Martino lève la tête : un peu plus haut sur la colline, il y a une maison blanche éventrée par un obus. Une femme se tient devant le pan de mur, immobile, hébétée. Mario décide de lui porter secours. En s'approchant, il se rend compte qu'il s'agit d'une très vieille femme. Son front et ses joues sont parcourus de rides profondes. Elle n'a presque plus de dents. Mario Martino lui dit en italien :

– Il ne faut pas rester là, grand-mère. Venez avec moi.

Une lueur traverse les yeux de la femme.

– Mais tu as l'accent napolitain, mon garçon! Moi aussi, je suis napolitaine... Enfin, je l'étais... C'était il y a longtemps...

Le jeune soldat se fait pressant :

– Venez, je vais vous conduire à l'abri.

Il fait un pas dans sa direction, mais la vieille femme perd brusquement connaissance et tombe dans ses bras. Le G.I. la dépose délicatement dans l'angle de la pièce à moitié détruite et il a un haut-le-corps... Mais oui, c'est un bat-flanc de cellule! Il se retourne. Le mur derrière lui, qui est encore intact, est percé d'une porte métallique comportant un judas.

Délaissant la femme, Mario Martino se met à explorer les décombres. Le mur de façade, frappé par l'obus, avait une fenêtre garnie de barreaux. Le mobilier de la pièce où il se trouve est plus que succinct : un coffre en bois grossier, une table, un tabouret. Par terre, une écuelle avec un reste de semoule...

Mario Martino se penche et ramasse trois photos qui étaient réunies sous un verre brisé : deux jeunes garçons en premiers communiants et une femme d'une quarantaine d'années, d'une beauté à couper le souffle : brune, au regard profond, aux lèvres sensuelles, au corps superbe. Mario regarde la grand-mère ridée, toujours évanouie. Il reste une ressemblance...

Le jeune G.I. s'interroge, terriblement troublé. Tout indique que cette pièce ouverte par les bombes était une prison, dans laquelle cette malheureuse était détenue... Depuis combien de temps?... Des dizaines d'années peut-être. Depuis le moment où ont été prises ces photos de communiants au papier jauni. Le temps de transformer cette femme resplendissante en vieillarde.

Cette dernière, justement, revient à elle :

– Que regardes-tu, mon garçon ? Ma prison ?

En entendant ce mot terrible qui confirme ses suppositions, le soldat veut parler, mais la vieille femme l'interrompt :

– Oui, c'est toi et les tiens qui m'avez libérée. Non seulement vous avez fait tomber les murs, mais vous avez tué Emilio et Lidia, mon cousin et ma cousine qui me gardaient. Va voir les débris de la pièce à côté. Je ne suis pas absolument certaine qu'ils sont morts, mais depuis le bombardement, je ne les entends plus...

Mario Martino fait quelques pas... Effectivement, d'un amas de gravats, émergent deux pieds portant des bas troués et, un peu plus loin, deux autres avec des chaussons. Il revient vers la femme.

– Cela fait... combien de temps ?

– Trente ans. Je suis heureuse que tu sois napolitain, mon garçon.

Le soldat montre les deux photos jaunies :

– Ce sont vos fils ?

– Oui. Ugo et Tullio. L'autre photo, c'est moi quand j'avais quarante ans...

– Vous étiez... très belle.

La vieille femme a un soupir.

– Hélas...

Et, sous le ciel implacable de ce 15 juillet 1943, elle fait le récit de son invraisemblable aventure au G.I...

En 1913, Erminia Brunelli habite Santa Clara avec son mari Pietro. Erminia a quarante ans et, en apparence, elle a tout pour être heureuse. N'est-elle pas la plus belle femme du village – certains disent même des environs – avec son visage et son corps de reine ? Tout aussi réussis sont ses deux fils : Ugo, dix-neuf ans, qui fait son service militaire, et Tullio, dix-sept ans, qui, en attendant d'être soldat à son tour, aide son père dans son métier de pêcheur.

Il y a pourtant deux ombres à ce tableau sans tache. La première ce sont les origines d'Erminia. Erminia n'est pas du village, elle n'est même pas sicilienne; elle est napolitaine, autant dire étrangère. Et le fait est qu'elle ne s'est jamais vraiment faite à la mentalité rude et même quelque peu primitive des habitants de Santa Clara... La seconde ombre a pour nom Raimondo Imola...

Raimondo Imola est cultivateur. Il habite, avec sa femme Luisa, la ferme attenant à la maison Brunelli. A quarante ans, Raimondo est resté bel homme, ou, du moins, il en est persuadé, même si sa fine moustache et ses cheveux plaqués, à l'imitation des gens de la ville, lui donnent l'air passablement ridicule.

En tout cas, l'ennui pour Erminia, c'est que Raimondo et elle sont seuls la plupart du temps, à quelques centaines de mètres l'un de l'autre. Trois jours par semaine, Erminia Brunelli a son mari et son plus jeune fils en mer, tandis que l'autre, au service, ne rentre que pour ses permissions; quant à Raimondo Imola, il vit bien en compagnie de sa femme, mais c'est comme si elle n'était pas là. Luisa, en effet, grande malade nerveuse, reste enfermée dans sa chambre aux volets clos. Elle prétend que la seule vue du soleil lui occasionne des crises. Son état dure depuis des années et Raimondo a pris l'habitude d'aller chercher ailleurs les satisfactions qu'il est en droit d'attendre de la vie...

C'est au mois d'avril 1913 qu'il décide de s'intéresser de plus près à son appétissante voisine. Après avoir soigneusement frisé sa moustache, s'être inondé d'eau de Cologne et revêtu d'une chemise propre, il franchit la barrière qui sépare les propriétés Imola et Brunelli... Il se plante sur le seuil. A travers la porte ouverte, il aperçoit Erminia en train de frotter par terre. Pour faire son ménage, elle s'est habillée d'une jupe grise assez grossière et elle a passé une chemise d'homme, qu'elle a nouée à la taille sans la boutonner.

– Bonjour, voisine! Vous êtes particulièrement belle aujourd'hui!

Erminia Brunelli sursaute. Dans un réflexe de pudeur, elle croise les mains sur sa poitrine.

– Qu'est-ce que vous faites là? Allez-vous-en ou j'appelle!

Raimondo Imola s'avance, l'air avantageux.

– Appeler qui? Y a personne. Nous sommes seuls...

– Si vous approchez, je dirai tout à mon mari!

– Je suis sûr que vous n'en ferez rien. Réfléchissez, voisine. On est fait pour s'entendre tous les deux...

Et Raimondo s'en va, très sûr de lui... Lorsqu'il est parti, Erminia, bouleversée, se demande ce qu'elle doit faire. Dans un sens, c'est vrai : elle ne peut pas parler à son mari. Violent comme il est, Pietro irait tuer Raimondo Imola. Un Sicilien ne plaisante pas avec ces choses-là. Et après, ce serait au tour de la famille Imola de se venger. Un frère, un neveu, un cousin de la victime tendrait un guet-apens à Pietro ou même à un de ses fils. Non, Erminia doit se taire. C'est la seule manière de ne pas mettre en péril la vie des siens.

Et cela dure ainsi pendant deux mois. Presque tous les jours, Raimondo Imola, qui interprète le silence d'Erminia comme un encouragement, vient lui faire des propositions chez elle. Plus d'une fois, Erminia est tentée de tout dire à son mari pour mettre fin à ce cauchemar, mais la pensée d'un de ses fils assassiné la retient...

24 juin 1913. C'est un matin comme les autres. Raimondo Imola franchit la clôture des Brunelli pour aller trouver sa voisine. Mais cette fois, il arbore une mine particulièrement décidée.

– Erminia, je ne peux plus attendre. Je n'en dors plus, Erminia !

Erminia Brunelli recule.

– N'avancez pas !

– Cela ne peut pas durer, Erminia ! Tu ne peux pas continuer à m'encourager et à te refuser à moi.

– Vous encourager ? Mais jamais de la vie !

– Pourquoi gardes-tu le silence si tu n'es pas d'accord ?

– Allez-vous-en ! Vous me dégoûtez !

Raimondo Imola a un rictus de colère. Il met la main à sa poche et en sort un revolver.

– Assez de comédie ! Tu vas me céder, sinon...

Affolée, Erminia s'enfuit à l'intérieur de la maison, poursuivie par Raimondo. Elle entre en trombe dans sa chambre à coucher, ouvre la table de nuit et se saisit à son tour d'un revolver. Raimondo s'arrête un instant et s'avance vers elle en ricanant. Il y a un coup de feu et il s'écroule, la tête en sang... Erminia Brunelli contemple un long moment le corps sans vie et son revolver fumant. Puis elle va chercher son châle et se rend à la gendarmerie.

L'enquête est rapidement menée. Elle établit de façon indiscutable la légitime défense. Mais à Santa Clara, l'émotion est considérable. La conduite d'Erminia Brunelli est très sévèrement jugée. Que faisait Raimondo Imola dans sa chambre ? Il semblerait que ce n'était pas la première fois qu'il venait chez elle. Pourquoi, alors, n'en avait-elle pas parlé à son mari? Et puis, faire justice soi-même, pour une femme, cela ne se fait pas. C'est l'affaire des hommes. Enfin, pour couronner le tout, elle est allée se constituer prisonnière chez les gendarmes. Mêler les gendarmes à une affaire d'honneur : on voit bien que c'est une Napolitaine!

Après avoir été gardée une journée, Erminia sort de la gendarmerie le 25 juin. Pietro Brunelli est là, qui l'attend. Il n'est pas seul. Il y a ses fils, bien sûr, mais aussi sa belle-mère, ses beaux-frères, ses belles-sœurs. Toute la famille Brunelli s'est réunie.

Erminia a un mouvement de recul devant leurs mines fermées.

– Que se passe-t-il?

Pietro la prend vivement par le bras :

– Rentre à la maison. On ne doit pas te voir ici.

– Mais pourquoi?

– C'est aujourd'hui qu'on enterre ta victime!

Très étonnée par la froideur de cet accueil, Erminia suit son mari sans mot dire. Elle jette un coup d'œil à ses fils Ugo et Tullio. Leurs visages expriment la consternation. On sent qu'ils voudraient venir en aide à leur mère mais que quelque chose le leur interdit.

Une fois le petit groupe arrivé à la maison, Pietro Brunelli répartit tout le monde autour de la table familiale. Il va chercher une chaise et la pose à quelques mètres de là. Il commande à sa femme :

– Assieds-toi!

Erminia regarde ces personnages qui la fixent, raides sur leurs sièges.

– Mais vous n'allez pas me juger!

– Si!

Une grosse femme d'un certain âge, assise à côté de Pietro Brunelli, se tourne vers lui.

– Je t'avais dit de ne pas épouser une étrangère...

– Tais-toi, maman! C'est moi qui parle ici. Erminia, tu vas répondre à mes questions.

Erminia regarde, effarée, ce mari qu'elle aimait. Elle ne le reconnaît plus. Oui, sa mère a raison, ils sont bien étrangers tous les deux. Pietro est redevenu ce qu'il n'a jamais cessé d'être : un Sicilien qui s'apprête à juger une Napolitaine... Elle balbutie :

– Qu'est-ce que j'ai fait?

Pietro a un regard noir.

– Tu vas nous le dire. Tu vas nous dire ce que faisait Raimondo dans notre chambre.

– Il me poursuivait.

– Quand on poursuit une femme dans sa chambre, c'est qu'on pense avoir ses chances.

– Mais non... Pas du tout...

Pietro Brunelli l'interrompt d'une voix terrible :

– Est-ce que c'est la première fois qu'il venait te parler?

Erminia se trouble :

– Non.

– Cela faisait combien de temps?

– Deux mois.

– Et pourquoi n'as-tu rien dit?

– Si je t'avais dit quelque chose, tu l'aurais tué. Je ne voulais pas qu'il y ait du sang, qu'il y ait des représailles. J'ai pensé à toi, à Ugo et à Tullio...

Ce dernier se lève.

– Il faut la comprendre, papa.

Pietro tape du poing sur la table.

– Assis! Tu n'as pas le droit à la parole. Il n'y a que les adultes qui s'expriment ici.

Il se tourne à nouveau vers sa femme :
– Et maintenant, tu es satisfaite ? Tu as déshonoré notre foyer. Tu as rendu notre honte publique en allant trouver les gendarmes. Tu as versé le sang alors que tu n'avais pas le droit de le faire...
A ce moment, trois formes noires apparaissent sur le seuil. C'est Luisa Imola qui revient du cimetière, en grand deuil, accompagnée de deux neveux. Pietro se lève et va à leur rencontre.
– Entrez. Vous avez le droit d'assister au jugement.
La veuve et ses neveux regardent en silence Erminia sur sa chaise. Luisa Imola relève son voile et la désigne du doigt :
– Cette chienne a rendu fou mon pauvre mari et elle l'a tué ! Le sang sera vengé !
Pietro Brunelli a repris sa place de président du tribunal.
– Nous pouvons vous offrir réparation.
– Il n'y a qu'une réparation possible : c'est que ta femme disparaisse, que personne n'entende plus parler d'elle, jamais !
Pietro Brunelli promène en silence son regard sur toutes les personnes réunies autour de la table. A chaque fois, sauf en ce qui concerne Ugo et Tullio, il recueille un hochement de tête muet. Il fixe de nouveau la veuve.
– C'est d'accord !...

Telle est la terrible histoire qu'Erminia Brunelli vient de raconter au G.I. d'origine napolitaine qui l'a secourue ce 15 juillet 1943. Maintenant, par la grâce des obus américains, elle est libre, après avoir été séquestrée pendant trente ans.
Le jeune soldat est bouleversé :
– C'est horrible ! Et vous vous êtes laissé enfer-

mer comme cela ! Vous n'avez pas essayé de vous échapper ?

– Non, parce que je pensais à mes fils. Je ne voulais pas qu'il leur arrive quelque chose...

Les yeux d'Erminia Brunelli, qui sont restés très beaux, s'obscurcissent.

– Je leur ai gagné deux ans d'existence. Ils ont été tués tous deux à la guerre en 1915... Après, il m'était bien égal de rester enfermée...

La vieille femme prend le bras du G.I. :

– Emmène-moi avec toi, mon garçon... Tu sais ce qu'il me reste à faire, maintenant.

La réponse, le jeune homme la prononce d'une voix douce. C'est un vieux proverbe italien que, dans sa lointaine Amérique, ses parents lui ont appris dès sa prime enfance :

– Voir Naples et mourir...

L'ARME VIVANTE

Franz Breisach et Gretel Hofman se marient au tout début de l'année 1971. C'est un mariage mondain, auquel assiste une bonne partie de la haute bourgeoisie de Salzbourg, en Autriche.

Franz Breisach a vingt-quatre ans, un diplôme d'informatique en poche et un engagement dans une multinationale implantée dans la ville. Cheveux en brosse, lunettes, air décidé, il sait visiblement ce qu'il veut et il n'en fait pas mystère : une femme soumise qui lui donnera de beaux enfants. Car Franz Breisach, en bon informaticien, conçoit sa vie comme un programme d'ordinateur : tout doit être centré autour de sa carrière et de sa réussite, son épouse devant apporter le complément indispensable de respectabilité sociale...

Et effectivement, Gretel, fille d'un grand magistrat de la ville, semble avoir tout pour tenir ce rôle. Elle a dix-sept ans et le type presque caricatural de la jeune fille sage. Elle sort du couvent, où elle a été éduquée : cela se voit dans la moindre de ses attitudes, dans sa façon de baisser les yeux, de rougir... Malgré sa ravissante robe de mariée, il y a incontestablement quelque chose de sévère dans toute sa personne. Pourtant, un observateur perspicace se rendrait compte que ce n'est qu'une apparence. Car ses lèvres charnues, son regard profond et son corps sculptural trahissent une beauté comme on n'en voit pas souvent.

Quoi qu'il en soit, les observateurs perspicaces ne doivent pas avoir été invités à la noce, car, tandis que Gretel pose, au bras de son mari pour la photo traditionnelle, on n'entend que des remarques du genre :

– Charmant couple! Ils sont vraiment faits pour être ensemble...

Les quatre premières années de mariage se passent conformément aux prévisions de Franz Breisach. Ils se sont installés dans un pavillon de la banlieue de Salzbourg que leur ont offert leurs parents. Franz rentre chaque soir fort tard, ravi de se retrouver dans un intérieur parfaitement entretenu et de goûter à la cuisine préparée par son épouse.

Gretel écoute patiemment le récit de ses exploits informatiques auxquels elle ne comprend rien...

Il y a tout de même une chose qui surprend un peu Franz. C'est la transformation, on peut même dire la métamorphose physique, de sa femme. Après quatre ans de mariage, elle a totalement perdu ses allures de collégienne un peu niaise, de jeune fille rangée. Elle s'est épanouie, elle est devenue une femme et même une très jolie femme. Plusieurs de ses relations masculines lui en ont fait la remarque avec des sourires d'envie.

– Alors, comment va votre épouse? Toujours aussi charmante?

Franz Breisach n'est, bien sûr, pas chagriné de la beauté de Gretel. Il est un peu surpris, voilà tout.

Et puis la métamorphose physique passe sur le plan du comportement. Franz constate que leur pavillon est moins bien tenu. Sa femme n'exprime plus le même enthousiasme quand il lui parle de son travail. Elle a l'air triste, indifférent. Un jour de 1975, en rentrant de son travail, il lui trouve un visage tout à fait inhabituel. Il la questionne :

– Eh bien, chérie, il y a quelque chose qui ne va pas? Tu es malade?

Gretel rougit, hésite à répondre. Visiblement, elle a quelque chose à lui dire et elle n'ose pas... Finalement, elle se décide.

– Je me sens inutile en restant à la maison. Je voudrais travailler.

Franz Breisach ouvre des yeux ronds. Il s'attendait à tout sauf à cela.

– Mais pourquoi travailler? Je gagne bien assez d'argent pour nous deux.

– Je me suis dit que je pourrais réussir dans la photo. J'ai remarqué une petite annonce demandant un modèle pour un photographe, à Zurich. J'ai écrit. Et je viens d'avoir la réponse. J'ai rendez-vous la semaine prochaine.

Cette fois, l'étonnement de Franz se change en stupeur. Sa femme a pris seule une telle initiative. Elle a fait tout cela sans le lui dire et elle le place devant le fait accompli!... Il réagit enfin :

– Je t'interdis d'aller à Zurich!

Gretel lui répond avec sa toute petite voix habituelle, mais sur un ton décidé qu'il ne lui connaissait pas :

– Je suis désolée, Franz, j'irai.

Et la semaine suivante, malgré les commentaires méprisants de son mari, Gretel Breisach prend le train pour Zurich. Quand elle revient, trois jours plus tard, Franz éprouve un nouveau choc. Gretel lui annonce avec le plus grand calme :

– J'ai été engagée. Nous avons fait une série de prises de vue. Léopold Franck est un photographe formidable!

Franz pousse des hauts cris.

– Des prises de vue. Qu'est-ce que tu avais besoin de faire des prises de vue ? Et d'abord de quel genre ?

Gretel hausse les épaules et met un certain temps avant de répondre, tandis que son mari la contemple avec perplexité.

– Ce sont des photos d'art, pour une revue.

– Et qui paraît quand ?

– Je ne sais pas. Tu verras bien... Au fait, je retourne à Zurich dans quinze jours, j'ai une nouvelle séance.

Et elle monte se coucher, laissant là son mari éberlué...

Les jours suivants, le ménage est de plus en plus négligé. Quand Franz Breisach en fait la remarque à sa femme, il s'entend répondre :

– Ce n'est pas grave. Avec ce que je gagne maintenant, j'ai largement de quoi payer une bonne...

Et comme il insiste, Gretel a cette réponse inouïe :

– Tu m'ennuies !

Quinze jours plus tard, alors que sa femme est retournée à Zurich, auprès de ce Léopold Franck, ce photographe de malheur, Franz Breisach essaie de faire le point dans son pavillon vide... Qu'elle est loin la jeune fille de bonne famille qui sortait du couvent sans aucune expérience de la vie ! La vie, il se flattait de la lui apprendre, une vie bourgeoise, respectable, comme il l'avait toujours souhaitée. Et voilà que, brusquement, Gretel n'est plus Gretel... Franz essaie de se raisonner. C'est une passade, un mouvement d'indépendance. Après tout, même s'ils sont mariés depuis quatre ans, Gretel n'a que vingt et un ans. A son âge, il est pardonnable d'avoir ce genre de réaction. Quand elle reviendra de Zurich, il n'aura qu'à être un peu ferme avec elle et tout rentrera dans l'ordre...

C'est le lendemain même que le voile se déchire. En allant acheter son journal au kiosque, comme chaque jour, Franz a une vision d'horreur. Il croit tout d'abord s'être trompé. Mais non, ce visage qu'il aperçoit sur la couverture d'une revue, souriant d'un sourire vulgaire, racoleur, c'est Gretel, c'est sa femme! Il demande la revue à la marchande qui a un mouvement de surprise et de désapprobation en la lui tendant... Il l'ouvre et le souffle lui manque. Il s'agit d'une revue masculine à grand tirage! A longueur de pages, Gretel s'exhibe dans des photos de nus dits artistiques.

C'était donc cela son travail! C'est cela qu'elle est en train de faire en ce moment même à Zurich! Il voudrait l'appeler immédiatement, mais Gretel ne lui a pas laissé de numéro de téléphone... Il ne peut qu'attendre en ruminant sa honte et son incompréhension. Aucun homme ne peut s'être trompé et avoir été trompé plus que lui. D'un seul coup, Gretel s'est transformée d'ange en démon, de collégienne naïve en mannequin nu!

Franz Breisach attend le retour de sa femme pour s'expliquer. Mais dans le fond de lui-même, il pressent ce qui va arriver : le pire.

Et c'est effectivement ce qui se passe quand Gretel regagne le pavillon conjugal. Avant même qu'elle ait déposé sa valise, Franz se précipite au-devant d'elle, tenant la revue à bout de bras. Gretel ne manifeste aucun trouble particulier. Elle dit simplement :

– Eh bien, maintenant, tu es au courant. Je n'ai plus à te donner d'explication...

Franz ouvre la revue, il lui met les photos sous le nez.

– Regarde! Mais regarde l'expression que tu as!

Il est visible que tu as pris plaisir à ces cochonneries...

Gretel relève la tête et se passe la main dans les cheveux.

– Et alors ? Toi aussi, tu prends bien plaisir à ton travail. Tu m'as suffisamment ennuyée en m'en parlant tous les soirs depuis quatre ans...

Et, avant de monter directement dans sa chambre, elle lui lance :

– Je repars à la fin du mois pour trois semaines. Léopold et moi, nous allons faire des prises de vue en Espagne.

Les jours suivants, Franz Breisach essaie de convaincre sa femme de renoncer à partir. Mais elle ne l'écoute pas. Elle ne fait même pas attention à lui. Il parle dans le désert, à une étrangère, une étrangère qui est affichée dans tous les kiosques de la ville, sur une revue qui se vend à des milliers d'exemplaires dans l'Europe entière...

Le jour prévu, malgré ses supplications, Gretel s'en va... Franz reste seul. Il rumine son malheur, son désarroi. Pourquoi ne songe-t-il pas, tout simplement, à demander le divorce ? Il lui serait accordé sans difficulté et aux torts de sa femme, sans aucun doute. Mais il a été blessé trop brutalement, trop profondément. C'est toute sa conception de la vie qui vient de s'écrouler d'un seul coup. Et cela, il ne peut le pardonner à Gretel.

Après avoir erré plusieurs jours dans son pavillon vide, l'idée de tuer sa femme se fait jour en lui. Mais il la chasse avec répugnance. Il ne se voit pas en train de tenir un couteau ou un revolver. Il n'est pas un violent...

Pour occuper ses soirées solitaires, il se décide à faire des travaux dans la maison. La veille du retour de Gretel, il entreprend de ramoner la cheminée. Et c'est alors qu'il voit... Non, il n'y a plus moyen de faire autrement! C'est le destin qui vient de se manifester et lui ordonner de tuer. Là, devant lui, il vient de découvrir une arme aussi imprévue que mortelle et, de plus, parfaitement horrible, à la mesure de l'inconduite de Gretel; l'arme idéale, qui présente, en outre, la particularité d'être vivante...

C'est un bourdonnement qui l'a alerté. Il s'est approché avec précaution et il a découvert, à peu près à mi-hauteur de la cheminée, un nid de frelons... Franz Breisach reste quelques minutes à le contempler. Les insectes sont une quarantaine. Des souvenirs d'école lui reviennent. Il entend encore la voix de son maître : « Il suffit de huit piqûres de frelons pour tuer un cheval, d'une seule pour provoquer la mort d'un enfant et de trois pour un adulte... »

Franz est toujours en arrêt devant cet amas noirâtre qui obstrue sa cheminée. Il y a là de quoi tuer cinq chevaux, quarante enfants et une bonne douzaine de Gretel!

Presque mécaniquement, Franz redescend de son échelle. Il revient peu après, tenant d'une main un sac à pommes de terre et de l'autre un sécateur. Il remonte avec précaution. Il coupe d'un geste précis la tige qui retenait le nid au conduit de la cheminée, il referme prestement le sac et descend...

Déjà dans son esprit les détails se précisent. Mais une pensée surtout s'impose à lui, qui le fait sourire d'un sourire cruel : Gretel si fière de sa beauté, Gretel qui posait nue dans des poses provocantes, va être atrocement défigurée par cette mort horrible! Il secoue le sac... A l'intérieur, les insectes fous de rage font entendre un grondement féroce. Quand il les libérera, ce seront de véritables bêtes sauvages, des tueurs...

Après avoir déposé le sac hermétiquement clos à la cave, Franz Breisach passe le reste de la soirée à bricoler. Depuis qu'elle est revenue de son premier voyage à Zurich, Gretel fait chambre à part. Il se rend, avec une perceuse, dans la chambre de sa femme. Il déplace le lit et se met à l'œuvre...

Il s'agit d'abord de creuser un trou dans le sol. Au bout de quelques heures, c'est chose faite. Franz vérifie qu'il peut y introduire sans difficulté une petite corde. C'est parfait...

Son plan est le suivant : quand il était gamin, il avait la passion des nœuds de marin; il sait faire, en particulier, ceux qui se défont en tirant sur l'un des bouts. Il va donc dissimuler le sac contenant l'essaim de frelons sous le lit de Gretel. Quand elle sera dans sa chambre, lui, dans la cuisine, qui se situe en dessous, il tirera la ficelle et les insectes se précipiteront sur elle.

Mais il faut aussi empêcher qu'elle puisse s'enfuir. Sur la porte de la chambre de sa femme, Franz Breisach visse un verrou extérieur qu'il fermera discrètement une fois qu'elle sera entrée. Pour qu'elle ne puisse pas le remarquer, il remplace l'ampoule du couloir, qui fait face à la porte, par une ampoule morte... Voilà, tout est au point. Gretel a encore une chance d'échapper à son destin tragique, en acceptant demain de renoncer à ses photos et de reprendre la vie comme avant. Mais Franz n'y compte guère. Depuis quelques semaines, il ne comprend plus rien à sa femme. Pour lui, elle est devenue un monstre...

Effectivement, le lendemain, en arrivant au domicile conjugal, Gretel manifeste tout de suite ses intentions. Franz ne peut s'empêcher d'être encore une fois surpris. Ses cheveux bruns très longs rejetés sur les épaules, sa robe outrageusement décolletée lui donnent vraiment l'air de ce qu'elle est devenue : une fille perdue.

Gretel ne s'embarrasse pas de politesses. Elle lui dit immédiatement :

– Il faut que tu saches que je suis revenue pour une seule raison : divorcer. Tu me donneras le nom de ton avocat pour qu'il puisse prendre contact avec le mien. Je reste encore quelques jours pour réunir mes affaires.

Franz Breisach ne dit rien. Gretel vient de sceller son destin. Elle va mourir. Pour avoir l'air naturel, il joue son rôle de mari outragé. Il commence par s'emporter. Puis il la supplie de ne pas divorcer. Après l'avoir écouté pendant une minute ou deux, Gretel claque la porte du salon et monte dans sa chambre. Peu après, Franz monte à son tour et pousse silencieusement le verrou extérieur. C'est fait. Elle est prisonnière. Le piège s'est refermé sur elle...

Il descend dans la cuisine, dégage la corde qu'il avait dissimulée sur le haut d'une armoire... Il y a cinq minutes que Gretel est dans sa chambre. Elle doit s'être déshabillée, elle n'est pas encore couchée. C'est le moment... Il tire un coup sec.

En haut, il entend immédiatement un bourdonnement strident, et, tout de suite après, les cris de Gretel, des cris de douleur et d'horreur... Maintenant, elle essaie d'ouvrir la porte. Elle se rend compte qu'elle est fermée de l'extérieur. Elle l'appelle en frappant à coups redoublés :

– Franz ! Au secours ! Je t'en supplie, ouvre !

Franz ne bouge pas... Il y a des pas précipités en haut, puis un choc. Il distingue une forme dans le jardin. Gretel vient de sauter par la fenêtre. Il la voit courir en hurlant vers le pavillon des voisins, poursuivie par les frelons. Elle est entièrement nue.

Elle tombe, se relève... Il ne doit pas perdre de temps.

Franz Breisach remonte au premier étage, ouvre le verrou et le dévisse rapidement. Ensuite, il prend le sac sous le lit, retire la corde et la met dans sa poche. Puis il ferme la porte de l'intérieur et saute à son tour par la fenêtre.

Ensuite, il revient s'installer dans le salon, devant la télévision. C'est juste après qu'on sonne à la porte d'entrée. Ce sont ses voisins.

– Monsieur Breisach, venez vite, votre femme...

Transportée d'urgence à l'hôpital, Gretel Breisach est morte peu après son transfert au service de réanimation...

Les policiers chargés d'enquêter sur cet accident hors du commun se sont d'abord laissé abuser par la mise en scène du mari. Après avoir constaté que la porte de la chambre était bien fermée de l'intérieur, ils ont failli conclure qu'un essaim de frelons s'était effectivement niché dans le sommier du lit et que le retour de la jeune femme avait déclenché l'attaque.

Malheureusement pour Franz Breisach, en examinant sous le lit, ils ont découvert le trou mal rebouché et ils ont tout compris. Franz, interrogé sans relâche, a avoué.

A son procès, il a été condamné à vingt ans de prison pour meurtre. Un verdict plutôt lourd, compte tenu des circonstances atténuantes – indéniables – résultant de la conduite de sa femme. Mais sans doute les jurés ont-ils été impressionnés par les photos de la morte qu'on a passées dans leurs rangs... On y voyait un visage rougi, bleui, tuméfié, une face de cauchemar qui n'avait plus rien d'humain.

Pauvre Gretel qui, quelques jours plus tôt, posait nue, dans tout l'éclat de sa beauté, avec un sourire à la fois provocant et épanoui, sous les projecteurs de Léopold Franck ! Elle pouvait alors s'imaginer au début d'une brillante carrière de modèle. Mais c'est un obscur fonctionnaire de l'identité judiciaire qui a pris sa dernière photo.

Table

Le Livre de Poche

Extrait du catalogue

Thrillers

Karl Alexander
C'était demain...
H. G. Wells à la poursuite de Jack l'Éventreur.

Michel Bar-Zohar
Enigma
Fils d'escroc, voleur lui-même, le « Baron » oppose son charme et sa bravoure à la Gestapo.

Peter Benchley
Les Dents de la mer
Croque en jambes mortels...

William Blankenship
Mon ennemi, mon frère
L'assassin et son double : une vraie salade de têtes !

Arnaud de Borchgrave - Robert Moss
L'Iceberg
La face cachée du K.G.B., l'hydre qui sort ses têtes par tous les médias.

Thierry Breton
Vatican III
Les nouvelles bulles du pape : des satellites...

Thierry Breton - Denis Beneich
Softwar
L'ordinateur promu cheval de Troie de l'Occident. Logique ? Ciel...

Gerald A. Browne
19 Purchase Street
Des monceaux de billets verts blanchis... Argent sale et colère noire.

Jean-François Coatmeur
La Nuit rouge
« S'est jeté » ou « a été jeté » du haut d'un pont ? De la grammaire appliquée à coups de crosse.

Yesterday
Le Juge se meurt mais la République vivra.

Bernard F. Conners
La Dernière Danse
Vingt ans après, le cadavre d'une jeune fille remonte à la surface du lac Placid...

Robin Cook
Vertiges
Des expériences criminelles à donner la migraine.

Fièvre
Seul contre un empire : pour sauver sa fille, un homme s'attaque à toute l'industrie médicale.

Manipulations
Psychotropes dans les mains de psychopathes : des manipulations terriblement vraisemblables...

Virus
Marissa enquête sur un virus inconnu. Une hypothèse finit par s'imposer à son esprit... et elle est effrayante !

James Crumley
La Danse de l'ours
Entubé, le détective narcomane !

Martin Cruz Smith
Gorky Park
Dans ce fameux parc de culture, des cadavres poussent soudain sous la neige...

Clive Cussler
L'Incroyable Secret
La mort prend le train.

Panique à la Maison Blanche
Un naufrage qui pourrait bien être celui du monde libre.

Cyclope
De la mer à la lune... Les services secrets polluent toutes les atmosphères.

Robert Daley
L'Année du Dragon
Chinatown : une ville dans la ville, une mafia d'un tout autre type.

William Dickinson
Des diamants pour Mrs. Clark
Transports de haine, de jalousie... et de diamants.

Mrs. Clark et les enfants du diable
Pour sauver son fils, Mrs. Clark sort ses griffes.

Ken Follett
L'Arme à l'œil
1944. Chasse à l'espion pour un débarquement en trompe l'œil.

Triangle
1968. Seul contre tous, un agent israélien emporte sous son bras 200 tonnes d'uranium.

Le Code Rebecca
1942. Le Caire. Lutte à mort contre un espion allemand armé... d'un roman !

Les Lions du Panshir
Un trio explosif va régler ses comptes en Afghanistan.

Colin Forbes
Le Léopard
Un très sale coup d'Etat menace la France et le monde.

Frederick Forsyth
L'Alternative du Diable
Entre deux maux, le cœur du Président balance.

Le Quatrième Protocole
Le Royaume-Uni gravement menacé de désunion.

Christian Gernigon
La Queue du scorpion
Course contre la montre... et la cyanose.

José Giovanni - Jean Schmitt
Les Loups entre eux
Engage tueurs à gros gages... et que ça saute!

William Goldman
Marathon Man
Quand on n'a pas de tête, il faut avoir des jambes... et du cœur au ventre...

Michel Grisolia
Haute mer
Des hommes et des femmes sur un bateau : tempête sous les crânes.

Joseph Hayes
La Nuit de la vengeance
La vengeance est un plat qu'on met huit ans à préparer et qui se mange en une nuit.

Jack Higgins
L'Aigle s'est envolé
L'opération la plus folle qui soit sortie du cerveau d'un dément célèbre : Hitler.

Solo
L'assassin-pianiste a fait une fausse note : il a tapé sur la corde sensible d'un tueur professionnel.

Le Jour du jugement
Le piège était caché dans le corbillard...

Luciano
Lucky Luciano et la Mafia embauchés par les Alliés... Une histoire? Oui, mais vraie.

Exocet
Bombe sexuelle pour désamorcer missiles ennemis.

Confessionnal
Le tueur se rebiffe. Le Pape pourrait bien en faire les frais.

Mary Higgins Clark
La Nuit du renard
Course contre la mort, tragédie en forme de meurtre, de rapt et d'amour.

La Clinique du docteur H.
Sous couvert de donner la vie, le docteur H. s'acharnerait-il à la retirer ?

Un cri dans la nuit
Le conte de fées tourne à l'épouvante...

La Maison du guet
Chassez le passé, il revient au galop.

Patricia Highsmith
La Cellule de verre
Au trou. Six ans. Pour rien. Par erreur. Mais quand il en sort...

L'Homme qui racontait des histoires
Réalisation d'un rêve criminel ou l'imagination au pouvoir ? Allez savoir...

Stephen Hunter
Target
Vingt ans après...

William Irish
Du crépuscule à l'aube
Six nouvelles dignes d'Edgar Poe.

La Toile de l'araignée
La mort six fois recommencée, six fois réinventée...

William Katz
Fête fatale
La surprise-partie tourne à la mauvaise surprise.

Stephen King
Dead Zone
Super-pouvoir psychologique contre super-pouvoir politique... super-suspense.

Laird Kœnig
La Petite Fille au bout du chemin
Arsenic et jeunes dentelles...

Laird Kœnig - Peter L. Dixon
Attention, les enfants regardent
Quatre enfants, sages comme des images d'horreur.

D. R. Koontz
La Nuit des cafards
Violée par un mort...

Bernard Lenteric
La Gagne
Une singulière partie de poker : elle se jouera avec et sans cartes.

La Guerre des cerveaux
Trois têtes de savants pour démasquer de savants tueurs de têtes.

Robert Ludlum
La Mémoire dans la peau
Il a tout oublié. Traqué par des tueurs, un homme se penche avec angoisse sur son passé.

Le Cercle bleu des Matarèse, t. 1 et 2
Deux ennemis mortels se donnent la main pour en combattre un troisième.

Osterman week-end
Privé de son repos dominical par de redoutables espions soviétiques.

La Mosaïque Parsifal
Des agents très au courant, branchés pour faire sauter la planète.

L'Héritage Scarlatti
Mère courage et fils ingrat s'affrontent pour un empire et pour la République.

Le Pacte Holcroft
700 millions de dollars : de quoi faire battre des montagnes, a fortiori des services secrets.

La Progression Aquitaine
Des généraux trop gourmands... Un avocat va leur faire manger la poussière.

Patricia J. MacDonald
Un étranger dans la maison
L'énigme d'un ravisseur dans les malaises d'un enfant.

Nancy Markham
L'Argent des autres
Les basses œuvres de la haute finance.

Laurence Oriol
Le tueur est parmi nous
Grossesses très nerveuses dans les Yvelines : un maniaque sexuel tue les femmes enceintes.

Bill Pronzini
Tout ça n'est qu'un jeu
Un jeu peut-être, mais un jeu de vilains.

Bob Randall
Le Fan
Fou d'amour ou fou tout court ?

Francis Ryck
Le Piège
Retour à la vie ou prélude à la mort ?

Le Nuage et la Foudre
Un homme traqué par deux loubards, bien décidés à lui faire passer le goût du pain et du libertinage.

Pierre Salinger - Leonard Gross
Le Scoop
Les services de renseignements ne sont malheureusement pas là pour renseigner les journalistes.

Brooks Stanwood
Jogging
Sains de corps, mais pas forcément sains d'esprit...

Edward Topol
La Substitution
Deux colonels Yourychef ? C'est trop d'un, camarade !

Edward Topol - Fridrich Neznansky
Une disparition de haute importance
Toutes les polices de l'U.R.S.S. à la poursuite d'un journaliste disparu. Du sang, de la « neige » et des balles.

Irving Wallace
Une femme de trop
Sosie rouge à la Maison Blanche.

David Wiltse
Le Baiser du serpent
Serpent à deux têtes, se déplaçant la nuit sur deux pattes, et dont le baiser est mortel.

IMPRIMÉ EN FRANCE PAR BRODARD ET TAUPIN
Usine de La Flèche (Sarthe).
LIBRAIRIE GÉNÉRALE FRANÇAISE - 6, rue Pierre-Sarrazin - 75006 Paris.
ISBN : 2 - 253 - 04798 - 8
30/6554/7